Jane Austen, geboren am 16. Dezember 1775 in Steventon/Hampshire, ist am 18. Juli 1817 in Winchester gestorben.

Mit der Ehe hat Emma, Titelheldin in Jane Austens viertem großen Roman, erklärtermaßen nichts im Sinn. Was jedoch nicht heißt, daß sie keinen Gedanken daran verschwendet. Im Gegenteil: Andere zu verkuppeln ist geradezu ihr Steckenpferd, das sie bravourös zu beherrschen glaubt. An Gelegenheiten, dies unter Beweis zu stellen, mangelt es in Highbury und Umgebung nicht. So führt ihr das Schicksal wie gerufen die blutjunge, reizende Harriet Smith ins Haus, die natürlich schnellstens unter die Haube gebracht werden muß: Da gibt es doch zum Beispiel den allseits begehrten Mr. Elton, der eine Weile schon Pfarrer im Ort, aber zu seinem und Emmas Leidwesen noch immer ledig ist. So beginnt sich das Ehekarussell zu drehen, zwar nicht ganz nach den Vorstellungen der unermüdlichen Heldin, doch zum Vergnügen so mancher Beteiligter – und der für Witz und Ironie aufgeschlossenen Leser. *Emma* ist eine satirische »Komödie der Irrungen«, die ein realistisches Bild des englischen Landadels um 1800 zeichnet.

insel taschenbuch 2953

Jane Austen

Emma

JANE AUSTEN
EMMA

Aus dem Englischen
von Angelika Beck

Insel Verlag

insel taschenbuch 2953
Erste Auflage 2003

Hinweise zu dieser Ausgabe am Schluß des Bandes
Vertrieb durch den Suhrkamp Taschenbuch Verlag
Satz: Hümmer GmbH, Waldbüttelbrunn
Druck: Nomos Verlagsgesellschaft, Baden-Baden
Printed in Germany
ISBN 3-458-34653-8

1 2 3 4 5 6 – 09 08 07 06 05 04 03

EMMA

ERSTES KAPITEL

Emma Woodhouse, hübsch, klug und reich, mit einem behaglichen Zuhause und einem glücklichen Naturell ausgestattet, schien vom Schicksal in mancherlei Hinsicht begünstigt und hatte nun schon fast einundzwanzig Jahre auf dieser Welt verbracht, ohne großen Ärger oder Verdruß zu erfahren.

Sie war die jüngere der beiden Töchter eines sehr liebevollen, nachsichtigen Vaters und infolge der Heirat ihrer Schwester sehr frühzeitig Herrin seines Hauses geworden. Ihre Mutter war schon so lange tot, daß Emma sich nur noch dunkel an die von ihr genossenen Zärtlichkeiten erinnern konnte, und ihren Platz hatte eine ausgezeichnete Gouvernante eingenommen, die in ihrer Zuneigung einer Mutter kaum nachstand.

Sechzehn Jahre war Miss Taylor in Mr. Woodhouses Familie gewesen, weniger als Gouvernante denn als Freundin, und beiden Töchtern, vor allem aber Emma, sehr zugetan. Zwischen *ihnen* herrschte eine Vertrautheit, wie sie sonst eher zwischen Schwestern vorkommt. Schon als sie noch offiziell ihres Amtes waltete, hatte die sanftmütige Miss Taylor ihrem Zögling kaum je Beschränkungen aufzuerlegen vermocht; und da nun auch der Schatten von Autorität längst gewichen war, lebten sie wie enge Freundinnen miteinander, wobei Emma stets tat, was sie wollte; sie schätzte zwar Miss Taylors Urteil sehr, ließ sich aber hauptsächlich von ihrem eigenen leiten.

Das eigentlich Schlimme daran war, daß Emma etwas zu oft ihren Willen bekam und ein wenig zu Selbstherrlichkeit neigte, was sich auf ihr ansonsten so unbeschwertes Leben nachteilig auszuwirken drohte. Vorläufig jedoch ahnte sie noch nichts von dieser Gefahr, so daß sie in ihrer schrankenlosen Freiheit alles andere als ein Mißgeschick erblickte.

Da zogen düstere Wolken auf, nicht allzu düster und keineswegs in Gestalt bitterer Selbsterkenntnis: Miss Taylor heiratete. Der Verlust von Miss Taylor bescherte Emma die ersten kummervollen Stunden ihres Lebens. Am Tag, als ihre geliebte Freundin vor den Traualtar trat, versank sie zum erstenmal für längere Zeit in trübsinnige Gedanken. Die Hochzeitsfeier war vorüber und das Brautpaar fort, und ihr Vater und sie mußten sich allein zu Tisch setzen, ohne Aussicht auf eine dritte Person, die ihnen den langen Abend hätte aufheitern können. Wie immer legte sich ihr Vater nach dem Essen zu einem Nickerchen hin, und ihr blieb nichts anderes übrig, als herumzusitzen und darüber nachzudenken, was sie verloren hatte.

Ihrer Freundin versprach das Ereignis alles erdenkliche Glück. Mr. Weston war ein vermögender Mann von untadeligem Charakter, im passenden Alter und mit angenehmen Umgangsformen; und Emma empfand eine gewisse innere Befriedigung, als sie sich vor Augen führte, mit welch selbstloser, großmütiger Freundschaft sie diese Partie stets gewünscht und gefördert hatte; aber sie selbst hatte sich damit einen Bärendienst erwiesen. Miss Taylor würde ihr täglich, stündlich fehlen. Sie dachte an früher, daran, wie freundlich sie immer zu ihr gewesen war – wie freundlich und liebevoll in all den sechzehn Jahren, wie sie seit ihrem fünften Lebensjahr mit ihr gelernt und gespielt hatte – wie sie ihre ganze Kraft daran gesetzt hatte, sie zu gewinnen und bei Laune zu halten, wenn sie gesund war – und wie sie sie während ihrer verschiedenen Kinderkrankheiten gepflegt hatte. Dafür war sie ihr zu großem Dank verpflichtet; aber das freundschaftliche Verhältnis, das sich bald nach Isabellas Heirat eingestellt hatte, als sie plötzlich allein aufeinander angewiesen waren, und in dem es keinen Rangunterschied und keine Geheimnisse zwischen ihnen gab, löste noch wehmütigere, zärtlichere Erinnerungen in ihr aus. Miss Taylor war eine Freundin und Gefährtin gewesen, wie wenige sie besaßen: intelligent, gebildet, hilfreich, sanft, mit den Gepflogenheiten der Familie bestens vertraut, an allen familiären Belangen und besonders an ihr interessiert, an all ihren Vergnügungen, all ihren Plänen Anteil nehmend; ein Mensch, mit dem sie über alles sprechen konnte, was ihr in den Sinn kam, und der eine solche Zuneigung für sie hegte, daß er nie etwas an ihr zu tadeln fand.

Wie sollte sie diese Trennung verwinden? Zwar zog ihre Freundin nur eine halbe Meile von ihnen weg, aber es war Emma klar, daß zwischen einer Mrs. Weston, die nur eine halbe Meile entfernt wohnte, und einer Miss Taylor im Haus ein gewaltiger Unterschied bestand; und bei all den Vorzügen, mit denen sie von der Natur und ihrer häuslichen Umgebung ausgestattet war, drohte sie nun vor lauter Alleinsein geistig zu verkümmern. Sie liebte ihren Vater von ganzem Herzen, aber er war kein Umgang für sie. Er konnte ihr in Gesprächen, egal ob ernster oder scherzhafter Art, nicht Paroli bieten.

Der Nachteil des beträchtlichen Altersunterschieds (und Mr. Woodhouse hatte nicht eben früh geheiratet) wurde durch seinen Gesundheitszustand und seine Gewohnheiten noch erheblich verstärkt; denn da er sein Leben lang ein Hypochonder und geistig wie körperlich unbeweglich gewesen war, wirkte er in seinem ganzen Gebaren viel älter, als er tatsächlich war; und wenn er auch überall wegen seiner von

Herzen kommenden Freundlichkeit und liebenswerten Wesensart sehr gemocht wurde, durch seine Geistesgaben hatte er sich gewiß nie besonders hervorgetan.

Mit ihrer Schwester, die zwar nach ihrer Heirat nicht allzu weit weggezogen war, denn da sie in London lebte, bedeutete das nur eine Entfernung von sechzehn Meilen, konnte sie keinen täglichen Umgang pflegen; und viele lange Oktober- und Novemberabende mußten in Hartfield noch überstanden werden, ehe Isabella mit ihrem Mann und ihren Kinderchen an Weihnachten zu Besuch kommen, das Haus voll werden und Emma wieder angenehme Gesellschaft genießen würde.

Die Ortschaft Highbury, die man aufgrund ihrer Bevölkerungszahl fast schon eine Stadt nennen konnte und zu der Hartfield trotz seiner eingefriedeten Rasen- und Parkflächen und seines Namens eigentlich gehörte, bot ihr keinen ebenbürtigen Umgang. Die Woodhouses waren dort die angesehensten Leute. Alle blickten zu ihnen auf. Sie hatte viele Bekannte im Ort, denn ihr Vater war zu jedermann höflich und zuvorkommend, aber unter all diesen Leuten gab es niemand, den sie auch nur für einen halben Tag an Miss Taylors Stelle hätte akzeptieren wollen. Es war eine betrübliche Veränderung; und Emma konnte nur darüber seufzen und sich die alten Zeiten zurückwünschen, bis ihr Vater von seinem Schläfchen erwachte und sie eine fröhliche Miene aufsetzen mußte. Seine Lebensgeister bedurften des Zuspruchs. Er war ein nervöser, leicht depressiver Mensch, liebte alle, an die er sich einmal gewöhnt hatte, und trennte sich ungern von ihnen, da er jede Art von Veränderung haßte. Den Ehestand, als Quelle der Veränderung schlechthin, empfand er stets als unangenehm; und er hatte sich noch keineswegs mit der Heirat seiner Tochter abgefunden und verfiel unweigerlich in einen weinerlichen Ton, wenn er von ihr sprach, obwohl es wirklich eine Liebesheirat gewesen war, und nun mußte er sich auch noch von Miss Taylor trennen. Da er bei all seiner Liebenswürdigkeit einen Hang zum Egoismus hatte und sich nicht vorzustellen vermochte, daß andere Leute nicht unbedingt seine eigenen Empfindungen teilten, neigte er sehr zu der Auffassung, Miss Taylor habe sich mit diesem Schritt selbst ebenso geschadet wie ihm und seiner Tochter und wäre viel glücklicher geworden, wenn sie den Rest ihres Lebens in Hartfield verbracht hätte. Um ihn von diesen Gedanken abzulenken, lächelte und plauderte Emma fröhlich drauflos; aber als der Tee serviert wurde, konnte er nicht umhin zu wiederholen, was er bereits beim Essen gesagt hatte.

»Die arme Miss Taylor! Ich wünschte, sie wäre wieder hier. Welch ein Jammer, daß Mr. Weston ausgerechnet auf sie verfallen ist!«

»Du weißt genau, daß ich dir nicht zustimmen kann, Papa, wirklich nicht. Mr. Weston ist ein so gutmütiger, netter, vortrefflicher Mann, daß er eine gute Ehefrau vollauf verdient; und du kannst doch nicht wollen, daß Miss Taylor bis ans Ende ihrer Tage bei uns bliebe und all meine verrückten Launen ertragen müßte, wenn sie ein eigenes Haus haben kann?«

»Ein eigenes Haus! Aber was hat sie denn schon von einem eigenen Haus? Dieses hier ist dreimal so groß. Und du hast niemals verrückte Launen, mein Liebes.«

»Wie oft werden wir uns gegenseitig besuchen! Wir werden uns doch laufend sehen! *Wir* müssen damit den Anfang machen, wir müssen ihnen recht bald unseren Hochzeitsbesuch abstatten.«

»Mein Liebes, wie soll ich so weit kommen? Nach Randalls ist es derartig weit. Ich könnte nicht halb so weit gehen.«

»Nein, Papa, niemand redet davon, daß du zu Fuß gehen sollst. Natürlich fahren wir mit der Kutsche.«

»Mit der Kutsche! Aber James wird für ein so kurzes Stück nur ungern die Pferde anspannen; und wo sollen die armen Pferde bleiben, während wir unseren Besuch abstatten?«

»Sie werden in Mr. Westons Stall eingestellt, Papa. Das haben wir doch schon alles abgesprochen. Gestern abend haben wir alles mit Mr. Weston ausgemacht. Und was James betrifft, so kannst du ganz sicher sein, daß er immer gern nach Randalls fährt, weil doch seine Tochter dort Hausmädchen ist. Zweifel habe ich allenfalls, ob er uns noch irgendwo anders hinfahren will. Das war dein Werk, Papa. Du hast Hannah diese gute Stelle verschafft. Niemand dachte an Hannah, bis du sie ins Gespräch gebracht hast – James ist dir so dankbar dafür!«

»Ich bin froh, daß ich an sie gedacht habe. Es war ein Glück, denn unter keinen Umständen hätte ich gewollt, daß sich der arme James übergangen fühlt; und ich bin sicher, aus ihr wird einmal ein sehr gutes Hausmädchen; sie ist ein höfliches Ding und weiß sich gut auszudrücken; ich halte viel von ihr. Wann immer ich sie sehe, macht sie jedesmal einen Knicks und fragt mich so nett, wie es mir geht; und wenn du sie zum Nähen hier hast, dreht sie, wie ich bemerkt habe, den Knauf richtig herum und schlägt die Tür niemals zu. Ich bin sicher, sie macht sich als Hausmädchen sehr gut; und für die arme Miss Taylor wird es ein großer Trost sein, ein vertrautes Gesicht um sich zu haben. Jedesmal, wenn James seine Tochter drüben besucht, hört sie ja auch von uns. Er kann ihr dann erzählen, wie es uns hier geht.«

Emma gab sich alle Mühe, diesen Strom heiterer Gedanken nicht versiegen zu lassen, und hoffte, mit Hilfe von Backgammon ihrem Vater die Stunden bis zum Schlafengehen einigermaßen verkürzen zu können und sich nur mit ihrem eigenen Kummer herumschlagen zu müssen. Der Backgammon-Tisch wurde aufgestellt; aber kurz darauf trat ein Besucher ein und machte ihn überflüssig.

Mr. Knightley, ein kluger, aufgeweckter Mann von etwa sieben- oder achtunddreißig Jahren war nicht nur ein alter und enger Freund der Familie, sondern als der ältere Bruder von Isabellas Mann ihr noch auf besondere Weise verbunden. Er wohnte ungefähr eine Meile von Highbury entfernt, war ein häufiger und stets willkommener Gast und diesmal willkommener denn je, da er direkt von ihren gemeinsamen Verwandten in London kam. Nach einer Reise von einigen Tagen war er zu einem späten Dinner nach Hause zurückgekehrt und nun nach Hartfield gelaufen, um zu berichten, daß es am Brunswick Square allen gutgehe.

Es war ein glücklicher Umstand, er brachte Mr. Woodhouse eine Weile auf fröhlichere Gedanken. Mr. Knightley hatte eine muntere Art, die dem alten Herrn immer guttat; und seine vielen Fragen nach der armen Isabella und ihren Kindern wurden zu seiner vollen Zufriedenheit beantwortet. Als dieses Thema abgehakt war, bemerkte Mr. Woodhouse dankbar:

»Es ist sehr nett von Ihnen, Mr. Knightley, uns noch zu dieser späten Stunde aufzusuchen. Ich fürchte, Sie haben einen schrecklichen Spaziergang hinter sich.«

»Überhaupt nicht, Sir. Es ist eine wunderschöne Mondnacht und so mild, daß ich von Ihrem gewaltigen Feuer etwas wegrücken muß.«

»Aber auf dem Weg hierher war es doch bestimmt recht

feucht und schmutzig. Ich hoffe, Sie holen sich keine Erkältung.«

»Schmutzig, Sir? Schauen Sie sich meine Stiefel an. Kein einziger Spritzer!«

»Nanu, das überrascht mich aber sehr, denn wir haben hier geradezu sintflutartigen Regen gehabt. Während wir beim Frühstück saßen, hat es eine halbe Stunde lang furchtbar geregnet. Ich wollte schon, daß sie die Hochzeit verschieben.«

»Übrigens – ich habe Ihnen noch gar nicht gratuliert. Da ich ja recht gut weiß, wie es um Ihre Freude bestellt ist, habe ich mich mit meinen Glückwünschen nicht sonderlich beeilt. Aber ich hoffe, es ist alles einigermaßen angenehm verlaufen. Wie ist es Ihnen denn allen ergangen? Wer hat am meisten geheult?«

»Ach! Die arme Miss Taylor! Es ist ein trauriges Kapitel.«

»Armer Mr. Woodhouse und arme Emma, wenn ich bitten darf, aber ›arme Miss Taylor‹ bringe ich beim besten Willen nicht über die Lippen. Ich schätze Sie und Emma ja außerordentlich, doch wenn es um die Alternative Abhängigkeit oder Unabhängigkeit geht! Auf jeden Fall ist es angenehmer, wenn man es nur einem Menschen recht machen muß als deren zwei.«

»Besonders, wenn *einer* der beiden ein so launisches, unleidliches Geschöpf ist!« entgegnete Emma neckisch. »Das hatten Sie doch dabei im Hinterkopf, ich weiß es – und sie würden es auch sagen, wenn mein Vater nicht dabei wäre.«

»Ich glaube, das stimmt auch, mein Liebes«, sagte Mr. Woodhouse mit einem Seufzer. »Ich bin leider manchmal sehr launisch und unleidlich.«

»Liebster Papa! Du glaubst doch nicht etwa, ich meine dich oder Mr. Knightley hätte dich dabei im Auge gehabt? Welch entsetzlicher Gedanke! O nein! Ich meinte nur mich damit. Mr. Knightley findet so gern etwas an mir auszusetzen – im Spaß natürlich –, es ist ja alles nur Spaß. Wir sagen einander immer, wonach uns der Sinn steht.«

Tatsächlich gehörte Mr. Knightley zu den wenigen Menschen, die an Emma Woodhouse etwas auszusetzen hatten, und er war der einzige, der es ihr auch sagte. Emma fand das zwar nicht besonders angenehm, aber sie wußte, es würde ihrem Vater noch weitaus weniger angenehm sein, und deshalb wollte sie verhindern, daß er wirklich Verdacht schöpfte, es könnte sie jemand für nicht vollkommen halten.

»Emma weiß, daß ich ihr niemals schmeichle«, sagte Mr. Knightley. »Aber ich wollte über niemanden abfällige Bemerkungen machen. Miss Taylor war daran gewöhnt, es zwei Leuten recht machen zu müssen; nun wird sie es nur noch einem recht machen müssen. Alles spricht doch dafür, daß sie dabei nur gewinnen kann.«

»Schön«, sagte Emma, durchaus willens, es dabei bewenden zu lassen, »Sie möchten etwas über die Hochzeit hören, und ich erzähle Ihnen liebend gern davon, denn wir haben uns alle entzückend benommen. Alle fanden sich pünktlich ein, sahen fabelhaft aus. Keine Träne und kaum ein langes Gesicht waren zu sehen. Oh! nein, wir wußten ja, daß wir nur eine halbe Meile voneinander entfernt leben und uns mit Sicherheit täglich sehen werden.«

»Die liebe Emma trägt alles so tapfer«, sagte ihr Vater. »Aber in Wirklichkeit, Mr. Knightley, bedauert sie es schon sehr, die arme Miss Taylor zu verlieren, und ich bin sicher, Emma wird sie noch mehr vermissen, als sie jetzt wahrhaben will.«

Halb weinend, halb lächelnd wandte Emma das Gesicht ab.

»Wie sollte Emma eine solche Gefährtin auch nicht vermissen!« sagte Mr.Knightley. »Wir würden sie doch nicht so gern haben, Sir, wenn wir das annehmen müßten. Aber sie weiß auch, wie viele Vorteile Miss Taylor diese Ehe bringt; sie weiß, wie überaus angenehm es in Miss Taylors Alter sein muß, ein richtiges Zuhause zu haben, und wie wichtig es für sie ist, wohlversorgt zu sein, und daher wird letztlich ihre Freude den Trennungsschmerz überwiegen. Jeder, der Miss Taylor freundschaftlich gesinnt ist, muß sich einfach freuen, sie so glücklich verheiratet zu wissen.«

»Und dabei haben Sie einen Grund, weshalb ich mich freuen muß, ganz vergessen«, sagte Emma, »und noch dazu einen wichtigen – daß nämlich ich die Partie zustande gebracht habe. Vor vier Jahren habe ich sie schon angebahnt; und die Tatsache, daß die Hochzeit stattgefunden hat und ich recht behalten habe, obwohl so viele Leute behaupteten, Mr. Weston werde nie wieder heiraten, mag mich über alles hinwegtrösten.«

Mr. Knightley sah sie kopfschüttelnd an. Ihr Vater säuselte zärtlich: »Ach, mein Liebes, ich wünschte, du würdest keine Ehen mehr stiften und Dinge voraussagen, denn alles, was du sagst, trifft immer ein. Bitte, stifte keine Ehen mehr.«

»Was mich selbst betrifft, so verspreche ich es dir gern, Papa; aber für andere Leute muß ich es einfach tun. Es gibt nichts, was so viel Spaß macht! Und erst recht nach einem solchen Erfolg! Jedermann sagte, Mr. Weston werde nie mehr heiraten. Du liebe Güte, nein! Mr. Weston, der schon so lange Witwer war und der so gut ohne Frau zurechtzukommen schien, der aufging in seinem Beruf und ständig von seinen Freunden mit Beschlag belegt wurde, der überall gern gesehen war, wohin er auch ging, stets fröhlich – Mr. Weston brauchte keinen einzigen Abend im Jahr allein zu verbringen, wenn er nicht wollte. O nein! Mr. Weston würde gewiß nicht wieder heiraten. Einige Leute munkelten sogar von einem Versprechen, das er seiner Frau auf dem Totenbett gegeben habe, und andere sagten, der Sohn und der Onkel ließen eine neue Heirat nicht zu. Allerlei feierlicher Unsinn wurde zu diesem Thema verbreitet, aber ich habe kein Wort davon geglaubt. Seit dem Tag (vor ungefähr vier Jahren), als Miss Taylor und ich ihn auf der Broadway Lane trafen und er, weil es zu nieseln anfing, vor lauter Ritterlichkeit davonschoß und beim Bauer Mitchell zwei Regenschirme für uns auslieh, da stand es für mich fest. Von Stund an habe ich diese Ehe geplant; und jetzt, wo mein Bemühen von solchem Erfolg gekrönt wurde, wirst du, liebster Papa, doch wohl nicht glauben, daß ich die Finger vom Ehestiften lasse.«

»Ich verstehe nicht, was Sie mit ›Erfolg‹ meinen«, sagte Mr. Knightley. »Erfolg setzt Anstrengung voraus. Sie haben Ihre Zeit wahrlich zweckmäßig und anständig verbracht, wenn sie sich in den letzten vier Jahren bemüht haben, diese Ehe zustande zu bringen. Ich muß schon sagen: eine würdige Beschäftigung für eine junge Dame! Aber wenn, was ich eher glaube, ihre Ehestifterei, wie Sie es nennen, nur bedeutet, daß Sie die Verbindung geplant haben, daß Sie eines müßigen Tages zu sich sagten: »Ich denke, es wäre eine feine Sache für Miss Taylor, wenn Mr. Weston sie heiraten würde«, und Sie sich das immer wieder eingeredet haben – wieso sprechen Sie dann von Erfolg? Wo liegt Ihr Verdienst? Worauf sind Sie stolz? Sie haben richtig geraten; und das ist alles, was man dazu sagen kann.«

»Haben Sie je erlebt, welch ein Vergnügen es macht und welch ein Triumphgefühl sich einstellt, wenn man ein Rätsel gelöst hat? Sie tun mir leid. – Ich hätte Sie für klüger gehalten – denn verlassen Sie sich darauf: ein richtig gelöstes Rätsel ist niemals nur Glückssache. Es ist immer etwas Talent mit im Spiel. Und was mein unglücklich gewähltes Wort ›Erfolg‹ angeht, an dem Sie so viel auszusetzen haben, nun, ich wüßte nicht, warum ich darauf so gar keinen Anspruch hätte. Sie haben so hübsch zwei Positionen skizziert – aber ich glaube, es gibt wohl noch eine dritte – etwas zwischen Nichtstun und Allestun. Wenn ich nicht Mr. Westons Besuche hier begünstigt und oft auch ermutigt und ihnen allerlei kleine Steine aus dem Weg geräumt hätte, wäre vielleicht am Ende nichts daraus geworden. Ich denke, Sie müßten Hartfield gut genug kennen, um das zu begreifen.«

»Einem geradlinigen, offenherzigen Mann wie Weston und einer klugen, unaffektierten Frau wie Miss Taylor darf man es doch getrost überlassen, ihre persönlichen Angelegenheiten selbst zu regeln. Durch Ihre Einmischung haben Sie sich wahrscheinlich mehr geschadet, als ihnen Gutes getan.«

»Emma denkt nie an sich, wenn sie anderen Gutes tun kann«, ließ sich Mr. Woodhouse vernehmen, der nur zum Teil verstand, was da gesprochen wurde. »Aber, mein Liebes, bitte, sei so gut, stifte keine weiteren Ehen mehr, das sind alberne Dinge, und sie bringen nur Kummer und zerstören den häuslichen Frieden.«

»Nur noch eine, Papa; nur für Mr. Elton. Der arme Mr. Elton! Du magst doch Mr. Elton, Papa – ich muß mich nach einer Frau für ihn umsehen. Es gibt keine in Highbury, die ihn verdient – und er ist jetzt schon ein ganzes Jahr hier und hat sein Haus so gemütlich eingerichtet, daß es ein Jammer wäre, wenn er noch länger allein bliebe –, und als er heute ihre Hände ineinanderlegte, sah er mir ganz danach aus, als würde er sich gern selbst diesen freundlichen Dienst erweisen lassen! Ich halte große Stücke auf Mr. Elton, und dies ist die einzige Möglichkeit, wie ich ihm etwas Gutes tun kann.«

»Mr. Elton ist gewiß ein recht hübscher junger Mann und ein sehr anständiger junger Mann, und ich habe viel für ihn übrig. Aber wenn du ihm etwas Gutes tun möchtest, mein Liebes, so bitte ihn doch, mal zu uns zum Essen zu kommen. Das ist doch viel besser. Ich darf wohl annehmen, Mr. Knightley wird die Güte haben, ihn abzuholen.«

»Jederzeit, mit dem größten Vergnügen, Sir«, sagte Mr. Knightley lachend; »und ich bin ganz Ihrer Meinung, daß das eine viel bessere Lösung ist. Laden Sie ihn zum Dinner ein, Emma, und legen Sie ihm die besten Stückchen von Fisch und Huhn vor, aber überlassen Sie es ihm, sich die richtige Frau zu suchen. Glauben Sie mir, ein Mann von sechs- oder siebenundzwanzig kann für sich selbst sorgen.«

ZWEITES KAPITEL

Mr. Weston, in Highbury geboren, entstammte einer angesehenen Familie, die in den letzten zwei oder drei Generationen zu Rang und Besitz gekommen war. Er hatte eine gute Erziehung genossen, aber da er schon in jungen Jahren zu einer gewissen finanziellen Unabhängigkeit gelangt war, verloren die bodenständigeren Tätigkeiten, denen seine Brüder nachgingen, für ihn an Reiz, und er hatte seine geistige Beweglichkeit, sein lebensfrohes Naturell und seine gesellige

Art durch den Eintritt in die Bürgerwehr befriedigt, die damals gegründet wurde. Hauptmann Weston war allseits beliebt; und als er durch die Wechselfälle seines Soldatenlebens mit der einer einflußreichen Familie in Yorkshire entstammenden Miss Churchill Bekanntschaft geschlossen hatte und sich diese Miss Churchill in ihn verliebte, überraschte das niemanden bis auf ihren Bruder und dessen Frau, die ihn nie gesehen hatten und derart von Standesdünkel und Stolz durchdrungen waren, daß sie diese Verbindung als einen Affront empfinden mußten.

Miss Churchill allerdings, die volljährig war und über ihr Vermögen frei verfügen konnte – wenn auch ihr Vermögen in keinem Verhältnis zum Familienbesitz stand –, ließ sich nicht von der Heirat abbringen, und die Hochzeit fand statt zum unendlichen Verdruß von Mr. und Mrs. Churchill, die ihre Schwester unter Wahrung der äußeren Form fallenließen. Die Verbindung erwies sich als wenig harmonisch und nicht besonders glücklich. Dabei hätte Mrs. Weston durchaus zufrieden sein können, denn sie hatte einen Ehemann, der ihr in seiner Warmherzigkeit und Sanftmut alles zugestehen zu müssen glaubte, nur weil sie ihn liebte; es mangelte ihr zwar nicht an einer gewissen Charakterstärke, doch stand es mit ihrer Ausdauer nicht zum besten. Sie verfügte über genug Entschlossenheit, um ihren Willen gegen den ihres Bruders durchzusetzen, aber nicht genug, um sich des unsinnigen Bedauerns über den unsinnigen Zorn ihres Bruders zu entschlagen und den Luxus ihres früheren Zuhauses nicht zu vermissen. Sie lebten über ihre Verhältnisse, aber dennoch war das nichts im Vergleich zu Enscombe: Sie hörte zwar nicht auf, ihren Mann zu lieben, aber sie wollte gleichzeitig die Frau von Hauptmann Weston und Miss Churchill von Enscombe sein.

Es erwies sich, daß Hauptmann Weston, von dem alle Leute, besonders aber die Churchills, glaubten, er habe eine ganz fabelhafte Partie gemacht, bei dem Geschäft entschieden den kürzeren zog; denn als seine Frau nach drei Jahren Ehe starb, war er eher ärmer als zuvor und mußte noch dazu für ein Kind sorgen. Der Unterhaltskosten für das Kind wurde er allerdings bald enthoben. Über den Jungen war eine Art von Versöhnung zustande gekommen, zumal die langwierige Krankheit seiner Mutter selbst die Hartherzigsten erweichen mußte. Und da Mr. und Mrs. Churchill keine eigenen Kinder hatten und auch sonst für kein anderes Wesen aus der Verwandtschaft aufkommen mußten, erboten sie sich kurz nach Mrs. Westons Tod, den kleinen Frank ganz zu sich zu nehmen. Der verwitwete Vater mochte wohl einige Skrupel und einen gewissen Widerwillen verspürt haben, doch da sich andere Überlegungen als stärker erwiesen, wurde das Kind der Obhut der Churchills übergeben und ihres Wohlstands teilhaftig, und Mr. Weston brauchte sich nur noch um sein eigenes Wohlergehen zu kümmern und seine finanzielle Lage zu verbessern, so gut es ging.

Ein beruflicher Neuanfang erschien angezeigt. Er quittierte den Dienst in der Bürgerwehr und verlegte sich auf den Handel, und der Umstand, daß sich seine Brüder bereits vorteilhaft in London etabliert hatten, ermöglichte ihm einen günstigen Start. Es war ein Handelsunternehmen, das ihm gerade genug zu tun gab. Er hatte noch ein kleines Haus in Highbury, wo er den größten Teil seiner Freizeit verbrachte; und so gingen die nächsten achtzehn oder zwanzig Jahre seines Lebens zwischen nützlicher Tätigkeit und gesellschaftlichen Vergnügungen fröhlich dahin. Unterdessen verfügte er über ein bequemes Auskommen, genug, um sich den kleinen Landsitz in der Nähe von Highbury leisten zu können, den er schon lange im Auge gehabt hatte – genug, um selbst eine Frau wie Miss Taylor, die über keine Mitgift verfügte, zu heiraten und ganz so zu leben, wie es seiner zwanglosen und geselligen Art entsprach.

Schon seit geraumer Zeit drehte sich alles in seiner Zukunftsplanung um Miss Taylor; aber da es sich dabei nicht um jene tyrannische Leidenschaft handelte, die junge Menschen zueinander treibt, war er in seinem Entschluß, nicht eher eine Familie zu gründen, als bis er Randalls erwerben konnte, nicht wankend geworden. Lange hatte er vergeblich gewartet, daß Randalls zum Verkauf angeboten würde, aber er hatte sein Ziel nie aus den Augen verloren und es beharrlich verfolgt, bis er es endlich erreichte. Er hatte sich sein Vermögen erarbeitet, sein Haus gekauft und seine Frau bekommen und begann nun einen neuen Lebensabschnitt, der glücklicher zu werden versprach als alle zurückliegenden. Zwar war er im Grunde nie unglücklich gewesen, davor hatte ihn sein heiteres Naturell selbst in seiner ersten Ehe bewahrt, aber in seiner zweiten würde er erfahren, wie wunderbar es ist, eine kluge und liebenswerte Frau um sich zu haben, und das würde ihm beweisen, daß es weitaus besser ist, zu wählen, als gewählt zu werden, Dankbarkeit zu erwecken, als zu schulden.

Bei seiner Wahl brauchte er auf niemanden Rücksicht zu nehmen: Über sein Vermögen konnte er nach Belieben verfügen, denn Frank war nicht nur stillschweigend zum Erben seines Onkels erzogen, sondern inzwischen auch definitiv adoptiert worden, und sollte nach Erreichen der Volljährigkeit den Namen Churchill annehmen. Infolgedessen war es höchst unwahrscheinlich, daß er jemals von seinem Vater finanziell unterstützt werden müsse. Sein Vater machte sich diesbezüglich keinerlei Sorgen. Die Tante war zwar eine launische Frau und beherrschte ihren Mann total; aber Mr. Weston vermochte es sich von seinem ganzen Wesen her einfach nicht vorzustellen, daß ein so geliebter Mensch und, wie er glaubte, zu Recht so geliebter Mensch, das Opfer solcher Launen werden könne, und seien sie noch so heftig. Er sah seinen Sohn jedes Jahr in London und war stolz auf ihn; und da er ihn voll väterlicher Liebe als einen prächtigen jungen Mann geschildert hatte, war ganz Highbury irgendwie stolz auf ihn. Er galt fast schon als Einheimischer, so daß seine Meriten und Zukunftsaussichten gewissermaßen Gegenstand des öffentlichen Interesses wurden.

Highbury rühmte sich, Mr. Frank Churchill zu den Seinen zählen zu dürfen, und alle brannten vor Neugier darauf, ihn endlich kennenzulernen, obwohl diese Ehre so wenig Resonanz fand, daß er noch nie in seinem Leben dort gewesen war. Oft hatte es wohl geheißen, er wolle seinen Vater besuchen kommen, aber daraus war nie etwas geworden.

Jetzt, nach der Hochzeit seines Vaters, ging man allgemein davon aus, daß der Besuch, schon als Akt geziemender Aufmerksamkeit, demnächst stattfinden werde. Darüber waren sich alle einig, egal, ob nun Mrs. Perry bei Mrs. und Miss Bates zum Tee saß oder ob Mrs. und Miss Bates den Besuch erwiderten. Nun war es für Mr. Frank Churchill Zeit, sich in ihrer Mitte blicken zu lassen; und die Hoffnung bekam Aufwind, als ruchbar wurde, daß er seiner neuen Mutter zur Hochzeit geschrieben habe. Einige Tage lang gehörte der schöne Brief, den Mrs. Weston bekommen hatte, bei jeder Vormittagsvisite in Highbury zum Gesprächsthema. »Ich vermute, Sie haben schon von dem schönen Brief gehört, den Mr. Frank Churchill Mrs. Weston geschrieben hat! Es soll wirklich ein sehr schöner Brief sein. Mr. Woodhouse hat mir davon erzählt. Mr. Woodhouse hat den Brief gesehen und sagt, daß er noch nie in seinem Leben einen so schönen Brief gesehen habe.«

Es war in der Tat ein unschätzbar wichtiger Brief. Mrs. Weston hatte sich von dem jungen Mann natürlich immer schon sehr schmeichelhafte Vorstellungen gemacht; und eine solch wohltuende Aufmerksamkeit war in ihren Augen ein unwiderlegbarer Beweis für seine hochherzige Gesinnung und eine höchst willkommene Ergänzung der vielen Glückwunschbekundungen, die bereits zur Hochzeit von allen Seiten eingegangen waren. Sie konnte ihr Glück kaum fassen und war alt genug, um zu wissen, wie glücklich sie sich schätzen durfte, kein anderes Bedauern empfinden zu müssen als das, nicht mehr andauernd mit Freunden zusammenzusein, deren Freundschaft für sie nie abgekühlt war und die sie nur schweren Herzens gehen ließen!

Sie wußte, daß sie bestimmt manchmal vermißt würde, und konnte nicht ohne Schmerz daran denken, daß Emma auch nur ein einziges Vergnügen entgehe oder sie auch nur eine Stunde Langeweile erleide, weil ihr die Gesellschaft ihrer Freundin fehle, aber die liebe Emma war ja kein schwacher Charakter und dieser Situation besser gewachsen, als es die meisten jungen Mädchen an ihrer Stelle gewesen wären, und sie hatte Verstand, Unternehmungsgeist und Esprit, die sie hoffentlich unbeschadet und glücklich durch die kleinen, nun auftretenden Schwierigkeiten und Entbehrungen hindurchmanövrieren würden. Ein wirklicher Trost lag auch darin, daß es von Randalls bis Hartfield ein Katzensprung war, so daß man sogar als Frau allein einen Spaziergang dorthin machen konnte, und zudem sprach aufgrund von Mr. Westons Naturell und Lebensumständen nichts dagegen, während der bevorstehenden Winterzeit jeden zweiten Abend gemeinsam mit den Woodhouses zu verbringen.

Den vielen Stunden, in denen Mrs. Weston voll Dankbarkeit über ihr neues Leben nachdachte, standen insgesamt gesehen nur wenige Minuten des Bedauerns gegenüber, und ihre Zufriedenheit – ja, mehr als nur Zufriedenheit – und ihre ungetrübte Freude waren so begründet und so offenkundig, daß Emma, so gut sie auch ihren Vater kannte, sich manchmal ganz verblüfft fragte, wie er die »arme Miss Taylor« noch immer bedauern konnte, wenn sie sie nach einem Besuch in Randalls in ihrem behaglichen Zuhause zurückließen oder sie abends am Arm ihres liebenswürdigen Ehemanns zur eigenen Kutsche gehen sahen. Aber jedesmal, wenn sie wegfuhr, gab Mr. Woodhouse einen leisen Seufzer von sich und sagte:

»Ach! Die arme Miss Taylor. Sie würde ja so gern hierbleiben.«

Nichts vermochte Miss Taylor zu ihnen zurückzubringen – und es bestand auch keine große Aussicht, daß er aufhören würde, sie zu bedauern: Aber nach einigen Wochen machte sich bei Mr. Woodhouse eine gewisse Erleichterung bemerkbar. Die Gratulationscour seiner Nachbarn war vorüber; er mußte sich nicht länger über die Glückwünsche zu einem so betrüblichen Ereignis ärgern; und der Hochzeitskuchen, der ihm großen Verdruß bereitet hatte, war aufgegessen. Sein Magen vertrug keine schwer verdaulichen Speisen, und er konnte einfach nicht glauben, daß es anderen Leuten nicht ebenso erging. Was ihm nicht bekam, betrachtete er als unzuträglich für jedermann; und er hatte ihnen daher ernsthaft auszureden versucht, überhaupt einen Hochzeitskuchen aufzutischen, und als das nicht verschlug, hatte er ebenso ernsthaft versucht, jedem vom Verzehr eines solchen abzuraten. Er hatte nicht einmal die Mühe gescheut, Mr. Perry, den Arzt, zu diesem Thema zu konsultieren. Mr.

Perry war ein intelligenter, gebildeter Mann, dessen häufige Besuche zu den Lichtblicken in Mr. Woodhouses Leben gehörten; und hierzu befragt, mußte Mr. Perry zugeben (wenn es ihm auch gegen den Strich zu gehen schien), daß ein Hochzeitskuchen, wenn er nicht in Maßen genossen werde, vielen Leuten schlecht bekomme – vielleicht sogar den meisten. Mit diesem Urteil eines Fachmanns, durch das er sich voll und ganz bestätigt sah, hoffte Mr. Woodhouse, jeden Gast des frisch vermählten Paares überzeugen zu können; doch der Kuchen wurde trotzdem gegessen, und Mr. Woodhouses von Nächstenliebe aufgewühlte Nerven beruhigten sich erst wieder, als nichts mehr von dem fatalen Gebäck übrig war.

In Highbury kursierte das befremdliche Gerücht, daß man alle kleinen Perrys mit einem Stück von Mrs. Westons Hochzeitstorte in der Hand gesehen habe: Aber Mr. Woodhouse wollte es partout nicht glauben.

DRITTES KAPITEL

Auf seine Weise liebte Mr. Woodhouse gesellschaftlichen Umgang durchaus. Er hatte es sehr gern, wenn seine Freunde ihn besuchen kamen; und aufgrund verschiedener glücklicher Umstände, seiner langjährigen Ansässigkeit in Hartfield, seiner Gutmütigkeit, seines Vermögens, seines Hauses und seiner Tochter vermochte er die Besuche aus seinem kleinen Freundeskreis weitgehend so zu steuern, wie es ihm gefiel.

Mit Familien außerhalb dieses Kreises pflegte er kaum Umgang; da ihm spätes Nachhausekommen und große Dinner-Parties ein Graus waren, beschränkten sich seine Kontakte notgedrungen auf Leute, die sich bei ihren Besuchen ganz nach ihm richteten. Er hatte das Glück, daß daran in Highbury mit dem zum gleichen Pfarrbezirk gehörenden Randalls und in dem benachbarten Donwell Abbey, dem Wohnsitz von Mr. Knightley, kein Mangel herrschte. Nicht selten ließ er sich von Emma überreden, einige der Auserwählten und Besten zum Essen einzuladen, aber am liebsten war ihm ein Abend mit Freunden, und wenn er sich nicht gerade einbildete, überhaupt niemanden um sich haben zu können, verging kaum ein Abend in der Woche, an dem Emma nicht den Kartentisch für ihn herrichten konnte.

Echte, langjährige Freundschaft führte die Westons und Mr. Knightley ins Haus; und es bestand auch keine Gefahr, daß Mr. Elton, ein junger, keineswegs überzeugter Junggeselle, das Vorrecht verschmähen würde, an freien Abenden das langweilige Alleinsein in den eigenen vier Wänden gegen die Annehmlichkeiten und die Gesellschaft in Mr. Woodhouses Salon und das Lächeln seiner liebreizenden Tochter eintauschen zu dürfen.

Nach diesen kam ein zweiter Personenkreis, zu dessen geschätztesten Mitgliedern Mrs. und Miss Bates und Mrs. Goddard gehörten, drei Damen, bei denen eine Einladung aus Hartfield fast immer ein geneigtes Ohr fand, und die so oft abgeholt und heimgefahren wurden, daß es in Mr. Woodhouses Augen James und den Pferden kein Ungemach mehr bereitete. Wäre es nur einmal im Jahr vorgekommen, so hätte es gewiß seinen Groll erregt.

Mrs. Bates, die Witwe eines früheren Pfarrers von Highbury, war eine uralte Dame, schon fast jenseits von Gut und Böse, bis auf ihre Vorliebe für Tee und Kartenspiel. Sie lebte mit ihrer einzigen Tochter in sehr bescheidenen Verhältnissen und wurde mit all der Rücksicht und Achtung behandelt, die eine harmlose alte Dame in solch widrigen Lebensumständen nur erregen kann. Ihre Tochter erfreute sich einer ungewöhnlich hohen Beliebtheit für eine Frau, die weder jung noch hübsch, weder reich noch verheiratet war. Angesichts ihrer kläglichen Lage floß ihr erstaunlich viel Sympathie zu, und sie besaß auch nicht die geistige Überlegenheit, um ihre Mängel zu kompensieren oder jenen, die sie nicht mochten, zumindest nach außen hin Respekt einzuflößen. Besonderer Schönheit oder Klugheit hatte sie sich nie rühmen können. Ihre Jugend war sang- und klanglos dahingegangen, und ihre mittleren Jahre widmete sie der Pflege einer kränklichen Mutter und dem Bemühen, ein geringes Einkommen so gut wie möglich zu strecken. Und dennoch war sie eine glückliche Frau, und eine, von der niemand ohne Wohlwollen sprach. Ihre eigenes Wohlwollen gegenüber jedermann und ihre innere Zufriedenheit bewirkten solche Wunder. Sie mochte jeden, nahm an jedermanns Glück Anteil, sah in jedem Menschen grundsätzlich das Gute und hielt sich für ein vom Glück reich bedachtes Wesen, gesegnet mit einer so wunderbaren Mutter und so vielen guten Nachbarn und Freunden und einem Heim, in dem es an nichts fehlte. Ihre schlichte, fröhliche Wesensart, ihre innere Zufriedenheit und Dankbarkeit öffneten ihr die Herzen aller und waren ihr selbst eine Quelle des Glücks. Sie konnte endlos und anschaulich über Kleinigkeiten reden, womit sie genau Mr. Woodhouses Geschmack traf, und hatte immer belanglose Neuigkeiten und harmlosen Klatsch parat.

Mrs. Goddard war die Leiterin einer Schule – keines Seminars oder Instituts oder irgendeiner jener Einrichtungen, die in langen Sätzen voll gebildetem Unsinn vorgeben, fortschrittliche Wissensvermittlung mit weltläufiger Moral auf der Basis neuer Erziehungsgrundsätze und neuer Lehrsysteme zu verbinden, und in denen junge Damen gegen enorme Summen um ihre Gesundheit und auf dumme Gedanken gebracht werden –, sondern eines echten, ehrlichen, altmodischen Mädchenpensionats, wo ein vernünftiges Maß an Fertigkeiten zu einem vernünftigen Preis geboten wird und wohin man junge Mädchen schicken kann, damit sie aus dem Weg sind und sich ein wenig Bildung aneignen, ohne Gefahr zu laufen, als Wunderkinder zurückzukommen. Mrs. Goddards Schule genoß einen vorzüglichen Ruf – und das durchaus zu Recht; denn Highbury galt als ein besonders gesundes Fleckchen Erde. Mrs. Goddard hatte ein geräumiges Haus und einen weitläufigen Garten, verköstigte die Kinder reichlich und gesund, ließ sie im Sommer viel umhertollen und verband ihnen im Winter eigenhändig die Frostbeulen. Es war kein Wunder, daß ihr inzwischen eine Schar von vierzig Mädchen, paarweise geordnet, zur Kirche folgte. Sie war eine schlichte, mütterliche Frau, die in ihrer Jugend hart gearbeitet hatte und sich nun das Recht nahm, gelegentlich einen freien Nachmittag für einen Teebesuch einzulegen; und da sie Mr. Woodhouses Freundlichkeit von früher her viel zu verdanken hatte, fühlte sie sich ihm gegenüber besonders verpflichtet, ihr schmuckes Wohnzimmer mit den feinen Handarbeiten an den Wänden so oft sie konnte zu verlassen, um vor seinem Kaminfeuer ein paar Pfennige zu gewinnen oder zu verlieren.

Dies waren die Damen, die Emma recht häufig zusammenbekam, und sie freute sich darüber wegen ihres Vaters, denn ihr boten sie natürlich keinen Ersatz für die abwesende Mrs. Weston. Sie war froh und glücklich, wenn sie sah, daß sich ihr Vater wohl fühlte, und ein bißchen stolz auf sich, weil sie alles so schön hingekriegt hatte; aber wenn sie dann die drei Damen so eintönig und langatmig daherreden hörte, wurde ihr jedesmal aufs neue klar, daß das wieder einer der endlosen Abende war, die sie mit Schrecken hatte kommen sehen.

Als sie eines Morgens so dasaß und schon wußte, daß auch dieser Tag wieder so enden würde, brachte man ihr ein Briefchen von Mrs. Goddard, die in ehrerbietigsten Worten um die Erlaubnis bat, Miss Smith mitbringen zu dürfen, eine Emma höchst willkommene Bitte, denn Miss Smith war ein siebzehnjähriges Mädchen, das sie vom Sehen her gut kannte und das sie wegen seines bildhübschen Gesichts schon seit langem interessierte. Eine freundliche Einladung wurde zurückgeschickt, und der bevorstehende Abend löste in der holden Hausherrin kein Grauen mehr aus.

Harriet Smith war die uneheliche Tochter eines Unbekannten. Ein Unbekannter hatte sie vor mehreren Jahren in Mrs. Goddards Schule untergebracht, ein Unbekannter hatte vor kurzem bewirkt, daß aus der einfachen Pensionatsschülerin eine von Mrs. Goddards Günstlingen geworden war. Mehr wußte man nicht über sie. Außer den in Highbury erworbenen Freundinnen hatte sie offenbar keine weiteren und war soeben von einem längeren Aufenthalt bei einigen jungen Damen auf dem Lande zurückgekehrt, die mit ihr dort die Schule besucht hatten.

Sie war ein bildhübsches Mädchen und zufällig der Typ von Schönheit, den Emma besonders bewunderte. Sie war klein und mollig, hatte einen sehr hellen Teint und rosige Wangen, blaue Augen und blondes Haar, regelmäßige Gesichtszüge und einen schmelzenden Blick; und ehe sich der Abend neigte, war Emma von ihren Umgangsformen nicht weniger angetan als von ihrem Äußeren und fest entschlossen, die Bekanntschaft fortzusetzen.

An Miss Smiths Äußerungen im Gespräch war ihr zwar

nichts besonders Geistreiches aufgefallen, aber insgesamt fand Emma sie doch sehr anziehend: nicht störend schüchtern, nicht auf den Mund gefallen, und doch alles andere als vorlaut, zollte sie der Gastgeberin die geziemende Hochachtung, gab auf so wohltuend offene Weise zu erkennen, wie dankbar sie sei, in Hartfield aufgenommen worden zu sein, und zeigte sich so ungekünstelt beeindruckt von dem eleganten, ihr völlig fremden Ambiente, daß sie gesunden Menschenverstand haben mußte und Förderung verdiente. Und die sollte sie erhalten. Solche sanften blauen Augen und solch natürliche Anmut durften nicht an die kleinbürgerlichen Kreise von Highbury und deren Anhang vergeudet werden. Die Bekanntschaften, die sie bereits geschlossen hatte, waren ihrer nicht würdig. Die Freunde, bei denen sie sich bis vor kurzem aufgehalten hatte, waren zwar durchaus anständige Leute, aber kein Umgang für sie. Es handelte sich bei ihnen um eine Familie Martin, die Emma vom Hörensagen kannte, denn sie hatten von Mr. Knightley einen großen Bauernhof gepachtet und wohnten in der Gemeinde von Donwell – ließen sich bestimmt nichts zuschulden kommen –, sie wußte, daß Mr. Knightley eine hohe Meinung von ihnen hatte – aber sie waren gewiß ungehobelt und ungebildet und ganz und gar ungeeignet als enge Freunde eines Mädchens, dem zur Vollkommenheit nur noch etwas mehr Bildung und Schliff fehlten. *Sie* würde sich ihrer annehmen, sie würde sie fördern; sie würde sie dem schlechten Einfluß ihrer Bekannten entziehen und sie in die gute Gesellschaft einführen; sie würde ihr vernünftige Ansichten und gute Manieren beibringen – ein reizvolles Unterfangen und gewiß auch ein gutes Werk, das sich bei ihrer gesellschaftlichen Stellung, ihren vielen Mußestunden und ihren Fähigkeiten geradezu anbot.

Sie war so eifrig damit beschäftigt, diese sanften blauen Augen zu bewundern, sich zu unterhalten und zuzuhören und zwischendurch ihre Pläne zu schmieden, daß der Abend wie im Flug verging und, ehe sie sich's versah, der Tisch mit dem Imbiß, der am Ende solcher Einladungen stets gereicht wurde und auf den sie sonst immer, wie ihr schien, endlos warten mußte, gedeckt und angerichtet vor dem Kamin bereitstand. Zwar ließ sie auch sonst nie den nötigen Eifer vermissen, eine gewandte und aufmerksame Gastgeberin zu sein, aber in der Begeisterung über das, was sie ausgeheckt hatte, gab sie sich diesmal noch viel beflissener dieser Aufgabe hin, legte vor und empfahl das Hühnerfrikassee und die überbackenen Austern so nachdrücklich, daß die Gäste angesichts der frühen Stunde ihre höflichen Skrupel überwanden.

Bei solchen Gelegenheiten befanden sich die Gefühle des armen Mr. Woodhouse in einem traurigen Kriegszustand. Er liebte es, wenn der Tisch gedeckt wurde, weil es in seiner Jugend so üblich gewesen war; aber da er sich nicht ausreden ließ, daß Mahlzeiten zu später Stunde sehr ungesund sind, sah er voll Bedauern, wenn die Schüsseln aufgetragen wurden; und während er in seiner Gastfreundschaft den Besuchern keinen Genuß verargen wollte, befürchtete er in seiner Sorge um ihre Gesundheit, daß sie zugreifen würden.

Ein Schälchen mit dünnem Haferschleim, wie es für ihn bereitstand, war das einzige, das er wirklich guten Gewissens empfehlen konnte, auch wenn es ihm nicht ganz leichtfiel, die Damen, die sich gerade genüßlich an den leckereren Dingen gütlich taten, mit seinen Ermahnungen zu behelligen:

»Mrs. Bates, ich möchte Ihnen vorschlagen, daß Sie sich an eines dieser Eier wagen. Ein weichgekochtes Ei ist leicht verdaulich. Keine versteht sich so gut aufs Eierkochen wie Serle. Ein Ei, das jemand anders gekocht hat, würde ich Ihnen gar nicht erst empfehlen – aber Sie brauchen keine Angst zu haben – die Eier sind sehr klein, sehen Sie –, eines von unseren kleinen Eiern wird Ihnen gewiß nicht schaden. Miss Bates, lassen Sie sich von Emma ein *Stückchen* Torte geben – ein ganz kleines Stückchen. Bei uns gibt es immer nur Apfeltorte. Sie brauchen hier keine Angst vor ungesundem Eingemachten zu haben. Von dem Rahmpudding rate ich Ihnen allerdings ab. Mrs. Goddard, wie wäre es mit einem *halben* Glas Wein? Ein halbes Gläschen – mit Wasser verdünnt? Ich denke, es wird Ihnen nicht schaden.«

Emma ließ ihren Vater reden – sorgte aber dafür, daß ihre Gäste nicht zu kurz kamen; und es machte ihr an diesem Abend besonders viel Freude, sie glücklich heimfahren zu sehen. Miss Smiths Glückseligkeit entschädigte sie vollkommen. Miss Woodhouse war in Highbury eine so bedeutende Persönlichkeit, daß die Aussicht, sie kennenzulernen, ebensoviel Panik wie Freude in Harriet ausgelöst hatte – aber das bescheidene, dankbare Mädchen verabschiedete sich, geschmeichelt und entzückt von der leutseligen Art, mit der Miss Woodhouse sie den ganzen Abend über behandelt und ihr am Schluß sogar noch die Hand gedrückt hatte!

VIERTES KAPITEL

Bald schon ging Harriet Smith in Hartfield ein und aus. Zupackend und entschieden, wie es ihre Art war, verlor Emma keine Zeit, sie einzuladen, zu ermuntern, ja zu beschwören, recht oft zu kommen; und je näher sie sich kennenlernten, desto mehr Gefallen fanden sie aneinander. Emma hatte gleich geahnt, wie nützlich ihr Harriet als Begleiterin auf ihren Spaziergängen sein würde. In dieser Hinsicht war der Verlust von Mrs. Weston besonders schmerzlich für sie gewesen. Ihr Vater ging nie weiter als bis in den Park, wo ihm, je nach Jahreszeit, ein längerer oder ein kurzer Rundgang genügten, und so fühlte sich Emma seit Mrs. Westons Heirat in ihrer Bewegungsfreiheit stark eingeschränkt. Einmal hatte sie sich allein bis nach Randalls gewagt, aber keinen Spaß dabei gehabt; und eine Harriet Smith, die sie jederzeit zu einem Spaziergang einbestellen konnte, fügte ihren anderen Privilegien deshalb noch ein weiteres wertvolles hinzu. Doch auch sonst war sie von ihr bei näherem Kennenlernen sehr angetan und sah sich in ihrem menschenfreundlichen Vorhaben bestätigt.

Harriet bestach gewiß nicht durch Klugheit, aber sie war von Natur aus freundlich, gelehrig, dankbar, nicht im mindesten von sich eingenommen und wollte nur von jemandem an der Hand genommen werden, zu dem sie aufschauen konnte. Die Anhänglichkeit, die sie Emma gegenüber so schnell an den Tag legte, bewies ein liebenswürdiges Naturell. Sie hatte eine Vorliebe für gute Gesellschaft und wußte feines Benehmen und geistreiche Konversation sehr wohl zu schätzen, was zeigte, daß es ihr nicht an Geschmack und Urteilskraft gebrach, wenn man auch von ihr wahrlich keine Geistesblitze erwarten durfte. Insgesamt war Emma durchaus überzeugt, daß Harriet Smith genau die junge Freundin sei, die sie brauchte – genau das, was ihr in Hartfield bisher gefehlt hatte. Eine Freundin wie Mrs. Weston kam nicht in Frage. Zwei solche Freundinnen waren einem im Leben nicht vergönnt. Eine zweite Mrs. Weston wollte sie auch gar nicht. Dies hier war eine ganz andere Beziehung – ihre Empfindungen für Harriet nicht mit denen für Mrs. Weston zu vergleichen. Ihre Zuneigung zu Mrs. Weston beruhte auf Dankbarkeit und Hochachtung. Harriet würde sie als einen Menschen lieben, dem sie nützlich sein konnte. Für Mrs. Weston blieb nichts mehr zu tun, für Harriet alles.

Ihre ersten Versuche, sich ihr nützlich zu machen, bestanden in dem Bemühen herauszufinden, wer ihre Eltern waren; aber Harriet hatte nicht die blasseste Ahnung. Bereitwillig erzählte sie zwar sonst alles, was sie wußte, aber bei diesem Thema erwies sich alles Fragen als vergeblich. Emma sah sich gezwungen, ihrer Phantasie freien Lauf zu lassen – konnte sich jedoch nicht vorstellen, daß *sie* in Harriets Lage nicht der Wahrheit auf die Spur gekommen wäre. Aber Harriet gehörte nicht zu den Menschen, die einer Sache auf den Grund gehen. Sie hatte sich mit dem zufriedengegeben, was Mrs. Goddard ihr zu erzählen für gut befand, daran geglaubt und nicht weiter nachgeforscht.

Naturgemäß ging es in den Unterhaltungen mit Harriet meistens um Mrs. Goddard, die Lehrer und die Mädchen und schulische Belange ganz allgemein – und wenn ihre Bekanntschaft mit den Martins von der Abbey-Mill-Farm nicht gewesen wäre, hätte sich wohl alles um dieses Thema gedreht. Aber die Martins beschäftigten ihr Denken sehr; sie hatte zwei ausgesprochen glückliche Monate bei ihnen verbracht und erzählte nun gern von den Vergnügungen während ihres Aufenthalts und schilderte die vielen Annehmlichkeiten und wunderbaren Dinge, die es dort gab. Emma ermunterte sie in ihrer Redseligkeit, amüsierte sie sich doch über dieses Bild, das Harriet von einem ihr fremden Kreis von Lebewesen entwarf, und ergötzte sich an der kindlichen Einfalt, die sich darüber begeistern konnte, daß Mrs. Martin *zwei* Wohnzimmer habe, ja, wirklich zwei sehr schöne Wohnzimmer, eines davon genauso groß wie Mrs. Goddards Salon; und daß Mrs. Martin eine Großmagd habe, die schon fünfundzwanzig Jahre bei ihr sei, und daß die Martins acht Kühe besäßen, zwei davon Alderneys und eine kleine Waliser Kuh, wirklich, eine ganz niedliche kleine Waliser Kuh, und weil sie so vernarrt in das Tierchen gewesen sei, habe Mrs. Martin gesagt, es solle in Zukunft als *ihre* Kuh gelten; und daß sie im Garten eine wunderhübsche Laube hätten, wo sie im nächsten Jahr einmal alle zusammen Tee trinken wollten: eine wunderhübsche Laube, groß genug für ein Dutzend Leute.

Eine Zeitlang amüsierte sich Emma einfach nur, ohne darüber hinausgehende Vermutungen anzustellen; aber als sie mehr über die Familie erfuhr, wurden doch andere Empfindungen in ihr wach. Fälschlicherweise hatte sie sich eingebildet, es handele sich um Mutter und Tochter, den Sohn und dessen Frau, die dort alle miteinander lebten; aber als ihr dämmerte, daß jener Mr. Martin, der in Harriets Schilderung mehrfach vorkam und dessen nette gefällige Art bei verschiedenen Gelegenheiten stets beifällig erwähnt wurde, Junggeselle war und es jedenfalls keine junge Mrs. Martin, keine Ehefrau, gab, witterte sie hinter all dieser Gastfreundschaft und Güte eine Gefahr für ihre arme kleine Freundin, die, wenn man nicht auf sie aufpaßte, womöglich in ihr Verderben rennen würde.

Solcherart hellhörig geworden, begann sie ihr nun etliche,

gezieltere Fragen zu stellen; vor allem ließ sie sich von Harriet mehr über Mr. Martin erzählen, was diese offensichtlich nicht ungern tat. Bereitwillig schilderte Harriet, wie er an ihren Mondscheinspaziergängen und fröhlichen abendlichen Spielen teilgenommen habe, und wurde nicht müde zu betonen, wie ungeheuer nett und zuvorkommend er sei. Eines Tages sei er drei Meilen weit gelaufen, nur um ihr ein paar Walnüsse zu bringen, weil sie gesagt habe, wie gern sie die esse – und auch sonst sei er stets so gefällig! Eines Abends habe er den Sohn seines Schäfers ins Wohnzimmer gerufen, damit er ihr etwas vorsinge. Sie liebe den Gesang. Er könne auch ein bißchen singen. Sie halte ihn für sehr klug und tüchtig. Er besitze eine stattliche Schafherde, und während sie dort war, habe man ihm für seine Wolle ein besseres Angebot gemacht als allen anderen Schafzüchtern in der Gegend. Sie glaube, jedermann spreche nur gut über ihn. Seine Mutter und seine Schwestern hingen sehr an ihm. Mrs. Martin habe eines Tages zu ihr gesagt (und Harriet wurde bei diesen Worten ein wenig rot), daß es keinen besseren Sohn geben könne, und sie daher überzeugt sei, er werde, wenn er einmal heirate, einen guten Ehemann abgeben. Nicht daß sie ihn zum Heiraten drängen wolle. Sie habe überhaupt keine Eile damit.

»Bravo, Mrs. Martin!« dachte Emma. »Sie wissen, was Sie wollen.«

Und beim Abschied sei Mrs. Martin so gütig gewesen, ihr für Mrs. Goddard eine schöne Gans mitzugeben: die beste Gans, die Mrs. Goddard je untergekommen sei. Mrs. Goddard habe die Gans am Sonntag gebraten und alle drei Lehrerinnen, Miss Nash und Miss Price und Miss Richardson, zum Abendessen eingeladen.

»Über irgendwelche Bildung, die über sein Metier hinausgeht, verfügt Mr. Martin vermutlich nicht. Er liest doch bestimmt nicht, oder?«

»O doch! Das heißt, nein – ich weiß nicht – aber ich glaube, er liest eine ganze Menge – aber nicht das, was Sie interessiert. Er liest die Landwirtschaftlichen Berichte und einige andere Bücher, die in einer der Fensternischen liegen – aber *die* liest er für sich. Doch manchmal hat er uns abends vor dem Kartenspielen etwas aus den *Eleganten Auszügen* vorgelesen – sehr unterhaltsam. Und ich weiß, daß er den *Pfarrer von Wakefield* gelesen hat. Die *Waldromanze* kennt er zwar nicht und ebensowenig die *Kinder der Abtei*. Er hatte noch nie von diesen Büchern gehört, ehe ich sie erwähnte, aber jetzt will er sie sich beschaffen, sobald er dazu kommt.«

Die nächste Frage lautete:

»Wie sieht denn Mr. Martin überhaupt aus?«

»Oh! Eigentlich nicht sehr gut – nein, nicht sehr gut. Anfangs kam er mir recht unscheinbar vor, aber jetzt finde ich ihn nicht mehr so unscheinbar. Nach einiger Zeit geht einem das ja immer so. Aber haben Sie ihn denn noch nie gesehen? Er ist gelegentlich in Highbury; und auf dem Weg nach Kingston reitet er mit Sicherheit einmal in der Woche hier durch. Er ist schon oft an Ihnen vorbeigeritten.«

»Das mag wohl sein – und wenn ich ihn auch schon fünfzigmal gesehen hätte, würde ich ihn nicht erkennen. Ein junger Bauer, egal, ob zu Pferd oder zu Fuß, ist der letzte, der meine Neugier erregen könnte. Solche Pächter gehören zu der Sorte von Leuten, mit denen ich wirklich nichts im Sinn habe. Ein paar Stufen tiefer stehend mit einem passablen Aussehen, nun, solche Leute würden mich vielleicht interessieren, weil ich vielleicht ihren Familien in irgendeiner Weise nützlich sein könnte. Aber so ein Pächter braucht meine

Hilfe wahrlich nicht und steht daher in dieser Hinsicht so weit über den Leuten, die meiner Zuwendung bedürfen, wie er in jeder anderen unter ihnen steht.«

»Gewiß. O ja, wahrscheinlich ist er Ihnen nie aufgefallen – aber er kennt Sie sehr gut – ich meine, vom Sehen.«

»Ich zweifle gar nicht daran, daß er ein recht achtbarer junger Mann ist. Ja, ich weiß, er ist es; und weil er das ist, wünsche ich ihm alles Gute. Wie alt schätzen Sie ihn?«

»Letztes Jahr ist er vierundzwanzig geworden, am achten Juni, und ich habe am dreiundzwanzigsten Geburtstag – genau zwei Wochen und einen Tag sind wir auseinander! Komisch, nicht wahr?«

»Erst vierundzwanzig. Das ist zu jung, um eine Familie zu gründen. Seine Mutter hat vollkommen recht damit, nichts zu überstürzen. Sie fühlen sich ja anscheinend auch so recht wohl, und wenn sie jetzt schon die Mühe auf sich nähme, ihn zu verheiraten, würde sie es wahrscheinlich hinterher bereuen. In sechs Jahren mag es durchaus angehen, wenn er bis dahin ein anständiges Mädchen aus seinen Kreisen findet, das auch etwas Geld hat.«

»In sechs Jahren! Liebe Miss Woodhouse, dann wäre er ja schon dreißig Jahre alt!«

»Na, früher können es sich die meisten Männer, denen kein Vermögen mit in die Wiege gelegt wurde, doch gar nicht leisten zu heiraten. Mr. Martin, denke ich mir, muß sich sein Vermögen erst erarbeiten – er kann es noch nicht weit gebracht haben. Wieviel Geld er auch geerbt haben mag, als sein Vater starb, wie hoch sein Anteil am Familienbesitz auch ist, er kann, wie ich wohl meinen möchte, darüber momentan nicht verfügen, steckt es doch alles in seinem Viehbestand und so weiter; und sollte er auch mit Fleiß und etwas Glück eines Tages ein reicher Mann werden, so ist es doch nahezu unmöglich, daß er jetzt schon etwas Vernünftiges auf die Beine gestellt hat.«

»Gewiß. Aber sie leben recht gut. Sie haben zwar keinen Diener – aber sonst fehlt es ihnen an nichts; und Mrs. Martin spricht davon, daß sie nächstes Jahr einen jungen Burschen einstellen wollen.«

»Hoffentlich kommst du nicht in Verlegenheit, Harriet, wenn er eines Tages tatsächlich heiratet – ich meine, was den Umgang mit seiner Frau betrifft –, denn auch wenn gegen seine Schwestern aufgrund ihrer höheren Bildung nichts Gravierendes einzuwenden sein mag, folgt doch daraus noch lange nicht, daß er eine Person heiratet, die der geeignete Umgang für dich ist. Angesichts der mißlichen Umstände deiner Geburt solltest du in der Wahl deiner Bekannten besonders vorsichtig sein. Es steht wohl außer Zweifel, daß du die Tochter eines Gentleman bist, und du mußt deinen Anspruch auf den damit verbundenen Rang mit Zähnen und Klauen verteidigen, sonst werden sich etliche Leute einen Spaß daraus machen, dich herabzuwürdigen.«

»Ja, gewiß – das mag schon sein. Aber solange ich nach Hartfield kommen darf und Sie so gütig zu mir sind, Miss Woodhouse, habe ich vor nichts und niemandem Angst.«

»Du verstehst schon recht gut, wie wichtig einflußreiche Beziehungen sind, Harriet; aber ich möchte dich so fest in der guten Gesellschaft verankern, daß du nicht einmal mehr auf Hartfield und Miss Woodhouse angewiesen bist. Ich möchte dich auf Dauer in besseren Kreisen wissen – und zu diesem Zweck ist es ratsam, daß du so wenig wie möglich mit solch fragwürdigen Bekannten verkehrst; und falls du noch immer hier in der Gegend leben solltest, wenn Mr. Martin heiratet, würde ich mir deshalb wünschen, daß du dich durch deine Freundschaft mit seinen Schwestern nicht verleiten läßt, auch mit seiner Frau Umgang zu pflegen, die wahrscheinlich eine ganz gewöhnliche Bauerstochter ohne eine Spur von Bildung sein wird.«

»Gewiß. Ja. Zwar glaube ich eigentlich nicht, daß Mr. Martin jemals eine Frau heiraten würde, die nicht über eine gewisse Bildung verfügt – und gut erzogen ist. Ich will Ihnen jedoch nicht widersprechen – und auf die Bekanntschaft mit seiner Frau würde ich bestimmt keinen Wert legen. Mit den Misses Martin, besonders mit Elizabeth, werde ich wohl immer befreundet bleiben, und es täte mir leid, wenn ich diese Freundschaft aufgeben müßte, denn sie haben ja eine ebenso gute Erziehung genossen wie ich. Aber wenn er eine dumme, gewöhnliche Frau heiratet, werde ich sie lieber nicht besuchen, wenn es sich irgendwie vermeiden läßt.«

Emma faßte Harriet bei diesen nicht immer ganz überzeugend klingenden Äußerungen scharf ins Auge, konnte aber an ihr keine alarmierenden Anzeichen von Verliebtheit entdecken. Der junge Mann war ihr erster Verehrer gewesen, aber sie vertraute fest darauf, daß er darüber hinaus keinen Einfluß auf sie ausübte und Harriet ihren eigenen in freundlicher Absicht ausgedachten Arrangements keinen ernsthaften Widerstand entgegensetzen würde.

Gleich am nächsten Tag begegnete ihnen Mr. Martin, als sie auf der Straße nach Donwell dahinliefen. Er war zu Fuß, und nachdem er Emma einen respektvollen Blick zugeworfen hatte, betrachtete er ihre Begleiterin mit unverhohlenem Wohlgefallen. Emma kam eine solche Gelegenheit, Harriet und ihn zusammen beobachten zu können, keineswegs ungelegen. Während sich die beiden unterhielten, ging sie ein paar Schritte weiter, nicht ohne sich durch ein paar Seitenblicke schnell ein Bild von Robert Martin gemacht zu haben. Er wirkte sehr gepflegt und durchaus wie ein verständiger junger Mann, aber ansonsten besaß er keine äußerlichen Vorzüge; und beim direkten Vergleich mit einem richtigen Gentleman würde er mit Sicherheit jedes Stückchen Boden verlieren, das er sich in Harriets Gunst erobert hatte. Harriet war für feine Umgangsformen sehr wohl empfänglich; von sich aus hatte sie mit Bewunderung und Staunen das vornehme Auftreten ihres Vaters konstatiert. Mr. Martin sah aus, als habe er noch nie etwas von Manieren gehört.

Da man Miss Woodhouse nicht warten lassen durfte, blieben Harriet und Mr. Martin nur wenige Minuten beieinander stehen, dann kam Harriet zu ihr gerannt, lächelnd und, wie es schien, vor freudiger Erregung ganz taumelig im Kopf, den ihr Miss Woodhouse allerdings recht bald zurechtzusetzen hoffte.

»Welch ein Zufall, daß wir ihm begegnet sind! – Wie merkwürdig! Es sei reiner Zufall, sagte er, daß er nicht über Randalls gegangen ist. Er hätte nie gedacht, daß wir diese Straße nehmen. Er dachte, wir gingen fast jeden Tag nach Randalls. Die *Waldromanze* hat er sich noch nicht besorgen können. Als er das letzte Mal in Kingston war, sei er so beschäftigt gewesen, daß er es ganz vergessen habe, aber morgen müsse er wieder hin. Wie seltsam, daß er uns ausgerechnet heute über den Weg laufen mußte! Nun, Miss Woodhouse, entspricht er Ihren Erwartungen? Was halten Sie von ihm? Finden Sie ihn sehr unscheinbar?«

»Er ist sehr unscheinbar, ohne Zweifel – erstaunlich unscheinbar: Aber gemessen an seinem völligen Mangel an Lebensart fällt das nicht weiter ins Gewicht. Ich durfte freilich nicht viel erwarten, und ich habe auch nicht viel erwartet, aber daß er ein solcher Flegel ist, so gar keine Art hat, das hätte ich denn doch nicht gedacht. Ein bißchen vornehmer hatte ich ihn mir schon vorgestellt, muß ich gestehen.«

»Gewiß«, sagte Harriet mit gekränkt klingender Stimme, »er ist nicht so vornehm wie ein echter Gentleman.«

»Ich denke, Harriet, seit wir uns kennen, bist du wiederholt mit echten Gentlemen zusammengetroffen, und der Unterschied zu Mr. Martin müßte dir eigentlich selbst klargeworden sein. In Hartfield hast du einige Musterbeispiele von gebildeten und tadellos auftretenden Männern vor Augen gehabt. Es sollte mich überraschen, wenn du nach dieser Erfahrung wieder mit Mr. Martin zusammensein könntest, ohne zu bemerken, wie tief er unter ihnen steht – und dich selbst zu wundern, daß du ihn überhaupt jemals sympathisch finden konntest. Fragst du dich das nicht jetzt schon beinah? Ist dir das nicht eben schon aufgefallen? Es muß dir doch aufgefallen sein, wie verlegen er dreinschaut, wie unbeholfen er sich benimmt, wie unschön seine Stimme klingt, die, wie ich von hier aus hören konnte, vollkommen ausdruckslos ist.«

»Sicher, er ist nicht wie Mr. Knightley. Er hat nicht die feine Art und den vornehmen Gang eines Mr. Knightley. Ich sehe den Unterschied deutlich genug. Aber Mr. Knightley ist halt auch ein sehr feiner Herr!«

»Mr. Knightleys Auftreten ist so fabelhaft, daß es nicht fair wäre, Mr. Martin ausgerechnet mit *ihm* zu vergleichen. Selbst unter hundert fändest du vielleicht keinen einzigen, dem der *Gentleman* so deutlich auf der Stirn geschrieben steht wie ihm. Aber er ist ja nicht der einzige Gentleman, den du in der letzten Zeit näher kennengelernt hast. Was sagst du zu Mr. Weston und Mr. Elton? Vergleiche ruhig Mr. Martin mit einem von *diesen* beiden. Vergleiche die Art, wie sie sich geben, wie sie gehen, sprechen, schweigen, mit der seinen. Der Unterschied muß dir doch in die Augen springen.«

»O ja! Der Unterschied ist riesig. Aber Mr. Weston ist ja fast schon ein alter Mann. Mr. Weston muß doch zwischen vierzig und fünfzig sein.«

»Was seine guten Manieren um so schätzenswerter macht. Je älter ein Mensch wird, Harriet, desto wichtiger ist es, daß er sich seine guten Manieren bewahrt – desto auffallender und abstoßender macht sich dann nämlich lautes, ungehobeltes und linkisches Benehmen bemerkbar. Was in der Jugend noch angehen mag, wirkt im fortgeschrittenen Alter regelrecht widerwärtig. Mr. Martin ist jetzt linkisch und ungehobelt, wie wird er da erst sein, wenn er so alt ist wie Mr. Weston?«

»Das kann man schwer sagen!« erwiderte Harriet ziemlich ernst.

»Aber man kann es sich unschwer vorstellen. Er wird ein ganz ungehobelter, gewöhnlicher Bauer sein – sich völlig gehen lassen, was sein Äußeres betrifft, und nur noch an Gewinn und Verlust denken.«

»Wenn es wirklich so käme, wäre das ganz schlimm.«

»Wie sehr er sich bereits jetzt von seiner Bauerei in Beschlag nehmen läßt, wird allein schon daraus deutlich, daß er vergessen hat, nach dem Buch zu fragen, das du ihm empfohlen hast. Er hatte den Kopf viel zu sehr mit dem Markt und derartigen Angelegenheiten voll, um an etwas anderes zu denken – wie es sich für einen nach Erfolg strebenden Mann ja auch gehört. Was hat er mit Büchern zu schaffen? Und ich bezweifle keineswegs, daß er sich ins Zeug legt und bald ein reicher Mann sein wird – und daß er nicht belesen und recht ungeschliffen ist, braucht *uns* ja nicht zu stören.«

»Ich wundere mich auch, daß er nicht mehr an das Buch gedacht hat« – ließ sich Harriet daraufhin vernehmen, und es klang ein ernsthaftes Mißfallen aus ihrer Stimme, so daß Emma sie getrost sich selbst überlassen zu dürfen glaubte. Daher sagte sie eine Zeitlang gar nichts mehr, bis sie wieder mit dem Thema anfing:

»In einer Hinsicht haben Mr. Eltons Umgangsformen denen von Mr. Knightley oder Mr. Weston vielleicht sogar noch etwas voraus. Sie sind liebenswürdiger. Sie eignen sich noch besser zum Vorbild. Mr. Weston ist von einer Offenheit, einer Direktheit, ja, man könnte schon fast sagen Ungezwungenheit, die jedermann an *ihm* mag, weil aus ihnen stets eine so überschäumend gute Laune spricht – aber unbedingt nachahmenswert ist sein Benehmen nicht. Ebensowenig Mr. Knightleys gerade, entschiedene, gebieterische Art – obwohl sie ausgezeichnet zu ihm paßt; bei seiner Persönlichkeit, seiner äußeren Erscheinung und seiner gesellschaftlichen Stellung steht sie ihm wohl auch zu; aber wenn ein junger Mann ihm nacheifern wollte, wäre es nicht auszuhalten. Im Gegenteil, ich denke, ein junger Mann wäre gut beraten, sich Mr. Elton zum Vorbild zu nehmen. Mr. Elton ist immer guter Dinge, fröhlich, zuvorkommend und liebenswürdig. In letzter Zeit scheint er mir besonders liebenswürdig. Ich weiß nicht, ob er sich dadurch bei einer von uns einschmeicheln möchte, Harriet, doch mir fällt auf, daß sein Benehmen noch höflicher ist als früher. Falls er es damit auf irgend jemanden abgesehen hat, dann bestimmt auf dich. Habe ich dir denn noch nicht erzählt, was er neulich über dich gesagt hat?«

Hierauf wiederholte sie irgendeine schmeichelhafte Bemerkung über Harriet, die sie Mr. Elton entlockt hatte und nun voll zur Geltung brachte; und Harriet errötete und lächelte und sagte, Mr. Elton sei ihr schon immer sehr sympathisch gewesen.

Mr. Elton war es nämlich, den Emma dazu auserkoren hatte, Harriet die Gedanken an den jungen Bauern auszutreiben. Sie hielt eine Heirat der beiden für eine ausgezeichnete Verbindung, nur für allzusehr auf der Hand liegend, wünschenswert, selbstverständlich und wahrscheinlich, als daß sie sich viel darauf würde zugute halten können, sie eingefädelt zu haben. Sie hegte die Befürchtung, daß auch andere unweigerlich auf den Gedanken verfallen und diese Partie prophezeien würden. Es war allerdings unwahrscheinlich, daß ihr jemand zuvorgekommen war, da sie schon am allerersten Abend, den Harriet in Hartfield verbrachte, diese Idee gehabt hatte. Je länger sie darüber nachdachte, desto zweckmäßiger erschien ihr eine solche Verbindung. Mr. Eltons gesellschaftliche Lage bot sich dafür geradezu an; zudem war er ein Gentleman vom Scheitel bis zur Sohle und ohne kompromittierende Verwandtschaft, stammte aber auch wieder nicht aus einer solchen Familie, die an Harriets zweifelhafter Geburt Anstoß nehmen würde. Er konnte ihr ein gemütliches Zuhause bieten und verfügte, wie Emma annahm, über die entsprechenden finanziellen Mittel; denn wenn auch die Pfarrei von Highbury nicht groß war, so besaß er doch, wie man wußte, ein gewisses Privatvermögen; und sie schätzte ihn als einen aufgeräumten, wohlmeinenden, achtbaren jungen Mann, dem es weder an praktischem Wissen noch an Weltgewandtheit mangelte.

Sie hatte sich bereits vergewissert, daß er Harriet für ein bildhübsches Mädchen hielt, was bei den häufigen Begegnungen der beiden in Hartfield von seiner Seite gewiß eine ausreichende Grundlage darstellte, und was Harriet anging, so bestand kein Zweifel daran, daß die Vorstellung, von ihm bevorzugt zu werden, das übliche Gewicht haben und die übliche Wirkung erzielen würde. Und er war wirklich ein sehr netter junger Mann, ein junger Mann, der bei jeder nicht gar zu wählerischen Frau Anklang finden mußte. Er galt als sehr gutaussehend; sein Äußeres wurde allgemein bewundert, wenn auch nicht von Emma, da es seinen Gesichtszügen an jener edlen Anmut mangelte, die ihr bei einem Mann vorschwebte. Aber ein Mädchen, das sich darüber freuen konnte, wenn ein Robert Martin für sie auf der Suche nach Walnüssen in der Gegend umherritt, würde Mr. Eltons Werben gewiß ein geneigtes Ohr schenken.

FÜNFTES KAPITEL

»Ich weiß nicht, Mrs. Weston«, sagte Mr. Knightley, »was Sie von dieser innigen Freundschaft zwischen Emma und Harriet Smith halten, mir jedenfalls gefällt sie gar nicht.«

»Nicht? Aber warum denn nur?«

»Ich denke, diese Freundschaft tut keiner von beiden gut.«

»Sie überraschen mich! Emma kann Harriet doch nur nützlich sein; und dadurch, daß sie in dem jungen Mädchen eine neue Aufgabe sieht, tut Harriet auch ihr gut, wie ich meine. Ich beobachte ihre Vertrautheit mit größtem Wohlgefallen. Wie sehr doch unsere Meinungen auseinandergehen! Wie kommen Sie nur darauf, daß sie einander schaden könnten? Gleich werden wir uns wieder wegen Emma in den Haaren liegen, Mr. Knightley!«

»Womöglich glauben Sie ja sogar, daß ich hierhergekommen bin, um mich mit Ihnen über Emma zu streiten, weil ich weiß, daß Weston nicht da ist und Sie also Ihren Kampf allein ausfechten müssen.«

»Mr. Weston würde mich zweifellos unterstützen, wenn

er hier wäre, denn er sieht die Sache genauso wie ich. Erst gestern haben wir darüber gesprochen und waren uns einig, welch ein Glück es für Emma ist, daß es ein solches Mädchen in Highbury gibt, mit dem sie sich zusammentun kann. Mr. Knightley, ich bestreite, daß Sie hierüber gerecht urteilen können. Sie sind so sehr daran gewöhnt, allein zu leben, daß Sie den Wert eines Gefährten nicht zu schätzen wissen; und vielleicht kann ja auch ein Mann gar nicht ermessen, wie wohl sich eine Frau in der Gesellschaft einer anderen fühlt, wenn sie es ihr Leben lang gewohnt war. Ich kann mir schon denken, was Sie gegen Harriet einzuwenden haben. Sie ist nicht die geistig überlegene junge Frau, die Emma zur Freundin bräuchte. Aber da Emma an Harriets Weiterbildung liegt, wird es andererseits ein Anreiz für sie sein, selbst mehr zu lesen. Sie werden gemeinsam lesen. Ich weiß, daß Emma sich das fest vorgenommen hat.«

»Seit ihrem zwölften Lebensjahr nimmt sich Emma schon vor, mehr zu lesen. Immer wieder habe ich eine Menge Listen bei ihr gesehen mit Büchern, die sie gewissenhaft durcharbeiten wollte – und es waren sehr gute Listen –, sehr gut zusammengestellt und fein säuberlich geordnet – mal nach dem Alphabet, mal nach anderen Kriterien. Eine Liste, die sie schon mit vierzehn aufstellte, machte ihrer Urteilskraft alle Ehre, weshalb ich sie eine Zeitlang aufgehoben habe; und auch die jetzige wird bestimmt gut ausgewählt sein. Aber ich habe mir abgewöhnt, von Emma regelmäßige Lektüre zu erwarten. Sie wird sich nie einer Aufgabe unterziehen, die Fleiß und Geduld erfordert und bei der die Phantasie dem Verstand weichen muß. Wo Miss Taylor kein Ansporn sein konnte, wird wohl Harriet Smith erst recht nichts ausrichten, das darf ich getrost behaupten. – Sie konnten sie nie dazu überreden, auch nur die Hälfte des Pensums zu lesen, das Sie ihr zugedacht hatten. Das wissen Sie doch.«

»Es mag wohl sein«, entgegnete Mrs. Weston lächelnd, »daß ich *damals* so dachte; aber seitdem sich unsere Wege getrennt haben, kann ich mich nicht erinnern, daß Emma je etwas unterlassen hat, das ich ihr auftrug.«

»Erinnerungen wie diese wird man kaum mehr auffrischen wollen«, sagte Mr. Knightley mitfühlend; und für ein paar Augenblicke schwieg er. »Aber ich«, fuhr er gleich darauf fort, »der ich mich nicht so habe bezirzen lassen, kann nicht wegsehen, weghören und vergessen. Emma ist es zu Kopf gestiegen, daß sie immer schon die Klügste in der Familie war. Im Alter von zehn Jahren hatte sie bereits das Pech, Fragen beantworten zu können, die ihrer Schwester mit siebzehn noch Kopfzerbrechen bereiteten. Sie war immer schon schlagfertig und selbstsicher, Isabella indessen schwer von Begriff und schüchtern. Und seit ihrem zwölften Lebensjahr ist Emma der eigentliche Herr im Haus und hat alle Hausgenossen unter ihrer Fuchtel. In ihrer Mutter verlor sie die einzige Person, die es mit ihr aufnehmen konnte. Sie hat die Gaben ihrer Mutter geerbt und hätte deshalb unter ihrer Knute stehen müssen.«

»Wie schrecklich, Mr. Knightley, wenn ich auf Ihre Empfehlung angewiesen gewesen wäre, hätte ich Mr. Woodhouses Familie verlassen und mir eine andere Stellung suchen müssen! Ich glaube nicht, daß Sie bei irgend jemandem ein gutes Wort für mich eingelegt hätten. Ich weiß, daß ich in Ihren Augen für die Tätigkeit, die ich versehen habe, immer untauglich war.«

»Ja«, sagte er lächelnd. »*Hier* sind Sie besser aufgehoben; bestens geeignet zur Ehefrau, aber überhaupt nicht zur Gouvernante. Doch Sie haben sich ja während all der Zeit, die Sie in Hartfield verbrachten, darauf vorbereiten können, eine fabelhafte Ehefrau zu werden. Sie konnten Emma nicht eine so umfassende Erziehung angedeihen lassen, wie es Ihre Fähigkeiten hätten erwarten lassen; aber Emma hat *Sie* gut erzogen, vor allem im Hinblick auf das, was in der Ehe wichtig ist: Ihren eigenen Willen hintanzustellen und zu tun, was man von Ihnen verlangt; und wenn Weston mich gebeten hätte, ihm eine Frau zu empfehlen, hätte ich sicherlich Miss Taylor genannt.«

»Vielen Dank. Es ist wohl kein großes Verdienst, einem Mann wie Mr. Weston eine gute Frau zu sein.«

»Nun ja, um die Wahrheit zu sagen, ich fürchte, Ihre Talente kommen hier gar nicht so recht zur Geltung und Ihre Bereitschaft zum Erdulden wird nicht gefordert, weil es hier nichts zu erdulden gibt. Wir wollen indes nicht verzweifeln. Weston wird vielleicht noch ganz unleidlich vor lauter Übermut und Wohlbehagen oder vor Verdruß über seinen Sohn.«

»*Das* hoffe ich doch nicht! Es ist sehr unwahrscheinlich. Nein, Mr. Knightley, was diese Sache angeht, sollten Sie lieber nicht den Teufel an die Wand malen.«

»Ich werde mich hüten! Ich spreche nur von Möglichkeiten, maße ich mir doch keineswegs Emmas hellseherische Fähigkeiten und Kombinationsgabe an. Ich hoffe von ganzem Herzen, daß sich der junge Mann von seinen menschlichen Qualitäten her als ein echter Weston und von seinem Vermögen her als ein echter Churchill erweisen möge. – Aber Harriet Smith – ich bin noch lange nicht fertig mit ihr. In meinen Augen ist sie für Emma der denkbar schlechteste Umgang. Sie zeichnet sich durch völlige Unwissenheit aus und hält Emma für geradezu allwissend. Sie schmeichelt ihr auf Schritt und Tritt, und daß sie das ohne Hintergedanken tut, macht das Ganze nur noch schlimmer. Ihre Unwissenheit ist schon als solche schmeichelhaft für Emma. Wie soll sie auf den Gedanken kommen, selbst noch etwas lernen zu müssen, solange ihr Harriet ein so herrliches Gefühl der Überlegenheit gibt? Und was Harriet anbelangt, so wage ich zu behaupten, daß auch *sie* von dieser Bekanntschaft nicht profitieren kann. In Hartfield werden ihr lediglich all jene Kreise verleidet, zu denen sie gehört. Sie wird gerade genug feine Manieren erwerben, um sich unter den Leuten nicht mehr wohl zu fühlen, bei denen sie durch Geburt und Lebensumstände heimisch ist. Ich müßte mich schon sehr irren, wenn sie durch Emmas Weisheiten an innerer Stärke gewönne oder irgendwie lernte, den Wechselfällen ihres Lebens in Zukunft gewachsen zu sein. – Sie kriegt nur ein bißchen Schliff.«

»Entweder vertraue ich mehr als Sie auf Emmas gesunden Menschenverstand, oder mir liegt mehr an ihrem gegenwärtigen Wohlbefinden; denn ich sehe keinen Anlaß, diese Bekanntschaft zu beklagen. Wie gut sie gestern abend aussah!«

»Oh! Sie möchten lieber von ihrem Aussehen als von ihrem Geisteszustand sprechen, nicht? Na schön; ich will ja gar nicht bestreiten, daß Emma hübsch ist.«

»Hübsch? Sagen Sie lieber schön. Können Sie sich etwas vorstellen, was vollkommener Schönheit näherkommt als Emma nach ihrer ganzen Erscheinung, Gesicht und Gestalt?«

»Ich weiß nicht, was ich mir da vorstellen soll, aber ich gebe zu, daß ich selten ein Gesicht oder eine Figur gesehen habe, die ich mit größerem Wohlgefallen betrachtet hätte. Doch als alter Freund der Familie bin ich ohnehin voreingenommen.«

»Diese Augen! – so richtig haselnußbraune Augen – und so strahlend! Diese regelmäßigen Züge, der offene Gesichtsausdruck, und dann der Teint! Ach! welch blühende Gesundheit spricht daraus! Und dieser hohe, edle Wuchs, die schlanke Figur und tadellose Körperhaltung! Nicht nur ihr frischer Teint strahlt Gesundheit aus, sondern ebenso ihr ganzes Auftreten, ihr Blick, die Art, wie sie den Kopf trägt! Von Kindern heißt es manchmal, sie seien ein Bild von Gesundheit, Emma kommt mir immer wie die Bild gewordene Gesundheit eines Erwachsenen vor. Sie ist der Liebreiz in Person, nicht wahr, Mr. Knightley?«

»An ihrem Äußeren habe ich nichts auszusetzen«, erwiderte er. »Ich stimme Ihrer Beschreibung in allen Punkten zu. Ich schaue sie für mein Leben gern an und will noch zu ihrem Lob hinzufügen, daß ich sie nicht für eitel halte. Bedenkt man, wie hübsch sie ist, scheint sie sich wenig mit ihrem Aussehen zu beschäftigen; ihre Eitelkeit liegt anderswo. Mrs. Weston, Sie können mir meine Abneigung gegen ihren vertrauten Umgang mit Harriet Smith nicht ausreden, und auch nicht meine Befürchtung, daß er beiden schadet.«

»Und ich, Mr. Knightley, lasse mich ebensowenig abbringen von meiner Zuversicht, daß er ihnen in keiner Weise schadet. Trotz all ihrer kleinen Schwächen ist die liebe Emma doch ein prächtiges Geschöpf. Wo findet man schon eine bessere Tochter, eine liebevollere Schwester oder eine treuere Freundin? Nein, nein, sie hat gute Eigenschaften, auf die man sich durchaus verlassen kann; und sie wird niemanden auf Abwege führen, sie wird keine folgenschweren Dummheiten begehen; wo Emma einmal irrt, ist sie dafür hundertmal im Recht.«

»Na schön, ich will Sie nicht länger quälen. Emma soll ein

Engel sein, und ich will meinen Unmut für mich behalten, bis John und Isabella zu Weihnachten hierherkommen. John liebt Emma, aber ohne sich dabei den Blick vor blinder Zuneigung trüben zu lassen; und Isabella ist nie anderer Meinung als er, außer wenn er sich nicht genug wegen der Kinder ängstigt. Ich bin überzeugt, die beiden sind meiner Ansicht.«

»Ich weiß, Sie alle lieben sie viel zu sehr, um ungerecht oder herzlos zu sein; aber verzeihen Sie, Mr. Knightley, wenn ich so frei bin (ich halte mich nämlich irgendwie für berechtigt, so zu sprechen, wie es Emmas Mutter vielleicht getan hätte), darauf hinzuweisen, daß in meinen Augen nichts Gutes dabei herauskommen kann, wenn Sie sich über Emmas Freundschaft zu Harriet Smith die Köpfe heiß reden. Bitte, nehmen Sie mir das nicht übel; aber selbst wenn von diesem innigen Verhältnis gewisse Nachteile zu befürchten wären, könnte man dennoch nicht erwarten, daß Emma, die außer ihrem Vater, der es ausdrücklich begrüßt, keinem Menschen Rechenschaft schuldig ist, es abbricht, solange ihr daraus soviel Vergnügen erwächst. Ratschläge zu erteilen, war ja lange Jahre mein Beruf gewesen, und so werden Sie bestimmt nicht überrascht sein, Mr. Knightely, wenn ich ab und zu wieder in alte Gewohnheiten verfalle.«

»Keineswegs«, rief er; »ich bin Ihnen dafür sehr dankbar. Es ist ein guter Rat; und ihm soll ein besseres Los beschieden sein als vielen Ihrer früheren Ratschläge, denn er soll befolgt werden.«

»Mrs. John Knightley verliert leicht die Nerven und könnte sich um ihre Schwester Sorgen machen.«

»Seien Sie unbesorgt«, sagte er, »ich werde kein großes Geschrei erheben und meinen Unmut für mich behalten. Emmas Wohl liegt mir aufrichtig am Herzen. Meine Schwägerin Isabella könnte mir nicht näherstehen, hat in mir nie größeres Interesse erregt; vielleicht schwerlich ein so großes. Irgendwie löst Emma in einem Besorgnis und heftige Anteilnahme aus. Ich frage mich, was noch aus ihr werden soll!«

»Ich mich auch«, sagte Mrs. Weston; »des öfteren.«

»Immer wieder erklärt sie, niemals heiraten zu wollen, was natürlich überhaupt nichts zu bedeuten hat. Aber ich habe keine Ahnung, ob sie schon jemals einen Mann kennengelernt hat, der ihr nicht gleichgültig war. Es würde ihr nicht schaden, wenn sie sich mal bis über beide Ohren verliebte, und zwar in den Richtigen. Nur zu gern möchte ich erleben, daß Emma sich verliebt und nicht recht weiß, ob ihre Liebe erwidert wird. Das täte ihr gut. Aber in dieser Gegend gibt es niemanden, der sie für sich einnehmen könnte; und sie kommt ja so selten von hier weg.«

»In der Tat scheint sie gegenwärtig nichts zu reizen, in ihrem Entschluß wankend zu werden«, sagte Mrs. Weston, »und solange sie sich in Hartfield noch so wohl fühlt, will ich auch gar nicht wünschen, daß sie eine Verbindung eingeht, die für den armen Mr. Woodhouse ja riesige Probleme aufwerfen würde. Ich rate Emma daher gegenwärtig nicht zur Heirat, wobei ich wahrhaftig nichts gegen den Ehestand sagen möchte.«

Mit diesen Äußerungen wollte sie nicht zuletzt einige ihrer und Mr. Westons Lieblingsgedanken zu diesem Thema so gut wie möglich verschleiern. In Randalls gab es durchaus gewisse Wunschvorstellungen bezüglich Emmas weiterer Zukunft, aber man hielt es nicht für ratsam, sich in die Karten gucken zu lassen; und als Mr. Knightley gleich darauf ruhig zu der Frage: »Was meint Weston zum Wetter, werden wir Regen bekommen?« überging, war sie überzeugt, daß er zum Thema Hartfield nichts mehr zu sagen oder zu mutmaßen hatte.

SECHSTES KAPITEL

Emma hegte keinen Zweifel daran, daß sie Harriets Phantasie in die richtige Bahn gelenkt und ihrer jugendlichen Eitelkeit zu einem guten Zweck geschmeichelt hatte, denn sie stellte fest, daß Harriet für die beachtlichen äußeren Reize und überaus gefälligen Umgangsformen Mr. Eltons inzwischen entschieden empfänglicher war als früher; und da sie keine Bedenken trug, sie durch freundliche Hinweise unentwegt in der Gewißkeit zu wiegen, wie sehr er sie verehre, war sie recht zuversichtlich, in Harriet eine den Umständen entsprechende Sympathie geweckt zu haben. Sie war überzeugt, daß Mr. Elton auf dem besten Wege war, sich zu verlieben, wenn es nicht schon so war. Er jedenfalls bereitete ihr kein Kopfzerbrechen. Da er so oft von Harriet sprach und sie in den höchsten Tönen lobte, glaubte sie fest, daß sich alles, was noch fehlen mochte, mit der Zeit schon ergeben werde. Daß er bemerkte, wie auffällig Harriets Auftreten gewonnen hatte, seitdem sie in Hartfield aus und ein ging, gehörte zu den erfreulichsten Beweisen seiner wachsenden Zuneigung.

»Sie haben Miss Smith alles gegeben, was ihr noch fehlte«, sagte er; »durch Sie ist sie so anmutig und unbefangen geworden. Sie war freilich schon ein reizendes Geschöpf, als sie zu Ihnen kam, aber die Reize, die Sie noch hinzugefügt haben, sind in meinen Augen unendlich viel höher zu bewerten als jene, die ihr die Natur mit auf den Weg gab.«

»Es freut mich, daß Sie mir dieses Verdienst zusprechen,

aber Harriet mußte nur ein wenig aus sich herausgelockt werden und einige, sehr wenige Tips bekommen. Die natürliche Anmut, die mit einem sanftmütigen und ungekünstelten Wesen einhergeht, war ja schon vorhanden. Ich habe nicht viel getan.«

»Wenn es nicht unhöflich wäre, einer Dame zu widersprechen«, entgegnete der galante Mr. Elton.

»Ich habe ihr vielleicht etwas mehr Charakterfestigkeit verliehen, ihr beigebracht, sich über Dinge Gedanken zu machen, auf die sie vorher gar nicht gekommen wäre.«

»Ganz genau; das gerade fällt mir besonders auf. Bedeutend mehr Charakterfestigkeit! Da ist eine geschickte Hand am Werk gewesen.«

»Es ist mir ein großes Vergnügen gewesen. Nie bin ich einem Wesen mit liebenswürdigerer Veranlagung begegnet.«

»Daran habe ich keinen Zweifel.« Dem seelenvollen Seufzer, der sich bei diesen Worten seiner Brust entrang, hörte man fast schon den Liebhaber an. Nicht weniger erfreut war sie über die Art und Weise, wie er sich ein andermal ihrem plötzlich aufkeimenden Wunsch nach einem Bild von Harriet anschloß.

»Bist du schon einmal gemalt worden, Harriet?« fragte sie: »Hast du schon einmal einem Maler Modell gesessen?«

Harriet wollte gerade aus dem Zimmer gehen und blieb nur kurz stehen, um mit hinreißender Naivität zu erwidern:

»Ach, du meine Güte! Nein, noch nie.«

Kaum war sie den Blicken entschwunden, rief Emma aus:

»Was für ein köstlicher Besitz doch ein gutes Bild von ihr

wäre! Dafür würde ich jeden Betrag zahlen. Ich hätte fast Lust, mich selbst an einem zu versuchen. Sie wissen es vermutlich nicht, aber vor zwei oder drei Jahren hatte ich eine ausgesprochene Schwäche fürs Porträtieren und versuchte mich an einigen meiner Verwandten, und man fand sogar, ich hätte im allgemeinen einen ganz guten Blick dafür. Doch aus irgendwelchen Gründen wurde es mir dann verleidet, so daß ich es aufgab. Aber wenn Harriet mir sitzen würde, könnte ich tatsächlich versucht sein, es noch einmal zu wagen. Es wäre entzückend, ihr Bild zu besitzen!«

»Ich darf Sie dringend darum bitten«, rief Mr. Elton, »es wäre in der Tat entzückend! Ich flehe Sie an, Miss Woodhouse, lassen Sie ein so bezauberndes Talent Ihrer Freundin zugute kommen. Natürlich kenne ich Ihre Bilder. Wie konnten Sie nur annehmen, ich hätte keine Ahnung davon? Ist nicht dieses Zimmer reich an Proben Ihrer Kunst, an Landschaftsskizzen und Blumenstücken; und hat nicht Mrs. Weston einige unnachahmliche Genrebilder in ihrem Salon in Randalls hängen?«

Ja, guter Mann! – dachte Emma – Aber was hat das alles mit Porträtmalerei zu tun? Du verstehst überhaupt nichts von Malerei. Tu doch nicht so, als versetzten dich meine Bilder in Verzückung. Spar dir deine Begeisterung für Harriets Gesicht auf. »Na schön, wenn Sie mir so freundlich Mut machen, Mr. Elton, werde ich wohl doch versuchen, was ich tun kann. Harriets Gesichtszüge sind sehr zart, was in einem Porträt schwer wiederzugeben ist; und doch liegt im Schnitt der Augen und in der Mundpartie ein besonderer Ausdruck, den man treffen sollte.«

»Genau – der Schnitt der Augen und die Mundpartie –, ich bin fest überzeugt, daß Sie es hinkriegen. Bitte, bitte, versuchen Sie es. Da Sie Harriet malen, wird das Bild in der Tat, um Ihre eigenen Worte zu gebrauchen, ein köstlicher Besitz sein.«

»Aber ich fürchte, Mr. Elton, Harriet wird keine Lust haben, mir Modell zu sitzen. Sie hält sich nicht für besonders schön. Haben Sie nicht bemerkt, wie sie mir geantwortet hat? Ganz so, als wolle sie im Grunde sagen: ›Warum sollte man ausgerechnet mich malen?‹ «

»O ja, ich habe das bemerkt, glauben Sie mir. Es ist mir nicht entgangen. Aber trotzdem kann ich mir nicht vorstellen, daß man sie nicht überreden könnte.«

Harriet war bald wieder zurück, und kurz darauf wurde ihr der Vorschlag unterbreitet, und ihre Einwände vermochten dem vereinten Drängen der beiden anderen nicht lange standzuhalten. Emma wollte sich sogleich an die Arbeit machen und holte deshalb die Mappe hervor, die ihre verschiedenen Porträtversuche enthielt – denn keines ihrer Porträts war je fertig geworden –, damit sie gemeinsam entscheiden konnten, welches Format sich für Harriet am besten eigne. Ihre vielen angefangenen oder halbfertigen Arbeiten wurden ausgebreitet. Miniaturen, Brustbilder, Ganzporträts, Pastelle, Bleistiftzeichnungen und Aquarelle – der Reihe nach hatte sie alles ausprobiert. Immer hatte sie *alles* machen wollen und es sowohl im Malen wie im Klavierspielen weiter gebracht, als es vielen anderen, die so wenig Mühe darauf verwandten wie sie, beschieden war. Sie spielte und sie sang – und sie malte fast in jeder Technik; aber es hatte ihr immer an Ausdauer gefehlt; und auf keinem Gebiet war sie auch nur annähernd zu jener Meisterschaft gelangt, die sie so gern erreicht hätte und durchaus auch hätte erreichen können. Hinsichtlich ihrer eigenen Fertigkeiten, sei es im Malen, sei es im Musizieren, gab sie sich keiner großen Täuschung hin, hatte aber nichts dagegen, wenn andere einer

Täuschung erlagen, und sie bedauerte es gar nicht, daß man sie für begabter und tüchtiger hielt, als sie tatsächlich war.

Jede Zeichnung hatte ihre Stärken – die unfertigsten vielleicht sogar die meisten; sie waren mit kühnem Strich ausgeführt; aber selbst wenn sie zehnmal besser oder zehnmal schlechter gewesen wären, hätte das am Entzücken und an der Bewunderung ihrer Gäste nicht das geringste geändert. Beide überschlugen sich geradezu vor Begeisterung. Porträts gefallen ohnehin jedem; und Miss Woodhouses Hervorbringungen mußten daher schlechterdings unübertrefflich sein.

»Ich kann Ihnen keine große Auswahl an Gesichtern bieten«, sagte Emma. »Ich hatte ja nur meine Familie als Studienobjekt. Hier ist mein Vater – noch eines von meinem Vater –, aber die Vorstellung, für sein Bild zu sitzen, machte ihn so nervös, daß ich ihn nur heimlich abkonterfeien konnte; keines von beiden hat daher besondere Ähnlichkeit mit ihm. Noch mal Mrs. Weston, wie Sie sehen, immer wieder Mrs. Weston. Die liebe Mrs. Weston! Stets meine gütigste Freundin, bei jeder Gelegenheit. Sie saß mir, wann immer ich sie darum bat. Hier ist meine Schwester; und wirklich, ganz ihr elegantes Figürchen! – und das Gesicht nicht ohne eine gewisse Ähnlichkeit. Daraus wäre bestimmt ein gutes Porträt von ihr geworden, wenn sie mir länger gesessen hätte, aber sie konnte es nicht erwarten, daß ich ihre vier Kinder zeichne, und wollte einfach nicht stillsitzen. Und nun also meine sämtlichen Versuche zu drei dieser vier Kinder; – hier sind sie: Henry und John und Bella, der Reihe nach von links nach rechts; sie gleichen einander wie ein Ei dem anderen. Sie war so versessen auf ein Bild von ihnen, daß ich schlecht nein sagen konnte; aber Kinder von drei oder vier

Jahren kriegt man einfach nicht dazu, stillzusitzen; und es ist auch nicht so leicht, ein charakteristisches Porträt von ihnen anzufertigen, es sei denn, sie haben gröbere Gesichtszüge, als eine Mama bei ihren Kindern je zugeben würde. Hier ist meine Skizze von dem vierten, das damals noch ein Säugling war. Ich zeichnete ihn, als er auf dem Sofa schlief, und seine Schleife könnte nicht besser getroffen sein. Er hatte sein Köpfchen so schön ins Kissen gekuschelt. Das Bild hat große Ähnlichkeit. Ich bin richtig stolz auf den kleinen George. Die Sofaecke ist sehr gut gelungen. Das hier ist mein letztes Blatt«, sie holte eine hübsche Skizze zu einem kleinformatigen Ganzporträt eines Gentleman aus der Mappe, » – mein letztes und bestes – mein Schwager Mr. John Knightley. – Diesem Bild fehlten nur noch ein paar Striche, als ich es verärgert weglegte und mir schwor, nie wieder ein Porträt zu malen. Ich konnte nicht anders: ich war verstimmt; denn nachdem ich mir soviel Mühe gegeben und den Porträtierten wirklich sehr gut getroffen hatte – Mrs. Weston und ich waren einer Meinung, daß es ihm *sehr* ähnlich sehe – nur zu hübsch – allzu schmeichelhaft für ihn – aber besser so als umgekehrt – nach all dem kam von der lieben armen Isabella nur ein kühles: Ja, ein bißchen sei es ihm ähnlich – aber es werde ihm natürlich nicht gerecht. Nur mit größter Mühe hatten wir ihn überhaupt zum Modellsitzen überreden können. Er tat so, als ob er mir damit einen großen Gefallen erweise; und irgendwann ging mir das alles über die Hutschnur; und so hatte ich keine Lust mehr, es zu beenden, nur damit er es dann jedem Besucher, der vormittags am Brunswick Square vorsprach, mit dem entschuldigenden Hinweis gezeigt würde, es sei ein recht unvorteilhaftes Porträt; und wie ich sagte, schwor ich mir daraufhin, nie wieder ein Porträt zu malen. Aber wegen Harriet oder vielmehr aus eigenem Interesse will ich meinen Schwur nun brechen, zumal vorläufig ja auch keine Ehemänner und Ehefrauen im Spiele sind.«

Mr. Elton schien von diesem Gedanken ganz hingerissen und entzückt zu sein und wiederholte: »Vorläufig sind keine Ehemänner und Ehefrauen im Spiel, wie Sie richtig bemerken. Genauso ist es. Keine Ehemänner und Ehefrauen«, und er sagte das mit einem so interessanten Unterton, daß Emma schon überlegte, ob sie die beiden nicht lieber gleich allein lassen sollte. Aber da sie mit dem Porträt anfangen wollte, mußte er mit seiner Liebeserklärung noch ein wenig warten.

Schnell hatte sie sich für Format und Art des Porträts entschieden. Es sollte ein Ganzporträt in Aquarelltechnik werden, wie das von Mr. John Knightley, und später, falls es ihr gefallen würde, einen Ehrenplatz über dem Kamin erhalten.

Die Sitzung begann; und Harriet, bald lächelnd, bald errötend und immerzu ängstlich darauf bedacht, weder Haltung noch Gesichtsausdruck zu verändern, bot dem ruhig-konzentrierten Blick der Künstlerin das reizvolle Mienenspiel eines jugendlichen Antlitzes. Aber sie brachte nichts Rechtes zuwege, solange Mr. Elton nervös hinter ihrem Rücken herumhampelte und jeden Strich ihrer Hand beobachtete. Sie hielt ihm ja durchaus zugute, daß er sich an einer Stelle postierte, von wo aus er immer wieder hingucken konnte, ohne zu stören, sah sich aber genötigt, seinem Hin und Her ein Ende zu machen, indem sie ihn bat, sich irgendwo hinzustellen. Dann kam ihr die Idee, daß sie ihn ja mit Vorlesen beschäftigen könnte.

Wenn er so gut sein wollte, ihnen etwas vorzulesen, wäre das wirklich sehr nett! Sie würde bei solcher Unterhaltung ihre Schwierigkeiten bei der Arbeit überwinden, und Miss Smith wäre es nicht mehr so langweilig.

Mr. Elton war überglücklich. Harriet hörte zu, und Emma konnte in Ruhe aquarellieren. Sie mußte ihm aber dennoch erlauben, zwischendurch immer mal wieder einen Blick auf ihr Werk zu werfen; weniger Nachdruck hätte einem Geliebten freilich schlecht angestanden; und wenn sie den Pinsel auch nur kurz absetzte, sprang er sogleich auf, um zu schauen, welche Fortschritte das Bild inzwischen gemacht hatte, und war hingerissen. Einem Zuschauer, der soviel Zuspruch spendete, konnte man gar nicht böse sein, denn vor lauter Bewunderung entdeckte er eine Ähnlichkeit schon dann, wenn noch kaum etwas zu erkennen war. Von seinem Kunstsachverstand hielt sie zwar überhaupt nichts, aber an seiner Liebe und Willfährigkeit fand sie nichts auszusetzen.

Die Sitzung erfüllte alle Erwartungen; Emma war mit dem Ergebnis des ersten Tages soweit zufrieden, daß sie weitermachen wollte.

Eine gewisse Ähnlichkeit zeigte sich bereits jetzt, die Haltung war gut getroffen, und da Emma der Natur etwas auf die Sprünge zu helfen gedachte, indem sie Harriet etwas größer und sehr viel eleganter malen wollte, als sie tatsächlich war, hatte sie die Zuversicht, daß schließlich in jeder Hinsicht ein hübsches Bild daraus werden könnte, das den ihm vorbestimmten Platz so ausfüllen würde, daß es beiden Ehre machen würde – als bleibendes Andenken an die Schönheit der einen, das Geschick der anderen und die Freundschaft beider; und Mr. Eltons vielversprechende Zuneigung würde dem vermutlich noch weitere angenehme Assoziationen hinzufügen.

Harriet sollte ihr am nächsten Tag wieder sitzen; und wie

es sich gebührte, bat Mr. Elton inständig um die Erlaubnis, wieder dabeisein und ihnen vorlesen zu dürfen.

»Aber natürlich. Wir werden uns glücklich schätzen, wenn Sie uns wieder die Ehre geben.«

Am nächsten Tag stellten sich dieselben Höflichkeiten und Gefälligkeiten, derselbe Erfolg und dieselbe Zufriedenheit ein, und sie begleiteten den gesamten Fortgang des Werkes, der rasch und erfreulich verlief. Jeder, der es sah, war davon angetan, aber Mr. Elton befand sich in einem Zustand anhaltender Verzückung und nahm es gegen jede Kritik in Schutz.

»Miss Woodhouse hat ihrer Freundin die einzigen Merkmale hinzugefügt, die ihr zu vollkommener Schönheit noch fehlten« – sagte Mrs. Weston zu ihm –, ohne auch nur im entferntesten zu ahnen, daß sie sich an einen Verliebten wandte. »Der Ausdruck der Augen ist völlig korrekt, aber Miss Smith hat nicht solche Augenbrauen und Wimpern. Das ist aber auch der einzige Schönheitsfehler an ihr.«

»Finden Sie?« entgegnete er. »Ich kann Ihnen nicht beipflichten. Es scheint mir in jedem einzelnen Zug aufs vollkommenste ihr zu gleichen. In meinem ganzen Leben habe ich noch kein solch gelungenes Porträt gesehen. Sie müssen ja schließlich die Wirkung des Schattens berücksichtigen.«

»Sie haben Sie zu groß gezeichnet«, sagte Mr. Knightley.

Emma wußte das durchaus, wollte es aber nicht eingestehen, und Mr. Elton ergänzte im Brustton der Überzeugung:

»O nein! Gewiß nicht zu groß; keine Spur zu groß. Bedenken Sie doch, sie sitzt ja – was naturgemäß eine andere – was kurz gesagt genau den Eindruck vermittelt – und die Proportionen mußten doch gewahrt bleiben. Proportionen, perspektivische Verkürzung. – O nein! Es vermittelt einem genau die richtige Vorstellung von Miss Smiths Körpergröße. Wirklich exakt!«

»Es ist sehr hübsch«, sagte Mr. Woodhouse. »So hübsch gezeichnet! Wie ja alle deine Zeichnungen, mein Liebes. Ich kenne niemanden, der so gut zeichnet wie du. Das einzige, was mir daran nicht ganz gefällt, ist, daß sie im Freien zu sitzen scheint mit nur einem Schal um ihre Schultern – und man denkt dabei, daß sie sich unweigerlich eine Erkältung holen muß.«

»Aber, lieber Papa, es soll doch auf dem Bild Sommer sein; ein warmer Sommertag. Schau dir den Baum an.«

»Aber man sitzt nie gefahrlos im Freien, mein Liebes.«

»Sie mögen sagen, was Sie wollen, Sir«, rief Mr. Elton; »aber ich muß gestehen, daß ich es für einen höchst glücklichen Einfall halte, Miss Smith ins Freie zu setzen; und der Baum ist mit so unnachahmlichem Schwung gemalt! Jede andere Situation hätte weniger gut dazu gepaßt. Die Naivität in Miss Smiths Gebaren – und insgesamt –, oh, es ist phantastisch! Ich kann meine Augen nicht von ihm wenden. Ich habe noch nie ein solch gelungenes Porträt gesehen.«

Das Bild mußte nun gerahmt werden; und hier traten ein paar Schwierigkeiten auf. Es mußte vor Ort gemacht werden; es mußte in London geschehen. Den Auftrag mußte eine kunstsinnige Person übernehmen, auf deren Geschmack man sich verlassen konnte; und Isabella, die gewöhnlich all diese Aufträge ausführte, sollte nicht damit belästigt werden, weil es Dezember war und Mr. Woodhouse den Gedanken nicht ertragen konnte, daß man sie in den Dezembernebeln aus ihrem Haus trieb. Aber kaum hatte Mr. Elton von dem Malheur gehört, da war es auch schon beseitigt. Auf seine Ritterlichkeit konnte man immer zählen. Würde man ihn mit der Aufgabe betrauen, welche unendliche

Freude hätte er da, sie zu erfüllen! Er sei jederzeit in der Lage, nach London zu reiten. Er könne gar nicht sagen, wie dankbar er wäre, wenn man ihm eine solche Aufgabe übertragen würde.

Er sei zu freundlich! – Der Gedanke sei ihr unerträglich! Nicht um alles in der Welt wolle sie ihm ein so mühsames Geschäft aufhalsen – diese Worte brachten die ersehnte Wiederholung seiner Bitten und Versicherungen –, und nach ein paar Minuten war die Sache geklärt.

Mr. Elton sollte die Zeichnung nach London bringen, den Rahmen aussuchen und die Anweisungen erteilen; und Emma sah sich imstande, es so einzupacken, daß es sicher war, ohne ihn zu inkommodieren, während er nur zu fürchten schien, nicht genug inkommodiert zu werden.

»Welch eine kostbare Fracht!« sagte er mit einem zärtlichen Seufzer, als er es entgegennahm.

»Dieser Mann ist fast zu galant, um verliebt zu sein«, dachte Emma. »Das würde ich behaupten, wenn ich nicht annehmen müßte, daß es wohl hunderterlei Arten von Verliebtheit gibt. Er ist ein vortrefflicher junger Mann und wird genau zu Harriet passen – ›ganz genau‹, wie er zu sagen pflegt; aber wenn ich die Hauptperson wäre, gingen mir sein Geseufze und Schmachten und seine gesuchten Komplimente entschieden auf die Nerven. Selbst als zweite im Spiel kriege ich noch ganz schön viel davon ab. Aber das kommt nur daher, daß er mir wegen Harriet so dankbar ist.«

SIEBENTES KAPITEL

Just an dem Tag, als Mr. Elton nach London ritt, bot sich Emma eine weitere Gelegenheit, ihrer Freundin einen Dienst zu erweisen. Wie üblich war Harriet gleich nach dem Frühstück in Hartfield erschienen und nach einer Weile kurz nach Hause gegangen, um zum Essen wiederzukommen: sie kam zurück und zwar früher, als man verabredet hatte, und wirkte ganz aufgewühlt und abgehetzt. Man sah ihr an, daß etwas Ungewöhnliches geschehen sein mußte, das sie Emma unbedingt erzählen wollte. Innerhalb einer halben Minute wußte Emma alles. Harriet hatte kaum Mrs. Goddards Haus betreten, als sie erfuhr, daß Mr. Martin vor einer Stunde dagewesen sei, und da er sie nicht angetroffen und gehört hatte, daß nicht so schnell mit ihrer Rückkehr zu rechnen sei, habe er ein Päckchen von seiner Schwester für sie dagelassen und sei gegangen; und als sie dieses Päckchen öffnete, fand sie darin doch tatsächlich neben den beiden Liedern, die sie Elizabeth zum Abschreiben geliehen hatte, einen an sie gerichteten Brief; und dieser Brief war von ihm, von Mr. Martin, und enthielt einen unverblümten Heiratsantrag. Wer hätte das gedacht? Sie sei so überrascht, daß sie gar nicht wisse, was sie tun solle. Ja, ein richtiger Heiratsantrag; und ein sehr schöner Brief, finde sie zumindest. Und er schreibe so, als ob er sie wirklich sehr liebhabe – aber sie wisse nicht so recht –, und deshalb sei sie, so schnell sie nur konnte, gekommen, um Miss Woodhouse zu fragen, was sie machen solle. Emma war etwas peinlich berührt, weil ihre Freundin so erfreut, erregt und unschlüssig zu sein schien.

»Na, ich muß schon sagen«, rief sie, »der junge Mann will offenbar auf Nummer Sicher gehen. Er läßt nichts unversucht, eine gute Verbindung einzugehen.«

»Möchten Sie den Brief lesen?« rief Harriet. »Bitte lesen Sie ihn doch. Es wäre mir lieber.«

Emma ließ sich nicht lange bitten. Sie las und war überrascht. Der Stil des Briefes übertraf ihre Erwartungen bei weitem. Er enthielt nicht nur keine Grammatikfehler, sondern hätte auch von seinem Aufbau her einem echten Gentleman keine Schande gemacht; die Sprache, obzwar einfach, war kraftvoll und ungekünstelt, und die Empfindungen, die er zum Ausdruck brachte, sprachen sehr für seinen Verfasser. Der Brief war nicht lang, zeugte aber durchaus von gesundem Menschenverstand, inniger Zuneigung, großherziger Gesinnung, Anstand, ja sogar von Feingefühl. Sie zögerte mit einer Antwort, während Harriet ängstlich gespannt daneben stand und sie aus ihrem Gesicht zu lesen versuchte, bis sie es schließlich nicht mehr aushielt und dem »Nun, nun?« die Frage hinzufügte: »Ist es ein guter Brief? Oder ist er zu kurz?«

»Ja, wirklich, ein sehr guter Brief«, erwiderte Emma etwas schleppend – »so gut, Harriet, daß ich bei genauerem Nachdenken glaube, es muß ihm eine seiner Schwestern dabei geholfen haben. Ich kann mir schwerlich vorstellen, daß sich der junge Mann, den ich neulich mit dir plaudern sah, ohne fremde Hilfe so gut auszudrücken vermöchte, und dennoch ist es nicht der Stil einer Frau; nein, bestimmt, dazu schreibt er zu entschieden und prägnant, nicht so weitschweifig wie eine Frau. Er ist zweifellos kein dummer Kerl und hat vermutlich eine natürliche Begabung – seine Gedanken sind zwingend und klar –, und wenn er zur Feder greift, findet er ganz von selbst die richtigen Worte. Bei manchen Männern ist das so. Ja, ich kann mir den Menschen, der das schreibt, durchaus vorstellen: energisch, entschlossen, bis zu einem gewissen Grad auch empfindsam, nicht ungehobelt.

Der Brief ist besser geschrieben, Harriet (und dabei gab sie ihn ihr zurück), als ich ihm zugetraut hätte.«

»Ja und nun«, sagte Harriet, die immer noch auf etwas zu warten schien, »was soll ich jetzt tun?«

»Was du tun sollst ? In welcher Hinsicht? Meinst du wegen des Briefs?«

»Ja.«

»Nun, was gibt es da noch zu überlegen? Du mußt ihn natürlich beantworten – und zwar umgehend.«

»Ja. Aber was soll ich denn schreiben? Liebe Miss Woodhouse, geben Sie mir doch bitte einen Rat.«

»Oh, nein, nein! Der Brief muß von dir kommen, von dir ganz allein. Du wirst schon selbst die passenden Worte finden, da bin ich überzeugt. Es besteht ja keine Gefahr, daß du dich nicht unmißverständlich ausdrückst, worauf es vor allem ankommt. Deine Aussage muß völlig eindeutig sein, frei von irgendwelchen Zweifeln und Zögerlichkeiten; und um deine Dankbarkeit zu bekunden und, wie sich das gehört, dein Bedauern auszudrücken, daß du ihm Schmerz bereiten mußt, werden dir bestimmt die entsprechenden Formulierungen einfallen. *Dir* brauche ich ja nicht extra zu sagen, daß du in deinem Schreiben den Anschein erwecken mußt, es tue dir leid, ihn zu enttäuschen.«

»Dann meinen Sie also, ich sollte ihn abweisen?« fragte Harriet mit gesenktem Blick.

»Sollte ihn abweisen! Meine liebe Harriet, was willst du damit sagen? Hast du daran irgendwelche Zweifel? Ich dachte – aber ich bitte um Verzeihung, vielleicht habe ich mich geirrt. Ich habe dich sicher mißverstanden, wenn du dir über den *Inhalt* deiner Antwort nicht schlüssig bist. Ich hatte mir eingebildet, du wolltest von mir nur wissen, *wie* du sie formulieren sollst.«

Harriet schwieg. Leicht reserviert fuhr Emma sodann fort:

»Du hast also vor, seinen Antrag anzunehmen?«

»Nein, keineswegs; das heißt, ich möchte nicht – Was soll ich bloß tun? Was würden Sie mir raten? Bitte, liebe Miss Woodhouse, sagen Sie mir doch, was ich tun soll!«

»Ich werde dir überhaupt keinen Rat geben, Harriet. Ich will nichts damit zu tun haben. Dies ist eine Sache, die du mit deinen eigenen Gefühlen abmachen mußt.«

»Ich hatte ja keine Ahnung, daß er mich so gern hat«, sagte Harriet und betrachtete den Brief. Ein Weilchen verharrte Emma in ihrem Schweigen; aber als ihr langsam aufging, daß die berückenden Schmeicheleien dieses Briefes ihre Wirkung womöglich doch nicht verfehlten, hielt sie es für besser, zu sagen:

»Ganz allgemein gilt für mich folgende Regel, Harriet: Wenn sich eine Frau im *Zweifel* ist, ob sie einen Mann erhören soll oder nicht, sollte sie ihn unbedingt abweisen. Wenn ihr das ›Ja‹ zögernd von den Lippen kommt, sollte sie lieber sofort ›nein‹ sagen. Die Ehe ist eine Sache, auf die man sich nicht mit inneren Zweifeln, nicht halbherzig einlassen sollte. Als deine Freundin, die noch dazu älter ist als du, halte ich es für meine Pflicht, dir das einmal zu sagen. Aber meine ja nicht, ich wolle dich beeinflussen.«

»O nein, ich weiß, Sie sind viel zu gütig, um – aber wenn Sie mir doch nur einen Rat geben würden, was ich tun soll – Nein, nein, das meine ich nicht – Wie Sie sagen, man sollte durch und durch entschlossen sein – Man sollte nicht zögern – Es ist eine sehr ernste Sache – Vielleicht tue ich wirklich besser daran, ›nein‹ zu sagen – Finden Sie, ich sollte lieber ›nein‹ sagen?«

»Nicht um alles in der Welt«, sagte Emma und lächelte

huldvoll, »würde ich dir zu- oder abraten. Du kannst über dein eigenes Glück fraglos selbst am besten entscheiden. Wenn du Mr. Martin vor allen anderen den Vorzug gibst, wenn du ihn für den nettesten Mann hältst, dem du je begegnet bist, warum solltest du dann zögern? Du wirst ja rot, Harriet. – Fällt dir in diesem Augenblick irgendein anderer ein, auf den diese Definition zutreffen könnte? Harriet, Harriet, gib dich keiner Selbsttäuschung hin; laß dich nicht aus purer Dankbarkeit und Mitleid zu etwas hinreißen. An wen denkst du in diesem Augenblick?«

Die Zeichen standen günstig. – Anstatt zu antworten, wandte sich Harriet verwirrt ab und blieb in Gedanken versunken neben dem Kamin stehen. Den Brief hatte sie zwar noch immer in der Hand, doch knüllte sie ihn mechanisch und achtlos zusammen. Emma wartete ungeduldig, aber nicht ohne Hoffnung, was dabei herauskommen würde. Schließlich sagte Harriet mit einigem Zögern:

»Miss Woodhouse, da Sie mir Ihre Meinung nicht offenbaren wollen, muß ich selbst damit klarkommen, so gut es geht; und ich habe mich nun entschieden und bin wirklich fast entschlossen – Mr. Martin abzuweisen. Meinen Sie, daß ich mich da richtig verhalte?«

»Vollkommen richtig, wirklich vollkommen richtig, meine liebste Harriet; du tust genau das richtige. Solange du noch so unschlüssig warst, habe ich meine Meinung bewußt für mich behalten, aber jetzt, wo du so fest entschlossen bist, zögere ich nicht länger, deinen Entschluß gutzuheißen. Liebe Harriet, ich freue mich ja so! Es hätte mir weh getan, auf den Umgang mit dir verzichten zu müssen, was unweigerlich die Folge gewesen wäre, wenn du Mr. Martin geheiratet hättest. Solange du auch nur ein klein bißchen schwanktest, habe ich nichts davon erwähnt, weil ich dich nicht beeinflussen wollte; aber mir wäre dadurch eine Freundin verlorengegangen. Ich hätte Mrs. Martin von der Abbey-Mill-Farm unter keinen Umständen besuchen können. Nun bleibst du mir für immer erhalten.«

Harriet war völlig ahnungslos gewesen, in welcher Gefahr sie da geschwebt hatte, aber nun traf dieser schreckliche Gedanke sie mit voller Wucht.

»Sie hätten mich nicht besuchen können!« rief sie mit entsetztem Blick. »Natürlich nicht; aber daran hatte ich gar nicht gedacht. Das wäre zu entsetzlich gewesen! – Welch einer Gefahr bin ich da entronnen! – Liebe Miss Woodhouse, für nichts in der Welt würde ich auf die Freude und die Ehre verzichten, mit Ihnen befreundet zu sein.«

»Wahrlich, Harriet, es wäre ein harter Schlag für mich gewesen, dich zu verlieren; aber es hätte sein müssen. Du hättest dich damit aus der guten Gesellschaft verabschiedet. Ich wäre gezwungen gewesen, den Kontakt zu dir abzubrechen.«

»Du meine Güte! Wie hätte ich das jemals ertragen sollen?! Es wäre mein Tod gewesen, wenn ich nie mehr nach Hartfield hätte kommen dürfen!«

»Du liebes, gütiges Wesen! *Du* auf die Abbey-Mill-Farm verbannt! *Du* dein ganzes Leben lang ausschließlich auf die Gesellschaft ungebildeter und gewöhnlicher Leute angewiesen! Ich frage mich wirklich, woher der junge Mann die Dreistigkeit nimmt, so etwas von dir zu verlangen. Er muß eine recht hohe Meinung von sich haben.«

»Eingebildet, glaube ich, ist er sonst eigentlich nicht«, sagte Harriet, deren Gewissen sich gegen diesen harten Tadel sträubte; »zumindest ist er sehr gutmütig, ich werde ihm stets dankbar sein und eine große Achtung für ihn empfinden – aber das ist ja etwas ganz anderes als – und auch wenn er mich mag, folgt daraus doch noch lange nicht, daß ich verpflichtet bin – und ich muß allerdings zugeben, daß ich, seit ich hierherkomme, Leute gesehen habe – und wenn man sie miteinander vergleichen müßte, nach Aussehen und Umgangsformen, so gibt es überhaupt keinen Vergleich, *einer* ist ganz besonders hübsch und nett. Ich halte jedoch Mr. Martin wirklich für einen sehr liebenswerten jungen Mann und schätze ihn sehr; und daß er so sehr an mir hängt – und er einen solchen Brief schreibt – aber Sie würde ich unter keinen Umständen verlassen wollen.«

»Danke, ich danke dir, meine liebe, süße, kleine Freundin. Wir lassen uns auch nicht voneinander trennen. Eine Frau braucht einen Mann nicht zu heiraten, bloß weil er sie darum bittet oder weil er sie liebt und einen passablen Brief schreiben kann.«

»O nein! – und außerdem ist es ja nur ein kurzer Brief.«

Zwar fand Emma dies von ihrer Freundin reichlich geschmacklos, ging jedoch mit einem »Sehr richtig« darüber hinweg und meinte dann noch zu wissen, daß ihr Mann einen guten Brief schreiben könne, dürfte wohl nur ein schwacher Trost für das bäurische Gebaren sein, das sie von morgens bis abends an ihm ärgern würde.

»O ja! Genau. Wer macht sich schon was aus Briefen! Das Wichtigste ist doch, sich immer im Kreise angenehmer Menschen wohl fühlen zu dürfen. Ich bin fest entschlossen, ihn abzuweisen. Aber wie soll ich es anstellen? Was soll ich schreiben?«

Emma versicherte ihr, die Antwort könne gar keine Schwierigkeiten bereiten, und riet, den Brief sogleich zu schreiben, und in der Hoffnung auf Beistand stimmte Harriet zu; und wenn auch Emma nach wie vor behauptete, sie bedürfe eines solchen gar nicht, half sie ihr doch bei jedem einzelnen Satz. Als nämlich Harriet, bevor sie zur Feder griff, den Brief noch einmal durchlas, wurde ihr wieder so weich ums Herz, daß es Emma für dringend geboten schien, sie mit ein paar entschiedenen Worten moralisch aufzurichten. Harriet war so bekümmert bei dem Gedanken, ihn unglücklich zu machen, und dachte so viel darüber nach, was nun wohl seine Mutter und seine Schwestern denken und sagen mochten, und es lag ihr so viel daran, von ihnen nicht für undankbar gehalten zu werden, daß Emma glaubte, der junge Mann würde zu guter Letzt doch noch erhört werden, wenn er in diesem Augenblick vor seine Angebetete träte.

Doch der Brief wurde geschrieben, versiegelt und abgeschickt. Die Sache war erledigt und Harriet gerettet. Den ganzen Abend über wirkte Harriet ziemlich bedrückt, aber Emma hatte Verständnis für ihren Kummer, der ja von ihrem guten Herzen zeugte, und versuchte nur manchmal, ihn durch liebevolle Worte über ihre Freundschaft zu ihr oder den einen oder anderen Hinweis auf Mr. Elton zu lindern.

»Man wird mich bestimmt nie wieder nach Abbey-Mill einladen«, kam es in einem recht kläglichen Tonfall.

»Und wenn doch, wäre mir die Vorstellung unerträglich, mich von dir trennen zu müssen, liebste Harriet. Du wirst in Hartfield viel zu sehr gebraucht, als daß wir dich an die Abbey-Mill-Farm abtreten könnten.«

»Und ich würde auch niemals mehr hingehen wollen, denn ich bin nirgendwo glücklich außer in Hartfield.«

Eine Weile danach hieß es: »Ich glaube, Mrs. Goddard wäre sehr überrascht, wenn sie wüßte, was geschehen ist. Miss Nash würde bestimmt – denn Miss Nash hält ihre eigene Schwester für sehr gut verheiratet, und dabei ist deren Mann nur ein kleiner Tuchhändler.«

»Es wäre auch bedauerlich, wenn man bei einer Schullehrerin mehr Stolz oder Kultiviertheit anträfe, Harriet. Ich möchte wohl behaupten, Miss Nash würde dich auch um den vorliegenden Heiratsantrag beneiden. Selbst diese Eroberung erschiene ihr wertvoll. Über jede bessere Partie für dich tappt sie vermutlich total im dunkeln. Die Aufmerksamkeiten eines bestimmten Herrn können ja schwerlich schon zum Dorfklatsch von Highbury gehören. Bisher sind wir beide wahrscheinlich die einzigen, die sich auf seine Blicke und Gesten einen Reim machen können.«

Harriet errötete und lächelte und murmelte etwas vor sich hin, das klang wie: Sie frage sich, warum die Leute so verrückt nach ihr seien. Der Gedanke an Mr. Elton heiterte sie freilich etwas auf; aber immer noch wurde es ihr von Zeit zu Zeit wieder ganz bang ums Herz wegen des zurückgewiesenen Mr. Martin.

»Jetzt hat er wohl meinen Brief schon«, sagte sie leise. »Ich möchte zu gern wissen, was sie alle gerade machen – ob seine Schwestern wissen – wenn er unglücklich ist, werden auch sie unglücklich sein. Hoffentlich nimmt er es sich nicht allzusehr zu Herzen.«

»Wir wollen lieber an diejenigen unserer abwesenden Freunde denken, die jetzt mit fröhlicheren Dingen beschäftigt sind«, rief Emma. »In diesem Augenblick zeigt Mr. Elton vielleicht seiner Mutter und seinen Schwestern unser Bild und erzählt ihnen, wie viel schöner das Original ist, und wenn sie ihn fünf- oder sechsmal darum gebeten haben, verrät er ihnen vielleicht deinen Namen, deinen lieben Namen.«

»Mein Bild! Aber er hat doch mein Bild in der Bond Street gelassen.«

»Hat er das?! Dann müßte ich mich aber in Mr. Elton

schwer täuschen. Nein, meine liebe, kleine, bescheidene Harriet, verlaß dich darauf, das Bild wird nicht eher in der Bond Street sein, bis er morgen sein Pferd besteigt. Es ist diesen ganzen Abend lang sein Begleiter, sein Trost, sein Entzücken. Es eröffnet seiner Familie seine Absichten, es führt dich ein, es weckt bei allen Beteiligten die reizendsten Gefühle der weiblichen Natur: brennende Neugier und herzliche Voreingenommenheit. Wie fröhlich, wie angeregt, wie ahnungsvoll, wie fleißig ihre Phantasie beschäftigt sein wird!«

Harriet lächelte nun wieder, und ihr Lächeln gewann an Stärke.

ACHTES KAPITEL

In dieser Nacht schlief Harriet in Hartfield. Seit einigen Wochen verbrachte sie dort mehr als die Hälfte ihrer Zeit und kam schließlich auch in den Genuß eines eigenen Schlafzimmers; und Emma hielt es gerade jetzt für das in jeder Hinsicht Beste, Sicherste und Angemessenste, sie so viel wie möglich um sich zu haben. Am nächsten Morgen mußte sie für ein paar Stunden zu Mrs. Goddard, aber dort sollte dann vereinbart werden, daß sie nach Hartfield zurückkehren und einige Tage zu Besuch bleiben würde.

Während sie weg war, kam Mr. Knightley vorbei und saß eine Weile mit Mr. Woodhouse und Emma zusammen, bis sich Mr. Woodhouse, der kurz zuvor beschlossen hatte, einen kleinen Spaziergang zu machen, von seiner Tochter überreden ließ, diesen nicht aufzuschieben, und auf gemeinsames Drängen der beiden hin dazu gebracht werden konnte, Mr. Knightley zu verlassen, trotz größter Bedenken, damit eine Unhöflichkeit zu begehen. Knightley, dem Förmlichkeiten völlig fremd waren, bot mit seinen kurzen, entschiedenen Antworten einen amüsanten Kontrast zu den langatmigen Entschuldigungen und der überhöflichen, zögerlichen Art des anderen.

»Nun gut, Mr. Knightley, ich glaube, wenn Sie mich entschuldigen wollen, wenn Sie mich nicht für grob unhöflich halten, werde ich Emmas Rat befolgen und ein Viertelstündchen nach draußen gehen. Da die Sonne nun scheint, ist es wohl besser, ich mache meine drei Runden jetzt, solange ich noch kann. Ihnen gegenüber, Mr. Knightley, lasse ich es arg an Etikette vermissen. Wir Invaliden meinen halt immer, wir dürften uns alles herausnehmen.«

»Lieber Mr. Woodhouse, behandeln Sie mich doch nicht wie einen Fremden.«

»In meiner Tochter lasse ich Ihnen einen vortrefflichen Ersatz zurück. Emma wird hocherfreut sein, Sie zu unterhalten. Und so will ich mich denn bei Ihnen entschuldigen und meine drei Runden machen – meinen Winterspaziergang.«

»Sie können nichts Besseres tun, Sir.«

»Ich würde Sie ja um das Vergnügen ihrer Gesellschaft bitten, Mr. Knightley, aber ich bin ein sehr gemächlicher Spaziergänger, und bei meinem Tempo würden Sie sich langweilen; und außerdem haben Sie noch den weiten Weg nach Donwell Abbey vor sich.«

»Danke, Sir, danke; ich will ohnehin nicht lange bleiben; und ich denke, je eher *Sie* gehen, desto besser. Ich hole Ihnen rasch Ihren Überzieher und öffne Ihnen das Gartentor.«

Endlich war Mr. Woodhouse gegangen; aber anstatt ebenfalls sogleich aufzubrechen, setzte sich Mr. Knightley wieder hin, da er anscheinend Lust hatte, noch ein wenig zu plaudern. Er brachte die Sprache auf Harriet und fand soviel

Lobendes über sie zu sagen, wie Emma noch nie von ihm gehört hatte.

»Ich kann ihre Schönheit nicht so hoch einstufen, wie Sie es tun«, sagte er; »aber sie ist ein hübsches kleines Ding mit, wie mir scheint, sehr guten Anlagen. Wie sich ihr Charakter entwickeln wird, hängt ab von den Leuten, mit denen sie Umgang pflegt; aber in guten Händen wird aus ihr eine fabelhafte Frau werden.«

»Es freut mich, daß Sie so denken; und an den guten Händen wird es wohl hoffentlich nicht fehlen.«

»Na, kommen Sie schon«, sagte er, »Sie sind doch auf ein Kompliment aus, und so will ich Ihnen gern versichern, daß sie unter Ihrem Einfluß gewonnen hat. Ihr Schulmädchengekicher haben Sie ihr ausgetrieben; sie macht Ihnen wirklich alle Ehre.«

»Danke schön. Ich wäre in der Tat gekränkt, wenn ich mir sagen müßte, ihr nicht etwas genützt zu haben; aber nicht jeder ist bereit, Lob zu spenden, wenn er Anlaß dazu hat. *Sie* jedenfalls überhäufen mich nicht gerade oft damit.«

»Sagten Sie nicht, daß Sie sie noch heute vormittag wieder erwarten?«

»Eigentlich jeden Augenblick. Sie ist schon länger weg, als sie vorhatte.«

»Sie muß wohl durch irgend etwas aufgehalten worden sein; vielleicht durch einen Besucher.«

»Klatschbasen von Highbury! Lästige Geschöpfe!«

»Harriet findet möglicherweise nicht jeden lästig, der Ihnen so vorkommt.«

Emma wußte nur allzu gut, wie recht er damit hatte, um zu widersprechen, und deshalb sagte sie gar nichts. Sogleich fügte er lächelnd hinzu:

»Ich will mich nicht auf Zeit oder Ort festlegen, aber ich

muß Ihnen doch erzählen, daß ich gute Gründe habe, anzunehmen, daß Ihrer kleinen Freundin bald etwas zu Ohren kommen wird, das für sie recht vorteilhaft ist.«

»Wirklich? Inwiefern? Worum geht es?«

»Um etwas sehr Ernstes, das kann ich Ihnen versichern«, und er lächelte immer noch.

»Sehr Ernstes! Da kann ich mir nur eines vorstellen – Wer ist in sie verliebt? Wer macht Sie zu seinem Vertrauten?«

Emma hoffte schon fast, Mr. Elton habe eine Bemerkung fallenlassen. Mr. Knightley war für jedermann eine Art Freund und Ratgeber, und sie wußte, daß Mr. Elton zu ihm aufschaute.

»Ich habe Grund zur Annahme«, erwiderte er, »daß Harriet Smith bald einen Heiratsantrag bekommen wird, und zwar aus höchst untadeligen Kreisen: Robert Martin ist der Betreffende. Ihr Besuch in Abbey-Mill letzten Sommer scheint gewirkt zu haben. Er ist bis über beide Ohren verliebt und möchte sie heiraten.«

»Das ist sehr liebenswürdig von ihm«, sagte Emma, »aber ist er sich denn sicher, daß Harriet ihn heiraten möchte?«

»Na schön, dann also: Er möchte ihr einen Antrag machen. Sind Sie damit zufrieden? Er kam vorgestern abend in die Abbey, um sich bei mir Rat zu holen. Er weiß, daß ich ihn und seine ganze Familie aufrichtig schätze, und betrachtet mich, glaube ich, als einen seiner besten Freunde. Er kam, um mich zu fragen, ob ich es für unklug hielte, wenn er so früh einen Hausstand gründete, ob ich sie für zu jung hielte: kurzum, ob ich seine Wahl insgesamt guthieße. Er befürchtete wohl, daß man sie (besonders seit Sie soviel Aufhebens von ihr machen) für gesellschaftlich über ihm stehend betrachte. Ich war von allem, was er sagte, sehr angetan. Nie habe ich einen Menschen vernünftiger reden hören als Robert Martin. Er spricht ohne Umschweife, offen, geradeheraus und sehr überlegt. Er hat mir alles erzählt; wie es um seine finanziellen Verhältnisse steht, was er vorhat, und wie er und seine Angehörigen, im Falle seiner Heirat, zukünftig leben wollen. Er ist ein prächtiger junger Mann, als Sohn wie auch als Bruder. Ich hatte keinerlei Bedenken, ihm zur Heirat zu raten. Er hat mir dargelegt, daß er es sich finanziell leisten kann; und daraufhin war ich überzeugt, daß er nichts Besseres tun könne. Ich habe dann auch die holde Dame gepriesen und schließlich einen rundherum glücklichen Robert Martin nach Hause geschickt. Selbst wenn er zuvor nie etwas auf meine Meinung gegeben hätte, jetzt wäre ich in seiner Achtung ganz sicher gestiegen; und ich möchte wohl meinen, er verließ das Haus mit der Gewißheit, in mir den besten Freund und Ratgeber zu haben, den je ein Mensch hatte. Das trug sich vorgestern abend zu. Nun, da wir wohl annehmen dürfen, daß er nicht viel Zeit verlieren möchte, um sich der Dame seines Herzens zu offenbaren, und da er das gestern offenbar nicht getan hat, erscheint es mir durchaus wahrscheinlich, daß er heute bei Mrs. Goddard ist; und Harriet wird womöglich von einem Besucher zurückgehalten, den sie keineswegs für einen lästigen Kerl hält.«

»Bitte, Mr. Knightley«, sagte Emma, die während eines großen Teils seiner Rede still vor sich hin gelächelt hatte, »woher wissen Sie denn, daß sich Mr. Martin nicht gestern offenbart hat?«

»Nun ja«, erwiderte er, überrascht, »ganz sicher weiß ich es natürlich nicht; aber man darf es doch annehmen. War sie nicht gestern den ganzen Tag bei Ihnen?«

»Hören Sie«, sagte sie, »ich will Ihnen nun meinerseits etwas erzählen: Vertrauen gegen Vertrauen. Er hat sich tatsächlich gestern offenbart – das heißt, er hat geschrieben und wurde abgewiesen.«

Dies mußte sie wiederholen, ehe er es glauben konnte; und vor Verblüffung und Ärger bekam Mr. Knightley einen hochroten Kopf, als er zutiefst entrüstet aufstand und sagte:

»Dann ist sie eine noch dümmere Gans, als ich angenommen hatte. Was fällt dem törichten Mädchen eigentlich ein?«

»Oh, natürlich«, rief Emma, »Männer können es nie begreifen, warum eine Frau einen Heiratsantrag ablehnt. Männer bilden sich immer ein, eine Frau müsse für jeden bereit sein, der um sie anhält.«

»Blödsinn! Männer bilden sich nichts dergleichen ein. Aber was soll das heißen? Harriet Smith weist Robert Martin ab? Wahnsinn, wenn es so ist; aber ich hoffe, Sie irren sich.«

»Ich habe ihre Antwort selbst gelesen, nichts hätte deutlicher sein können.«

»Sie haben ihre Antwort gelesen! Sie haben ihre Antwort auch geschrieben. Emma, das ist Ihr Werk. Sie haben ihr eingeredet, ihn abzuweisen.«

»Und wenn es so wäre (was zuzugeben mir freilich nicht im Traum einfällt), empfände ich darüber kein Bedauern. Mr. Martin ist ein sehr ehrenwerter junger Mann, aber Harriet keinesfalls ebenbürtig; und ich bin wirklich etwas überrascht, daß er es gewagt hat, um sie anzuhalten. Nach Ihrem Bericht zu urteilen, scheint er ja tatsächlich einige Bedenken gehabt zu haben. Es ist schade, daß er sie überwunden hat.«

»Harriet nicht ebenbürtig!« stieß Mr. Knightley laut und erregt hervor und fügte ein paar Augenblicke später etwas gemäßigter hinzu: »Nein, er ist ihr in der Tat nicht ebenbürtig, denn er ist ihr sowohl an Verstand als auch an Besitz überlegen. Emma, Ihre Vernarrtheit in dieses Mädchen macht Sie blind. Welche Ansprüche kann denn Harriet Smith auf Grund von Herkunft, Wesensart oder Bildung auf einen gesellschaftlich höher stehenden Ehemann als Robert Martin geltend machen? Sie ist die uneheliche Tochter eines Mannes, den niemand kennt, verfügt wahrscheinlich nicht einmal über ein gesichertes Einkommen und gewiß über keine sehr angesehene Verwandtschaft. Man weiß von ihr lediglich, daß sie gewisse Privilegien in einem gewöhnlichen Mädchenpensionat genießt. Sie ist weder besonders begabt noch gebildet. Man hat ihr nichts Vernünftiges beigebracht, und sie ist zu jung und von zu schlichtem Gemüt, um sich selbst irgend etwas Nützliches angeeignet zu haben. Bei ihrem Alter kann sie noch keine großen Erfahrungen gesammelt haben, und mit ihrem bißchen Verstand wird sie wahrscheinlich auch nie aus späteren Nutzen ziehen können. Sie ist hübsch, und sie ist gutmütig, das ist aber auch schon alles. Als ich ihm zu der Verbindung riet, hatte ich nur seinetwegen Bedenken, weil sie ihn womöglich gar nicht verdient und eine schlechte Partie für ihn ist. Ich hatte den Eindruck, daß er es, was das Vermögen angeht, aller Wahrscheinlichkeit nach besser treffen könnte, und daß er es, wenn er auf eine verständige Gefährtin und eine nützliche Hausfrau aus ist, nicht schlechter treffen könnte. Aber solche Argumente konnte ich natürlich gegenüber einem Verliebten nicht ins Feld führen und war bereit, darauf zu vertrauen, daß nichts Schlechtes in ihr steckt und sie zu den Menschen gehört, die in guten Händen wie den seinen leicht auf den richtigen Weg gebracht werden und sich zum Guten hin entwickeln können. Ich wußte, daß allein sie aus der

Verbindung Vorteil ziehen würde, und hatte nicht den geringsten Zweifel (und habe ihn auch jetzt nicht), daß ein allgemeiner Jubel über ihr Glück ausbrechen würde. Selbst *Ihrer* Genugtuung war ich mir sicher. Sofort schoß mir durch den Kopf, daß Sie Ihre Freundin bestimmt ohne Bedauern ziehen ließen, weil sie es ja so gut haben würde. Ich weiß noch, wie ich zu mir sagte: ›Selbst Emma mit all ihrer Voreingenommenheit für Harriet wird dies als eine gute Partie betrachten‹«.

»Ich kann mich nur wundern, wie wenig Sie Harriet kennen, daß Sie so etwas sagen können. Was! ein Bauer (und bei all seinem Verstand und seinem Verdienst ist er doch nichts weiter) soll eine gute Partie für meine engste Freundin sein! Ich soll nicht bedauern, daß sie Highbury verläßt, um einen Mann zu heiraten, den ich niemals in meinen Bekanntenkreis aufnehmen könnte! Wie können Sie mir nur eine solche Einstellung zutrauen! Glauben Sie mir, ich sehe die Sache ganz anders. Ich finde Ihren Standpunkt nicht fair. Sie sind ungerecht, was Harriets Ansprüche betrifft. Und andere Leute würden das genauso beurteilen wie ich. Mr. Martin mag wohl reicher sein als sie; aber von seiner gesellschaftlichen Stellung her ist er ihr ohne Zweifel unterlegen. Sie bewegt sich in weitaus höheren Kreisen als er. – Für sie wäre es ein Abstieg.«

»Ein Abstieg für eine Frau von unehelicher Geburt und mangelnder Bildung, mit einem angesehenen, intelligenten Gutsverwalter verheiratet zu sein!«

»Was die Umstände ihrer Geburt betrifft, so mag man sie zwar im juristischen Sinn als einen Niemand bezeichnen, aber der gesunde Menschenverstand wird das nicht gelten lassen. Sie soll nicht für den Fehltritt anderer büßen müssen, indem sie unter das Niveau derer gedrückt wird, mit denen sie aufgewachsen ist. Es kann wohl kaum ein Zweifel bestehen, daß ihr Vater ein Gentleman ist – und zwar einer mit Vermögen. Ihr Unterhalt ist sehr großzügig bemessen; für ihre Ausbildung und ihr bequemes Auskommen wurde nie gegeizt. Daß sie die Tochter eines Gentleman ist, steht für mich außer Frage; daß sie mit Töchtern feiner Leute verkehrt, kann, denke ich, niemand bestreiten. Sie ist Mr. Robert Martin schlicht und einfach überlegen.«

»Wer immer auch ihre Eltern sein mögen«, sagte Mr. Knightley, »wer immer sie auch in seine Obhut genommen hat, es scheint nicht in seiner Absicht gelegen zu haben, sie in das einzuführen, was Sie gute Gesellschaft nennen. Nachdem sie eine recht mittelmäßige Erziehung erhalten hat, ist sie Mrs. Goddards Händen überlassen worden, um sich nach Kräften durchzuschlagen, kurz und gut, um wie Mrs. Goddard zu leben, um sich in Mrs. Goddards Kreisen zu bewegen. Ihre Förderer waren offenbar der Meinung, daß das gut genug für sie sei, und es war gut genug. Auch sie selbst strebte nicht nach Höherem. Bis Sie beschlossen, sie zu Ihrer Freundin zu machen, hegte sie keinerlei Abneigung gegen ihresgleichen und keinerlei weitergehende Ambitionen. Im Sommer war sie bei den Martins so glücklich, wie man nur sein kann. Damals dünkte sie sich nichts Besseres. Wenn sie es jetzt tut, dann nur, weil Sie ihr solche Flausen in den Kopf gesetzt haben. Sie sind Harriet Smith keine gute Freundin gewesen, Emma. Robert Martin wäre niemals so weit gegangen, wenn er nicht überzeugt gewesen wäre, daß sie ihm nicht abgeneigt ist. Ich kenne ihn gut. Er hat zuviel Taktgefühl, um einer Frau aus einer zufälligen egoistischen Laune heraus den Hof zu machen. Und was Selbstgefälligkeit angeht, so kenne ich niemanden, der weniger davon hätte. Verlassen Sie sich darauf: er ist erhört worden.«

Emma zog es vor, auf diese Behauptung nicht direkt einzugehen, sondern lieber ihre eigene Argumentationslinie weiterzuverfolgen.

»Sie sind Mr. Martin ein sehr einfühlsamer Freund, aber, wie ich schon sagte, Harriet tun Sie unrecht. Harriets Ansprüche auf eine gute Partie sind durchaus nicht so unbegründet und anmaßend, wie Sie es darstellen. Sie ist kein besonders kluges Mädchen, hat aber mehr gesunden Menschenverstand, als Sie es ahnen, und sie verdient es nicht, daß man so abschätzig von ihren geistigen Fähigkeiten spricht. Lassen wir dies jedoch mal dahingestellt und nehmen wir an, sie ist so, wie Sie sie schildern, einfach nur hübsch und nett, so darf ich Sie darauf hinweisen, daß diese Eigenschaften, wenn eine Frau sie in dem Maße wie Harriet besitzt, im allgemeinen als durchaus nicht unbedeutende Empfehlungen gelten; denn ein bildhübsches Mädchen ist Harriet in der Tat, und neunundneunzig von hundert Leuten werden das bestimmt nicht leugnen. Und bis sich erweist, daß Männer eine stoischere Haltung gegenüber der Schönheit einnehmen, als man ihnen gemeinhin nachsagt, bis sie sich eher in einen klugen Kopf als in ein hübsches Gesicht verlieben, kann ein Mädchen von Harriets Liebreiz sicher sein, umschwärmt und umworben zu werden und unter vielen Männern die Auswahl zu haben, und infolgedessen hat sie das Recht, wählerisch zu sein. Auch ihre Gutmütigkeit sollte man in diesem Zusammenhang nicht so gering veranschlagen, umfaßt sie doch ein durch und durch sanftes Wesen, ein angenehmes Benehmen, zudem eine sehr geringe Meinung von sich selbst und eine große Bereitschaft, in anderen Menschen Gutes zu entdecken. Ich müßte mich schon sehr irren, wenn nicht die meisten Ihrer Geschlechtsgenossen der Meinung wären, daß eine Frau von solcher

Schönheit und solcher Wesensart die allerhöchsten Ansprüche geltend machen kann.«

»Also wirklich, Emma, wenn ich so höre, wie Sie mit Ihrem Verstand Schindluder treiben, könnte ich fast versucht sein, auch diese Meinung zu vertreten. Besser überhaupt kein Verstand, als ihn so zu mißbrauchen wie Sie.«

»Natürlich!« rief sie neckisch. »Ich weiß, daß Sie alle so denken. Ich weiß, daß ein Mädchen wie Harriet genau das Geschöpf ist, das jeden Mann in Entzücken versetzt – das auf Anhieb seine Sinne behext und sein Urteil bestätigt. Oh! Harriet hat die freie Auswahl. Sollten Sie selbst je heiraten, wäre sie genau die richtige Frau für Sie. Und ist es denn verwunderlich, wenn sie mit siebzehn, wo ihr Leben eben erst angefangen hat, sie gerade bekannt zu werden beginnt, nicht das erste Angebot annimmt, das sie bekommt? Nein – lassen Sie ihr bitte Zeit, sich etwas umzusehen.«

»Ich habe Ihre innige Freundschaft zu ihr stets für sehr töricht gehalten«, sagte Mr. Knightley sodann, »obwohl ich mir nichts anmerken ließ, aber jetzt ist mir klar, daß sie Harriet zum Verhängnis werden wird. Mit dem Gerede, wie schön sie sei und worauf sie alles Anspruch habe, werden Sie ihr noch solche Flausen in den Kopf setzen, daß ihr in Kürze keiner mehr gut genug ist, den sie kriegen könnte. Wenn Eitelkeit sich in einem solchen Spatzenhirn festsetzt, kommt dabei nie Gutes heraus. Nichts ist für eine junge Dame leichter, als ihre Erwartungen zu hoch zu schrauben. Miss Smith dürfte bald merken, daß es für sie nicht dauernd Heiratsanträge regnet, obgleich sie ein bildhübsches Mädchen ist. Kein Mann, der etwas im Kopf hat, wünscht sich eine einfältige Ehefrau, da können Sie sagen, was Sie wollen. Ein Mann aus guter Familie wird nicht unbedingt darauf versessen sein, sich mit einem Mädchen von solch obskurer Herkunft zu verbinden – und die meisten besonnenen Männer würden die Unannehmlichkeiten und die Schande fürchten, in die sie geraten könnten, wenn schließlich das Geheimnis um ihre Verwandtschaft gelüftet würde. Lassen Sie sie Robert Martin heiraten, und sie wird für immer sicher und geborgen, angesehen und glücklich sein; aber wenn Sie sie in der Erwartung bestärken, eine großartige Partie zu machen, und ihr beibringen, nur mit einem einflußreichen und sehr vermögenden Mann zufrieden zu sein, wird sie womöglich für den Rest ihres Lebens Kostgängerin bei Mrs. Goddard bleiben – oder zumindest so lange (denn Harriet Smith gehört zu den Mädchen, die irgendwann doch irgendwen heiraten), bis sie aus lauter Verzweiflung heilfroh ist, den Sohn des alten Schullehrers zu ergattern.«

»Wir sind in diesem Punkt so unterschiedlicher Meinung, Mr. Knightley, daß es keinen Sinn hat, ihn weiter zu erörtern. Wir würden einander nur noch mehr in Rage bringen. Aber ihrer Forderung, sie Robert Martin heiraten *zu lassen*, kann ich unmöglich nachkommen; sie hat ihn nämlich schon abgewiesen, und zwar so entschieden, glaube ich, daß es zu keinem zweiten Antrag mehr kommen wird. Sie muß die Folgen dieses schlimmen Schritts selbst tragen, worin sie auch bestehen mögen; und was die Ablehnung selbst anbelangt, nun, so will ich gar nicht erst behaupten, daß ich nicht einen gewissen Einfluß auf Harriet hätte; aber ich versichere Ihnen, es bedurfte keiner großen Anstrengung von meiner oder anderer Seite. Seine ganze äußere Erscheinung spricht so sehr gegen ihn, und seine Umgangsformen sind so miserabel, daß, sollte sie denn je geneigt gewesen sein, ihm ihre Gunst zu schenken, sie jetzt jedenfalls davon Abstand genommen hat. Ich kann mir vorstellen, daß sie ihn vielleicht ganz annehmbar fand, solange sie nicht mit Männern aus besseren Kreisen zusammengekommen war. Er ist der Bruder ihrer Freundinnen, und er gab sich redlich Mühe, ihr zu gefallen; und da sie keinen Besseren kennengelernt hatte (dies muß ihm sehr zustatten gekommen sein), mochte sie ihn insgesamt durchaus nicht unsympathisch finden, solange sie in Abbey-Mill war. Aber mittlerweile liegt der Fall anders. Sie weiß nun, was ein Gentleman ist; und nur ein Gentleman mit entsprechender Bildung und Auftreten hat bei Harriet eine Chance.«

»Unsinn, der abartigste Unsinn, der je dahergeredet wurde!« rief Mr. Knightley. »Robert Martins Umgangsformen empfehlen sich durch Klugheit, Aufrichtigkeit und Herzensgüte; und in seiner Gesinnung liegt mehr echter Adel, als Harriet Smith je begreifen kann.«

Emma enthielt sich einer Antwort und versuchte, fröhlich und unbekümmert zu wirken, aber in Wirklichkeit war ihr gar nicht wohl zumute, und sie wünschte sich inständig, er ginge endlich. Sie bereute nicht, was sie getan hatte, und glaubte noch immer, besser als er beurteilen zu können, was einer Frau zustand und förderlich war; aber dennoch hatte sie von jeher einen gewissen Respekt vor seinem Urteil, weshalb es ihr gar nicht gefiel, daß er es ihr so lautstark entgegenschleuderte; und ihn zum verärgerten Gegenüber zu haben, war ihr sehr unangenehm. Einige Minuten verstrichen so in drückendem Schweigen, in dem nur Emma einmal den Versuch machte, übers Wetter zu reden, worauf er jedoch nicht einging. Er dachte nach. Das Ergebnis seines Nachdenkens faßte er schließlich in folgende Worte:

»Robert Martin verliert nicht viel dabei – wenn er das nur auch so sehen könnte; und ich hoffe, es dauert nicht lange, bis er soweit ist. Was Ihnen mit Harriet vorschwebt, wissen Sie gewiß selbst am besten; aber da Sie aus Ihrer Vorliebe fürs Ehestiften kein Hehl machen, darf man wohl annehmen, daß Sie gewisse Absichten, Pläne, Projekte verfolgen; und als Freund möchte ich Ihnen nur den Hinweis geben, daß es in meinen Augen vergebene Liebesmüh ist, wenn Sie Mr. Elton auserkoren haben.«

Emma lachte und bestritt es heftig. Er fuhr fort:

»Verlassen Sie sich darauf, Elton kommt nicht in Frage. Elton ist ein anständiger Kerl und als Pfarrer in Highbury sehr angesehen, aber es steht nicht zu erwarten, daß er eine unkluge Verbindung eingeht. Wie jeder andere weiß auch er ein gutes Einkommen zu schätzen. Elton mag empfindsam daherreden, aber in seinem Handeln wird er sich von der Vernunft leiten lassen. Er weiß, welche Ansprüche er stellen kann, ebenso wie Sie bei Harriet. Er weiß, daß er ein recht ansehnlicher junger Mann und allerorten sehr beliebt ist; und nach dem zu urteilen, wie er sich in zwanglosen Augenblicken äußert, wenn Männer unter sich sind, bin ich überzeugt, daß er nicht die Absicht hat, sich einfach so wegzuwerfen. Ich habe ihn voll Begeisterung von einer großen Familie sprechen hören, mit deren zahlreichen jungen Damen seine Schwestern eng befreundet sind und von denen eine jede über zwanzigtausend Pfund verfügt.«

»Ich bin Ihnen überaus verbunden«, sagte Emma und lachte erneut. »Wenn ich mein Herz daran gehängt hätte, Mr. Elton mit Harriet zu verheiraten, wäre es sehr nett von Ihnen gewesen, mir die Augen zu öffnen; aber gegenwärtig möchte ich Harriet lediglich für mich behalten. Mit Ehestiften habe ich wirklich nichts mehr im Sinn. Ohnehin könnte ich nicht hoffen, noch einmal etwas so Famoses wie in Randalls zustande zu bringen. Ich höre damit auf, solange es mir gutgeht.«

»Dann wünsche ich Ihnen einen guten Morgen«, sagte er,

erhob sich und brach unvermittelt auf. Er war ungeheuer verärgert. Er konnte dem jungen Mann seine Enttäuschung nachfühlen und empfand es als beschämend, daß er selbst durch seine Zustimmung nicht unwesentlich dazu beigetragen hatte; und die Rolle, die Emma seiner festen Überzeugung nach in der Angelegenheit gespielt hatte, erzürnte ihn maßlos.

Auch Emma blieb in einem Zustand der Verärgerung zurück; doch war sie sich über deren Ursachen nicht so klar wie er. Sie fühlte sich nicht immer so absolut mit sich im Einklang, war nicht immer so vollkommen überzeugt, daß sie recht und ihr Gegner unrecht habe, wie Mr. Knightley. Er ging wesentlich selbstgewisser von ihr weg, als sie zurückblieb. So niedergeschlagen war sie nun allerdings auch nicht, daß nicht ein wenig Zeit und Harriets Rückkehr sie hätten wieder aufrichten können. Daß Harriet so lange wegblieb, begann sie zu beunruhigen. Die Vorstellung, der junge Mann sei womöglich an diesem Vormittag zu Mrs. Goddard gegangen, dort mit Harriet zusammengetroffen und habe ihr sein Anliegen persönlich vorgetragen, löste in ihr Beunruhigung aus. Die Angst, daß schließlich doch noch alles schiefgehen könnte, drängte alle sonstigen Bedenken in den Hintergrund; und als Harriet erschien, und noch dazu bestens gelaunt und ohne für ihr langes Ausbleiben einen derartigen Grund nennen zu müssen, empfand Emma eine solche Genugtuung, daß sie schnell wieder mit sich im reinen und überzeugt war – mochte doch Mr. Knightley denken oder sagen, was er wollte –, nichts getan zu haben, was sich mit der Freundschaft und den Gefühlen einer Frau nicht rechtfertigen ließe.

Er hatte ihr wegen Mr. Elton einen kleinen Schrecken eingejagt; als sie sich jedoch vor Augen führte, daß Mr. Knightley ihn nicht so hatte beobachten können wie sie, weder mit dem Interesse, noch (das durfte sie sich, trotz Mr. Knightleys Behauptungen schon zugute halten) mit der ihr in solchen Fällen eigenen scharfen Beobachtungsgabe, daß er es außerdem hastig und im Zorn dahingesagt hatte, da meinte sie sogar sicher sein zu können, daß er eher das gesagt hatte, was er vor lauter Groll wahrhaben wollte, als was er tatsächlich darüber wußte. Gewiß mochte er Mr. Elton unbefangener reden gehört haben als sie, und Mr. Elton mochte durchaus ein Mann sein, der in Geldangelegenheiten nicht unbedacht und leichtsinnig war, ja, vielleicht schenkte er ihnen eher zuviel als zuwenig Aufmerksamkeit; aber andererseits berücksichtigte Mr. Knightley nicht gebührend, was eine heftige Leidenschaft vermag, die mit allen eigennützigen Motiven auf Kriegsfuß steht. Mr. Knightley sah keine solche Leidenschaft und bedachte natürlich auch nicht, was sie bewirkt; sie jedoch sah zuviel davon, um daran zweifeln zu können, daß sie alle Bedenken überwinden würde, die vernünftige Besonnenheit anfangs ins Feld führen mochte; und mehr als das übliche, gesunde Maß an Besonnenheit besaß Mr. Elton ganz gewiß nicht.

Harriets fröhliches Aussehen und Gebaren heiterten auch sie wieder auf; sie kam zurück, nicht um an Mr. Martin zu denken, sondern über Mr. Elton zu reden. Miss Nash hatte ihr etwas erzählt, was sie sogleich mit großem Entzücken wiederholte. Mr. Perry war bei Mrs. Goddard gewesen, um ein krankes Kind zu verarzten, und Miss Nash hatte ihn gesprochen, und er hatte Miss Nash erzählt, daß er gestern auf dem Rückweg von Clayton Park Mr. Elton begegnet sei und zu seiner großen Überraschung erfahren habe, daß Mr. Elton tatsächlich auf dem Weg nach London sei und erst am nächsten Tag zurückkommen wolle, obwohl es der Abend des Whistklubs war, den er seines Wissens noch niemals zuvor versäumt habe; und Mr. Perry hatte ihm deshalb Vorhaltungen gemacht und gesagt, wie schäbig es von ihm, ihrem besten Spieler, sei, sich davonzumachen, und ihn mit allen Mitteln zu überreden versucht, seine Reise nur einen Tag zu verschieben; aber es habe alles nichts genützt; Mr. Elton war entschlossen gewesen weiterzureiten und hatte in einem *sehr eigenartigen* Tonfall gesagt, er habe etwas zu erledigen, das er um nichts auf der Welt aufschieben wolle, und etwas von einem sehr beneidenswerten Auftrag erzählt, und daß er etwas über alle Maßen Kostbares mit sich führe. Mr. Perry konnte nicht ganz aus ihm schlau werden, war aber überzeugt, daß da eine *Dame* im Spiel sein müsse, und das sagte er ihm auch; und Mr. Elton schaute sehr selbstbewußt drein und lächelte und ritt in bester Laune davon. Miss Nash hatte ihr das alles erzählt und noch eine ganze Menge über Mr. Elton und gesagt, indem sie sie sehr bedeutungsvoll ansah: »daß sie sich nicht anmaße zu wissen, worum es sich bei seinem Auftrag gehandelt haben könnte, aber das eine wisse sie, daß sie die Frau, um deren Hand Mr. Elton einmal anhalten werde, für die glücklichste Frau der Welt halte; denn, das sei über jeden Zweifel erhaben, Mr. Elton habe an Schönheit und Nettigkeit nicht seinesgleichen.«

NEUNTES KAPITEL

Mochte auch Mr. Knightley einiges an ihr auszusetzen haben, Emma fühlte sich völlig im Recht. Er war so verstimmt, daß es länger als sonst dauerte, bis er wieder nach Hartfield kam; und als sie sich wiedersahen, ließ seine ernste Miene deutlich erkennen, daß er ihr nicht verziehen hatte. Sie bedauerte das, aber sie empfand keine Reue. Im Gegenteil, durch die Vorgänge der nächsten Tage sah sie sich in allem, was sie bisher geplant und unternommen hatte, gerechtfertigt und ging fürderhin mit noch größerer Begeisterung zu Werke.

Das Bildnis, nunmehr elegant gerahmt, gelangte bald nach Mr. Eltons Rückkehr wieder sicher in ihre Hände, und als es über dem Kamin im Wohnzimmer hing, stand er auf, um es zu betrachten, und brachte stammelnd und seufzend seine Bewunderung zum Ausdruck, genauso wie es sich gehörte; und Harriets Gefühle entwickelten sich sichtlich zu einer so starken und stetigen Zuneigung, wie es ihre Jugend und ihre Wesensart nur zuließen. Emma war bald vollkommen beruhigt, daß Harriet Mr. Martins nur noch insofern gedachte, als er einen deutlichen Kontrast zu Mr. Elton darstellte, sehr zum Vorteil des letzteren.

Ihr Vorsatz, den Verstand ihrer kleinen Freundin durch regelmäßige nützliche Lektüre und Gespräche zu schulen, hatte bisher über ein paar Anfangskapitel und die gute Absicht, morgen weiterzulesen, nicht hinausgeführt. Es war viel angenehmer, sich miteinander zu unterhalten, als gemeinsam zu studieren; viel vergnüglicher, die Phantasie schweifen zu lassen und an Harriets Glück zu basteln, als in mühevoller Arbeit ihren geistigen Horizont zu erweitern oder ihr Denken an nüchternen Tatsachen zu üben; und das einzige literarische Interesse, dem Harriet gegenwärtig frönte, die einzige geistige Vorsorge, die sie für ihren Lebensabend traf, bestand darin, alle erdenklichen Rätsel, die ihr unterkamen, zu sammeln und in ein Quartheft aus satiniertem Papier zu übertragen, das ihr eine Freundin gebunden und mit Monogrammen und Emblemen verziert hatte.

In unserer literarischen Epoche sind solche umfangreichen Sammlungen nichts Ungewöhnliches. Miss Nash, die Oberlehrerin von Mrs. Goddard, hatte mindestens dreihundert ab- und aufgeschrieben; und Harriet, die die erste Anregung von ihr empfangen hatte, hoffte, mit Miss Woodhouses Hilfe noch viel mehr zusammenzubekommen. Emma half mit ihrer Erfindungsgabe, ihrem guten Gedächtnis und Geschmack; und da Harriet eine sehr hübsche Handschrift hatte, stand zu erwarten, daß es sowohl von der Form als auch vom Umfang her eine erstklassige Sammlung werden würde.

Mr. Woodhouse war an der Sache fast ebensosehr interessiert wie die Mädchen und durchforstete sehr oft sein Gedächtnis nach etwas, das in die Sammlung aufgenommen zu werden verdiente. In seiner Jugend, sagte er, habe es immer so viele geistreiche Rätsel gegeben, er wundere sich nur, daß sie ihm entfallen seien! Aber er hoffe, daß sie ihm mit der Zeit wieder einfielen. Und es endete immer mit »Kitty, die schöne, aber kalte Maid«.

Auch seinem guten Freund Perry, dem er von der Sammlung erzählt hatte, fielen auf Anhieb keine Rätsel ein; aber Mr. Woodhouse hatte ihn gebeten, die Ohren zu spitzen, und da Perry so viel herumkam, rechnete er mit Nachschub von dieser Seite.

Es lag keineswegs in der Absicht seiner Tochter, die gesamte Intelligenz von Highbury heranzuziehen. Mr. Elton war der einzige, um dessen Hilfe sie bat. Er wurde ersucht, alle wirklich guten Rätsel, Scharaden oder Scherzfragen, die ihm einfielen, beizusteuern; und sie bemerkte mit Vergnügen, wie er ganz beflissen und angestrengt in seinen Erinnerungen wühlte und zugleich peinlich darauf bedacht war, daß ihm nichts Ungalantes über die Lippen komme, nichts, was nicht zumindest den Anhauch eines Kompliments an das schöne Geschlecht hatte. Sie verdankten ihm zwei oder drei ihrer höflichsten Rätsel; und die Freude und Begeisterung, mit der er schließlich die allgemein bekannte Scharade

Mein erstes großen Kummer meint,
mein zweites muß ihn leiden,
doch sind die beiden dann vereint,
löst auf er sich in Freuden –

My first doth affliction denote
Which my second destin'd to feel
And my whole is the best antidote
The affliction to soften and heal –

memorierte und ziemlich rührselig rezitierte, erfüllten Emma mit Bedauern, weil sie ihm gestehen mußte, daß sie diesen Vierzeiler schon ein paar Seiten vorher ins Büchlein eingetragen hatten.

»Warum schreiben Sie nicht einfach selbst ein Rätsel für uns, Mr. Elton?« fragte sie. »Das wäre die einzige Gewähr dafür, daß es neu ist; und für Sie dürfte das doch ein Kinderspiel sein.«

O nein! Er habe noch nie in seinem Leben so etwas geschrieben, zumindest sehr selten. Sei er doch ein einfältiger Tropf! Er fürchte, nicht einmal Miss Woodhouse, er hielt kurz inne – oder Miss Smith könnten ihn dazu inspirieren.

Doch schon am nächsten Tag förderte er einen Beweis seiner Inspiration zutage. Er kam auf ein paar Minuten vorbei, nur um ein Blatt Papier auf dem Tisch zu hinterlassen, auf dem, wie er sagte, eine Scharade stehe, die ein Freund von ihm einer jungen Dame, die er verehrte, gewidmet habe, die aber, wie Emma sofort aus seinem Benehmen schloß, aus seiner Feder stammen mußte.

»Ich biete sie nicht für Miss Smiths Sammlung an«, sagte er. »Da sie meinem Freund gehört, habe ich nicht das Recht, sie den Augen der Öffentlichkeit preiszugeben; aber vielleicht sind Sie ja nicht abgeneigt, einen Blick darauf zu werfen.«

Diese Worte richteten sich mehr an Emma als an Harriet, was Emma durchaus verstehen konnte. Er war sehr verlegen, und es fiel ihm leichter, ihrem Blick als dem ihrer Freundin standzuhalten. Im nächsten Augenblick war er auch schon weg; und nach einem weiteren sagte Emma, indem sie Harriet das Blatt Papier hinschob:

»Nimm sie – sie ist für dich. Nimm, was dir gehört.«

Aber Harriet bebte vor Erregung und vermochte das Blatt nicht anzurühren; und Emma, nie abgeneigt, den Anfang zu machen, sah sich genötigt, es selbst in Augenschein zu nehmen:

An Miss –

Scharade

Mein erstes zeigt den Prunk und Pomp der Könige,
Herrscher der Welt! Ihr Luxusleben und ihr Wohlergeh'n.
Ein ander Bild des Menschen bringt mein zweites;
So sieh ihn hier, den Herrscher aller Meere!

Doch dann! Vereinigt, ganz das Gegenteil!
Des Mannes Macht und Freiheit sind verschwunden;
Der Herr der Erde und der Meere neigt als Sklave sich,
Und nur die Frau, die schöne, herrscht allein.

Dein schneller Witz das Wort sehr bald wird finden,
Mög' Anerkennung leuchten in dem sanften Auge!

Sie überflog die Verse, überlegte, erfaßte den Sinn, las sie noch einmal, um ganz sicher zu sein und sich die Zeilen richtig einzuprägen, und gab Harriet das Blatt, und während sich Harriet, hin- und hergerissen zwischen Hoffnung und Verzagen, den Kopf darüber zerbrach, saß Emma glücklich lächelnd daneben und dachte bei sich: »Kompliment, Mr. Elton, Kompliment. Ich habe schon schlechtere Scharaden gelesen. Den Hof machen (courtship) – eine unmißverständliche Anspielung. Alle Achtung. Das nenne ich sich langsam vortasten! Die Botschaft lautet: Bitte, Miss Smith, lassen Sie mich Ihnen den Hof machen. Nehmen Sie mein Rätsel und meine Absichten in Gnaden auf.«

Mög' Anerkennung leuchten in dem sanften Auge!

Das ist Harriet, wie sie leibt und lebt. Sanft, besser könnte man ihre Augen nicht beschreiben, das treffendste Adjektiv, das sich finden läßt.

Dein schneller Witz das Wort sehr bald wird finden

Hm – Harriet und schneller Witz! Doch um so besser. Da muß ein Mann schon hochgradig verliebt sein, wenn er ihr den attestiert. Ach, Mr. Knightley! Ich wünschte, Sie könnten dies hier lesen, es würde, glaube ich, selbst Sie überzeugen. Ein einziges Mal in Ihrem Leben müßten Sie dann zugeben, sich geirrt zu haben. Wirklich eine ausgezeichnete Scharade! Und ungemein zweckdienlich. Alles steuert nun auf den entscheidenden Punkt zu.

Diese angenehmen Betrachtungen, die sie, wie andere dieser Art, sonst wohl noch eine ganze Weile fortgesetzt hätte, mußte sie nun jedoch abbrechen, weil Harriet, die bei aller Neugier allein nicht weiterwußte, ihr mit Fragen zusetzte:

»Was ist damit nur gemeint, Miss Woodhouse? Was mag es bedeuten? Ich habe nicht die geringste Ahnung – ich komme einfach nicht drauf. Was kann es nur bedeuten? Versuchen Sie es doch, Miss Woodhouse. Helfen Sie mir doch. So etwas Schwieriges ist mir noch nicht untergekommen. Soll es Königreich bedeuten? Ich würde zu gern wissen, wer der Freund ist – und wer die junge Dame sein mag! Halten Sie es für ein gutes Rätsel? Kann es ›Frau‹ bedeuten?

Und nur die Frau, die schöne, herrscht allein.

Kann es Neptun sein?

So sieh ihn hier, den Herrscher aller Meere!

Oder ein Dreizack? Oder eine Meerjungfrau? Oder ein Hai? Oh, nein! Hai hat doch nur eine Silbe. Es muß ja auch sehr geistreich sein, sonst hätte er es uns gar nicht gebracht. O Miss Woodhouse, meinen Sie, wir kriegen es jemals heraus?«

»Meerjungfrauen und Haie! Unsinn! Meine liebe Harriet, wo hast du nur deine Gedanken? Wozu sollte er uns denn ein Rätsel bringen, das ein Freund über Meerjungfrauen und Haifische gemacht hat? Gib mir das Blatt und hör zu:

»*An Miss* –, das heißt Miss Smith.

Mein erstes zeigt den Prunk und Pomp der Könige,
Herrscher der Welt! Ihr Luxusleben und ihr Wohlergeh'n.

Das ist natürlich der Hof (court).

Ein ander Bild des Menschen bringt mein zweites;
So sieh ihn hier, den Herrscher aller Meere!

Das ist das Schiff (ship). Deutlicher kann man es gar nicht sagen. Und nun kommt die Pointe:

Doch dann! vereinigt (Courtship, Hofmachen, weißt du)
Des Mannes Macht und Freiheit sind verschwunden;
Der Herr der Erde und der Meere neigt als Sklave sich,
Und nur die Frau, die schöne, herrscht allein.

Ein recht gekonntes Kompliment! Und dann folgt die Nutzanwendung, deren Enträtselung, meine liebe Harriet, dir wohl kein allzu großes Kopfzerbrechen bereiten wird. Lies sie dir selbst in Ruhe durch. Es besteht kein Zweifel: das Rätsel wurde für und an dich geschrieben.«

Solch hinreißender Überredungskunst konnte Harriet natürlich nicht lange widerstehen. Sie las noch einmal die letzten Zeilen und wurde ganz taumelig vor Glück. Sie konnte nichts sagen. Doch sie brauchte auch nichts zu sagen, sie brauchte nur zu fühlen. Emma sprach für sie.

»Die Aussage dieser schmeichelhaften Verse ist so eindeutig und unmißverständlich«, sagte sie, »daß für mich an Mr. Eltons Absichten nicht der Schatten eines Zweifels besteht. Auf dich hat er es abgesehen – und bald wirst du den schlagendsten Beweis dafür erhalten. Ich habe es immer gewußt. Ich wußte, daß ich mich nicht so irren konnte; aber jetzt liegt es klar zutage. Seine innere Entschlossenheit ist so deutlich, wie ich es mir immer gewünscht habe, seit ich dich kenne. Ja, Harriet, so lange wünsche ich mir schon, daß eintritt, was nun geschehen ist. Ich hätte nie sagen können, ob eine Verbindung zwischen dir und Mr. Elton die wünschenswerteste oder die natürlichste Sache der Welt ist. So sehr entsprechen sich Wunsch und Wahrscheinlichkeit tatsächlich! Ich bin überglücklich. Ich gratuliere dir, meine liebe Harriet, von ganzem Herzen. Eine Frau kann wahrlich stolz sein, eine solche Verbindung zustande gebracht zu haben. Es ist ein Bund, der nur Vorteile mit sich bringt. Sie bietet dir alles, was du brauchst: Ansehen, Unabhängigkeit, ein eigenes Zuhause – sie wird dich im Kreise deiner wahren Freunde verankern, ganz nahe bei Hartfield und bei mir, und unsere Freundschaft für immer festigen. Es ist, Harriet, eine Heirat, deren sich keine von uns beiden je zu schämen braucht.«

»Liebe Miss Woodhouse« und noch einmal »Liebe Miss Woodhouse« war zunächst alles, was Harriet unter vielen zärtlichen Umarmungen stammeln konnte; aber als dann doch wieder ein einigermaßen normales Gespräch zustande kam, merkte Emma deutlich genug, daß Harriets Einsichten, Gefühle, Vorahnungen, Erinnerungen dem Anlaß vollkommen entsprachen. Mr. Eltons Überlegenheit erfuhr reichlich Anerkennung.

»Was Sie auch sagen, es ist immer richtig«, rief Harriet, »und deshalb vermute und glaube und hoffe ich, daß es so sein muß; aber sonst hätte ich es mir nie träumen lassen. Es ist so viel mehr, als ich verdiene. Mr. Elton, der doch jede bekommen könnte! Über ihn kann es nur *eine* Meinung geben: Er ist eine so überragende Persönlichkeit. Denken Sie doch nur an diese wunderhübschen Verse ›An Miss –‹. Du meine Güte, wie geistreich! Ob es wirklich für mich gedacht ist?«

»Das steht für mich außer Frage, und ich mag auch keine Frage mehr darüber hören. Es ist Gewißheit, vertraue ruhig meinem Urteil. Es ist wie der Prolog zu einem Theaterstück, das Motto über einem Kapitelanfang, und die nüchterne Prosa wird bald darauf folgen.«

»Mit so etwas hätte doch niemand gerechnet. Vor einem Monat noch hatte ich ja selbst nicht die leiseste Ahnung davon! Es geschehen wirklich die seltsamsten Dinge auf dieser Welt.«

»Wenn Menschen wie Miss Smith und Mr. Elton einander begegnen, dann trifft das in der Tat zu – und es ist schon wirklich seltsam; es kommt nicht alle Tage vor, daß etwas, was so offensichtlich, so augenfällig wünschenswert ist – was die Phantasie und prophetischen Gaben der anderen Leute geradezu herausfordert, sich ganz von allein und zur richtigen Form fügt. Du und Mr. Elton seid von eueren Lebensumständen her wie füreinander geschaffen; von euerem jeweiligen Familienhintergrund her gehört ihr zusammen. Euere Heirat wird der in Randalls in nichts nachstehen. Es scheint wohl etwas in der Luft von Hartfield zu liegen, das der Liebe genau den richtigen Weg weist und ihre Wasser ins rechte Bett lenkt:

Rann nie der Strom der treuen Liebe sanft ...

In einer Hartfield-Ausgabe von Shakespeares Werken würde diese Zeile wohl eine lange Anmerkung bekommen.«

»Daß Mr. Elton tatsächlich in mich verliebt sein soll – ausgerechnet in mich, die ich ihn doch an Michaeli noch gar nicht gekannt, noch kein einziges Wort mit ihm gewechselt hatte! Und er, der attraktivste Mann, den es je gab, und zudem ein Mann, zu dem jeder aufschaut, ganz wie zu Mr. Knightley! Dessen Gesellschaft so begehrt ist, daß er, wie jeder sagt, keine einzige Mahlzeit allein einzunehmen braucht, wenn er nicht will, daß er mehr Einladungen bekommt, als die Woche Tage hat. Und so eindrucksvoll und erhaben in der Kirche! Miss Nash hat alle Predigten aufgeschrieben, die er gehalten hat, seit er in Highbury ist. Du meine Güte! Wenn ich daran denke, als ich ihn zum erstenmal gesehen habe! Damals hätte ich doch nicht im Traum an so etwas gedacht! Die beiden Abbotts und ich rannten ins vordere Zimmer und lugten durch die Jalousie, als wir hörten, daß er am Haus vorbeigehe, und Miss Nash kam hinzu und scheuchte uns vom Fenster weg und blieb selbst davor stehen, um zu gucken; gleich darauf rief sie mich allerdings zurück und ließ mich auch gucken, was richtig nett von ihr war. Ach, und wie schön wir ihn beide fanden! Er ging Arm in Arm mit Mr. Cole.«

»Wer oder was auch immer deine Verwandten sein mögen, diese Verbindung kann ihnen nur recht sein, vorausgesetzt, sie haben zumindest gesunden Menschenverstand; und nach dummen Leuten brauchen wir uns ja ohnehin nicht zu richten. Wenn ihnen daran liegt, dich *glücklich* verheiratet zu sehen, so ist dies der Mann, dessen liebenswürdige Wesensart jede Gewähr dafür bietet; wenn sie möchten, daß du in der Gegend und dem Freundeskreis, den sie für dich ausgesucht haben, heimisch wirst, dann ist auch das erreicht; und wenn es ihnen nur darum geht, daß du, wie man so sagt, eine *gute Partie* machst, so werden sie wohl mit dem hier gegebenen ansehnlichen Vermögen, dem respektablen Wohnsitz und dem gesellschaftlichen Aufstieg zufrieden sein.«

»Ja, das stimmt. Wie schön Sie das sagen! Ich höre Ihnen so gern zu. Sie verstehen einfach alles. Sie und Mr. Elton sind einer so klug wie der andere. Diese Scharade! So etwas hätte ich nie hingekriegt, und wenn ich ein ganzes Jahr darüber gebrütet hätte.«

»Aus der ganzen Art, wie er gestern sein Licht unter den Scheffel gestellt hat, dachte ich mir schon, daß er sein Talent beweisen würde.«

»Ich finde, es ist ohne Ausnahme die beste Scharade, die ich je gelesen habe.«

»Jedenfalls habe ich noch keine gelesen, bei der es so zur Sache geht.«

»Sie ist ja auch doppelt so lang wie fast alle anderen, die wir schon haben.«

»In ihrer Länge sehe ich nicht gerade einen besonderen Vorzug. Solche Sachen können im allgemeinen gar nicht kurz genug sein.«

Harriet war viel zu eifrig mit den Zeilen beschäftigt, um zuzuhören. Die schmeichelhaftesten Vergleiche fielen ihr dabei ein.

»Es ist schon ein gewaltiger Unterschied«, sagte sie dann mit glühenden Wangen, »ob jemand einfach nur den üblichen gesunden Menschenverstand hat und sich, wenn er etwas mitzuteilen hat, hinsetzt und einen Brief schreibt und kurz und bündig zum Ausdruck bringt, was er will, oder ob einer Verse und Scharaden wie diese hier schreibt.«

Eine geharnischtere Kritik an Mr. Martins Prosa hätte sich Emma nicht wünschen können.

»Welch köstliche Zeilen!« fuhr Harriet fort. »Besonders die beiden letzten! Aber wie soll ich ihm denn das Blatt je zurückgeben können und behaupten, ich hätte das Rätsel gelöst? Oh! Miss Woodhouse, was machen wir bloß?«

»Überlaß das nur mir. Du machst gar nichts. Er wird wohl heute abend kommen, und dann gebe ich es ihm zurück, und er und ich reden irgendwelchen Unsinn darüber, und du brauchst dich nicht zu kompromittieren. Deine sanften Augen werden schon im rechten Moment ganz von selbst strahlen. Vertrau ruhig auf mich.«

»Oh! Miss Woodhouse, wie schade, daß ich die schöne Scharade nicht in mein Büchlein eintragen darf! Ich habe keine einzige, die auch nur halb so gut ist.«

»Laß einfach die letzten beiden Zeilen weg, dann gibt es keinen Grund, weswegen du sie nicht abschreiben solltest.«

»Ach, aber diese letzten beiden Zeilen sind doch gerade –«

»Die besten. Das stimmt – zu deinem Privatvergnügen. Dazu behalt sie nur. Wenn du sie wegläßt, ändert das doch nichts daran, daß sie geschrieben wurden. Das Zeilenpaar löst sich doch darum nicht in Luft auf oder bekommt einen anderen Sinn. Es geht doch nur die Zueignung verloren und zurück bleibt eine recht hübsche, galante Scharade, die in jede Sammlung paßt. Glaub mir, er möchte seine Scharade ebensowenig verschmäht sehen wie seine Leidenschaft. Ein verliebter Dichter muß in beidem, in seiner Liebe und in seiner Dichtkunst, ermutigt werden oder in keinem von beiden. Gib mir das Buch, ich will sie eintragen, dann kann auf dich kein schlechtes Licht fallen.«

Harriet fügte sich, obwohl sie in ihren Gedanken die beiden Teile kaum auseinanderzuhalten vermochte, so daß Emma nicht ganz sicher war, ob nicht ihre Freundin eine Liebeserklärung ins Buch schrieb. Die Gabe schien ihr zu kostbar, um von Unbefugten gelesen zu werden.

»Ich werde dieses Buch niemals aus der Hand geben«, sagte sie.

»Nun gut«, erwiderte Emma, »das ist eine ganz natürliche Einstellung, und je länger sie anhält, desto mehr freut es mich. Aber da kommt mein Vater. Du hast doch nichts dagegen, wenn ich ihm die Scharade vorlese. Sie wird ihm so viel Freude machen! Er liebt derlei Sachen und besonders, wenn der holden Weiblichkeit ein Kompliment gemacht wird. Er ist von zärtlichster Ritterlichkeit gegenüber unserem Geschlecht beseelt! Du mußt es mich ihm vorlesen lassen.«

Harriet schaute ziemlich ernst drein.

»Meine liebe Harriet, du darfst nicht zuviel Aufhebens von dieser Scharade machen. Du wirst deine Gefühle recht unschicklich zu erkennen geben, wenn du zu betroffen und voreilig bist und zuviel hineingeheimnist oder ihm genau die Bedeutung beimißt, die beabsichtigt ist. Laß dich von so einem kleinen Zeichen der Verehrung nicht gleich kopfscheu machen! Wenn er auf Heimlichkeit bedacht gewesen wäre, hätte er das Blatt bestimmt nicht in meinem Beisein liegengelassen, aber er hat es ja sogar eher mir als dir hingeschoben.

Wir wollen das Ganze nicht allzu ernst nehmen. Er hat genug Ermunterung erhalten, um die nächsten Schritte zu tun, ohne daß wir uns über dieser Scharade die Seele aus dem Leib seufzen.«

»O nein! Hoffentlich mache ich mich damit nicht lächerlich. Lesen Sie es ihm ruhig vor.«

Mr. Woodhouse trat ein und lenkte das Gespräch bald wieder auf das bewußte Thema, indem er, wie so oft, fragte: »Nun, meine Lieben, wie geht es denn mit euerem Buch voran? Habt ihr etwas Neues aufgetan?«

»Ja, Papa, wir haben dir etwas vorzulesen, etwas ganz Neues. Ein Blatt Papier ist heute morgen auf dem Tisch gefunden worden (wir nehmen an, eine Fee hat es hingelegt) – es steht eine sehr hübsche Scharade darauf, die wir soeben abgeschrieben haben.«

Sie las sie ihm vor, genau so wie er es gern hatte, langsam und deutlich und zwei- oder dreimal von der ersten bis zur letzten Zeile, wobei sie ihm jede einzeln erläuterte, ehe sie zur nächsten überging – und er war angetan davon und, wie sie vorausgesehen hatte, besonders von dem Kompliment am Ende begeistert.

»Ja, ja, das ist wirklich sehr treffend und schön gesagt. So wahr: ›Die Frau, die schöne …‹ Es ist eine so hübsche Scharade, daß ich mir ohne weiteres denken kann, welche Fee sie gebracht hat. Niemand kann so hübsch reimen wie du, Emma.«

Emma nickte nur und lächelte. Nach kurzem Nachdenken und einem innigen Seufzer fügte er dann hinzu:

»Ach! Es ist nicht schwer zu erkennen, wem du nachschlägst! Deine liebe Mutter verstand sich so geschickt auf alle diese Dinge! Wenn ich doch nur ihr Gedächtnis hätte! Aber ich kann mich einfach an nichts erinnern, nicht einmal an das eine Rätsel, von dem ich dir schon erzählt habe; nur an die erste Strophe entsinne ich mich noch, aber es hatte mehrere:

Kitty, die schöne, aber kalte Maid
Entzündet' eine Flamme, die ich noch beklage;
Der listige Knab', den ich zu Hilfe rief,
Und dessen Nahen mich erschreckte;
Da unheilvoll er erst für meine Werbung war.

Kitty, a fair but frozen maid
Kindled a flame I yet deplore;
The hoodwink'd boy I called to aid,
Though of his near approach afraid,
So fatal to my suit before.

Mehr fällt mir nicht mehr ein – doch das Gedicht ist von der ersten bis zur letzten Zeile so geistreich. Aber hast du nicht gesagt, du hättest es bereits, mein Liebes?«

»Ja, Papa, es steht auf der zweiten Seite. Wir haben es aus den *Elegant Extracts* abgeschrieben. Es stammt doch von Garrick.«

»Ja, ganz richtig. – Wenn ich mich doch an die übrigen Strophen erinnern könnte! ›Kitty, die schöne, aber kalte Maid‹. Bei diesem Namen muß ich immer an die arme Isabella denken, denn sie wäre beinah nach ihrer Großmutter auf den Namen Catherine getauft worden. Hoffentlich haben wir sie nächste Woche hier. Hast du schon überlegt, mein Liebes, wo du sie unterbringen wirst – und in welchem Zimmer die Kinder schlafen sollen?«

»Aber ja doch, sie bekommt natürlich ihr eigenes Zimmer, das Zimmer, das sie immer hat, und für die Kinder ist ja das Kinderzimmer da, genau wie sonst. Warum sollte sich daran etwas ändern?«

»Ich weiß nicht, mein Liebes – aber es ist so lange her, seit sie hier war – seit letzte Ostern war sie nicht mehr da, und damals auch nur für ein paar Tage. – Wie ungünstig, daß Mr. John Knightley Anwalt ist. – Die arme Isabella! Ein Jammer, daß sie uns entrissen wurde! Und wie sehr wird sie es bedauern, wenn sie kommt und Miss Taylor nicht mehr hier ist!«

»Sie wird wenigstens nicht überrascht sein, Papa.«

»Ich weiß es nicht, mein Liebes. Ich jedenfalls war außerordentlich überrascht, als ich hörte, daß sie heiraten würde.«

»Wir müssen Mr. und Mrs. Weston einmal zum Essen einladen, wenn Isabella hier ist.«

»Ja, mein Liebes, wenn Zeit dafür bleibt. – Aber (in sehr bekümmertem Tonfall) – sie kommt ja nur für eine Woche. Da wird für nichts Zeit bleiben.«

»Es ist bedauerlich, daß sie nicht länger bleiben können – aber es geht anscheinend nicht anders. Mr. John Knightley muß am achtundzwanzigsten Dezember wieder nach London zurück, und wir sollten froh sein, daß sie die ganze Zeit, die sie auf dem Land verbringen können, bei uns bleiben und nicht zwei oder drei Tage für die Abbey abzweigen. Mr. Knightley hat versprochen, diese Weihnachten auf seinen Anspruch zu verzichten – obwohl sie noch länger nicht bei ihm waren als bei uns.«

»Es wäre auch wirklich sehr hart, mein Liebes, wenn die arme Isabella irgendwo anders übernachten müßte als in Hartfield.«

Mr. Woodhouse wollte nicht gelten lassen, daß Mr. Knightley auch Anspruch auf seinen Bruder hatte oder andere Leute außer ihm selbst auf Isabella. Er grübelte ein Weilchen vor sich hin und sagte dann:

»Aber ich sehe nicht ein, warum die arme Isabella schon wieder so bald zurück nach London fahren sollte, auch wenn er es muß. Ich denke, Emma, ich werde sie zu überreden versuchen, länger bei uns zu bleiben. Sie und die Kinder könnten ohne weiteres noch bleiben.«

»Aber Papa, das ist dir doch noch nie gelungen, und ich glaube auch nicht, daß es dir jemals gelingen wird. Isabella hält es nicht ohne ihren Mann aus.«

Das war so unbestreitbar wahr, daß sich jeder Widerspruch erübrigte. So wenig es ihm auch behagte, Mr. Woodhouse mußte es mit einem gottergebenen Seufzer bewenden lassen, und da Emma merkte, wie ihm der Gedanke an die übergroße Gattenliebe seiner ältesten Tochter aufs Gemüt schlug, gab sie dem Gespräch sofort eine andere Wendung, um ihn wieder etwas aufzurichten.

»Harriet muß uns, so oft sie kann, Gesellschaft leisten, während mein Schwager und meine Schwester hier sind. Bestimmt wird sie von den Kindern begeistert sein. Wir sind doch so stolz auf die Kinder, nicht wahr, Papa? Ich bin gespannt, wen sie am hübschesten findet, Henry oder John?«

»Ja, darauf bin ich auch gespannt. Die armen kleinen Lieblinge, wie werden sie froh sein, daß sie hierherkommen dürfen. Sie sind sehr gern in Hartfield, Harriet.«

»Das kann ich mir vorstellen, Sir. Ich kenne niemanden, der nicht gern hier wäre.«

»Henry ist ein feiner Junge, aber John ist ganz die Mama. Henry ist der Älteste, er wurde nach mir benannt, nicht nach seinem Vater. John, der zweite, trägt den Vornamen seines Vaters. Manche Leute wundern sich wohl, glaube ich, daß der Älteste nicht nach ihm benannt wurde, aber Isabella wollte, daß er Henry heißt, was ich sehr nett von ihr fand. Und er ist auch wirklich ein blitzgescheiter Junge. Sie sind alle bemerkenswert klug, und sie haben viele nette Eigenheiten. Da kommen sie zum Beispiel und stellen sich neben meinen Sessel und sagen: ›Großvater, kannst du mir ein Stück Bindfaden geben?‹, und einmal hat mich Henry um ein Messer gebeten, aber ich habe ihm gesagt, Messer seien nur für Großpapas da. Ich finde, ihr Vater ist sehr oft zu grob zu ihnen.«

»Er kommt dir nur grob vor«, sagte Emma, »weil du selbst so sanft bist; aber wenn du ihn mit anderen Vätern vergleichen könntest, würdest du ihn nicht mehr für grob halten. Er möchte, daß seine Buben sportlich und abgehärtet sind, und wenn sie sich schlecht benehmen, setzt er ihnen schon mal gehörig den Kopf zurecht; aber er ist ein liebevoller Vater – Mr. John Knightley ist zweifellos ein liebevoller Vater. Die Kinder hängen sehr an ihm.«

»Und dann kommt ihr Onkel an und wirft sie fast an die Decke, daß einem angst und bange wird.«

»Aber das gefällt ihnen doch, nichts mögen sie lieber. Es macht ihnen einen solchen Spaß, daß keiner den anderen drankommen ließe, wenn ihr Onkel keine strikte Reihenfolge festlegen würde.«

»Nun, das kann ich nicht verstehen.«

»So geht es uns allen, Papa. Die eine Hälfte der Menschheit versteht nicht, warum die andere Menschheit an bestimmten Dingen Spaß hat.«

Am späteren Vormittag, als die Mädchen gerade auseinandergehen wollten, um sich für das täglich um vier Uhr servierte Dinner umzuziehen, kam der Held dieser unnachahmlichen Scharade hereinspaziert. Harriet wandte sich ab, aber Emma begrüßte ihn ganz unbefangen mit dem üblichen

Lächeln, und ihr waches Auge entdeckte bald in dem seinen, daß er sich bewußt war, einen Vorstoß gewagt – den Würfel geworfen zu haben, und sie hatte den Eindruck, er komme nun, um zu erfahren, wie der Würfel gefallen sei. Er kam jedoch angeblich nur, um zu fragen, ob man ihn heute abend bei Mr. Woodhouses Kartenpartie entbehren könne oder ob er in Hartfield sonst irgendwie gebraucht werde. Wenn es so wäre, müßte natürlich alles andere zurückstehen, ansonsten jedoch habe ihm sein Freund Cole derart zugesetzt, mit ihm zu essen – habe so sehr darauf bestanden, daß er unter Vorbehalt versprochen habe zu kommen.

Emma dankte ihm, meinte aber, sie könne nicht zulassen, daß er seinen Freund ihretwegen enttäusche; die Kartenpartie ihres Vaters sei gesichert. Noch einmal wiederholte er sein Angebot – sie lehnte es abermals ab, und dann, er schien schon zu einer Verbeugung anzusetzen, nahm sie das Blatt Papier vom Tisch und gab es ihm zurück.

»Ach, hier ist ja noch die Scharade, die Sie uns freundlicherweise dagelassen haben; danke schön, daß wir einen Blick darauf werfen durften. Sie hat uns so beeindruckt, daß ich mich erdreistet habe, sie in Miss Smiths Sammlung aufzunehmen. Ihr Freund wird es mir hoffentlich nicht übelnehmen. Natürlich habe ich nur die ersten acht Zeilen abgeschrieben.«

Mr. Elton wußte nicht so recht, was er darauf sagen sollte. Er schaute etwas mißtrauisch drein – ziemlich verwirrt, stammelte etwas von »Ehre«, warf einen flüchtigen Blick auf Emma und dann auf Harriet, und als er das Buch aufgeschlagen auf dem Tisch liegen sah, nahm er es und studierte es sehr aufmerksam. Um einen peinlichen Augenblick zu überbrücken, sagte Emma lächelnd:

»Sie müssen mich bei Ihrem Freund entschuldigen; aber

eine so gute Scharade darf nicht nur einem oder zweien zugänglich sein. Solange er so galante Verse verfaßt, ist ihm der Beifall einer jeden Frau sicher.«

»Ich zögere nicht zu sagen«, entgegnete Mr. Elton, wenn es auch recht zögerlich kam, »ich zögere nicht zu sagen – zumindest, wenn mein Freund genauso fühlt wie *ich* – es besteht für mich nicht der geringste Zweifel, daß er, könnte er seinen kleinen dichterischen Erguß so geehrt sehen wie *ich* (dabei schaute er noch einmal auf das Buch und legte es auf den Tisch zurück), diesen Augenblick als den stolzesten seines Lebens betrachten würde.«

Nach diesen Worten war er, so schnell es ging, verschwunden. Nach Emmas Geschmack hätte er sich jedoch noch mehr beeilen können, denn bei all seinen guten und angenehmen Eigenschaften, redete er so salbungsvoll und betulich daher, daß sie am liebsten losgelacht hätte. Sie rannte aus dem Zimmer, um diesem unwiderstehlichen Lachreiz nachzugeben, und überließ Harriet den zärtlichen und erhebenden Teil des Vergnügens.

ZEHNTES KAPITEL

Obwohl es inzwischen schon Mitte Dezember war, hatte bis jetzt noch kein schlechtes Wetter die jungen Damen von ihren ziemlich regelmäßigen Spaziergängen abgehalten; und am nächsten Morgen mußte Emma einer Familie armer Leute, die etwas außerhalb von Highbury lebten, einen Krankenbesuch abstatten.

Ihr Weg zu diesem abgelegenen Cottage führte sie durch die Pfarrhausgasse, die im rechten Winkel von der breiten, wenn auch unebenen Hauptstraße des Ortes abzweigte, und an der, wie man aus ihrem Namen unschwer schließen kann, Mr. Eltons gesegnetes Heim lag. Zuerst mußte man an ein paar unscheinbaren Häusern vorbei und dann, nach etwa einer Viertelmeile, tauchte das Pfarrhaus auf, ein altes, nicht besonders ansehnliches Gebäude, das fast unmittelbar an die Gasse grenzte. Seine Lage war nicht gerade vorteilhaft zu nennen, aber der gegenwärtige Besitzer hatte es recht schön herrichten lassen; und unter den gegebenen Umständen vermochten die beiden Freundinnen natürlich nicht daran vorbeizugehen, ohne den Schritt zu verlangsamen und es genau in Augenschein zu nehmen. Emma bemerkte:

»Da ist es, hier wirst du demnächst mitsamt deinem Rätselbuch einziehen.«

Und Harriet rief aus:

»Oh! Was für ein entzückendes Haus! Wie schön! Da sind ja auch die gelben Vorhänge, von denen Miss Nash so schwärmt.«

»Bis *jetzt* bin ich hier nicht oft vorbeigekommen«, sagte Emma, als sie weitergingen, »aber *dann* habe ich ja einen Anlaß, und bald wird mir jede Hecke und jede Pforte, jeder Teich und jeder Baumstumpf in diesem Teil von Highbury aufs innigste vertraut sein.«

Wie Emma nun erfuhr, hatte Harriet noch nie in ihrem Leben ihren Fuß über die Schwelle des Pfarrhauses gesetzt und brannte geradezu vor Neugier, es einmal von innen zu sehen, was Emma, angesichts des nicht besonders vielversprechenden Äußeren nur als einen Beweis ihrer Liebe deuten konnte, der Mr. Eltons Huldigung ihres ›schnellen Witzes‹ in nichts nachstand.

»Ich wünschte, wir könnten es irgendwie einrichten, das Haus zu betreten«, sagte sie; »aber mir fällt kein einigermaßen überzeugender Vorwand ein, kein Diener, nach dem ich mich bei seiner Haushälterin erkundigen könnte, keine Botschaft von meinem Vater.«

Sie überlegte hin und her, aber es fiel ihr nichts ein. Nachdem beide ein Weilchen geschwiegen hatten, meldete sich Harriet wieder zu Wort:

»Ich wundere mich wirklich sehr, Miss Woodhouse, daß Sie noch nicht verheiratet sind oder heiraten wollen! So bezaubernd, wie Sie sind! – «

Emma lachte und erwiderte:

»Daß ich bezaubernd bin, Harriet, reicht nicht ganz, um mich zum Heiraten zu bewegen; ich muß andere Menschen bezaubernd finden – *einen* zumindest. Und nicht nur habe ich gegenwärtig nicht die Absicht zu heiraten, sondern überhaupt wenig Lust, jemals zu heiraten.«

»Ach! Das sagen Sie nur so; aber ich glaube Ihnen nicht.«

»Um in Versuchung zu geraten, müßte ich schon jemanden kennenlernen, der allen, die ich bisher kennengelernt habe, haushoch überlegen ist; Mr. Elton, weißt du (schnell faßte sie sich wieder), steht ja nicht zur Debatte. Und ich will so jemanden auch gar nicht kennenlernen. Ich möchte lieber nicht in Versuchung geführt werden. Besser als jetzt könnte es mir ohnehin nicht gehen. Sollte ich je heiraten, müßte ich damit rechnen, es einmal zu bereuen.«

»Du meine Güte! Wie sonderbar, eine Frau so reden zu hören!«

»Die herkömmlichen Gründe, die Frauen sonst zur Ehe bewegen, entfallen ja bei mir. Sollte ich mich allerdings verlieben, wäre es freilich etwas anderes! Aber ich war noch nie verliebt; es liegt irgendwie nicht in meiner Art oder meiner Natur; und ich bezweifle, ob ich jemals mein Herz verliere. Und ich müßte schon ziemlich dumm sein, wenn ich Lebensumstände wie die meinen gegen andere eintauschte, ohne mich verliebt zu haben. An Vermögen fehlt es mir nicht, an Beschäftigung fehlt es mir nicht und an gesellschaftlichem Ansehen auch nicht. Ich glaube, es gibt nur ganz wenige Frauen, die im Haus ihres Ehemanns auch nur halb so viel zu sagen haben wie ich in Hartfield; und nie, niemals könnte ich erwarten, so aufrichtig geliebt und wichtig genommen und verehrt zu werden und in allem recht zu bekommen wie bei meinem Vater.«

»Aber dann als alte Jungfer zu enden wie Miss Bates!«

»Ein abschreckenderes Bild könntest du mir wahrlich nicht vor Augen halten, Harriet; und wenn ich mir vorstellte, irgendwann einmal wie Miss Bates zu werden: so albern – so genügsam – immer nur lächelnd – langweiliges Zeug erzählend – so wahl- und anspruchslos und immer geneigt, allen Leuten alles von sich zu erzählen, dann würde ich gleich morgen vor den Traualtar treten. Aber ich bin überzeugt, zwischen *uns* kann es nie irgendwelche Ähnlichkeit geben, abgesehen davon, daß wir beide unverheiratet sind!«

»Aber dennoch werden Sie irgendwann eine alte Jungfer sein! Und das ist ganz fürchterlich!«

»Sei unbesorgt, Harriet, ich bin dann ja keine arme alte Jungfer; und nur ihre Armut bringt doch ledige Frauen bei einer ach so hochherzigen Öffentlichkeit in Verruf! Eine alleinstehende Frau mit sehr bescheidenem Einkommen wird unweigerlich zu einer lächerlichen, übellaunigen alten Jungfer, zur beliebten Zielscheibe für Jungen und Mädchen! Aber eine alleinstehende Frau mit Vermögen ist immer angesehen, und man billigt ihr zu, ebenso vernünftig und sympathisch zu sein wie eine verheiratete Frau. Und diese Unterscheidung spricht nicht ganz so sehr gegen die Vorurteilslosigkeit und den gesunden Menschenverstand der Leute, wie es auf den ersten Blick scheint; denn ein sehr knappes Einkommen hat oft Engstirnigkeit und Verbitterung zur Folge. Wenn jemand sich gerade so durchs Leben schlägt und sich notgedrungen in sehr beschränkten und zumeist nicht gerade angesehenen Kreisen bewegt, wird er leicht kleinlich und verschroben. Auf Miss Bates trifft das freilich nicht zu; sie ist nur zu gutmütig und zu albern für meinen Geschmack; aber im allgemeinen sagt sie durchaus jedermann zu, obwohl sie ledig und arm ist. Sie hat ihre Armut gewiß nicht engherzig gemacht, ja, ich glaube wirklich, wenn sie auch nur einen einzigen Schilling auf der Welt hätte, würde sie höchstwahrscheinlich mehr als die Hälfte davon verschenken; und niemand hat Angst vor ihr, was einen großen Reiz ausmacht.«

»Du lieber Himmel, aber was wollen Sie dann tun? Womit wollen Sie sich beschäftigen, wenn Sie älter werden?«

»Soweit ich weiß, Harriet, verfüge ich über einen recht regen, stets ruhelosen Geist, der mir eine Menge Möglichkeiten erschließt; und ich wüßte nicht, warum es mir mit vierzig oder fünfzig mehr an Betätigungsfeldern mangeln sollte als mit einundzwanzig. Die üblichen weiblichen Beschäftigungen, bei denen Auge, Hand und Gedächtnis im Spiel sind, werden mir dann nicht weniger offen stehen als jetzt, oder mit geringfügigen Abstrichen vielleicht. Wenn ich weniger zeichne, werde ich dafür mehr lesen; wenn ich das Klavierspielen aufgebe, verlege ich mich eben aufs Teppichknüpfen. Und was den zwischenmenschlichen Bereich, was das Gefühlsleben angeht, dessen Mangel in Wahrheit der eigentliche Anlaß zu Minderwertigkeitsgefühlen und ein großes Übel ist, das es zu vermeiden gilt, wenn man *nicht* heiratet, nun, da bin ich fein heraus, weil ich mich ja um die vielen Kinder meiner über alles geliebten Schwester kümmern kann. Aller Wahrscheinlichkeit nach werden sie zahlreich genug sein, um dafür zu sorgen, daß ich meinen Lebensabend nicht in gefühlsmäßiger Verarmung verbringen muß. An Gründen für allerlei Hoffnungen und Ängste wird es mir wahrlich nicht fehlen; und wenn sich auch meine Zuneigung zu ihnen mit der einer Mutter oder eines Vaters nicht vergleichen läßt, entspricht sie doch meinen Vorstellungen von Wohlbehagen mehr als innige und oft blinde Mutterliebe. Meine Neffen und Nichten! – Ich werde oft eine Nichte bei mir haben.«

»Kennen Sie eigentlich die Nichte von Miss Bates? Das heißt, ich weiß natürlich, daß Sie sie schon hundertmal gesehen haben müssen – aber haben Sie mit ihr Kontakt?«

»O ja; wir sind gewissermaßen dazu gezwungen, wann immer sie nach Highbury kommt. Nebenbei bemerkt, *das* reicht schon beinah, um einem eine Nichte gründlich zu verleiden. Der Himmel bewahre mich davor, daß ich jemals die Leute mit all den Knightleys auch nur halb so sehr langweile wie Miss Bates uns mit ihrer Jane Fairfax! Jeder Brief von ihr wird vierzigmal vorgelesen; ihre Grüße an alle Freunde machen immer wieder die Runde; und wenn sie ihrer Tante auch nur das Muster für ein Brusttuch schickt oder ihrer Großmutter ein Paar Strumpfbänder strickt, hört man einen Monat lang von nichts anderem. Ich wünsche Jane Fairfax alles Gute; aber sie langweilt mich zu Tode.«

Sie näherten sich nun der Hütte, und all ihre müßigen Gesprächsthemen erschienen jetzt belanglos und nichtig. Emma war ein sehr mitfühlender Mensch; und die Armen durften sicher sein, daß ihre Kümmernisse und Nöte durch Emmas Geldbeutel nicht minder Linderung erfuhren als durch ihre persönliche Anteilnahme und Güte, ihren Rat und ihre Geduld. Emma kannte ihre Lebensgewohnheiten, hatte Verständnis für ihre Unwissenheit und die Versuchungen, denen sie ausgesetzt waren. Sie hegte keine romantischen Erwartungen, ein Übermaß an Tugend bei Menschen anzutreffen, die kaum eine Erziehung genossen hatten; bereitwillig und einfühlsam ging sie auf ihre Sorgen ein und ließ ihnen stets mit ebensoviel Klugheit wie gutem Willen Unterstützung zuteil werden. Diesmal galt ihr Besuch einer Familie, bei der zu der Armut auch noch Krankheit gekommen war, und nachdem sie so lange geblieben war, wie sie Trost oder Rat zu spenden vermochte, verließ sie das Häuschen so überwältigt und betroffen von dem, was sie gesehen und gehört hatte, daß sie beim Weggehen zu Harriet sagte:

»Einblicke wie diese, Harriet, tun einem gut. Wie belanglos dagegen doch alles andere erscheint! Mir ist jetzt, als könnte ich heute an nichts anderes mehr denken als an diese armen Wesen; und dennoch, wer weiß, wie schnell das alles wieder meinem Gedächtnis entschwunden ist!«

»Wie wahr«, sagte Harriet. »Die armen Wesen! Man kann an nichts anderes mehr denken.«

»Und ich glaube auch nicht, daß ich den Eindruck schnell loswerde«, sagte Emma, als sie die niedere Hecke durchquerten und über die wackelige Stufe am Ende des schmalen, glitschigen Gartenwegs stiegen, der sie wieder auf das Sträßchen führte. »Ich glaube es nicht, daß ich den Eindruck so bald wieder loswerde«, wobei sie stehenblieb, um noch einmal einen Blick auf das elende Äußere des Häuschens zu werfen und sich das noch größere Elend in seinem Inneren zu vergegenwärtigen.

»Oh, weiß der Himmel, nein«, sagte ihre Begleiterin.

Sie gingen weiter. Die Gasse machte eine leichte Biegung; und als sie diese hinter sich hatten, tauchte plötzlich Mr.

Elton vor ihnen auf, und zwar in so geringer Entfernung, daß Emma gerade noch Zeit hatte zu bemerken:

»Ach! Harriet, jetzt wird unsere Standfestigkeit schon gleich auf die Probe gestellt. Na (lächelnd), ich denke, das Wichtigste ist getan, wenn man sich von seinem Mitgefühl hat aufrütteln lassen und den Notleidenden Trost zuteil werden ließ. Wenn uns das Unglück dieser Menschen so nahegeht, daß wir alles für sie tun, was in unseren Kräften steht, ist alles übrige ohnehin bloß leeres Mitleid und belastet uns nur unnötig.«

Harriet konnte gerade noch antworten: »O ja, herrje«, ehe der Gentleman bei ihnen war. Zunächst drehte sich das Gespräch allerdings um die Nöte und Leiden der armen Familie, die er gerade hatte aufsuchen wollen. Seinen Besuch würde er nun verschieben; aber sie unterhielten sich sehr angeregt über die Frage, was man tun könne und müsse. Mr. Elton machte sodann kehrt, um sie zu begleiten.

»Daß sie sich bei einem solchen Gang in die Arme laufen«, dachte Emma, »daß sie sich bei einem wohltätigen Zweck treffen, davon wird ihre Liebe nur noch wachsen. Es sollte mich nicht wundern, wenn es zu einer Liebeserklärung käme. Wäre ich nicht dabei, käme es bestimmt dazu. Ich wollte, ich könnte jetzt irgendwo anders sein!«

Um sich von ihnen so weit wie möglich zu entfernen, schlug sie kurz darauf einen schmalen Pfad ein, der etwas oberhalb der Straße verlief, und überließ diese den beiden. Aber sie war noch keine zwei Minuten dort oben, als sie merkte, daß Harriet, gewohnt, keinen Schritt ohne sie zu tun und sie in allem nachzuahmen, ebenfalls hochstieg und beide alsbald hinter ihr hermarschieren würden. So ging's natürlich nicht. Und unter dem Vorwand, ihren Stiefel neu schnüren zu müssen, blieb sie sogleich stehen, bückte sich, wodurch sie den ganzen Pfad versperrte, und bat die beiden, doch so nett zu sein und weiterzugehen, sie werde ihnen in einer halben Minute folgen. Sie taten, wie ihnen geheißen, und als es sie an der Zeit dünkte, mit ihrem Stiefel fertig zu sein, ergab sich, wie gerufen, eine Gelegenheit zu weiterer Verzögerung, da sie von einem Kind aus dem Cottage eingeholt wurde, das in seinem Krug Fleischbrühe von Hartfield holen sollte. An der Seite des Kindes weiterzugehen, mit ihm zu plaudern und ihm Fragen zu stellen, war die natürlichste Sache der Welt oder wäre es zumindest gewesen, hätte Emma keine Hintergedanken dabei gehabt; und auf diese Weise konnten die beiden anderen immer noch vorausgehen, ohne sich verpflichtet fühlen zu müssen, auf sie zu warten. Dennoch holte sie sie langsam, wenn auch ungewollt ein; das Kind legte ein flottes Tempo vor, und die anderen schlenderten recht gemächlich dahin, was Emma um so mehr leid tat, als sie offensichtlich in ein interessantes Gespräch vertieft waren. Mr. Elton redete munter drauflos. Harriet lauschte gebannt und entzückt; und Emma, die inzwischen das Kind seines Wegs geschickt hatte, überlegte fieberhaft, wie sie noch ein wenig zurückbleiben könne, als sich beide zu ihr umdrehten, so daß ihr gar nichts anderes übrigblieb, als sich zu ihnen zu gesellen.

Mr. Elton redete immer noch, war immer noch mit irgendeinem interessanten Detail beschäftigt; und Emma empfand eine gewisse Enttäuschung, als sie feststellen mußte, daß er seiner holden Begleiterin nur von der gestrigen Einladung bei seinem Freund Cole berichtete und daß sie gerade noch rechtzeitig gekommen war, um sich an Stilton, Nord-Wiltshire-Käse, Butter, Sellerie, Rote-Beete-Salat und dem gesamten Nachtisch zu delektieren.

»Das hätte bestimmt bald zu einem besseren Thema geführt«, tröstete sie sich in Gedanken, »zwischen Verliebten ist freilich alles interessant, und alles kann als Einleitung dienen zu dem, was ihnen eigentlich am Herzen liegt. Hätte ich doch nur etwas länger zurückbleiben können!«

Sie gingen nun schweigend zusammen weiter, bis die Umzäunung des Pfarrhauses vor ihnen auftauchte, und da faßte Emma kurzerhand den Entschluß, Harriet doch noch irgendwie Einlaß zu verschaffen, weshalb sie wieder etwas an ihrem Stiefel entdeckte, was nicht stimmte, und zurückblieb, um es sofort in Ordnung zu bringen. Sie riß ein Stück vom Schnürsenkel ab, warf es flugs in den Graben und mußte nun die beiden bitten anzuhalten und eingestehen, daß sie außerstande sei, sich wenigstens so weit allein zu behelfen, um einigermaßen bequem nach Hause gehen zu können.

»Ein Stück meines Schnürsenkels ist ab«, sagte sie, »und ich weiß nicht, wie ich den Stiefel jetzt zukriegen soll. Ich bin Ihnen heute wirklich eine lästige Begleiterin, aber es kommt hoffentlich nicht oft vor. Mr. Elton, dürfte ich Sie bitten, bei Ihnen kurz einzutreten, um mir von Ihrer Haushälterin ein Stück Band oder Schnur geben zu lassen, irgend etwas, womit ich meinen Stiefel festmachen kann?«

Bei diesem Vorschlag strahlte Mr. Elton übers ganze Gesicht; und nichts konnte die Eilfertigkeit und Aufmerksamkeit übertreffen, mit der er sie in sein Haus führte und alles ins beste Licht zu rücken suchte. Das Zimmer, in das er sie führte, war sein eigentliches Wohnzimmer mit Fenstern zur Straße und ging in einen dahintergelegenen Raum über, zu dem die Tür offenstand, und Emma trat mit der Haushälterin in dieses Gemach, um sich von ihr in aller Ruhe helfen zu lassen. Die Tür sollte halb offen bleiben, wie sie sie vorgefunden hatte; aber sie wünschte sich inständig, Mr. Elton möge sie schließen. Sie wurde jedoch nicht geschlossen, sie blieb offen. Emma indessen verwickelte die Haushälterin in ein längeres Gespräch und hoffte, ihm so Gelegenheit zu geben, im Nebenzimmer das Thema zu bestimmen, das ihm am Herzen lag. Zehn Minuten lang hörte sie nur sich selbst reden. Länger ließ sich ihre Unterhaltung mit der Haushälterin nicht mehr hinziehen. Sie mußte zum Ende kommen und sich wieder bei den anderen sehen lassen.

Die Verliebten standen zusammen an einem der Fenster. Es war ein vielversprechender Anblick; und eine halbe Minute lang kostete Emma den Triumph aus, erfolgreich taktiert zu haben. Aber dem war nicht so: Er hatte die Gelegenheit nicht genutzt. Er war äußerst nett und ganz reizend gewesen; er hatte Harriet erzählt, daß er sie und Miss Woodhouse habe vorbeigehen sehen und ihnen absichtlich gefolgt sei; andere kleine Schmeicheleien und Andeutungen waren gefallen, aber nichts Ernsthaftes.

»Vorsichtig, sehr vorsichtig«, dachte Emma; »er geht Zentimeter für Zentimeter vor und will nichts aufs Spiel setzen, bis er seiner Sache ganz sicher ist.«

Auch wenn zwar nicht alles durch ihre geniale List erreicht worden war, so konnte sie sich doch durchaus schmeicheln, beiden ein vergnügliches Stelldichein verschafft zu haben, das sie dem großen Ereignis näher bringen mußte.

ELFTES KAPITEL

Mr. Elton mußte nun selbst zurechtkommen. Es lag nicht mehr in Emmas Macht, über sein Glück zu wachen oder seine Schritte zu beschleunigen. Die Ankunft der Familie ihrer Schwester stand so unmittelbar bevor, daß sich ihr Augenmerk vorläufig auf diesen Besuch richtete, zuerst in freudiger Erwartung, dann in der Wirklichkeit; und während der zehn Tage, die ihre Verwandten in Hartfield bleiben wollten, war nicht zu erwarten – sie erwartete es selbst nicht –, daß sie den Verliebten mehr als gelegentlichen, zufälligen Beistand leisten konnte. Sie allerdings hatten durchaus die Chance, schnell weiterzukommen, wenn sie wollten, denn weiterkommen mußten sie schließlich irgendwie, ob sie wollten oder nicht. Eigentlich wünschte sie sich gar nicht, mehr Zeit für die beiden zu haben. Es gibt nämlich Leute, die, je mehr man für sie tut, um so weniger für sich selbst tun.

Da Mr. und Mrs. Knightley länger als sonst nicht in Surrey gewesen waren, erregten sie natürlich noch größeres Interesse als sonst. Bis zu diesem Jahr hatten sie seit ihrer Hochzeit jeden längeren Urlaub zwischen Hartfield und Donwell Abbey aufgeteilt; aber in diesem Herbst war der ganze Urlaub der Kinder zuliebe mit Aufenthalten an der See draufgegangen; und ihr letzter längerer Besuch bei ihren Verwandten in Surrey lag daher viele Monate zurück. Mr. Woodhouse, der sich nicht einmal der armen Isabella wegen dazu bewegen ließ, eine so weite Entfernung bis nach London zurückzulegen, hatte sie schon lange nicht mehr gesehen und sah infolgedessen überaus nervös und ängstlich, wenn auch glücklich, diesem allzu kurzen Besuch entgegen.

Er machte sich viele Gedanken über diese beschwerliche

Reise und nicht wenige über die Strapazen seiner eigenen Pferde und seines Kutschers, der einige Mitglieder der Reisegesellschaft auf halber Strecke abholen sollte; aber seine Ängste erwiesen sich als unbegründet, da die sechzehn Meilen glücklich gemeistert wurden und Mr. und Mrs. Knightley, ihre fünf Kinder und eine entsprechend stattliche Anzahl von Kindermädchen allesamt wohlbehalten in Hartfield eintrafen. Der Trubel und die Freude bei einer solchen Ankunft, die vielen Leute, die unterhalten, begrüßt, ermuntert, übers Haus verteilt und untergebracht werden mußten, erzeugten ein lärmendes Durcheinander, das seine Nerven unter anderen Umständen überhaupt nicht und auch in diesem Fall nicht lange ausgehalten hätten. Aber bei allem mütterlichen Eifer, damit ihre Kleinen sofort so viel Spaß und so viel Freiheit und Zuwendung genießen und essen und trinken, spielen und schlafen konnten, wie sie wollten, nahm Mrs. John Knightley doch soweit auf die Gepflogenheiten in Hartfield und die Animositäten ihres Vaters Rücksicht, daß sie den Kindern verbot, ihm allzulange zur Last zu fallen, weder durch ihr Gegenwart, noch dadurch, daß sich alles um sie drehte.

Mrs. John Knightley war ein hübsches, elegantes Frauchen mit einer sanften, ruhigen Art und einem ausnehmend liebenswürdigen, liebevollen Wesen. Sie ging ganz in ihrer Familie auf, war eine treu ergebene Ehefrau, eine in ihre Kinder vernarrte Mutter und ihrem Vater und ihrer Schwester so zärtlich zugetan, daß man sich, wären diese höheren Bande nicht gewesen, ein innigeres Verhältnis nicht hätte vorstellen können. An keinem von beiden fand sie je auch nur das geringste auszusetzen. Sie war keine Frau von großen Geistesgaben oder schneller Auffassungsgabe; und neben dieser Ähnlichkeit mit ihrem Vater hatte sie auch viel von seiner physischen Konstitution geerbt; sie war von zarter Gesundheit und überängstlich um die ihrer Kinder besorgt, hatte tausenderlei Ängste und oft Zustände und ließ auf ihren geliebten Mr. Wingfield in der Stadt ebensowenig kommen wie ihr Vater auf Mr. Perry. Sie glichen sich außerdem in ihrer menschenfreundlichen Gesinnung und ihrer großen Anhänglichkeit an alle alten Bekannten.

Mr. John Knightley war ein großgewachsener, vornehmer und sehr kluger Mann; beruflich vorwärts strebend, häuslich und untadelig in seinem Privatleben, aber reserviert in seiner Art, was ihm nicht viele Freunde eintrug, und zuweilen auch ausgesprochen schlecht gelaunt, wenn auch kein eigentlich miesepetriger Mensch, jedenfalls nicht so oft grundlos mürrisch, um einen solchen Vorwurf zu verdienen; aber seelische Ausgeglichenheit war nicht eben seine Stärke; und bei einer Ehefrau, die ihn so vergötterte, stand kaum zu erwarten, daß sich diese natürlichen Schwächen nicht noch verstärkten. Ihre unsägliche Sanftmut mußte ihn einfach reizen. Er hatte jenen klaren und scharfen Verstand, an dem es ihr gebrach, und konnte schon manchmal etwas unwirsch werden oder ein hartes Wort sagen. Bei seiner Schwägerin war er nicht sonderlich beliebt. Ihr entging keine seiner Schwächen. Schnell merkte sie die kleinen Ungerechtigkeiten gegenüber Isabella, die dieser selbst nie aufgefallen waren. Vielleicht hätte sie leichter darüber hinwegsehen können, wenn er ihr selbst mehr geschmeichelt hätte, aber er begegnete ihr mit der ruhigen Freundlichkeit eines Schwagers und Freundes, der weder zu Lobhudelei noch zu blinder Verehrung neigt; doch selbst ein Höchstmaß an persönlichen Komplimenten hätte ihr wohl den Blick nicht verstellen können für jene ihrer Meinung nach größte Unart, in die er bisweilen verfiel: den Mangel an respektvoller Nachsicht gegenüber ihrem Vater. Hier bewies er nicht immer die Geduld, die wünschenswert gewesen wäre. Mr. Woodhouses Eigenarten und Schrullen provozierten ihn manchmal zu einer ordentlichen Zurechtweisung oder einer scharfen, ebenso deplazierten Retourkutsche. Das kam zwar nicht oft vor; denn Mr. John Knightley hegte im Grunde große Achtung für seinen Schwiegervater und wußte im allgemeinen sehr wohl, was er ihm schuldig war; aber für Emmas mitleidige Art kam es zu oft vor, besonders da häufig all jene qualvolle Vorahnung durchzumachen war, wenn auch die Beleidigung dann gar nicht erfolgte. Am Anfang eines jeden Besuchs herrschte jedoch stets eitel Sonnenschein, und da dieser nun notgedrungen so kurz ausfiel, stand zu hoffen, daß er in ungetrübter Eintracht verlaufen würde. Sie hatten noch nicht lange Platz genommen und sich etwas gefangen, da lenkte schon Mr. Woodhouse mit einem traurigen Kopfschütteln und einem Seufzer die Aufmerksamkeit seiner Tochter auf die betrübliche Veränderung, die seit ihrem letzten Aufenthalt in Hartfield eingetreten war.

»Ach, mein Liebes«, sagte er, »die arme Miss Taylor – Es ist eine schreckliche Geschichte!«

»O ja, Vater!« rief sie sogleich voller Mitgefühl. »Wie sehr sie dir fehlen muß. Und auch der lieben Emma! Welch ein fürchterlicher Verlust für euch beide! Ihr habt mir ja so leid getan. Ich konnte mir gar nicht vorstellen, wie ihr ohne sie auskommen werdet. Es ist fürwahr eine traurige Veränderung. Aber es geht ihr doch hoffentlich recht gut, Vater?«

»Einigermaßen, mein Liebes – Ich hoffe, einigermaßen. – Ich weiß nur, daß ihr Randalls ganz gut bekommt.«

Hier fragte Mr. John Knightley Emma leise, ob die Luft von Randalls Anlaß zu irgendwelchen Bedenken gebe.

»O nein! – nicht im geringsten! Nie in ihrem Leben hat

Mrs. Weston einen gesünderen Eindruck auf mich gemacht – nie hat sie so gut ausgesehen. Aus Papas Worten spricht nur sein eigenes Bedauern.«

»Das gereicht beiden zur Ehre«, lautete die noble Entgegnung.

»Und seht ihr sie denn wenigstens einigermaßen oft, Vater?« fragte Isabella in einem klagenden Ton, der genau die Stimmungslage ihres Vaters traf.

Mr. Woodhouse zögerte. »Nicht annähernd so oft, wie ich es mir wünschte.«

»Aber Papa! Seit ihrer Hochzeit haben wir sie nur einen einzigen Tag lang nicht gesehen. Bis auf diesen einen Tag sind wir täglich vormittags oder abends mit Mr. Weston oder Mrs. Weston, in der Regel aber mit beiden, zusammengewesen, entweder in Randalls oder hier – und, wie du dir vorstellen kannst, Isabella, meistens hier. Sie sind sehr, sehr aufmerksam mit ihren Besuchen, Mr. Weston nicht weniger als sie. Papa, wenn du diesen melancholischen Ton anschlägst, bekommt Isabella einen ganz falschen Eindruck von uns allen hier. Jeder weiß natürlich, daß wir Miss Taylor vermissen, aber jedermann sollte auch wissen, daß Mr. und Mrs. Weston wirklich alles tun, damit wir sie nicht so vermissen, wie wir befürchtet hatten – das ist der wahre Stand der Dinge.«

»Genauso, wie es sein sollte«, sagte Mr. John Knightley, »und genauso, wie ich es mir aufgrund eurer Briefe erhofft hatte. Daß sie sich euch gegenüber erkenntlich zeigen möchte, war ohnehin nicht zu bezweifeln, und daß er keinerlei berufliche Verpflichtungen hat und ein geselliger Mensch ist, erleichtert die Sache ungemein. Ich habe dir ja immer gesagt, mein Liebling, ich könne mir nicht vorstellen, daß die Veränderung für Hartfield so gravierend sein würde, wie du befürchtet hattest; und da du nun Emmas Darstellung gehört hast, bist du hoffentlich beruhigt.«

»Nun ja, gewiß«, sagte Mr. Woodhouse – »ja, allerdings – ich kann nicht leugnen, daß uns Mrs. Weston, die arme Mrs. Weston, recht oft besucht – aber andererseits: sie muß dann immer wieder weg.«

»Es wäre für Mr. Weston auch wirklich hart, wenn sie bliebe, Papa – du scheinst ja den armen Mr. Weston ganz zu vergessen.«

»Ich möchte schon meinen«, sagte John Knightley freundlich, »daß auch Mr. Weston ein bißchen Anspruch auf sie hat. Sie und ich, Emma, wollen mal etwas für den armen Ehemann Partei ergreifen. Da ich selbst einer bin und Sie noch keine Ehefrau sind, dürften die Ansprüche des Mannes jedem von uns gleich stark einleuchten. Isabella hingegen ist schon so lange verheiratet, daß sie weiß, wie praktisch es wäre, wenn man alle Mr. Westons so weit wie möglich von sich schieben könnte.«

»Ich, mein Liebling?« rief seine Frau, die diese Bemerkungen nur teilweise gehört und verstanden hatte, »sprichst du von mir? – Es gibt bestimmt niemanden, der entschiedener für die Ehe eintreten sollte oder könnte als ich, und wenn nicht ihre betrübliche Trennung von Hartfield gewesen wäre, hätte ich Miss Taylor stets für die glücklichste Frau der Welt gehalten. Ich sollte Mr. Weston, diesen vortrefflichen Mr. Weston, geringschätzen? Nun, so meine ich, es gibt kein Lob, das er nicht verdiente. Ich glaube, er ist einer der umgänglichsten Männer, die es je gab. Dich und deinen Bruder ausgenommen kenne ich niemanden, der so ausgeglichen ist wie er. Ich werde nie vergessen, wie er an jenem fürchterlich windigen Tag letzte Ostern für Henry den Drachen steigen ließ – und seit er im September vorigen Jahres so ausnehmend freundlich war, mir um zwölf Uhr in der Nacht jenes Briefchen zu schreiben, um mir zu versichern, es gebe in Cobham keine Scharlachepidemie, bin ich überzeugt, daß es nirgendwo ein mitfühlenderes Herz und einen besseren Menschen gibt als ihn. Wenn jemand ihn verdient, dann gewiß Miss Taylor.«

»Wo ist denn der junge Mann?« fragte John Knightley. »War er zur Trauung hier – oder etwa nicht?«

»Er ist noch nicht hier gewesen«, erwiderte Emma. »Man hatte fest damit gerechnet, daß er bald nach der Hochzeit käme, aber es wurde nichts daraus; und in letzter Zeit habe ich kein Wort mehr über ihn verlauten hören.«

»Aber du solltest ihnen von dem Brief erzählen, mein Liebes«, sagte ihr Vater. »Er hat der armen Mrs. Weston einen Brief geschrieben, um ihr zu gratulieren, und es war ein sehr anständiger, nobler Brief. Sie hat ihn mir gezeigt. Ich fand, es war eine schöne Geste von ihm. Ob er selbst den Einfall gehabt hat, weiß man freilich nicht. Er ist ja noch jung, und vielleicht hat sein Onkel ...«

»Mein lieber Papa, er ist dreiundzwanzig. – Du vergißt, wie die Zeit vergeht.«

»Dreiundzwanzig! – Ist er schon so alt? – Nun, das hätte ich nicht gedacht – und er war doch erst zwei Jahre alt, als er seine arme Mutter verlor! Weiß Gott, die Zeit vergeht wie im Fluge! Und mein Gedächtnis ist sehr schlecht. Es war jedoch ein außerordentlich gelungener, netter Brief, und er hat Mr. und Mrs. Weston viel Freude bereitet. Ich erinnere mich noch, daß er aus Weymouth geschrieben und vom 28. September datiert war und mit den Worten begann ›Liebe, gnädige Frau‹, aber ich habe vergessen, wie er weiterging; und er war mit ›F. C. Churchill‹ unterzeichnet. Das weiß ich noch ganz genau.«

»Wie reizend und anständig von ihm!« rief die warmherzige Mrs. John Knightley. »Er ist zweifellos ein sehr liebenswürdiger junger Mann. Aber wie traurig, daß er nicht zu Hause bei seinem Vater leben kann! Ich finde es einfach empörend, wenn man ein Kind seinen Eltern und seinem angestammten Zuhause entreißt! Es will mir nie in den Kopf, warum Mr. Weston sich von ihm trennte. Sein eigenes Kind herzugeben! Leute, die anderen solch einen Vorschlag machen, waren mir noch nie besonders sympathisch.«

»Ich denke, die Churchills waren noch nie jemandem besonders sympathisch«, bemerkte Mr. John Knightley kühl. »Aber du brauchst dir nicht einzubilden, daß es Mr. Weston so nahegegangen ist, wie es dir nahegehen würde, wenn du Henry oder John weggeben müßtest. Mr. Weston ist kein Mann von tiefen Gefühlen, sondern eher unbeschwert und von heiterem Gemüt; er nimmt die Dinge, wie sie kommen, und macht für sich immer irgendwie das Beste daraus, wobei er sich, wie ich annehme, von dem, was man Geselligkeit nennt, das heißt von der Möglichkeit, tafeln, zechen und fünfmal in der Woche mit seinen Nachbarn Whist spielen zu können, mehr Wohlbehagen verspricht als von Familienbanden und häuslichem Leben.«

Emma konnte diese Äußerungen, die fast einer Kritk an Mr. Weston gleichkamen, nichts abgewinnen und war schon drauf und dran, sie aufzugreifen; aber sie unterdrückte ihren Unmut und ging darüber hinweg. Sie wollte, soweit möglich, den Frieden wahren; und außerdem lag etwas Ehrenhaftes und Schätzenswertes in den ausgeprägt häuslichen Lebensgewohnheiten ihres Schwagers, in seiner Verabsolutierung des heimischen Herds, woher seine Neigung kam, auf die bei Männern verbreitete Vorliebe für gesellschaftlichen Verkehr und auf jene, denen er etwas bedeutet, herabzublicken. – Dieser Einstellung gebührte ein hohes Maß an Nachsicht.

ZWÖLFTES KAPITEL

Mr. Knightley sollte zum Dinner kommen – was Mr. Woodhouse nicht so ganz behagte, da er Isabella am ersten Tag ihres Besuchs nur ungern mit anderen teilte. Emmas Sinn für Gerechtigkeit hatte es jedoch so verfügt; und abgesehen davon, daß man es den beiden Brüdern schuldig war, machte es ihr nach ihrer jüngsten Meinungsverschiedenheit mit Mr. Knightley besonderes Vergnügen, ihm die offizielle Einladung zu verschaffen.

Sie hoffte, sie würden sich nun wieder vertragen. Es schien ihr an der Zeit, die Sache zu bereinigen. Mit einer Bereinigung war es freilich nicht getan. Sie hatte sich ja nichts vorzuwerfen, und er würde niemals zugeben, im Unrecht gewesen zu sein. Zugeständnisse kamen nicht in Frage, aber es war an der Zeit, sich den Anschein zu geben, als habe man den Streit vergessen, und sie hoffte, es werde ihr bei der Wiederherstellung ihrer Freundschaft etwas helfen, wenn sie bei seinem Eintreten eines der Kinder auf dem Arm hatte – das jüngste, ein niedliches kleines Mädchen von etwa acht Monaten, das zum ersten Mal in Hartfield zu Besuch war und es sichtlich genoß, in den Armen seiner Tante herumgeschaukelt zu werden. Es half tatsächlich; denn obwohl er anfangs ziemlich ernst dreingeschaut und nur ein paar kurze Fragen gestellt hatte, unterhielt er sich doch bald ganz wie sonst mit ihr über ihre gemeinsamen Neffen und nahm ihr mit der Ungezwungenheit besten Einvernehmens das Kind aus den Armen. Emma spürte, daß sie wieder

Freunde waren. Diese Gewißheit erfüllte sie zuerst mit tiefer Genugtuung und machte sie dann sogar ein klein wenig keck, so daß sie es sich, als er das Kind bewunderte, nicht verkneifen konnte zu bemerken:

»Wie tröstlich, daß wir wenigstens über unsere Neffen und Nichten einer Meinung sind. Bei Männern und Frauen gehen unsere Meinungen ja manchmal ziemlich auseinander, aber bezüglich dieser Kinder stimmen wir wohl immer überein.«

»Wenn Sie sich im Urteil über Männer und Frauen ebensosehr von Ihren natürlichen Regungen und im Umgang mit ihnen ebensowenig von plötzlichen Einfällen und Marotten leiten ließen wie bei diesen Kindern, könnten wir vielleicht immer einer Meinung sein.«

»Natürlich – an unseren Meinungsverschiedenheiten bin ja immer ich schuld.«

»Ja«, sagte er lächelnd, »und aus gutem Grund. Ich war schon sechzehn, als Sie geboren wurden.«

»Damals ein bedeutender Unterschied«, entgegnete sie – »und zweifellos waren Sie mir zu jener Zeit in Ihrem Urteilsvermögen himmelweit überlegen; aber habe ich denn nicht ein ganzes Stück aufgeholt im Lauf von einundzwanzig Jahren?«

»Ja – ein Stück gewiß.«

»Aber immer noch nicht genug, um auch einmal im Recht sein zu dürfen, wenn wir verschiedener Meinung sind.«

»Ich habe Ihnen immer noch sechzehn Jahre Lebenserfahrung voraus und auch den Vorteil, keine hübsche junge Frau und kein verzogenes Kind zu sein. Kommen Sie, Emma, wir wollen uns wieder vertragen und kein Wort mehr darüber verlieren. Sag deiner Tante, kleine Emma, daß sie dir ein besseres Beispiel geben soll, als alten Groll wieder aufzuwärmen, und sie jetzt wirklich im Unrecht ist, selbst wenn sie es vorher nicht gewesen wäre.«

»Das ist wahr«, rief sie, »das ist wahr. Kleine Emma, werde einmal eine bessere Frau als deine Tante. Sei unendlich viel gescheiter und nicht halb so eingebildet. Jetzt, Mr. Knightley, nur noch ein paar Worte und ich bin mit dem Thema fertig. Was die guten Absichten betraf, so waren wir *beide* im Recht, und ich muß sagen, daß sich mein Standpunkt in der Auseinandersetzung bisher noch nicht als falsch erwiesen hat. Ich möchte nur wissen, ob Mr. Martin nicht gar zu bitter enttäuscht ist.«

»Niemand könnte bitterer enttäuscht sein«, gab er hierauf kurz und bündig zur Antwort.

»Ach! Das tut mir aber wirklich sehr leid. Kommen Sie, wir wollen uns die Hand geben.«

Das war soeben mit großer Herzlichkeit geschehen, als John Knightley eintrat, und auf »Wie geht's, George?« folgte »Und dir, John, wie geht's dir?« in der echt englischen Art, bei der sich unter fast gleichgültig wirkender Gelassenheit eine gegenseitige Zuneigung verbirgt, die stark genug ist, daß jeder für den anderen im Notfall auch durchs Feuer geht.

Der Abend verlief in ruhiger Geselligkeit, da Mr. Woodhouse für einen gemütlichen Plausch mit seiner lieben Isabella gänzlich aufs Kartenspielen verzichtete; und die kleine Abendgesellschaft zerfiel somit ganz von selbst in zwei Gruppen: auf der einen Seite Mr. Woodhouse und seine ältere Tochter, auf der anderen die beiden Mr. Knightley, deren Gesprächsthemen sich völlig von denen der beiden anderen unterschieden oder höchstens mal den einen oder anderen Berührungspunkt aufwiesen – und Emma beteiligte sich nur gelegentlich mal an diesem, mal an jenem Gespräch.

Die Brüder unterhielten sich über berufliche Dinge und Vorhaben, hauptsächlich aber über die des älteren, welcher der bei weitem mitteilsamste und gesprächigste von beiden war. Als Friedensrichter hatte er meistens irgendein Rechtsproblem, zu welchem er John befragen mußte, oder zumindest die eine oder andere merkwürdige Anekdote zu erzählen. Und als Gutsherr, dem die Bewirtschaftung der Ländereien oblag, hatte er zu erläutern, was die einzelnen Felder im nächsten Jahr tragen sollten, und alle jene Neuigkeiten aus der Gegend zu berichten, die einen Bruder interessieren mußten, dessen Zuhause es ebenfalls die meiste Zeit seines Lebens gewesen war und der noch immer sehr daran hing. Der Plan eines Entwässerungsgrabens, das Versetzen eines Zaunes, das Fällen eines Baumes und die Frage, ob auf diesem oder jenem Feld Weizen, Rüben oder Frühjahrsgetreide angebaut werden sollten – auf all das ging John so interessiert und lebhaft ein, wie es ihm bei seiner ruhigeren Art möglich war. Und wenn ihm sein bereitwillig berichtender Bruder noch irgend etwas zu fragen übrigließ, tat er das so eifrig, daß aus seiner Stimme beinahe Ungeduld klang.

Während sie so angenehm beschäftigt waren, ließ Mr. Woodhouse im Gespräch mit Isabella seinem Bedauern und seiner liebevollen Besorgnis genüßlich freien Lauf.

»Meine arme, liebe Isabella«, sagte er, indem er zärtlich ihre Hand ergriff und so ihrer emsigen Beschäftigung mit einem ihrer fünf Kinder für ein paar Minuten ein Ende setzte, »wie lang ist es schon her, wie schrecklich lange, seit du das letztemal hier warst! Und bestimmt bist du nach der langen Reise entsetzlich müde! Du mußt früh zu Bett gehen, mein Liebes – und zuvor empfehle ich dir ein bißchen Haferschleim. Wir beide werden uns eine schöne Schüssel Haferschleim teilen. Meine liebe Emma, wie wäre es, wenn wir alle ein wenig Haferschleim äßen?«

Emma konnte sich das nicht vorstellen, wußte sie doch, daß den beiden Mr. Knightley dieses Gericht ebensowenig schmackhaft zu machen war wie ihr; und so wurden nur zwei Schälchen bestellt. Nachdem er noch einen kleinen Lobgesang auf den Haferschleim angestimmt und zugleich seine Verwunderung zum Ausdruck gebracht hatte, daß selbiger nicht allabendlich von jedermann genossen wurde, meinte er mit ernster und nachdenklicher Miene:

»Es war ungeschickt von euch, mein Liebes, den Herbsturlaub in South End zu verbringen, anstatt hierherzukommen. Ich habe noch nie viel von der Seeluft gehalten.«

»Mr. Winfield hat uns die See wärmstens ans Herz gelegt, Vater – sonst wären wir ja nicht hingefahren. Er empfahl sie für alle Kinder, aber insbesondere für Bellaleins empfindlichen Hals, sowohl die Seeluft als auch das Baden im Meer.«

»So? Aber mein Liebes, Perry hatte große Zweifel, ob ihr die See guttun werde; und ich selbst bin schon seit langem felsenfest davon überzeugt, obzwar ich es dir nie gesagt habe, daß die See kaum jemandem bekommt. Ich weiß sicher, daß sie einmal fast mein Tod gewesen wäre.«

»Nun hört aber auf«, rief Emma, da sie spürte, daß dies ein gefährliches Thema war, »ich muß euch doch bitten, nicht vom Meer zu sprechen. Ich werde ganz neidisch davon und unglücklich, ich, die ich es ja noch nie gesehen habe! South End ist als Gesprächsthema tabu, wenn ich bitten darf. Meine liebe Isabella, du hast dich ja noch gar nicht nach Mr. Perry erkundigt, und dabei fragt er immer nach dir.«

»Oh! Der gute Mr. Perry – wie geht es ihm, Vater?«

»Es geht ihm wohl leidlich, aber nicht ganz gut. Der arme Mr. Perry hat es an der Galle und keine Zeit, um sich zu schonen – er erzählt mir, er habe keine Zeit, sich zu schonen –, was sehr betrüblich ist – aber er wird ja auch hier in der Gegend andauernd gebraucht. Ich vermute, es gibt keinen zweiten Arzt mit einer so gutgehenden Praxis. Aber es gibt andererseits auch nirgendwo einen so tüchtigen Arzt.«

»Und Mrs. Perry und die Kinder, wie geht es ihnen? Machen sich die Kinder gut? Ich schätze Mr. Perry so sehr. Ich hoffe, er kommt bald einmal vorbei. Er wird sich freuen, meine Kleinen zu sehen.«

»Ich hoffe, er kommt morgen vorbei, denn ich muß ihm selbst ein paar wichtige Fragen wegen gewisser Beschwerden stellen. Und, meine Liebe, wann immer er auch kommt, es wäre gut, wenn du ihn Bellaleins Hals anschauen ließest.«

»Oh! Lieber Vater, ihr Hals hat sich so sehr gebessert, daß ich mir kaum noch Sorgen darüber mache. Entweder hat ihr das Baden ausgesprochen gutgetan, oder die Heilung ist einem hervorragenden Einreibemittel von Mr. Wingfield zu verdanken, das wir seit August gelegentlich anwenden.«

»Es ist höchst unwahrscheinlich, meine Liebe, daß ihr das Baden geholfen hat – und wenn ich gewußt hätte, daß ihr ein Einreibemittel braucht, dann hätte ich mit –«

»Du scheinst ja Mrs. und Miss Bates ganz vergessen zu haben«, sagte Emma, »ich habe nicht gehört, daß du dich nach ihnen schon erkundigt hast.«

»Oh! Die guten Bates – ich muß mich ja richtig schämen –, aber du erwähnst sie ja in fast allen deinen Briefen. Ich hoffe, es geht ihn recht gut. Die gute alte Mrs. Bates – ich will ihr morgen einen Besuch abstatten und meine Kinder mitnehmen. Sie freuen sich immer so, meine Kinder zu sehen. Und die treffliche Miss Bates! So durch und durch brave Leute. Wie geht es ihnen, Vater?«

»Nun ja, im großen und ganzen recht gut, mein Liebes. Aber die arme Mrs. Bates hatte vor ungefähr einem Monat eine schlimme Erkältung.«

»Wie leid mir das tut! Aber Erkältungen waren ja noch nie so verbreitet gewesen wie in diesem Herbst. Mr. Wingfield hat mir erzählt, ihm seien noch nie so viele und so schwere Fälle von Erkältung untergekommen – außer bei einer richtigen Grippeepidemie.«

»Es war vielfach so, mein Liebes, wenn auch nicht in dem von dir geschilderten Ausmaß. Perry sagt, Erkältungen seien weit verbreitet gewesen, doch nicht so schwere, wie er sie oft im November erlebt hat. Alles in allem gesehen, spricht Perry nicht von einer ungesunden Jahreszeit.«

»Nein, meines Wissens hält auch Mr. Wingfield sie nicht für *besonders* ungesund, mit Ausnahme –«

»Ach! Mein armes Kind, die Wahrheit ist doch, daß man in London zu jeder Jahreszeit krank wird. In London ist niemand gesund, kann es gar nicht sein. Es ist entsetzlich, daß du gezwungen bist, dort zu leben! So weit weg und in so schlechter Luft!«

»Nein, wirklich nicht – *wir* haben überhaupt keine schlechte Luft. In unserem Stadtteil ist sie viel besser als in den meisten anderen! Du darfst unsere Wohngegend nicht mit London im allgemeinen verwechseln, lieber Vater. Die Gegend von Brunswick Square unterscheidet sich von fast allen anderen Stadtteilen ganz erheblich. Bei uns weht immer ein angenehmes Lüftchen. Ich gebe zu, daß ich in einem anderen Stadtteil nicht wohnen möchte; es gibt kaum einen anderen, wo ich meine Kinder gern aufwachsen ließe. Aber wir haben eine ausgesprochen gute Luft! Mr. Wingfield hält die Gegend um Brunswick Square entschieden für die günstigste, was die Luft angeht.«

»Ach, mein Liebes, aber es ist eben nicht Hartfield. Du machst zwar das Beste daraus – doch wenn ihr erst einmal eine Woche in Hartfield verbracht habt, seid ihr alle ganz andere Menschen, nicht wiederzuerkennen. Ich finde übrigens nicht, daß ihr gegenwärtig gut ausseht, keiner von euch.«

»Es bekümmert mich, dich so reden zu hören, Vater; aber ich versichere dir, abgesehen von den leichten nervösen Kopfschmerzen und dem Herzklopfen, Beschwerden, die ich nirgendwo und nie ganz loswerde, fühle ich mich recht wohl; und wenn die Kinder vor dem Schlafengehen etwas blaß ausgesehen haben, dann lag das nur daran, daß sie von der Reise und der ganzen Vorfreude ein bißchen müder waren als sonst. Ich hoffe, morgen wirst du mit ihrem Aussehen zufriedener sein; denn ich versichere dir, Mr. Wingfield hat zu mir gesagt, er glaube, er habe uns noch nie in so guter Gesundheit auf Reisen geschickt. Hoffentlich findest du wenigstens, daß Mr.Knightley gesund aussieht«, und dabei sah sie mit zärtlicher Besorgnis zu ihrem Mann hinüber.

»Leidlich, meine Liebe; ich kann dir kein Kompliment machen. Mr. Knightley sieht, wie ich finde, alles andere als gut aus.«

»Was gibt es, Sir? Sprechen Sie von mir?« rief Mr. Knightley, als er seinen Namen hörte.

»Ich vernehme mit Bedauern, Liebling, daß mein Vater findet, du sähest gar nicht gut aus – aber ich hoffe, das kommt nur, weil du etwas erschöpft bist. Wie du weißt, wäre es mir jedoch lieb gewesen, wenn du vor der Abreise Mr. Wingfield aufgesucht hättest.«

»Meine liebe Isabella«, stieß er hitzig hervor, »bitte kümmere dich nicht um mein Aussehen. Begnüg dich damit, an dir und den Kindern herumzudoktern und sie zu verhätscheln, und laß mich aussehen, wie ich will.«

»Ich habe nicht ganz verstanden, was Sie gerade Ihrem Bruder erzählt haben«, rief Emma, »über Ihren Freund Mr. Graham, der sich einen Gutsverwalter aus Schottland holen will, damit der sich um seinen neuen Landbesitz kümmert. Aber wird das denn gutgehen? Werden sich nicht die alten Vorurteile wieder durchsetzen?«

Und in dieser Manier redete sie so lange und erfolgreich drauflos, daß sie, als sie ihre Aufmerksamkeit wieder ihrem Vater und ihrer Schwester schenken mußte, nichts Schlimmeres zu hören bekam als Isabellas freundliche Frage nach Jane Fairfax; und obwohl sie Jane Fairfax im allgemeinen nicht gerade zu ihren Busenfreundinnen zählte, stimmte sie doch in diesem Augenblick sehr beglückt in das Loblied auf sie ein.

»Die süße, liebenswürdige Jane Fairfax!« sagte Mrs. John Knightley – »So lange habe ich sie schon nicht mehr gesehen, außer hin und wieder mal kurz im Vorübergehen beim Einkaufsbummel! Wie glücklich müssen ihre gute alte Großmutter und treffliche Tante sein, wenn sie zu ihnen zu Besuch kommt! Emmas wegen tut es mir immer so leid, daß sie nicht öfter in Highbury sein kann; aber nun, da die Tochter von Oberst und Mrs. Campbell verheiratet ist, werden sich die beiden wohl überhaupt nicht mehr von ihr trennen können. Sie wäre eine so reizende Gefährtin für Emma.«

Mr. Woodhouse pflichtete ihr in allem bei, fügte aber hinzu: »Unsere kleine Freundin Harriet Smith ist allerdings auch ein recht hübsches junges Persönchen. Harriet wird dir gefallen. Emma könnte keine bessere Gefährtin finden als Harriet.«

»Ich bin überglücklich, das zu hören – aber nur von Jane Fairfax weiß man, daß sie so gebildet und so fein ist! Und genau in Emmas Alter.«

Dieses Thema wurde mit großem Behagen erörtert und andere von ähnlicher Tragweite folgten und wurden in ähnlicher Harmonie abgehandelt; aber der Abend sollte nicht ohne eine neuerliche kleine Verstimmung zu Ende gehen. Der Haferschleim wurde aufgetragen und sorgte für reichlich Gesprächsstoff: Viel Lob und viele kritische Bemerkungen waren zu hören, ein überzeugendes Plädoyer seiner Bekömmlichkeit für jedermann wurde ebenso gehalten wie eine recht strenge Philippika gegen die Haushalte, in denen man ihn nicht richtig zuzubereiten verstand. Unglückseligerweise jedoch gehörte zu den vielen schlechten Erfahrungen, die seine Tochter anführen mußte, die allerjüngste und daher hervorstechende, nämlich, daß ihre Köchin in South End, eine junge, auf Zeit angeworbene Frau, nie habe begreifen können, was sie mit einer Schüssel sämigen Haferschleims meinte, der dünn, aber nicht zu dünn sein sollte. So oft sie ihn auch erbeten und auf den Speiseplan gesetzt habe, es sei ihr nie gelungen, etwas einigermaßen Genießbares zu bekommen. Hier bewegte man sich auf gefährlichem Terrain.

»Ah!« sagte Mr. Woodhouse, schüttelte den Kopf und richtete die Augen mit zärtlicher Besorgnis auf sie. Der Ausruf bedeutete für Emmas Ohr: »Ah! Die traurigen Folgen deines Aufenthalts in South End wollen einfach kein Ende nehmen. Jedes Wort darüber ist eine Qual.« Und eine Weile hoffte sie, er werde nicht mehr davon anfangen und sich nach etwas schweigendem Grübeln mit Genuß seinem geliebten sämigen Haferschleim zuwenden. Doch nach einigen Minuten fing er wieder damit an:

»Ich werde es stets sehr bedauern, daß ihr diesen Herbst an die See gefahren seid, anstatt hierher zu kommen.«

»Aber warum solltest du das denn bedauern, Vater? Ich kann dir versichern, es hat den Kindern sehr gutgetan.«

»Und mehr noch, wenn ihr schon an die See fahren mußtet, dann hätte es doch nicht ausgerechnet South End sein müssen. South End ist ein ungesundes Pflaster. Perry war überrascht, als er hörte, daß ihr euch für South End entschieden hattet.«

»Ich weiß, daß viele Leute so denken, aber sie irren sich, Vater, wirklich. – Wir alle erfreuten uns dort bester Gesundheit, der Schlamm hat uns nicht im geringsten gestört; und Mr. Wingfield sagt, es ist ein völliger Irrtum zu meinen, der Ort sei ungesund; und ich weiß, daß man ihm Glauben schenken darf, denn er kennt die Luft dort bestens, und sein eigener Bruder ist mit der ganzen Familie schon mehrmals dort gewesen.«

»Ihr hättet nach Cromer fahren sollen, meine Liebe, wenn es schon ein Seebad sein mußte. Perry war einmal eine Woche in Cromer und hält es für das beste Seebad überhaupt. Schönes offenes Meer, sagt er, und sehr gute Luft. Und soweit ich ihn verstanden habe, hättet ihr dort ein Quartier weitab vom Meer bekommen – eine Viertelmeile weg – sehr behaglich. Ihr hättet Perry konsultieren sollen.«

»Aber, mein lieber Vater, bedenke doch, wie groß der Entfernungsunterschied wäre. Hundert Meilen vielleicht, anstatt vierzig.«

»Ach, meine Liebe, wie Perry sagt, ›wo es um die Gesundheit geht, sollte alles andere keine Rolle spielen; und wenn man schon verreisen muß, dann macht es keinen großen Unterschied, ob man vierzig Meilen oder hundert zurücklegt. Am besten bewegt man sich überhaupt nicht von der Stelle, besser letztlich in London zu bleiben, als vierzig Meilen zu fahren, nur um noch schlechtere Luft zu atmen als ohnehin schon.‹ Das waren Perrys Worte. Er fand diese Maßnahme ausgesprochen verfehlt.«

Emmas Versuche, ihren Vater zum Schweigen zu bewegen, waren vergebens; und als er sich zu dieser Aussage verstiegen hatte, wunderte es sie gar nicht, daß ihr Schwager nicht mehr an sich halten konnte.

»Mr. Perry«, sagte er mit einer Stimme, der man seine Verärgerung deutlich anhörte, »täte gut daran, seine Meinung für sich zu behalten, bis er danach gefragt wird. Warum steckt er überhaupt seine Nase in meine Angelegenheiten? Ob ich mit meiner Familie an diesen oder jenen Abschnitt der Küste fahre, was geht das ihn an? Man billigt mir doch hoffentlich zu, daß ich selbst weiß, was ich will, und dazu keinen Mr. Perry brauche? Ich kann auf seine Ratschläge ebenso verzichten wie auf seine Pillen und Tropfen.« Er legte eine Pause ein, mäßigte sich etwas und fügte dann trocken und sarkastisch hinzu: »Falls mir Mr. Perry verraten kann, wie ich eine Frau und fünf Kinder über eine Entfernung von hundertdreißig Meilen befördere, ohne mir dadurch größere Unkosten und Strapazen einzuhandeln, als wenn ich vierzig Meilen mit ihnen zurücklege, bin ich gern bereit, wie er Cromer gegenüber South End den Vorzug zu geben.«

»Wohl wahr«, schaltete sich Mr. Knightley sogleich ein – »wohl wahr. Das gilt es in der Tat zu bedenken. – Aber John, was ich dir von meiner Idee erzählt habe, den Pfad nach Langham zu verlegen, ihn mehr nach rechts biegen zu lassen, damit er nicht mitten durch die Wiesen geht – ich sehe darin keine Probleme. Natürlich würde ich die Sache nicht in Angriff nehmen, wenn die Leute von Highbury dadurch Unannehmlichkeiten bekämen, aber wenn du dir einmal vergegenwärtigst, wie der Weg derzeit verläuft ... Ich kann es dir allerdings nur beweisen, wenn wir unsere Landkarten dazu hernehmen. Ich sehe dich hoffentlich morgen früh in der Abbey, und dann werfen wir einen Blick darauf und du sagst mir, was du davon hältst.«

Mr. Woodhouse war ziemlich erschüttert über diese harsche Kritik an seinem Freund Perry, dem er freilich, wenn auch unbewußt, viele seiner eigenen Ansichten und Äußerungen untergeschoben hatte; aber unter dem besänftigenden Zureden seiner Töchter schwand seine Trübsal dahin, und der eine Bruder sorgte durch Wachsamkeit und der andere durch mehr Selbstbeherrschung dafür, daß sich seine Stimmung kein zweites Mal verdüsterte.

DREIZEHNTES KAPITEL

Es konnte kaum einen glücklicheren Menschen auf der Welt geben als Mrs. John Knightley während dieses kurzen Besuchs in Hartfield. Jeden Morgen suchte sie mit ihren fünf Kindern alte Bekannte auf, und jeden Abend unterhielt sie sich mit mit ihrem Vater und ihrer Schwester über das, was sie erlebt hatte. Außer daß die Tage nicht so schnell vergehen möchten, blieb ihr sonst nichts zu wünschen übrig. Es war ein herrlicher Besuch; durch und durch gelungen, da viel zu kurz.

Abends traf man im allgemeinen seltener Freunde als vormittags; aber eine große Dinnereinladung, und noch dazu außer Haus, ließ sich nicht umgehen, obwohl Weihnachten vor der Tür stand. Mr. Weston wollte keine Ablehnung hinnehmen; einmal wenigstens mußten sie alle nach Randalls zum Dinner; und selbst Mr. Woodhouse war nach einigem Zureden zu der Einsicht gelangt, daß seine Teilnahme einer Trennung von den anderen vorzuziehen sei.

Aus der Frage, wie sie alle hinkommen sollten, hätte er wohl, wenn irgend möglich, ein Problem gemacht, aber da der Wagen und die Pferde seines Schwiegersohns und seiner Tochter ja in Hartfield bereitstanden, konnte er die Frage allenfalls in den Raum stellen und kaum noch Zweifel äußern, und so brauchte Emma nicht lange, ihn davon zu überzeugen, daß sich in einer der Kutschen auch noch Platz für Harriet finden würde.

Harriet, Mr. Elton und Mr. Knightley, ihre engsten Freunde also, waren außer ihnen als einzige eingeladen; es sollte nicht zu spät werden, die Anzahl der Gäste nicht zu groß; in allem wurden Mr. Woodhouses Gepflogenheiten und Vorlieben berücksichtigt.

Den Abend vor diesem großen Ereignis (denn es war ein wirklich großes Ereignis, daß Mr. Woodhouse am 24. Dezember außer Hauses speisen würde) hatte Harriet in Hartfield verbracht und sich mit einer so schlimmen Erkältung auf den Heimweg gemacht, daß Emma sie gewiß nicht hätte gehen lassen, wenn es nicht der ausdrückliche Wunsch ihrer Freundin gewesen wäre, von Mrs. Goddard gepflegt zu werden. Emma suchte sie am nächsten Tag auf und mußte erkennen, daß Harriets Schicksal in Hinblick auf Randalls bereits besiegelt war. Sie hatte hohes Fieber und eine schlimme Halsentzündung. Mrs. Goddard umsorgte sie ganz liebevoll, man erwog, Mr. Perry hinzuzuziehen, und Harriet selbst war zu krank und niedergeschlagen, um sich der höheren Gewalt zu widersetzen, die sie um diese reizvolle Einladung brachte, auch wenn sie von dem erzwungenen Verzicht nur unter Tränen sprechen konnte.

Emma blieb bei ihr, solange es ging, um sie während Mrs. Goddards unvermeidlicher Besorgungen zu betreuen und innerlich etwas aufzurichten, indem sie ihr vor Augen hielt, wie bedrückt Mr. Elton sein würde, wenn er von ihrem Zustand erführe; und als sie sich verabschiedete, ließ sie Harriet in der reizenden Gewißheit zurück, daß er einen trostlosen Abend verbringen und sie selbst von allen sehr vermißt werden würde. Sie hatte sich erst wenige Schritte von Mrs. Goddards Tür entfernt, da begegnete ihr Mr. Elton höchstpersönlich, der offensichtlich auf das Haus zusteuerte, und als sie ganz im Gespräch über die Kranke – nach der er sich aufgrund eines Gerüchts, das von schwerer Influenza sprach, eben hatte erkundigen wollen, damit er in Hartfield über ihren Zustand berichten könne, langsam zusammen weitergingen, wurden sie von Mr. John Knightley eingeholt, der von seinem täglichen Besuch in Donwell zurückkehrte und seine beiden ältesten Söhne bei sich hatte, deren gesunde, glühende Gesichter die wohltuende Wirkung eines Spaziergangs auf dem Lande bezeugten und dem Hammelbraten und dem Reispudding, zu denen sie nach Hause eilten, ein schnelles Ende garantierten. Die drei schlossen sich den beiden anderen an und setzten mit ihnen den Weg gemeinsam fort. Emma schilderte gerade die Art der Beschwerden ihrer Freundin – sehr starke Halsentzündung mit hohem Fieber, schwacher Puls etc. – und erzählte, sie habe mit Sorge von Mrs. Goddard vernommen, daß Harriet sehr anfällig für schwere Halsentzündungen sei und sie oft deswegen in Schrecken versetzt hätte. Mr. Elton machte dabei ein sehr betroffenes Gesicht und stieß hervor:

»Eine Halsentzündung! Hoffentlich nichts Ansteckendes. Hoffentlich keine von der eitrigen, ansteckenden Variante. Hat Perry sie schon untersucht? Sie sollten wirklich auf sich nicht weniger aufpassen als auf Ihre Freundin. Ich bitte Sie inständig, nur ja kein Risiko einzugehen. Warum hat Perry noch nicht nach ihr gesehen?«

Emma, die sich um ihre eigene Gesundheit überhaupt nicht sorgte, dämpfte diese übertriebene Angst unter Hinweis auf die große Erfahrung und Fürsorge Mrs. Goddards; aber da immer noch ein Rest von Besorgnis bleiben mußte, den sie ihm keineswegs ausreden wollte, den sie eigentlich eher zu nähren und zu bestärken suchte, fügte sie wenig später hinzu, als ginge es um ein ganz anderes Thema:

»Es ist so kalt, so schrecklich kalt – und es sieht so sehr nach Schnee aus, daß ich, handelte es sich um einen anderen Gastgeber und eine andere Einladung, wirklich versuchen würde, heute zu Hause zu bleiben – und meinem Vater von dem waghalsigen Unternehmen abzuraten; aber da er sich nun einmal entschlossen hat und die Kälte nicht zu empfinden scheint, möchte ich ihm nicht dreinreden, weiß ich doch, welch große Enttäuschung es für Mr. und Mrs. Weston wäre. Aber um ehrlich zu sein, Mr. Elton, an Ihrer Stelle würde ich mich bestimmt entschuldigen. Sie hören sich ja schon ein bißchen heiser an, und wenn Sie bedenken, wie stark Ihre Stimme morgen gefordert und beansprucht werden wird, so gebietet es schlichtweg die Vorsicht, zu Hause zu bleiben und sich heute abend zu schonen.«

Mr. Elton machte ein Gesicht, als wisse er nicht recht, was er darauf antworten solle; und das war auch der Fall, denn obwohl er sich durch die gütige Besorgnis einer so schönen jungen Dame überaus geschmeichelt fühlte und einen Rat von ihr nur ungern in den Wind schlug, verspürte er doch wirklich nicht die geringste Lust, auf den Besuch zu verzichten; aber Emma, noch zu befangen in ihren früheren Plänen und Absichten, um ihm unvoreingenommen zuzuhören oder ihn mit ungetrübtem Blick sehen zu können, empfand tiefe Genugtuung, als er zustimmend murmelte, es sei »wirklich kalt, sehr kalt«, und sie ging weiter und freute sich, ihm Randalls ausgeredet und somit in die Lage versetzt zu haben, den ganzen Abend lang stündlich Erkundigungen über Harriets Zustand einzuholen.

»Sie tun wirklich gut daran«, sagte sie. »Wir werden Sie bei Mr. und Mrs. Weston entschuldigen.«

Aber sie hatte ihren Satz kaum beendet, da hörte sie, wie ihr Schwager Mr. Elton in aller Höflichkeit einen Platz in seiner Kutsche anbot, falls das Wetter der einzige Hinderungsgrund für ihn sein sollte. Und Mr. Elton nahm doch tatsächlich das Angebot prompt und hocherfreut an! Es war nichts mehr daran zu ändern: Mr. Elton würde mitkommen, und noch nie hatte sein breites, hübsches Gesicht so vor Freude gestrahlt wie in diesem Augenblick; nie war sein Lächeln so dreist, sein Blick so triumphierend gewesen wie jetzt, als er sie ansah.

»Nanu«, dachte sie bei sich, »das ist ja höchst merkwürdig! Nachdem ich ihm eine so schöne Brücke gebaut hatte, gibt er der Einladung den Vorzug und läßt die kranke Harriet im Stich! Wirklich höchst merkwürdig! Aber, ich glaube, viele Männer, insbesondere alleinstehende, haben eine ausgesprochene Vorliebe, ja geradezu Schwäche, außer Haus essen zu gehen – eine Einladung zum Dinner rangiert so weit oben auf der Stufenleiter ihrer Vergnügungen, ihrer Freizeitbeschäftigungen, Selbstdarstellungsmöglichkeiten, ja, fast sogar ihrer Pflichten, daß alles andere dahinter zurückstehen muß –, und dies trifft offenbar auch auf Mr. Elton zu. Er ist zweifellos ein äußerst schätzenswerter, liebenswürdiger, sympathischer junger Mann und bis über beide Ohren in Harriet verliebt, und dennoch kann er keiner Einladung widerstehen und muß partout außer Haus essen, egal, wohin man ihn bittet. Welch merkwürdig Ding ist doch die Liebe! Ihm fällt an Harriet schnelle Auffassungsgabe auf, aber er ist nicht bereit, ihr zuliebe allein in seinen eigenen vier Wänden zu essen.«

Kurz darauf trennte sich Mr. Elton von ihnen, und sie mußte ihm immerhin zugute halten, daß er beim Abschied mit bebender Stimme Harriets Namen aussprach und ihr versicherte, er werde bei Mrs. Goddard vorbeischauen, um Neuigkeiten über ihre hübsche Freundin zu erfahren, und zwar unmittelbar bevor er sich innerlich auf die Freude einstelle, sie, Emma, wiederzusehen, und ihr dann hoffentlich bessere Nachrichten bringen könne. Er seufzte und ging mit einem Lächeln auf dem Gesicht weg, woraufhin sich die Waagschale ihrer Gunst deutlich zu seiner Seite neigte.

Nach einigen Minuten tiefen Schweigens auf beiden Seiten begann John Knightley mit den Worten:

»In meinem ganzen Leben habe ich noch keinen Mann getroffen, der mehr darauf aus gewesen wäre, sich beliebt zu machen, als Mr. Elton. Es ist regelrecht Schwerstarbeit für ihn, wenn Frauen im Spiel sind. Bei Männern kann er ganz vernünftig und ungekünstelt sein, aber wenn er einer Frau gefallen muß, zieht er alle Register.«

»Mr. Eltons Umgangsformen lassen manches zu wünschen übrig«, erwiderte Emma, »aber wo einer gefallen möchte, sollte man schon einmal ein Auge zudrücken, und man tut es ja auch. Wenn ein Mann mit bescheidenen Geistesgaben sein Bestes zu geben versucht, hat er anderen, die lässige Überheblichkeit zur Schau tragen, einiges voraus. Mr. Elton ist immer so ausgeglichen und bringt jedermann so viel Wohlwollen entgegen, daß man ihn einfach mögen muß.«

»Ja«, sagte Mr. John Knightley sodann leicht hinterhältig, »Ihnen scheint er besonders viel Wohlwollen entgegenzubringen.«

»Mir?« entgegnete sie mit ungläubigem Lächeln, »Sie meinen doch nicht etwa, daß es Mr. Elton auf mich abgesehen hat?«

»Der Gedanke ist mir tatsächlich durch den Kopf gegangen, das gebe ich zu, Emma: Und wenn er Ihnen bisher noch nicht gekommen ist, so sollten Sie diese Möglichkeit doch vielleicht einmal in Erwägung ziehen.«

»Mr. Elton in mich verliebt! Welch eine absurde Vorstellung!«

»Ich sage nicht, daß es so ist; aber Sie täten gut daran, sich darüber Gewißheit zu verschaffen und Ihr Verhalten danach einzurichten. Ich finde, so, wie Sie sich ihm gegenüber geben, ermuntern Sie ihn. Ich spreche als Freund, Emma. Sie sollten sich vorsehen und sich darüber klarwerden, was sie tun und was Sie beabsichtigen.«

»Besten Dank, aber ich versichere Ihnen, Sie irren sich. Mr. Elton und ich sind sehr gute Freunde, sonst nichts«, und im Weitergehen amüsierte sie sich über die Fehlurteile, zu denen Leute gelangen, die bestimmte Zusammenhänge nur teilweise durchschauen, über die Irrtümer, denen gerade jene erliegen, die sich viel auf ihre Urteilsfähigkeit zugute halten, und es behagte ihr nicht gerade, daß ihr Schwager sie für blind und einfältig hielt und glaubte, ihr Ratschläge erteilen zu müssen. Er sagte jedoch nichts mehr.

Mr. Woodhouse war so fest entschlossen zu dem Besuch in Randalls, daß ihn selbst die zunehmende Kälte nicht davon abzuhalten vermochte, und so brach er schließlich sehr pünktlich mit seiner ältesten Tochter im eigenen Wagen auf, ohne offenbar dem Wetter so viel Beachtung zu schenken wie die anderen. Vor lauter Staunen über den eigenen Wagemut und erfüllt von der Gewißheit, durch seinen Besuch in Randalls große Freude auszulösen, achtete er gar nicht auf die Kälte, zumal er auch viel zu gut eingemummt war, um sie zu empfinden. Es war jedoch bitterkalt, und als sich die zweite Kutsche in Bewegung setzte, taumelten ein paar Schneeflocken herab, und der Himmel sah aus, als berste er fast vor Schnee und bedürfe nur etwas milderer Luft, um die Welt binnen kurzem in eine weiße Winterlandschaft zu verwandeln.

Emma merkte bald, daß die Stimmung ihres Begleiters nicht gerade die beste war. Bei einem solchen Wetter sich nach diversen Vorbereitungen außer Hauses zu begeben und noch dazu das abendliche Zusammensein mit den Kindern opfern zu müssen, all das empfand Mr. Knightley als schlimm, oder zumindest als höchst unangenehm, und die ganze Sache ging ihm entschieden gegen den Strich. Er versprach sich von dem Besuch nichts, was den Aufwand irgendwie lohnte, und verbrachte die ganze Fahrt bis zum Pfarrhaus damit, seinem Ärger Luft zu machen.

»Es muß«, sagte er, »ein Mann schon eine sehr hohe Meinung von sich haben, wenn er Leute bittet, an einem Tag wie diesem den heimischen Herd zu verlassen, bloß um ihm einen Besuch abzustatten. Er muß sich wirklich für einen ganz tollen Burschen halten, ich brächte so etwas jedenfalls nicht fertig. Es ist der größte Unsinn, und jetzt fängt es doch wahrhaftig auch noch an zu schneien! Welch eine Verrücktheit, die Leute nicht behaglich in ihren eigenen vier Wänden bleiben zu lassen! Verrückt auch die Leute, die nicht zu Hause bleiben und es sich dort gemütlich machen, obwohl sie es könnten! Wenn wir an einem solchen Abend aus dem Haus müßten, weil uns irgendeine Pflicht oder geschäftliche Notwendigkeit ruft, wie lästig würden wir das empfinden! Und da fahren wir nun los, vermutlich etwas dünner bekleidet als sonst, und zwar freiwillig, ohne triftigen Grund, gegen die Stimme der Natur, die dem Menschen in allem, was er sieht und fühlt, gebietet, zu Hause zu bleiben und für sich und die Seinen Schutz unter dem eigenen Dach zu suchen; da fahren wir nun also los, um fünf fade Stunden im Haus eines anderen Mannes zu verbringen, in denen nichts gesagt und gehört werden wird, was nicht schon gestern gesagt und gehört wurde und morgen wieder zu hören sein wird. Machen uns bei diesem Hundewetter auf den Weg, um wahrscheinlich bei noch schlimmerem heimzufahren; vier Pferde und vier Diener werden in Wind und Wetter hinausgescheucht, nur um fünf müßige, schlotternde Geschöpfe in Räumlichkeiten und in eine Gesellschaft zu befördern, wo es kälter ist und langweiliger zugeht, als sie es zu Hause hätten haben können.«

Emma brachte es nicht über sich, die freudige Zustimmung zu bekunden, die er zweifellos aus Gewohnheit erwartete, sie vermochte nicht das »wie recht du hast, mein Liebling« nachzuahmen, das ihm sonst wohl von seiner Reisegefährtin zuteil wurde; aber sie brachte genug Selbstbeherrschung auf, um sich jeglicher Antwort zu enthalten. Sie konnte ihm nicht beipflichten, fürchtete jedoch, einen Streit vom Zaun zu brechen. Aber ihr Heldenmut erschöpfte sich im Schweigen. Also ließ sie ihn einfach reden, brachte die Fenster in Ordnung, wickelte sich in ihren Umhang und tat den Mund nicht auf.

Sie fuhren vor dem Pfarrhaus vor, die Kutsche wendete, das Trittbrett wurde heruntergelassen, und Mr. Elton, geschniegelt, ganz in Schwarz und lächelnd, saß sofort neben ihnen. Mit Freuden dachte Emma an einen möglichen Themenwechsel. Mr. Elton überschlug sich vor Beflissenheit und war die gute Laune in Person; ja, aus seinen Artigkeiten klang eine solche Fröhlichkeit, daß sie schon fast meinte, er müsse bessere Nachrichten über Harriet erhalten haben als sie. Beim Ankleiden hatte sie nach ihr geschickt und zur Antwort erhalten: »Fast unverändert – keine Besserung eingetreten.«

»Die Auskunft, die *ich* von Mrs. Goddard bekommen habe«, sagte sie gleich darauf, »war nicht so erfreulich, wie ich gehofft hatte. Keine Besserung eingetreten, wurde mir ausgerichtet.«

Sein Gesicht wurde sofort länger, und seine Stimme zerfloß vor Gefühligkeit, als er antwortete:

»Oh! Nein – ich höre es mit großem Kummer –, ich wollte es Ihnen gerade erzählen. Als ich an Mrs. Goddards Tür nachgefragt habe – meine allerletzte Amtshandlung, ehe ich nach Hause zurückkehrte, um mich umzuziehen –, wurde mir gesagt, es gehe Miss Smith nicht besser, keine Spur besser, eher schlechter. War sehr bekümmert und besorgt – ich hatte mir eingebildet, es müsse ihr bessergehen, nach der Erquickung, die sie, wie ich ja weiß, heute morgen erfahren hat.«

Lächelnd antwortete Emma: »Mein Besuch hat sie, wie ich hoffe, seelisch etwas aufgerichtet; aber selbst ich kann keine Halsentzündung wegzaubern; es handelt sich wirklich um eine ganz schwere Erkältung. Mr. Perry ist bei ihr gewesen, wie Sie wahrscheinlich gehört haben.«

»Ja – ich dachte mir schon – das heißt – nein – «

»Er kennt diese Beschwerden schon an ihr, und morgen früh bekommen wir hoffentlich angenehmere Nachrichten. Aber man ist eben einfach beunruhigt. Welch ein trauriger Verlust für uns alle heute abend!«

»Schrecklich! Genau, wie Sie sagen. Man wird sie unentwegt vermissen.«

So gebührte es sich für einen Verliebten! Der Seufzer, der seine Worte begleitete, nötigte wirklich Bewunderung ab, wenn er auch etwas länger hätte anhalten können. Emma war ziemlich entsetzt, als er gleich darauf mit ganz anderen Dingen anfing, und noch dazu überaus aufgekratzt und heiter.

»Was für ein fabelhafter Einfall«, sagte er, »Kutschen mit Schaffellen auszukleiden. Wie gemütlich eine Kutsche dadurch wird! Bei solchen Vorkehrungen kann man gar nicht frieren. Die Erfindungen in unseren Tagen haben die Kutsche eines Gentleman erst richtig vervollkommnet. Man ist vor dem Wetter so abgeschirmt und geschützt, daß auch nicht das kleinste Lüftchen unerlaubt eindringen kann. Das Wetter spielt keine Rolle mehr. Es ist heute abend wirklich sehr kalt – aber in dieser Kutsche merkt man überhaupt nichts davon. Ha! Wie ich sehe, schneit es sogar ein wenig.«

»Ja«, sagte John Knightley, »und ich denke, wir kriegen noch eine ganze Menge Schnee.«

»Weihnachtswetter«, bemerkte Mr. Elton. »Ganz der Jahreszeit gemäß; und wir dürfen uns außerordentlich glücklich schätzen, daß es nicht schon gestern zu schneien angefangen und uns um die heutige Einladung gebracht hat, was sehr gut möglich gewesen wäre, denn Mr. Woodhouse hätte sich wohl kaum aus dem Haus gewagt, wenn viel Schnee gelegen hätte; aber so stört er nicht. Dies ist so recht die Jahreszeit für freundschaftliche Geselligkeit. An Weihnachten laden alle Leute ihre Freunde zu sich ein, und selbst das schlimmste Wetter bereitet ihnen keinen Verdruß. Einmal war ich eine ganze Woche lang im Haus eines Freundes eingeschneit. Nichts hätte reizvoller sein können. Ich wollte nur einen Abend bleiben und kam erst genau auf den Tag eine Woche später wieder weg.«

Mr. Knightley machte ein Gesicht, als verstehe er nicht recht, was daran so reizvoll sein könne, und bemerkte nur eisig:

»Ich würde mir weiß Gott nicht wünschen, eine Woche lang in Randalls eingeschneit zu sein.«

Zu anderer Zeit hätte sich Emma vielleicht darüber amüsiert, aber jetzt war sie allzu erstaunt über Mr. Eltons gute Laune, um andere Gefühle zu hegen. In seiner Vorfreude auf eine angenehme Abendgesellschaft schien Harriet völlig vergessen zu sein.

»Wir bekommen sicher ein herrliches Kaminfeuer«, fuhr er fort, »und alles wird von größter Behaglichkeit sein. Bezaubernde Leute, Mr. und Mrs. Weston; – Mrs. Weston ist ja wirklich über jeden Tadel erhaben, und er ist genau so, wie man es an Freunden schätzt, ein so gastfreundlicher und geselliger Mensch; – es wird zwar eine kleine Gesellschaft sein, aber kleine Gesellschaften aus ausgewählten Leuten haben einen ganz besonderen Reiz, sie sind vielleicht überhaupt die angenehmsten. In Mr. Westons Speisezimmer finden ohnehin nicht mehr als zehn Personen bequem Platz; und ich, für meinen Teil, würde unter solchen Umständen lieber zwei Leute weglassen als zwei zuviel einladen. Ich denke, Sie werden mir beipflichten (und dabei wandte er sich mit samtweicher Stimme an Emma), ich denke, Ihre Zustimmung werde ich bestimmt erhalten, wenn auch Mr. Knightley vielleicht unsere Ansichten nicht ganz teilen kann, da er ja an die größeren Gesellschaften von London gewöhnt ist.«

»Ich kenne die großen Gesellschaften von London nicht, Sir – ich pflege nicht außer Haus zu speisen.«

»Was Sie nicht sagen! (in einem erstaunten und mitleidigen Tonfall) Ich habe gar nicht gewußt, daß der Anwaltsberuf eine solche Schinderei ist. Nun ja, Sir, die Zeit wird kommen, wo Sie für all diese Mühsal entschädigt werden und nicht mehr so viel arbeiten müssen und sich so richtig Ihres Lebens freuen können.«

»Freuen werde ich mich vor allem«, erwiderte John Knightley, als sie durch die Flügelpforte gingen, »wenn ich wieder wohlbehalten in Hartfield gelandet bin.«

VIERZEHNTES KAPITEL

Jeder der beiden Herren mußte ein etwas anderes Gesicht machen, als sie in Mrs. Westons Salon traten: Mr. Elton durfte nicht ganz so fröhlich dreinschauen und Mr. John Knightley sich nicht seine schlechte Laune anmerken lassen. Um hier nicht unangenehm aufzufallen, mußte Mr. Elton etwas weniger und Mr. John Knightley dafür etwas mehr lächeln.

Nur Emma konnte sich völlig natürlich geben und zeigen, wie glücklich sie war. Ihr machte es immer Freude, mit den Westons zusammenzusein. Mr. Weston stand bei ihr in hoher Gunst, und sie kannte keinen Menschen, dem sie sich so offen anvertrauen konnte wie seiner Frau; keinen, bei dem sie so sicher sein konnte, daß er sich ihre Berichte von den kleinen Scharmützeln und Vereinbarungen, die Unstimmigkeiten und Freuden zwischen ihr und ihrem Vater so verständnisvoll, interessiert und einfühlsam anhörte. An allem, was sie von Hartfield zu erzählen hatte, nahm Mrs. Weston lebhaft Anteil, und eine halbe Stunde ungestörten Gedankenaustausches über all die kleinen Dinge, von denen das

Glück des alltäglichen Lebens abhängt, gehörte für beide zu den größten Freuden einer Begegnung.

Dieses Vergnügen würde ihnen womöglich an diesem Abend nicht vergönnt sein, jedenfalls nicht während der ersten halben Stunde; doch allein schon der Anblick von Mrs. Weston, ihr Lächeln, ihre Berührung, ihre Stimme taten Emma gut und stimmten sie dankbar, und sie nahm sich vor, so wenig wie möglich an Mr. Eltons sonderbares Benehmen und andere unerfreuliche Dinge zu denken und alles, was sich ihr an Erfreulichem bot, in vollen Zügen zu genießen.

Das Pech mit Harriets Erkältung war bereits vor Emmas Eintreffen recht ausführlich erörtert worden. Mr. Woodhouse saß schon eine ganze Weile behaglich beim Kamin und hatte folglich genug Zeit gehabt, die ganze Geschichte zum besten zu geben, zudem noch von seiner und Isabellas Fahrt zu erzählen und anzukündigen, daß Emma gleich nachkommen werde, und er hatte soeben auch noch seiner Genugtuung Ausdruck verliehen, daß James nun endlich seine Tochter besuchen könne, als die anderen erschienen und Mrs. Weston, die von ihm fast völlig in Beschlag genommen worden war, sich nun abwenden und ihre geliebte Emma begrüßen konnte.

Da Emma sich vorgenommen hatte, Mr. Elton eine Zeitlang zu vergessen, stellte sie, nachdem alle ihre Plätze eingenommen hatten, zu ihrem Bedauern fest, daß er neben ihr saß. Nur mit Mühe gelang es ihr, nicht andauernd an seine merkwürdige Gefühllosigkeit gegenüber Harriet zu denken, während er nicht nur dicht neben ihr saß, sondern ihr auch noch unentwegt seine glückstrahlende Miene zeigte und sich bei jeder Gelegenheit beflissen an sie wandte. Anstatt ihn vergessen zu können, drängte sich ihr bei seinem Benehmen sogar die Frage auf: »Sollte es tatsächlich so sein, wie mein Schwager vermutet? Ist dieser Mann womöglich imstande, seine Zuneigung von Harriet allmählich auf mich zu übertragen? – Aberwitzig und unerträglich!« Und doch war er so besorgt, ob sie es auch wirklich warm habe, sprach er so interessiert von ihrem Vater und so entzückt von Mrs. Weston, und fing schließlich auch noch an, ihre Zeichnungen mit so viel Eifer und so wenig Sachverstand zu bewundern, daß er entsetzlich viel Ähnlichkeit mit einem angehenden Verehrer aufwies und es sie einige Anstrengung kostete, nicht ihre gute Kinderstube zu vergessen. Schon sich selbst zuliebe durfte sie nicht grob werden, und Harriet zuliebe war sie sogar betont zuvorkommend, hoffte sie doch, daß sich noch alles zum Guten wenden möge; aber es kostete sie Mühe, zumal da sich, gerade als Mr. Elton wirklich nicht mehr zu überbietenden Unsinn von sich gab, die anderen über etwas unterhielten, dem sie brennend gern gelauscht hätte. Sie hörte indes genug, um zu merken, daß Mr. Weston eben etwas von seinem Sohn berichtete; mehrmals schnappte sie die Worte »mein Sohn« und »Frank« und »mein Sohn« auf; und aus ein paar anderen Wortfetzen schloß sie, daß er den baldigen Besuch seines Sohnes ankündigte; aber ehe sie Mr. Elton zum Schweigen bringen konnte, war das Thema abgehandelt, so daß jedes weitere Nachfragen als peinlich empfunden worden wäre.

Es war nämlich so, daß Emma, trotz ihres festen Vorsatzes, nie zu heiraten, der Name Mr. Frank Churchill und die Vorstellung, die sich damit verband, keineswegs kalt ließen. Oft war ihr der Gedanke gekommen – insbesondere seit der Vermählung seines Vaters mit Miss Taylor –, daß, *sollte* sie denn doch einmal heiraten, er genau derjenige wäre, der von seinem Alter, Charakter und gesellschaftlichen Hintergrund her zu ihr paßte. Aufgrund der freundschaftlichen Bande zwischen beiden Familien schien er geradezu für sie bestimmt. Auf diese Verbindung, so fand sie, mußten alle, die sie und Frank Churchill kannten, unweigerlich und ganz automatisch kommen. Daß Mr. und Mrs. Weston sie bereits ins Auge gefaßt hatten, davon war sie felsenfest überzeugt; und wenn sie sich auch keineswegs von ihm oder irgendeinem anderen dazu verleiten lassen wollte, ein Leben aufzugeben, das sie für erfüllter und glücklicher hielt als jedes, das sie dagegen eintauschen könnte, verspürte sie doch eine nicht geringe Neugier, ihn kennenzulernen, ein entschiedenes Bedürfnis, ihn sympathisch zu finden und bis zu einem bestimmten Grad in sich verliebt zu machen, und empfand ein gewisses Vergnügen bei der Vorstellung, daß ihre Freunde sie im Geiste bereits mit ihm verkuppelt hatten.

Von solchen Empfindungen durchdrungen, kam ihr Mr. Eltons galantes Getue schrecklich ungelegen; aber es war ihr ein Trost, nach außen hin den Schein von Höflichkeit wahren zu können, während sie innerlich vor Wut kochte – und sie schöpfte Zuversicht aus dem Gedanken, daß der mitteilsame Mr. Weston den Abend gewiß nicht verstreichen lasse, ohne das Thema noch einmal zur Sprache zu bringen oder wenigstens die wesentlichen Punkte seines Berichts zu wiederholen. Und so war es auch! Denn als sie Mr. Elton glücklich losgeworden war und neben Mr. Weston bei Tisch saß, nutzte der die erste Verschnaufpause, die ihm seine Gastgeberpflichten und der Hammelrücken gönnten, um zu ihr zu sagen: »Nur zwei fehlen hier, dann wären wir vollzählig. Zwei Leute sähe ich gern unter uns – Ihre hübsche kleine Freundin, Miss Smith, und meinen Sohn – und dann würde ich sagen, wir sind komplett. Sie haben, glaube ich, nicht gehört, wie ich den anderen im Salon erzählte, daß wir Frank erwarten?

Heute morgen habe ich einen Brief von ihm bekommen, und er wird in spätestens vierzehn Tagen bei uns sein.«

Emma brachte geziemend ihre Freude zum Ausdruck und stimmte ihm aus tiefster Überzeugung zu, daß erst mit Mr. Frank Churchill und Miss Smith ihre Runde vollständig sei.

»Schon seit September will er zu uns kommen«, fuhr Mr. Weston fort, »jeder Brief war voll davon; aber er kann ja nicht frei über seine Zeit verfügen. Er muß es denen recht machen, die diese Rücksichtnahme von ihm erwarten zu können glauben und die (unter uns gesagt) manchmal nur unter großen Opfern zufriedenzustellen sind. Aber jetzt habe ich keinen Zweifel mehr, ihn um die zweite Januarwoche herum hier zu sehen.«

»Welch große Freude das für Sie sein wird! Und Mrs. Weston ist so gespannt, ihn endlich kennenzulernen, daß sie sich bestimmt fast ebenso darüber freut wie Sie.«

»Ja, gewiß, wenn sie nur nicht meinen würde, daß der Besuch doch wieder verschoben wird. Sie rechnet nicht so fest mit seinem Kommen wie ich, aber sie kennt ja die Beteiligten nicht so gut wie ich. Die Sache ist nämlich die (aber das bleibt unter uns: drüben im Salon habe ich davon kein Wort erwähnt. Jede Familie hat eben ihre Geheimnisse), also, die Sache ist die, daß für den Januar einige Freunde nach Enscombe eingeladen worden sind und Franks Kommen davon abhängt, ob man ihren Besuch verschieben kann. Sollte das nicht der Fall sein, kann er nicht weg. Aber ich weiß, daß der Besuch verschoben wird, weil es sich um eine Familie handelt, gegen die eine gewisse Dame mit allerhand Einfluß in Enscombe eine besondere Abneigung hegt; und obzwar man es für notwendig erachtet, diese Familie alle zwei oder drei Jahre einmal einzuladen, wird sie doch regelmäßig wieder ausgeladen, wenn es dann soweit ist. Es unterliegt für mich keinem Zweifel, daß es auch diesmal so ausgeht. Daher bin ich so sicher, Frank noch vor Mitte Januar in Randalls zu sehen, wie ich selbst hier sein werde. Aber Ihre liebe Freundin dort (und dabei nickte er zum oberen Ende der Tafel hin) hat selbst so wenig Launen und ist auch von Hartfield her so wenig an Launen gewöhnt, daß sie deren Folgen nicht einschätzen kann, im Unterschied zu mir, der ich durch langjährige Erfahrung gelernt habe, damit umzugehen.«

»Ich fände es schade, wenn an der Sache noch irgend etwas ungewiß wäre«, entgegnete Emma; »aber ich schlage mich gern auf Ihre Seite, Mr. Weston. Wenn Sie glauben, daß er kommt, dann glaube ich es auch; denn Sie kennen ja schließlich die Verhältnisse in Enscombe.«

»Ja, das kann ich wohl für mich in Anspruch nehmen, auch wenn ich noch nie in meinem Leben dort gewesen bin. Sie ist eine merkwürdige Frau! Aber Franks wegen mag ich nicht schlecht über sie reden; denn ich glaube, sie hat ihn wirklich sehr gern. Früher dachte ich immer, sie sei nicht fähig, irgendeinen Menschen gern zu haben außer sich selbst: aber sie ist stets gut zu ihm gewesen (auf ihre Art – wenn man ihre Marotten und Launen in Kauf nimmt und alles nach ihrer Pfeife tanzt). Und es spricht in meinen Augen sehr für ihn, daß er eine solche Zuneigung zu erwecken vermag; denn ansonsten, und das sage ich nur zu Ihnen, hat sie gegenüber anderen Menschen ebensowenig Herz wie ein Stein und ist ein teuflisches Weib.«

Emma war so begeistert von dem Thema, daß sie auch Mrs. Weston darauf ansprach, gleich nachdem sie sich in den Salon begeben hatten. Sie beglückwünschte sie, bemerkte aber, die erste Begegnung werde ihr bestimmt auch ein wenig Herzklopfen bereiten. Mrs. Weston bejahte das, fügte jedoch hinzu, sie wäre sehr froh, wenn sie diese Erwartungsangst wirklich zum genannten Zeitpunkt hinter sich bringen könnte, »denn ich rechne eigentlich nicht fest damit, daß er kommt. Ich kann Mr. Westons Zuversicht nicht teilen. Ich fürchte sehr, es wird doch nichts daraus werden. Mr. Weston hat Sie vermutlich schon genau über den Stand der Dinge informiert.«

»Ja – alles scheint einzig und allein von Mrs. Churchills schlechter Laune abzuhängen, und die ist, glaube ich, so sicher wie das Amen in der Kirche.«

»Meine liebe Emma«, erwiderte Mrs. Weston lächelnd, »was ist bei einem launischen Menschen schon sicher?« Dann wandte sie sich Isabella zu, die vorher nicht zugehört hatte: »Sie müssen wissen, meine liebe Mrs. Knightley, daß wir meiner Meinung nach keineswegs so sicher damit rechnen können, Frank Churchill hier zu sehen, wie sein Vater glaubt. Es hängt ausschließlich von der Stimmung und dem Gutdünken seiner Tante ab, kurzum von ihrer Laune. Euch – meinen zwei Pflegetöchtern – kann ich ja ruhig die Wahrheit sagen. Mrs. Churchill hat in Enscombe das Heft in der Hand und ist eine ausgesprochen wetterwendische Frau; und ob er jetzt kommt, hängt ganz davon ab, ob sie glaubt, ihn entbehren zu können.«

»Oh, Mrs. Churchill!« erwiderte Isabella, »die kennt freilich jeder, und jedesmal, wenn ich an den armen jungen Mann denke, tut er mir von ganzem Herzen leid. Andauernd mit einer übellaunigen Person zusammenzuleben, muß furchtbar sein. So etwas haben wir zum Glück nie kennengelernt; aber es muß ein elendes Leben sein. Welch ein Segen, daß sie keine eigenen Kinder hat! Die armen kleinen Wesen, wie unglücklich sie bei ihr geworden wären!«

Emma wäre so gern mit Mrs. Weston allein gewesen, denn sie hätte dann mehr erfahren. Mit Isabella würde Mrs. Weston nie so offen zu sprechen wagen wie mit ihr. Und ihr würde sie gewiß nichts zu verheimlichen versuchen, was mit den Churchills zu tun hatte, ausgenommen jene gewissen Absichten mit dem jungen Mann, auf die Emma, dank ihrer blühenden Phantasie, schon selbst gekommen war. Aber im Augenblick gab es nichts mehr zu sagen. Mr. Woodhouse folgte ihnen sehr bald in den Salon. Nach dem Essen lange am Tisch sitzen bleiben zu müssen, empfand er als eine unerträgliche Einengung seiner Bewegungsfreiheit. Wein und eine Unterhaltung nach Tisch hatten für ihn nicht den geringsten Reiz, und so begab er sich frohen Herzens zu denen, in deren Gesellschaft er sich immer wohl fühlte. – Während er mit Isabella plauderte, fand Emma dann doch noch Gelegenheit, zu Mrs. Weston zu sagen:

»Und so betrachten Sie also den Besuch Ihres Sohnes keineswegs als sicher. Das tut mir leid. Die erste Begegnung ist zweifellos unangenehm, ganz egal, wann sie stattfindet; und je eher man sie hinter sich gebracht hat, desto besser.«

»Ja; und bei jedem Aufschub bekommt man noch größere Angst vor weiteren Aufschüben. Selbst wenn diese Familie, die Braithwaites, ausgeladen werden sollte, wird man dennoch, fürchte ich, einen neuen Vorwand finden, um uns zu enttäuschen. Ich mag mir nicht vorstellen, daß er selbst im Grunde gar keine Lust hat zu kommen; aber ich bin überzeugt davon, daß die Churchills ihn letztlich ganz für sich behalten möchten. Sie sind eifersüchtig. Selbst Franks Achtung gegenüber seinem Vater erfüllt sie mit Eifersucht. Kurz und gut, ich rechne eigentlich nicht damit, daß er kommt, und ich wollte, Mr. Weston wäre etwas weniger optimistisch.«

»Er müßte nun schon endlich einmal kommen«, sagte Emma, »selbst wenn er nur ein paar Tage bleiben könnte, kommen müßte er; und man kann sich schwer vorstellen, daß ein junger Mann nicht die Möglichkeit haben sollte, wenigstens das zu bewerkstelligen. Mag sein, daß sich eine junge *Frau*, die in schlechte Hände fällt, gängeln und von Leuten fernhalten läßt, bei denen sie sein möchte, aber daß ein junger Mann derart unter der Fuchtel steht, daß er nicht einmal eine Woche bei seinem Vater verbringen kann, wenn er möchte, ist mir unbegreiflich.«

»Man müßte in Enscombe sein und die Gepflogenheiten der Familie kennen, ehe man darüber entscheidet, was er tun kann und was nicht«, entgegnete Mrs. Weston. »Man sollte vielleicht stets Vorsicht walten lassen, wenn man beurteilen will, was sich irgendein Familienmitglied einer x-beliebigen Familie herausnehmen kann; aber Enscombe darf man, glaube ich, nicht mit den üblichen Maßstäben messen; *sie* ist nämlich sehr stur, und alles geht nach ihrem Kopf.«

»Aber sie hat ihren Neffen doch so gern, er ist doch ihr ein und alles. So wie ich mir Mrs. Churchill vorstelle, wäre es doch ganz natürlich, wenn sie sich häufig von ihrem Neffen bestimmen ließe, dem sie überhaupt nichts verdankt, während sie ihrem Mann, dem sie alles verdankt, keinerlei Zugeständnisse macht und nur ihre Launen an ihm ausläßt.«

»Meine liebste Emma, maßen Sie sich nicht an, mit Ihrer sanften Art einen schlechten Charakter zu verstehen oder ihm Regeln vorzugeben: Alles nimmt seinen Lauf. Ich bezweifle nicht, daß Frank zuweilen beträchtlichen Einfluß auf sie hat; aber vermutlich weiß er nicht im vorhinein, wann das der Fall sein wird.«

Emma hörte ihr zu und sagte dann ungerührt: »Ich jedenfalls bin erst überzeugt, wenn er hier ist.«

»In manchen Dingen mag er durchaus großen Einfluß auf sie haben«, fuhr Mrs. Weston fort, »und in anderen sehr wenig; und aller Wahrscheinlichkeit nach gehört sein Wunsch, von ihnen wegzukommen, um uns zu besuchen, zu den Bereichen, wo er bei ihr auf Granit beißt.«

FÜNFZEHNTES KAPITEL

Bald schon wartete Mr. Woodhouse ungeduldig auf seinen Tee; und als er seinen Tee getrunken hatte, wollte er nur noch nach Hause; bis die anderen Herren erschienen, bemühten sich seine drei Gesprächspartnerinnen nach Kräften, ihn soweit bei Laune zu halten, daß er nicht merkte, wie spät es war.

Mr. Weston war ein überaus redseliger und geselliger Mensch und kein Freund von frühen Aufbrüchen; aber schließlich erhielt das Damenkränzchen im Salon doch noch Zuwachs. Mr. Elton, bestens gelaunt, spazierte als einer der ersten herein. Mrs. Weston und Emma saßen zusammen auf dem Sofa. Sogleich kam er zu ihnen und setzte sich, ohne recht dazu aufgefordert worden zu sein, zwischen sie.

Emma, ebenfalls gutgelaunt ob der vergnüglichen Aussicht auf den in Bälde erwarteten Mr. Frank Churchill, war durchaus geneigt, seine jüngsten Entgleisungen zu vergessen und ihm wieder gut zu sein; und da er das Gespräch sofort auf Harriet brachte, hörte sie ihm bereitwillig und freundlich lächelnd zu.

Er versicherte ihr, ausnehmend besorgt um ihre hübsche Freundin zu sein – ihre hübsche, reizende, liebenswerte Freundin. Ob sie etwas Neues wisse? Ob sie etwas über sie erfahren habe, seit sie in Randalls seien? Er empfinde große

Besorgnis – er müsse gestehen, daß ihn die Art ihrer Beschwerden erheblich beunruhige. Und in diesem Stil fuhr er eine Zeitlang fort, ganz so, wie es sich gehörte. Zwar achtete er kaum auf die Antworten seiner Gesprächspartnerinnen, doch man merkte ihm deutlich an, wie ihm der Schrecken vor einer schweren Halsentzündung in den Gliedern saß; und Emma übte Nachsicht mit ihm.

Aber schließlich schien das Ganze eine absonderliche Wendung zu nehmen; auf einmal hatte man den Eindruck, als gelte seine Sorge, es könne sich um eine schlimme Halsentzündung handeln, gar nicht so sehr Harriet, sondern ihr selbst – als sei es ihm mehr darum zu tun, daß sie sich nicht anstecke, als daß Ansteckungen überhaupt vermieden würden. Mit großem Nachdruck begann er sie zu beschwören, das Krankenzimmer vorläufig nicht mehr zu betreten –, *ihm zu versprechen*, sich dieser Gefahr nicht mehr auszusetzen, bis er Mr. Perry getroffen und seine Meinung gehört habe; und obwohl sie versuchte, lachend darüber hinwegzugehen und das Gespräch wieder ins richtige Fahrwasser zurückzulenken, ließ er sich in seiner übertriebenen Sorge um sie nicht beirren. Sie war tief beunruhigt. Es hörte sich wirklich so an – es ließ sich nicht mehr verhehlen –, es hatte den Anschein, als sei er in sie, anstatt in Harriet verliebt; falls dem so war, welch abscheulicher, widerwärtiger Wankelmut! Und sie hatte Mühe, die Fassung zu bewahren. Er wandte sich an Mrs. Weston, um ihren Beistand zu erbitten. Ob sie ihm nicht Schützenhilfe leisten wolle? Ob sie ihre Überredungskünste nicht mit den seinen vereinen wolle, um Miss Woodhouse von einem Besuch bei Mrs. Goddard abzuhalten, ehe Gewißheit bestehe, daß Miss Smiths Krankheit nicht ansteckend sei? Erst wenn er ihr Versprechen erhalten habe, gebe er sich zufrieden – ob sie nicht ihren Einfluß geltend machen könne, damit Miss Woodhouse ihm dieses Versprechen gebe?

»So übergewissenhaft, wenn es um andere geht«, fuhr er fort, »und so leichtsinnig, wenn ihre eigene Gesundheit auf dem Spiel steht! Sie wollte, daß ich meine Erkältung auskuriere und deshalb heute zu Hause bleibe, und will dennoch nicht versprechen, der Gefahr aus dem Wege zu gehen, sich selbst eine eitrige Halsentzündung zu holen! Finden Sie das in Ordnung, Mrs. Weston? Seien Sie unser Richter. Habe ich kein Recht, mich zu beschweren? Ich bin sicher, sie werden mir Ihre freundliche Unterstützung und Hilfe gewähren.«

Emma sah Mrs. Weston an, daß sie befremdet war, und das mußte sie weiß Gott auch sein über einen Vortrag, in dem sich der Redner mit Worten und Gebärden ihrer Freundin gegenüber das Recht eines engen Verwandten anmaßte, und sie selbst war viel zu entsetzt und verärgert, um ihm sofort die entsprechende Antwort erteilen zu können. Sie konnte ihm lediglich einen Blick zuwerfen, der ihn jedoch, wie sie fand, wieder zur Vernunft bringen mußte. Hierauf erhob sie sich vom Sofa, setzte sich zu ihrer Schwester und widmete sich forthin nur noch ihr.

Sie erfuhr allerdings nicht mehr, wie Mr. Elton auf die Abfuhr reagiert hatte, so plötzlich stand ein anderes Thema im Raum: Mr. John Knightley, der einen Blick aufs Wetter geworfen hatte, kam nun zurück und eröffnete ihnen, daß der Boden mit Schnee bedeckt sei und es noch immer heftig schneie, dazu noch ein scharfer Wind wehe, ja fast ein kleiner Schneesturm tobe, und abschließend fügte er, zu Mr. Woodhouse gewandt, hinzu:

»Ihre winterlichen Geselligkeiten fangen ja recht munter an, Sir. Mal etwas Neues für Ihren Kutscher und Ihre Pferde, sich ihren Weg durch einen Schneesturm bahnen zu müssen.«

Der arme Mr. Woodhouse war stumm vor Entsetzen; aber alle übrigen gaben sogleich Kommentare ab; jeder war entweder überrascht oder nicht überrascht und hatte eine Frage zu stellen oder Trost zu spenden. Mrs. Weston und Emma versuchten verzweifelt, ihn aufzuheitern und seine Aufmerksamkeit von dem Schwiegersohn abzulenken, der seinen Triumph ziemlich herzlos auskostete.

»Ihre Entschlossenheit«, sagte er, »sich bei einem solchen Wetter hinauszuwagen, hat mir große Bewunderung abgenötigt, Sir, denn Sie wußten natürlich, daß es bald schneien würde. Jeder muß gemerkt haben, daß der Himmel voll Schnee war. Ich habe Ihren Mut bewundert; und wir werden schon alle heil nach Hause kommen. Die Straße wird wohl auch noch nach ein oder zwei Stunden Schneefall passierbar sein; und wir sind ja mit zwei Kutschen hier. Sollte die eine auf der ungeschützten Strecke übers Feld umgeweht werden, steht uns immer noch die andere zur Verfügung. Vor Mitternacht sind wir bestimmt wohlbehalten in Hartfield.«

Mr. Weston, der aus einem ganz anderen Grund frohlockte, gab zu, schon seit einiger Zeit zu wissen, daß es schneie; er habe jedoch kein Wort davon verlauten lassen, damit Mr. Woodhouse nicht beunruhigt würde und einen Vorwand hätte, überstürzt aufzubrechen. Und das mit dem Schnee, der gefallen sei oder fallen werde und ihnen die Heimfahrt erschweren könnte, das sei doch bloß ein Scherz; er fürchte, es ergäben sich für sie keinerlei Schwierigkeiten. Er wollte, die Straße wäre unpassierbar, dann könnte er sie alle in Randalls behalten, und er sei überzeugt davon, daß sich bei gutem Willen für jeden ein Nachtlager finden lasse, und er forderte seine Frau auf, ihm beizupflichten, daß man mit ein bißchen Erfindungsgabe alle unterbringen könne, was sie sich nicht so recht vorstellen konnte, da sie ja wußte, daß es im Haus nur zwei Gästezimmer gab.

»Was sollen wir machen, meine liebe Emma? Was sollen wir bloß machen?« Dieser Ausruf der Ratlosigkeit war das erste und für eine Weile das einzige, was Mr. Woodhouse herausbrachte. Bei ihr suchte er Trost; und als sie ihm versicherte, daß keine Gefahr bestehe, und ihm vor Augen führte, wie tüchtig die Pferde und James seien und wie viele Freunde er um sich habe, kehrten seine Lebensgeister allmählich zurück.

Seine älteste Tochter war genauso bestürzt wie er. Voll Entsetzen malte sie sich aus, wie sie in Randalls festsitzen würden, während ihre Kinder allein in Hartfield wären; und da sie annahm, daß die Straße jetzt gerade noch für wagemutige Leute passierbar sei, obzwar in einem Zustand, der keinen weiteren Aufschub dulde, drängte sie darauf, daß ihr Vater und Emma in Randalls bleiben sollten, wohingegen sie und ihr Mann sich sofort auf den Weg machen würden, allen möglichen Schneeverwehungen, die sie behindern mochten, zum Trotz.

»Laß am besten gleich den Wagen vorfahren, mein Liebling«, sagte sie. »Ich denke doch, daß wir es schaffen werden, wenn wir unverzüglich aufbrechen; und sollte es wirklich hart auf hart kommen, können wir ja aussteigen und zu Fuß gehen. Mir ist überhaupt nicht bange. Es würde mir nichts ausmachen, die halbe Strecke zu Fuß zu gehen. Wenn wir zu Hause sind, kann ich ja gleich andere Schuhe anziehen; und davon kriege ich gewiß keine Erkältung.«

»Was du nicht sagst!« erwiderte er. »Das ist nun etwas ganz Neues, denn gewöhnlich kriegst du doch von allem eine Erkältung. Zu Fuß nach Hause! Du hast ja auch wirklich genau die richtigen Schuhe an, um nach Hause zu laufen. Für die Pferde wird es schon schlimm genug werden.«

Zustimmung heischend wandte sich Isabella an Mrs. Weston. Die konnte ihr nur beipflichten. Dann ging sie zu Emma; aber die mochte die Hoffnung noch nicht ganz aufgeben, daß sie doch vielleicht alle gemeinsam wegkämen; und die bange Frage wurde noch immer erörtert, als Mr. Knightley, der das Zimmer gleich nach dem ersten Schneebericht seines Bruders verlassen hatte, wieder hereinkam und ihnen mitteilte, daß er draußen gewesen sei, um die Lage zu sondieren, und sich verbürgen könne, daß sie ohne irgendwelche Schwierigkeiten nach Hause kommen würden, wann immer sie wollten, jetzt oder in einer Stunde. Er sei die Auffahrt hinuntergegangen und noch ein Stück auf der Straße nach Highbury – und nirgendwo liege mehr als ein Zentimeter Schnee –, an vielen Stellen bedecke er kaum den Boden; gegenwärtig fielen ein paar Flöckchen, aber die Wolken verzögen sich und alles deute darauf hin, daß es bald zu schneien aufhöre. Er habe die Kutscher getroffen, und beide stimmten mit ihm darin überein, daß nichts zu befürchten sei.

Diese Nachricht löste bei Isabella große Erleichterung aus, und Emma kam sie kaum weniger gelegen wegen ihres Vaters, der sich sogleich so weit beruhigte, wie es seine nervöse Konstitution zuließ; aber nach den Schrecksekunden, in die ihn die erste Nachricht versetzt hatte, hielt es ihn, trotz allen guten Zuredens, nicht länger mehr in Randalls. Er war froh, daß einer Heimkehr gegenwärtig keine Gefahr drohe, aber keine Versicherungen konnten ihn davon überzeugen, daß auch keine Gefahr drohen werde, wenn man noch länger hier bliebe; und während die anderen ihn abwechselnd zum Aufbruch oder zum Bleiben drängten, erledigten Mr. Knightley und Emma die Sache mit ein paar kurzen Sätzen:

»Ihr Vater fühlt sich nicht mehr wohl; warum fahren Sie da nicht los?«

»Ich bin dazu bereit, wenn es die anderen sind.«

»Soll ich die Glocke ziehen?«

»Ja, bitte.«

Und die Glocke wurde gezogen und die Wagen geordert. Noch ein paar Minuten, und dann, so hoffte Emma, würde sie einen lästigen Begleiter vor seinem Haus absetzen, damit er wieder nüchtern werde und einen kühlen Kopf bekomme, und der andere würde sein inneres Gleichgewicht und Wohlbehagen wiederfinden, wenn er die Strapazen dieses Besuchs hinter sich hatte.

Die Wagen fuhren vor; und Mr. Woodhouse, dem bei solchen Anlässen stets die vordringlichste Aufmerksamkeit galt, wurde von Mr. Knightley und Mr. Weston behutsam zu seiner Kutsche geführt; aber die beiden konnten sagen, was sie wollten, sie vermochten ein neues Aufflackern seiner Ängste nicht zu verhindern, als er sah, daß tatsächlich Schnee lag und die Nacht viel dunkler war, als er angenommen hatte. Er fürchte, es werde eine sehr schlimme Fahrt. Er fürchte, der armen Isabella werde sie gar nicht bekommen. Und die arme Emma müsse noch dazu in der anderen Kutsche hinterherfahren! Er wisse nicht, wie man es am besten machen solle. Sie müßten so dicht wie möglich beieinanderbleiben; und James wurde ins Gebet genommen und beauftragt, sehr langsam zu fahren und immer auf den nachfolgenden Wagen zu warten.

Isabella stieg nach ihrem Vater ein und John Knightley, der völlig vergaß, daß er nicht hierher gehörte, stieg ganz selbstverständlich nach seiner Frau ein, so daß Emma, als ihr Mr. Elton in die zweite Kutsche geholfen und sich neben sie gesetzt hatte und die Tür hinter ihnen geschlossen wurde, erkennen mußte, daß ihr eine Heimfahrt in trauter Zweisamkeit bevorstand. Ehe ihr heute abend dieser Verdacht gekommen war, wäre ihr dies zu keinem Augenblick peinlich, sondern geradezu willkommen gewesen, denn sie hätte ihm von Harriet erzählen können, und die Dreiviertelmeile wäre ihr wie eine Viertelmeile erschienen. Aber jetzt hätte sie liebend gern darauf verzichtet. Wahrscheinlich hatte er zuviel von Mr. Westons gutem Wein getrunken und würde nun bestimmt wieder Unsinn daherreden.

Um ihn, so gut es ging, durch ihr eigenes Verhalten in die Schranken zu verweisen, wollte sie sogleich betont ruhig und würdevoll die Rede aufs Wetter und den Abend bringen; aber kaum hatte sie damit begonnen, kaum hatten sie das Tor der Einfahrt hinter sich und zur anderen Kutsche aufgeschlossen, da wurde ihr das Wort abgeschnitten – ihre Hand ergriffen – ihre Aufmerksamkeit erbeten, und Mr. Elton machte ihr stürmisch den Hof: Er nehme die kostbare Gelegenheit wahr, ihr Gefühle zu offenbaren, die ihr bereits bestens bekannt sein mußten, er hoffe – er fürchte – er bete sie an – er sei bereit zu sterben, sollte sie ihn zurückweisen, schmeichele sich aber, daß seine glühende Verehrung und einzigartige Liebe und beispiellose Leidenschaft ihre Wirkung nicht gänzlich verfehlen würden, kurz und gut, er sei fest entschlossen, so bald wie möglich in aller Form erhört zu werden. Es war also wirklich so! Ohne Skrupel, ohne jede Rechtfertigung, ohne große erkennbare Hemmungen machte Harriets Verehrer, Mr. Elton, *ihr* eine Liebeserklärung. Sie versuchte, ihn zu unterbrechen, vergebens, er wollte nicht aufhören, bis er sich alles von der Seele geredet hatte. So wütend sie auch war, angesichts ihrer momentanen Lage beschloß sie, sich zu beherrschen, als sie dann schließlich doch noch zu Wort kam. Dieses verrückte Gebaren war in ihren Augen zum Großteil auf seine Trunkenheit zurückzuführen und daher hoffentlich nur vorübergehender Natur. Demgemäß entgegnete sie in einer Mischung aus Ernst und Scherz, die ihr zu seinem angeheiterten Zustand am besten zu passen schien:

»Ich bin sehr erstaunt, Mr. Elton. Das *mir*! Sie vergessen sich – Sie verwechseln mich mit Ihrer Freundin – mit Freuden richte ich Miss Smith jede Botschaft von Ihnen aus; aber kein Wort mehr davon zu *mir*, wenn ich bitten darf.«

»Miss Smith! – Botschaft an Miss Smith! Wie meinen Sie das?« Und er wiederholte ihre Worte in einem so arroganten Ton und tat so verblüfft und entrüstet, daß Emma nicht umhin konnte, rasch darauf zu erwidern:

»Mr. Elton, Ihr Benehmen ist ganz unglaublich! Und ich habe nur eine Erklärung dafür: Sie sind nicht Sie selbst, sonst könnten Sie weder zu mir noch von Harriet so reden. Nehmen Sie sich jetzt wenigstens zusammen und schweigen Sie, dann will ich mich bemühen, es zu vergessen.«

Aber Mr. Elton hatte nur so viel Wein getrunken, daß er richtig schön beschwingt war, keineswegs so viel, daß er nicht mehr klar denken konnte. Er wußte ganz genau, was er wollte; und nachdem er ihren Verdacht als höchst ungerecht entschieden von sich gewiesen und flüchtig angedeutet hatte, daß er Miss Smith als ihre Freundin schätze – dabei aber seine Überraschung eingestand, daß hier von Miss Smith überhaupt die Rede sei –, kam er wieder auf seine eigene Leidenschaft zu sprechen und drängte nachhaltig auf eine positive Antwort.

Je weniger ihr seine Beschwipstheit für dieses ungebührliche Benehmen verantwortlich zu sein schien, desto stärker wurde ihr seine Treulosigkeit und Anmaßung bewußt; und ohne sich nun noch groß um Höflichkeit zu bemühen, entgegnete sie:

»Es besteht für mich nun kein Zweifel mehr. Sie haben sich ja allzu deutlich ausgedrückt. Mr. Elton, ich bin so verblüfft, daß ich einfach keine Worte finde. Nach ihrem Verhalten gegenüber Miss Smith während des letzten Monats, das ich ja miterlebt habe – den Aufmerksamkeiten, die ich täglich mitansehen konnte – auf diese Weise mit mir zu reden – das spricht wahrlich von einer Charakterlosigkeit, die ich Ihnen nicht zugetraut hätte! Glauben Sie mir, Sir, ich bin alles andere als dankbar, von Ihnen zur Adressatin solcher Geständnisse erkoren worden zu sein.«

»Gütiger Himmel!« rief Mr. Elton. »Was hat das zu bedeuten? – Miss Smith! – In meinem ganzen Leben hab ich noch keinen Gedanken an Miss Smith verschwendet – ihr niemals schöngetan, außer in ihrer Eigenschaft als Ihre Freundin; mich nie darum gekümmert, ob sie tot ist oder am Leben, es sei denn als Ihre Freundin. Sollte sie sich etwas anderes eingebildet haben, so haben ihre eigenen Wünsche sie in die Irre geführt, und es tut mir sehr leid – außerordentlich leid. Aber, Miss Smith, nein wirklich! Oh, Miss Woodhouse, wer denkt schon an Miss Smith, wenn Miss Woodhouse dabei ist! Nein, bei meiner Ehre, Charakterlosigkeit liegt hier nicht vor. Ich habe immer nur an Sie gedacht. Ich verwahre mich dagegen, irgendeiner anderen je auch nur die geringste Aufmerksamkeit bezeigt zu haben. Alles, was ich seit vielen Wochen sage und tue, geschieht nur in der einzigen Absicht, Ihnen meine tiefe Verehrung auszudrücken. Sie können das nicht wirklich, nicht ernsthaft in Zweifel ziehen! Nein (in einem einschmeichelnden Tonfall), ich bin überzeugt, Sie haben es bemerkt und verstanden, was ich damit ausdrücken wollte.«

Emmas Empfindungen bei diesem Geständnis lassen sich unmöglich in Worte fassen – und welches von all ihren unangenehmen Gefühlen die Oberhand gewann, ist schwer zu sagen. Sie war derart überrumpelt, daß es ihr kurz die Sprache verschlug. Da aber zwei Minuten Schweigen von Mr. Elton in seiner hochgestimmten Gemütsverfassung als eine Art Aufforderung gedeutet wurden, ergriff er abermals Emmas Hand und rief freudig aus:

»Bezaubernde Miss Woodhouse! Gestatten Sie mir, dieses vielsagende Schweigen zu deuten. Es ist das Eingeständnis, daß Sie mich längst schon verstanden haben.«

»Nein, mein Herr«, rief Emma. »Es gesteht nichts dergleichen ein. Weit davon entfernt, Sie seit langem verstanden zu haben, habe ich mich bis zu diesem Augenblick in einem totalen Irrtum hinsichtlich Ihrer Absichten befunden. Was mich betrifft, so tut es mir sehr leid, daß Sie sich solchen Gefühlen hingegeben haben – nichts könnte mir ferner liegen – Ihre Anhänglichkeit an meine Freundin Harriet – ihr Werben um sie (ein Werben erschien es mir jedenfalls zu sein), das alles hat mich mit großer Freude erfüllt, und ich habe Ihnen von Herzen Erfolg gewünscht: Aber wäre mir nur der Schatten eines Zweifels gekommen, daß nicht Harriet Sie nach Hartfield lockte, dann hätte ich Sie gewiß für schlecht beraten gehalten, uns so oft zu besuchen. Soll ich glauben, daß Sie es wirklich nie auf Miss Smith abgesehen hatten? – Daß Sie niemals ernsthaft an sie gedacht haben?«

»Niemals, Madam«, rief er, nun seinerseits beleidigt, »niemals, das versichere ich Ihnen. Ich und ernsthaft an Miss Smith denken! Miss Smith ist ein sehr braves Mädchen; und ich würde mich freuen, sie anständig verheiratet zu sehen. Ich wünsche ihr wirklich nur das Beste; und zweifellos gibt es Männer, die nichts dagegen haben, daß – Jeder hat eben sein Niveau: aber was mich angeht, so bin ich, wie mir scheint, noch nicht ganz in dieser Verlegenheit. So ganz brauche ich die Hoffnung auf eine standesgemäße Partie ja noch nicht aufzugeben, daß ich mich um Miss Smith bemühen müßte! Nein, Madam, meine Besuche in Hartfield galten einzig und allein Ihnen; und die Ermutigung, die ich erfahren …«

»Ermutigung! Ich hätte Sie ermutigt? Mein Herr, Sie haben sich hierin gründlich getäuscht. Ich habe Sie nur als einen Verehrer meiner Freundin angesehen. Ansonsten hätten Sie für mich nichts anderes sein können als ein gewöhnlicher Bekannter. Es tut mir außerordentlich leid: Aber es ist gut, daß sich der Irrtum nun aufgeklärt hat. Hätten Sie sich weiter so verhalten, wäre Miss Smith womöglich dazu verleitet worden, Ihre Absichten mißzuverstehen; da sie sich wahrscheinlich genausowenig wie ich selbst des enormen Standesunterschiedes bewußt ist, den Sie so deutlich empfinden. Aber unter diesen Umständen ist die Enttäuschung einseitig und wird vermutlich nicht von Dauer sein. Ich jedenfalls denke gegenwärtig nicht ans Heiraten.«

Er war zu verärgert, um noch ein weiteres Wort zu sagen; und aus ihrem ganzen Benehmen sprach eine Entschlossenheit, die ihm jedes weitere Bitten von vornherein verleiden mußte. In diesem Zustand anschwellenden Grolls und tiefen Gekränktseins mußten sie nun noch einige Minuten ausharren, denn Mr. Woodhouses Ängste hatten sie zu Schrittempo verurteilt. Hätte sich in den beiden nicht so viel Wut aufgestaut, die Lage wäre hoffnungslos peinlich gewesen; aber ihre aufrichtige Wut ließ für die kleinen Zickzacksprünge der Verlegenheit keinen Raum. Ohne zu merken, wie die Kutsche in die Gasse zum Pfarrhaus einbog und dann davor anhielt, fanden sie sich ganz plötzlich vor seiner Haustür; und ohne daß noch ein weiteres Wort gefallen wäre, war er draußen. Emma meinte ihm trotz allem eine gute Nacht wünschen zu müssen. Der Gruß wurde knapp, kalt und stolz erwidert; und innerlich völlig aufgewühlt fuhr Emma sodann nach Hartfield.

Mit größter Erleichterung und Freude wurde sie dort von ihrem Vater begrüßt, der gezittert hatte wegen der Gefahren einer einsamen Fahrt von der Pfarrhaus-Gasse – wo sie um eine Ecke biegen mußte, an die er gar nicht erst denken mochte – und noch dazu in fremden Händen – ein ganz gewöhnlicher Kutscher – kein James; und anscheinend hatte es nur ihrer Rückkehr bedurft, um alles wieder ins Lot zu bringen: Denn Mr. John Knightley, der sich für seine schlechte Laune schämte, war nun die Freundlichkeit und Zuvorkommenheit selbst und so ungemein auf das Wohl ihres Vaters bedacht, daß er den Eindruck machte, sich der segensreichen Wirkung von Haferschleim bewußt zu sein, selbst wenn er nicht ganz bereit war, sich mit ihm eine Schale zu teilen; und außer für sie, endete der Tag in holder Eintracht und Behaglichkeit. Sie allerdings hatte sich noch nie in einem solchen inneren Aufruhr befunden und mußte ihre ganze Selbstbeherrschung aufbieten, um aufmerksam und fröhlich zu wirken, ehe ihr die Stunde, da alles zu Bett ging, den Trost ungestörten Nachdenkens gewährte.

SECHZEHNTES KAPITEL

Das Haar war aufgewickelt und das Mädchen weggeschickt, und Emma setzte sich hin, um nachzudenken und Trübsal zu blasen. – Welch eine schlimme Geschichte! – Ihre Hoffnungen und Wünsche derart über den Haufen geworfen! – Alles nahm eine höchst unangenehme Entwicklung! Welch ein Schlag für Harriet! Das war das allerschlimmste! Schmerz und Demütigung starrten ihr von allen Seiten entgegen; aber verglichen mit Harriets Unglück erschien alles andere belanglos; und sie hätte frohen Herzens noch mehr Asche auf ihr Haupt gestreut, sich gerne noch größerer Selbsttäuschungen, schlimmerer Irrtümer, beschämenderer Fehlurteile bezichtigt, als sie ohnehin zu verantworten hatte, wenn nur andere von den Folgen ihres sträflichen Leichtsinns verschont geblieben wären.

»Hätte ich Harriet nur nicht eingeredet, sich in den Mann zu verlieben, so könnte ich alles andere durchaus ertragen. Selbst wenn er sich mir gegenüber doppelt soviel herausgenommen hätte! – Aber die arme Harriet!«

Wie hatte sie sich nur so täuschen können? Er behauptete steif und fest, nie ernsthaft an Harriet gedacht zu haben – niemals! Sie versuchte, sich das Vergangene so gut es ging zu vergegenwärtigen; aber es war ein einziges Chaos. Vermutlich hatte sie sich einfach in den Kopf gesetzt, daß er in Harriet verliebt sei, und alles andere daraufhin zurechtgebogen. Sein Benehmen mußte allerdings ziemlich unbestimmt, schwankend und vage gewesen sein, sonst hätte sie unmöglich eine solche Fehleinschätzung treffen können.

Das Bild! Wie eifrig er sich um das Bild bemüht hatte! Und die Scharade! Und hundert andere Dinge; wie deutlich sie vermeintlich auf Harriet hingewiesen hatten. Freilich, die

Scharade mit dem »schnellen Witz« – aber andererseits die »sanften Augen« – sie paßte auf keine von ihnen beiden, sie war einfach nur ein Durcheinander ohne Sinn und Verstand. Wer hätte schon diesen hanebüchenen Blödsinn durchschauen sollen?!

Gewiß war ihr des öfteren, besonders in letzter Zeit, sein Benehmen ihr gegenüber unnötig galant vorgekommen; aber sie hatte es durchgehen lassen in dem Glauben, das sei eben seine Art, und es auf mangelnden Takt, fehlenden Scharfsinn und mäßigen Geschmack zurückgeführt und als einen weiteren Beweis dafür angesehen, daß er sich nicht immer in den besten Kreisen bewegt hatte und ihm bei aller Gefälligkeit im Umgang doch wirkliche Vornehmheit abging; aber bis zum heutigen Tag hatte sie niemals auch nur für einen Augenblick etwas anderes dahinter vermutet als Dankbarkeit und Respekt ihr gegenüber als einer Freundin Harriets.

Den ersten Hinweis, den ersten Anstoß, eine solche Möglichkeit in Erwägung zu ziehen, verdankte sie Mr. John Knightley. Der Scharfblick dieser beiden Brüder ließ sich nicht leugnen. Nun fiel ihr wieder ein, was Mr. Knightley einmal zu ihr über Mr. Elton gesagt hatte, wie er sie gewarnt und seine Überzeugung zum Ausdruck gebracht hatte, daß Mr. Elton niemals eine unkluge Verbindung eingehen werde; und die Schamesröte stieg ihr ins Gesicht bei dem Gedanken, eine wieviel bessere Kenntnis von dessen Charakter er damit bewiesen hatte als sie. Es war schrecklich demütigend; aber Mr. Elton erwies sich in vieler Hinsicht als das genaue Gegenteil dessen, wofür sie ihn angesehen und gehalten hatte: arrogant, anmaßend, dünkelhaft, stark von sich eingenommen und ziemlich rücksichtslos gegenüber den Gefühlen anderer.

Im Gegensatz zu dem ansonsten üblichen Gang der Dinge war Mr. Elton gerade deshalb in ihrer Meinung gesunken, weil er ihr den Hof machen wollte. Mit seinen Liebesschwüren und seinem Antrag hatte er sich einen Bärendienst erwiesen. Von seiner Zuneigung hielt sie gar nichts und fühlte sich durch seine Zuversicht beleidigt. Er wollte eine gute Partie machen, und da er die Dreistigkeit besaß, seine Augen zu ihr zu erheben, tat er so, als sei er in sie verliebt; aber sie war vollkommen überzeugt, daß seine Enttäuschung nicht ihres Mitleids bedurfte. Weder aus seinem Reden noch aus seinem Gebaren hatte wirkliche Zuneigung gesprochen. Seufzer und schöne Worte waren im Übermaß verströmt worden; aber sie konnte sich schwerlich eine Ausdrucksweise noch einen Tonfall vorstellen, die weniger nach echter Liebe geklungen hätten. Er brauchte ihr wirklich nicht leid zu tun. Ihm ging es nur um gesellschaftlichen Aufstieg und materielle Bereicherung; und wenn Miss Woodhouse von Hartfield, die Erbin von dreißigtausend Pfund, nicht so leicht zu kriegen war, wie er es sich ausgemalt hatte, würde er es bald bei Miss Sowieso mit zwanzig- oder mit zehntausend versuchen.

Aber daß er die Stirn hatte, von Ermunterung zu sprechen, ihr zu unterstellen, sie kenne seine Absichten, lasse sich seine Aufmerksamkeiten gern gefallen, kurzum sei bereit ihn zu heiraten? Daß er sich ihr gesellschaftlich und geistig für ebenbürtig hielt, auf ihre Freundin herabsah, so gut Bescheid wußte über die Rangabstufungen unter sich und so blind für alles, was darüber lag, daß er keinerlei Anmaßung darin sah, ihr den Hof zu machen! Es war einfach empörend!

Vielleicht durfte man fairerweise nicht von ihm erwarten, daß er spürte, wie viel sie ihm an Talent, höherer

Bildung und feiner Lebensart voraushatte. Womöglich hinderte ihn gerade diese Unterlegenheit daran, sich dessen bewußt zu werden; aber er mußte schließlich wissen, daß sie ihm an Vermögen und Rang haushoch überlegen war. Er mußte wissen, daß die Woodhouses, der jüngere Zweig einer uralten Familie, seit Generationen in Hartfield ansässig waren – und daß die Eltons gesellschaftlich überhaupt nicht existierten. Der Grundbesitz von Hartfield war zwar unbeträchtlich, da es sich dabei nur um einen Streifen Landes innerhalb des Besitzes von Donwell Abbey handelte, wozu der gesamte Rest von Highbury gehörte; aber ihr Vermögen aus anderen Quellen war derart enorm, daß sie ansonsten den Herren von Donwell Abbey an Einfluß und Bedeutung kaum nachstanden; und schon seit langem genossen die Woodhouses einen sehr guten Ruf in der Gegend, in die Mr. Elton erst vor nicht einmal zwei Jahren gekommen war, um dort, so gut er konnte, seinen Weg zu machen, ohne über irgendwelche Verbindungen außerhalb der Kaufmannschaft zu verfügen und ohne sich durch irgend etwas anderes als seinen Beruf und seine gefällige Art besonders hervorzutun. Dennoch hatte er sich eingebildet, sie sei in ihn verliebt, und darauf offenbar seine ganze Zuversicht gegründet. Und nachdem sie ein wenig über die scheinbare Ungereimtheit zwischen gefälligen Manieren und einem dünkelhaften Kopf nachgesonnen hatte, sah Emma sich aus Gründen landläufiger Ehrlichkeit genötigt, innezuhalten und zuzugeben, daß ihr eigenes Verhalten ihm gegenüber so entgegenkommend und verbindlich, so überaus gefällig und liebenswürdig gewesen war, daß (gesetzt den Fall, ihr wahres Motiv blieb ihm verborgen) ein Mann von durchschnittlicher Beobachtungsgabe und durchschnittlichem Feingefühl wie Mr. Elton das Recht daraus ableiten konnte, sich als ganz entschiedenen

Favoriten zu betrachten. Wenn sie sich in seinen Gefühlen so getäuscht hatte, durfte sie sich billigerweise kaum darüber wundern, daß *er*, verblendet von Eigennutz, die ihren so falsch gedeutet hatte.

Den grundlegenden und schlimmsten Fehler mußte sie bei sich selbst suchen. Es war närrisch, es war falsch gewesen, sich so ins Zeug zu legen, damit zwei Menschen zueinander fanden. Sie hatte sich zuviel vorgenommen, zuviel angemaßt, war leichtfertig mit einer Sache umgegangen und ihr mit Tricks zuleibe gerückt, die man gar nicht ernst genug nehmen kann und die sich von selbst hätte ergeben müssen. Sie war nun recht bekümmert und schämte sich sehr und beschloß, so etwas nie wieder zu tun.

»Da habe ich doch tatsächlich«, sagte sie, »so lange auf die arme Harriet eingeredet, bis sie sich wirklich in diesen Mann verliebt hat. Wenn ich sie nicht seiner Liebe versichert hätte, wäre er ihr vielleicht nie in den Sinn gekommen, und sie hätte sich gewiß keinerlei Hoffnungen gemacht, denn sie ist so bescheiden und anspruchslos, wie ich es von ihm immer geglaubt hatte. Ach, wenn ich mich doch nur damit begnügt hätte, ihr den jungen Martin auszureden! Da hatte ich wirklich recht. Das habe ich gut gemacht; aber damit hätte ich es auch bewenden lassen und alles übrige der Zeit und dem Zufall anheimstellen sollen. Ich habe sie in die gute Gesellschaft eingeführt und ihr die Gelegenheit verschafft, einen Mann für sich einzunehmen, der es auch verdient; mehr hätte ich nicht versuchen sollen. Aber ach, das arme Mädchen, jetzt ist ihr Seelenfrieden für eine Weile dahin. Ich bin ihr keine gute Freundin gewesen; und selbst wenn sie sich diese Enttäuschung *nicht* allzusehr zu Herzen nehmen sollte, wüßte ich doch beim besten Willen nicht, wer für sie in Frage kommen könnte – William Coxe – O nein, William

Coxe erschiene mir unerträglich – ein gerissener junger Anwalt.«

Sie hielt inne, wurde rot und mußte lachen, als sie sich bei diesem Rückfall ertappte, und nahm ihre Überlegungen über das, was geschehen war, geschehen könnte und geschehen müßte, ernsthafter und ziemlich ernüchtert wieder auf. Die niederschmetternde Erklärung, die sie Harriet abgeben mußte, und all die Qualen, die der armen Harriet bevorstanden, dazu noch die Peinlichkeit zukünftiger Begegnungen, die Schwierigkeiten, die Bekanntschaft fortzusetzen oder auch abzubrechen, Gefühle zu unterdrücken, den eigenen Groll zu verbergen und einen Eklat zu vermeiden, das alles genügte, sie noch eine ganze Weile mit wenig erbaulichen Gedanken zu beschäftigen; und als sie dann schließlich zu Bett ging, war sie zwar zu keinem Ergebnis, aber zu der festen Überzeugung gelangt, daß sie eine fürchterliche Torheit begangen hatte.

Ein junger und von Natur aus heiterer Mensch wie Emma kann selbst, wenn er des Nachts von düsteren Gedanken heimgesucht wird, darauf vertrauen, daß bei ihm mit dem Tageslicht auch die gute Laune wiederkehrt. Die Zuversicht der Jugend und die Heiterkeit des Morgens stehen im glücklichen Einklang miteinander und zeitigen geradezu Wunder. Und wenn einem der Kummer nicht den Schlaf raubt, schlägt man die Augen doch wieder hoffnungsvoll auf und fühlt sich ein wenig getröstet.

Als Emma am nächsten Morgen aufstand, erschien ihr diese schlimme Sache nicht mehr ganz so trostlos wie noch am Abend zuvor beim Zubettgehen, und sie vertraute darauf, doch noch einigermaßen ungeschoren davonzukommen. Als tröstlich empfand sie, daß Mr. Elton nicht wirklich in sie verliebt und auch kein so liebenswerter Mensch war, daß es ihr schrecklich leid getan hätte, ihn zu enttäuschen; zudem gehörte Harriet nicht zu jenen allzu zartbesaiteten Wesen, die sich etwas zu stark und zu dauerhaft zu Herzen nehmen, und außerdem – ein weiterer Trost – brauchte ja niemand außer den drei Hauptpersonen von dem Vorgefallenen zu wissen und besonders ihr Vater keinen Augenblick lang in Unruhe versetzt zu werden.

Das waren sehr aufmunternde Überlegungen; und der Anblick einer dicken Schneedecke auf dem Boden tat ein übriges, denn alles war ihr jetzt willkommen, was eine vorläufige Trennung der drei Beteiligten rechtfertigte.

Das Wetter meinte es gut mit ihr, denn sie konnte, obwohl Weihnachten war, nicht zur Kirche gehen. Mr. Woodhouse wäre todunglücklich gewesen, wenn seine Tochter es gewagt hätte, und so blieb sie davor bewahrt, auf unerquickliche und dem Tage unangemessene Gedanken zu kommen oder solche bei anderen zu erregen. Da der Boden mit Schnee bedeckt war und es abwechselnd fror und taute und dieses für Spaziergänge denkbar ungeeignetste Wetter anhielt, da jeder Tag mit Regen oder Schnee begann und mit Frost endete, lebte sie tagelang wie eine Gefangene, freilich wie eine, die sich nichts zuschulden hatte kommen lassen. Mit Harriet war nur brieflicher Kontakt möglich, am Sonntag entfiel der Kirchgang ebenso wie am ersten Weihnachtsfeiertag, und für Mr. Eltons Fernbleiben brauchten keine Entschuldigungen ausgedacht zu werden.

Es war ein Wetter, bei dem jeder mit Fug und Recht in seinen vier Wänden bleiben durfte; und wenn Emma auch annahm oder hoffte, er suche in irgendeinem geselligen Kreis Trost, so freute sie sich doch, daß ihr Vater sich zufrieden über Mr. Eltons Verhalten äußerte, der allein zu Haus bleibe, zu klug, um einen Schritt vor die Tür zu setzen, und wie er zu Mr. Knightley sagte, den kein Wetter gänzlich von ihnen fernzuhalten vermochte:

»Ach, Mr. Knightley, warum bleiben Sie nicht auch zu Hause wie der arme Mr. Elton?«

Wäre da nicht ihre innere Unruhe gewesen, so hätten diese Tage des Eingesperrtseins ausnehmend behaglich sein können, zumal ein Leben in solcher Zurückgezogenheit ganz nach dem Geschmack ihres Schwagers war, dessen seelische Befindlichkeit seinen Mitmenschen immer besonders am Herzen liegen mußte; außerdem hatte er seine schlechte Laune so gründlich in Randalls abreagiert, daß ihm die Liebenswürdigkeit während des übrigen Aufenthalts in Hartfield nie mehr abhanden kam. Er war stets aufgeräumt und liebenswürdig und sagte nur Gutes über jedermann. Aber trotz all der Hoffnungen auf fröhlichere Zeiten, trotz des gegenwärtigen, so wohltuenden Aufschubs hing doch stets die bevorstehende Aussprache mit Harriet wie ein Damoklesschwert über Emmas Haupt, so daß sie nie ganz unbeschwert sein konnte.

SIEBZEHNTES KAPITEL

Mr. und Mrs. John Knightley wurden nicht lange in Hartfield festgehalten. Bald besserte sich das Wetter soweit, daß abreisen konnte, wer abreisen mußte; und Mr. Woodhouse, der, wie gewöhnlich, versucht hatte, seine Tochter mit all ihren Kindern zum Bleiben zu überreden, sah sich gezwungen, die ganze Familie ziehen zu lassen und wieder seine Klagen über das Schicksal der armen Isabella anzustimmen; wobei die arme Isabella, die, fleißig und mit harmlosen Dingen beschäftigt, ihr Leben inmitten von Menschen verbrachte, die sie abgöttisch liebte, von deren Vorzügen sie erfüllt und für deren Fehler sie blind war, geradezu als die Verkörperung recht verstandenen weiblichen Glücks hätte gelten können.

Am Abend des Abreisetages wurde Mr. Woodhouse ein Schreiben von Mr. Elton überbracht, ein langer, höflicher, sehr förmlicher Brief, in dem es nach Mr. Eltons besten Empfehlungen hieß, er beabsichtige, am nächsten Morgen Highbury zu verlassen, um sich nach Bath zu begeben, wo er, den inständigen Bitten einiger Freunde nachgebend, ein paar Wochen zu verbringen gedenke, und er bedauere außerordentlich, sich aufgrund verschiedener witterungs- und berufsbedingter Umstände nicht persönlich von Mr. Woodhouse verabschieden zu können, dessen zuvorkommende Gastfreundschaft er stets in dankbarer Erinnerung behalten werde – und falls Mr. Woodhouse irgendwelche Aufträge für ihn habe, werde er sich glücklich schätzen, sie erledigen zu dürfen.

Emma war aufs angenehmste überrascht. Gerade jetzt kam ihr Mr. Eltons Abwesenheit wie gerufen. Sie bewunderte, wie geschickt er das zuwege gebracht hatte, obgleich ihm die Art, wie er seine Abreise ankündigte, in ihren Augen nicht besonders zur Ehre gereichte. Die Verstimmung hätte nicht deutlicher ausgedrückt werden können als durch Höflichkeiten gegenüber ihrem Vater, von denen sie ganz betont ausgeschlossen blieb. Nicht einmal in der Anrede wurde sie erwähnt. Ihr Name kam in dem Schreiben überhaupt nicht vor, und die Tonart des ganzen unterschied sich so auffallend von der früherer Briefe, und die Feierlichkeit des Abschiednehmens wirkte neben seinen Dankbarkeitsbekundungen so unangebracht, daß sie zunächst glaubte, all das könne dem Verdacht ihres Vaters nicht entgehen.

Aber es war so. Vor lauter Verwunderung über eine so plötzliche Reise und besessen von der Angst, Mr. Elton werde nie wohlbehalten ans Ziel gelangen, fiel Mr. Woodhouse an dessen Ausdrucksweise nichts Ungewöhnliches auf. Es war ein sehr nützlicher Brief, denn er versorgte sie für den weiteren Verlauf ihres einsamen Abends mit neuem Gesprächsstoff und regte zum Nachdenken an. Ausführlich legte ihr Mr. Woodhouse seine Befürchtungen dar, und Emma war in der Stimmung, sie ihm so prompt wie stets auszureden.

Sie beschloß nun, Harriet nicht länger mehr im ungewissen zu lassen. Es bestand Grund zur Annahme, daß sie von ihrer Erkältung nahezu genesen sei, und es war gut, wenn sie so viel Zeit wie möglich hatte, sich auch von ihrem anderen Leiden zu erholen, ehe der Gentleman zurückkehrte. Also ging sie schon am nächsten Tag zu Mrs. Goddard, um sich der notwendigen Buße einer Beichte zu unterziehen, und es war ein harter Gang. Sie mußte all jene Hoffnungen zerstören, die sie so eifrig genährt hatte – sich in der unangenehmen Rolle der Bevorzugten präsentieren – und zugeben, daß sie sich in all ihren Meinungen, Vorstellungen, Beobachtungen, Überzeugungen, Prophezeiungen bezüglich des besagten Themas in den letzten sechs Wochen gröblich geirrt und aus allem falsche Schlüsse gezogen hatte.

Ihr ganzes Schamgefühl wurde während der Beichte wieder wach – und beim Anblick von Harriets Tränen meinte sie, nie mehr mit sich selbst ins Reine kommen zu können.

Harriet nahm die Nachricht sehr gefaßt auf – gab niemandem irgendwelche Schuld – und bewies in allem eine treuherzige Arglosigkeit und demütige Bescheidenheit, was ihre Freundin gerade in diesem Augenblick als besonders wohltuend vermerkte.

Emma war in der Stimmung, wo man nichts so sehr schätzt wie Einfalt und Bescheidenheit; und alles, was liebenswert und einnehmend ist, schien auf Harriets Seite zu liegen, nicht auf der ihren. Harriet sah keinerlei Grund, sich zu beklagen. Die Zuneigung eines Mannes wie Mr. Elton wäre ohnehin eine zu große Auszeichnung gewesen. Sie hätte ihn nie und nimmer verdient – und außer einer so voreingenommenen und gütigen Freundin wie Miss Woodhouse wäre niemand überhaupt je auf diese Idee gekommen.

Ihre Tränen strömten zwar reichlich – aber ihr Kummer war so echt und ungekünstelt, daß keine würdig-gefaßte Haltung ihn in Emmas Augen hätte würdiger erscheinen lassen können – und sie hörte ihr zu und versuchte, sie mit Herz und Verstand zu trösten – und momentan war sie wirklich fest davon überzeugt, daß Harriet der bessere Mensch von ihnen beiden sei – und daß ihrem Wohl und Glück mehr damit gedient wäre, wenn sie ihr gliche, als mit all ihrer Begabung und Intelligenz.

Es war freilich etwas zu spät, sich nun plötzlich um Einfalt und Unwissenheit zu bemühen; aber sie verließ Harriet bestärkt in all ihren früheren Vorsätzen, demütig und zurückhaltend zu sein und fürderhin ihre Einbildungskraft im Zaum zu halten. Ihre vordringlichste Pflicht, gleich nach der gegenüber ihrem Vater, bestand nun darin, für Harriets Wohlbefinden zu sorgen und sich zu bemühen, ihre Zuneigung auf sinnvollere Weise unter Beweis zu stellen als durch das Aushecken von Heiratsplänen. Sie holte sie nach Hartfield, widmete sich ihr mit nimmermüder Freundlichkeit, versuchte, sie zu beschäftigen und aufzumuntern und ihr mit Büchern und Gesprächen die Gedanken an Mr. Elton auszutreiben.

Sie wußte, daß nur die Zeit dies gründlich besorgen konnte, und sie hielt sich für nicht besonders gut geeignet, in diesen Dingen zu urteilen, und für ganz ungeeignet, Harriets Verliebtheit in Mr. Elton nachzuvollziehen; aber es schien ihr durchaus denkbar, daß Harriet bei ihrem Alter, und nachdem ja nun jegliche Hoffnung dahin war, bis zu Mr. Eltons Rückkehr sich so weit gefaßt haben würde, daß alle sich wieder als ganz normale Bekannte begegnen könnten, ohne Gefahr zu laufen, bestimmte Gefühle zu verraten oder zu nähren.

Harriet hielt ihn tatsächlich für den Inbegriff männlicher Vollkommenheit und behauptete immer noch, es gebe niemanden, der ihm an äußerlichen Reizen oder innerer Güte gleichkäme – und erwies sich als entschieden verliebter, als Emma vorausgesehen hatte; aber dennoch erschien es Emma so natürlich, so unvermeidlich, gegen eine derart *unerwiderte* Liebe anzukämpfen, daß sie mit deren baldigem Versiegen rechnete.

Falls Mr. Elton nach seiner Rückkehr seine Gleichgültigkeit so offen und unmißverständlich zur Schau tragen sollte, wie Emma es kommen sah, konnte sie sich nicht vorstellen, daß Harriet weiterhin darauf bestand, ihr Glück in seinem Anblick oder in der Erinnerung an ihn zu suchen.

Daß sie alle an den gleichen Ort gebunden, so unerbittlich gebunden waren, war schlimm für jeden, für alle drei. Keiner von ihnen hatte die Möglichkeit, wegzuziehen oder den Bekanntenkreis zu wechseln. Sie konnten einander nicht gänzlich aus dem Weg gehen und mußten daher eben das Beste daraus machen.

Harriet war noch unglücklicher dran, weil sämtliche Lehrerinnen und größeren Mädchen an der Schule für Mr. Elton in den höchsten Tönen schwärmten und sie sich deren

Lobeshymnen tagaus, tagein anhören mußte. Nur in Hartfield konnte sie mit erfrischender Mäßigung oder abstoßender Offenheit über ihn reden hören. Wo ihr die Wunde beigebracht worden war, dort würde, wenn überhaupt, gewiß auch die Heilung gefunden werden; und Emma spürte, daß es für sie selbst keinen wirklichen Frieden geben werde, ehe sie nicht Harriet auf dem Weg der Besserung sah.

ACHTZEHNTES KAPITEL

Mr. Frank Churchill kam nicht. Als der anberaumte Zeitpunkt näher rückte, wurden Mrs. Westons Befürchtungen durch das Eintreffen eines Briefes bestätigt, in dem er sich entschuldigte. Zu seinem großen Leidwesen und Bedauern sei er gegenwärtig unabkömmlich; aber er wiege sich noch immer in der Hoffnung, in naher Zukunft nach Randalls zu kommen.

Mrs. Weston war maßlos enttäuscht – ja, noch viel enttäuschter sogar als ihr Mann, obwohl sie weit weniger damit gerechnet hatte, den jungen Mann bald zu sehen: Aber ein optimistisches Gemüt erwartet zwar stets mehr, als dann tatsächlich eintritt, bezahlt jedoch für seine hochgespannten Erwartungen nicht immer mit entsprechender Niedergeschlagenheit. Es kommt schnell über die momentane Enttäuschung weg, und schon beginnt neue Hoffnung zu keimen. Eine halbe Stunde lang gab sich Mr. Weston seiner Überraschung und seinem Bedauern hin; aber dann wurde ihm plötzlich klar, daß es viel besser sei, wenn Frank zwei oder drei Monate später käme: eine bessere Jahreszeit, besseres Wetter, und daß er zweifellos erheblich länger bei ihnen bleiben könne, als wenn er früher gekommen wäre.

Bei diesen Überlegungen fand er rasch wieder sein inneres Gleichgewicht, während die ungleich pessimistischere Mrs. Weston nur wieder neue Absagen und Aufschübe voraussah und vor lauter Sorge, wie ihr Mann darunter leiden würde, selbst stärker litt als er.

Emma war gegenwärtig nicht in der seelischen Verfassung, sich über die Absage Mr. Frank Churchills große Gedanken zu machen, außer zu bedauern, daß man in Randalls enttäuscht sein würde. Die Bekanntschaft mit ihm hatte momentan keinen Reiz für sie. Sie wünschte sich eher, in Ruhe gelassen und keinen Versuchungen ausgesetzt zu werden; aber da sie ansonsten so wie immer erscheinen wollte, bemühte sie sich dennoch, so viel Interesse an der Sache zu bekunden und so mitfühlend auf Mr. und Mrs. Westons Enttäuschung einzugehen, wie bei der Freundschaft, die sie mit beiden verband, erwartet werden konnte. – Sie war die erste, die Mr. Knightley davon erzählte, und sie ereiferte sich gebührend (oder, da sie eine Rolle spielte, vielleicht sogar etwas zu sehr) über das Verhalten der Churchills, die ihn nicht gehen ließen. Sodann erging sie sich ausführlicher, als ihr eigentlich zumute war, über die Vorteile, die ihr enger gesellschaftlicher Kreis in Surrey aus einem solchen Neuzugang zöge, über das Vergnügen, mal ein neues Gesicht zu sehen, welch einen Festtag sein Anblick für ganz Highbury bedeutet hätte; und als sie am Ende erneut kritische Bemerkungen über die Churchills machte, sah sie sich sogleich in eine Meinungsverschiedenheit mit Mr. Knightley verwickelt und stellte zur eigenen Belustigung fest, daß sie in diesem Gespräch eine Position vertrat, die ihrer tatsächlichen Auffassung völlig entgegenstand, und sie sich genau der Argumente bediente, die Mrs. Weston gegen sie ins Feld geführt hatte.

»Sehr wahrscheinlich sind die Churchills schuld«, sagte Mr. Knightley trocken, »aber ich möchte doch behaupten, er könnte kommen, wenn er nur wollte.«

»Ich weiß nicht, wie Sie zu dieser Behauptung gelangen. Er würde wahnsinnig gern, aber sein Onkel und seine Tante wollen nicht auf ihn verzichten.«

»Ich mag einfach nicht glauben, daß er nicht kommen kann, wenn er es wirklich will. Es erscheint mir allzu unwahrscheinlich, als daß ich es glauben könnte, ohne Beweise dafür zu haben.«

»Wie merkwürdig Sie doch sind! Was hat Mr. Frank Churchill nur getan, daß Sie ihn für so abartig halten.«

»Ich halte ihn überhaupt nicht für abartig, wenn ich vermute, daß er gelernt haben dürfte, sich über seine Verwandten erhaben zu fühlen und sich vor allem um sein eigenes Vergnügen zu kümmern, da er ja mit Leuten zusammen ist, die ihm das immer vorgelebt haben. Es ist viel natürlicher, als man wünschen möchte, daß ein junger Mann, der von hochmütigen, verschwenderischen und selbstsüchtigen Leuten aufgezogen wurde, ebenfalls hochmütig, verschwenderisch und selbstsüchtig wird. Hätte Frank Churchill wirklich seinen Vater sehen wollen, wäre ihm das zwischen September und Januar bestimmt ein leichtes gewesen. Ein Mann in seinem Alter – wie alt ist er eigentlich? – drei- oder vierundzwanzig – muß doch wenigstens dazu Mittel und Wege finden. Es kann gar nicht anders sein.«

»Sie haben leicht reden, der Sie ja immer Ihr eigener Herr waren. Sie, Mr. Knightley, sind der denkbar schlechteste Richter, wenn es um die Probleme geht, die sich aus Abhängigkeiten ergeben. Sie wissen nicht, was es heißt, mit launischen Menschen zurechtkommen zu müssen.«

»Es ist mir unbegreiflich, daß ein Mann von drei- oder

vierundzwanzig nicht soviel geistige oder körperliche Freiheit haben sollte. An Geld kann es ihm nicht fehlen – an freier Zeit kann es ihm nicht fehlen. Ganz im Gegenteil, wir wissen doch, daß er genug von beiden hat, um seine Zeit und sein Geld in den Orten des Königreichs zu vertun, wo es vor Müßiggängern nur so wimmelt. Immerzu hören wir, daß er in diesem oder jenem Seebad ist. Vor kurzem war er in Weymouth. Das beweist doch, daß er von den Churchills durchaus loskommt.«

»Ja, manchmal schon.«

»Und das ist immer dann, wenn es sich seiner Meinung nach für ihn lohnt, wenn irgendein Vergnügen lockt.«

»Es ist sehr ungerecht, über das Verhalten eines Menschen zu urteilen, ohne dessen Lebensumstände genau zu kennen. Niemand, der nicht selbst einmal in einer bestimmten Familie gelebt hat, weiß, mit welchen Schwierigkeiten es deren einzelne Mitglieder zu tun haben. Wir müßten über Enscombe und Mrs. Churchills Charakter besser Bescheid wissen, bevor wir uns ein Urteil anmaßen, was ihr Neffe tun kann. Vielleicht ist ihm zu manchen Zeiten viel mehr möglich als zu anderen.«

»Eines jedoch, Emma, kann ein Mann immer tun, wenn er nur will, nämlich seine Pflicht; und zwar nicht durch Lavieren und Taktieren, sondern durch Stärke und Entschlossenheit. Es ist Frank Churchills Pflicht, seinem Vater diese Gefälligkeit zu erweisen. Und er weiß das, wie seine Versprechungen und Briefe belegen; wenn er den aufrichtigen Wunsch dazu hätte, ginge es auch. Ein redlich gesinnter Mann würde entschieden und ohne Umschweife zu Mrs. Churchill sagen: ›Sie werden mich jederzeit bereit finden, Ihnen zuliebe auf mein Vergnügen zu verzichten; aber jetzt muß ich meinen Vater besuchen. Ich weiß, er wäre verletzt, wenn ich ihm bei einem solchen Anlaß dieses Zeichen von Respekt schuldig bliebe. Ich mache mich daher morgen auf den Weg.‹ Wenn er gleich so mit ihr redete, in dem entschiedenen Tonfall, der einem Mann geziemt, würde sich gegen seine Abreise kein Einwand erheben.«

»Nein«, sagte Emma lachend, »aber vielleicht gegen seine Wiederkehr. Wie sollte ein durch und durch abhängiger junger Mann eine solche Sprache führen! Niemand außer Ihnen, Mr. Knightley, hielte das für möglich. Aber sie haben ja keine Ahnung, was jemand in völlig anderen Lebensumständen als den Ihren tun und lassen kann. Eine solche Rede aus dem Munde Mr. Frank Churchills gegenüber dem Onkel und der Tante, die ihn aufgezogen haben und auch weiter für ihn sorgen müssen! Dabei soll er sich vermutlich in voller Größe mitten im Zimmer aufbauen und nach Kräften die Stimme erheben! Wie kommen Sie nur auf die Idee, daß ein solches Benehmen möglich wäre?«

»Glauben Sie mir, Emma, einem Mann mit Sinn und Verstand fiele das nicht schwer. Er hätte ja das Gefühl, im Recht zu sein; und die Erklärung – natürlich so vorgebracht, wie ein kluger Mann sie vorbringen würde, also im richtigen Ton – würde ihm bei den Leuten, von denen er abhängig ist, mehr nützen, mehr Ansehen verschaffen und seine Position im Hause mehr stärken, als jede auf Ausflüchte und Ausreden gegründete Strategie es vermöchte. Zu der Zuneigung käme dann noch Achtung hinzu. Sie würden spüren, daß sie ihm vertrauen können; daß der Neffe, der sich gegenüber seinem Vater als rechtschaffen erwiesen hat, es auch ihnen gegenüber nicht an Rechtschaffenheit mangeln lassen wird; denn wie Frank Churchill und alle Welt wissen sie genau, daß er seinem Vater diesen Besuch schuldig ist; und während sie ihre Macht auf schäbige Weise mißbrauchen, um den

Besuch zu hintertreiben, denken sie doch im Grunde ihres Herzens kein bißchen besser von ihm, wenn er sich ihren Launen fügt. Rechtschaffenheit nötigt jedermann Respekt ab. Wenn er immer so handelte, grundsätzlich und konsequent, würden sich diese Kleingeister seinem Willen schon beugen.«

»Das möchte ich eher bezweifeln. Sie sind ganz versessen darauf, sich kleingeistige Leute gefügig zu machen; aber wenn engstirnige Leute über Reichtum und Macht verfügen, neigen sie dazu, sich aufzuspielen, bis sie genauso schwer zu handhaben sind wie große Geister. Wenn Sie, Mr. Knightley, so, wie Sie jetzt vor mir stehen, plötzlich in Mr. Frank Churchills Lage versetzt würden, könnte ich mir durchaus vorstellen, daß Sie fähig wären, so zu reden und zu handeln, wie Sie es ihm eben empfohlen haben; und es würde womöglich die gewünschte Wirkung erzielen. Den Churchills verschlüge es vielleicht sogar die Sprache; aber andererseits bräuchten Sie ja auch nicht gegen Gehorsam und Ehrerbietung verstoßen, die einem Menschen wie Frank Churchill in langen Jahren zur Gewohnheit geworden sind. Es dürfte ihm also nicht so leichtfallen, mit einemmal die Ketten der Abhängigkeit zu sprengen und alle ihre Ansprüche auf seine Dankbarkeit und Achtung in den Wind zu schlagen. Er hat vielleicht ein ebenso ausgeprägtes Bewußtsein, was richtig wäre, wie Sie, ist aber unter den besonderen Umständen nicht imstande, danach zu handeln.«

»Dann ist es eben nicht ausgeprägt genug. Wenn dieses Bewußtsein ihn nicht zu der entsprechenden Anstrengung zu bewegen vermag, handelt es sich dabei um keine sehr tiefe Überzeugung.«

»Ach, aber dieser Unterschied in den Lebensumständen und Gewohnheiten! Wenn Sie doch nur versuchen wollten zu begreifen, wie einem liebenswürdigen jungen Mann zumute sein muß, wenn er sich den Menschen direkt widersetzen soll, zu denen er Zeit seines Lebens, seit er ein Kind und Knabe war, aufgeschaut hat.«

»Ihr liebenswürdiger junger Mann ist ein ausgesprochener Schwächling, wenn dies das erste Mal sein sollte, daß er gegen den Willen anderer an seinem Entschluß festhält, das Richtige zu tun. Es hätte ihm inzwischen längst zur Gewohnheit werden müssen, seiner Pflicht zu folgen, anstatt immer nur seinen eigenen Nutzen im Auge zu haben. Bei einem Kind lasse ich mir Ängstlichkeit gefallen, nicht aber bei einem Mann. Als er erwachsen wurde, hätte er sich aufraffen und alles von sich abschütteln müssen, was ihm von ihrer Autorität an Unwürdigem zugemutet wurde. Schon als sie ihn zum ersten Mal gegen seinen Vater einzunehmen versuchten, hätte er ihnen Widerstand entgegensetzen müssen. Wenn er sich schon beizeiten entsprechend verhalten hätte, wäre er jetzt nicht in Schwierigkeiten.«

»Wir werden uns nie über ihn einigen können«, rief Emma, »aber das ist ja nichts Neues. Ich glaube nicht, daß er ein Schwächling ist, ich bin überzeugt, daß er es nicht ist. Mr. Weston wäre nicht blind gegenüber Dummheit, selbst bei seinem eigenen Sohn nicht. Doch Mr. Frank Churchill ist vermutlich von seinem Wesen her nachgiebiger, willfähriger, nachsichtiger, als es Ihren Vorstellungen von männlicher Vollkommenheit entspricht. Es wird wohl so sein; und wenn ihn das auch vielleicht um einige Vorteile bringt, so gewinnt er doch dadurch andere.«

»Ja, zum Beispiel stillzusitzen, wenn er sich rühren sollte, sein Leben mit eitlen Vergnügungen zu vertun und sich dabei noch äußerst gewitzt vorzukommen, wenn er geschickte Ausreden dafür findet. Er kann sich hinsetzen und einen schönen blumigen Brief schreiben, gespickt mit Beteuerungen und Lügen, und sich einreden, die allerbeste Methode entdeckt zu haben, wie man den häuslichen Frieden bewahrt und zugleich dafür sorgt, daß der Vater keinen Anlaß hat, sich zu beklagen. Seine Briefe widern mich an.«

»Mit dieser Auffassung stehen sie allein da. Offenbar sind alle anderen Leute recht zufrieden mit seinen Briefen.«

»Ich habe den Verdacht, daß Mrs. Weston nicht mit ihnen zufrieden ist. Eine so kluge und einfühlsame Frau können sie unmöglich überzeugen: Sie vertritt zwar an ihm Mutterstelle, aber ohne von Mutterliebe geblendet zu sein. Ihretwegen ist er es doppelt schuldig, sich in Randalls sehen zu lassen, und sie wird die Absage doppelt stark empfinden. Stammte sie aus einflußreicheren Kreisen, so wäre er gewiß gekommen, und dann hätte es ohnehin keine Rolle gespielt, ob er gekommen wäre oder nicht. Können Sie sich vorstellen, daß Ihre Freundin nicht selbst schon solche Überlegungen angestellt hat? Meinen Sie nicht, daß sie sich das selbst häufig sagt? Nein, Emma, Ihr liebenswürdiger junger Mann ist nur liebenswürdig nach der französischen Bedeutung des Wortes, nicht jedoch nach der englischen. Er mag durchaus ›aimable‹ sein, sehr gute Manieren haben und sehr gefällig sein; aber englisches Feingefühl gegenüber den Empfindungen anderer Leute hat er zweifellos nicht: Von ihm geht keine echte Liebenswürdigkeit aus.«

»Sie scheinen partout eine schlechte Meinung von ihm haben zu wollen.«

»Ich? – keineswegs«, entgegnete Mr. Knightley ziemlich ungehalten; »das liegt mir fern. Ich würde seine Verdienste ebenso bereitwillig anerkennen wie jeder andere; aber es sind mir noch keine zu Ohren gekommen, ausgenommen solche, die lediglich sein Äußeres betreffen; daß er gut gewachsen und hübsch anzusehen ist, ein gewandtes Auftreten und einnehmende Manieren hat.«

»Und selbst wenn sonst nichts für ihn spräche, wird er für Highbury eine echte Bereicherung sein. Wir bekommen nicht oft ansehnliche junge Männer zu Gesicht, die wohlerzogen und nett sind. Wir dürfen nicht so wählerisch sein und obendrein auch noch alle Tugenden der Welt verlangen. Können Sie sich denn nicht vorstellen, welch eine Sensation seine Ankunft auslösen wird? In ganz Donwell und Highbury wird es nur noch einen einzigen Gesprächsstoff geben; nur noch ein einziges Ziel des allgemeinen Interesses – einen Gegenstand der Neugier; es wird sich alles um Mr. Frank Churchill drehen; wir werden an nichts anderes mehr denken, von nichts anderem mehr sprechen.«

»Sie werden entschuldigen, wenn ich ganz überwältigt bin. Sollte ich ihn umgänglich finden, wird es mich freuen, seine Bekanntschaft zu machen; aber wenn er nur ein geschwätziger Geck ist, werde ich nicht viel Zeit oder Gedanken auf ihn verschwenden.«

»Ich denke mir, daß er sich im Gespräch auf alle Teilnehmer einstellen kann und sowohl die Gabe als auch den Wunsch hat, bei allen beliebt zu sein. Mit Ihnen wird er sich über Landwirtschaft unterhalten, mit mir übers Zeichnen oder die Musik; und so fort mit jedem über die jeweiligen Interessensgebiete, da er eine umfassende Allgemeinbildung besitzt, die ihn in die Lage versetzt, jedem Gespräch zu folgen oder selbst das Thema zu bestimmen, je nachdem, wie es sich gerade ergibt: so stelle ich ihn mir vor.«

»Und wenn er Ihrer Vorstellung nur halbwegs entspricht«, sagte Mr. Knightley hitzig, »dann stelle ich ihn mir als den unausstehlichsten Zeitgenossen vor! Was! Mit dreiundzwanzig der strahlende Mittelpunkt einer Gesellschaft zu sein – der große Mann – der gewiefte Politiker, der jedermanns Gedanken lesen kann und sich auf Kosten der anderen profiliert und seine eigene Überlegenheit zur Schau stellt; der mit Schmeicheleien um sich wirft, damit alle anderen neben ihm wie Dummköpfe wirken! Meine liebe Emma, Ihr gesunder Menschenverstand könnte einen solchen Laffen nicht ertragen, wenn es darauf ankäme.«

»Ich möchte jetzt nichts mehr über ihn sagen«, rief Emma, »Sie machen alles schlecht. Wir sind beide voreingenommen; Sie gegen, ich für ihn; und es besteht keine Möglichkeit, daß wir uns einigen, ehe er nicht wirklich hier ist.«

»Voreingenommen? Ich bin nicht voreingenommen.«

»Aber ich schon und ohne mich dessen im geringsten zu schämen. Weil ich Mr. und Mrs. Weston sehr mag, bin ich entschieden *für* ihn eingenommen.«

»Er ist ein Mensch, der meine Gedanken keinen Augenblick lang beschäftigen könnte«, sagte Mr. Knightley derart gereizt, daß Emma sofort ein anderes Thema anschnitt, obwohl sie nicht begreifen konnte, warum er so wütend war.

Eine Abneigung gegen einen jungen Mann zu fassen, nur weil er anders geartet zu sein schien als er selbst, war der liberalen Geisteshaltung unwürdig, die sie Mr. Knightley stets zugute hielt; denn trotz seines ausgeprägten Selbstbewußtseins, das ihr oft ein Dorn im Auge war, hätte sie ihm doch nie zugetraut, deshalb ungerecht gegenüber den Verdiensten eines anderen sein zu können.

NEUNZEHNTES KAPITEL

Emma und Harriet hatten eines Morgens gemeinsam einen Spaziergang gemacht und, nach Emmas Ansicht, für diesen Tag genug von Mr. Elton geredet. Sie konnte sich nicht vorstellen, daß Harriet zu ihrem Trost oder sie selbst zur Buße noch weiterer Worte bedurfte; und deshalb bemühte sie sich auf dem Heimweg nach Kräften, von dem leidigen Thema loszukommen; aber als sie meinte, es endlich geschafft zu haben, fing Harriet wieder damit an, und nachdem Emma eine Weile davon gesprochen hatte, was die Armen im Winter alles zu leiden hätten, und darauf nur ein sehr klägliches »Mr. Elton ist ja so gut zu den Armen« zur Antwort bekam, wurde ihr klar, daß sie sich etwas anderes einfallen lassen mußte.

Sie näherten sich gerade dem Haus, in dem Mrs. und Miss Bates wohnten. Sie beschloß, die beiden aufzusuchen und auf diese Weise der Zweisamkeit mit Harriet zu entkommen. Grund für eine solche Geste der Aufmerksamkeit gab es stets genug. Mrs. und Miss Bates hatten es sehr gern, wenn sie jemand besuchte, und Emma wußte, daß die ganz wenigen, die sich überhaupt erdreisteten, an ihr die eine oder andere Schwäche zu entdecken, ihr in diesem Punkt eine gewisse Nachlässigkeit vorwarfen, weil sie zu den kärglichen Freuden der beiden Damen zu wenig beitrug.

Mr. Knightley hatte sie des öfteren auf dieses Versäumnis hingewiesen, und manchmal auch ihr eigenes Herz – aber das vermochte ihr einen Besuch nicht zu versüßen, den sie als unangenehme Pflichtübung und reine Zeitverschwendung empfand: diese langweiligen Frauen – zudem lief man, wie entsetzlich! immer Gefahr, mit Leuten aus den unteren Gesellschaftsschichten von Highbury zusammenzutreffen, die dauernd bei den beiden vorbeischauten, und deshalb ging sie selten hin. Aber diesmal entschloß sie sich kurzerhand, nicht an ihrer Tür vorüberzugehen, ohne einzutreten – und als sie Harriet den Vorschlag unterbreitete, merkte sie noch an, daß sie nach ihrer Berechnung zur Zeit vor einem Brief von Jane Fairfax ganz sicher seien.

Das Haus gehörte Geschäftsleuten. Mrs. und Miss Bates bewohnten das obere Stockwerk; und dort, in der nicht gerade geräumigen Wohnung, die ihr ganzer Stolz war, wurden die Besucherinnen überaus herzlich, ja sogar dankbar willkommen geheißen; die stille, adrette alte Dame, die mit ihrem Strickzeug in der wärmsten Ecke saß, wollte Miss Woodhouse gar ihren Platz überlassen, und ihre lebhaftere, redselige Tochter überwältigte sie schier mit betulicher Aufmerksamkeit, bedankte sich überschwenglich für den Besuch, erkundigte sich besorgt nach ihrem Schuhwerk und nicht minder besorgt nach Mr. Woodhouses Befinden, gab munter Auskunft über das ihrer Mutter und drängte ihnen Kuchen vom Buffet auf. Mrs. Cole sei gerade hiergewesen, habe eigentlich nur auf zehn Minuten vorbeischauen wollen und dann netterweise eine ganze Stunde bei ihnen gesessen und sich ein Stück vom Kuchen genommen und die Liebenswürdigkeit besessen zu sagen, er schmecke ihr sehr; und daher hoffe sie, Miss Woodhouse und Miss Smith werden ihnen die Freude machen, auch ein Stück zu essen.

Auf die Erwähnung der Coles würde nun mit Sicherheit die Mr. Eltons folgen. Zwischen ihnen bestand eine enge Freundschaft, und Mr. Cole hatte von Mr. Elton gehört, seit dieser abgereist war. Emma wußte, was als nächstes kam: sie würden den Brief aufs neue durchsprechen und dann feststellen, wie lange er schon weg, wie sehr er von gesellschaftlichen Verpflichtungen in Anspruch genommen und wie beliebt er allseits sei, wohin er auch komme, und wie voll der Ball des Zeremonienmeisters gewesen sei. Emma ließ alles tapfer über sich ergehen, bekundete das nötige Interesse und den erwarteten Beifall und führte stets das große Wort, damit Harriet nicht in die Verlegenheit kam, etwas dazu sagen zu müssen.

Auf all das war sie gefaßt gewesen, als sie das Haus betrat, aber nachdem man nun so ausgiebig über ihn gesprochen hatte, meinte sie, daß man sie vor weiteren verdrießlichen Themen verschonen und statt dessen des langen und breiten sämtliche verheirateten und unverheirateten Damen von Highbury und ihre Kartengesellschaften durchhecheln würde. Sie hatte nicht damit gerechnet, daß nach Mr. Elton nun auch noch Jane Fairfax an die Reihe käme, aber Miss Bates hakte ihn tatsächlich recht schnell ab. Unvermittelt ging sie von ihm zu den Coles über, um dann gleich auf einen Brief ihrer Nichte zu sprechen zu kommen.

»O ja, Mr. Elton, so habe ich gehört – freilich, was das Tanzen angeht – Mrs. Cole hat mir erzählt, daß das Tanzen in den Ballsälen von Bath – Mrs. Cole war so freundlich, ein Weilchen bei uns zu sitzen und sich mit uns über Jane zu unterhalten; denn kaum war sie hier, da hat sie sich auch schon gleich nach ihr erkundigt. Jane wird ja von den Coles geradezu vergöttert. Jedesmal, wenn sie bei uns zu Besuch ist, kann Mrs. Cole ihr gar nicht genug Gutes tun; und ich muß sagen, Jane verdient das ja auch wie niemand sonst. Und so hat sie sich also gleich nach ihr erkundigt: ›Ich weiß‹, sagte sie, ›daß Sie noch nichts Neues von ihr erfahren haben können, weil der Tag, an dem sie immer schreibt, noch nicht gewesen ist‹, und als ich dann sofort gesagt habe: ›Doch, wir haben von ihr gehört, erst heute morgen ist ein Brief gekommen‹, war sie so überrascht, wie ich wohl noch keinen

Menschen gesehen habe. ›Wirklich, im Ernst?‹ sagte sie. ›Na, das kommt ja ganz unerwartet. Lassen Sie mich doch bitte hören, was sie schreibt.‹ «

Sogleich war Emma mit der höflichen, von interessiertem Lächeln begleiteten Frage bei der Hand:

»Erst heute haben Sie von Miss Fairfax gehört? Das freut mich ungemein. Ich hoffe, es geht ihr gut?«

»Danke schön. Sie sind zu gütig!« erwiderte die glücklicherweise ahnungslose Tante, während sie eifrig nach dem Brief suchte. »Oh! Hier ist er. Ich wußte ja, daß er nicht weit sein konnte; ich hatte nämlich mein Nähkästchen daraufgestellt, ohne es zu merken, und so war er ganz verdeckt, aber da ich ihn erst eben in der Hand gehabt hatte, war ich fast sicher, daß er auf dem Tisch liegen müsse. Ich habe ihn Mrs. Cole vorgelesen und, als sie weg war, habe ich ihn noch einmal meiner Mutter vorgelesen, denn es macht ihr eine solche Freude – ein Brief von Jane –, daß sie ihn gar nicht oft genug hören kann; deshalb wußte ich, daß er nicht weit weg sein kann, und hier ist er, genau unter meinem Nähkästchen – und da Sie so gütig sind, hören zu wollen, was sie schreibt... aber zuallererst muß ich, damit kein falsches Licht auf Jane fällt, mich entschuldigen, daß sie einen so kurzen Brief schreibt – nämlich nur zwei Seiten – nicht einmal ganz zwei Seiten –, wo sie doch sonst immer den ganzen Bogen vollschreibt und dann auch noch quer über die eine Hälfte. Meine Mutter wundert sich oft, daß ich ihre Briefe so gut entziffern kann. Oft sagt sie, wenn wir einen Brief öffnen, ›Nun, Hetty, ich glaube, du nimmst ihn dir vor, um das Schachbrettmuster zu entziffern‹, nicht wahr, Mutter? Und dann sage ich immer zu ihr, sie käme ganz sicher selbst damit zu Rande, wenn sie niemand hätte, der ihr die Arbeit abnimmt – jedes Wort brächte sie heraus –, ich bin überzeugt, sie würde so lange darüber grübeln, bis sie jedes Wort entziffert hätte. Und tatsächlich, wenn auch die Augen meiner Mutter nicht mehr so gut wie früher sind, sieht sie doch Gott sei Dank immer noch erstaunlich gut mit Hilfe der Brille. Die ist ein wirklicher Segen! Die Brille meiner Mutter ist in der Tat sehr gut. Jane sagt oft, wenn sie hier ist, ›Großmama, du mußt sicher einmal sehr gute Augen gehabt haben, wenn du jetzt noch so gut sehen kannst – und das bei den vielen feinen Handarbeiten, die du gemacht hast! Ich wünsche mir nur, daß meine Augen in deinem Alter auch noch so gut sind.‹ «

Da dies alles ungeheuer schnell gesprochen wurde, mußte Miss Bates eine Pause einlegen, um Luft zu holen; und Emma machte ihr ein höfliches Kompliment über Miss Fairfax' schöne Handschrift.

»Sie sind wirklich zu gütig«, erwiderte Miss Bates zutiefst geschmeichelt, »Sie, die Sie das so gut beurteilen können und ja selbst so schön schreiben. Kein anderes Lob könnte uns so sehr erfreuen wie eines aus Miss Woodhouses Mund. Meine Mutter hört es nicht; sie ist, müssen Sie wissen, ein bißchen taub. Mutter«, wandte sie sich an sie, »hörst du, was Miss Woodhouse liebenswürdigerweise über Janes Handschrift sagt?«

Und Emma hatte die Ehre, sich ihr eigenes albernes Kompliment noch zweimal anhören zu dürfen, ehe die gute alte Dame es verstand. In der Zwischenzeit dachte sie verzweifelt darüber nach, wie sie Jane Fairfax' Brief entkommen könne, ohne sehr unhöflich zu erscheinen, und sie hatte schon fast den Entschluß gefaßt, sich gleich unter einem fadenscheinigen Vorwand davonzumachen, als Miss Bates sich ihr wieder zuwandte und ihre Aufmerksamkeit in Anspruch nahm.

»Wie Sie sehen, ist die Taubheit meiner Mutter ganz unerheblich – eigentlich nicht der Rede wert. Wenn ich etwas lauter spreche und einen Satz zwei- oder dreimal wiederhole, versteht sie alles; aber an meine Stimme ist sie eben auch gewöhnt. Doch es ist sehr bemerkenswert, daß sie Jane noch besser versteht als mich. Jane spricht so deutlich! Jedenfalls wird sie ihre Großmama nicht schwerhöriger vorfinden als vor zwei Jahren; was beim Alter meiner Mutter schon etwas heißen will! Es ist ja schon wirklich zwei Jahre her, seit Jane das letzte Mal hier war. Noch nie haben wir sie so lange nicht gesehen, und wie ich schon zu Mrs. Cole sagte, werden wir gar nicht so recht wissen, was wir alles mit ihr unternehmen sollen.«

»Erwarten Sie denn Miss Fairfax schon bald?«

»O ja; nächste Woche.«

»Was Sie nicht sagen. Das muß eine Riesenfreude für Sie sein.«

»Danke. Sie sind zu gütig. Ja, in der nächsten Woche. Alle sind so überrascht darüber und so liebenswürdig zu uns. Ich bin sicher, sie wird sich ebenso freuen, ihre Freundinnen in Highbury zu sehen, wie sich diese freuen, sie zu sehen. Ja, am Freitag oder Samstag; sie weiß noch nicht genau, an welchem dieser Tage, weil Oberst Campbell an einem der beiden selbst die Kutsche brauchen wird. So lieb von ihnen, sie den ganzen Weg hierherzubringen! Aber das machen sie ja immer. O ja, nächsten Freitag oder Samstag. Darüber schreibt sie in ihrem Brief. Das ist der Grund dafür, daß sie außer der Reihe schreibt, wie man so sagt; denn normalerweise hätten wir erst nächsten Dienstag oder Mittwoch von ihr gehört.«

»Ja, das dachte ich auch. Ich fürchtete schon, heute überhaupt nichts Neues von Miss Fairfax zu hören.«

»Ach, wie liebenswürdig von Ihnen! Nein, wir hätten

wohl nicht von ihr gehört, wenn nicht dieser besondere Umstand eingetreten wäre, daß sie schon so bald kommt. Meine Mutter freut sich ja so! Denn Jane wird mindestens drei Monate bei uns bleiben. Drei Monate, das schreibt sie ausdrücklich, wie ich gleich die Freude haben werde, Ihnen vorzulesen. Die Sache ist nämlich die, müssen Sie wissen, daß die Campbells nach Irland gehen. Mrs. Dixon hat ihre Eltern überredet, sie sogleich drüben zu besuchen. Sie hatten eigentlich erst im Sommer rüberfahren wollen, aber Mrs. Dixon kann es kaum erwarten, sie wiederzusehen – denn vor ihrer Heirat im letzten Oktober ist sie nie länger als eine Woche von ihnen getrennt gewesen, weshalb es für sie sehr seltsam sein muß, daß sie nun in verschiedenen Königreichen, wollte ich schon sagen, aber immerhin in zwei verschiedenen Ländern leben, und so schrieb sie einen sehr dringlichen Brief an ihre Mutter – oder auch ihren Vater, ich muß zugeben, ich weiß nicht, an wen von beiden, aber wir werden es ja gleich aus Janes Brief erfahren –, und sie hat auch in Mr. Dixons Namen geschrieben und sie bedrängt, sofort rüberzukommen, und sie würden sie in Dublin abholen und sie dann zu ihrem Landsitz Baly-craig bringen, einem wunderschönen Ort, wie ich mir denke. Jane hat oft gehört, wie schön er ist, von Mr. Dixon, meine ich – ich weiß nicht, ob sie von sonst jemand darüber gehört hat; aber es ist ja auch ganz natürlich, daß er gern von seinem Anwesen gesprochen hat, während er auf Freiersfüßen wandelte – und da Jane sehr oft mit den beiden spazierengegangen ist – denn Oberst und Mrs. Campbell legten großen Wert darauf, daß ihre Tochter nicht zu oft allein mit Mr. Dixon spazierenging, wofür ich sie beileibe nicht tadeln möchte; natürlich bekam sie alles mit, was er Miss Campbell über sein Zuhause in Irland erzählte. Und ich meine, sie schrieb uns sogar, daß er ihnen einige Zeichnungen von seinem Anwesen gezeigt habe, Ansichten, die er selbst zu Papier gebracht hatte. Er ist ein ausnehmend liebenswürdiger, charmanter junger Mann, glaube ich. Nachdem sie seine Schilderungen gehört hatte, bekam Jane richtig Lust, nach Irland zu reisen.«

In diesem Augenblick regte sich in Emmas Kopf ein genialer und aufregender Verdacht bezüglich Jane Fairfax', dieses charmanten Mr. Dixon und des Umstands, daß sie nicht nach Irland fuhr, und in der hinterhältigen Absicht, noch etwas aus Miss Bates herauszubekommen, sagte sie:

»Sie müssen es als einen großen Glücksfall empfinden, daß Miss Fairfax gerade jetzt zu Ihnen kommen darf. Bedenkt man die außerordentlich enge Freundschaft zwischen ihr und Mrs. Dixon, so konnten Sie doch eigentlich kaum damit rechnen, daß Oberst und Mrs. Campbell auf ihre Begleitung verzichten würden.«

»Sehr richtig, sehr richtig, in der Tat. Genau davor hatten wir ja immer Angst gehabt; denn es hätte uns gar nicht gefallen, wenn sie so weit weg von uns gewesen wäre, und noch dazu monatelang – und nicht hätte kommen können, wenn irgend etwas passiert wäre. Aber Sie sehen, alles wendet sich zum Guten. Sie (Mr. und Mrs. Dixon) möchten furchtbar gern, daß sie mit Oberst und Mrs. Campbell rüberkommt, verlassen sich regelrecht darauf, nichts könnte freundlicher oder drängender sein als ihre gemeinsame Einladung, sagt Jane, wie Sie gleich hören werden; Mr. Dixon scheint den anderen an Aufmerksamkeiten in nichts nachzustehen. Er ist ein überaus charmanter junger Mann. Seit der Hilfe, die er Jane in Weymouth erwiesen hat, als sie bei dieser Bootspartie auf dem Wasser draußen waren und sie durch ein plötzlich zwischen den Segeln herabfallendes Etwas fast ins

Meer geschleudert und tatsächlich ins Wasser gefallen wäre, wenn er sie nicht mit größter Geistesgegenwart am Kleid gepackt hätte (immer wenn ich daran denke, überkommt mich ein Zittern!) – Aber seit wir von dem Vorfall an jenem Tag wissen, ist mir Mr. Dixon so ans Herz gewachsen!«

»Aber trotz allen Drängens ihrer Freundin und ihres Wunsches, Irland kennenzulernen, zieht es Miss Fairfax also vor, diese Zeit Ihnen und Mrs. Bates zu widmen?«

»Ja – ganz aus eigenem Antrieb, ganz aus eigenem Entschluß; und Oberst und Mrs. Campbell finden, daß sie ganz richtig handelt, genauso, wie sie selbst es ihr empfohlen hätten; und sie haben den besonderen Wunsch, daß sie heimatliche Luft atmet, da es ihr in letzter Zeit nicht ganz so gutging wie sonst.«

»Dies zu hören, beunruhigt mich. Ich glaube, sie haben klug entschieden. Aber Mrs. Dixon ist bestimmt sehr enttäuscht. Wie ich höre, verfügt sie nicht über große äußere Reize; kann jedenfalls in keiner Weise einen Vergleich mit Miss Fairfax aushalten.«

»Oh! Nein. Es ist sehr liebenswürdig von Ihnen, so etwas zu sagen – aber es stimmt schon. Sie lassen sich nicht vergleichen. Miss Campbell war nie eine Schönheit – aber äußerst elegant und liebenswert.«

»Ja, das natürlich.«

»Jane hat sich eine schlimme Erkältung zugezogen, das arme Ding! Schon am siebten Dezember (wie ich Ihnen gleich vorlesen werde) und ist seitdem nie mehr richtig auf die Beine gekommen. Eine lange Zeit, nicht wahr, daß sie eine Erkältung mit herumschleppt? Sie hat davon bisher nie etwas erwähnt, weil sie uns nicht beunruhigen wollte. Das ist typisch für sie! So rücksichtsvoll! Aber dennoch ist sie noch immer so weit davon entfernt, gesund zu sein, daß ihre gütigen Freunde, die Campbells, der Meinung sind, sie solle lieber nach Hause fahren und eine Luft atmen, die ihr stets gutgetan hat; und sie hegen keinen Zweifel daran, daß drei oder vier Monate in Highbury sie vollständig wiederherstellen werden – und es ist gewiß sehr viel besser, daß sie hierherkommt, anstatt nach Irland zu fahren, wenn es ihr nicht gutgeht. Niemand könnte sie so pflegen wie wir.«

»Eine wünschenswertere Lösung kann ich mir nicht vorstellen.«

»Und so wird sie am nächsten Freitag oder Samstag zu uns kommen, und die Campbells werden am darauffolgenden Montag nach Holyhead aufbrechen – wie Sie gleich Janes Brief entnehmen können. So plötzlich! Sie können sich denken, Miss Woodhouse, in welch eine Aufregung mich der Brief versetzt hat! Wenn nur nicht ihre Krankheit einen Schatten auf unsere Freude würfe – aber ich fürchte, wir müssen damit rechnen, daß sie recht mager geworden ist und sehr schlecht aussieht. Ich muß Ihnen erzählen, welches Pech mir hierbei passiert ist. Ich lege immer Wert darauf, Janes Briefe zuerst für mich durchzulesen, ehe ich sie meiner Mutter vorlese, wissen Sie, aus Angst, es steht etwas darin, was sie betrübt. Jane wollte, daß ich es so mache, also halte ich es stets so: Und also begann ich heute mit meiner üblichen Vorsicht; aber kaum war ich bei der Stelle angelangt, wo sie erwähnt, daß es ihr nicht gutgeht, da entfuhr mir vor lauter Entsetzen: ›Großer Gott! Die arme Jane ist krank!‹, was meine Mutter, die genau aufpaßte, deutlich vernahm und darüber furchtbar bekümmert war. Als ich jedoch weiterlas, stellte ich fest, daß es nicht annähernd so schlimm ist, wie ich mir zuerst eingebildet hatte; und jetzt verharmlose ich es, damit sie sich keine großen Gedanken mehr macht. Aber ich weiß gar nicht, wie ich so unbedacht sein konnte!

Falls es Jane nicht bald wieder gutgeht, wollen wir Mr. Perry kommen lassen. An die Kosten soll kein Gedanke verschwendet werden; und wenn er auch so großzügig und so vernarrt in Jane ist, daß er wohl nichts für seine Betreuung berechnen wollen würde, so könnten wir das doch keineswegs annehmen. Er muß schließlich eine Frau und eine Familie unterhalten und kann seine Zeit nicht verschenken. Da ich Ihnen nun also kurz angedeutet habe, was Jane schreibt, wollen wir uns ihrem Brief zuwenden, und zweifellos schildert sie ihre eigene Geschichte viel besser, als ich sie Ihnen wiedergeben kann.«

»Leider müssen wir jetzt ganz schnell weg«, sagte Emma mit einem langen Blick auf Harriet und machte Anstalten aufzustehen: »Mein Vater wird uns schon erwarten. Ich hatte nicht die Absicht, ich dachte, ich hätte nicht die Möglichkeit, länger als fünf Minuten zu bleiben, als ich das Haus betrat. Ich habe ja nur hereingeschaut, weil ich nicht an der Tür vorübergehen wollte, ohne mich nach Mrs. Bates erkundigt zu haben; aber ich bin ja auf so angenehme Weise aufgehalten worden! Nun allerdings müssen wir uns von Ihnen und Mrs. Bates verabschieden.«

Und nichts, was für ihr Bleiben ins Feld geführt werden konnte, hatte Erfolg. Sie trat wieder auf die Straße – glücklich darüber, daß sie, obwohl vieles ihr gegen ihren Willen aufgezwungen worden war, obwohl sie in der Tat den ganzen Inhalt von Jane Fairfax' Brief erfahren hatte, dem Brief selbst hatte entkommen können.

ZWANZIGSTES KAPITEL

Jane Fairfax war Vollwaise, das einzige Kind von Mrs. Bates jüngerer Tochter.

Die Ehe von Leutnant Fairfax vom ... Infanterieregiment und Miss Jane Bates hatte ihre ruhm- und freudenreichen, hoffnungsvollen und interessanten Tage erlebt; aber nichts war davon geblieben als die traurige Erinnerung an seinen Soldatentod im Ausland und das Siechtum seiner Witwe, die bald danach an Schwindsucht und gebrochenem Herzen gestorben war – und eben dieses Mädchen.

Ihrer Geburt nach gehörte Jane Fairfax zu Highbury; und als sie im Alter von drei Jahren ihre Mutter verlor und das Eigentum und Mündel, der Trost und Liebling ihrer Großmutter und ihrer Tante wurde, schien alles darauf hinzudeuten, daß sie für immer dort bleiben und eine aufgrund der beschränkten Mittel nur bescheidene Schulbildung erhalten und ohne die Vorteile aufwachsen würde, die gesellschaftliche Beziehungen oder weitergehende Bildung dem hinzugefügt hätten, was ihr die Natur in Form von ansprechendem Äußeren, gesundem Menschenverstand und warmherzigen, wohlmeinenden Verwandten mit auf den Weg gegeben hatte.

Aber das Mitleid eines Freundes ihres Vaters gab ihrem Schicksal eine andere Wendung. Dieser Mann war Oberst Campbell, der Fairfax als einen ausgezeichneten Offizier und äußerst verdienstvollen jungen Mann hoch geschätzt hatte, und überdies in seiner Schuld stand, weil dieser ihn während einer schweren Typhusepidemie hingebungsvoll gepflegt und, wie er glaubte, ihm dadurch das Leben gerettet hatte. Daraus erwuchs ihm eine moralische Verpflichtung, die er nie vergaß, obwohl nach dem Tod des armen Fairfax einige Jahre vergingen, ehe er nach England zurückkehrte und sich in der Lage sah zu helfen. Nach seiner Rückkehr machte er das Kind ausfindig und nahm sich seiner an. Er war verheiratet und von seinen Kindern nur noch eines am Leben, ein Mädchen ungefähr in Janes Alter; und Jane wurde eingeladen und allmählich zum Dauergast und schließlich zum Liebling der ganzen Familie; und da seine Tochter so an ihr hing und er selbst sich ihr als wahrer Freund erweisen wollte, erbot sich Oberst Campbell, noch ehe sie neun Jahre alt war, ganz für ihre Erziehung aufzukommen. Das Angebot wurde angenommen, und seitdem gehörte Jane zu Oberst Campbells Familie, lebte ganz bei ihnen und besuchte ihre Großmutter nur ab und zu.

Sie sollte eine Erziehung erhalten, die es ihr erlaubte, später andere zu erziehen, denn mit den paar hundert Pfund, die sie von ihrem Vater geerbt hatte, konnte sie nicht auf eigenen Füßen stehen, ohne einen Beruf auszuüben. Um anders für sie zu sorgen, reichten Oberst Campbells finanzielle Mittel nicht aus. Sein Einkommen aus Sold und anderen Einkünften war zwar recht ansehnlich, doch verfügte er nur über ein bescheidenes Vermögen, und dieses war ausschließlich für seine Tochter bestimmt; aber indem er Jane eine anständige Ausbildung zuteil werden ließ, hoffte er, ihr die Voraussetzungen für ein solides Auskommen in späteren Jahren zu schaffen.

Soweit Jane Fairfax' Geschichte. Sie war in gute Hände gefallen, hatte von den Campbells nichts als Güte erfahren und eine ausgezeichnete Erziehung genossen. Da sie ständig mit rechtschaffenen und gebildeten Leuten zusammenlebte, hatte sie sich in dieser von Disziplin und Kultiviertheit geprägten Atmosphäre sowohl moralisch als auch geistig aufs vorteilhafteste entwickeln können; und da Oberst Campbell in London wohnte, war auch ihr musikalisches Talent durch den Unterricht bei erstklassigen Lehrern gebührend gefördert worden. Ihre Wesensart und ihre Fähigkeiten rechtfertigten solche freundschaftliche Großmut im vollen Maße; und mit achtzehn oder neunzehn war sie, soweit man in so jungen Jahren überhaupt schon der Erziehung von Kindern gewachsen ist, bestens geeignet, selbst als Lehrerin zu wirken; aber sie wurde zu sehr geliebt, als daß man sich von ihr gern getrennt hätte. Weder Vater noch Mutter mochten einer solchen Trennung Vorschub leisten, und der Tochter war der Gedanke, sie zu verlieren, unerträglich. Deshalb wurde der schlimme Tag immer wieder hinausgeschoben. Man konnte ja ohne weiteres behaupten, daß sie noch zu jung dafür sei; und so blieb Jane bei ihnen und hatte als eine zweite Tochter Anteil an all den gesitteten Freuden einer kultivierten Gesellschaft und einer ausgewogenen Mischung von Häuslichkeit und Amüsement, und nur die Gedanken an die Zukunft, die ernüchternden Überlegungen, die sich bei einem so einsichtigen Menschen unweigerlich einstellten, gemahnten sie daran, daß all das bald vorbei sein könnte.

Die Zuneigung der gesamten Familie und insbesondere Miss Campbells herzliche Anhänglichkeit an sie machten allen Beteiligten um so mehr Ehre, als Jane ihrer Freundin an Schönheit wie auch an Bildung und sonstigen Fähigkeiten deutlich überlegen war. Daß die Natur sie mit allerlei Reizen ausgestattet hatte, konnte der Tochter so wenig verborgen bleiben, wie den Eltern die höhere Intelligenz ihrer Pflegetochter nicht zu entgehen vermochte. Dennoch blieben die beiden einander auch weiterhin in unverminderter Freundschaft verbunden und lebten zusammen, bis Miss Campbell heiratete, die durch jenen glücklichen Zufall, durch den das Schicksal so oft Voraussagen in Eheangelegenheiten widerlegt, indem es das Mittelmaß reizvoller erscheinen läßt als das Vollkommene, das Herz Mr. Dixons, eines reichen, sympathischen jungen Mannes gewann, kaum daß sie ihn kennengelernt hatte; und sie war vorteilhaft und glücklich verheiratet, während Jane Fairfax noch immer davon ausgehen mußte, in Zukunft selbst ihr Brot zu verdienen.

Dieses Ereignis hatte erst vor kurzem stattgefunden; zuwenig Zeit war seitdem vergangen, als daß ihre vom Glück nicht so begünstigte Freundin irgendwelche Schritte auf dem Pfad ihrer Pflicht hätte unternehmen können, obwohl sie nun das Alter erreicht hatte, das ihr selbst der richtige Zeitpunkt für ihren Eintritt ins Berufsleben zu sein schien. Schon seit langem stand für sie fest, daß dieser Zeitpunkt ihr einundzwanzigstes Lebensjahr sein würde. Mit der Seelenstärke einer hingebungsvollen Novizin hatte sie beschlossen, mit einundzwanzig das Opfer zu bringen und allen Freuden des Lebens, dem Umgang mit geistig aufgeschlossenen und ihr ebenbürtigen Menschen, dem häuslichen Frieden und der Hoffnung auf immer zu entsagen, um sich fürderhin in Buße und Selbstkasteiung zu üben.

Vom Standpunkt des gesunden Menschenverstands aus konnten Oberst und Mrs. Campbell diesem Entschluß nichts entgegensetzen, ihre Gefühle jedoch sträubten sich dagegen. Solange sie lebten, würde Jane nicht für sich sorgen müssen und das Haus der Campbells immer als das ihre betrachten können; und wenn es nur um ihr eigenes Wohlbefinden gegangen wäre, hätten sie Jane ganz bei sich behalten, aber das wäre reiner Egoismus gewesen: Was doch eines Tages geschehen mußte, sollte lieber gleich geschehen. Vielleicht begannen sie einzusehen, daß es möglicherweise besser und klüger gewesen wäre, wenn sie der Versuchung, den Tag der Trennung hinauszuschieben, überhaupt widerstanden und es ihr erspart hätten, Geschmack zu finden an den Freuden eines unbeschwerten und freien Lebens, auf die sie nun verzichten mußte. Und doch hatten sie Jane so lieb, daß sie mit Freuden jeden vernünftigen Vorwand nutzten, um den trübseligen Augenblick noch etwas hinauszuzögern. Seit der Hochzeit ihrer Tochter ging es ihr gesundheitlich nicht besonders gut, und bis sie wieder ganz bei Kräften sein würde, mußten sie ihr einfach verbieten, Pflichten zu übernehmen, die schon unter den günstigsten Umständen eine fast übermenschliche körperliche und seelische Konstitution zu erfordern schienen, um einigermaßen unbeschwert gemeistert zu werden, und die bei geschwächter Gesundheit und wechselnden Stimmungslagen schlechterdings unzumutbar waren.

Hinsichtlich des Umstands, daß sie die Campbells nicht nach Irland begleitete, enthielt Janes Bericht an ihre Tante nichts als die Wahrheit, wenn auch vielleicht einige Wahrheiten nicht darin standen. Es war ihr freier Entschluß gewesen, die Zeit ihrer Abwesenheit Highbury zu widmen, ihre vielleicht letzten Monate in völliger Freiheit bei den gütigen Verwandten zu verbringen, denen sie so viel bedeutete; und die Campbells gaben, aus welchem Grund oder welchen Gründen auch immer – egal, ob es sich nun um einen, zwei oder drei handelte –, der Übereinkunft bereitwillig ihre Zustimmung und zeigten sich überzeugt, daß ihr ein paar Monate in heimatlicher Luft besser täten als irgend etwas anderes. Daß sie kommen würde, stand fest, und ebenso, daß Highbury, anstatt jene seit langem versprochene sensationelle Neuigkeit zu erleben, nämlich: Frank Churchill willkommen heißen zu dürfen, vorerst mit Jane Fairfax vorliebnehmen mußte, der nur der Reiz einer zweijährigen Abwesenheit anhaftete.

Emma war alles andere als erbaut davon, drei lange Monate hindurch einer Person Höflichkeiten erweisen zu müssen, die sie nicht leiden konnte – sich andauernd mehr um sie zu bemühen, als sie eigentlich wollte, und weniger, als sie sollte! Warum sie Jane Fairfax nicht leiden konnte, dürfte nicht leicht zu beantworten sein; Mr. Knightley hatte ihr einmal erklärt, es liege daran, weil sie in ihr die wirklich gebildete junge Frau sehe, für die sie selbst gern gehalten werden wolle; und obwohl sie diesen Vorwurf damals scharf zurückgewiesen hatte, gab es doch Augenblicke der Selbstprüfung, in denen ihr Gewissen sie nicht ganz davon freizusprechen vermochte. Aber sie könne nicht mit ihr warm werden, sagte sie, und wisse nicht, woran es liege; Jane Fairfax strahle jedoch eine solche Kühle und Reserviertheit aus – eine solch unübersehbare Gleichgültigkeit, ob sie anderen Menschen gefalle oder nicht – und dann sei ihre Tante eine solche Quasselstrippe! Und alle machten soviel Aufhebens um sie! Und immer habe man sich eingebildet, sie müßten enge Freundinnen werden – weil sie im gleichen Alter waren, habe jeder gemeint, sie müßten sich sehr nahestehen. Das waren ihre Gründe – triftigere hatte sie nicht.

Die Abneigung war so wenig gerechtfertigt – jeder Fehler, den ihr Emma vorwarf, nahm in ihrer Phantasie so enorme Ausmaße an, daß sie Jane Fairfax, wenn sie sie nach langer Abwesenheit zum ersten Mal wiedersah, nie ohne das Gefühl, ihr Unrecht getan zu haben, gegenübertreten konnte; und als sie nun der vor kurzem in Highbury eingetroffenen Jane nach der zweijährigen Pause den fälligen Besuch abstattete, verblüfften sie gerade das Aussehen und Benehmen, über die sie sich zwei Jahre lang so abfällig geäußert hatte. Jane Fairfax war eine sehr elegante Erscheinung, bemerkenswert elegant; und Emma schätzte Eleganz über alles.

Ihre Größe war gerade richtig, genau so, daß sie als groß gelten konnte, aber niemand sie für zu groß halten würde; ihre Gestalt war ausnehmend anmutig, ihre Figur ein höchst kleidsames Mittelding zwischen dick und dünn, wenn sie auch durch ihr leicht kränkliches Aussehen eher zum letzteren Extrem tendierte. Emma konnte all das nicht entgehen; und dann ihr Gesicht – ihre Gesichtszüge – sie waren schöner, als sie sie in Erinnerung hatte, nicht von jener ebenmäßigen Schönheit, aber dafür sehr reizvoll und apart. Ihren dunkelgrauen Augen mit dunklen Wimpern und Brauen hatte sie ihre Bewunderung noch nie versagt; aber ihr Teint, an dessen Blässe sie immer herumgenörgelt hatte, war von einer so durchsichtigen Zartheit, daß er wirklich keiner kräftigeren Farbe bedurfte. Es war eine Schönheit, die in erster Linie durch vornehme Eleganz bestach, und Emma mußte sie daher, wenn sie ihren eigenen Grundsätzen nicht untreu werden wollte, einfach als solche anerkennen und bewundern; Eleganz, ob es sich nun um die äußere Erscheinung oder den geistigen Habitus handelte, der sich im Benehmen kundtut, bekam sie in Highbury nicht oft zu sehen. Dort galt es schon als Auszeichnung und Verdienst, nicht ganz gewöhnlich zu sein.

Kurzum, während des ersten Besuchs saß Emma da und schaute Jane Fairfax mit doppelter Befriedigung an: Zu ihrer Freude kam das Gefühl, ihr endlich Gerechtigkeit widerfahren zu lassen, und sie nahm sich fest vor, keine Abneigung mehr gegen sie zu hegen. Wenn sie sich Janes Lebensgeschichte vergegenwärtigte, ja, mehr noch, ihre jetzige Lage bedachte und sich vor Augen hielt, wie schön sie war, und sich klarmachte, was aus dieser eleganten Erscheinung werden und wie sich ihr Leben zum Schlechteren verändern würde, dann schien es ihr unmöglich, etwas anderes als Mitleid und Achtung für sie zu empfinden; zumal wenn man zu all diesen wohlbekannten Details, die ihr ohnehin schon Anteilnahme garantierten, noch den Umstand hinzunahm, daß sie wahrscheinlich in Mr. Dixon verliebt war, was sie selbst als ausgemacht ansah. In diesem Fall konnte nichts bedauernswerter oder ehrenwerter sein als die Opfer, zu denen sie sich entschlossen hatte. Emma sprach sie nun bereitwillig von dem Vorwurf frei, Mr. Dixon seiner Frau abspenstig gemacht oder irgend etwas anderes Niederträchtiges getan zu haben, wie ihre Phantasie es ihr anfänglich eingeredet hatte. Falls es wirklich Liebe war, so wohl nur eine schlichte, einseitige, hoffnungslose Verliebtheit Janes. Sie hatte womöglich das traurige Gift ganz unbewußt eingesogen, während sie an seiner Unterhaltung mit ihrer Freundin teilnahm; und aus den besten, den reinsten Motiven versagte sie sich vielleicht den Besuch in Irland und entschloß sich, bald ihren dornenreichen Weg der Pflicht anzutreten, um sich dadurch endgültig von ihm und seinen Angehörigen zu trennen.

Alles in allem genommen, war es Emma beim Abschied so weich und mitleidig ums Herz, daß sie sich auf dem Heimweg sogar umdrehte und beklagte, daß Highbury keinen jungen Mann zu bieten hatte, der würdig wäre, ihr ein sorgenfreies Leben zu ermöglichen, keinen, den sie gern für sie ausgeguckt hätte.

Das waren reizende Empfindungen – aber keine von Dauer. Ehe sich Emma durch öffentliche Beteuerung ewiger Freundschaft für Jane Fairfax festgelegt oder, um für ihre früheren Vorurteile und Irrtümer Abbitte zu leisten, mehr getan hatte, als zu Mr. Knightley zu sagen: »Sie ist zweifellos hübsch, sie ist mehr als nur hübsch!«, verbrachte Jane mit ihrer Großmutter und Tante einen Abend in Hartfield, und danach war fast alles wieder genauso wie vorher. Die alten Ärgernisse traten wieder auf. Die Tante ging ihr so sehr auf die Nerven wie immer; noch mehr vielleicht, weil nun zu der Bewunderung von Janes Fähigkeiten noch die Sorge um ihre Gesundheit trat; und sie mußten sich anhören, wie wenig Butter und Brot Jane zum Frühstück esse, wie winzig die Scheibe Hammelbraten sei, die sie zum Mittagessen verzehrte, und dann wurde ihnen auch noch ein ganzes Sortiment von neuen Hauben und Handarbeitsbeuteln für ihre Mutter und sie selbst vorgeführt; und Janes beleidigendes Verhalten wurde wieder spürbar. Sie musizierten; Emma mußte vorspielen, und aus den Dankes- und Lobeshymnen, die notwendigerweise folgten, meinte sie gespielte Aufrichtigkeit und Übertreibung herauszuhören, wodurch nur auf etwas feinere Art Janes eigene, so deutlich überlegene Darbietung herausgestrichen werden sollte. Zudem gab sie sich, was das Allerschlimmste war, so distanziert, so zurückhaltend! Man kam nicht an sie heran. Eingehüllt in einen Mantel von Höflichkeit schien sie entschlossen, nichts von sich preiszugeben. Sie war unausstehlich, ja geradezu verdächtig reserviert.

Wenn man bei einem solchen Übermaß an Reserviertheit überhaupt noch von einer Steigerung sprechen kann, so war dieser Punkt erreicht, als die Rede auf Weymouth und die Dixons kam. Sie schien partout keinen wirklichen Einblick in Mr. Dixons Charakter geben oder sich äußern zu wollen, wie sie seine Gesellschaft schätze oder was sie von dieser Ehe hielt. Über alles ging sie mit allgemeinen, nichtssagenden Bemerkungen hinweg, enthielt sich jeder Kritik und hob nichts hervor. Es half ihr jedoch nicht. Ihre Vorsicht war umsonst. Emma merkte, wie gekünstelt das alles klang, und kehrte zu ihrem ursprünglichen Verdacht zurück. Wahrscheinlich gab es noch mehr zu verbergen als ihre Vorliebe für Mr. Dixon; vielleicht war Mr. Dixon drauf und dran gewesen, eine Freundin gegen die andere einzutauschen, und hatte sich nur wegen der zwölftausend Pfund Mitgift für Miss Campbell entschieden.

Eine ähnliche Zurückhaltung erlegte Jane sich auch bei anderen Gesprächsthemen auf. Sie und Mr. Frank Churchill waren zur gleichen Zeit in Weymouth gewesen. Man wußte, daß sie sich flüchtig kannten; aber Emma konnte ihr keine Silbe entlocken, wie er eigentlich war. Ob er gut aussehe? Sie glaube, er gelte als ein sehr ansehnlicher junger Mann. Ob er nett sei? Er werde allgemein dafür gehalten. Ob er den Eindruck eines klugen und einsichtigen jungen Mannes, eines gebildeten jungen Mannes mache? In einem Seebad oder in einer der üblichen Londoner Gesellschaften lasse sich derartiges schwer entscheiden. Das einzige, worüber man sicher urteilen könne, seien die Umgangsformen, aber auch dazu müsse man einen Menschen besser kennen als sie Mr. Churchill. Sie glaube, jedermann finde seine Umgangsformen recht angenehm. – Nein, Emma konnte ihr nicht verzeihen.

EINUNDZWANZIGSTES KAPITEL

Emma konnte ihr nicht verzeihen; aber da Mr. Knightley, der mit von der Partie gewesen war, keinerlei Provokation oder Verstimmung, sondern auf beiden Seiten nur geziemende Zuvorkommenheit und gefälliges Benehmen bemerkt hatte, drückte er ihr am nächsten Morgen, als er wegen einer geschäftlichen Besprechung mit Mr. Woodhouse wieder in Hartfield erschien, seine Zufriedenheit mit ihrem Verhalten aus, nicht so offen zwar, wie er es wohl getan hätte, wenn ihr Vater nicht im Zimmer gewesen wäre, aber deutlich genug, um von Emma recht gut verstanden zu werden. Er hatte sie früher immer für ungerecht gegenüber Jane gehalten und freute sich nun aufrichtig, eine Besserung feststellen zu können.

»Ein sehr netter Abend«, begann er, sobald er Mr. Woodhouse zu dem, was nötig war, überredet und dieser erklärt hatte, alles verstanden zu haben, und die schriftlichen Unterlagen beiseite geschoben werden konnten, »ausnehmend nett. Sie und Miss Fairfax haben uns sehr gute Musik geboten. Ich kann mir keinen größeren Genuß vorstellen, Sir, als so behaglich dazusitzen und sich den ganzen Abend über von zwei solchen jungen Damen unterhalten zu lassen, mal mit Musik, mal mit Konversation. Miss Fairfax hat der Abend bestimmt gefallen, Emma. Sie haben es an nichts fehlen lassen, Emma. Ich war froh, daß Sie sie oft spielen ließen, denn da sie bei ihrer Großmutter kein Klavier hat, muß es für sie eine richtige Wohltat gewesen sein.«

»Es freut mich, daß es Ihnen gefallen hat«, sagte Emma lächelnd, »aber ich hoffe, ich lasse es nicht oft an etwas fehlen, was Gästen in Hartfield gebührt.«

»Nein, mein Liebes«, sagte ihr Vater sogleich; »*darin* bin ich mir ganz sicher. Es gibt niemanden, der auch nur halb so aufmerksam und zuvorkommend ist wie du. Wenn überhaupt, dann bist du manchmal zu aufmerksam. Die Muffins gestern abend – wenn sie nur einmal herumgereicht worden wären, hätte das meiner Ansicht nach durchaus genügt.«

»Nein«, sagte Mr. Knightley, fast gleichzeitig, »Sie lassen nur selten etwas zu wünschen übrig, sowohl was Ihr Benehmen als auch was Ihr Verständnis betrifft. Ich denke, Sie wissen schon, was ich meine.«

Ein schelmischer Blick schien zu antworten: »Ich verstehe

Sie recht gut«, aber sie erwiderte lediglich: »Miss Fairfax ist reserviert.«

»Ein bißchen – das habe ich Ihnen ja schon immer gesagt; aber Sie werden ihre Reserviertheit bald überwunden haben, jedenfalls das, was daran auf Schüchternheit beruht. Was auf Taktgefühl zurückgeht, sollte man respektieren.«

»Sie halten sie für schüchtern. Das sehe ich nicht so.«

»Meine liebe Emma«, sagte er und tauschte seinen Stuhl gegen einen, der dicht neben dem ihren stand, »Sie wollen mir doch hoffentlich nicht weismachen, daß Sie keinen angenehmen Abend hatten.«

»O nein; ich war angenehm überrascht von meiner Ausdauer im Fragenstellen und habe mich darüber amüsiert, wie wenig Auskunft ich erhielt.«

»Ich bin enttäuscht«, war seine einzige Antwort.

»Ich hoffe, alle haben einen angenehmen Abend verlebt«, sagte Mr. Woodhouse in seiner bedächtigen Art. »Ich jedenfalls habe mich sehr wohl gefühlt. Einmal wurde es mir am Feuer zu heiß; aber da habe ich meinen Stuhl einfach ein bißchen zurückgeschoben, ein ganz kleines bißchen nur, und schon hat es mich nicht mehr gestört. Miss Bates war sehr gesprächig und gutgelaunt, aber das ist sie ja immer, freilich spricht sie etwas zu schnell. Trotzdem ist sie sehr nett und Mrs. Bates auch, auf ihre Art. Ich mag alte Freunde; und Miss Jane Fairfax ist eine sehr hübsche junge Dame, wirklich eine bildhübsche junge Dame mit sehr guten Manieren. Sie muß den Abend genossen haben, Mr. Knightley, weil sie ja Emma hatte.«

»Stimmt, Sir; und Emma, weil sie Miss Fairfax hatte.«

Emma spürte seine Unruhe, und da sie diese zumindest vorläufig beschwichtigen wollte, sagte sie mit einer Aufrichtigkeit, die keinen Zweifel an ihren Worten aufkommen ließ: »Sie ist eine so elegante Erscheinung, daß man die Augen nicht von ihr wenden kann. Ich schaue sie immer voll Bewunderung an, und dabei tut sie mir von Herzen leid.«

Mr. Knightley sah man an, daß er seine Dankbarkeit über diese Bemerkung nicht offen zeigen mochte, und ehe er etwas darauf antworten konnte, sagte Mr. Woodhouse, dessen Gedanken noch immer bei den Bates verweilten:

»Es ist ein Jammer, daß sie in so beengten Verhältnissen leben müssen! Wirklich ein großer Jammer! Und ich habe mir oft gewünscht – aber man getraut sich ja nicht viel zu tun – kleine, unbedeutende Geschenke, irgend etwas Besonderes – jetzt haben wir gerade ein Mastschwein geschlachtet, und Emma möchte ihnen gern eine Lende oder eine Keule schicken; das Schwein ist sehr klein und zart – Schweinefleisch von Hartfield ist nicht wie sonstiges Schweinefleisch – aber eben doch Schweinefleisch – und, meine liebe Emma, wenn man nicht sicher sein könnte, daß sie Steaks daraus machen, schön in der Pfanne gebraten, genau wie unsere, ganz ohne Fett, und nicht etwa schmoren, denn Schweinebraten ist für jeden Magen unverträglich – ich denke, wir sollten ihnen doch lieber den Schlegel schicken – meinst du nicht auch, mein Liebes?«

»Lieber Papa, ich habe ihnen das ganze Hinterviertel bringen lassen. Ich wußte ja, daß es dir recht sein würde. Den Schinken können sie pökeln, weißt du, das ist sehr lecker, und die Lende können sie gleich zubereiten, wie sie mögen.«

»Das ist gut, mein Liebes, ausgezeichnet. Daran hatte ich noch gar nicht gedacht, aber das ist die beste Lösung. Sie dürfen den Schinken nur nicht versalzen, und wenn er nicht versalzen und tüchtig gekocht ist, so wie es Serle immer macht, und wenn sie sehr maßvoll davon essen mit einer gekochten Rübe und einer kleinen Karotte oder Pastinake als Beilage, dann halte ich ihn für keineswegs unbekömmlich.«

»Emma«, sagte Mr. Knightley kurz darauf, »ich habe eine Neuigkeit für Sie. Sie mögen doch Neuigkeiten – und auf meinem Weg hierher habe ich etwas erfahren, das Sie interessieren dürfte.«

»Neuigkeiten? O ja, Neuigkeiten höre ich immer gern. Worum handelt es sich denn? Warum lächeln Sie so? Wo haben Sie sie erfahren? Etwa in Randalls?«

Er hatte gerade noch Zeit zu sagen: »Nein, nicht in Randalls; ich bin überhaupt nicht nach Randalls gekommen«, als die Tür aufgerissen wurde und Miss Bates und Miss Fairfax ins Zimmer traten, überströmend vor Dankbarkeit und voller Neuigkeiten. Miss Bates wußte gar nicht, welche sie am ersten loswerden sollte. Mr. Knightley merkte bald, daß er seine Gelegenheit verpaßt hatte und ihm nichts mehr zu berichten übrigbleiben würde.

»Oh, mein lieber Mr. Woodhouse, wie geht es Ihnen denn heute morgen? Meine liebe Miss Woodhouse – ganz überwältigt komme ich zu Ihnen! So ein schönes Hinterviertel vom Schwein! Sie sind wirklich gar zu freigebig! Haben Sie schon das Neueste gehört? Mr. Elton heiratet.«

Emma hatte noch nicht einmal Zeit gehabt, an Mr. Elton zu denken, und war daher derart überrascht, daß sie beim Klang seines Namens ein kleines Zusammenzucken und Erröten nicht vermeiden konnte.

»Das ist auch meine Neuigkeit. Ich dachte mir, sie würde Sie interessieren«, sagte Mr. Knightley mit einem Lächeln, dem man ansah, daß er etwas wußte von dem, was zwischen ihr und Mr. Elton vorgefallen war.

»Aber wo haben *Sie* es denn erfahren?« rief Miss Bates. »Wo um alles in der Welt können Sie es erfahren haben, Mr. Knightley? Denn es ist noch keine fünf Minuten her, daß ich Mrs. Coles Briefchen erhalten habe – nein, es kann nicht mehr als fünf Minuten her sein – oder höchstens zehn – denn ich hatte schon meine Haube aufgesetzt und meine Jacke angezogen, war gerade fertig zum Ausgehen – ich war nur noch schnell zu Patty hinuntergegangen, um noch einmal wegen des Schweinefleischs mit ihr zu sprechen – Jane stand derweil im Hausflur – nicht wahr, Jane? – weil meine Mutter solche Angst hatte, unser Topf zum Einsalzen sei nicht groß genug. Also ich sagte, ich wolle mal schnell hinuntergehen und nachsehen, und Jane fragte: ›Soll ich für dich gehen? Denn ich glaube, du bist etwas erkältet, und Patty hat eben die Küche gewischt.‹ Oh, mein Liebes, sagte ich – na und gerade da kam der Brief. Eine Miss Hawkins – das ist alles, was ich weiß. Eine Miss Hawkins aus Bath. Aber, Mr. Knightley, wie können Sie denn jetzt schon davon wissen? Denn gleich nachdem Mr. Cole es Mrs. Cole erzählt hatte, hat sie sich hingesetzt und mir geschrieben. Eine Miss Hawkins –«

»Vor anderthalb Stunden hatte ich geschäftlich mit Mr. Cole zu tun. Als ich ins Zimmer geführt wurde, hatte er eben den Brief gelesen und reichte ihn mir sogleich.«

»Na, das ist ja ganz – ich vermute, es gab noch nie eine Neuigkeit von größerem öffentlichen Interesse. Lieber verehrter Mr. Woodhouse, Sie sind wirklich zu freigebig. Meine Mutter möchte, daß ich Ihnen ihre besten Empfehlungen und Wünsche ausrichte und tausendmal danke, und sie sagt, sie sei wirklich ganz überwältigt.«

»Wir halten unser Schweinefleisch von Hartfield«, erwiderte Mr. Woodhouse, » – und das ist es in der Tat – für das beste Schweinefleisch weit und breit, so daß Emma und ich keine größere Freude haben können, als –«

»Oh! Mein lieber Mr. Woodhouse, wie meine Mutter sagt, unsere Freunde sind nur allzu gütig zu uns! Wenn es je Menschen gibt, die, ohne selbst über großen Reichtum zu verfügen, alles haben, was ihr Herz begehrt, dann sind es gewiß wir. Wir dürfen mit Fug und Recht behaupten: ›Auf schönem Land fiel mir mein Anteil zu‹. Also, Mr. Knightley, dann haben Sie also tatsächlich den Brief gesehen –«

»Er war kurz, lediglich um anzukündigen – aber fröhlich natürlich, überschwenglich.« Hier warf er Emma einen verschmitzten Blick zu. »Er habe das Glück gehabt – den genauen Wortlaut habe ich vergessen – es geht einen ja auch nichts an. Er teilte mit, wie Sie sagen, daß er in Kürze Miss Hawkins heiraten werde. So wie er schreibt, würde ich meinen, daß es bereits beschlossene Sache ist.«

»Mr. Elton in Kürze heiraten!« sagte Emma, sobald sie ihre Sprache wiedergefunden hatte. »Alle werden ihm Glück wünschen.«

»Er ist viel zu jung, um eine Familie zu gründen«, bemerkte Mr. Woodhouse. »Er hätte sich nicht so zu beeilen brauchen. Es schien ihm doch auch so recht gutzugehen. Wir haben ihn immer gern in Hartfield gesehen.«

»Eine neue Nachbarin für uns alle, Miss Woodhouse!« sagte Miss Bates, freudig erregt. »Meine Mutter ist ganz begeistert! Sie sagt, die Vorstellung, daß das arme alte Pfarrhaus keine Herrin habe, sei ihr immer unerträglich gewesen. Ja, es ist wirklich eine große Neuigkeit. Jane, du hast ja Mr. Elton noch nie gesehen! Kein Wunder, daß du so neugierig bist, ihn kennenzulernen.«

Janes Neugier hielt sich jedoch offenbar in Grenzen, denn sie schien mit ihren Gedanken ganz woanders zu sein.

»Nein – ich habe Mr. Elton nie gesehen«, erwiderte sie und zuckte etwas zusammen, als sie sich so angesprochen fühlte, »ist er – ist er groß?«

»Wer soll diese Frage beantworten?« rief Emma. »Mein Vater würde sagen ›ja‹, Mr. Knightley ›nein‹ und Miss Bates und ich, daß er genau die goldene Mitte hält. Wenn Sie noch ein wenig hier sind, Miss Fairfax, werden Sie dahinterkommen, daß Mr. Elton für Highbury der Inbegriff körperlicher und geistiger Vollkommenheit ist.«

»Sehr richtig, Miss Woodhouse, das wird sie. Er ist ein Bild von einem jungen Mann. Aber, meine liebe Jane, falls du dich erinnerst, ich habe dir gestern abend schon gesagt, daß er genau Mr. Perrys Größe hat. Miss Hawkins – eine vortreffliche junge Frau, nehme ich wohl an. Er ist immer so zuvorkommend gegenüber meiner Mutter – wollte er doch, daß sie auf der Pfarrer-Bank sitze, damit sie besser höre, denn meine Mutter ist nämlich ein klein wenig taub – nicht sehr, sie hört eben etwas schlecht. Jane sagt, daß auch der Oberst ein bißchen schwerhörig sei. Er meint, Bäder könnten dagegen helfen – ein warmes Bad –, aber sie sagt, es habe ihm nur momentan gutgetan. Oberst Campbell ist, müssen Sie wissen, ein wahrer Engel für uns. Und Mr. Dixon scheint ein sehr charmanter junger Mann zu sein, ganz seiner würdig. Es ist ein solches Glück, wenn gute Menschen zueinanderfinden – und das tun sie immer. Nun, hier werden es Mr. Elton und Miss Hawkins sein; und da sind die Coles, solche lieben Leute; und die Perrys – ich glaube, es hat noch nie ein glücklicheres oder besseres Ehepaar gegeben als Mr. und Mrs. Perry. Ich sage immer, Sir«, zu Mr. Woodhouse gewandt, »es gibt bestimmt nur wenige Orte mit einer Gesellschaft wie der von Highbury. Ich sage immer, wir sind mit unseren Nachbarn wahrhaftig gesegnet. Mein lieber verehrter Mr. Woodhouse, wenn es etwas gibt, das meine Mutter mehr als alles andere liebt, so ist es Schweinefleisch – eine gebratene Schweinelende –«

»Wer oder was diese Miss Hawkins ist oder wie lange er sie schon kennt«, fiel Emma ihr ins Wort, »darüber weiß man vermutlich nichts. Sehr lange kann die Bekanntschaft wohl noch nicht bestehen. Er ist ja erst vier Wochen weg.«

Niemand wußte wirklich etwas Genaueres; und nach ein paar weiteren Äußerungen des Erstaunens sagte Emma:

»Sie schweigen, Miss Fairfax, aber ich darf doch annehmen, daß diese Neuigkeit auch Sie interessiert. Sie, die Sie in letzter Zeit so viel von derlei Dingen gesehen und gehört haben, die Sie wegen Miss Campbell so einiges mit dieser Sache zu tun gehabt haben müssen – wir werden es Ihnen nicht verzeihen, wenn Mr. Elton und Miss Hawkins Sie gleichgültig lassen.«

»Wenn ich Mr. Elton erst einmal gesehen habe«, erwiderte Jane, »werde ich mich wohl dafür interessieren – aber ich glaube, *das* muß bei mir erst der Fall sein, ehe ich mich für einen Menschen interessiere. Und da es einige Monate her ist, seit Miss Campbell heiratete, mag der Eindruck ein wenig verblaßt sein.«

»Ja, er ist genau vier Wochen weg, wie Sie bemerken, Miss Woodhouse«, sagte Miss Bates, »gestern waren es vier Wochen. – Eine Miss Hawkins. – Nun, ich hatte mir immer eher eingebildet, es würde eine junge Dame aus der hiesigen Gegend sein; nicht daß ich jemals daran – Mrs. Cole hat mir einmal etwas zugeflüstert – aber ich habe damals sofort gesagt: ›Nein, Mr. Elton ist zwar ein überaus verdienstvoller junger Mann – aber‹. Kurzum, ich bin wohl nicht die Hellste, wenn es um solche Entdeckungen geht. Das gebe ich unumwunden zu. Was ich direkt vor Augen habe, das sehe ich. Andererseits würde sich wohl auch niemand wundern, wenn Mr. Elton nach Höherem – Miss Woodhouse läßt mich, in ihrer Gutmütigkeit, so fröhlich drauflosschwatzen. Sie weiß ja, daß ich niemanden beleidigen möchte, um nichts auf der Welt. Wie geht es denn eigentlich Miss Smith? Sie scheint ja nun wieder gesund zu sein. Haben Sie schon etwas von Mrs. John Knightley gehört? Ach, die herzigen Kinderchen. Jane, weißt du, daß ich mir Mr. Dixon immer wie Mr. John Knightley vorstelle? Ich meine von der äußeren Erscheinung her – großgewachsen und mit diesem bestimmten Gesichtsausdruck – und nicht sehr gesprächig.«

»Ganz falsch, liebe Tante; es besteht keinerlei Ähnlichkeit.«

»Sehr sonderbar! Aber vorher macht man sich ja immer ein falsches Bild von einer Person. Man schnappt irgend etwas auf und überläßt sich dann seiner Phantasie. Mr. Dixon, sagst du, ist, strenggenommen, kein gutaussehender Mann?«

»Gutaussehend? O nein – alles andere als wirklich gutaussehend – ausgesprochen unscheinbar. Ich habe dir doch schon einmal gesagt, daß er unscheinbar aussieht.«

»Mein Liebes, du hast gesagt, Miss Campbell würde nicht zugeben, daß er unscheinbar ist, und du selbst – «

»Oh! Was mich betrifft, auf mein Urteil ist in solchen Fällen kein Verlaß. Wenn ich einen Menschen schätze, finde ich ihn immer gutaussehend. Aber ich habe die, wie mir scheint, allgemeine Meinung wiedergegeben, als ich ihn unscheinbar nannte.«

»Nun, meine liebe Jane, ich glaube, wir müssen uns jetzt sputen. Das Wetter sieht gar nicht gut aus, und Großmama wird sich schon Sorgen machen. Sie sind zu liebenswürdig, meine liebe Miss Woodhouse; aber wir müssen nun wirklich gehen. Dies ist in der Tat eine höchst angenehme Neuigkeit gewesen. Ich schaue eben mal kurz bei Mrs. Cole vorbei, aber ich werde mich keine drei Minuten aufhalten; und Jane, du solltest lieber direkt nach Hause gehen – ich möchte nicht, daß du in einen Regenschauer kommst! – Wir finden, Highbury hat ihr schon gutgetan. Danke, das finden wir auch. Bei Mrs. Goddard brauche ich gar nicht erst anzufragen, denn ich weiß, sie macht sich nur etwas aus *gesottenem* Schweinefleisch: wenn wir den Schinken pökeln, ist es etwas anderes. Ihnen einen guten Morgen, mein lieber Mr. Woodhouse. Oh! Mr. Knightley kommt auch mit. Na, das ist aber – Wenn Jane müde ist, werden Sie bestimmt so freundlich sein, ihr den Arm zu reichen, nicht wahr – Mr. Elton und Miss Hawkins! – Ihnen einen guten Morgen.«

Da Emma mit ihrem Vater allein zurückblieb, mußte sie ihm einen Teil ihrer Aufmerksamkeit widmen, während er darüber lamentierte, daß es junge Leute immer so eilig haben zu heiraten – und dann auch noch welche von auswärts –, und nur nebenbei konnte sie sich das Gehörte durch den Kopf gehen lassen. Sie amüsierte sich über die Neuigkeit und empfand sie als hochwillkommen, lieferte sie doch den Beweis dafür, daß Mr. Elton nicht besonders lange gelitten haben konnte; aber um Harriet tat es ihr leid: Harriet würde diese Nachricht bestimmt sehr nahegehen – und Emma hoffte nur, sie ihrer Freundin selbst eröffnen und ihr so ersparen zu können, von anderen darüber ins Bild gesetzt zu werden. Es war nun ungefähr die Zeit, zu der sie normalerweise erschien. Wenn sie auf ihrem Weg hierher Miss Bates begegnen sollte! Und als es zu regnen anfing, rechnete Emma fest damit, daß das Wetter sie bei Mrs. Goddard zurückhalten und die Nachricht sie dort völlig unvorbereitet treffen werde.

Der Schauer war heftig, aber kurz; und es dauerte keine fünf Minuten, da trat Harriet ins Zimmer, so erhitzt und aufgelöst wie eben jemand, der mit übervollem Herzen hierhergeeilt kam; und das »Oh! Miss Woodhouse, stellen Sie sich bloß vor, was passiert ist!«, das augenblicklich aus ihr herausbrach, bestätigte diesen aufgewühlten Eindruck. Da der Schlag nun einmal versetzt worden war, meinte Emma, ihr keine größere Wohltat erweisen zu können, als sie geduldig anzuhören: und Harriet kannte keine Hemmungen mehr und sprudelte alles hervor, was sie zu erzählen hatte: Vor einer halben Stunde sei sie von Mrs. Goddard losgegangen – sie habe befürchtet, daß es regnen würde – sie habe befürchtet, daß es jeden Moment zu schütten anfangen würde – aber sie habe gedacht, es noch bis Hartfield zu schaffen – sie sei so schnell gelaufen, wie sie konnte; aber dann, als sie an dem Haus vorüberkam, wo eine junge Frau gerade ein Kleid für sie ändere, habe sie kurz mal hineinschauen wollen, um zu sehen, wie weit es gediehen sei; und obwohl sie den Eindruck gehabt habe, keine halbe Minute geblieben zu sein, habe es gleich, nachdem sie wieder rausgekommen sei, zu regnen angefangen, und sie habe nicht gewußt, was sie machen sollte; also sei sie, so schnell sie konnte, weitergerannt und habe sich bei Ford untergestellt. – Ford war die größte Woll-, Tuch- und Kurzwarenhandlung in Highbury, das erste Geschäft am Platze, was Auswahl und modisches Angebot anlangte. – Und dort habe sie dann, ohne an irgend etwas zu denken, vielleicht zehn Minuten gesessen, als ganz plötzlich wie aus heiterem Himmel – wer kam wohl herein? – wahrlich, es war so sonderbar! – aber sie hatten ja immer bei Ford zu tun – ausgerechnet Elizabeth Martin und ihr Bruder eintraten! »Liebe Miss Woodhouse, stellen Sie sich nur vor! Ich dachte, ich würde gleich in Ohnmacht fallen. Ich wußte nicht, was ich tun sollte. Ich saß neben der Tür – Elizabeth erblickte mich sofort, aber er nicht, er war mit dem Regenschirm beschäftigt. Sie hatte mich bestimmt gesehen, aber sie schaute sofort weg und beachtete mich nicht; und beide gingen in die entgegengesetzte Ecke des Ladens; und ich blieb neben der Tür sitzen! Ach du meine Güte; ich fühlte mich so elend! Ich war bestimmt so weiß wie mein Kleid. Wegen des Regens konnte ich ja nicht weg; aber ich wünschte, irgendwo auf der Welt zu sein, nur nicht hier. Oh! liebe Miss Woodhouse – nun, schließlich drehte er sich wohl um und erblickte mich; denn statt sich weiter um ihre Einkäufe zu kümmern, fingen sie miteinander zu flüstern an. Ich bin sicher, sie haben über mich gesprochen; und ich konnte mich des Gedankens nicht erwehren, daß er sie überredete, mich anzusprechen – (meinen Sie nicht auch, Miss Woodhouse?) – denn gleich darauf kam sie her – kam direkt auf mich zu und fragte mich, wie es mir gehe, und schien bereit, mir die Hand zu schütteln, falls ich wollte. Sie tat nichts so, wie sie es früher immer getan hatte; sie war irgendwie verändert; aber sie schien doch zu versuchen, sehr freundlich zu sein; und wir schüttelten einander die Hand und unterhielten uns ein Weilchen, aber ich weiß nicht mehr, was ich gesagt habe – ich zitterte vor Aufregung! – Ich erinnere mich, daß sie sagte, sie bedauere, daß wir uns jetzt gar nicht mehr sähen; was mir fast zu gütig vorkam! Liebe Miss Woodhouse, ich fühlte mich hundeelend! Inzwischen begann es aufzuklaren, und ich war entschlossen, mich durch nichts mehr aufhalten zu lassen – und dann – denken Sie nur! – merkte ich, daß auch er auf mich zutrat – langsam, wissen Sie, und so, als wisse er nicht recht, was er tun solle; und so kam er denn und sprach, und ich antwortete – und ich stand eine Minute lang da, fühlte mich entsetzlich, ich kann gar nicht sagen, wie; und dann faßte ich mir ein Herz und sagte, es regne nicht mehr und ich müsse nun gehen: Und so machte ich mich auf den Weg; und ich war noch keine drei Meter von der Tür entfernt, da kam er mir nach, nur um mir zu sagen, daß, wenn ich nach Hartfield wolle, es wohl besser wäre, um Coles Ställe herumzugehen, denn ich würde den direkten Weg ganz vom Regen überflutet vorfinden. Oh! du meine Güte, ich dachte, das sei mein Tod! Ich sagte also, ich sei ihm sehr verbunden: Das war doch gewiß das mindeste, was ich tun konnte. Und dann ging er zu Elizabeth zurück, und ich nahm den Weg an den Ställen vorbei – ich glaube es jedenfalls –, aber ich wußte kaum, wo ich mich befand und was los war. Oh! Miss Woodhouse, ich würde alles lieber tun, als das noch einmal zu erleben: Und doch, ich empfand eine gewisse Befriedigung, als ich sah, daß er sich so freundlich benahm und so nett. Und Elizabeth ebenso. Oh! Miss Woodhouse, sagen Sie doch etwas, tun Sie doch etwas, damit mir wieder wohler wird.«

Das war Emmas aufrichtiger Wunsch, aber sie konnte es nicht sofort. Sie mußte innehalten und nachdenken. Ihr war selbst nicht ganz wohl. Aus dem Verhalten des jungen Mannes und seiner Schwester sprach echte Sympathie, und sie konnten ihr nur leid tun. Wie Harriet es schilderte, hatte in ihrem Benehmen eine interessante Mischung aus verletzter Zuneigung und echtem Zartgefühl gelegen. Aber sie hatte sie ja schon früher für rechtschaffene, achtbare Leute gehalten; und was änderte das an der Tatsache, daß die Verbindung von Übel gewesen wäre? Es war närrisch, sich davon kopfscheu machen zu lassen. Natürlich bedauerte er es bestimmt, sie zu verlieren – alle bedauerten es bestimmt. Wahrscheinlich war der Ehrgeiz genauso gedemütigt worden wie die Liebe. Alle mochten sie gehofft haben, durch die Bekanntschaft mit Harriet an gesellschaftlichem Ansehen zu gewinnen: und außerdem: Was war denn Harriets Darstellung schon wert? So leicht einzunehmen – so unkritisch; was bedeutete schon ihr Lob?

Sie riß sich zusammen und versuchte tatsächlich, sie zu beruhigen, indem sie alles, was geschehen war, für null und nichtig und nicht der Rede wert erklärte.

»Momentan mag es betrüblich sein«, sagte sie, »aber du hast dich anscheinend fabelhaft benommen; und es ist vorbei – und wird nie – kann nie, wie eine erste Begegnung, wieder vorkommen, und daher brauchst du dir keine Gedanken darüber zu machen.«

Harriet sagte: »wohl wahr«, und sie werde sich keine Gedanken darüber machen, aber dennoch sprach sie davon – dennoch konnte sie von nichts anderem reden; und um ihr die Martins aus dem Kopf zu vertreiben, sah sich Emma schließlich genötigt, schnell zu der Neuigkeit überzugehen, die sie ihr mit so viel zarter Vorsicht hatte beibringen wollen; wobei sie selbst kaum wußte, ob sie sich freuen oder wütend, beschämt oder amüsiert sein sollte über eine solche seelische Verfassung bei der armen Harriet – darüber, wie Mr. Elton bei ihr an Bedeutung verloren hatte.

Mr. Eltons Rechte lebten jedoch allmählich wieder auf. Wenn sie auch die Nachricht nicht so empfand, wie sie sie womöglich einen Tag oder eine Stunde zuvor aufgenommen hätte, so wuchs doch ihr Interesse daran schnell; und ehe ihr erstes Gespräch darüber vorbei war, hatte sie sich selbst derart in all die Empfindungen von Neugier, Erstaunen und Bedauern, Schmerz und Freude, was diese glückliche Miss Hawkins anging, hineingeredet, daß die Martins einen nachgeordneten Rang in ihrer Phantasie einnehmen konnten.

Emma war schließlich sogar froh, daß diese Begegnung stattgefunden hatte. Harriets erster Schock war dadurch etwas gedämpft worden, ohne daß jetzt Grund zur Beunruhigung wegen der Martins bestand. So wie Harriet nun lebte, kamen die Martins nicht an sie heran, ohne sie zu suchen, woran es ihnen bisher entweder an Mut oder mangelndem Stolz gefehlt hatte; denn seitdem sie den Bruder abgewiesen hatte, waren die Schwestern nie mehr bei Mrs. Goddard gewesen; und es mochte durchaus ein Jahr vergehen, ehe sie wieder aufeinandertrafen und sich die Notwendigkeit oder auch nur die Möglichkeit ergab, ein Gespräch zu führen.

ZWEIUNDZWANZIGSTES KAPITEL

Der Mensch neigt von Natur aus zu Wohlwollen gegenüber jenen, in deren Leben gerade etwas Aufregendes geschieht, weshalb ein junger Mann, der entweder heiratet oder stirbt, sicher sein kann, daß nur Gutes über ihn gesagt wird.

Es war noch keine Woche vergangen, seit Miss Hawkins' Name in Highbury zum ersten Mal gefallen war, da hatte man schon irgendwie herausgefunden, daß sie alle nur erdenklichen äußeren und inneren Vorzüge in sich vereine; daß sie hübsch sei und elegant, hochgebildet und die Liebenswürdigkeit in Person; und als Mr. Elton selbst eintraf, um sich in seinem zukünftigen Glück zu sonnen und den Ruhm ihrer Tugenden zu verbreiten, da blieb ihm eigentlich nicht mehr viel zu tun übrig, als ihren Vornamen zu verraten und bekanntzugeben, welche Komponisten sie am liebsten spiele.

Als überglücklicher Mensch kehrte Mr. Elton zurück. Abgereist war er als ein verschmähter und gedemütigter

Liebhaber – enttäuscht in seiner kühnen Zuversicht nach all den, wie ihm schien, eindeutigen Ermunterungen; und nicht nur hatte er sich von der Richtigen eine Abfuhr erteilen lassen müssen, nein, er war auch noch auf das Niveau einer ihm völlig unstandesgemäßen Person herabgewürdigt worden. Tief gekränkt hatte er sich nach Bath begeben – als Verlobter einer anderen kam er zurück – einer, die natürlich die erste völlig in den Schatten stellte, wie ja in solchen Fällen das Gewonnene das Verlorene mehr als nur aufwiegt. Beschwingt und selbstzufrieden und voller Tatendrang kam er zurück, machte sich überhaupt nichts mehr aus Miss Woodhouse und strafte Miss Smith mit Verachtung.

Neben all den üblichen Vorzügen vollkommener Schönheit und Tugend besaß die bezaubernde Augusta Hawkins auch ein eigenes Vermögen von so vielen tausend Pfund, daß die Rede ging, es seien zehntausend – was dem Ansehen der Verbindung ebenso wie der Annehmlichkeit derselben zugute kam. Die Geschichte hörte sich gut an: Er hatte sich nicht weggeworfen, sondern eine Frau errungen, die mindestens zehntausend Pfund (oder so etwa) ihr eigen nannte, und das alles war wie am Schnürchen gelaufen – schon bald nach der ersten Begegnung hatte sie ihm ihre Gunst zu erkennen gegeben; die Geschichte, die er Mrs. Cole vom Anfang und Verlauf der Affäre zum besten geben konnte, war so ruhmreich – die Schritte von der zufälligen Begegnung bis zum Dinner bei Mr. Green und der Einladung bei Mrs. Brown so rasch aufeinander gefolgt – Lächeln und Erröten wurden immer vielsagender – dazwischen reichlich Anzeichen von Befangenheit und innerer Erregung – die Dame war so leicht zu beeindrucken gewesen – hatte sich so reizend geneigt gezeigt – war, um es kurz zu machen, so durch und durch bereit, ihn zu nehmen, daß Eitelkeit und Besonnenheit gleichermaßen Genüge getan wurde.

Er hatte sowohl das Wesentliche als auch das Beiwerk errungen – sowohl Vermögen als auch Zuneigung, und war entsprechend glücklich; er redete nur noch von sich und seinen eigenen Belangen – wollte andauernd beglückwünscht werden – ließ sich gerne auslachen – und sprach mit herzhaftem, furchtlosem Lächeln nun auch die jungen Damen des Ortes an, mit denen er noch vor wenigen Wochen wohl weitaus vorsichtiger geflirtet hätte.

Die Hochzeit konnte nicht mehr fern sein, da die Beteiligten auf niemanden Rücksicht zu nehmen und nur die unumgänglichen Vorbereitungen abzuwarten brauchten; und als er wieder nach Bath fuhr, ging man allgemein davon aus – und ein gewisser Blick Mrs. Coles schien dem nicht zu widersprechen –, daß er beim nächsten Mal mit seiner Braut in Highbury Einzug halten werde.

Während seines jetzigen kurzen Aufenthalts hatte ihn Emma kaum zu Gesicht bekommen, doch immerhin oft genug, um nun jenes erste Wiedersehen hinter sich gebracht und die Überzeugung gewonnen zu haben, daß er durch diese Mischung aus Gekränktsein und Herablassung, die er nun zur Schau trug, keine Spur liebenswerter geworden war. Ja, sie wunderte sich jetzt sogar, wie sie ihn überhaupt jemals hatte nett finden können; und sein Anblick war für sie so untrennbar mit höchst unliebsamen Empfindungen verbunden, daß sie froh und dankbar gewesen wäre, von jeder weiteren Begegnung verschont zu bleiben, hätte sie solche nicht als eine unter moralischem Aspekt gesehen heilsame Quelle der Buße und lehrreichen Demütigung für sich betrachtet. Sie wünschte ihm alles Gute, aber seine Gegenwart in Highbury bereitete ihr seelische Qualen, und wenn er sich zwanzig Meilen weit weg seines Lebens erfreut hätte, wäre sie vollauf zufrieden gewesen.

Das Unbehagen, das sein Verbleib in Highbury bei ihr auslöste, mußte freilich durch seine Heirat etwas an Stärke verlieren. Viele nutzlose Sorgen würden dadurch aus dem Weg geräumt – viele Peinlichkeiten gemildert werden. Eine *Mrs. Elton* konnte als Vorwand herhalten, daß man nicht mehr so wie früher miteinander Umgang pflegte, und die vormalige Vertrautheit konnte aufgegeben werden, ohne daß man ein Wort darüber verlor. Es wäre fast eine Art Neuanfang auf der Ebene förmlicher Höflichkeit.

Von der Dame selbst hielt Emma recht wenig. Für Mr. Elton war sie zweifellos gut genug; gebildet genug für Highbury – hübsch genug – um wahrscheinlich neben Harriet unscheinbar zu wirken. Der familiäre Hintergrund der Dame bereitete Emma keinerlei Kummer, denn sie war überzeugt, daß Mr. Elton trotz all seiner hochgestochenen Ansprüche und seiner abschätzigen Haltung gegenüber Harriet keine einzige Sprosse auf der gesellschaftlichen Stufenleiter erklommen hatte. In diesem Punkt würde man schon hinter die Wahrheit kommen. Was sie für ein Mensch war, mußte vorerst unbestimmt bleiben; aber *wer* sie war, das ließ sich herausfinden; und abgesehen von den zehntausend Pfund schien sie Harriet überhaupt nichts vorauszuhaben. Weder brachte sie einen großen Namen, noch einen Stammbaum, noch einflußreiche Beziehungen mit in die Ehe. Miss Hawkins war die jüngere von zwei Töchtern eines Bristoler – Kaufmanns, so mußte wohl die Berufsbezeichnung lauten; aber da der Gesamtertrag seines Kaufmannslebens so bescheiden zu sein schien, durfte man wohl billigerweise davon ausgehen, daß auch sein Handelszweig nicht besonders angesehen war. Einen Teil des Winters hatte sie immer in Bath verbracht, aber zu Hause war sie in Bristol, und zwar mitten in der Stadt; denn obwohl ihr Vater und ihre Mutter vor einigen Jahren gestorben waren, gab es dort noch einen Onkel, der irgendwie mit Juristerei zu tun hatte – jedenfalls verlautete nichts weiter zu seiner Ehre, als daß er mit Juristerei zu tun hatte –, und bei ihm hatte die Tochter gelebt. Emma hielt ihn für den Kuli irgendeines Anwalts und für zu dumm, um es beruflich weiterzubringen. Und der ganze Glanz der Familie verdankte sich offenbar der älteren Schwester, die *sehr gut verheiratet* war mit einem Gentleman, der *in großem Stil* in der Nähe von Bristol lebte und zwei Kutschen hielt! Darin gipfelte die Geschichte der Miss Hawkins, das machte ihren Nimbus aus.

Wenn sie doch nur Harriet zu ihrer Sicht der Dinge hätte bewegen können! Sie hatte ihr diese Liebe eingeredet; aber leider war es nicht so leicht, sie ihr wieder auszureden. Vom Reiz einer Sache, die die Leere in ihrem Kopf ausfüllte, ließ sich Harriet nicht so ohne weiteres abbringen. Er mochte vielleicht durch einen anderen ersetzt werden; gewiß würde das eines Tages geschehen, das stand fest; selbst ein Robert Martin wäre dazu recht gewesen; aber sonst, so fürchtete Emma, würde nichts sie kurieren können. Harriet gehörte zu den Menschen, die, wenn sie sich erst einmal verliebt haben, nicht mehr davon lassen können. Und jetzt – ach, das arme Mädchen! Seit Mr. Elton wieder da war, ging es ihr erheblich schlechter. Irgendwo und irgendwie tauchte er immer wieder kurz vor ihr auf. Emma sah ihn nur ein einziges Mal; aber man konnte Gift darauf nehmen, daß Harriet ihm täglich ein paarmal *einfach so* über den Weg lief oder um ein Haar *einfach so* begegnet wäre, sie *einfach so* seine Stimme gehört oder ihn gerade noch von hinten gesehen hatte; *einfach so* geschah immer irgend etwas, das sein Bild in ihrem

Herzen lebendig erhielt und ihre Phantasie einem höchst anregenden Wechselbad von Hoffen und Bangen unterzog. Zudem hörte sie ständig über ihn reden, denn außer in Hartfield war sie stets von Frauen umgeben, die an Mr. Elton keinen Fehler entdeckten und nichts interessanter fanden, als die Nase in seine Angelegenheiten zu stecken; und über jede Neuigkeit, jede Mutmaßung – über alles, was bereits geschehen war, alles, was noch geschehen mochte im Hinblick auf seine beruflichen und privaten Verhältnisse, einschließlich seines Einkommens, seiner Dienerschaft und seines Mobiliars, redeten sich die Leute um sie herum unentwegt die Köpfe heiß. Ihre Verehrung für ihn erhielt durch die Lobeshymnen der anderen fortwährend neue Nahrung, ihr Kummer wurde wachgehalten und ihre Gefühle durch endlos wiederholte Anspielungen auf Miss Hawkins' Glück und dem immer wieder auftauchenden Hinweis, wie zugetan er ihr sei, aufgewühlt und verletzt! Die Miene, die er zur Schau trug, wenn er am Haus vorüberging – ja, sogar die Art und Weise, wie er seinen Hut jetzt trug, alles wurde als Beweis seiner maßlosen Verliebtheit gedeutet.

Wäre die Sache nicht so ernst gewesen, wäre das Ganze für ihre Freundin nicht so schmerzhaft und für sie mit solchen Selbstvorwürfen behaftet gewesen, Emma hätte sich über Harriets Stimmungsschwankungen amüsiert. Mal wurde deren Denken von Mr. Elton beherrscht, mal von den Martins; und beide waren gelegentlich von Nutzen, um sich gegenseitig in Schach zu halten. Mr. Eltons Verlobung war das Gegengift gewesen gegen die Aufregung, die jene Begegnung mit Mr. Martin in ihr ausgelöst hatte. Die unglückliche Stimmung, in die sie die Nachricht von Mr. Eltons Verlobung gestürzt hatte, war durch Elizabeths Besuch bei Mrs. Goddard ein paar Tage später etwas verdrängt worden.

Harriet war zwar nicht zu Hause gewesen, aber Miss Martin hatte ihr ein schon vorbereitetes Briefchen hinterlassen, das genau in dem richtigen, zu Herzen gehenden Ton verfaßt war: einer Mischung aus einigen vorwurfsvollen und vielen freundlichen Worten; und ehe Mr. Elton selbst auftauchte, galt Harriets ganze Aufmerksamkeit diesem Briefchen, da sie andauernd darüber nachdachte, wie sie darauf reagieren sollte, wobei sie gern mehr getan hätte, als sie zuzugeben wagte. Aber der leibhaftige Mr. Elton hatte alle derartigen Sorgen zerstreut. Solange er in Highbury blieb, waren die Martins vergessen; und an dem Morgen, als er wieder nach Bath aufbrach und Harriet erneut in Trübsal versank, hielt Emma es für angezeigt, daß ihre Freundin Elizabeth Martins Besuch erwiderte, um auf andere Gedanken zu kommen.

Wie man sich für diesen Besuch erkenntlich zeigen sollte – was erforderlich und dennoch weitestgehend unbedenklich war, darüber hatte Emma eine Weile nachdenken müssen, ehe sie sich schlüssig wurde. Die Mutter und die Schwestern, die ja Harriet nun einmal eingeladen hatten, wie Luft zu behandeln, wäre undankbar gewesen. Das durfte nicht sein. Und doch war da die Gefahr, daß die alte Freundschaft wieder auflebte! Nach vielem Hin und Her fiel ihr nichts Besseres ein, als daß Harriet den Besuch erwidern sollte; aber auf eine Weise, die den Martins, falls sie nicht auf den Kopf gefallen waren, deutlich zu verstehen geben würde, daß es sich in Zukunft nur noch um eine förmliche Bekanntschaft handeln konnte. Sie wollte Harriet in der Kutsche mitnehmen, sie an der Abbey Mill absetzen, während sie selbst noch ein Stück weiterführe, und sie bald wieder abholen, damit keine Zeit für hinterhältige Bitten oder gefährliche Rückfälle in die Vergangenheit bliebe und den Martins klar würde, welcher Grad von Vertrautheit künftig zwischen ihnen und Harriet bestehen sollte.

Eine bessere Lösung fiel ihr nicht ein: und wenn auch das Ganze einen Beigeschmack hatte, der ihr im Grunde nicht behagte – etwas wie notdürftig überkleisterte Undankbarkeit –, es mußte sein, denn was würde sonst aus Harriet werden?

DREIUNDZWANZIGSTES KAPITEL

Harriet war nicht gerade nach einem Besuch zumute. Erst eine halbe Stunde, bevor ihre Freundin sie bei Mrs. Goddard abholte, hatte ihr Unstern sie ausgerechnet zu der Stelle geführt, wo in diesem Augenblick gerade ein großer Koffer, adressiert an den *Reverend Philip Elton, White Hart, Bath*, in den Metzgerskarren gehievt wurde, der ihn dorthin befördern sollte, wo die Postkutschen abfuhren; und es existierte für sie infolgedessen nichts mehr auf dieser Welt außer dem Koffer und seinem Bestimmungsort.

Sie fuhr jedoch mit; und als der Bauernhof erreicht war und sie am Ende des breiten, sauberen Kieswegs abgesetzt wurde, der zwischen Spalierapfelbäumen zur Haustür führte, überkam sie beim Anblick alles dessen, was ihr im letzten Herbst so viel Freude gemacht hatte, eine leichte Aufregung; und nachdem Harriet ausgestiegen war, beobachtete Emma, wie sie mit einer gewissen ängstlichen Neugier um sich blickte, woraufhin sie beschloß, den Besuch keinesfalls länger als die vorgesehene Viertelstunde dauern zu lassen. Sie selbst fuhr weiter, um diese kurze Zeitspanne einer früheren Dienerin zu widmen, die geheiratet und sich mit ihrem Mann in Donwell niedergelassen hatte.

Pünktlich nach einer Viertelstunde hielt sie wieder vor

dem weißgestrichenen Gartentor; und als Miss Smith ihre Aufforderung erhielt, fand sie sich unverzüglich bei ihr ein, ohne von einem beunruhigenden jungen Mann begleitet zu werden. Ganz allein kam sie den Kiesweg herunter – die eine Miss Martin tauchte nur kurz an der Tür auf und verabschiedete sich von ihr mit, wie es schien, förmlicher Höflichkeit.

Es dauerte ein Weilchen, ehe Harriet einen vernünftigen Bericht geben konnte. Sie war noch zu aufgewühlt; aber schließlich bekam Emma doch noch genug aus ihr heraus, um sich ein Bild machen zu können, wie das Treffen verlaufen war und wie schmerzlich es gewesen sein mußte. Harriet hatte nur Mrs. Martin und die beiden Mädchen angetroffen. Sie hatten sie zögernd, um nicht zu sagen, kühl empfangen; und fast die ganze Zeit war nur über Belanglosigkeiten gesprochen worden – bis gegen Ende zu, als Mrs. Martin ganz unversehens sagte, sie finde, Miss Smith sei gewachsen, ein interessanteres Thema angeschnitten und ein herzlicherer Ton angeschlagen wurde. In eben diesem Zimmer waren im vergangenen September sie und ihre beiden Freundinnen gemessen worden. Man sah noch die Bleistiftstriche samt Namen und Datum auf der Holztäfelung neben dem Fenster. *Er* hatte sie dort angebracht. Alle drei schienen sie sich an den Tag, die Stunde, die Anwesenden und den Anlaß zu erinnern – dieselbe Befangenheit zu empfinden, dasselbe Bedauern zu spüren –, nur allzugern bereit, zum guten Einvernehmen von damals zurückzukehren, und waren schon fast wieder ganz wie früher (Harriet, wie Emma annehmen mußte, stand den anderen an Herzlichkeit und freudigem Jubel keineswegs nach), als die Kutsche zurückkam und allem ein Ende setzte. Die Art des Besuchs und seine kurze Dauer wurden nun als unabänderliche Tatsache empfunden. Vierzehn Minuten für die Menschen, bei denen sie vor nicht einmal sechs Monaten voller Dankbarkeit sechs Wochen verbracht hatte! Das alles konnte sich Emma nur zu gut ausmalen und nachfühlen, wie sehr sie zu Recht verstimmt sein mochten und wie Harriet darunter leiden mußte. Es war eine schlimme Sache. Sie hätte viel darum gegeben oder viel dafür ertragen, wenn die Martins gesellschaftlich höhergestellt gewesen wären. Sie verdienten es so sehr, daß ein *klein* wenig höher schon genügt hätte: Aber wie hätte sie sich unter den gegebenen Umständen anders verhalten können? Ausgeschlossen! Es gab für sie nichts zu bereuen. Sie mußten voneinander getrennt werden; aber das war ein sehr schmerzhafter Prozeß – in diesem Augenblick auch für sie selbst, so daß sie bald ein wenig Trost zu benötigen glaubte und beschloß, über Randalls nach Hause zu fahren, um ihn sich dort zu holen. Mr. Elton und die Martins hatte sie nun gründlich über. Eine kurze Erholung in Randalls schien dringend geboten.

Es war eine gute Idee, aber als sie bei der Tür vorfuhren, wurde ihnen gesagt, die Herrschaften seien nicht zu Hause, sondern schon eine Weile unterwegs; der Diener meinte zu wissen, daß sie nach Hartfield gegangen waren.

»Das ist doch zu dumm«, rief Emma, als sie umkehrten. »Und jetzt werden wir sie auch noch verfehlen; zu ärgerlich – ich weiß gar nicht, wann ich das letzte Mal so enttäuscht war.«

Und sie lehnte sich in die Ecke zurück, um ihrem Ärger freien Lauf zu lassen oder ihn durch vernünftige Überlegungen zu vertreiben; wahrscheinlich ein bißchen von beidem – wie es bei einem meist heiteren Gemüt ganz normal ist. Kurz darauf hielt die Kutsche an; Emma hob den Blick: sie war von Mr. und Mrs. Weston angehalten worden, die stehenblieben, um mit Emma zu sprechen. Beim Anblick der beiden wurde sie von jäher Freude erfaßt, und noch mehr freute sie sich, als sie Mr. Westons Stimme hörte, denn er begrüßte sie sofort mit den Worten:

»Wie geht es Ihnen, wie geht es Ihnen? Wir haben gerade Ihren Vater besucht – freuen uns, daß es ihm so gutgeht. Frank kommt morgen – heute früh habe ich einen Brief von ihm bekommen – morgen zum Essen ist er mit Sicherheit bei uns – heute ist er in Oxford, und er kommt für ganze zwei Wochen. Ich hab's ja gewußt! Wenn er zu Weihnachten gekommen wäre, hätte er noch nicht einmal drei Tage bleiben können; ich war immer froh, daß er nicht zu Weihnachten gekommen ist; jetzt haben wir auch genau das richtige Wetter für ihn, schönes, trockenes, beständiges Wetter. Wir werden seinen Besuch in vollen Zügen genießen: Alles hat sich so gefügt, wie wir es uns gewünscht haben.«

Einer solchen Neuigkeit konnte man nicht widerstehen, und ein solch glücklicher Gesichtsausdruck wie der Mr. Westons wirkte geradezu ansteckend, zumal seine Frau alles durch Worte und Blicke bestätigte, die zwar weniger zahlreich und etwas verhaltener waren, aber den gleichen Zweck verfolgten. Daß *sie* Frank Churchills Kommen für sicher hielt, genügte Emma, um aufrichtig und aus tiefster Überzeugung in den Jubel der beiden miteinzustimmen. Wie köstlich das ihre erschöpften Lebensgeister wiederbelebte! Die ausgelaugte Vergangenheit wurde von dem frischen Wind des Neuen hinweggefegt, und sekundenlang durchzuckte sie die Hoffnung, daß nun von Mr. Elton nicht mehr die Rede sein würde.

Mr. Weston erzählte ihr von den gesellschaftlichen Verpflichtungen in Enscombe, aufgrund deren es sich sein Sohn erlauben konnte, über zwei Wochen frei zu verfügen und außerdem die Route und die Art seiner Reise selbst zu bestimmen; und sie lauschte und lächelte und gratulierte ihm.

»Ich werde ihn schon bald nach Hartfield bringen«, sagte er zum Schluß.

Emma meinte gesehen zu haben, wie ihn seine Frau bei diesen Worten leicht am Arm faßte.

»Wir sollten besser weitergehen, Mr. Weston«, sagte sie, »wir halten die Mädchen nur auf.«

»Schön, schön, ich bin ja schon fertig«, und noch einmal zu Emma gewandt: »aber einen gar zu hübschen jungen Mann dürfen Sie auch wieder nicht erwarten; Sie kennen ihn ja bisher nur aus meinen Schilderungen; im Grunde ist er wohl nichts Besonderes«, wenn auch seine leuchtenden Augen in diesem Moment eine ganz andere Sprache sprachen.

Emma brachte einen völlig unbefangenen und arglosen Gesichtsausdruck zustande und eine Antwort, die keine anderen Rückschlüsse erlaubte.

»Denken Sie morgen an mich, meine liebe Emma, gegen vier Uhr«, bat Mrs. Weston sie beim Abschied; ihre Bitte hörte sich etwas kleinlaut an und war nur für sie bestimmt.

»Vier Uhr! Verlaß dich darauf, er ist um drei hier«, verbesserte Mr. Weston rasch; und damit endete eine höchst erfreuliche Begegnung. Emmas vorher so bedrückte Stimmung war nun geradezu in Übermut und Glück umgeschlagen; und alles sah jetzt gleich ganz anders aus; James und seine Pferde kamen ihr nicht mehr halb so schwerfällig vor wie ehedem. Als sie den Blick über die Hecken schweifen ließ, meinte sie, daß zumindest der Holunder bald ausschlagen müsse; und als sie sich zu Harriet umwandte, entdeckte sie selbst auf deren Gesicht einen Hauch von Frühling, ein sachtes Lächeln.

»Kommt Mr. Frank Churchill, nachdem er in Oxford war, auch durch Bath?« war jedoch eine Frage, die nichts Gutes verhieß.

Doch weder Geographiekenntnisse noch Gelassenheit fallen einem so mir nichts, dir nichts in den Schoß, aber in ihrer zuversichtlichen Stimmung hoffte Emma, daß sich beides schon mit der Zeit einstellen würde.

Der Morgen des bedeutsamen Tages brach an, und Mrs. Westons treue Schülerin vergaß weder um zehn noch um elf oder zwölf Uhr, daß sie um vier an sie denken sollte.

»Meine liebe, liebe, sorgenvolle Freundin«, dachte sie bei sich, während sie ihr Zimmer verließ und nach unten ging, »immer so überängstlich auf jedermanns Wohlergehen bedacht, nur nicht auf dein eigenes; ich sehe dich vor mir, wie du ganz nervös und aufgeregt immer wieder in sein Zimmer gehst, um zu schauen, ob alles in Ordnung ist.« Die Uhr schlug zwölf, als Emma die Halle durchschritt. »Es ist zwölf, ich werde nicht vergessen, in vier Stunden an dich zu denken; und morgen um diese Zeit oder ein bißchen später darf ich vielleicht schon mit ihrem Besuch rechnen. Ich bin sicher, daß sie bald mit ihm herkommen.«

Sie öffnete die Tür zum Salon und sah zwei Herren bei ihrem Vater sitzen – Mr. Weston und seinen Sohn. Erst vor wenigen Minuten waren sie angekommen, und Mr. Weston hatte kaum seine Erklärung beendet, warum sein Sohn einen Tag früher eingetroffen sei als vereinbart, und ihr Vater erging sich noch eifrig in Begrüßungsworten und Glückwünschen, als sie erschien, um an der Überraschung, dem gegenseitigen Vorstellen und der allgemeinen Freude teilzuhaben.

Frank Churchill, von dem so oft die Rede gewesen war, der schon im voraus so viel Interesse auf sich gezogen hatte, dieser Frank Churchill stand nun leibhaftig vor ihr – er wurde ihr vorgestellt, und sie fand nicht, daß man ihn mit zuviel Vorschußlorbeeren bedacht hatte. Er war ein *sehr* gutaussehender junger Mann; Größe, Erscheinung, Auftreten, alles wirkte tadellos, und sein Gesichtsausdruck verriet, daß er viel vom Elan und der Lebhaftigkeit seines Vaters geerbt hatte; er machte einen aufgeweckten und klugen Eindruck. Er war ihr auf Anhieb sympathisch, und seine ungezwungene, wenn auch wohlerzogene Art im Umgang und seine Gesprächsbereitschaft überzeugten sie davon, daß er in der Absicht gekommen war, sie näher kennenzulernen, und dies bald der Fall sein würde. Am Vorabend war er in Randalls eingetroffen. Ihr gefiel seine Ungeduld, die ihn veranlaßt hatte, seinen ursprünglichen Plan zu ändern und früher loszufahren, später Halt zu machen und schneller zu reisen, damit er einen halben Tag gewönne.

»Ich habe es Ihnen ja gestern schon gesagt«, rief Mr. Weston triumphierend, »ich habe Ihnen allen gesagt, daß er früher hier sein würde als vereinbart. Mir fiel wieder ein, wie ich es früher immer gemacht habe. Auf einer Reise kann man einfach nicht so dahinkriechen, unwillkürlich fährt man schneller, als man geplant hat; und die kleine Anstrengung, die das kostet, wird reichlich aufgewogen durch das Vergnügen, seine Freunde zu überfallen, ehe sie nach einem Ausschau zu halten beginnen.«

»Es ist ein großes Vergnügen, wo man es sich erlauben kann«, sagte der junge Mann, »obzwar es nicht viele Familien gibt, bei denen ich mir so etwas herausnehmen würde; aber um möglichst schnell *nach Hause* zu kommen, so dachte ich, ist alles erlaubt.«

Bei dem Wort *nach Hause* sah ihn sein Vater mit neuem Wohlgefallen an. Emma merkte sogleich, daß Frank Churchill sich lieb Kind zu machen verstand, und in dieser Vermutung wurde sie durch das weitere Gespräch noch bestärkt. Er war begeistert von Randalls, fand das Haus äußerst geschmackvoll eingerichtet, wollte kaum zugeben, daß es sehr klein sei, bewunderte seine Lage, den Weg nach Highbury, Highbury selbst, Hartfield noch mehr und behauptete, er habe schon immer jenes besondere Interesse an der Gegend verspürt, das nur die eigene Heimat zu erwecken vermöge, und es gar nicht erwarten können hierherzukommen. Sollte er wirklich noch nie in der Lage gewesen sein, einem so ehrenwerten Gefühl zu frönen? schoß es Emma argwöhnisch durch den Kopf. Aber selbst wenn es eine Lüge war, so war es eine liebenswürdige Lüge und wurde auf liebenswürdige Weise vorgebracht. Sein Benehmen wirkte nicht einstudiert oder übertrieben. Man sah und hörte ihm an, daß er sich außerordentlich wohl fühlte.

Ansonsten entsprachen ihre Gesprächsgegenstände dem Anfangsstadium einer Bekanntschaft. Er fragte sie unter anderem: Ob sie reite? Ob es schöne Ausritte gebe? Schöne Spaziergänge? Ob sie einen ausgedehnten Bekanntenkreis habe? Ob Highbury wohl genug gesellschaftlichen Umgang biete? Es gebe etliche sehr hübsche Häuser im Ort und außerhalb. Bälle – ob es hier Bälle gebe? Ob sich die Leute hier für Musik interessierten?

Aber als er über alle diese Punkte befriedigende Auskünfte erhalten und ihre Bekanntschaft entsprechende Fortschritte gemacht hatte, gelang es ihm, während ihre beiden Väter miteinander beschäftigt waren, eine Gelegenheit zu finden, um das Gespräch auf seine Stiefmutter zu lenken; und er war so voll des Lobes über sie und sprach von ihr mit so inniger Bewunderung, so viel Dankbarkeit für das Glück, das sie seinem Vater schenke, und für den freundlichen Empfang, den sie ihm bereitet habe, daß er damit abermals seine Fähigkeit, sich beliebt zu machen, unter Beweis stellte, was ihm der Mühe durchaus wert zu sein schien. Mit keinem Wort ging er über das hinaus, was Mrs. Weston in Emmas Augen voll und ganz verdiente; aber er kannte sie ja auch kaum. Er wußte jedoch, was ankam; viel mehr konnte er kaum wissen. Die Ehe seines Vaters, sagte er, sei die klügste Entscheidung gewesen, die er habe treffen können, alle seine Freunde müßten sich darüber freuen; und sein Vater müsse sich der Familie, die ihm diesen Segen habe zuteil werden lassen, ewig zu größtem Dank verpflichtet fühlen.

Fast hätte er ihr sogar noch für Miss Taylors Verdienste gedankt, vergaß anscheinend aber doch nicht ganz, daß man nach dem gewöhnlichen Verlauf der Dinge eher annehmen mußte, Miss Taylor habe Miss Woodhouses Charakter geformt als umgekehrt. Und als wolle er nach all dem langen Drumherumreden nun endlich zum eigentlichen Thema kommen, gab er zuletzt seinem Erstaunen über Mrs. Westons Jugend und Schönheit Ausdruck.

»Feine, angenehme Umgangsformen, darauf war ich gefaßt«, sagte er; »aber ich muß gestehen, daß ich alles in allem nicht mehr erwartet hatte als eine recht leidlich aussehende Frau in einem gewissen Alter; ich wußte nicht, daß ich in Mrs. Weston eine hübsche, junge Frau vorfinden würde.«

»Zwar können Sie für mein Empfinden gar nicht genug Vorzüge und Tugenden an Mrs. Weston entdecken«, sagte Emma, »und selbst wenn Sie sie auf *achtzehn* schätzten, vernähme ich es mit Vergnügen; aber *sie* würde sich so etwas gleich verbitten und mit Ihnen zanken. Lassen Sie sie ja nicht ahnen, daß Sie sie eine hübsche junge Frau genannt haben.«

»So dumm werde ich hoffentlich nicht sein«, erwiderte er, »nein, verlassen Sie sich darauf (mit einer galanten Verbeugung), wenn ich mit Mrs. Weston spreche, weiß ich schon, wen ich preisen kann, ohne Gefahr zu laufen, in meiner Ausdrucksweise als überspannt zu gelten.«

Emma fragte sich, ob ihm wohl auch schon einmal der Verdacht gekommen sei, der sie so umtrieb, nämlich daß man an ihre Bekanntschaft gewisse Erwartungen knüpfte, und sie hätte nur zu gern gewußt, ob seine Komplimente als Zeichen der Einwilligung oder Hohn und Spott zu deuten waren. Um aus seinem Verhalten schlau werden zu können, mußte sie ihn besser kennenlernen; bis jetzt empfand sie es noch als angenehm.

Klar war ihr indessen, was in Mr. Weston vorging. Immer wieder merkte sie, wie er einen kurzen Blick zu ihnen herüberwarf, und das mit einem so glücklichen Gesichtsausdruck; und selbst wenn er sich vorgenommen haben sollte, nicht zu gucken, war sie überzeugt, daß er oft ihren Worten lauschte.

Daß ihrem Vater derartige Gedanken vollkommen fremd waren, es ihm an jeglichem Scharfblick oder Argwohn diesbezüglich fehlte, war ein ausgesprochen wohltuender Umstand. Zum Glück sah er eine Hochzeit ebensowenig voraus, wie er sie billigte. Obwohl er gegen jede Ehe war, die geschlossen wurde, litt er nie im vorhinein, weil er in dieser Hinsicht keine schlimmen Vorahnungen hatte; anscheinend konnte er sich gar nicht vorstellen, daß zwei Leute so dumm sind, weshalb er mit einer Heiratsabsicht überhaupt nicht rechnete, ehe nicht das Gegenteil bewiesen war. Sie konnte ihn für diese gesegnete Blindheit nur glücklich preisen. Ohne durch einen einzigen unliebsamen Verdacht belastet zu sein, ohne in seinem Gast auch nur den geringsten zukünftigen Verrat zu wittern, konnte er seiner gutherzigen, höflichen Natur freien Lauf lassen, sich besorgt nach der Unterbringung Mr. Frank Churchills während seiner Reise erkundigen, das traurige Übel beklagen, zwei Nächte unterwegs schlafen zu müssen, und seiner aufrichtigen, ungeteilten Sorge in wiederholten Fragen Ausdruck verleihen, ob er sich denn auch wirklich keine Erkältung dabei geholt habe – eine Frage, freilich, die Mr. Frank Churchill erst nach einer weiteren Nacht eindeutig beantworten werde können.

Nach gegebener Zeit rüstete Mr. Weston zum Aufbruch. Er müsse gehen. Er habe einen geschäftlichen Termin in der ›Krone‹ wegen seines Heus und bei Ford viele Besorgungen für Mrs. Weston zu erledigen; aber sonst brauche sich niemand gedrängt zu fühlen. Doch auch sein Sohn, zu gut erzogen, um den Wink seines Vaters zu überhören, erhob sich augenblicklich und sagte:

»Da Sie noch geschäftlich zu tun haben, Vater, will ich die Gelegenheit ergreifen, einen Besuch abzustatten, den ich irgendwann ohnehin machen muß und den ich daher auch gleich jetzt hinter mich bringen kann. Ich habe die Ehre, mit einer Nachbarin von Ihnen bekannt zu sein (dabei wandte er sich an Emma), einer Dame, die in oder bei Highbury wohnt; eine Familie namens Fairfax. Ich werde vermutlich keine Schwierigkeit haben, das Haus zu finden; wenn auch, so glaube ich, die Bewohner des Hauses nicht so heißen – ich glaube, sie heißen eher Barnes oder Bates. Kennen Sie eine Familie dieses Namens?«

»Gewiß«, rief sein Vater; »Mrs. Bates – wir sind an ihrem Haus vorbeigekommen – ich habe Miss Bates am Fenster gesehen. Richtig, du kennst ja Miss Fairfax; ich erinnere mich, daß du sie in Weymouth kennengelernt hast, und sie ist ein feines Mädchen. Du mußt sie unbedingt besuchen.«

»Es besteht keine Notwendigkeit, daß ich sie heute besuche«, sagte der junge Mann; »an einem anderen Tag reicht es auch noch; aber die Bekanntschaft in Weymouth war von der Art, daß –«

»Oh, geh nur heute hin, geh nur heute! Schieb es nicht auf. Wie heißt es doch gleich: Was du heute kannst besorgen, das verschiebe nicht auf morgen. Und nebenbei möchte ich dir noch einen Tip geben, Frank: *Hier* solltest du es in keiner Weise an Aufmerksamkeit gegenüber Miss Fairfax fehlen lassen. Du hast sie kennengelernt, als sie bei den Campbells lebte und allen ebenbürtig war, mit denen sie verkehrte, aber hier wohnt sie bei ihrer armen alten Großmutter, die kaum genug zum Leben hat. Wenn du sie nicht gleich besuchst, werden sie es als Geringschätzung auffassen.«

Der Sohn machte ein Gesicht, als habe ihn sein Vater überzeugt.

»Ich habe gehört, wie sie von der Bekanntschaft mit Ihnen sprach«, sagte Emma, »sie ist eine sehr elegante junge Frau.«

Er stimmte ihr zu, aber mit einem so leisen »Ja«, daß sie seine Zustimmung fast ein wenig in Zweifel zog; dann allerdings mußte die modische Welt schon einen sehr hohen Maßstab von Eleganz haben, wenn Jane Fairfax dort nur als durchschnittlich galt.

»Sollten ihre Umgangsformen bisher noch keinen besonderen Eindruck auf Sie gemacht haben«, sagte sie, »so werden Sie heute bestimmt überrascht sein. Sie wird Ihnen sehr vorteilhaft erscheinen, wenn Sie sie heute sehen und reden hören – nein, ich fürchte, zu hören werden Sie von ihr heute gar nichts bekommen, denn sie hat eine Tante, die nie den Mund halten kann.«

»Sie sind mit Miss Fairfax bekannt, Sir, nicht wahr?« sagte Mr. Woodhouse, der in Gesprächen immer etwas hinterherhinkte, »dann gestatten Sie mir, Ihnen zu versichern, daß Sie in ihr eine sehr sympathische junge Dame finden werden. Sie hält sich hier zu einem Besuch bei ihrer Großmama und Tante auf, sehr ehrenwerten Leuten; ich kenne sie mein Lebtag lang. Die werden sich bestimmt außerordentlich freuen, Sie zu sehen, und einer meiner Diener soll mit Ihnen gehen, um Ihnen den Weg zu zeigen.«

»Mein lieber Mr. Woodhouse, das kommt überhaupt nicht in Frage; mein Vater kann mich doch hinführen.«

»Aber Ihr Vater geht nicht so weit; er will ja nur zur ›Krone‹, direkt auf der anderen Seite der Straße, und dort stehen sehr viele Häuser; Sie könnten plötzlich nicht mehr weiterwissen, und der Weg ist sehr schmutzig, es sei denn, sie bleiben auf dem Fußpfad; aber mein Kutscher kann Ihnen zeigen, wo Sie am besten die Straße überqueren.«

Mr. Frank Churchill lehnte das Angebot dennoch ab, wobei er so ernst dreinschaute, wie er konnte, und sein Vater kam ihm energisch zu Hilfe, indem er ausrief: »Mein guter Freund, das ist ganz und gar unnötig; Frank erkennt eine Pfütze schon rechtzeitig, und von der ›Krone‹ zu Mrs. Bates ist ja nur ein Katzensprung.«

Man ließ sie schließlich allein gehen; und die beiden Herren verabschiedeten sich, der eine mit einem herzlichen Kopfnicken und der andere mit einer anmutigen Verbeugung. Emma war äußerst angetan von dieser ersten Begegnung und konnte nun jederzeit mit ihren Gedanken in Randalls weilen und sich der Zuversicht erfreuen, daß sich alle dort wohl fühlten.

Am nächsten Morgen war Mr. Frank Churchill schon wieder da.

Er kam mit Mrs. Weston, zu ihr und zu Highbury fühlte er sich anscheinend von Herzen hingezogen. Er hatte ihr offenbar zu Hause Gesellschaft geleistet, bis die Zeit für ihren Spaziergang gekommen war; und als er gebeten wurde, das Ziel desselben zu bestimmen, hatte er sich sofort für Highbury entschieden. Er bezweifle zwar nicht, daß es sehr hübsche Wege in allen Himmelsrichtungen gebe, aber wenn er die Wahl habe, werde er stets den gleichen vorschlagen. Highbury, das muntere, fröhliche, so glücklich wirkende Highbury werde ihn immer aufs neue locken. – Bei Mrs. Weston stand Highbury für Hartfield; und sie hoffte, daß es bei ihm dieselbe Assoziation auslösen werde. Und so begaben sie sich geradewegs dorthin.

Emma hatte eigentlich nicht mit ihnen gerechnet, denn Mr. Weston, der auf eine halbe Minute vorbeigeschaut hatte, um zu hören, was für einen bildhübschen Sohn er habe, wußte nichts von ihren Plänen; und es war daher für sie eine angenehme Überraschung, die beiden, Arm in Arm, auf das Haus zusteuern zu sehen. Sie wollte ihn durchaus wiedersehen, und insbesondere in Gesellschaft von Mrs. Weston würde sie doch ihr Urteil über ihn davon abhängig machen, wie er sich zu seiner Stiefmutter verhielt. Sollte er es hierin an irgend etwas fehlen lassen, wäre das durch nichts wiedergutzumachen. Aber als sie die beiden zusammen erlebte, war sie völlig beruhigt. Nicht nur mit schönen Worten und übertriebenen Komplimenten erfüllte er seine Pflicht, auch sonst hätte er sich nicht geziemender oder erfreulicher ihr gegenüber benehmen und durch nichts angenehmer seinen Wunsch bekunden können, ihre Zuneigung zu gewinnen und sie als Freundin betrachten zu dürfen. Und Emma hatte genug Zeit, sich ein vernünftiges Urteil zu bilden, da sich der Besuch der beiden über den ganzen Vormittag erstreckte. Zu dritt gingen sie ein paar Stunden spazieren – zuerst durch den Park von Hartfield und danach durch Highbury. Er war von allem begeistert; bewunderte Hartfield so ausgiebig, daß selbst Mr. Woodhouses Ohr angenehm berührt worden wäre; und als sie beschlossen, noch weiter zu gehen, bekannte er, daß er den ganzen Ort kennenlernen wolle, und es fiel ihm viel öfter etwas Bemerkenswertes und Interessantes auf, als Emma gedacht hätte.

Einige der Gegenstände, die seine Neugier fesselten, zeugten von einer sehr liebenswürdigen Gesinnung. Er bat sie, ihm das Haus zu zeigen, das sein Vater so lange Zeit bewohnt habe und das auch das Haus seines Großvaters gewesen sei; und als ihm einfiel, daß eine alte Frau, die ihn als Kind versorgt hatte, noch am Leben sei, lief er auf der Suche nach ihrem Cottage von einem Ende der Straße zum anderen; und wenn auch an einigen Dingen, die er sehen und betrachten wollte, nichts Besonderes dran war, so sprach aus seinem Interesse doch ein Wohlwollen für Highbury, das fast wie ein Kompliment auf seine Begleiterinnen zurückfallen mußte.

Emma beobachtete ihn und kam zu dem Schluß, man könne bei den solcherart an den Tag gelegten Gefühlen gerechterweise nicht davon ausgehen, daß er sich je absichtlich ferngehalten habe und ihnen jetzt Theater vorspielte oder seine Anhänglichkeit nur heuchelte, und sie war nun überzeugt, daß Mr. Knightley ihm wirklich unrecht getan hatte.

Als erstes machten sie vor dem Gasthaus ›Krone‹ halt, einem eher unscheinbaren Gebäude, obwohl es das erste Haus am Platze war, wo einige Postpferde gehalten wurden, mehr zum Nutzen der Nachbarschaft als für den eigentlichen Postkutschenverkehr; und seine Begleiterinnen hatten nicht damit gerechnet, dort durch irgend etwas Interessantes aufgehalten zu werden. Aber sie erzählten ihm im Vorbeigehen die Geschichte des großen Saals, der deutlich als späterer Anbau erkennbar war; vor vielen Jahren hatte man ihn als Ballsaal errichtet und, solange die Bevölkerung der Gegend noch recht zahlreich und tanzfreudig war, ihn auch gelegentlich als solchen genutzt; aber jene ruhmreichen Tage gehörten längst der Vergangenheit an; und mittlerweile bestand sein vornehmster Verwendungszweck darin, einen Whist-Club zu beherbergen, den die vornehmen und nicht ganz so vornehmen Herren des Ortes gegründet hatten. Frank Churchill war sofort Feuer und Flamme. Sein Interesse galt dem Anbau in seiner Eigenschaft als Ballsaal; und anstatt vollends vorbeizugehen, verweilte er etliche Minuten vor den beiden großen offenen Schiebefenstern, um einen Blick ins Innere zu werfen und dessen Fassungsvermögen zu taxieren und zu beklagen, daß man ihn seinem ursprünglichen Zweck entfremdet habe. Er fand an dem Raum nichts auszusetzen, wollte keinen der Mängel, die sie andeuteten, gelten lassen. Nein, er sei lang genug, breit genug, ansehnlich genug, sei genau groß genug für die Anzahl von Personen, die man zu einem richtig schönen Ball brauche. Den Winter hindurch sollten sie hier zumindest alle zwei Wochen einen Ball veranstalten. Warum habe Miss Woodhouse die einstigen Glanzzeiten des Saales nicht zu neuem Leben erweckt? Sie, die doch in Highbury alles bewirken könne! Das Fehlen entsprechender Familien vor Ort und die Überzeugung, daß außerhalb desselben und in seiner unmittelbaren Umgebung niemand zur Teilnahme gereizt werden könne, wurden ins Feld geführt; aber damit wollte er sich nicht zufrieden geben. Er lasse sich nicht einreden, daß die vielen stattlichen Häuser, die er ringsum sehe, nicht genug Leute für eine solche Veranstaltung aufbieten könnten; und selbst als Einzelheiten genannt und Familien geschildert wurden, wollte er nicht einsehen, daß das Unpassende einer solchen gemischten Gesellschaft etwas zu bedeuten habe oder daß für sämtliche Teilnehmer auch nur die geringste Schwierigkeit bestehe, am nächsten Morgen wieder wohlbehalten nach Hause zu kommen. Er argumentierte wie ein junger Mann, der ganz versessen aufs Tanzen ist. Und Emma war etwas erstaunt, als sie merkte, wie entschieden sich das Westonsche Naturell gegen die Gepflogenheiten der Churchills durchsetzte. Er schien die ganze Lebhaftigkeit, das unbekümmerte und fröhliche Gemüt und die gesellige Art seines Vaters geerbt, aber nichts von dem für Enscombe typischen Stolz oder Dünkel angenommen zu haben. Ja, an Stolz haperte es bei ihm vielleicht sogar ein wenig; die Gleichgültigkeit, mit der er sich über alle Standesunterschiede hinwegsetzte, grenzte schon fast an Geschmacklosigkeit. Er konnte freilich nicht so recht beurteilen, was er da als belanglos abtat. Seine übermütige Natur ging einfach mit ihm durch.

Endlich ließ er sich dann doch bereden, der ›Krone‹ den Rücken zu kehren; und da sie nun fast vor dem Haus standen, in dem die Bates wohnten, fiel Emma wieder ein, daß er diesen am Vortag einen Besuch hatte abstatten wollen, und sie fragte ihn, ob er dort gewesen sei.

»Ja, oh, ja doch«, erwiderte er, »ich wollte gerade darauf zu sprechen kommen. Ein sehr erfolgreicher Besuch: Ich habe alle drei Damen angetroffen und war Ihnen sehr dankbar für Ihre Vorwarnung. Wenn die geschwätzige Tante mich so aus heiterem Himmel überfallen hätte, wäre das wohl mein Tod gewesen. Aber so wurde ich nur verleitet, über Gebühr lang zu bleiben. Zehn Minuten hätten vollauf genügt, vielleicht sogar gerade noch der Schicklichkeit entsprochen; und ich hatte meinem Vater gesagt, daß ich bestimmt vor ihm zu Hause sein würde – aber es gab kein Entrinnen, keine Verschnaufpause; und als schließlich mein Vater hinzukam (da er mich nirgendwo finden konnte), mußte ich zu meinem größten Erstaunen feststellen, daß ich doch tatsächlich fast eine Dreiviertelstunde bei ihnen gesessen hatte. Die gute Dame hatte mir einfach keine Chance zur Flucht gegeben.«

»Und wie fanden Sie das Aussehen von Miss Fairfax?«

»Schlecht, sehr schlecht – das heißt, wenn man das von einer jungen Dame überhaupt sagen darf. Aber der Ausdruck ist wohl kaum zulässig, nicht wahr, Mrs. Weston? Damen können nie schlecht aussehen. Und, ganz im Ernst, Miss Fairfax ist von Natur so blaß, daß sie fast immer etwas kränklich wirkt. Ein höchst bedauerlicher Mangel bei diesem Teint.«

Emma wollte dem nicht beipflichten und setzte zu einer leidenschaftlichen Verteidigung des Miss Fairfaxschen Teints an. Er sei gewiß nicht blühend, aber das mit der kränklichen Blässe lasse sie nicht gelten; außerdem habe ihre Haut eine Transparenz und Zartheit, die ihrem Gesichtsschnitt eine besondere Eleganz verleihe. Er hörte sich das mit aller schuldigen Achtung an, räumte ein, er habe viele Leute dasselbe sagen hören – aber er müsse dennoch gestehen, daß in seinen Augen nichts den Mangel an blühender Gesundheit ersetzen könne. Selbst unscheinbare Gesichter würden durch einen rosigen Teint schön, und gar bei an sich schon schöngebildeten Zügen sei die Wirkung – glücklicherweise brauche er erst gar nicht zu versuchen, diese zu beschreiben.

»Nun ja«, sagte Emma, »über Geschmack läßt sich eben nicht streiten. Zumindest gefällt sie Ihnen bis auf ihren Teint.«

Er schüttelte den Kopf und lachte. »Ich kann doch Miss Fairfax nicht von ihrem Teint trennen!«

»Haben Sie sie in Weymouth oft gesehen? Verkehrten sie häufig in denselben Kreisen?«

In diesem Augenblick näherten sie sich Fords Kurzwarengeschäft, und er rief hastig aus: »Ha! Dies muß der Laden sein, den hier jedermann sein Leben lang tagaus, tagein aufsucht, wie mir mein Vater erzählt. Er selbst, sagt er, komme an sechs von sieben Tagen nach Highbury und habe immer etwas bei Ford zu besorgen. Wenn es Ihnen nichts ausmacht, so lassen Sie uns doch bitte mal reingehen, damit ich unter Beweis stellen kann, daß ich hierher gehöre, daß ich ein echter Bürger von Highbury bin. Ich muß bei Ford etwas kaufen, um von meinem Bürgerrecht Gebrauch zu machen. Die verkaufen doch hier wohl auch Handschuhe?«

»O ja! Handschuhe und alles mögliche sonst. Ihr Lokalpatriotismus imponiert mir wirklich. Schon ehe Sie kamen, waren Sie hier sehr beliebt, weil Sie Mr. Westons Sohn sind – aber legen Sie auch nur eine halbe Guinee bei Ford hin, so wird Ihre Beliebtheit gewissermaßen auf eigenen Beinen stehen.«

Sie traten ein; und während die glatten, wohlverschnürten Pakete von »Men's Beavers« und »York Tan« von den Regalen genommen und die darin enthaltenen Schätze auf dem Ladentisch ausgebreitet wurden, sagte er: »Aber entschuldigen Sie bitte, Miss Woodhouse, Sie wollten mich etwas fragen, Sie sagten etwas zu mir, gerade in dem Augenblick, als mein *amor patriae* mit mir durchging. Enthalten Sie es mir nicht vor. Ich versichere Ihnen, selbst der größte öffentliche Ruhm könnte mich nicht für den Verlust privaten Glücks entschädigen.«

»Ich habe Sie lediglich gefragt, ob Sie Miss Fairfax und die Leute in ihrer Begleitung näher kennengelernt haben.«

»Und jetzt, wo ich Ihre Frage verstehe, muß ich sie als sehr unfair bezeichnen. Es ist immer das Vorrecht der Dame, den Grad der Bekanntschaft zu bestimmen. Miss Fairfax wird Ihnen bestimmt schon selbst davon erzählt haben. – Ich werde mich nicht kompromittieren, indem ich mehr beanspruche, als sie mir zuzugestehen wünscht.«

»Weiß der Himmel! Sie könnte auch nicht diskreter antworten als Sie eben. Aber was immer sie auch erzählt, es bleiben so viele Unklarheiten zurück, sie ist ja so zurückhaltend, so wenig gewillt, auch nur die geringste Auskunft über irgendwen zu erteilen, daß Sie sich, wie ich finde, wirklich keinen Zwang anzutun brauchen und über Ihre Bekanntschaft mit ihr sagen dürfen, was Sie wollen.«

»Wirklich? Darf ich? Dann will ich mich an die Wahrheit halten, und nichts wäre mir lieber. Ich habe sie in Weymouth häufig getroffen. Die Campbells kannte ich ja schon ein wenig von London her; und in Weymouth verkehrten wir viel im gleichen Personenkreis. Oberst Campbell ist ein sehr netter Mann und Mrs. Campbell eine freundliche, warmherzige Frau. Ich mag sie beide.«

»Dann sind Sie vermutlich auch über Miss Fairfax' Lebensumstände im Bilde, darüber, was aus ihr werden soll.«

»Ja (etwas zögernd), ich glaube schon.«

»Sie berühren da ein heikles Thema, Emma«, sagte Mrs. Weston lächelnd, »vergessen Sie nicht, daß ich auch noch hier bin. – Mr. Frank Churchill weiß gar nicht recht, was er sagen soll, wenn Sie von Jane Fairfax' Lebensumständen sprechen. Ich will etwas beiseite treten.«

»An *sie* vergesse ich tatsächlich zu denken«, sagte Emma, »ist sie mir doch stets eine Freundin, meine liebste Freundin gewesen.«

Sein Blick drückte aus, daß er genau verstand und ein solches Gefühl ehrte.

Als die Handschuhe gekauft waren und die drei den Laden wieder verließen, fragte Frank Churchill: »Haben Sie die junge Dame, von der wir soeben sprachen, jemals Klavier spielen hören?«

»Jemals Klavier spielen hören!« wiederholte Emma. »Sie scheinen zu vergessen, wie sehr sie zu Highbury gehört. Seit den Tagen unserer ersten Klavierstunden habe ich sie jedes Jahr spielen hören. Sie spielt hinreißend.«

»Finden Sie das also auch? Ich wollte die Meinung einer Person erfahren, die es wirklich beurteilen kann. Es schien mir, als spiele sie gut, das heißt, mit beachtlicher Musikalität, aber ich selbst verstehe nichts davon. Ich liebe zwar Musik über alles, habe aber keinerlei Talent dazu und darf mir daher auch kein Urteil über eine musikalische Darbietung erlauben. Ich bin inzwischen daran gewöhnt, daß ihr Spiel sehr gelobt wird; und ich erinnere mich eines Beweises dafür, daß man sie für eine gute Klavierspielerin hält: Ein Mann, ein sehr musikalischer Mensch, der in eine andere Frau verliebt – mit ihr verlobt war – ja, kurz vor der Hochzeit stand –, bat doch nie diese andere Frau, sich ans Klavier zu setzen, wenn statt ihrer die besagte Dame spielen konnte –, nie schien er jene hören zu wollen, wenn er diese hören konnte. Das schien mir doch bei einem Mann mit anerkannt musikalischem Talent einigermaßen beweiskräftig.«

»Das scheint mir auch so!« sagte Emma höchst amüsiert. »Mr. Dixon ist sehr musikalisch, nicht wahr? Wir werden von Ihnen in einer halben Stunde tiefere Einblicke in den ganzen Kreis dort erhalten, als uns Miss Fairfax in einem halben Jahr gewährt hätte.«

»Ja, Mr. Dixon und Miss Campbell waren die Betreffenden; und ich hielt es für einen schlagenden Beweis.«

»Gewiß – schlagend war er; um ehrlich zu sein, sehr viel schlagender, als *mir* an Miss Campbells Stelle lieb gewesen wäre. Ich könnte es einem Mann nicht verzeihen, wenn seine Musikalität größer wäre als seine Liebe – wenn er, mehr Ohr als Auge, einen feineren Sinn für schöne Klänge als für meine Gefühle hätte. Wie hat es denn Miss Campbell aufgenommen?«

»Sie war ja ihre engste Freundin, müssen Sie wissen.«

»Ein schwacher Trost!« sagte Emma lachend. »Man läßt sich doch lieber eine Fremde als die beste Freundin vorziehen – bei einer Fremden kommt es vielleicht nicht wieder vor –, aber welch ein Jammer, andauernd die beste Freundin um sich zu haben, die alles besser kann als man selbst! Arme Mrs. Dixon! Na, ich bin froh, daß sie nach Irland geheiratet hat.«

»Sie haben recht. Es war nicht besonders schmeichelhaft für Miss Campbell; aber sie schien es wirklich nicht so empfunden zu haben.«

»Um so besser – oder auch um so schlimmer: Ich weiß nicht, welches von beiden zutreffender ist. Aber ob es sich nun bei ihr um Sanftmut oder Dummheit handelt – Vertrauensseligkeit oder Dumpfheit –, eine Person, denke ich, war doch zugegen, die es empfunden haben muß: Miss Fairfax selbst. Sie muß doch die anstößige und gefährliche Auszeichnung empfunden haben.«

»Was das angeht, so weiß ich nicht –«

»Oh! Meinen Sie nur ja nicht, ich erwarte von Ihnen oder von sonst jemandem einen Bericht über Miss Fairfax' Empfindungen. Die kennt vermutlich nur sie selbst. Aber wenn sie auch weiterhin spielte, wann immer sie von Mr. Dixon darum gebeten wurde, so kann sich jeder selbst seinen Reim darauf machen.«

»Zwischen allen schien ein so fabelhaftes Einverständnis zu bestehen –« sprudelte er ziemlich schnell los, hielt aber inne und ergänzte, »ich weiß natürlich nicht, wie sie tatsächlich zueinander standen – wie es vielleicht hinter den Kulissen aussah. Ich kann nur sagen, daß nach außen hin alles eitel Sonnenschein war. Aber Sie, die Sie Miss Fairfax von Kindheit an kennen, müssen doch ihren Charakter besser beurteilen können und wissen, wie sie sich in kritischen Situationen verhält.«

»Ich kenne sie von klein auf, das stimmt; wir sind zusammen Kinder gewesen und groß geworden; und die Vermutung liegt nahe, daß zwischen uns eine innige Freundschaft bestanden – daß es uns zueinander hingezogen hat, wann immer sie ihre Verwandten besuchte. Aber das war nie der Fall. Ich weiß nicht recht, woran es lag; vielleicht an einer gewissen Bosheit meinerseits, aufgrund deren ich bereit war, ein Mädchen zu verabscheuen, das von seiner Tante und Großmutter und dem ganzen Anhang so vergöttert und in den Himmel gehoben wurde. Und dann ihre Reserviertheit – ich könnte nie mit einem Menschen warm werden, der so verschlossen ist.«

»Es ist in der Tat eine äußerst abstoßende Eigenschaft«, sagte er. »Oftmals sehr bequem, kein Zweifel, aber niemals erfreulich. Reserviertheit verleiht einem Sicherheit, aber keinen Reiz. Eine verschlossene Person kann man nicht lieben.«

»Nicht ehe sie die Reserviertheit gegen einen selbst aufgibt; und dann ist die Anziehungskraft womöglich um so größer. Aber ich müßte schon mehr um eine Freundin oder eine angenehme Begleiterin verlegen sein, als ich es bisher war, wenn ich mir die Mühe machen sollte, die Reserviertheit einer Person zu überwinden, um nicht allein zu sein. Vertrauter Umgang ist zwischen Miss Fairfax und mir undenkbar. Ich habe keinen Grund, schlecht von ihr zu denken – nicht den geringsten –, außer daß diese übertriebene und anhaltende Vorsicht in Wort und Benehmen, diese fürchterliche Angst, von irgend jemandem eine klare Vorstellung zu vermitteln, nur zu leicht den Verdacht aufkommen läßt, daß es da irgend etwas zu verheimlichen gibt.«

Er war ganz ihrer Meinung; und nachdem sie so lange miteinander spazierengegangen und in so vielen Punkten gleicher Ansicht gewesen waren, fühlte sich Emma schon so vertraut mit ihm, daß sie kaum glauben konnte, daß das heute erst ihre zweite Begegnung war. Er entsprach nicht ganz dem Bild, das sie sich von ihm gemacht hatte, erwies sich in manchen seiner Auffassungen nicht so sehr als der Mann von Welt, nicht so sehr als das verwöhnte Glückskind, wie sie erwartet hatte, und war offenbar ein besserer Mensch, als sie gedacht hatte. Seine Vorstellungen schienen maßvoller – seine Gefühle herzlicher zu sein. Besonders erstaunte es sie, wie er sich über Mr. Eltons Haus äußerte, das er ebenso wie die Kirche anschauen wollte, und an dem er, anders als sie und Mrs. Weston, nicht das geringste auszusetzen fand. Nein, er finde das Haus nicht übel, und seinen Besitzer brauche man nicht zu bemitleiden. Wer es mit der

Frau, die er liebe, teilen könne, sei in seinen Augen keineswegs zu bemitleiden. Es sei bestimmt geräumig genug, um sich darin so richtig wohl zu fühlen. Nur ein Dummkopf könne mehr verlangen.

Mrs. Weston lachte und meinte, er wisse gar nicht, wovon er rede. Da er selbst an große Räumlichkeiten gewöhnt sei und sich nie Gedanken darüber gemacht habe, wie viele Vorteile und Annehmlichkeiten ein großes Haus biete, könne er nicht beurteilen, welche Einschränkungen ein kleines seinen Bewohnern zumute. Aber Emma war insgeheim überzeugt davon, daß er durchaus wußte, wovon er sprach, und damit eine sehr liebenswerte Neigung zu erkennen gab, schon in jungen Jahren und aus ehrenwerten Motiven heraus seßhaft zu werden und zu heiraten. Ihm mochte zwar nicht bewußt sein, wie sehr der häusliche Frieden leidet, wenn ein Zimmer für die Haushälterin fehlt oder der Anrichteraum des Butlers zu klein geraten ist, aber er spürte ohne Zweifel ganz genau, daß er in Enscombe nicht glücklich werden könne und freiwillig von seinem Reichtum abgeben würde, um frühzeitig einen eigenen Hausstand gründen zu dürfen.

FÜNFUNDZWANZIGSTES KAPITEL

Am nächsten Tag geriet Emmas gute Meinung von Frank Churchill etwas ins Wanken, als sie erfuhr, daß er nach London gefahren sei, nur um sich dort die Haare schneiden zu lassen. Eine plötzliche Laune schien ihn beim Frühstück überkommen zu haben, und dann hatte er eine Kutsche geordert und war in der Absicht, zum Essen wieder zurück zu sein, losgefahren, offenbar einzig und allein, um sich die Haare schneiden zu lassen. Nun war gewiß nichts Schlimmes daran, aus diesem Grund zweimal sechzehn Meilen zurückzulegen, aber es hatte etwas Geckenhaftes und Albernes, das sie nicht gutheißen konnte. Es paßte nicht zu der vernünftig-überlegten Art, dem maßvollen Umgang mit Geld und auch nicht zu der selbstlosen Herzlichkeit, die sie gestern an ihm wahrzunehmen geglaubt hatte. Eitelkeit, Extravaganz, Lust auf Abwechslung, innere Unrast, die unbedingt irgend etwas unternehmen muß, ganz gleich, ob es gut oder schlecht ist, Rücksichtslosigkeit gegenüber seinem Vater und Mrs. Weston, Gleichgültigkeit gegenüber der allgemeinen Meinung – all diese Vorwürfe mußte er sich nun gefallen lassen. Sein Vater nannte ihn nur einen eitlen Gekken und fand die Episode köstlich amüsant; aber daß Mrs. Weston nicht davon erbaut war, wurde deutlich genug, als sie so schnell wie möglich darüber hinwegging und lediglich bemerkte, alle jungen Leute hätten eben so ihre kleinen Marotten.

Mit Ausnahme dieses kleinen Schönheitsfehlers hatte ihre Freundin jedoch, wie Emma feststellte, während seines bisherigen Besuchs nur einen guten Eindruck von ihm gewonnen. Gern betonte Mrs. Weston, welch aufmerksamer und netter Hausgenosse er sei – wie viele angenehme Seiten sie an ihm entdecke. Er schien ein sehr offenes Wesen zu haben – auf jeden Fall ein sehr munteres und lebhaftes; an seinen Ansichten sei ihr nichts Nachteiliges aufgefallen, sondern sehr viel entschieden Richtiges; von seinem Onkel sprach er mit herzlicher Hochachtung, erzählte gern von ihm – sagte, er sei der beste Mensch der Welt, wenn man ihn in Ruhe lasse; und obzwar von großer Zuneigung zu seiner Tante keine Rede sein konnte, erkannte er doch ihre Güte dankbar an und schien bedacht darauf, sich stets respektvoll über sie zu äußern. Dies alles klang vielversprechend; und abgesehen von diesem unglücklichen Einfall, sich die Haare schneiden zu lassen, wies nichts darauf hin, daß er der großen Ehre unwürdig sei, die Emma ihm in ihrer Phantasie angetan hatte: der Ehre, wenn schon nicht wirklich in sie verliebt, so doch zumindest recht nahe dran und nur durch ihre eigene Gleichgültigkeit davor bewahrt zu sein (denn noch immer galt ihr Entschluß, niemals zu heiraten) – der Ehre kurzum, von all ihren gemeinsamen Bekannten für sie auserkoren zu sein.

Diesem Tugendkatalog fügte Mr. Weston seinerseits noch ein Verdienst seines Sohnes hinzu, das durchaus ins Gewicht fiel. Er gab ihr zu verstehen, daß Frank sie ungemein bewundere – sie für bildhübsch und ganz bezaubernd halte; und da nun einmal so vieles für ihn sprach, durfte man, wie sie fand, nicht gar zu streng mit ihm ins Gericht gehen. Wie Mrs. Weston bemerkte, hatten eben alle jungen Leute so ihre kleinen Marotten.

Einen allerdings gab es unter Frank Churchills neuen Bekannten in Surrey, der nicht geneigt war, ihm so viel Nachsicht entgegenzubringen. Im allgemeinen wurde er in ganz Donwell und Highbury sehr freundlich beurteilt; großzügig sah man über die kleinen Ausschweifungen eines so hübschen jungen Mannes hinweg – der so oft lächelte und sich so schön verbeugte; aber einen gab es doch, der sich in seinem strengen Urteil weder durch Lächeln noch durch Verbeugungen irremachen ließ: Mr. Knightley. Von dem besagten Vorfall erfuhr er in Hartfield. Zunächst schwieg er dazu, aber gleich darauf hörte Emma, wie er über die Zeitung hinweg, die er in der Hand hielt, vor sich hin murmelte: »Hm, genau der nichtsnutzige, alberne Bursche, für den ich ihn gehalten habe!« Fast wollte sie es ihm schon übelnehmen, aber ein kurzer Blick auf den Lesenden überzeugte sie davon, daß er es nur gesagt hatte, um seinen Gefühlen Luft zu machen, nicht um sie zu reizen, und daher ließ sie es hingehen.

Obwohl Mr. und Mrs. Weston die Überbringer dieser nicht eben erfreulichen Nachricht waren, kam ihr Besuch Emma an diesem Vormittag in anderer Hinsicht wie gerufen. Während sie nämlich in Hartfield weilten, geschah etwas, worüber sie den Rat der beiden wünschte, und, was sich noch glücklicher traf, sie gaben ihr genau den Rat, den sie hören wollte.

Es ging nämlich um folgendes: Seit einigen Jahren schon wohnten die Coles in Highbury, und sie waren sehr rechtschaffene Leute: freundlich, großzügig und anspruchslos; aber andererseits stammten sie aus kleinen Verhältnissen, trieben Handel und gehörten somit nicht gerade zur feinen Gesellschaft. Anfangs hatten sie, gemäß ihren Einkünften, still und unauffällig für sich gelebt, nur selten Einladungen gegeben und auch die, ohne großen Aufwand zu betreiben; aber in den letzten ein, zwei Jahren waren ihre finanziellen Mittel beträchtlich gewachsen – das Haus in London hatte mehr Gewinn abgeworfen, und auch sonst war ihnen das Glück hold gewesen. Mit ihrem Wohlstand wuchsen auch ihre Ansprüche: Sie strebten nach einem größeren Haus und suchten mehr gesellschaftlichen Umgang. Sie vergrößerten ihr Haus, ihr Dienstpersonal und ihre Ausgaben jeglicher Art und standen inzwischen, was Vermögen und Lebensstil anging, nur der Familie von Hartfield nach. Angesichts ihrer ausgeprägten Vorliebe für Geselligkeit und ihres neuen Speisezimmers machte sich nun jeder darauf gefaßt, daß sie bald eine Dinner-Party geben würden, und einige solcher Gesellschaften hatten bereits stattgefunden, wobei hauptsächlich Junggesellen eingeladen worden waren. Emma konnte sich nur schwer vorstellen, daß sie sich erdreisten würden, die alteingesessenen und angesehensten Familien einzuladen – also weder Donwell noch Hartfield oder Randalls. Sie selbst jedenfalls brächten keine zehn Pferde dorthin, sollten die Coles es tatsächlich wagen, an sie heranzutreten; und sie bedauerte, daß ihrer Absage aufgrund der allseits bekannten Gepflogenheiten ihres Vaters nicht das entsprechende Gewicht beigemessen werden würde. In ihrer Art waren die Coles durchaus achtbare Leute, aber sie mußten belehrt werden, daß es nicht an ihnen sei zu bestimmen, unter welchen Bedingungen die höhergestellten Familien sie besuchten. Sie hegte die schwere Befürchtung, daß nur sie ihnen diese Lektion erteilen würde; von Mr. Knightley erhoffte sie sich nur wenig Schützenhilfe, von Mr. Weston gar keine.

Wie sie dieser Anmaßung begegnen würde, stand für Emma schon seit vielen Wochen fest, so daß die unverschämte Einladung, als sie denn tatsächlich erging, sie in einer ganz anderen Gefühlslage vorfand. Donwell und Randalls hatten ihre Einladung bereits erhalten, und für sie und ihren Vater war keine gekommen; und Mrs. Westons Erklärung: »vermutlich werden sie sich bei Ihnen nicht die Freiheit herausnehmen, wissen sie doch, daß Sie nie außer Haus essen« befriedigte sie nicht so recht. Sie wollte einfach selbst über die Möglichkeit verfügen abzulehnen; und später dann, als ihr immer wieder durch den Kopf ging, daß die Gesellschaft, die sich dort versammeln würde, ja genau aus jenen bestand, mit denen sie am liebsten zusammen war, da wußte sie nicht mehr, ob sie nicht doch in Versuchung geriete, die Einladung anzunehmen. Harriet sollte am Abend auch hinkommen und ebenso die Bates. Beim gestrigen Spaziergang durch Highbury hatten sie davon gesprochen, und von Frank Churchill war ihre Abwesenheit aufs nachdrücklichste beklagt worden. »Könnte der Abend nicht vielleicht mit einem Tanz enden?« hatte eine seiner Fragen gelautet. Die bloße Möglichkeit eines solchen reizte ihre Stimmung noch mehr, und in einsamer Größe daheimzubleiben, selbst wenn sie es als Kompliment auffassen durfte, nicht eingeladen worden zu sein, das war nur ein schwacher Trost.

Gerade weil besagte Einladung eintraf, während sich die Westons in Hartfield aufhielten, war Emma deren Gegenwart so willkommen, denn wenn auch ihre erste Bemerkung, nachdem sie das Kärtchen gelesen hatte, lautete, »man müsse sie selbstverständlich ablehnen«, fragte sie die Westons doch kurz darauf, was sie ihr denn rieten, so daß deren Rat, die Einladung anzunehmen, umgehend erfolgte und auf fruchtbaren Boden fiel.

Emma räumte ein, daß sie der Einladung im Grunde nicht gänzlich abgeneigt sei. Die Coles bezeugten in ihrem Schreiben soviel Respekt, soviel echte Aufmerksamkeit – soviel Rücksichtnahme auf ihren Vater. Sie hätten schon früher um die Ehre gebeten, hieß es da, wollten aber das Eintreffen eines Paravents aus London abwarten, der, wie sie hofften, jeden Luftzug von Mr. Woodhouse abhalten und ihn daher geneigter stimmen werde, ihnen die Ehre seiner Gesellschaft zu erweisen. Alles in allem ließ Emma sich recht gern umstimmen; und nachdem man untereinander kurz abgesprochen hatte, wie alles zu bewerkstelligen sei, ohne das Wohlbefinden ihres Vaters aus den Augen zu verlieren – sicherlich konnte man damit rechnen, daß Mrs. Goddard, wenn nicht sogar Mrs. Bates, ihm Gesellschaft leisten würde –, mußte Mr. Woodhouse überredet werden, seine Tochter an einem so kurz bevorstehenden Tag zum Dinner ausgehen und den ganzen Abend fern von ihm verbringen zu lassen. Emma wollte erst gar nicht, daß er selbst eine Teilnahme in Erwägung ziehe; es würde ohnehin zu spät und die Gesellschaft zu zahlreich werden. Er fand sich bald in sein Schicksal.

»Ich bin sowieso kein Freund von Dinner-Parties«, sagte er. »Das war ich nie. Emma auch nicht. Spätes Zubettgehen bekommt uns nicht. Ich bedauere, daß Mr. und Mrs. Cole eine solche Dinner-Party geben. Es erschiene mir viel besser, wenn sie im Sommer an einem Nachmittag herüberkämen und mit uns Tee tränken – und uns zu ihrem Nachmittagsspaziergang mitnähmen, was sie durchaus könnten, da unsere Zeiteinteilung so vernünftig ist, und sie bräuchten dennoch nicht in der feuchten Abendluft nach Hause zu gehen. Dem Tau eines Sommerabends würde ich niemanden aussetzen wollen. Da sie jedoch so erpicht darauf sind, daß die liebe Emma bei ihnen das Dinner einnimmt, und da Sie beide und auch Mr. Knightley dort sein werden und auf sie aufpassen können, möchte ich nicht im Wege stehen, vorausgesetzt das Wetter stimmt und ist weder feucht noch kalt oder windig.« Dann wandte er sich mit leicht vorwurfsvollem Blick an Mrs. Weston: »Ach, Miss Taylor, wenn Sie nicht geheiratet hätten, dann wären Sie gewiß bei mir zu Hause geblieben.«

»Nun, Sir«, rief Mr. Weston, »da ich Ihnen schon Miss Taylor entführt habe, ist es an mir, für sie Ersatz zu schaffen, wenn ich kann; und ich gehe rasch zu Mrs. Goddard hinüber, falls Sie es wünschen.«

Aber bei der Vorstellung, daß irgend etwas *rasch* geschehen solle, regte sich Mr. Woodhouse noch mehr auf, anstatt sich zu beruhigen. Die Damen verstanden sich besser darauf. Mr. Weston mußte still sein und alles bedachtsam in die Wege geleitet werden.

Bei dieser Behandlung hatte sich Mr. Woodhouse bald

wieder soweit gefaßt, daß er sich ganz normal unterhalten konnte. Er würde sich freuen, Mrs. Goddard bei sich zu sehen. Er schätze Mrs. Goddard sehr; und Emma solle ein paar Zeilen schreiben und sie einladen. James könne den Brief dann hinbringen. Aber zuallererst müsse ein Antwortschreiben an Mrs. Cole verfaßt werden.

»Du wirst mich so höflich wie möglich entschuldigen, mein Liebes. Du wirst schreiben, daß ich recht gebrechlich bin und nirgends mehr hingehe und daher ihre freundliche Einladung leider ausschlagen müsse; du mußt natürlich zuerst meine besten Empfehlungen zum Ausdruck bringen. Aber du wirst schon alles richtig machen. Ich brauche dir nicht erst zu sagen, was du zu tun hast. Wir dürfen nicht vergessen, James Bescheid zu geben, daß die Kutsche am Dienstag gebraucht wird. Ich werde keine Ängste ausstehen, da er ja bei dir ist. Wir sind erst einmal dort gewesen, seit die neue Auffahrt angelegt worden ist; aber dennoch habe ich keinen Zweifel daran, daß James dich sicher hinbringen wird. Und wenn du dort bist, mußt du ihm sagen, wann er dich wieder abholen soll; und am besten gibst du einen recht frühen Zeitpunkt an. Du wirst ohnehin nicht lange bleiben wollen. Nach dem Tee bist du bestimmt schon sehr müde.«

»Aber du möchtest doch nicht, daß ich gehe, bevor ich müde bin, Papa?«

»O nein, mein Liebling; aber du wirst bald müde sein. Sicher sind dort viele Leute, die alle auf einmal reden. Der Lärm wird dir nicht behagen.«

»Aber mein lieber Mr. Woodhouse«, rief Mr. Weston, »wenn Emma frühzeitig geht, wird sich die ganze Gesellschaft schnell auflösen.«

»Das wäre dann auch kein großer Schaden«, sagte Mr.

Woodhouse. »Je früher sich eine Gesellschaft auflöst, desto besser.«

»Aber Sie bedenken nicht, welch einen Eindruck das auf die Coles macht. Wenn Emma gleich nach dem Tee geht, könnte das als Kränkung aufgefaßt werden. Sie sind gutmütige Leute und stellen keine großen Ansprüche; aber dennoch werden sie es nicht gerade als ein großes Kompliment empfinden, wenn jemand es so eilig hat; und bei Miss Woodhouse fiele das mehr ins Gewicht als bei allen anderen Gästen. Sie möchten die Coles doch bestimmt nicht enttäuschen oder kränken, Sir; es sind die freundlichsten, rechtschaffensten Leute, die man sich vorstellen kann, und sie sind doch seit *zehn* Jahren Ihre Nachbarn.«

»Nein, um nichts auf der Welt. Mr. Weston, ich bin Ihnen sehr dankbar, daß Sie mich daran erinnern. Es täte mir unendlich leid, sie irgendwie zu verletzen. Ich weiß, was für ehrenwerte Leute sie sind. Perry hat mir erzählt, daß Mr. Cole kein Bier anrührt. Man sieht es ihm zwar nicht an, aber er hat es mit der Galle – Mr. Cole hat große Probleme mit der Galle. Nein, ich möchte Ihnen weiß Gott keinen Kummer bereiten. Meine liebe Emma, wir müssen das bedenken. Ich bin überzeugt, du würdest lieber ein bißchen länger bleiben, und sei es auch gegen deine Absicht, als das Risiko einzugehen, Mr. und Mrs. Cole zu verletzen. Du wirst dabei auch nicht auf deine Müdigkeit achten. Du bist ja bei deinen Freunden in den besten Händen.«

»O ja, Papa. Um mich ist mir überhaupt nicht bange; und ich hätte keine Bedenken, so lange zu bleiben wie Mrs. Weston, wenn es nicht um dich ginge. Ich fürchte nur, daß du um meinetwillen aufbleibst. Freilich habe ich keine Angst, daß du dich in Gesellschaft von Mrs. Goddard nicht außerordentlich wohl fühlst. Sie spielt für ihr Leben gern

Piquet, wie du weißt: Aber wenn sie nach Hause gegangen ist, wirst du wohl leider aufbleiben, anstatt zu deiner gewohnten Zeit ins Bett zu gehen – und diese Vorstellung würde mir den ganzen Spaß verderben. Du mußt mir versprechen, nicht aufzubleiben.«

Er versprach es ihr, unter der Bedingung einiger Versprechen ihrerseits: Zum Beispiel solle sie sich gründlich aufwärmen, wenn sie durchgefroren nach Hause komme, etwas essen, wenn sie Hunger habe, ihre Zofe bitten, auf sie zu warten, und Serle und dem Butler einschärfen, alles gut abzusperren.

SECHSUNDZWANZIGSTES KAPITEL

Frank Churchill kam wieder zurück; und selbst wenn er seinen Vater mit dem Essen hatte warten lassen, so erfuhr man in Hartfield nichts davon, denn Mrs. Weston lag zuviel daran, ihm Mr. Woodhouses Gunst zu bewahren, als daß sie ein Wort über eine Nachlässigkeit ihres Stiefsohnes verloren hätte, die man vertuschen konnte.

Er kam zurück, hatte sich die Haare schneiden lassen und lachte sogar über sich, ohne sich jedoch, wie es schien, auch nur im mindesten für das zu schämen, was er getan hatte. Es gab keinen Grund für ihn, den Friseurbesuch zu bereuen, denn weder brauchte er eine verlegene Miene zu verbergen, noch verdarb ihm das ausgegebene Geld die gute Laune. Er war so unbefangen und munter wie immer, was Emma, nachdem sie ihn gesehen hatte, zu folgenden moralischen Betrachtungen veranlaßte:

»Ich weiß nicht, ob es so sein sollte, aber eine Verrücktheit ist offenbar keine Verrücktheit mehr, wenn ein ansonsten vernünftiger Mensch sie sich leistet. Bosheit ist und bleibt Bosheit, aber Torheit ist nicht immer gleich Torheit. Es kommt dabei auf den Charakter derjenigen an, die sie begehen. Nein, Mr. Knightley, ein nichtsnutziger, alberner junger Mann ist er *nicht*. Wäre er es, so hätte er sich in dieser Sache ganz anders verhalten. Er hätte sich entweder der Tat gerühmt oder sich ihrer geschämt. Er hätte sich entweder wie ein Geck damit gebrüstet oder sich wie jemand, der zu schwach ist, für seine eigenen Eitelkeiten geradezustehen, in Ausreden geflüchtet. Nein, er ist kein alberner Nichtsnutz, da bin ich mir ganz sicher.«

Mit dem Dienstag bot sich ihr die angenehme Aussicht, ihn wiederzusehen, und noch dazu länger als bisher; sie würde sein Verhalten im allgemeinen beurteilen und daraus Schlüsse auf sein Verhalten ihr gegenüber ziehen und abschätzen können, wann sie ihm etwas kühler begegnen müsse, und sie würde Mutmaßungen anstellen, was all jene, die sie nun zum ersten Mal zusammen sahen, denken und sagen mochten.

Sie gedachte sich sehr gut zu amüsieren, obwohl sich das Ganze bei den Coles abspielen würde und sie nicht vergessen konnte, daß keine von Mr. Eltons Entgleisungen, die ihr schon in den Tagen seiner Gunst aufgefallen waren, sie derart gestört hatte wie seine Vorliebe, bei Mr. Cole zu speisen.

Für das Wohlbehagen ihres Vaters war reichlich gesorgt, denn sowohl Mrs. Bates als auch Mrs. Goddard konnten kommen; und Emmas letzte angenehme Pflicht, ehe sie das Haus verließ, bestand darin, ihnen nach dem Dinner ihre Aufwartung zu machen und, während ihr Vater liebevoll ihr schönes Kleid bewunderte, die beiden Damen mit großen Kuchenstücken und vollen Weingläsern nach Kräften für all die unfreiwillige Entsagung zu entschädigen, die ihnen von Mr. Woodhouse aus Sorge um ihre Gesundheit während der Mahlzeit auferlegt worden war. Sie hatte nämlich ein üppiges Dinner für sie herrichten lassen und hätte gern gewußt, ob es ihnen auch gestattet worden war, sich daran gütlich zu tun.

Sie folgte einer anderen Kutsche, die auch zu Mr. Cole fuhr, und freute sich, als sie sah, daß es die von Mr. Knightley war, denn da Mr. Knightley keine eigenen Kutschpferde hielt, weil er über wenig Bargeld, dafür aber über fabelhafte Gesundheit, Bewegungsdrang und Zeit verfügte, ging er in Emmas Augen viel zu gern zu Fuß und benutzte seine Kutsche nicht so oft, wie es dem Herrn von Donwell Abbey anstand. Nun hatte sie also Gelegenheit, ihm von ganzem Herzen ihren Beifall zu bekunden, denn er blieb stehen, um ihr beim Aussteigen zu helfen.

»Heute kommen Sie einmal so, wie Sie immer kommen sollten«, sagte sie, »wie ein Gentleman. Ich freue mich richtig, Sie zu sehen.«

Er dankte ihr mit der Bemerkung: »Welch glücklicher Zufall, daß wir gleichzeitig angekommen sind, denn ich bezweifele, ob Sie mir den Gentleman mehr als sonst angemerkt hätten, wenn wir uns erst im Salon begegnet wären. Wie ich hergekommen bin, hätten Sie mir wohl weder an der Nasenspitze noch sonstwie angesehen.«

»O doch, ganz bestimmt. Wenn Leute nicht standesgemäß vorfahren, sehen sie immer ein bißchen schuldbewußt oder gehetzt aus. Vermutlich meinen Sie, es recht gut überspielen zu können, aber bei Ihnen wirkt es immer wie eine Herausforderung, Sie tragen dann so eine übertriebene Unbekümmertheit zur Schau; das beobachte ich an Ihnen immer, wenn ich sie unter solchen Umständen treffe. *Heute* brauchen Sie sich nicht zu verstellen. Sie haben keine Angst, daß man meint, es sei Ihnen peinlich. Sie versuchen nicht, imposanter zu wirken als andere. *Heute* freue ich mich wirklich sehr, mit Ihnen zusammen das Zimmer zu betreten.«

»Dummes Ding!« war alles, was er darauf erwiderte, aber es klang nicht ungehalten.

Emma hatte allen Grund, mit den übrigen Gästen ebenso zufrieden zu sein wie mit Mr. Knightley. Man empfing sie mit freundlichem Respekt, der seine Wirkung nicht verfehlte, und nahm sie so wichtig, wie sie es sich nur wünschen konnte. Als die Westons eintrafen, galten ihr die zärtlichsten Blicke und die größte Bewunderung der beiden; der Sohn trat eifrig und munter zu ihr und gab damit deutlich zu erkennen, daß es ihm eigentlich nur um sie ging, und als sie ihn beim Dinner neben sich sitzen sah, war sie überzeugt, daß er gewisse Tricks angewandt hatte.

Die Gesellschaft war ziemlich groß, da noch eine weitere Familie dazugehörte, untadelige Gutsbesitzer, die die Coles zu ihrem Bekanntenkreis zählen durften, sowie Mr. Cox, der Rechtsanwalt von Highbury, mit seinen Söhnen. Die weniger würdigen weiblichen Familienmitglieder sollten, auch Miss Bates, Miss Fairfax und Miss Smith, später dazukommen. Doch schon beim Dinner waren sie für ein Gesprächsthema, das alle miteinbezogen hätte, zu zahlreich; und während sich die anderen über Politik und Mr. Elton unterhielten, konnte Emma ihre Aufmerksamkeit ohne weiteres den Artigkeiten ihres Tischnachbarn schenken. Sie horchte erst wieder auf, als etwas weiter weg der Name Jane Fairfax fiel. Mrs. Cole schien gerade etwas von ihr zu erzählen, das sehr interessant zu werden versprach. Sie lauschte und stellte fest, daß es sich lohnte. Ihre über alles geliebte

Phantasie erhielt amüsante Nahrung. Mrs. Cole erzählte, daß sie Miss Bates einen Besuch abgestattet habe und beim Betreten des Zimmers vom Anblick eines Klaviers überrascht worden sei – ein sehr elegant aussehendes Instrument –, kein Flügel zwar, aber ein stattliches, viereckiges Pianoforte, und die Quintessenz der Geschichte, das Ende des langen Dialogs, der sich dann aus Äußerungen des Erstaunens, aus Fragen und Glückwünschen ihrerseits und Erklärungen von seiten Miss Bates' entspann, war, daß dieses Pianoforte am Tag zuvor zur größten Überraschung der Tante wie auch der Nichte von Broadwood geliefert worden sei – völlig unerwartet; daß nach Miss Bates' Darstellung Jane selbst zuerst keinerlei Erklärung dafür gehabt habe, ja vor lauter Verwirrung gar nicht in der Lage gewesen sei, sich vorzustellen, wer den Auftrag erteilt haben könnte; aber nun seien beide fest überzeugt, daß nur einer als Auftraggeber in Frage komme: Oberst Campbell natürlich.

»Ein anderer kommt gar nicht in Frage«, fügte Mrs. Cole hinzu, »und überrascht war ich nur, daß es daran überhaupt einen Zweifel geben konnte. Aber Jane, so scheint es, hat erst kürzlich einen Brief von ihnen bekommen, und in diesem Brief stand kein Wort von einem Klavier drin. Sie kennt die Angewohnheiten der Campbells natürlich am besten; doch in meinen Augen muß dieses Schweigen keineswegs bedeuten, daß sie nicht doch die Absicht hatten, ihr das Geschenk zu machen. Vielleicht wollten sie Jane damit überraschen.«

Viele stimmten Mrs. Cole zu, alle, die sich dazu äußerten, waren gleichermaßen überzeugt, daß das Klavier von Oberst Campbell stammen müsse, und alle freuten sich einmütig, daß er ihr ein solches Geschenk gemacht hatte; und da genug Leute da waren, die sich gerne dazu äußerten, konnte Emma ihren eigenen Gedanken nachhängen und dabei trotzdem weiter Mrs. Cole zuhören.

»Ich muß schon sagen, lange habe ich nichts gehört, was mich mit solcher Genugtuung erfüllte! Es hat mir immer richtig weh getan, daß Jane Fairfax, die so wundervoll spielt, kein eigenes Instrument besitzt. Ein echter Jammer, schien es mir, vor allem, wenn man bedenkt, in wie vielen Häusern schöne Instrumente völlig für die Katz herumstehen. Freilich müssen wir uns da an die eigene Nase fassen! Und erst gestern war's, da sage ich zu Mr. Cole, ich schäme mich geradezu, wenn ich unseren neuen Flügel im Salon anschaue, wo ich doch keine Note von der anderen unterscheiden kann, und vielleicht, sage ich, werden ja auch unsere kleinen Mädchen, die eben erst anfangen zu spielen, nie davon Gebrauch machen können; und da ist die arme Jane Fairfax, die Musiklehrerin ist und überhaupt kein Instrument hat, nicht einmal ein jämmerliches altes Spinett, an dem sie sich erfreuen könnte. Erst gestern habe ich das zu Mr. Cole gesagt, und er hat mir völlig recht gegeben; nur ist er halt ein so begeisterter Musikliebhaber, daß er sich diese Anschaffung nicht verkneifen konnte, in der Hoffnung, einige unserer lieben Nachbarn werden vielleicht so freundlich sein, ab und zu besseren Gebrauch davon zu machen, als es uns möglich ist. Und das ist auch der eigentliche Grund, weshalb das Instrument gekauft wurde – sonst müßten wir uns wirklich schämen. Wir hoffen so sehr, daß sich Miss Woodhouse überreden läßt, es heute abend auszuprobieren.«

Miss Woodhouse fand sich gerne dazu bereit; und da sie merkte, daß von der guten Mrs. Cole keine weiteren Auskünfte mehr zu erwarten waren, wandte sie sich Frank Churchill zu.

»Warum lächeln Sie?« fragte sie.

»Wieso ich? Und warum lächeln Sie?«

»Ich? Vermutlich lächele ich vor Freude darüber, daß Oberst Campbell so reich und so großzügig ist. Es ist ein ansehnliches Geschenk.«

»Sehr ansehnlich.«

»Ich frage mich nur, warum er es ihr nicht schon früher gemacht hat.«

»Vielleicht ist ja Miss Fairfax noch nie so lange hiergeblieben.«

»Oder warum er ihr nicht sein eigenes Instrument zur Verfügung gestellt hat, das doch jetzt bestimmt in seinem verschlossenen Haus in London ungenutzt herumsteht.«

»Das ist ein Flügel, und er dachte wahrscheinlich, daß der für Mrs. Bates Wohnung zu groß sei.«

»Sie mögen *sagen*, was Sie wollen – aber ich sehe es Ihnen an, daß Sie über diese Sache fast genauso *denken* wie ich.«

»Ich weiß nicht. Ich habe eher den Eindruck, Sie halten mir mehr Scharfsinn zugute, als ich verdiene. Ich lächele, weil Sie lächeln, und werde mir wahrscheinlich jeden Verdacht zu eigen machen, den Sie hegen, egal, worum es dabei geht; aber momentan kann ich nicht erkennen, was daran fraglich sein soll. Wenn Oberst Campbell es nicht gewesen ist, wer dann?«

»Was sagen Sie zu Mrs. Dixon?«

»Mrs. Dixon! Stimmt! An Mrs. Dixon hatte ich nicht gedacht. Ihr muß ja ebenso klar sein wie ihrem Vater, daß ein Instrument hier sehr willkommen wäre; und die Vorgehensweise, das Geheimnisvolle, der Überraschungseffekt – das alles sieht mehr nach dem Einfall einer jungen Frau als nach der Idee eines älteren Mannes aus. Es wird wohl Mrs. Dixon gewesen sein. Ich sagte Ihnen doch, daß Ihr Verdacht dem meinen auf die Sprünge helfen würde.«

»Wenn es so ist, müssen Sie Ihren Verdacht ausdehnen und Mr. Dixon miteinbeziehen.«

»Mr. Dixon ... Sehr gut. Ja, jetzt geht mir schlagartig ein Licht auf: Es muß ein gemeinsames Geschenk von Mr. und Mrs. Dixon sein. Wir sprachen ja neulich davon, daß er ein so glühender Bewunderer ihres Spiels ist.«

»Ja, und was Sie mir da in diesem Zusammenhang erzählt haben, hat mich in einem Gedanken bestärkt, der mir schon zuvor gekommen war. Ich möchte die guten Absichten von Mr. Dixon oder Miss Fairfax keineswegs in ein schlechtes Licht rücken, aber ich werde einfach den Verdacht nicht los, daß er entweder das Pech hatte, sich in *sie* zu verlieben, kurz nachdem er ihrer Freundin den Heiratsantrag gemacht hatte, oder daß er sich einer kleinen Schwärmerei von ihrer Seite bewußt wurde. Man könnte zwanzig verschiedene Vermutungen anstellen, ohne ins Schwarze zu treffen; aber ich bin überzeugt, es muß einen besonderen Grund geben, warum sie es vorzog, nach Highbury zu kommen, anstatt mit den Campbells nach Irland zu fahren. Hier führt sie doch notgedrungen ein Leben voller Entbehrung und Verzicht; dort wäre alles das reinste Vergnügen gewesen. Was den Vorwand betrifft, sie wolle sich in der heimatlichen Luft erholen, so halte ich den für eine bloße Ausrede. Im Sommer ließe ich es mir gefallen; aber was kann einem schon die Heimatluft in den Monaten Januar, Februar und März groß Gutes tun? Ein tüchtiges Kaminfeuer und eine bequeme Kutsche würden in den meisten Fällen von angegriffener Gesundheit weitaus mehr bewirken, und wohl auch in dem ihren. Ich verlange von Ihnen nicht, daß Sie alle meine Vermutungen teilen, obwohl Sie das so heldenhaft beteuern, ich wollte sie Ihnen nur ganz offen erläutern.«

»Und auf mein Wort, es scheint mir viel Wahres daran zu

sein! Ich kann dafür bürgen, daß Mr. Dixon sie eindeutig lieber spielen hörte als ihre Freundin.«

»Und dann hat er ihr doch auch noch das Leben gerettet. Haben Sie schon davon gehört? Eine Bootspartie; und durch irgendeinen unglücklichen Zufall drohte sie über Bord zu fallen. Er hielt sie fest.«

»Das stimmt. Ich war dabei – war mit von der Partie.«

»Wirklich? Na also! Aber Sie haben natürlich nichts bemerkt, denn der Gedanke scheint Ihnen ja neu zu sein. Wenn ich dabeigewesen wäre, hätte ich bestimmt so allerlei Entdeckungen gemacht.«

»Das meine ich wohl; aber ich in meiner ganzen Einfalt und Unschuld sah nichts als das bloße Faktum, daß nämlich Miss Fairfax fast über Bord geschleudert worden wäre und daß Mr. Dixon sie festhielt – es war die Sache eines Augenblicks, und obwohl der Schock und die Aufregung danach sehr groß und viel anhaltender waren –, ich glaube, es dauerte tatsächlich eine halbe Stunde, bis wir uns wieder beruhigt hatten – saß doch allen der Schrecken zu sehr in den Gliedern, als daß die besondere Besorgnis einer bestimmten Person aufgefallen wäre. Ich will damit jedoch nicht sagen, daß *Sie* vielleicht nicht doch allerlei entdeckt hätten.«

Hier wurde das Gespräch unterbrochen. Sie mußten sich an dem peinlichen Schweigen beteiligen, das während der reichlich langen Pause zwischen zwei Gängen des Menus eintrat, und sich genauso geziert und gesittet benehmen wie die anderen; aber als die Tafel wieder neu gedeckt war, als die Schüsseln an Ort und Stelle standen und alle sich wieder voll Behagen über das neue Gericht hermachten, sagte Emma:

»Die Lieferung des Klaviers ist für mich der endgültige Beweis. Ich wollte noch ein wenig mehr wissen, und das nun sagt mir genug. Verlassen Sie sich darauf; in Kürze werden wir erfahren, daß es ein Geschenk von Mr. und Mrs. Dixon ist.«

»Und falls die Dixons rundweg abstreiten, davon zu wissen, müssen wir daraus schließen, daß es doch von den Campbells stammt.«

»Nein, ich bin überzeugt, daß es nicht von den Campbells stammt. Miss Fairfax weiß, daß es nicht von den Campbells ist, sonst wäre sie ja gleich darauf gekommen. Sie hätte sich nicht so den Kopf zermartert, wenn sie gleich auf die Campbells verfallen wäre. Sie, Mr. Churchill, habe ich vielleicht nicht überzeugen können, aber ich selbst bin felsenfest davon überzeugt, daß Mr. Dixon eine Hauptfigur in dieser Geschichte ist.«

»Sie kränken mich, wenn Sie mir unterstellen, ich sei nicht überzeugt. Ihre Argumente sind einfach unwiderstehlich, sie reißen mich geradezu mit sich fort. Zuerst, als ich meinte, Sie hielten Oberst Campbell für den edlen Spender, sah ich darin nur väterliche Güte und konnte mir gar nichts Natürlicheres vorstellen. Aber als Sie Mrs. Dixon erwähnten, erschien es mir viel wahrscheinlicher, daß es der Ausdruck inniger weiblicher Freundschaft ist. Und jetzt steht für mich zweifelsfrei fest, daß es eine Liebesgabe ist.«

Es ergab sich keine Gelegenheit mehr, weiter auf dem Thema herumzureiten. Seine Überzeugung schien echt zu sein; er machte jedenfalls ein Gesicht, als sei er davon durchdrungen. Sie sagte nichts mehr, andere Themen kamen an die Reihe; und das Dinner näherte sich seinem Ende, der Nachtisch folgte, die Kinder traten ein, man unterhielt sich mit ihnen und bestaunte sie, während die allgemeine Konversation weiterging; es fielen ein paar kluge Bemerkungen und ein paar ausgesprochen alberne, aber zumeist weder solche noch solche – nichts Schlimmeres als die alltäglichen Kommentare, langweiligen Wiederholungen, abgestandenen Neuigkeiten und deftigen Witze.

Die Damen saßen noch nicht lange im Salon, als nacheinander die anderen weiblichen Gäste in verschiedenen Grüppchen eintrafen. Emma beobachtete das *entrée* ihrer kleinen Busenfreundin; und wenn deren Würde und Grazie sie auch nicht gerade in Begeisterung versetzen konnten, so erfreute sie sich doch an diesem blühenden Liebreiz und der ungekünstelten Art und war von Herzen froh, daß Harriet ein so unbeschwertes, fröhliches, unsentimentales Naturell hatte und somit trotz all des Herzeleids enttäuschter Liebe in solchen gesellschaftlichen Vergnügungen Linderung zu finden vermochte. Da saß sie nun – und wer hätte geahnt, wie viele Tränen sie in der letzten Zeit vergossen hatte? In Gesellschaft zu sein, selbst nett angezogen, und andere hübsch gekleidete Leute zu beobachten, dazusitzen und zu lächeln und hübsch auszusehen und nichts zu sagen, das war für sie momentan schon Glück genug. Jane Fairfax stellte sie natürlich in den Schatten, was elegante Erscheinung und Auftreten anging, aber Emma hegte den Verdacht, daß sie vielleicht gern mit Harriet getauscht und nur zu gern die Demütigung nicht erwiderter Liebe – selbst wenn diese Mr. Elton galt – ertragen und dafür auf das zweifelhafte Vergnügen, sich vom Ehemann ihrer Freundin geliebt zu wissen, verzichtet hätte.

In einer so großen Gesellschaft war Emma nicht genötigt, zu ihr hinzugehen. Sie mochte nicht von dem Klavier sprechen; da sie sich zu sehr als heimliche Mitwisserin des Geheimnisses empfand, erschien es ihr nicht fair, Neugier oder Interesse zu heucheln, und sie hielt sich daher bewußt von ihr fern. Die anderen allerdings schnitten das Thema fast sofort an, und sie sah das verlegene Erröten, mit dem

Jane Fairfax die Glückwünsche entgegennahm, das schuldbewußte Erröten, das die Worte »mein trefflicher Freund Oberst Campbell« begleitete.

Die herzensgute und musikalische Mrs. Weston zeigte ein besonderes Interesse an dem Ereignis, und Emma mußte sich unwillkürlich über die Ausdauer amüsieren, mit der sie bei dem Thema verweilte; da sie so viel zu fragen und zu sagen hatte über Ton, Anschlag und Pedal des Instruments, blieb ihr offenbar völlig verborgen, daß die Angesprochene sich so wenig wie möglich darüber äußern wollte, was Emma deutlich aus der Miene der schönen Heldin las.

Bald gesellten sich einige der Herren zu ihnen, allen voran Frank Churchill. Als erster und hübschester spazierte er herein, und nachdem er en passant Miss Bates und ihre Nichte begrüßt hatte, bahnte er sich seinen Weg sogleich zur gegenüberliegenden Seite des Kreises, wo Miss Woodhouse saß; und bevor er keinen Platz an ihrer Seite fand, wollte er lieber stehen bleiben. Emma malte sich aus, was jetzt gewiß alle dachten. Er hatte nur sie im Sinn, und jedermann mußte es merken. Sie stellte ihn ihrer Freundin Miss Smith vor und erfuhr später bei passender Gelegenheit, was die beiden voneinander hielten. Er habe noch nie ein so liebreizendes Gesicht gesehen und sei von ihrer *naïveté* entzückt, sagte er; und sie: Natürlich wisse sie, daß sie ihm damit ein zu großes Kompliment mache, aber sie finde wirklich, daß er eine gewisse Ähnlichkeit mit Mr. Elton habe. Emma unterdrückte ihren Unmut und wandte sich schweigend von ihr ab.

Sie tauschte mit dem Gentleman verständnisinnige Blicke, nachdem sie zu Miss Fairfax hinübergesehen hatten; aber die Klugheit gebot es, momentan nicht über sie zu sprechen. Er erzählte ihr, daß er es gar nicht habe erwarten können, das Eßzimmer zu verlassen – es hasse, lange herumzusitzen –

stets der erste sei, der sich bei der erstbesten Gelegenheit davonstehle – daß sein Vater, Mr. Knightley, Mr. Cox und Mr. Cole sich dort immer noch angeregt über Gemeindeangelegenheiten unterhielten, was ihm durchaus nicht unangenehm gewesen sei, solange er bei ihnen gesessen habe, da er sie allesamt für gebildete und vernünftige Männer halte; und Highbury allgemein bedachte er mit so viel Lob, hielt dem Ort zugute, so reich an sympathischen Familien zu sein, daß Emma allmählich das Gefühl hatte, bisher etwas zu abschätzig darüber gesprochen zu haben. Sie fragte ihn nach dem gesellschaftlichen Leben in Yorkshire – wie groß der Bekanntenkreis von Enscombe sei und dergleichen mehr; und seinen Antworten entnahm sie, daß in Enscombe selbst wenig los war; daß die Besuche der Churchills einigen namhaften Familien galten, von denen keine in der umittelbaren Nachbarschaft lebte; und daß, selbst wenn ein Termin anberaumt und eine Einladung angenommen wurde, die Chancen fünfzig zu fünfzig standen, daß Mrs. Churchill nicht in der körperlichen oder seelischen Verfassung war, hinzugehen; daß sie grundsätzlich nur alteingesessene Nachbarn besuchten. Schließlich fügte er noch hinzu, daß er zwar seine eigenen gesellschaftlichen Verpflichtungen habe, doch *zuweilen* nur unter großen Schwierigkeiten und nach etlichem Bitten und Betteln ausgehen oder abends einen Bekannten ins Haus bringen könne.

Sie sah ein, daß man in Enscombe nicht glücklich werden konnte und daß Highbury, von seiner besten Seite genommen, für einen jungen Mann, der zu Hause zurückgezogener lebte, als ihm lieb war, durchaus seine Reize haben mochte. Daß er in Enscombe etwas zu sagen hatte, war indes offensichtlich. Er prahlte zwar nicht damit, aber es klang unüberhörbar aus den Worten durch, er habe seine Tante schon zu manchem überredet, woran sein Onkel gescheitert sei, und da Emma darüber lachte und ›Na also‹ sagte, gab er zu, *mit der Zeit* bei ihr wohl alles durchsetzen zu können (mit Ausnahme von ein oder zwei Punkten). Dann nannte er einen dieser Punkte, in denen er nichts zu bewirken vermochte. Er wäre so gern einmal ins Ausland gegangen – hätte so gern die Erlaubnis zu einer ausgedehnten Reise bekommen –, doch davon wollte sie einfach nichts wissen. Das war vor einem Jahr gewesen. *Nun*, sagte er, beginne dieser Wunsch zu verblassen.

Bei dem anderen Punkt, den er nicht durchsetzen konnte und hier nicht erwähnte, handelte es sich, so vermutete Emma, um gutes Benehmen gegenüber seinem Vater.

»Ich habe eine ganz unangenehme Entdeckung gemacht«, sagte er nach kurzem Schweigen. »Morgen bin ich schon eine Woche hier – Halbzeit für mich. Noch nie sind mir die Tage so wie im Fluge vergangen. Morgen schon eine Woche! Und dabei habe ich erst gerade mal angefangen, mich hier wohl zu fühlen, Mrs. Weston und andere eben erst kennengelernt! Ich mag gar nicht daran denken.«

»Vielleicht bereuen Sie nun allmählich, einen ganzen Tag von den wenigen darauf verwendet zu haben, sich die Haare schneiden zu lassen.«

»Nein«, sagte er lächelnd, »das bereue ich keineswegs. Es macht mir keinen Spaß, meine Freunde zu sehen, wenn ich mich nach meinem Dafürhalten nicht sehen lassen kann.«

Da sich nun auch die übrigen Herren wieder eingefunden hatten, sah Emma sich genötigt, ihm für ein paar Minuten den Rücken zuzukehren und Mr. Cole zuzuhören. Als Mr. Cole dann weitergegangen war und sie ihre Aufmerksamkeit wieder Frank Churchill zuwenden konnte, merkte sie, wie dieser unverwandt Miss Fairfax anstarrte, die ihnen genau gegenüber saß.

»Was ist los?« fragte sie.

Er zuckte zusammen. »Danke, daß Sie mich aufgerüttelt haben«, erwiderte er. »Ich glaube, ich bin sehr unhöflich gewesen; aber Miss Fairfax hat wirklich eine zu komische Frisur – urkomisch –, daß ich gar nicht den Blick von ihr wenden konnte. So etwas Outriertes habe ich mein Lebtag nicht gesehen! Diese Ringellocken! Das ist wohl ihre eigene Erfindung? Ich entdecke niemanden hier, der so aussieht! Ich muß sie mal fragen, ob das in Irland Mode ist. Soll ich? – Ja, das mache ich – im Ernst, ich tu's – und Sie werden gleich sehen, wie Sie darauf reagiert – ob sie rot wird.«

Und schon war er weg, und Emma sah ihn vor Miss Fairfax stehen und sich mit ihr unterhalten; aber da er sich unbedachterweise genau in ihr Blickfeld, genau vor Miss Fairfax gestellt hatte, konnte sie überhaupt nicht erkennen, welche Wirkung seine Frage bei der jungen Dame hervorrief.

Ehe er zu seinem Stuhl zurückkehren konnte, hatte Mrs. Weston ihn eingenommen.

»Das ist das Schöne an einer großen Gesellschaft«, sagte sie, »man kann sich zu jedem setzen und alles sagen. Meine liebe Emma, ich sehne mich richtig danach, mit Ihnen zu sprechen. Ich habe Entdeckungen gemacht und Pläne geschmiedet, genau wie Sie, und ich muß sie Ihnen erzählen, solange alles noch so neu ist. Wissen Sie, wie Miss Bates und ihre Nichte hergekommen sind?«

»Wie? Sie waren doch eingeladen, oder nicht?«

»O ja, aber auf welche Weise sie hergekommen sind?«

»Zu Fuß, vermute ich. Wie hätten sie sonst kommen sollen?«

»Stimmt. Nun, vorhin habe ich so bei mir gedacht, wie traurig es wäre, wenn Jane Fairfax wieder zu Fuß nach Hause gehen müßte, zu später Stunde, und wo doch die Nächte jetzt so kalt sind. Und als ich sie so anschaute, schien sie mir zwar vorteilhafter denn je auszusehen, aber es fiel mir doch auf, wie erhitzt sie war und deshalb besonders anfällig für eine Erkältung. Das arme Mädchen! Die Vorstellung war mir unerträglich; also habe ich gleich mit Mr. Weston wegen der Kutsche gesprochen, kaum daß er das Zimmer betreten hatte und ich ihn allein zu fassen kriegte. Sie können sich denken, wie bereitwillig er auf meinen Wunsch eingegangen ist; und als ich seine Zustimmung hatte, ging ich sofort zu Miss Bates, um ihr zu versichern, daß ihr unsere Kutsche zur Verfügung stehe, ehe uns der Kutscher nach Hause brächte, denn ich dachte mir, es fiele ihr dadurch ein Stein vom Herzen. Die gute Seele! Ihre Dankbarkeit kannte keine Grenzen, das können Sie mir glauben. Mit keinem meine es das Glück so gut wie mit ihr, sagte sie, fügte aber unter vielen Dankesworten hinzu, wir bräuchten uns keine Umstände zu machen, denn Mr. Knightleys Kutsche habe sie hergebracht und werde sie auch wieder nach Hause bringen; ich war völlig überrascht, natürlich sehr froh darüber, aber wirklich vollkommen überrascht. Eine so freundlich-aufmerksame Geste – eine so zuvorkommende Geste! Wie wenige Männer würden an so etwas denken! Kurz und gut, da ich seine sonstigen Gewohnheiten kenne, möchte ich fast annehmen, daß er die Kutsche im Grunde nur ihretwegen hat anspannen lassen. Vermutlich hätte er für sich allein überhaupt keine Pferde gemietet, das war nur ein Vorwand, um ihnen etwas Gutes zu tun.«

»Sehr wahrscheinlich«, sagte Emma, »nichts ist wahrscheinlicher. Ich kenne keinen Mann, dem es ähnlicher sähe als Mr. Knightley, etwas so Freundliches, Nützliches, Fürsorgliches oder Großmütiges zu tun. Galant ist er nicht gerade, aber er hat eine sehr menschliche Einstellung; und in Anbetracht von Jane Fairfax' angegriffener Gesundheit sähe er gewiß seine Menschlichkeit gefordert. Und wenn es um eine gute Tat geht, die nicht an die große Glocke gehängt wird, so kommt meines Erachtens vor allem Mr. Knightley dafür in Frage. Ich weiß, daß er heute Pferde hatte – denn wir sind gleichzeitig hier angekommen; und ich habe ihn noch deshalb aufgezogen, aber er hat mit keinem Wort verraten, was es damit auf sich hatte.«

»Nun«, sagte Mrs. Weston lächelnd, »Sie trauen ihm in diesem Fall offenbar mehr schlichte, selbstlose Großmut zu als ich, denn während Miss Bates so sprach, ist mir blitzartig ein Verdacht gekommen, den ich einfach nicht mehr loswerde. Kurzum: Ich habe Mr. Knightley und Miss Fairfax insgeheim verkuppelt. Das kommt davon, wenn man so viel mit Ihnen zusammen ist wie ich! Nun, was sagen Sie dazu?«

»Mr. Knightley und Jane Fairfax!« rief Emma aus. »Liebe Mrs. Weston, wie kommen Sie nur auf diese Idee? Mr. Knightley! Mr. Knightley darf gar nicht heiraten! Sie möchten doch nicht, daß der kleine Henry um Donwell gebracht wird? O nein, nein. Henry muß Donwell bekommen. Ich bin entschieden dagegen, daß Mr. Knightley heiratet; und ich bin überzeugt, es ist völlig unwahrscheinlich. Ich staune, wie Sie auf so etwas kommen können.«

»Meine liebe Emma, ich habe Ihnen doch erzählt, was mich darauf gebracht hat. Ich will diese Verbindung ja nicht, ich will dem lieben kleinen Henry bestimmt nicht schaden, aber die Umstände haben mich auf diesen Gedanken gebracht; und sollte Mr. Knightley wirklich heiraten wollen, so würden Sie doch wohl nicht von ihm verlangen, daß er Henrys wegen darauf verzichtet, wegen eines sechsjährigen Jungen, der von all dem nichts weiß?«

»Doch, das würde ich. Es wäre mir unerträglich, wenn man Henry verdrängte. Mr. Knightley und heiraten! Nein, eine solche Idee ist mir noch nie gekommen, und sie will mir auch jetzt nicht in den Kopf. Und dann ausgerechnet Jane Fairfax!«

»Na, Sie wissen doch genau, daß sie schon immer sein besonderer Liebling war.«

»Aber wie unklug wäre eine solche Verbindung!«

»Ich sage nicht, daß ich sie für klug, sondern lediglich, daß ich sie für wahrscheinlich halte.«

»Ich kann nichts Wahrscheinliches daran entdecken, es sei denn, Sie könnten Ihre Behauptung besser begründen. Wie ich Ihnen bereits sagte, wären seine Gutmütigkeit und seine Menschenfreundlichkeit durchaus Erklärung genug für die Pferde. Er schätzt die Bates sehr, wie Sie wissen, ganz unabhängig von Jane Fairfax – und er freut sich immer, wenn er ihnen etwas Gutes tun kann. Meine liebe Mrs. Weston, lassen Sie die Finger von der Kuppelei. Sie haben dazu kein Talent. Jane Fairfax als Herrin der Abbey! O nein, nein, alles in mir sträubt sich dagegen. In seinem ureigensten Interesse möchte ich nicht, daß er so etwas Verrücktes tut.«

»Unklug, wenn Sie wollen – aber nicht verrückt. Abgesehen von der Ungleichheit der Vermögensverhältnisse und einem gewissen Altersunterschied kann ich nichts Unpassendes daran finden.«

»Aber Mr. Knightley will doch gar nicht heiraten. Ich bin sicher, er denkt nicht im Traum daran. Setzen Sie ihm diese Grille ja nicht in den Kopf. Warum sollte er auch heiraten?

Er ist doch als Junggeselle vollkommen glücklich: mit seinem Gutshof und seinen Schafen und seiner Bibliothek und der ganzen Gemeindearbeit, die er zu erledigen hat; und außerdem ist er ganz vernarrt in die Kinder seines Bruders. Er hat keine Veranlassung zu heiraten, weder um seine Zeit noch um sein Herz auszufüllen.«

»Meine liebe Emma, solange er so denkt, mag das sein; aber wenn er Jane Fairfax wirklich liebt – ?«

»Unsinn! Er macht sich nichts aus Jane Fairfax. Jedenfalls ist er bestimmt nicht in sie verliebt. Er würde ihr oder ihrer Familie jeden erdenklichen Gefallen tun, aber – «

»Nun«, sagte Mrs. Weston und lachte, »den größten Gefallen könnte er ihnen vielleicht damit tun, daß er Jane ein so achtbares Zuhause schenkt.«

»Selbst wenn es für sie gut wäre, ihm würde es mit Sicherheit zum Schaden gereichen; eine unrühmliche und entwürdigende Verbindung. Wie würde er es ertragen, wenn Miss Bates plötzlich zu seiner Verwandtschaft gehörte? Wenn sie die Abbey heimsuchen und ihm den lieben langen Tag mit ihren Dankeshymnen die Ohren vollsingen würde? ›Zu gütig und liebenswürdig! Aber er war ja immer ein so gütiger Nachbar!‹ Und dann würde sie mitten im Satz plötzlich auf den alten Unterrock ihrer Mutter kommen: So ganz alt sei ja der Unterrock eigentlich noch gar nicht – er tue es bestimmt noch eine ganze Weile – und wirklich, sie müsse voll Dankbarkeit sagen, daß alle ihre Unterröcke sehr haltbar seien.«

»Sie sollten sich schämen, Emma! Äffen Sie sie nicht nach. Ich muß sonst einfach lachen. Und im Ernst, ich glaube nicht, daß sich Mr. Knightley durch Miss Bates wirklich stören ließe. Von solchen Kleinigkeiten läßt er sich nicht kopfscheu machen. Sie könnte ruhig weiterreden; und wenn er selbst etwas sagen wollte, würde er einfach etwas lauter sprechen und ihre Stimme übertönen. Aber es geht nicht darum, ob es für ihn eine schlechte Verbindung wäre, sondern ob er sie eingehen will; und ich glaube, er will. Ich habe ihn Jane Fairfax in den höchsten Tönen loben hören, und Sie doch auch! Das Interesse, das er an ihr nimmt – seine Besorgtheit um ihre Gesundheit – sein Kummer, daß sie keine besseren Zukunftsaussichten hat! Ich habe gehört, mit welch leidenschaftlicher Anteilnahme er sich hierüber äußerte! Wie er ihr Klavierspiel und ihre Stimme bewundert! Ich habe ihn sagen hören, er könnte ihr ewig zuhören. Oh! eine Idee, die mir noch gekommen ist, hätte ich ja beinah ganz vergessen: Dieses Klavier, das von irgend jemandem geschickt worden ist – obgleich wir alle so überzeugt waren, daß es ein Geschenk von den Campbells ist –, könnte es nicht von Mr. Knightley sein? Ich kann mir nicht helfen, aber ich habe nun einmal ihn in Verdacht. Ihm, finde ich, sähe so etwas ähnlich, selbst wenn er nicht verliebt wäre.«

»Dann kann es nicht als Beweis dafür herhalten, daß er verliebt ist. Aber mir scheint es ganz und gar unwahrscheinlich, daß er so etwas macht. Mr. Knightley ist kein Geheimniskrämer.«

»Wiederholt habe ich ihn bedauern hören, daß sie kein Instrument hat; öfter jedenfalls, als es ihm unter normalen Umständen aufgefallen wäre.«

»Schön und gut, aber wenn er die Absicht gehabt hätte, ihr eines zu schenken, hätte er ihr das gesagt.«

»Vielleicht widerstrebte es seinem Feingefühl, meine liebe Emma. Ich habe den starken Verdacht, daß es von ihm kommt. Er war ja auch ganz besonders schweigsam, als uns Mrs. Cole bei Tisch davon erzählt hat.«

»Sie setzen sich da etwas in den Kopf, Mrs. Weston, und

Ihre Phantasie geht mit Ihnen durch; wie Sie es so manches Mal mir vorgeworfen haben. Ich kann keine Anzeichen von Verliebtheit erkennen – die Sache mit dem Klavier glaube ich nicht –, und nur ein stichhaltiger Beweis wird mich davon überzeugen, daß Mr. Knightley Jane Fairfax zu heiraten gedenkt.«

So stritten sie noch eine ganze Weile weiter, wobei Emma gegenüber ihrer Freundin ziemlich an Boden gewann, denn Mrs. Weston war es gewohnt nachzugeben – bis sie an der plötzlichen Unruhe im Zimmer merkten, daß der Tee vorüber war und das Instrument hergerichtet wurde; und da trat auch schon Mr. Cole zu den beiden, um Miss Woodhouse zu bitten, ihnen die Ehre zu erweisen, den Flügel auszuprobieren. Frank Churchill, von dem sie im Eifer des Gesprächs mit Mrs. Weston nichts mehr gesehen hatte, außer daß er inzwischen neben Miss Fairfax saß, folgte Mr. Cole, um sich dessen Bitten aufs nachdrücklichste anzuschließen; und da es Emma in jeder Hinsicht am liebsten war, den Anfang zu machen, willigte sie ohne weiteres ein.

Sie kannte die Grenzen ihres musikalischen Könnens viel zu gut, um sich an irgend etwas zu wagen, das sie nicht mit Anstand vorzutragen vermochte. Für die kleinen Klavierstücke, die allseits gern gehört werden, fehlte es ihr weder an Einfühlungsgabe noch an Schwung, und sie konnte ihre eigene Stimme gut begleiten. Angenehm überrascht war sie, als sie hörte, wie noch jemand ihr Lied begleitete – eine zweite Stimme, die ganz leise, aber sicher im Ton von Frank Churchill übernommen wurde. Nach dem Ende des Liedes bat er sie gebührend um Verzeihung, und alles nahm seinen üblichen Verlauf: Ihm wurde vorgehalten, eine herrliche Stimme zu haben und sich bestens in der Musik auszukennen, was er mit geziemender Bescheidenheit abstritt und rundweg beteuerte, überhaupt nichts von Musik zu verstehen und überhaupt keine Stimme zu haben. Sie sangen noch einmal zusammen, worauf Emma ihren Platz Miss Fairfax überließ, deren Vortrag, wie sie sich nicht verhehlen konnte, dem ihren sowohl vom Gesang als auch vom Klavierspiel her unendlich überlegen war.

Mit gemischten Gefühlen setzte sie sich ein Stück weg von den anderen, die sich ums Klavier scharten, um ungestört zuzuhören. Frank Churchill sang erneut. Sie hatten, so schien es, schon ein- oder zweimal in Weymouth zusammen gesungen. Aber bald schon wurde sie vom Anblick Mr. Knightleys abgelenkt, der bei denen saß, die am andächtigsten lauschten, und wieder gingen ihr Mrs. Westons Mutmaßungen durch den Kopf, und nur zwischendurch vermochten die süßen Klänge der vereinten Stimmen ihr Grübeln zu unterbrechen. Nach wie vor war sie strikt gegen eine Heirat Mr. Knightleys. Sie erschien ihr durch und durch von Übel. Für Mr. John Knightley wäre ein solcher Schritt eine große Enttäuschung, infolgedessen auch für Isabella, ein echtes Unrecht den Kindern gegenüber – eine höchst demütigende Veränderung und ein erheblicher Verlust für alle Beteiligten. Das tägliche Wohlbefinden ihres Vaters würde dadurch nachhaltig beeinträchtigt – und ihr selbst war die Vorstellung, daß eine Jane Fairfax in Donwell Abbey residierte, schlechterdings unerträglich. Eine Mrs. Knightley, der sie alle den Vortritt lassen mußten! Nein. Mr. Knightley durfte niemals heiraten. Der kleine Henry mußte Erbe von Donwell bleiben.

Kurz darauf sah sich Mr. Knightley zu ihr um, kam her und setzte sich neben sie. Zuerst sprachen sie nur über Miss Fairfax' Vortrag. Seine Bewunderung war wahrlich tief empfunden; doch sie hätte wohl nicht weiter darauf geachtet, wenn nicht Mrs. Weston mit ihren Vermutungen gewesen wäre. Um ihn auf die Probe zu stellen, brachte sie jedoch sodann die Rede auf seine Freundlichkeit, die Tante und Nichte herbringen zu lassen; und obzwar man seiner Antwort anmerkte, daß er das Thema nicht weiterverfolgen wollte, deutete Emma dies doch lediglich als Unlust, über die eigenen Tugenden zu sprechen.

»Es bekümmert mich oft«, sagte sie, »daß ich es nicht wagen kann, *unsere* Kutsche bei solchen Gelegenheiten nutzbringender einzusetzen. Nicht daß ich nicht den Wunsch dazu hätte, aber Sie wissen ja, wie unmöglich es meinem Vater scheinen würde, James für derartige Zwecke einzuspannen.«

»Ganz ausgeschlossen, ganz ausgeschlossen«, erwiderte er, »aber Sie haben bestimmt oft den Wunsch.« Und in dieser Gewißheit lächelte er so erfreut, daß sie glaubte, noch einen Schritt weitergehen zu müssen.

»Das Geschenk der Campbells«, sagte sie – »Dieses Klavier ist wirklich ein Zeichen von Großzügigkeit.«

»Ja«, entgegnete er ohne erkennbare Verlegenheit. »Aber sie hätten besser daran getan, sie vorher davon in Kenntnis zu setzen. Überraschungen sind etwas Albernes. Die Freude wird dadurch nicht größer, und es schafft oft beträchtliche Ungelegenheiten. Ich hätte Oberst Campbell für vernünftiger gehalten.«

Von diesem Augenblick an hätte Emma schwören mögen, daß Mr. Knightley mit dem Geschenk nichts zu tun hatte. Aber ob er nicht doch eine besondere Zuneigung für Jane Fairfax empfand, ob er nicht doch eine ausgesprochene Schwäche für sie hatte – das blieb weiter im ungewissen. Als Janes zweites Lied sich seinem Ende näherte, klang ihre Stimme belegt.

»So, das reicht«, sagte er zu sich, als das Lied zu Ende war. »Für einen Abend haben Sie genug gesungen – hören Sie jetzt auf.«

Doch sie wurde um eine weitere Zugabe gebeten: Nur eins noch, Miss Fairfax solle sich auf keinen Fall überanstrengen, nur eins müsse sie noch spielen. Und man hörte, wie Frank Churchill sagte: »Ich denke, Sie kriegen es mühelos hin. Die erste Stimme ist eigentlich ein Kinderspiel. Das Gewicht liegt auf der zweiten.«

Mr. Knightley wurde böse.

»Diesem Burschen«, entrüstete er sich, »geht es doch nur darum, seine eigene Stimme zur Geltung zu bringen. Das darf nicht sein.« Und er berührte Miss Bates, die in diesem Augenblick vorbeiging, am Arm: »Miss Bates, sind Sie denn nicht ganz bei Trost? Wie können Sie zulassen, daß sich Ihre Nichte auf diese Weise heiser singt? Gehen Sie und schreiten Sie ein. Die Leute hier haben mit ihr kein Erbarmen.«

Vor lauter Sorge um Jane konnte Miss Bates kaum stehenbleiben, um sich zu bedanken, ehe sie hineilte und jedem weiteren Singen ein Ende machte. Damit war der musikalische Teil des Abends abgeschlossen, denn außer Miss Woodhouse und Miss Fairfax gab es keine weiteren Solistinnen. Aber gleich darauf (innerhalb von fünf Minuten) fand der Vorschlag, ein Tänzchen zu wagen – von wem er kam, wußte niemand genau –, bei Mr. und Mrs. Cole so tatkräftige Unterstützung, daß alles rasch beiseite gerückt wurde, um genügend Platz zu schaffen. Mrs. Weston, die für ihre Tänze berühmt war, setzte sich ans Klavier und begann mit einem unwiderstehlichen Walzer; und Frank Churchill trat unnachahmlich galant zu Emma, forderte sie auf und stellte sich mit ihr an die Spitze.

Während sie warteten, bis sich die anderen paarweise aufgestellt hatten, fand Emma trotz der Komplimente, die sie von allen Seiten für ihre Stimme und ihr einfühlsames Spiel erntete, genügend Zeit, sich umzusehen, um zu schauen, was aus Mr. Knightley wurde. Nun würde es sich erweisen. Im allgemeinen war er kein großer Tänzer. Wenn er es nun eilig hatte, Jane Fairfax aufzufordern, konnte das etwas zu bedeuten haben. Doch er war nicht zu sehen. Nein, er unterhielt sich gerade mit Mrs. Cole – sah unbeteiligt zu; Jane wurde von einem anderen aufgefordert, und er unterhielt sich weiter mit Mrs. Cole.

Emma machte sich keine Sorgen mehr wegen Henry; seine Rechte blieben vorerst unangetastet; und so führte sie schwungvoll und fröhlich den Reigen an. Mehr als fünf Paare hatten sich nicht zusammengefunden; aber gerade weil sich eine solche Gelegenheit so selten und in diesem Fall so spontan ergab, war es ein besonderes Vergnügen, zumal Emma merkte, wie gut ihr Partner zu ihr paßte. Sie bildeten ein wahrhaft ansehnliches Paar.

Mehr als zwei Tänze waren ihnen jedoch leider nicht vergönnt. Es war spät geworden, und Miss Bates wollte nun unbedingt nach Hause wegen ihrer Mutter. Nach einigen Versuchen, noch einen Tanz herauszuschinden, mußten sie sich daher mit trauriger Miene bei Mrs. Weston bedanken und es damit bewenden lassen.

»Vielleicht ist es ganz gut so«, sagte Frank Churchill, als er Emma zu ihrer Kutsche geleitete, »ich hätte Miss Fairfax auffordern müssen, und ihre langweilige Tanzerei wäre nach den Tänzen mit Ihnen nicht nach meinem Geschmack gewesen.«

SIEBENUNDZWANZIGSTES KAPITEL

Emma bereute nicht, daß sie sich herabgelassen hatte, zu den Coles zu gehen. Am nächsten Tag kostete sie die vielen angenehmen Erinnerungen aus, die dieser Besuch in ihr wachrief, und alles, was sie vielleicht an vornehmer Distanz eingebüßt hatte, wurde ihr durch den Glanz der Beliebtheit reichlich vergolten. Die Coles – ehrenwerte Leute, die es verdienten, daß man ihnen eine Freude machte! – waren zweifellos begeistert von ihr, und sie hatte einen Eindruck hinterlassen, der nicht so schnell verblassen würde.

Vollkommenes Glück wird einem freilich selbst in der Erinnerung nur selten zuteil; und es gab zwei Dinge, die sie mit einem gewissen Unbehagen erfüllten. Zweifel kamen sie an, ob sie nicht die Pflicht, die eine Frau gegenüber einer anderen hat, verletzt habe, als sie Frank Churchill von ihrem Verdacht bezüglich Jane Fairfax' Empfindungen erzählt hatte. Das war wohl nicht ganz richtig gewesen; aber die Idee hatte ihr so zugesetzt, daß sie sie nicht für sich behalten konnte, und seine bereitwillige Zustimmung zu allem, was sie sagte, war so schmeichelhaft gewesen, daß sie sich auch jetzt nicht so ohne weiteres darüber im klaren war, ob sie nicht besser den Mund hätte halten sollen.

Auch der andere Umstand, der ein Gefühl des Bedauerns in ihr auslöste, hatte mit Jane Fairfax zu tun; und hier bestand für sie kein Zweifel. Unverhohlen und eindeutig bedauerte sie, daß ihr Klavierspiel und Gesang nicht an die Darbietung der anderen heranreichte. Von Herzen bereute sie nun, daß sie in ihrer Kindheit so faul gewesen war – und sie setzte sich hin und übte anderthalb Stunden lang mit Feuereifer.

Sie wurde unterbrochen, als Harriet ins Zimmer trat; und

wenn sie aus Harriets Lob Befriedigung hätte schöpfen können, wäre sie schnell wieder mit sich im reinen gewesen.

»Ach, wenn ich doch bloß so gut spielen könnte wie Sie und Miss Fairfax!«

»Nenn uns nicht in einem Atemzug, Harriet. Mein Spiel gleicht dem ihren so wenig wie eine Lampe dem Sonnenschein.«

»Du meine Güte – aber ich finde, Sie spielen besser. Ich finde, Sie spielen genauso gut wie sie. Ich jedenfalls höre Sie lieber spielen als Miss Fairfax. Alle haben gestern abend gesagt, wie gut Sie spielten.«

»Diejenigen, die etwas davon verstehen, müssen den Unterschied bemerkt haben. In Wahrheit, Harriet, taugt mein Spiel gerade für solche Komplimente, aber das von Jane Fairfax ist weit darüber erhaben.«

»Nun, ich werde immer der Meinung sein, daß Sie genauso gut spielen wie sie, oder jedenfalls, wenn es einen Unterschied geben sollte, würde ihn niemand je entdecken. Mr. Cole hat gesagt, Sie hätten so viel Einfühlungsgabe, und Mr. Frank Churchill hat auch davon geschwärmt und gemeint, daß er auf Einfühlungsgabe mehr Wert lege als auf Technik.«

»Ach, aber Jane Fairfax hat eben beides, Harriet.«

»Sind Sie sicher? Ich habe schon gemerkt, daß sie technisch perfekt ist, aber von Einfühlungsgabe habe ich nichts bei ihr gespürt. Niemand hat davon gesprochen. Und ich kann italienischen Gesang nicht leiden. Man versteht kein Wort davon. Nebenbei, wenn Sie wirklich so gut spielt, ist das nicht mehr als recht und billig, weil sie doch unterrichten muß. Die Cox fragten sich gestern abend, ob sie wohl in eine angesehene Familie käme. Wie fanden Sie denn die Cox?«

»So wie immer – sehr gewöhnlich.«

»Sie haben mir da etwas erzählt«, sagte Harriet mit einigem Zögern, »aber es ist nichts Wichtiges.«

Emma fühlte sich gezwungen zu fragen, was sie ihr erzählt hätten, obwohl sie fürchtete, es würde wieder auf Mr. Elton hinauslaufen.

»Sie haben mir erzählt – daß Mr. Martin letzten Samstag bei ihnen zum Essen war.«

»So.«

»Er kam wegen einer geschäftlichen Angelegenheit zu ihrem Vater, und der bat ihn, zum Essen zu bleiben.«

»So.«

»Sie haben viel von ihm gesprochen. Besonders Anne Cox. Ich weiß nicht, was sie damit bezweckte, aber sie hat mich gefragt, ob ich im nächsten Sommer wieder ein paar Wochen bei den Martins verbringen wolle.«

»Nun, für ihre unverschämte Neugier ist Anne Cox ja schließlich bekannt.«

»Sie sagte, er sei sehr nett gewesen an dem Tag, als er bei ihnen zum Essen war. Er saß am Tisch neben ihr. Miss Nash meint, jede der beiden Cox nähme ihn mit Handkuß.«

»Gut möglich. Ich halte sie ohne Ausnahme für die gewöhnlichsten Mädchen in ganz Highbury.«

Harriet hatte etwas bei Ford zu besorgen. Emma schien es angezeigt, sie zu begleiten. Ein erneutes zufälliges Zusammentreffen mit den Martins war durchaus möglich und wäre in Harriets gegenwärtiger Verfassung gefährlich gewesen.

Harriet, die sich von allem reizen und schon von der geringsten Äußerung irremachen ließ, brauchte beim Einkaufen immer sehr lange; und während sie sich unentschlossen über verschiedene Musselin-Ballen beugte, trat Emma zur

Tür, um sich etwas die Zeit zu vertreiben. Viel Abwechslung war selbst im geschäftigsten Teil von Highbury nicht vom Straßenverkehr zu erwarten. Mr. Perry, der vorübereilte, Mr. William Cox, der seine Kanzleitür aufsperrte, Mr. Coles Kutschpferde, die von der Koppel zurückkehrten, oder ein zufällig des Wegs kommender Botenjunge auf einem störrischen Maultier – mit aufregenderen Begegnungen konnte man nicht rechnen; und als Emmas Blick nur auf den Fleischer mit seinem Tablett fiel, auf eine sauber gekleidete alte Frau, die mit ihrem vollen Einkaufskorb heimwärts strebte, auf zwei Hunde, die sich um einen schmutzigen Knochen balgten, und auf eine Schar von Kindern, die um das kleine Bogenfenster des Bäckers herumlungerten und nach dem Pfefferkuchen linsten, wußte sie, daß sie keinen Grund, sich zu beklagen, und genügend Zeitvertreib hatte, um an der Tür stehenzubleiben. Ein lebhaftes und unbeschwertes Gemüt kommt auch aus, ohne daß es etwas Besonderes zu sehen gibt, und ist schon mit wenig zufrieden.

Sie blickte die Straße nach Randalls hinunter. Der Schauplatz belebte sich; zwei Personen tauchten auf: Mrs. Weston und ihr Stiefsohn; sie gingen durch Highbury – auf ihrem Weg nach Hartfield natürlich. Doch zunächst einmal blieben sie vor dem Haus stehen, in dem Mrs. Bates wohnte und das etwas näher zu Randalls hin lag als Mr. Fords Laden, und sie wollten gerade den Türklopfer betätigen, als sie Emma erblickten. Sofort überquerten sie die Straße und kamen zu ihr, und die gelungene Einladung vom Vortag schien der gegenwärtigen Begegnung noch einen zusätzlichen Reiz zu verleihen. Mrs. Weston erklärte ihr, daß sie den Bates einen Besuch abstatten wolle, um sich das neue Instrument anzuhören.

»Denn mein Begleiter behauptet«, sagte sie, »ich hätte

Miss Bates gestern abend fest versprochen, heute morgen vorbeizukommen. Ich war mir dessen gar nicht bewußt. Ich wußte nicht, daß ich mich auf einen bestimmten Tag festgelegt hatte, aber da er es sagt, gehe ich eben hin.«

»Und während Mrs. Weston ihren Besuch macht, darf ich mich hoffentlich«, sagte Frank Churchill, »Ihnen anschließen und in Hartfield auf sie warten – falls Sie gleich nach Hause gehen.«

Mrs. Weston war enttäuscht.

»Ich dachte, Sie wollten mich begleiten. Die Bates würden sich doch so freuen.«

»Ich! Ich wäre doch nur im Wege. Aber vielleicht – bin ich ja hier genauso im Wege. Miss Woodhouse macht ein Gesicht, als wolle sie mich nicht haben. Meine Tante schickt mich auch immer weg, wenn sie einkaufen geht. Sie sagt, ich bringe sie um mit meiner nervösen Ungeduld; und Miss Woodhouse schaut, als würde sie am liebsten dasselbe sagen. Was soll ich nun tun?«

»Ich selbst habe hier nichts zu erledigen«, sagte Emma, »ich warte nur auf meine Freundin. Sie ist wahrscheinlich bald fertig, und dann gehen wir nach Hause. Aber Sie sollten lieber Mrs. Weston begleiten und sich das Instrument anhören.«

»Nun gut – wenn Sie es mir raten. – Aber (mit einem Lächeln) falls nun Oberst Campbell einen nachlässigen Freund beauftragt hat und sich herausstellt, daß das Klavier keinen sonderlich guten Klang hat – was soll ich dann sagen? Ich werde Mrs. Weston keine Hilfe sein. Ohne mich käme sie damit recht gut zurecht. Sie könnte selbst eine unangenehme Wahrheit schmackhaft machen, aber ich bin völlig ungeeignet, wenn es um Gefälligkeitslügen geht.«

»Das nehme ich Ihnen nicht ab«, entgegnete Emma. »Ich

bin überzeugt, sie können genauso scheinheilig sein wie Ihre Nachbarn, wenn es darauf ankommt; aber es besteht kein Grund zur Befürchtung, daß das Instrument mittelmäßig ist. Ganz im Gegenteil, sofern ich Miss Fairfax gestern abend richtig verstanden habe.«

»Kommen Sie doch mit«, sagte Mrs. Weston zu ihm, »wenn es Ihnen nichts ausmacht. Wir brauchen ja nicht lange zu bleiben. Hinterher gehen wir dann gemeinsam nach Hartfield, oder wir beide kommen nach. Es wäre mir wirklich sehr lieb, wenn Sie mich begleiten würden. Man wird es als eine große Aufmerksamkeit empfinden! Und ich habe immer gedacht, es sei Ihnen ernst damit.«

Darauf wußte er nichts mehr zu entgegnen; und in der Hoffnung auf Hartfield, das ihn entschädigen werde, kehrte er mit Mrs. Weston zur Tür von Mrs. Bates zurück. Emma beobachtete, wie sie eintraten, und gesellte sich dann zu Harriet an den – ach so interessanten – Ladentisch und versuchte unter Einsatz ihrer ganzen Überredungskunst, sie davon zu überzeugen, daß es zwecklos sei, sich gemusterte Stoffe anzusehen, wenn sie einfarbigen Musselin wolle; und daß ein blaues Band, so hübsch es auch sein mochte, einfach nicht zu ihrem gelben Muster passe. Endlich war alles geklärt, bis auf die Frage, wohin das Paket geschickt werden solle.

»Soll ich es zu Mrs. Goddard bringen lassen, Madam?« fragte Mrs. Ford.

»Ja – nein – ja, zu Mrs. Goddard. Allerdings ist das Kleid, das mir als Vorlage dient, in Hartfield. Nein, schicken Sie es bitte nach Hartfield. Aber andererseits wird Mrs. Goddard den Stoff sehen wollen. – Und ich könnte ja das Kleid jederzeit mit nach Hause nehmen. Aber das Band brauche ich sofort – es sollte also doch lieber nach Hartfield geliefert werden – zumindest das Band. Sie könnten ja zwei Päckchen daraus machen, nicht wahr, Mrs. Ford?«

»Harriet, es lohnt doch nicht, daß sich Mrs. Ford die Mühe macht und zwei Päckchen schnürt.«

»Nein, das ist wahr.«

»Es macht mir wirklich keinerlei Mühe, Madam«, sagte die verbindliche Mrs. Ford.

»Oh! Aber ich hätte es wirklich viel lieber in einem einzigen. Würden Sie also bitte, wenn es Ihnen recht ist, alles zu Mrs. Goddard schicken – ich weiß nicht – Nein, ich glaube, Miss Woodhouse, ich könnte es wohl ebensogut nach Hartfield schicken lassen und es am Abend mit nach Hause nehmen. Was raten Sie mir?«

»Daß du keine Sekunde mehr auf dieses Thema verwendest. Nach Hartfield, bitte schön, Mrs. Ford.«

»Ja, das wird wohl das beste sein«, sagte Harriet richtig erleichtert, »es wäre mir gar nicht recht, wenn es zu Mrs. Goddard geschickt würde.«

Stimmen näherten sich dem Laden – oder besser gesagt: eine Stimme und zwei Damen; Mrs. Weston und Miss Bates traten ihnen an der Tür entgegen.

»Meine liebe Miss Woodhouse«, sagte die letztere, »ich bin nur eben herübergerannt, Sie um den Gefallen zu bitten, sich ein Weilchen zu uns zu setzen und ihr Urteil über unser neues Instrument abzugeben; Sie und Miss Smith. Wie geht es Ihnen, Miss Smith? – Sehr gut, danke. – Und ich habe Mrs. Weston gebeten mitzukommen, damit es mir gelingt, Sie zu überreden.«

»Ich hoffe, Mrs. Bates und Miss Fairfax geht es –«

»Ausgezeichnet, besten Dank. Meiner Mutter geht es prächtig; und Jane hat sich gestern abend keine Erkältung geholt. Wie geht es Mr. Woodhouse? – Wie freue ich mich, so gute Nachrichten zu hören. Mrs. Weston hat mir gesagt, daß Sie hier sind. – Oh, sagte ich, dann muß ich schnell rüberlaufen, Miss Woodhouse wird es nicht übelnehmen, wenn ich rasch zu ihr hinüberlaufe und sie bitte, zu uns zu kommen; meine Mutter wird sich so sehr freuen, sie zu sehen – und jetzt, wo wir gerade so eine nette Gesellschaft sind, kann sie nicht nein sagen. ›Ja, bitte tun Sie das‹, sagte hierauf Mr. Frank Churchill, ›Miss Woodhouses Meinung über das Instrument zu hören, lohnt sich bestimmt.‹ Aber, sage ich, wenn einer von Ihnen mich begleiten würde, hätte ich gewiß mehr Aussicht auf Erfolg. ›Oh!‹ sagt er, ›warten Sie eine halbe Minute, bis ich mit meiner Arbeit hier fertig bin.‹ Denn, ob Sie es glauben oder nicht, Miss Woodhouse, er ist so liebenswürdig und repariert gerade die Brille meiner Mutter. – An einem Scharnier hat sich nämlich heute morgen die Niete gelöst. – Zu liebenswürdig von ihm! Denn meine Mutter hatte ja nichts mehr von ihrer Brille – sie konnte sie nicht mehr aufsetzen. Und nebenbei bemerkt, sollte jeder zwei Brillen haben, im Ernst. Das hat Jane gesagt. Ich wollte sie gleich heute morgen zu John Saunders bringen, aber irgendwie ist mir andauernd etwas dazwischengekommen, erst dies, dann das, ich weiß es schon nicht mehr. Einmal kam Patty und meinte, der Kamin in der Küche müsse gekehrt werden. Oh! sagte ich, Patty, komm mir jetzt ja nicht mit deinen Hiobsbotschaften. Wo gerade der Brillenbügel deiner Herrin abgegangen ist. Dann wurden die Bratäpfel gebracht, Mrs. Wallis schickte ihren Jungen damit her; sie sind immer ausnehmend höflich und zuvorkommend zu uns, die Wallises – ich habe einige Leute sagen hören, Mrs. Wallis könne recht unhöflich sein und unverschämte Antworten geben, aber wir haben von ihnen immer nur die größte Aufmerksamkeit erfahren. Und nicht etwa, weil wir besonders gute Kunden wären, denn was verzehren wir denn schon an Brot? Nur wir drei – und gegenwärtig Jane – und sie ißt ja wie ein Spatz – wie wenig sie beim Frühstück zu sich nimmt, Sie wären entsetzt, wenn Sie es sähen. Ich wage meiner Mutter gar nicht zu sagen, wie wenig sie ißt – so sage ich also mal dies, mal das, und dann fällt es ihr nicht auf. Und um die Mittagszeit kriegt Jane endlich Hunger, und nichts mag sie dann lieber als Bratäpfel, und die sind ja auch so gesund, denn ich habe neulich die Gelegenheit ergriffen, Mr. Perry darüber zu fragen; ich habe ihn zufällig auf der Straße getroffen. Nicht, daß ich vorher irgendwelche Zweifel gehabt hätte – ich habe ja so oft gehört, wie Mr. Woodhouse Bratäpfel wärmstens empfahl. Ich glaube, Mr. Woodhouse hält Äpfel nur in dieser Zubereitungsform für bekömmlich. Es gibt allerdings bei uns auch häufig Apfelkrapfen. Patty macht ganz köstliche Apfelkrapfen. Nun, Mrs. Weston, ich hoffe, Sie waren erfolgreich und die beiden Damen sind so freundlich und kommen mit.«

Emma war es »eine Freude, Mrs. Bates ihre Aufwartung zu machen und so weiter«, und sie traten schließlich aus dem Laden ohne weitere Verzögerungen von seiten Miss Bates' als:

»Wie geht es Ihnen, Mrs. Ford? Entschuldigen Sie. Ich hatte Sie gar nicht gesehen. Wie ich höre, haben Sie ein bezauberndes Sortiment neuer Bänder aus London gekriegt. Jane kam gestern ganz begeistert zurück. Danke, die Handschuhe passen ausgezeichnet – nur ein bißchen zu weit am Handgelenk; aber Jane näht sie ein.«

»Wovon habe ich doch gleich gesprochen?« fing sie wieder an, als sie alle auf der Straße standen.

Emma war gespannt, mit welchem Thema aus dem kunterbunten Durcheinander sie nun weitermachen würde.

»Also ich weiß wirklich nicht mehr, wovon ich eben gesprochen habe. – Ach ja, die Brille meiner Mutter! Zu liebenswürdig von Mr. Frank Churchill! ›Oh!‹ sagte er, ›ich denke, den Bügel kriege ich wieder fest; solche Sachen mache ich für mein Leben gern.‹ Daran sieht man, daß er so überaus ... Wirklich, ich muß schon sagen, soviel ich auch schon über ihn gehört und soviel ich auch erwartet hatte, er übertrifft bei weitem alles ... Mrs. Weston, ich beglückwünsche Sie von ganzem Herzen. Er scheint mir alles, was selbst der vernarrteste Vater wünschen ... ›Oh‹, sagte er, ›ich kriege den Bügel schon fest. Solche Sachen mache ich für mein Leben gern.‹ Ich werde nie vergessen, *wie* er das sagte. Und als ich die Bratäpfel aus der Kammer holte in der Hoffnung, unsere Freunde würden so freundlich sein, sich davon zu bedienen, ›Oh!‹ sagte er da, ›es gibt keine auch nur annähernd so schmackhafte Frucht, und das sind die leckersten Bratäpfel, die ich je gesehen habe.‹ Und wissen Sie, das war so ... Und man hörte ihm an, daß es kein leeres Kompliment war. Es sind auch wirklich ganz köstliche Äpfel, und Mrs. Wallis bereitet sie entsprechend zu – allerdings lassen wir sie nur zweimal in den Ofen tun, und Mr. Woodhouse hat uns das Versprechen abgenommen, sie dreimal backen zu lassen – aber Miss Woodhouse wird gewiß so nett sein, es ihm nicht zu verraten. Freilich eignet sich diese Apfelsorte besser als jede andere zum Backen; die Äpfel stammen aus Donwell – aus Mr. Knightleys großzügiger Spende. Jedes Jahr schickt er uns einen ganzen Sack voll; und es gibt keine Sorte, die sich so lange hält wie die Äpfel von seinen Bäumen – ich glaube, er hat zwei davon. Meine Mutter sagt, der Obstgarten sei schon zu ihrer Jugendzeit berühmt gewesen. Aber neulich war ich richtig entsetzt – denn Mr. Knightley kam eines Morgens kurz zu Besuch, und Jane aß gerade von den

Äpfeln, und wir sprachen davon und sagten, wie gut sie ihr schmeckten, und er fragte, ob unser Vorrat nicht bald aufgebraucht sei. ›Das ist bestimmt der Fall‹, sagte er, ›und ich schicke Ihnen noch einen Korb davon; denn ich habe viel mehr, als ich selbst essen kann. William Larkins hat heuer viel mehr als sonst einlagern lassen. Ich schicke Ihnen noch welche, ehe sie verderben.‹ Also bat ich ihn, es nicht zu tun – denn da unsere wirklich alle waren, konnte ich ja nicht gut sagen, wir hätten noch viele – es handelte sich höchstens noch um ein halbes Dutzend; aber sie sollten alle für Jane aufgehoben werden; und da er sich uns gegenüber schon so großzügig gezeigt hatte, empfand ich die Vorstellung als unerträglich, daß er uns noch mehr schickte; und Jane sagte das gleiche. Und als er weg war, hat sie fast mit mir geschimpft. – Nein, das ist nicht das richtige Wort, denn wir hatten unser ganzes Leben lang noch keinen Streit, aber sie war ganz bekümmert, weil ich zugegeben hatte, daß die Äpfel fast alle sind; wenn es nach ihr gegangen wäre, hätte ich ihm weismachen sollen, es seien noch genug da. Oh, sagte ich, meine Liebe, ich habe doch wirklich mein Bestes getan. Indessen kam noch am gleichen Abend William Larkins mit einem großen Korb Äpfel herüber, dieselbe Sorte, mindestens ein halber Zentner, und ich war so dankbar und ging hinunter und sprach mit William Larkins und sagte alles mögliche, wie Sie sich ja denken können. William Larkins ist ein so guter alter Bekannter! Ich freue mich immer, wenn ich ihn sehe. Aber hinterher erfuhr ich von Patty, daß William gesagt hatte, es seien die letzten Äpfel von dieser Sorte, die sein Herr noch gehabt habe; er habe den ganzen Rest gebracht – und nun sei seinem Herrn kein einziger mehr zum Backen oder Dünsten geblieben. William selbst schien es nichts auszumachen, er freute sich, daß sein Herr so viele verkauft hatte; denn William denkt nämlich in erster Linie an den Profit seines Herrn; aber Mrs. Hodges, sagte er, sei ziemlich unwirsch, weil alle weggegeben wurden. Sie könne den Gedanken nicht ertragen, daß ihr Herr in diesem Frühjahr keinen Apfelkuchen mehr bekommen werde. Das alles hat er Patty erzählt, sie jedoch gebeten, es sich nicht zu Herzen zu nehmen und keinen Ton uns gegenüber verlauten zu lassen, denn Mrs. Hodges habe zuweilen schlechte Laune, und solange so viele Säcke verkauft würden, sei es schließlich egal, wer die restlichen Äpfel esse. Und so hat es mir später Patty erzählt, und ich war natürlich schlichtweg entsetzt! Nicht um alles in der Welt möchte ich, daß Mr. Knightley etwas davon erfährt! Er wäre so … Eigentlich wollte ich es auch vor Jane geheimhalten; aber unglückseligerweise ist es mir dann doch herausgerutscht, ehe ich mich's versah.«

Miss Bates war gerade fertig, als Patty die Tür öffnete; und ihre Besucherinnen stiegen die Treppe hoch, ohne sich auf einen zusammenhängenden Bericht konzentrieren zu müssen. Nur vereinzelte besorgte Ausrufe hörten sie hinter sich:

»Bitte nehmen Sie sich in acht, Mrs. Weston, an der Treppenkehre kommt eine Stufe. Passen Sie auf, Miss Woodhouse, unser Treppenhaus ist ziemlich finster – etwas finsterer und enger, als einem lieb sein kann. Miss Smith, bitte seien Sie vorsichtig. Miss Woodhouse, ich bin richtig besorgt, haben Sie sich den Fuß angestoßen? Miss Smith, die Stufe an der Treppenkehre!«

ACHTUNDZWANZIGSTES KAPITEL

Das kleine Wohnzimmer bot bei ihrem Eintreten ein Bild vollkommenen Friedens; Mrs. Bates, ihrer gewöhnlichen Handarbeit beraubt, döste auf der einen Seite des Kamins vor sich hin, Frank Churchill an einem Tisch neben ihr war eifrig mit ihrer Brille beschäftigt, und Miss Fairfax, die mit dem Rücken zu ihnen stand, konzentrierte sich ganz auf ihr Klavier. Sein handwerklicher Eifer hinderte den jungen Mann indessen nicht, übers ganze Gesicht zu strahlen, als er Emma wiedersah.

»Das ist aber eine Freude«, sagte er mit ziemlich gesenkter Stimme, »Sie kommen mindestens zehn Minuten früher, als ich mir ausgerechnet hatte. Wie Sie sehen, versuche ich gerade, mich nützlich zu machen; glauben Sie, daß ich das hier hinkriege?«

»Was!« rief Mrs. Weston. »Sie sind immer noch nicht damit fertig? Bei diesem Tempo würden Sie als Silberschmied kaum ihren Lebensunterhalt verdienen können.«

»Ich habe ja nicht ununterbrochen daran gearbeitet«, erwiderte er, »ich habe Miss Fairfax geholfen, ihr Instrument so zu stellen, daß es nicht mehr wackelt, der Boden ist wohl nicht ganz eben. Sie sehen, wir haben das eine Bein mit etwas Papier unterkeilt. Es war sehr lieb von Ihnen, Miss Woodhouse, daß Sie sich überreden ließen, doch noch zu kommen. Ich befürchtete schon beinahe, Sie würden sofort nach Hause eilen.«

Irgendwie schaffte er es, daß sie neben ihm zu sitzen kam, und dann bemühte er sich nach Kräften, für sie den schönsten Bratapfel auszusuchen und sie dazu zu bringen, ihm bei seiner Arbeit mit Rat und Tat zur Seite zu stehen, bis Jane Fairfax bereit war, sich wieder ans Klavier zu setzen. Daß sie nicht sofort dazu bereit war, schrieb Emma dem Zustand ihrer Nerven zu; schließlich besaß sie das Instrument noch nicht lange genug, um es ohne eine gewisse Gemütsbewegung berühren zu können; es kostete sie offenbar Überwindung, ehe sie in der Lage war, zu spielen; und was immer auch der Grund dieser Befangenheit sein mochte, Emma empfand unwillkürlich Mitleid mit Jane Fairfax und nahm sich fest vor, gegenüber ihrem Tischnachbarn nie wieder irgendwelche Mutmaßungen über sie zu äußern.

Endlich begann Jane zu spielen; die ersten Takte klangen zwar noch etwas zaghaft, doch nach und nach kam das Instrument in all seiner Klangfülle voll zur Geltung. Mrs. Weston war schon vorher begeistert gewesen und nun aufs neue entzückt; Emma schloß sich ihrem Lob an, und das Klavier wurde mit gebührender Sachkenntnis als insgesamt äußerst vielversprechend bezeichnet.

»Wen immer Oberst Campbell auch damit beauftragt haben mag«, sagte Frank Churchill und lächelte dabei Emma zu, »der Betreffende hat nicht schlecht gewählt. Ich habe in Weymouth viel Gutes über Oberst Campbells Geschmack gehört; und die Weichheit der oberen Töne ist mit Sicherheit genau das, was er und *dieser ganze Kreis* besonders rühmen würden. Ich wage zu behaupten, Miss Fairfax, daß er entweder seinem Freund genaueste Instruktionen erteilt oder selbst an Broadwood geschrieben hat. Meinen Sie nicht auch?«

Jane wandte sich nicht um. Sie mußte auch nicht zuhören, denn im selben Augenblick hatte Mrs. Weston das Wort an sie gerichtet.

»Das ist unfair«, flüsterte Emma ihm zu, »es war doch nur eine bloße Vermutung von mir. Machen Sie ihr doch das Herz nicht schwer.«

Lächelnd schüttelte er den Kopf und machte ein Gesicht, aus dem wenig Zweifel und sehr wenig Mitleid sprach. Gleich darauf fing er wieder an:

»Wie würden sich jetzt Ihre Freunde in Irland mit Ihnen freuen, Miss Fairfax! Ich nehme wohl an, daß sie oft an Sie denken und nur zu gern wüßten, an welchem Tag genau man Ihnen das Instrument gebracht hat. Meinen Sie, Oberst Campbell weiß, daß es eben jetzt geschehen ist? Glauben Sie, daß dahinter eine unmittelbare Bestellung von ihm steckt oder daß er vielleicht nur eine allgemeine Anweisung gegeben hat, eine Order ohne bestimmten Termin, die ausgeführt werden sollte, wie es sich eben so ergeben würde?«

Er hielt inne. Seine Worte standen im Raum; sie kam nun um eine Antwort nicht mehr herum.

»Ehe ich nicht einen Brief von Oberst Campbell in Händen halte«, sagte sie mit um Gelassenheit ringender Stimme, »kann ich nur Spekulationen anstellen. Alles bleibt notgedrungen im Bereich der Vermutungen.«

»Vermutung – ja, manchmal vermutet man richtig, und manchmal vermutet man falsch. Ach, wenn ich doch vermuten könnte, wie schnell ich diese Niete ganz festgekriegt haben werde. Was für einen Unsinn man doch daherredet, Miss Woodhouse, wenn man hart am Arbeiten ist, sofern man dabei überhaupt redet; – echte Arbeiter, nehme ich an, halten den Mund; aber wenn wir Sonntagsarbeiter ein Wort aufschnappen – Miss Fairfax sagte etwas von Vermutungen. Hier, es ist geschafft. Ich habe das Vergnügen, Madam (zu Mrs. Bates gewandt), Ihnen Ihre Brille wieder aushändigen zu können, vorläufig geheilt.«

Mutter wie Tochter dankten ihm ganz überschwenglich; und um sich letzterer etwas zu entziehen, trat er zu der noch immer am Klavier sitzenden Miss Fairfax und bat sie, ein weiteres Stück spielen.

»Wenn Sie mir einen besonderen Gefallen tun möchten«, sagte er, »spielen Sie einen der Walzer, die wir gestern abend getanzt haben; damit ich ihn im Geiste noch einmal nacherleben kann. Sie haben diese Tänze nicht so genossen wie ich; Sie schienen die ganze Zeit müde gewesen zu sein. Ich glaube, Sie waren froh, daß wir nicht noch länger getanzt haben; aber ich hätte viel darum gegeben – alles Erdenkliche hätte ich dafür gegeben – wenn mir noch eine halbe Stunde vergönnt gewesen wäre.«

Sie spielte.

»Welch eine Wonne, eine Melodie noch einmal hören zu dürfen, die einen so glücklich gemacht hat! Wenn ich mich nicht irre, wurde danach auch in Weymouth getanzt.«

Sie hob kurz den Blick, errötete tief und spielte etwas anderes.

Er nahm einige Notenblätter von einem Stuhl neben dem Klavier, wandte sich zu Emma und sagte:

»Hier ist etwas für mich ganz Neues. Kennen Sie es? – Cramer. – Und hier ist eine neue Sammlung irischer Melodien. Das konnte man ja hier auch erwarten. Dies alles wurde zusammen mit dem Instrument geliefert. Sehr umsichtig von Oberst Campbell, nicht wahr? Er wußte, daß Miss Fairfax hier keine Noten haben würde. Diese Aufmerksamkeit rechne ich ihm besonders an; sie zeigt, daß das Geschenk so richtig von Herzen kommt. Nichts Überstürztes, nichts Halbes. Dahinter kann nur wahre Zuneigung stehen.«

Emma hätte sich gewünscht, er würde weniger anzüglich daherreden, amüsierte sich aber dennoch insgeheim, und als sie bei einem flüchtigen Blick auf Jane Fairfax noch Spuren eines Lächelns an ihr wahrnahm, und da sie merkte, daß trotz jenes heftigen, schuldbewußten Errötens ein seliges Lächeln auf ihren Zügen gelegen hatte, empfand sie dabei weniger Skrupel und viel weniger Gewissensbisse. Diese reizende, rechtschaffene, vollkommene Jane Fairfax hegte anscheinend ausgesprochen tadelnswerte Gefühle.

Er brachte Emma sämtliche Notenblätter, und sie gingen sie gemeinsam durch. Sie nahm die Gelegenheit wahr, ihm zuzuflüstern:

»Ihre Äußerungen sind zu unmißverständlich. Sie merkt bestimmt, worauf Sie hinauswollen.«

»Das hoffe ich auch. Ich möchte, daß sie es merkt. Ich schäme mich meiner Absicht nicht im geringsten.«

»Aber ich schäme mich nun beinah und wünschte mir, nie auf diese Idee gekommen zu sein.«

»Ich bin sehr froh darüber, daß Sie darauf gekommen sind und daß Sie sie mir mitgeteilt haben. Ich verfüge nun über einen Schlüssel zu ihrem merkwürdigen Aussehen und Gebaren. Überlassen Sie es ihr, sich zu schämen. Wenn sie unrecht tut, soll sie es ruhig spüren.«

»Eine gewisse Scham scheint Sie mir durchaus zu empfinden.«

»Davon merke ich nicht viel. Jetzt spielt sie gerade *Robin Adair – seine* Lieblingsmelodie.«

Als Miss Bates kurz darauf zufällig am Fenster vorüberging, erspähte sie Mr. Knightley, der ganz in der Nähe dahinritt.

»Nanu, Mr. Knightley! Ich muß unbedingt mit ihm sprechen, um mich bei ihm zu bedanken. Hier möchte ich das Fenster nicht aufmachen, Sie würden sich sonst alle erkälten; aber ich kann ja ins Zimmer meiner Mutter gehen. Er kommt bestimmt herein, wenn er erfährt, wer da ist. Herrlich, sie alle hier zusammenzuhaben! Daß unserem kleinen Wohnzimmer eine solche Ehre widerfährt!«

Unentwegt weiterredend war sie nun im Nebenzimmer und machte sich Mr. Knightley sogleich bemerkbar, kaum daß sie dort das Fenster geöffnet hatte, und die anderen bekamen jedes Wort der Unterhaltung so deutlich mit, als ob sie im selben Raum stattgefunden hätte.

»Wie geht es Ihnen, wie geht's? Sehr gut, danke. Wir sind Ihnen ja so dankbar für die Kutsche gestern abend. Wir kamen gerade zur rechten Zeit nach Hause; meine Mutter hat schon auf uns gewartet. Bitte treten Sie doch ein, treten Sie ein. Sie werden hier ein paar Freunde antreffen.«

So begann Miss Bates; und Mr. Knightley schien es ebenfalls darauf anzulegen, daß jedes seiner Worte zu verstehen sei, denn er sagte sehr energisch und im Befehlston:

»Wie geht es Ihrer Nichte, Miss Bates? Ich wollte mich nach Ihnen allen erkundigen, aber besonders nach Ihrer Nichte. Wie geht es Miss Fairfax? – Ich hoffe, sie hat sich gestern abend nicht erkältet. Wie geht es ihr heute? Sagen Sie mir, wie es Miss Fairfax geht.«

Und Miss Bates sah sich genötigt, erst einmal diese Frage zu beantworten, bevor er etwas anderes von ihr hören wollte. Die Zuhörer amüsierten sich; und Mrs. Weston warf Emma einen bedeutungsvollen Blick zu. Aber Emma, so skeptisch wie eh und je, schüttelte den Kopf.

»Wir sind Ihnen ja so zu Dank verpflichtet! So überaus zu Dank verpflichtet für die Kutsche«, fing Miss Bates wieder an. Er schnitt ihr das Wort ab.

»Ich reite nach Kingston. Kann ich dort irgend etwas für Sie erledigen?«

»Oh, du meine Güte, nach Kingston – wirklich? – Mrs. Cole hat neulich gesagt, sie brauche etwas aus Kingston.«

»Mrs. Cole hat Dienstboten, die sie hinschicken kann. Aber für *Sie*, kann ich etwas für Sie tun?«

»Nein, danke schön. Aber kommen Sie doch herein. Was glauben Sie, wer hier ist? – Miss Woodhouse und Miss Smith; so liebenswürdig vorbeizuschauen, um sich das neue Klavier anzuhören. Stellen Sie doch Ihr Pferd bei der ›Krone‹ ein und kommen Sie zu uns.«

»Nun gut«, sagte er etwas zögerlich, »vielleicht auf fünf Minuten.«

»Und Mrs. Weston und Mr. Frank Churchill sind auch hier! Ganz entzückend, so viele Freunde!«

»Nein, nicht jetzt. Ich könnte ohnehin keine zwei Minuten bleiben. Ich muß so schnell wie möglich nach Kingston.«

»Oh! So kommen Sie doch herein. Alle würden sich schrecklich freuen, Sie zu sehen.«

»Nein, nein, Ihr Zimmer ist schon voll genug. Ich schaue ein andermal vorbei und höre mir das Klavier an.«

»Ach, das tut mir aber leid! Oh, Mr. Knightley, was für eine entzückende Einladung gestern abend; so richtig vergnüglich! – Haben Sie schon einmal Leute so tanzen gesehen? War es nicht entzückend? Miss Woodhouse und Mr. Frank Churchill; ich habe noch nie so etwas Anmutiges gesehen.«

»O ja, ganz entzückend; das ist das mindeste, was ich sagen muß, denn ich vermute, Miss Woodhouse und Mr. Frank Churchill hören jedes Wort mit. Und (noch etwas lauter sprechend) ich sehe nicht ein, warum nicht auch Miss Fairfax erwähnt werden sollte. Ich finde, Miss Fairfax tanzt fabelhaft; und in ganz England versteht sich niemand so gut auf Ländler wie Mrs. Weston. Na, wenn Ihre Freunde auch nur einen Funken Dankbarkeit besitzen, werden sie nun in entsprechender Lautstärke etwas über Sie und mich sagen; aber ich kann nicht mehr bleiben, um es mir anzuhören.«

»Oh! Mr. Knightley, nur noch einen Augenblick, etwas ganz Wichtiges – ich bin so entsetzt! Jane und ich sind so entsetzt wegen der Äpfel!«

»Was gibt es denn noch?«

»Wenn man bedenkt, daß Sie uns Ihren gesamten Vorrat an Äpfeln geschickt haben! Sie sagten, Sie hätten noch eine ganze Menge, und jetzt haben Sie keinen einzigen mehr. Wir sind wirklich entsetzt! Daß Mrs. Hodges sich darüber ärgert, verstehe ich nur zu gut. William Larkins hat es hier erwähnt. Das hätten Sie wirklich nicht machen dürfen. Ach! Er ist weg. Er kann es einfach nicht ertragen, wenn man ihm dankt. Aber ich dachte, jetzt würde er bleiben, und es wäre ein Jammer gewesen, kein Wort davon gesagt zu haben ... Nun (indem sie ins Zimmer zurückkehrte), es hat nicht sollen sein. Mr. Knightley mußte weiter. Er reitet nach Kingston. Er fragte mich, ob er irgend etwas tun ...«

»Ja«, sagte Jane, »wir haben sein freundliches Angebot gehört, wir haben alles gehört.«

»Oh! Ja, mein Liebes, das nehme ich wohl an, weil ja die Tür offenstand und das Fenster geöffnet war und Mr. Knightley laut gesprochen hat. Ihr habt bestimmt alles mitgehört. ›Kann ich in Kingston etwas für Sie erledigen?‹ fragte er; und da habe ich ihm eben geantwortet ... Oh! Miss Woodhouse, müssen Sie denn wirklich schon gehen? Mir ist, als seien Sie eben erst gekommen – so überaus liebenswürdig von Ihnen.«

Emma schien es an der Zeit, heimzukommen; der Besuch hatte bereits lange genug gedauert; und als sie die Uhren verglichen, stellte sich heraus, daß der Vormittag fast vorbei war, woraufhin Mrs. Weston und ihr Begleiter ebenfalls aufbrachen und die beiden jungen Damen nur bis zum Tor von Hartfield begleiteten, ehe sie sich auf den Weg nach Randalls machten.

NEUNUNDZWANZIGSTES KAPITEL

Man kann wohl auch ohne Tanzen auskommen. Es gibt Beispiele dafür, daß junge Leute monatelang keinen Ball besuchten, ohne deshalb Schaden an Leib oder Seele zu nehmen; aber ist erst einmal der Anfang gemacht – hat man erst einmal, und sei es auch nur flüchtig, das Glücksgefühl erlebt, schnell und schwerelos dahinzuschweben –, so muß es sich schon um ein recht schwerfälliges Völkchen handeln, wenn es nicht nach mehr verlangt.

Einmal hatte Frank Churchill in Highbury das Tanzbein geschwungen und war nun ganz versessen darauf, es wieder zu tun; und als Mr. Woodhouse an einem der nächsten Tage überredet werden konnte, mit seiner Tochter einen Abend in Randalls zu verbringen, ergingen sich die beiden jungen Leute während der letzten halben Stunde in Überlegungen und Plänen, wie man zu einem neuerlichen Tanzvergnügen kommen könnte. Frank fing damit an, und er setzte sich auch besonders eifrig für einen Hausball ein, denn die junge Dame konnte besser beurteilen, welche Schwierigkeiten damit verbunden sein würden, und machte sich viel mehr Gedanken über die Unterbringung der Tänzer und das äußere Drumherum. Aber dennoch hatte sie große Lust, den Leuten erneut vorzuführen, wie schön Mr. Frank Churchill und Miss Woodhouse miteinander tanzen konnten – sich einer Übung zu unterziehen, bei der sie den Vergleich mit Jane Fairfax nicht zu scheuen brauchte; aber im Grunde bedurfte sie des verwerflichen Ansporns der Eitelkeit gar nicht: Sie wollte ganz einfach tanzen und half ihm daher zuerst dabei, das Zimmer, in dem sie saßen, auszuschreiten, um zu sehen, wie viele Paare darin Platz fanden, und dann, den anderen Salon auszumessen, in der Hoffnung, er möge doch ein bißchen geräumiger sein als der erste, obwohl Mr. Weston behauptete, die beiden Zimmer seien genau gleich groß.

Frank Churchills Vorschlag und Wunsch, mit dem bei Mr. Cole begonnenen Tanzvergnügen hier weiterzumachen, dieselben Leute dazu einzuladen und dieselbe Klavierspielerin wieder zu bemühen, fanden bereitwilligste Zustimmung. Mr. Weston griff den Einfall begeistert auf, und Mrs. Weston erklärte sich gern bereit, so lange zu spielen, wie die Gäste tanzen wollten, und danach widmete man sich der aufregenden Beschäftigung, genau auszurechnen, wer kommen würde, und jedem Paar den unbedingt nötigen Platz zuzumessen.

»Sie und Miss Smith und Miss Fairfax, das macht drei, und die beiden Misses Cox macht fünf«, war schon mehrmals wiederholt worden, »und dann sind da noch die beiden Gilberts, der junge Cox, mein Vater und ich sowie Mr. Knightley. Ja, das dürfte für einen vergnüglichen Abend reichen. Sie und Miss Smith und Miss Fairfax, das macht drei, und die beiden Misses Cox fünf; und für fünf Paare ist Platz genug da.«

Doch bald kam von einer Seite der Einwand:

»Aber haben denn fünf Paare wirklich genug Platz? Ich kann es mir nicht vorstellen.«

Und von einer anderen:

»Für fünf Paare lohnt sich doch der ganze Aufwand gar nicht. Fünf Paare sind viel zuwenig, wenn man sich alles recht überlegt. Man kann doch nicht einfach nur fünf Paare einladen. Das mag allenfalls als spontaner Einfall angehen.«

Irgend jemand sagte, daß Miss Gilbert bei ihrem Bruder erwartet werde und zusammen mit den anderen eingeladen werden müsse. Ein anderer meinte, daß neulich abend auch Mrs. Gilbert gern getanzt hätte, wenn sie aufgefordert worden wäre. Auch für den zweiten jungen Cox wurde ein gutes Wort eingelegt; und als Mr. Weston schließlich noch eine Familie aus seiner Verwandtschaft erwähnte, die man unbedingt miteinbeziehen müsse, sowie die Familie eines sehr alten Bekannten, die man nicht übergehen dürfe, war nicht mehr daran zu deuteln, daß aus den fünf Paaren mindestens zehn werden würden, woraufhin sich jeder den Kopf zerbrach, wie man sie am geschicktesten unterbringen könne.

Die Türen der beiden Zimmer lagen einander genau gegenüber. Ob man nicht beide Räume benutzen und quer über den Korridor dazwischen tanzen könnte? Das schien die beste Lösung zu sein; und doch war sie nicht so gut, daß nicht viele der Anwesenden nach einer besseren gesucht hätten. Emma hielt es für eine recht fragwürdige Verlegenheitslösung; Mrs. Weston hatte Bedenken wegen des Abendessens; und Mr. Woodhouse erhob entschieden Einspruch aus Gründen der Gesundheit, ja der bloße Gedanke daran machte ihm derart zu schaffen, daß man den Plan nicht weiter verfolgen konnte.

»O nein«, sagte er, »das wäre der Gipfel an Unvorsichtigkeit. Schon Emmas wegen könnte ich das nicht dulden. Emma ist ja gesundheitlich kein Riese. Sie würde sich eine fürchterliche Erkältung holen. Die arme kleine Harriet ebenfalls und auch alle anderen. Mrs. Weston, Sie würden so krank, daß Sie das Bett hüten müßten; lassen Sie es nicht zu, daß sie so verrücktes Zeug reden. Bitte, verbieten Sie es ihnen. Der junge Mann dort (dabei senkte er die Stimme) ist sehr rücksichtslos. Sagen Sie es nicht seinem Vater, aber der junge Mann ist nicht ganz bei Trost. Er hat heute abend immer wieder die Türen aufgerissen und sehr rücksichtslos offengelassen. Er denkt nicht an den Luftzug. Ich möchte Sie nicht gegen ihn aufbringen, aber er ist wirklich nicht ganz bei Trost!«

Mrs. Weston war betrübt ob dieses Vorwurfs. Sie wußte, wie ernst er zu nehmen war, und setzte alles in Bewegung, um ihn zu entkräften. Sämtliche Türen wurden sofort geschlossen und die Überlegungen wegen des Korridors aufgegeben. Man kam wieder auf den ursprünglichen Plan zurück, nur in dem Raum zu tanzen, in dem sie saßen. Frank Churchill legte dabei so viel guten Willen an den Tag, daß das Zimmer, das ihm noch vor einer Viertelstunde als kaum ausreichend für fünf Paare gedünkt hatte, nun plötzlich seiner Meinung nach groß genug für zehn war.

»Wir sind zu großzügig gewesen«, sagte er. »Wir haben ihnen mehr Platz als nötig zugestanden. Zehn Paare kommen hier sehr gut zurecht.«

Emma äußerte Bedenken. »Es gäbe ein Gedränge – ein schlimmes Gedränge; und was gibt es Schlimmeres, als sich beim Tanzen nicht einmal richtig drehen zu können?«

»Das stimmt«, erwiderte er ernst; »es wäre schlimm.« Aber dennoch maß er weiter und kam immer zu dem Ergebnis:

»Ich finde, zehn Paare haben hier recht gut Platz.«

»Nein, nein«, sagte sie, »Sie reden Unsinn. Es wäre schrecklich, so dicht an dicht zu stehen! Es macht wirklich keinen Spaß, in einem solchen Gedränge tanzen zu müssen – und noch dazu zusammengepfercht in einem kleinen Zimmer!«

»Das ist nicht zu leugnen«, erwiderte er. »Ich bin ganz Ihrer Meinung. Ein Gedränge in einem kleinen Raum – Miss Woodhouse, Sie beherrschen die Kunst, mit wenigen Worten ein Bild zu entwerfen. Famos, ganz famos! – Und doch mag man eine Sache nicht so ohne weiteres aufgeben, wenn sie schon so weit gediehen ist. Es wäre für meinen Vater eine herbe Enttäuschung – und überhaupt – ich weiß nicht recht – ich meine dennoch, daß zehn Paare hier ohne weiteres zurechtkommen könnten.«

Emma merkte, daß seine Galanterie etwas eigensinniger Natur war und daß er ihr lieber widersprach, als auf das Vergnügen, mit ihr zu tanzen, verzichten zu wollen; aber sie ließ sich das Kompliment gefallen und drückte bei allem übrigen ein Auge zu. Hätte sie sich jemals mit dem Gedanken getragen, ihn zu *heiraten*, wäre es wohl der Mühe wert gewesen, sich das in Ruhe noch einmal zu überlegen und sich über die Tiefe seiner Zuneigung und seinen Charakter klarzuwerden; aber angesichts dessen, was sie sich von dieser Bekanntschaft erwartete, war er allemal liebenswert genug.

Bereits am nächsten Vormittag kam er nach Hartfield; und er betrat das Zimmer mit einem fröhlichen Lächeln, das zu verstehen gab, daß er den Plan keineswegs aufgegeben hatte. Bald stellte sich heraus, daß er gekommen war, um ihr eine bessere Lösung zu unterbreiten.

»Na, Miss Woodhouse«, begann er, kaum daß er das Zimmer betreten hatte, »die Lust aufs Tanzen ist Ihnen hoffentlich noch nicht ganz vergangen nach all dem Gezerre wegen der beengten Räumlichkeiten meines Vaters. Ich komme, um Ihnen einen neuen Vorschlag, eine Idee meines Vaters, zu unterbreiten, der nur Ihrer Zustimmung harrt, um in die Tat umgesetzt zu werden. Darf ich hoffen, daß Sie mir die Ehre geben für die ersten beiden Tänze des geplanten kleinen Balles, der nicht in Randalls, sondern in der ›Krone‹ stattfinden soll?«

»Der ›Krone‹?«

»Ja, falls Sie und Mr. Woodhouse nichts dagegen einzuwenden haben, und ich bin überzeugt, daß dem so ist, hofft mein Vater, seine Freunde werden ihm die Freude machen, dort seine Gäste zu sein. In der ›Krone‹ kann er Ihnen geeignetere Räumlichkeiten und ein ebenso dankbares Willkommen bieten wie in Randalls. Es ist seine Idee. Mrs. Weston hat keinerlei Bedenken, vorausgesetzt, Sie sind damit einverstanden. Das ist die Meinung von uns allen. Oh! Sie hatten völlig recht! Zehn Paare in einem der beiden Salons in Randalls, das wäre unerträglich gewesen! Fürchterlich! – Ich habe schon gestern abend empfunden, wie recht Sie hatten, war aber allzusehr darauf bedacht, die Sache mit dem Ball irgendwie zu deichseln, als daß ich hätte nachgeben mögen. Ist das nicht ein guter Tausch? Sie willigen ein – ich hoffe doch, Sie willigen ein?«

»Es ist, wie mir scheint, ein Vorschlag, gegen den niemand etwas einzuwenden haben kann, wenn Mr. und Mrs. Weston einverstanden sind. Ich finde ihn fabelhaft; und soweit ich für mich selbst entscheiden kann, wird es mir ein Vergnügen sein – Ich kann mir keine bessere Lösung vorstellen. Papa, findest du nicht auch, daß dieser Vorschlag eine hervorragende Lösung ist?«

Sie mußte ihm den Vorschlag wiederholen und erläutern, ehe er ihn so richtig begriffen hatte; und da er so neu war, bedurfte es noch weiterer Erläuterungen, um ihn ihm schmackhaft zu machen.

Nein, in seinen Augen sei das alles andere als eine Verbesserung – ein sehr schlechter Vorschlag – viel schlechter als der andere. Ein Gasthaussaal sei immer feucht und gefährlich; niemals richtig gelüftet und als Aufenthaltsort ungeeignet. Wenn sie schon unbedingt tanzen müßten, dann immer noch lieber in Randalls. Er sei sein Lebtag nicht im Saal der ›Krone‹ gewesen – kenne die Wirtsleute nicht einmal vom Sehen, Oh! nein – ein sehr schlechter Vorschlag. Sie würden sich in der ›Krone‹ noch schlimmer erkälten als anderswo.

»Ich wollte gerade bemerken, Sir«, sagte Frank Churchill, »einer der großen Vorzüge dieses Tauschs ist, daß dort kaum eine Erkältungsgefahr besteht – in der ›Krone‹ weitaus weniger als in Randalls! Der einzige, der den Tausch bedauern könnte, ist Mr. Perry.«

»Sir«, sagte Mr. Woodhouse ziemlich heftig, »Sie irren sich gewaltig, wenn Sie Mr. Perry für einen solchen Charakter halten. Mr. Perry ist immer äußerst besorgt, wenn einer von uns krank ist. Aber ich verstehe nicht, weshalb Sie in der ›Krone‹ weniger Gefahren wittern als im Haus Ihres Vaters.«

»Einfach deshalb, weil die Räume dort größer sind, Sir. Wir werden die Fenster nicht öffnen – nicht ein einziges Mal während des ganzen Abends; und es ist doch gerade die schreckliche Angewohnheit, die Fenster aufzureißen und dadurch die erhitzten Körper der kalten Luft auszusetzen, die, wie Sie sehr gut wissen, das Unheil anrichtet.«

»Die Fenster aufreißen! Aber Mr. Churchill, in Randalls würde doch niemand auf die Idee kommen, die Fenster aufzureißen. So unvorsichtig könnte doch wohl niemand sein! Etwas Derartiges habe ich noch nie gehört. Tanzen bei offenen Fenstern! Ich bin sicher, weder Ihr Vater noch Mrs. Weston, das heißt, die arme Miss Taylor, würden das zulassen.«

»Ach, Sir! Aber irgendein gedankenloser junger Mensch tritt schon mal hinter einen Vorhang und schiebt ein Fenster hoch, ohne daß man es merkt. Ich selbst habe das oft erlebt.«

»Wirklich, Sir? Du meine Güte. Das hätte ich nun nicht für möglich gehalten. Aber ich lebe ja auch so zurückgezogen und wundere mich über so manches, was ich höre. Allerdings macht das in der Tat einen Unterschied; und vielleicht, wenn wir das ganze einmal in Ruhe besprechen – aber solche Dinge wollen wohlbedacht sein. Man darf sie nicht übers Knie brechen. Wenn Mr. und Mrs. Weston so nett wären, einmal morgens vorbeizukommen, können wir darüber reden und sehen, was sich machen läßt.«

»Aber leider, Sir, ist meine Zeit hier so begrenzt.«

»Oh!« fiel ihm Emma ins Wort, »wir haben Zeit genug, um alles zu besprechen. Es besteht überhaupt kein Grund zur Eile. Wenn wir das mit der ›Krone‹ hinkriegen, Papa, ist es für die Pferde sehr günstig. Sie sind dann so nah bei ihrem eigenen Stall.«

»Das stimmt, mein Liebes. Das ist ein wichtiger Gesichtspunkt. Nicht, daß sich James jemals beklagte; aber man sollte unsere Pferde nach Möglichkeit schonen. Wenn ich sicher sein könnte, daß die Räume in der ›Krone‹ richtig durchgelüftet werden – aber kann man denn Mrs. Stokes trauen? Ich bezweifle es. Ich kenne sie nicht, nicht einmal vom Sehen.«

»Für all diese Dinge kann ich mich verbürgen, Sir, weil Mrs. Weston sich darum kümmern wird. Mrs. Weston nimmt die Sache in die Hand.«

»Da hast du es, Papa! Nun bist du doch bestimmt zufrieden. Unsere liebe Mrs. Weston, die die Gewissenhaftigkeit in Person ist. Weißt du denn nicht mehr, was Mr. Perry vor vielen Jahren sagte, als ich die Masern hatte? ›Wenn *Miss Taylor* die Sache in die Hand nimmt und Miss Emma einwickelt, brauchen Sie sich keine Sorgen zu machen, Sir.‹ Wie oft habe ich dich das lobend hervorheben hören!«

»Ja, das stimmt. Das hat Mr. Perry gesagt. Ich werde es nie vergessen. Arme kleine Emma! Du warst sehr schlimm dran mit den Masern; das heißt, du wärst sehr schlimm dran gewesen, wenn Perry dich nicht so hingebungsvoll betreut hätte. Eine ganze Woche lang kam er viermal am Tag. Er sagte von Anfang an, es sei eine harmlose Form der Masern – was uns ein großer Trost war; aber die Masern sind nun einmal eine schreckliche Krankheit. Ich hoffe nur, Isabella läßt Perry holen, wenn ihre Kleinen die Masern bekommen.«

»Mein Vater und Mrs. Weston sind momentan in der ›Krone‹«, sagte Frank Churchill, »um die Räumlichkeiten in Augenschein zu nehmen. Ich habe sie dort zurückgelassen und bin dann nach Hartfield gelaufen, weil ich unbedingt Ihre Meinung hören wollte und hoffte, Sie überreden zu können, mitzukommen und an Ort und Stelle ihnen Ihren Rat zu geben. Das soll ich Ihnen von beiden ausrichten. Sie würden sich wahnsinnig freuen, wenn ich Sie zur ›Krone‹ begleiten dürfte. Ohne Sie können sie nichts Rechtes anfangen.«

Emma war überglücklich, zu dieser Beratung hinzugezogen zu werden; und da sich ihr Vater währenddessen alles durch den Kopf gehen lassen mußte und somit beschäftigt war, begaben sich die beiden jungen Leute unverzüglich zur ›Krone‹. Dort trafen sie Mr. und Mrs. Weston, die sich sehr freuten, Emma zu sehen und ihre Zustimmung zu hören. Beide hatten alle Hände voll zu tun und beste Laune, jeder auf seine Weise: Sie sorgte sich um allerlei Kleinigkeiten, und er fand alles großartig.

»Emma«, sagte sie, »diese Tapete ist schlimmer, als ich

erwartet hatte. Schauen Sie nur! An manchen Stellen ist sie fürchterlich verschmutzt; und die Täfelung ist gelber und heruntergekommener, als ich befürchtet hatte.«

»Meine Liebe, du nimmst es viel zu genau«, sagte ihr Mann. »Was macht das schon? Bei Kerzenlicht sieht man nichts davon. Bei Kerzenlicht wird es dir genauso sauber vorkommen wie in Randalls. An unseren Klubabenden ist uns die Tapete noch nie aufgefallen.«

Hier wechselten die Damen wahrscheinlich Blicke, aus denen zu lesen war: »Männer merken ja nie, ob etwas schmutzig ist oder nicht«, und von den Herren dachte vielleicht jeder bei sich: »Frauen haben eben ihre kleinen Marotten und eingebildeten Sorgen.«

Ein kleines Problem allerdings tauchte auf, das auch die beiden Herren nicht auf die leichte Schulter nehmen konnten. Es betraf das Zimmer für das Abendessen. Zu der Zeit, als der Ballsaal errichtet wurde, waren Abendessen bei Bällen noch nicht üblich; und daher bestand der einzige Nebenraum aus einem Kartenzimmer. Was war zu tun? Das Kartenzimmer würde auch jetzt als Kartenzimmer gebraucht werden, und selbst, wenn sich alle vier darauf einigten, daß Kartenspielen überflüssig sei, war der Raum nicht trotzdem zu klein für ein gemütliches Mahl? Ein anderes, viel geräumigeres Zimmer hätte man zwar zu diesem Zweck bekommen können, aber es lag am anderen Ende des Hauses und war nur über einen langen, unschönen Korridor zu erreichen. Das stellte ein Problem dar. Mrs. Weston befürchtete, daß es in dem Korridor ziehen würde und die jungen Leute sich eine Erkältung holen könnten, und weder Emma noch die beiden Herren konnten sich mit dem Gedanken anfreunden, beim Abendessen elendiglich zusammengepfercht zu sein.

Mrs. Weston schlug vor, statt eines richtigen Abendessens nur Sandwiches und dergleichen anzubieten, die man in dem kleinen Zimmer bereitstellen würde; aber das wurde als ein jämmerlicher Vorschlag abgetan. Es hieße das Gastrecht der eingeladenen Damen und Herren schnöde mißachten, wenn sie sich bei einem Hausball nicht zu Tisch setzen könnten; und Mrs. Weston durfte nicht mehr davon anfangen. Hierauf ging sie das Problem von einer anderen Seite an, warf einen Blick in das fragliche Zimmer und meinte:

»So klein finde ich es gar nicht. Wir sind doch auch nicht so viele Leute.«

Und Mr. Weston, der mit langen Schritten den Gang durchmaß, rief gleichzeitig:

»Du machst so viel Aufhebens von der Länge dieses Korridors, meine Liebe. Sie ist gar nicht der Rede wert; und es zieht hier auch nicht von der Treppe her.«

»Wenn man nur wüßte«, sagte Mrs. Weston, »wie es unseren Gästen insgesamt am liebsten wäre. Wir müssen unser Augenmerk darauf richten, was am meisten Anklang findet – wenn man nur wüßte, was das ist.«

»Ja, sehr richtig«, rief Frank, »sehr richtig. Sie möchten die Meinungen Ihrer Nachbarn hören. Das verstehe ich gut. Wenn man sich vergewissern könnte, was die wichtigsten von ihnen meinen – die Coles zum Beispiel. Sie wohnen ja nicht weit weg. Soll ich bei ihnen vorbeischauen? Oder Miss Bates? Sie wohnt noch näher. – Und ich weiß nicht, ob nicht vielleicht Miss Bates die Vorlieben der übrigen Leute besser kennt als sonst jemand. Ich glaube, wir brauchen einen größeren Beraterstab. Wie wäre es, wenn ich hinüberginge und Miss Bates zu uns bitten würde?«

»Nun – wenn Sie wollen«, sagte Mrs. Weston etwas zögernd, »wenn Sie meinen, daß sie uns weiterhelfen kann.«

»Von Miss Bates werden Sie diesbezüglich nichts erfahren«, sagte Emma. »Sie wird in Entzücken und Dankbarkeit zerfließen, aber Sie wird Ihnen nichts sagen. Sie wird sich nicht einmal Ihre Fragen anhören. Ich sehe keinen Vorteil darin, Miss Bates zu konsultieren.«

»Aber sie ist so amüsant, so außerordentlich amüsant! Ich höre Miss Bates für mein Leben gern reden. Und ich brauche ja nicht die ganze Familie mitzubringen.«

Hier trat Mr. Weston wieder zu ihnen, und als er den Vorschlag vernahm, stimmte er ihm entschieden zu.

»Ja, tu das, Frank. Geh und hol Miss Bates und laß uns die Sache auf einen Streich erledigen. Sie wird den Plan gutheißen, da bin ich sicher; und ich kenne keine Person, die uns besser zeigen kann, wie man mit Schwierigkeiten fertig wird. Hol Miss Bates. Wir werden ein bißchen zu geschmäcklerisch. Von ihr kann man sich eine Scheibe abschneiden, wenn es darum geht, glücklich zu sein. Aber hol beide. Lade sie beide ein.«

»Beide, Vater? Kann die alte Dame denn ...?«

»Die alte Dame! Nein, die junge Dame natürlich. Du bist in meinen Augen ein ausgemachter Trottel, wenn du die Tante ohne die Nichte bringst.«

»Oh! Ich bitte um Verzeihung, Vater. Es ist mir nicht gleich eingefallen. Wenn du es wünschst, werde ich sie freilich beide zu überreden versuchen.« Und er rannte davon.

Lange bevor er in Begleitung der kleinen, properen, flinken Tante und ihrer eleganten Nichte wieder erschien, hatte Mrs. Weston, wie es einer sanftmütigen Frau und guten Gemahlin geziemt, den Korridor erneut in Augenschein genommen und nun die Nachteile daran für viel geringer erachtet, als sie zuvor vermutet hatte – wirklich nicht der Rede wert, wodurch die schwierigen Entscheidungen ein

Ende fanden. Alles weitere war, zumindest in Gedanken, ein Kinderspiel. Die zweitrangigen Fragen über Tische und Stühle, Beleuchtung und Musik, Tee und Abendessen erledigten sich von selbst oder wurden als bloße Nichtigkeiten betrachtet, die zwischen Mrs. Weston und Mrs. Stokes schon noch rechtzeitig geklärt werden würden. Man konnte davon ausgehen, daß alle Eingeladenen auch kamen. Frank hatte bereits nach Enscombe geschrieben, um zu fragen, ob er noch ein paar Tage über die zwei Wochen hinaus bleiben dürfe, eine Bitte, die man ihm nicht gut abschlagen konnte. Ja, es würde ein herrlicher Ball werden!

Als Miss Bates erschien, stimmte sie dem von ganzem Herzen zu. Als Ratgeberin wurde sie nicht mehr gebraucht; aber als Akklamateurin (eine weniger heikle Rolle) war sie höchst willkommen. Ihre Beifallsbekundungen, sowohl im allgemeinen wie im Detail, begeistert und pausenlos, mußten einfach gefallen, und die nächste halbe Stunde spazierten alle zwischen den verschiedenen Räumen hin und her, einige machten Vorschläge, andere hörten zu, aber alle waren in glücklicher Vorfreude auf das künftige Ereignis. Die Gesellschaft ging nicht auseinander, ohne daß sich der Held des Abends von Emma die ersten beiden Tänze fest zusichern ließ, und sie hörte, wie Mr. Weston seiner Frau zuflüsterte: »Er hat sie aufgefordert, meine Liebe. Das ist gut so. Ich wußte ja, er würde es tun!«

DREISSIGSTES KAPITEL

Nur eines fehlte noch, damit Emma dem Ball mit ungetrübter Freude entgegensehen konnte: Er mußte auf einen Tag innerhalb der Frist gelegt werden, die Frank für seinen Aufenthalt in Surrey zugestanden worden war, denn bei allem Optimismus, den Mr. Weston zur Schau trug, vermochte sie sich nicht vorzustellen, daß die Churchills ihrem Neffen auch nur einen einzigen Tag über die vereinbarten zwei Wochen hinaus gewähren würden. Aber dies, so fand man, ließ sich nicht einrichten; die Vorbereitungen brauchten ihre Zeit, vor Anfang der dritten Woche war mit ihrem Abschluß nicht zu rechnen, und so mußten sie einige Tage ins Ungewisse hinein planen, weitermachen und hoffen, auf die Gefahr hin – in Emmas Augen eine große Gefahr –, daß alles umsonst sein könnte.

Enscombe verhielt sich jedoch gnädig, wenn auch nicht in Worten, so doch in Taten. Franks Wunsch, länger zu bleiben, stieß zwar offensichtlich nicht gerade auf Begeisterung, traf aber auch auf keinen Widerstand. Alles stand günstig; und da eine Sorge meistens einer neuen Platz macht, verlegte sich Emma, die ihres Balles nun sicher sein konnte, alsbald darauf, sich über Mr. Knightleys empörende Gleichgültigkeit zu ärgern. Sei es nun, weil er selbst nicht tanzte oder weil man ihn in die Planung nicht miteinbezogen hatte, er schien sich einfach nicht dafür interessieren zu wollen und gab deutlich zu erkennen, daß ihn die ganze Vorbereitung völlig kalt lasse und er sich von dem Ball selbst keinerlei Vergnügen verspreche. Als Emma ihm ungefragt einiges davon erzählte, erhielt sie lediglich zur Antwort:

»Na schön, wenn sich die Westons wegen ein paar Stunden lärmender Unterhaltung all diese Arbeit meinen machen zu müssen, habe ich nichts dagegen zu sagen, als daß sie sich, was meinen Zeitvertreib betrifft, nicht den Kopf zu zerbrechen brauchen. O ja, kommen muß ich natürlich; ich kann ja schlecht absagen; und ich werde mich, so gut es geht, wachzuhalten versuchen; aber ich würde viel lieber zu Hause bleiben und mir William Larkins' Wochenabrechnung durchsehen, muß ich gestehen. – Worin besteht das Vergnügen, bei dem Getanze zuzusehen?! Jedenfalls ist es nichts für mich – ich schaue mir das nie an – ich frage mich, wer daran Spaß finden kann. – Die Tanzkunst muß, so meine ich, wie die Tugend ihren Zweck in sich selbst haben. Unbeteiligte Zuschauer denken gewöhnlich an ganz etwas anderes.«

Dies, so spürte Emma, war auf sie gemünzt, und es erboste sie sehr. Als Kompliment für Jane Fairfax konnte es freilich auch nicht verstanden werden, daß er sich so gleichgültig und so ungehalten zeigte; von *deren* Ansichten ließ er sich jedenfalls nicht leiten, wenn er den Ball mißbilligte, denn *sie* genoß den Gedanken daran außerordentlich. Sie blühte richtig auf, ging aus sich heraus und sagte aus eigenem Antrieb:

»O Miss Woodhouse, ich hoffe nur, es kommt nichts dazwischen. Welch eine Enttäuschung wäre das! Ich gebe zu, daß ich mich *sehr* darauf freue.«

Wenn er der Gesellschaft von William Larkins den Vorzug gab, so also nicht, um Jane Fairfax einen Gefallen zu tun. Nein! Emma war mehr und mehr davon überzeugt, daß Mrs. Weston sich mit diesem Verdacht gewaltig irrte. Es bestand wohl von seiner Seite große Sympathie und liebevolles Mitgefühl – doch keine Liebe.

Aber ach, bald schon war keine Zeit mehr, sich mit Mr. Knightley zu streiten. Nach zwei Tagen freudiger Gewißheit wurde alles ganz plötzlich über den Haufen geworfen. Es traf ein Brief von Mr. Churchill ein, in dem dieser auf die sofortige Rückkehr seines Neffen drang. Mrs. Churchill gehe es schlecht – viel zu schlecht, um ihn entbehren zu können; sie habe sich schon in einem sehr leidenden Zustand (so erklärte ihr Mann) befunden, als sie ihrem Neffen zwei Tage vorher geschrieben hatte, obwohl sie kein Wort davon erwähnt habe, da sie ja nie Kummer bereiten wolle und nie an sich selbst denke; aber nun sei sie zu krank, als daß man ihren Zustand auf die leichte Schulter nehmen könne, und er müsse ihn somit dringend ersuchen, unverzüglich nach Enscombe aufzubrechen.

Der Inhalt dieses Briefes wurde Emma in einem kurzen Schreiben von Mrs. Weston sogleich übermittelt. Franks Abreise sei unumgänglich. In ein paar Stunden müsse er weg, obzwar ohne sich wirklich um seine Tante Sorgen zu machen, was seinen Widerwillen vielleicht etwas gedämpft hätte. Aber er kannte ihre Krankheiten; sie traten stets auf, wenn es ihr gerade ins Konzept paßte.

Mrs. Weston fügte hinzu, er könne sich lediglich noch die Zeit nehmen, nach dem Frühstück nach Highbury zu eilen und sich dort von den wenigen Freunden zu verabschieden, die, wie er vermuten dürfe, an seinem Schicksal Anteil nehmen, und sei daher bald in Hartfield zu erwarten.

Dieser unselige Brief setzte Emmas Frühstück ein Ende. Nachdem sie ihn gelesen hatte, blieb ihr nichts anderes übrig, als zu jammern und wehzuklagen. Der Verlust des Balls – der Verlust des jungen Mannes – und was mochte nun wohl in dem jungen Mann vorgehen! Es war zum Heulen! Welch herrlicher Abend es geworden wäre! Alle so glücklich! Und sie und ihr Tanzpartner die glücklichsten von allen! – »Ich habe es ja gewußt«, war ihr einziger Trost.

Ganz anders dagegen die Reaktion ihres Vaters! Er machte sich vor allem Gedanken über Mrs. Churchills Gesundheit und wollte wissen, wie sie behandelt werde; und was den Ball betraf, so war er zwar empört, daß die liebe Emma eine solche Enttäuschung erleiden mußte; aber zu Hause waren alle ohnehin besser aufgehoben.

Emma war schon eine Weile für ihren Besucher bereit, ehe dieser erschien, aber wenn das auf seine Ungeduld überhaupt ein schlechtes Licht warf, so sprachen ihn, als er dann kam, seine kummervolle Miene und seine völlige Niedergeschlagenheit von jedem Verdacht frei. Der Abschied ging ihm so nahe, daß er kaum davon sprechen konnte. Er war sichtlich schwer bedrückt. Die ersten paar Minuten saß er ganz in Gedanken versunken da, und als er sich endlich aufraffte, sagte er nur:

»Von allen schrecklichen Dingen ist das Abschiednehmen das schlimmste.«

»Aber Sie kommen doch bestimmt wieder«, sagte Emma. »Das wird wohl nicht Ihr einziger Besuch in Randalls bleiben.«

»Ach! (er schüttelte den Kopf) Aber die Ungewißheit, wann ich wieder kommen kann! Ich werde alles daransetzen! All mein Sinnen und Trachten wird darauf gerichtet sein! Und sollten mein Onkel und meine Tante in diesem Frühjahr nach London gehen – aber ich fürchte – letztes Frühjahr haben sie sich nicht von der Stelle gerührt – ich fürchte, diese Angewohnheit haben sie für immer aufgegeben.«

»Unser armer Ball muß nun wohl endgültig daran glauben.«

»Ach ja! Der Ball! Warum haben wir nur solange damit gewartet? Warum nicht das Vergnügen beim Schopf gepackt? Wie oft wird einem der ganze Spaß durch Vorbereitungen verdorben, durch närrische Vorbereitungen! Sie haben uns ja gesagt, daß es so kommen würde. Oh, Miss Woodhouse, warum haben Sie nur immer so recht?«

»Weiß der Himmel, ich bedauere sehr, daß ich in diesem Fall recht behalten habe. Ich wäre viel lieber fröhlich als klug.«

»Wenn ich wiederkomme, werden wir doch noch unseren Ball veranstalten. Mein Vater rechnet fest damit. Vergessen Sie nicht, sich dafür stark zu machen.«

Emma blickte huldvoll drein.

»Was waren das für zwei Wochen!« fuhr er fort; »ein Tag kostbarer und köstlicher als der vorangegangene! Mit jedem Tag wurde mir klarer, daß ich nirgendwo anders glücklich werden kann. Glücklich die Menschen, die in Highbury bleiben dürfen!«

»Da Sie uns nun so reichlich Gerechtigkeit widerfahren lassen«, sagte Emma und lachte, »wage ich die Frage, ob Sie anfangs nicht doch mit gewissen Bedenken hierhergekommen sind? Haben wir Ihre Erwartungen nicht etwas übertroffen? Ich bin überzeugt davon. Bestimmt haben Sie nicht gerade erwartet, uns liebzugewinnen. Sie wären nicht so lange ausgeblieben, wenn Sie eine angenehme Vorstellung von Highbury gehabt hätten.«

Er lachte etwas schuldbewußt; und obgleich er das ihm unterstellte Vorurteil abstritt, war Emma doch überzeugt davon, daß sie mit ihrer Vermutung richtiglag.

»Und Sie müssen wirklich noch heute vormittag weg?«

»Ja, mein Vater holt mich hier ab: Wir gehen zusammen zurück, und ich muß dann sofort aufbrechen. Ich fürchte fast, er kann jeden Augenblick hier sein.«

»Nicht einmal fünf Minuten haben Sie mehr für Ihre

Freundinnen Miss Fairfax und Miss Bates übrig? Wie schade! Miss Bates hätte Sie mit ihrem starken, logischen Denken aufrichten können.«

»Ja – ich *habe* dort vorbeigeschaut; als ich an der Tür vorüberging, hielt ich es für angezeigt. Es war ein Gebot der Höflichkeit. Ich bin auf drei Minuten hineingegangen und mußte mich länger als geplant aufhalten, weil Miss Bates nicht zu Hause war. Sie war unterwegs; und es schien mir ungehörig, nicht so lange zu warten, bis sie wiederkam. Sie ist eine Frau, über die man lachen mag, ja, über die man einfach lachen muß, die man aber nicht brüskieren möchte. Es war besser, den Besuch abzustatten, also – «

Er zögerte, stand auf und ging zum Fenster.

»Kurzum«, sagte er, »vielleicht, Miss Woodhouse – ich denke, es kann Ihnen nicht ganz entgangen sein – «

Er sah sie an, als wolle er ihre Gedanken lesen. Sie wußte nicht recht, was sie sagen sollte. Es klang wie die Einleitung zu etwas sehr Ernsthaftem, das sie nicht hören mochte. Daher zwang sie sich zum Reden, in der Hoffnung, es abwenden zu können, und sagte ruhig:

»Sie hatten völlig recht; es war ganz normal, ihnen einen Besuch abzustatten – «

Er schwieg. Sie hatte den Eindruck, daß er sie ansah; wahrscheinlich dachte er über das nach, was sie gesagt hatte, und versuchte, aus ihrem Ton schlau zu werden. Sie hörte ihn seufzen. Es war verständlich, daß er Grund zum Seufzen zu haben glaubte. Recht ermutigend hatte sie wohl nicht geklungen. Es verstrichen ein paar peinliche Augenblicke, und er setzte sich wieder hin und sagte mit festerer Stimme:

»Mir war irgendwie, als müsse ich die mir noch verbliebene Zeit in Hartfield verbringen. Ich bin Hartfield von ganzem Herzen zugetan – «

Er hielt abermals inne, erhob sich wieder und schien nun völlig verlegen. Offenbar war er noch heftiger in sie verliebt, als Emma angenommen hatte; und wer weiß, wie die Sache wohl ausgegangen wäre, wenn nicht in diesem Moment sein Vater den Schauplatz betreten hätte! Mr. Woodhouse folgte ihm kurz darauf; und da Frank Churchill sich nun zusammenreißen mußte, gewann er rasch seine Fassung wieder.

Es dauerte allerdings nur noch ganz wenige Minuten, und die Anfechtung war vorerst überstanden. Mr. Weston, stets auf Draht, wenn etwas erledigt werden mußte, und ebenso unfähig, ein unvermeidliches Übel auf die lange Bank zu schieben, wie ein mögliches vorherzusehen, sagte, es sei nun Zeit zu gehen, und dem jungen Mann, mochte er auch noch so seufzen, blieb nichts anderes übrig, als zuzustimmen, aufzustehen und sich zu verabschieden.

»Ich werde ja durch Sie über alle hier auf dem laufenden bleiben«, sagte er; »das ist mein größter Trost, ich werde von allem erfahren, was hier bei Ihnen los ist. Ich habe Mrs. Weston das Versprechen abgenommen, mir zu schreiben. Sie war so gütig, mir das zu versprechen. Oh! welch ein Segen ist eine weibliche Briefpartnerin, wenn einem wirklich an den Freunden in der Ferne liegt! Sie wird mir alles schildern. Wenn ich ihre Briefe lese, fühle ich mich dann wieder ins liebe Highbury versetzt.«

Ein sehr freundlicher Händedruck und ein sehr ernstes »Auf Wiedersehen« folgten diesen Worten, und schon hatte sich die Tür hinter Frank Churchill geschlossen. Kurz war die Frist gewesen – kurz ihre Begegnung; er war weg; und Emma bedauerte das Scheiden so sehr und sah voraus, welch großen Verlust sein Weggang für ihren kleinen Kreis bedeuten würde, daß sie beinahe zu fürchten begann, es tue ihr *zu* sehr leid und gehe ihr *zu* nahe.

Es war eine betrübliche Veränderung. Sie hatten sich seit seiner Ankunft fast täglich getroffen. Seine Anwesenheit in Randalls hatte den letzten beiden Wochen zweifellos großen Schwung verliehen – unbeschreiblichen Schwung; die Hoffnung, die Erwartung, ihn zu sehen, die jeden Morgen neu war, die Gewißheit seiner charmanten Aufmerksamkeiten, seine Lebhaftigkeit, seine Umgangsformen! Es waren sehr glückliche vierzehn Tage gewesen, und nun wieder in den alten Trott des Alltags von Hartfield zu verfallen, war einfach eine trostlose Perspektive. Und um allem noch die Krone aufzusetzen: Er hatte ihr *fast* eine Liebeserklärung gemacht. Wie stark oder wie beständig seine Liebe sein mochte, das stand auf einem anderen Blatt; aber gegenwärtig konnte es für sie keinen Zweifel geben, daß er entschieden für sie schwärmte und ihr bewußt den Vorzug gab; und diese Überzeugung, zu all dem übrigen, brachte sie auf den Gedanken, daß auch sie ein wenig in ihn verliebt sein müsse, entgegen aller früheren Vorsätze.

»Ich muß es sein«, sagte sie sich. »Diese Empfindung von Lustlosigkeit, Müdigkeit, Stumpfheit, diese Unlust, mich hinzusetzen und mit etwas zu beschäftigen, dieses Gefühl, daß alles im Haus langweilig und fade ist! Ich muß verliebt sein; ich wäre das seltsamste Geschöpf auf der Welt, wenn ich es nicht wäre – zumindest für ein paar Wochen. Nun ja, was für die einen ein Unglück bedeutet, ist für andere gut. Ich werde wohl viele Leidensgenossinnen haben wegen des Balls, wenn nicht sogar wegen Frank Churchill; aber Mr. Knightley wird glücklich sein. Er kann nun den Abend mit seinem geliebten William Larkins verbringen, wenn ihm der Sinn danach steht.«

Mr. Knightley jedoch ließ keine Schadenfreude erkennen. Er konnte zwar nicht behaupten, daß es ihm um seinetwillen leid tue, seine ausgesprochen heitere Miene hätte ihn sonst Lügen gestraft; aber er sagte, und das standhaft, er bedauere, daß die anderen eine solche Enttäuschung erlitten hätten, und fügte mit ausnehmender Freundlichkeit hinzu:

»Sie, Emma, die Sie so wenig Gelegenheiten zum Tanzen haben, Sie sind wirklich ein Pechvogel, Sie sind ein richtiger Pechvogel!«

Es dauerte einige Tage, ehe sie Jane Fairfax wiedersah und sich ein Bild von ihrem ehrlichen Bedauern über diesen traurigen Umschwung machen konnte; aber als sie einander dann begegneten, empfand sie deren ruhige Gefaßtheit als geradezu widerwärtig. Sie war allerdings besonders unpäßlich gewesen, weil sie unter starken Kopfschmerzen litt, weshalb ihre Tante erklärte, selbst wenn der Ball stattgefunden hätte, glaube sie nicht, daß Jane daran hätte teilnehmen können; und schon aus Barmherzigkeit mußte man ihre empörende Gleichgültigkeit teilweise ihrer krankheitsbedingten Mattigkeit zuschreiben.

EINUNDDREISSIGSTES KAPITEL

Auch weiterhin hegte Emma keinen Zweifel, in Frank Churchill verliebt zu sein. Nur über das Ausmaß ihrer Verliebtheit wechselten ihre Vorstellungen. Anfangs meinte sie, Amors Pfeil habe sie gehörig erwischt, später dann, er habe sie nur gestreift. Mit größtem Vergnügen hörte sie zu, wenn über Frank Churchill gesprochen wurde, und seinetwegen freute sie sich noch mehr als früher, Mr. und Mrs. Weston zu sehen; sie mußte oft an ihn denken und wartete ungeduldig auf einen Brief, um zu erfahren, wie es ihm gehe, in welcher seelischen Verfassung er sei, wie es seiner Tante gehe, und wie die Chancen standen, daß er in diesem Frühjahr erneut nach Randalls komme. Aber andererseits konnte sie nicht von sich behaupten, unglücklich zu sein oder, von jenem ersten Vormittag abgesehen, ihren täglichen Beschäftigungen lustloser nachzugehen als sonst; sie war genauso fleißig und munter wie immer, und so nett sie ihn auch fand, konnte sie sich dennoch durchaus vorstellen, daß auch er seine Fehler habe, ja, mehr noch: Obwohl sie so viel an ihn dachte und, wenn sie dasaß und zeichnete oder Handarbeiten machte, tausenderlei amüsante Pläne ausheckte, wie ihre Beziehung weitergehen und beendet werden könne, und sich interessante Dialoge ausdachte und formvollendete Briefe entwarf, so endete doch jede seiner imaginären Liebeserklärungen damit, daß *sie ihm einen Korb gab*. Aus Liebe sollte dabei immer Freundschaft werden, ihre Trennung in aller Zärtlichkeit und Anmut vor sich gehen, aber trennen mußten sie sich. Als sie sich darüber klar wurde, fiel es ihr wie Schuppen von den Augen, daß es mit ihrer Verliebtheit nicht sehr weit her sein konnte; denn trotz ihres schon bisher so festen Entschlusses, ihren Vater nie zu verlassen, niemals zu heiraten, hätte eine tiefe Zuneigung mehr innere Kämpfe auslösen müssen, als sie für sich selbst glaubte vorhersehen zu können.

»Ich stelle fest, daß das Wort Opfer bei mir nie vorkommt«, sagte sie sich. »In keiner meiner geistreichen Antworten, meiner zartfühlenden Ablehnungen findet sich eine Anspielung darauf, daß ich ein Opfer brächte. Ich habe den Verdacht, daß ich ihn zu meinem Glück eigentlich gar nicht brauche. Um so besser. Ich will mir gewiß nicht mehr Gefühle einreden, als ich tatsächlich empfinde. So, wie ich verliebt bin, ist es genau richtig, ich würde es bedauern, wenn es mich stärker erwischt hätte.«

Alles in allem war sie mit dem Eindruck, den sie von seinen Gefühlen gewonnen hatte, nicht minder zufrieden:

»Er ist zweifellos sehr verliebt in mich – alles deutet darauf hin – wirklich sehr verliebt! – und wenn er wiederkommt und seine Zuneigung anhalten sollte, muß ich aufpassen, daß ich ihm nicht weiter Mut mache. Ein anderes Verhalten wäre unverzeihlich, da ich mich ja bereits entschieden habe. Zwar kann ich mir nicht vorstellen, daß er sich durch mein bisheriges Verhalten besonders ermutigt fühlt. Nein, wenn er geglaubt hätte, daß ich seine Empfindungen teile, wäre er nicht so unglücklich gewesen. Hätte er sich Hoffnungen gemacht, so hätte er beim Abschied anders ausgesehen und geredet. Aber dennoch muß ich auf der Hut sein. Das heißt, vorausgesetzt, er ist dann noch immer so verliebt wie damals, aber ich weiß gar nicht, ob ich damit rechne; ich halte ihn eigentlich nicht für den Typ Mann, der – im Grunde baue ich nicht auf seine Beständigkeit oder Treue. – Seine Gefühle sind zwar leidenschaftlich, aber ich könnte mir denken, auch ziemlich wechselhaft. – Kurzum, wie ich die Sache auch wende, ich bin dankbar, daß davon mein Glück nicht abhängt. – Schon bald wird es mir wieder ausgezeichnet gehen – und dann habe ich es hinter mir; denn es heißt doch, man verliebt sich nur einmal im Leben, und ich werde dann recht glimpflich davongekommen sein.«

Als sein Brief an Mrs. Weston eintraf, durfte auch Emma ihn lesen; und sie las ihn mit solcher Freude und Bewunderung, daß sie anfangs über ihre eigenen Empfindungen den Kopf schüttelte und dachte, sie habe deren Stärke unterschätzt. Es war ein langer, wohlgesetzter Brief, in dem Frank Churchill seine Reise und seine Gefühle in allen Einzelheiten schilderte und all jene Anhänglichkeit, Dankbarkeit und Hochachtung zum Ausdruck brachte, die natürlich und ehrenwert waren, und lebhaft und genau alle äußeren Umstände und örtlichen Gegebenheiten beschrieb, die ihm reizvoll dünkten. Keine verdächtigen Floskeln der Rechtfertigung und Besorgnis; es sprach aus dem Brief tiefe Sympathie für Mrs. Weston; und die Übersiedlung von Highbury nach Enscombe, der Gegensatz zwischen den beiden Orten im Hinblick auf einige besondere Segnungen gesellschaftlichen Lebens wurde nur gerade so weit berührt, um deutlich zu machen, wie sehr er empfunden wurde und wie viel mehr hätte gesagt werden können, wenn er durch Anstand und Schicklichkeit nicht daran gehindert würde. Auch der Reiz ihres eigenen Namens fehlte nicht. *Miss Woodhouse* tauchte mehr als einmal auf und stets in einem irgendwie erfreulichen Zusammenhang, entweder verband sich damit ein Kompliment an ihren Geschmack oder eine Erinnerung an etwas, das sie gesagt hatte; und noch als ihr Auge zum letzten Mal auf ihren Namen fiel, nunmehr ungeschmückt von jenen breiten Girlanden galanter Wendungen, konnte sie daraus deutlich ersehen, welche Wirkung sie auf ihn ausübte, und das vielleicht größte Kompliment von allen darin erkennen. Ganz unten in die Ecke gedrängt standen folgende Worte: »Wie Sie wissen, hatte ich am Dienstag keinen Augenblick mehr übrig für Miss Woodhouses schöne kleine Freundin. Bitte entschuldigen Sie mich bei ihr und bestellen Sie ihr, daß ich sie zum Abschied grüße.« Dies alles, daran gab es für Emma keinen Zweifel, galt ihr selbst. Harriet lebte in seiner Erinnerung nur als *ihre* Freundin. Was er über Enscombe und seine eigenen Zukunftsaussichten schrieb, war weder schlimmer noch besser, als man erwartet hatte: Mrs. Churchill befand sich auf dem Weg der Besserung, und für seine Rückkehr nach Randalls wagte er noch keinen Zeitpunkt zu nennen, ja nicht einmal davon zu träumen.

So erfreulich und anregend der Brief im wesentlichen, nämlich in seiner Botschaft, auch war, sie merkte dennoch, als sie ihn zusammenfaltete und Mrs. Weston zurückgab, daß er sie nicht nachhaltig entflammt hatte und sie noch immer recht gut ohne seinen Schreiber auskommen konnte, und auch *er* würde lernen müssen, ohne *sie* auszukommen. An ihren Vorsätzen änderte der Brief nichts. Ihre Entschlossenheit, ihm einen Korb zu geben, erfuhr durch einen Plan, wie sie ihn über den Verlust hinwegtrösten und glücklich machen könne, noch an zusätzlichem Reiz. Der Umstand, daß und wie er sich Harriets erinnerte, sie gar ihre »schöne kleine Freundin« nannte, brachte sie auf die Idee, Harriet werde sie in seinem Herzen beerben. War das so abwegig? Nein. Geistig war ihm Harriet zweifellos weit unterlegen; aber er hatte sich vom Liebreiz ihres Gesichts und ihrer herzlichen und natürlichen Art im Umgang überaus beeindruckt gezeigt; und alle Umstände und gesellschaftlichen Beziehungen sprachen zu ihren Gunsten. Für Harriet wäre eine solche Verbindung wirklich vorteilhaft und beglückend.

»Ich darf mir das nicht in den Kopf setzen«, sagte sie. »Ich darf nicht daran denken. Ich weiß ja, wie gefährlich es ist, sich auf derartige Spekulationen einzulassen. Aber es sind schon merkwürdigere Dinge geschehen; und wenn unsere gegenwärtige Verliebtheit erloschen ist, wird uns dies in jener wahren, uneigennützigen Freundschaft bestärken, der ich schon jetzt mit Freuden entgegensehe.«

Es war gut, einen Trost für Harriet in der Hinterhand zu haben, wenn auch die Klugheit gebot, möglichst wenig daran zu denken, denn auf diesem Gebiet stand ihr ohnehin Schlimmes bevor. Wie weiland Frank Churchills Ankunft Mr. Eltons Verlobung als Tagesgespräch von Highbury abgelöst hatte, wie dieses durch jenes völlig in den Hintergrund gedrängt worden war, so traten jetzt, nach Frank Churchills Verschwinden, Mr. Eltons Belange mit unwiderstehlicher Macht in den Blickpunkt des allgemeinen Interesses. Sein Hochzeitstermin wurde genannt. Bald würde er wieder unter ihnen weilen: Mr. Elton mit seiner jungen Frau. Kaum blieb Zeit, den ersten Brief aus Enscombe durchzusprechen, als »Mr. Elton und seine junge Frau« schon wieder in aller Munde waren und nach Frank Churchill kein Hahn mehr krähte. Emma wurde übel, wenn sie den Namen Elton bloß hörte. Drei Wochen lang war sie glücklicherweise von Mr. Elton verschont geblieben, und sie hatte sich in der Hoffnung gewiegt, Harriet habe in letzter Zeit an innerer Stärke gewonnen. Wenigstens hatte die Aussicht auf Mr. Westons Ball bei ihr eine große Gleichgültigkeit gegenüber anderen Dingen zur Folge gehabt; aber nun wurde nur allzu deutlich, daß sie innerlich noch keineswegs genug gefestigt war, um dem bevorstehenden Ereignis samt neuer Kutsche, Glockengeläut und alledem gelassen entgegensehen zu können.

Die arme Harriet befand sich in einer Aufregung, die Emma alles abverlangte, was ihr an Überzeugungskraft, Trost und Fürsorglichkeit zu Gebote stand. Emma wußte wohl, daß sie gar nicht genug für sie tun konnte, daß Harriet ein Recht auf ihren ganzen Einfallsreichtum und all ihre Geduld hatte; aber es war ein mühsames Geschäft, andauernd überzeugen zu wollen, ohne die geringste Wirkung zu erzielen, andauernd Zustimmung zu erhalten, ohne jedoch Harriet von ihrer Meinung abbringen zu können. Harriet hörte ihr ergeben zu und sagte, es stimme ja, es sei genau so, wie Miss Woodhouse es darstelle, es lohne sich nicht, auch nur einen Gedanken an die Eltons zu verschwenden, und sie wolle nicht länger über sie nachdenken, aber es nützte nichts, wenn Emma ein anderes Thema anschlug, denn in der nächsten halben Stunde drehten sich Harriets Gedanken genauso eifrig und ruhelos um die Eltons wie zuvor. Schließlich versuchte Emma, sie von einer anderen Seite zu pakken.

»Daß du dich von dem Gedanken an Mr. Eltons Hochzeit so kopfscheu und so unglücklich machen läßt, Harriet, das ist der schwerste Vorwurf, den du gegen *mich* erheben kannst. Schlimmer könntest du mir den Irrtum, den ich begangen habe, gar nicht vorhalten. Es war alles meine Schuld, das weiß ich. Sei versichert, ich habe es nicht vergessen. Ich habe mich einer Täuschung hingegeben und dadurch auch dich elendiglich getäuscht – und ich werde das immer schmerzlich in Erinnerung behalten. Denke ja nicht, ich sei in Gefahr, es zu vergessen.«

Harriet gingen diese Worte so nahe, daß sie nur eifrig abwehrend stammeln konnte. Emma fuhr fort:

»Ich habe nicht gesagt, reiß dich mir zuliebe zusammen, Harriet, denk und sprich mir zuliebe weniger über Mr. Elton; weil ich vielmehr möchte, daß du es um deiner selbst willen tust, und zwar aus Gründen, die wichtiger sind als mein seelisches Wohlbefinden, damit du dir nämlich eine gewisse Selbstbeherrschung angewöhnst, damit du bedenkst, was du dir schuldig bist, damit du den Anstand wahrst und dich bemühst, bei anderen Leuten nicht ins Gerede zu kommen, dir deine Gesundheit zu erhalten und deine innere Ruhe wiederzufinden. All das versuche ich dir schon die ganze Zeit ans Herz zu legen. Es ist sehr wichtig – und ich bedauere, daß du das nicht einsehen kannst, um entsprechend zu handeln. Daß du mir damit Kummer ersparen würdest, ist von zweitrangiger Bedeutung. Ich möchte, daß du dir selbst noch größeren Kummer ersparst. Vielleicht war ich sogar manchmal überzeugt, Harriet werde nicht vergessen, was sie mir schuldig – oder besser gesagt: was mir gegenüber nett wäre.«

Dieser Appell an ihre Gefühle bewirkte mehr als alles andere. Bei der Vorstellung, daß sie es an Dankbarkeit und Rücksicht gegenüber Miss Woodhouse fehlen lasse, die sie doch so vergötterte, war ihr eine Weile ganz elend zumute, und als Emma sie über den heftigsten Schmerz hinweggetröstet hatte, blieb er dennoch stark genug, um in ihr ein Gefühl für richtiges Verhalten zu wecken und sie einigermaßen darin zu bestärken.

»Sie, die Sie die beste Freundin sind, die ich je in meinem Leben gehabt habe – Es Ihnen gegenüber an Dankbarkeit fehlen lassen! Niemand kommt Ihnen gleich! Mir liegt doch nur an Ihnen! O Miss Woodhouse, wie bin ich undankbar gewesen!«

Bei solchen Äußerungen, begleitet von allem, was Blicke und Gesten auszudrücken vermögen, spürte Emma, daß sie Harriet noch nie zuvor so liebgehabt und deren Zuneigung noch nie so hochgeschätzt hatte wie in diesem Augenblick.

»Nichts ist berückender als ein zärtliches Herz«, sagte sich Emma hinterher. »Nichts läßt sich damit vergleichen. Gegen ein mitfühlendes, zärtliches Herz in Verbindung mit einem liebevollen, offenen Wesen ist alle Gescheitheit reizlos, davon bin ich überzeugt. Herzensgüte ist es, weshalb mein Vater allseits so gemocht wird – weshalb Isabella so beliebt ist. Mir fehlt sie – aber ich weiß sie zu schätzen und zu würdigen. – Harriet ist mir weit überlegen an der Anmut und dem Glücksgefühl, das sie verleiht. Meine liebe Harriet! – Ich würde dich nicht gegen die intelligenteste, scharfsinnigste, gescheiteste Frau der Welt eintauschen. Oh! Die Gefühlskälte einer Jane Fairfax! Harriet wiegt hundert ihresgleichen auf. Und für eine Ehefrau – die Frau eines verständigen Mannes – ist sie unschätzbar. Ich will keine Namen nennen; aber glücklich der Mann, der Emma gegen Harriet eintauscht!«

ZWEIUNDDREISSIGSTES KAPITEL

Zum ersten Mal bekam man Mrs. Elton in der Kirche zu Gesicht. Aber wenn auch die Andacht vielleicht ein wenig gestört wurde, so vermochte doch eine junge Ehefrau in der Kirchenbank die Neugier nicht zu befriedigen, und man mußte sich bis zu den offiziellen Antrittsbesuchen, die später abzustatten waren, gedulden, um zu entscheiden, ob sie wirklich sehr hübsch oder nur einigermaßen hübsch oder gar nicht hübsch sei.

Weniger aus Neugier als aus Stolz und einem Gefühl der Schicklichkeit gelangte Emma zu dem Schluß, daß sie nicht die letzte sein sollte, die der Dame ihre Aufwartung machte; und sie bestand darauf, daß Harriet sie begleite, damit sie das Schlimmste so schnell wie möglich hinter sich brächten.

Sie konnte das Haus nicht wieder betreten, sich nicht in demselben Zimmer aufhalten, in das sie sich vor drei Monaten unter dem listigen, aber vergeblichen Vorwand, ihren Stiefel zu schnüren, zurückgezogen hatte, ohne sich an alles zu *erinnern*. Tausend ärgerliche Gedanken wurden wieder in ihr wach, an Komplimente, Scharaden und entsetzliche Mißverständnisse; und es war nicht davon auszugehen, daß nicht auch die arme Harriet von allerlei Erinnerungen heimgesucht wurde; aber sie benahm sich tadellos, war nur ziemlich blaß und schweigsam. Es handelte sich selbstverständlich um einen kurzen Besuch, und die große Verlegenheit und Befangenheit, in der er sich abspielte, taten ein übriges, ihn abzukürzen, so daß sich Emma keine endgültige Meinung von der Dame bilden und um keinen Preis ein Urteil abgeben mochte, das über ein nichtssagendes »Sie ist elegant gekleidet und sehr nett« hinausging.

Im Grunde war sie ihr unsympathisch. Emma wollte nicht vorschnell den Stab über sie brechen, aber sie hatte den Verdacht, daß man bei ihr nicht von vornehmem Auftreten sprechen konnte, von Selbstsicherheit ja, aber nicht von wirklich vornehmem Auftreten. Sie fand sogar, daß sie sich für eine junge Frau, eine Fremde, eine Frischvermählte allzu unbefangen gab. Ihre Figur war passabel, ihr Gesicht nicht unhübsch, doch weder ihre Züge noch ihr Gesichtsausdruck, weder ihre Stimme noch ihr Gebaren hatten Format. Dies zumindest, so glaubte Emma, würde sich bald bewahrheiten.

Was Mr. Elton betraf, so schienen seine Umgangsformen – aber nein, sie wollte sich kein übereiltes oder schnippisches Wort über seine Umgangsformen erlauben. Hochzeitsbesuche empfangen zu müssen, war immer eine peinliche Prozedur, und ein Mann mußte schon seinen ganzen Charme aufbieten, wollte er dabei eine gute Figur machen. Eine Frau hat es da leichter; ihr kommen schöne Kleider zu Hilfe, und sie genießt das Vorrecht, schüchtern sein zu dürfen, aber ein Mann kann sich nur auf seinen gesunden Menschenverstand verlassen; und wenn sie bedachte, wie besonders unglücklich der arme Mr. Elton dran war, der sich mit der Frau, die er geheiratet hatte, der Frau, die er hatte heiraten wollen, und der Frau, die er hatte heiraten sollen, in einem Zimmer befand, dann mußte sie ihm schon das Recht zugestehen, nicht gerade geistreich dreinzuschauen, ein denkbar geziertes Benehmen an den Tag zu legen und sich denkbar unwohl zu fühlen.

»Nun, Miss Woodhouse«, sagte Harriet, als sie wieder auf der Straße standen und sie vergeblich gewartet hatte, daß ihre Freundin den Anfang mache: »Nun, Miss Woodhouse (mit einem kaum hörbaren Seufzer), wie finden Sie sie? – Ist sie nicht bezaubernd?«

Emmas Antwort kam etwas zögernd.

»O ja – sehr – eine sehr nette junge Frau.«

»Ich finde sie bildhübsch, richtig hübsch.«

»Sehr hübsch gekleidet, das ja; ein bemerkenswert elegantes Kleid.«

»Da wundert es mich überhaupt nicht, daß er sich in sie verliebt hat.«

»O nein! da braucht man sich nicht zu wundern. Ein hübsches Vermögen; und sie lief ihm gerade über den Weg.«

»Bestimmt«, entgegnete Harriet und seufzte abermals, »ich glaube, sie ist bestimmt sehr in ihn verliebt.«

»Mag sein, aber nicht jeder Mann hat das Glück, die Frau zu heiraten, die ihn am meisten liebt. Miss Hawkins wollte vielleicht ein eigenes Zuhause und hielt dies für das beste Angebot, das sie wahrscheinlich bekommen würde.«

»Ja«, sagte Harriet ernsthaft, »und das durfte sie getrost, niemand könnte je ein besseres bekommen. Nun, ich wünsche ihnen von ganzem Herzen Glück. Und jetzt, Miss Woodhouse, glaube ich, macht es mir nichts mehr aus, ihnen wieder zu begegnen. Er ist immer noch genauso überragend wie eh und je; – aber nun ist er ja verheiratet, und so ist es doch etwas ganz anderes. Nein, wirklich, Miss Woodhouse, Sie brauchen nichts zu befürchten; ich kann nun dasitzen und ihn bewundern, ohne dabei Qualen zu leiden. Zu wissen, daß er sich nicht weggeworfen hat, ist mir ein solcher

Trost! Sie scheint eine bezaubernde junge Frau zu sein, genau das, was er verdient. Das glückliche Geschöpf! Er nannte sie ›Augusta‹. Wie entzückend!«

Als der Besuch erwidert wurde, gelangte Emma zu einem abschließenden Urteil. Sie hatte Gelegenheit, Mrs. Elton länger zu beobachten und besser zu beurteilen. Da Harriet zufällig nicht in Hartfield war und ihr Vater Mr. Elton mit Beschlag belegte, konnte sie sich eine Viertelstunde lang allein mit der Dame unterhalten und sich ihr in aller Ruhe und Gelassenheit widmen; und diese Viertelstunde überzeugte sie vollends, daß Mrs. Elton eine eitle Frau war, höchst selbstgefällig und von sich eingenommen, die glänzen und sich hervortun wollte, aber mit Manieren, die von einer schlechten Kinderstube zeugten, dreist und plump vertraulich. Alle ihre Ansichten bezog sie von einem bestimmten Personenkreis, dessen Lebensstil sie sich abgeguckt hatte. Sie war ungebildet, wenn auch nicht dumm, und für Emma stand fest, daß ihr Umgang Mr. Elton nicht guttun würde.

Mit Harriet hätte er es besser getroffen. Wenn sie auch selbst nicht besonders klug oder gebildet war, so hätte sie ihn doch mit klugen und gebildeten Menschen zusammengebracht; aber Miss Hawkins, das durfte man aufgrund ihrer unbefangenen Selbstgefälligkeit ohne weiteres annehmen, war unter ihresgleichen noch die beste gewesen. Der reiche Schwager in der Nähe von Bristol war der ganze Stolz der Verwandtschaft; und *sein* ganzer Stolz waren sein Herrensitz und seine Kutschen.

Kaum hatten sie Platz genommen, da fing sie auch schon von Maple Grove an, »dem Sitz meines Schwagers Mr. Suckling«, und dann folgte ein Vergleich zwischen Hartfield und Maple Grove. Die Gartenanlagen von Hartfield seien zwar klein, aber gepflegt und hübsch, und das Haus modern und wohlgebaut. Mrs. Elton schien aufs vorteilhafteste beeindruckt von der Größe des Zimmers, des Eingangsbereichs und von allem, was sie sah oder sich vorstellen konnte. Ganz ähnlich wie Maple Grove, wahrhaftig! Sie sei ganz verblüfft über so viel Ähnlichkeit! Dieses Zimmer habe genau die Form und Größe des Frühstückszimmers in Maple Grove, des Lieblingszimmers ihrer Schwester. Mr. Elton mußte es bezeugen. Bestehe nicht eine verblüffende Ähnlichkeit? Sie meine wirklich, fast in Maple Grove zu sein.

»Und erst das Treppenhaus! Schon als ich hereinkam, wissen Sie, ist mir aufgefallen, daß es eine solche Ähnlichkeit mit dem in Maple Grove hat und noch dazu im selben Teil des Hauses liegt. Ich konnte mich eines Ausrufs der Verwunderung wirklich nicht erwehren! Ich versichere Ihnen, Miss Woodhouse, es entzückt mich ungemein, an einen Ort erinnert zu werden, an dem ich so hänge wie an Maple Grove. Ich habe dort so viele glückliche Stunden verbracht! (mit einem kleinen sehnsuchtsvollen Seufzer). Ein bezauberndes Anwesen, ohne jeden Zweifel. Jeder, der es sieht, ist von seiner Schönheit hingerissen; aber für mich ist es ein richtiges Zuhause gewesen. Wenn auch Sie einmal so verpflanzt werden wie ich, Miss Woodhouse, dann können Sie nachempfinden, wie herrlich es ist, auf etwas zu stoßen, das einen an den Ort erinnert, den man zurückgelassen hat. Ich sage immer, dies ist eine der Schattenseiten des Ehestandes.«

Emma erwiderte darauf so knapp und unverbindlich wie möglich, aber Mrs. Elton, die ja nur selbst reden wollte, genügte das vollauf:

»Ganz wie in Maple Grove! Es ist nicht nur das Haus –

der Park und die Gartenanlagen sind, soweit ich sehen konnte, verblüffend ähnlich, glauben Sie mir. Auch in Maple Grove gibt es wie hier jede Menge Lorbeerbäume, und sie sind nahezu gleich angeordnet – über dem Rasen verstreut; und mein Blick fiel auf einen schönen großen Baum mit einer Bank darum herum, der mir so bekannt vorkam! Mein Schwager und meine Schwägerin werden von Hartfield begeistert sein. Leute mit ausgedehnten Parkanlagen freuen sich ja immer, wenn sie anderswo Ähnliches entdecken.«

Emma bezweifelte diese Behauptung. Sie hegte eher die Vermutung, daß sich Leute mit ausgedehnten Parkanlagen sehr wenig aus den ausgedehnten Parkanlagen anderer machen; aber es war nicht der Mühe wert, gegen einen so hanebüchenen Unsinn ins Feld zu ziehen, und so erwiderte sie darauf lediglich:

»Wenn Sie erst einmal mehr in dieser Gegend herumgekommen sind, werden Sie, so fürchte ich, merken, daß Sie Hartfield überschätzt haben. Surrey ist reich an schönen Herrensitzen und anderen Sehenswürdigkeiten.«

»O ja! Das weiß ich wohl. Es ist ja schließlich der Garten Englands. Surrey ist der Garten Englands.«

»Ja, aber darauf sollten wir uns nicht allzuviel zugute halten. Auch viele andere Grafschaften werden wohl der Garten Englands genannt.«

»Nein, das kann ich mir nicht vorstellen«, erwiderte Mrs. Elton mit höchst selbstgefälligem Lächeln. »Ich habe noch nie gehört, daß eine andere Grafschaft so genannt wird.«

Emma sagte nichts mehr.

»Mein Schwager und meine Schwester haben uns einen Besuch im Frühjahr oder spätestens Sommer versprochen«, fuhr Mrs. Elton fort; »und dann wollen wir endlich auf Entdeckungstour gehen. Während sie bei uns sind, werden wir bestimmt eine ganze Menge Neues entdecken. Sie kommen natürlich in ihrem Landauer, in dem ohne weiteres vier Leute Platz haben; und so können wir – von *unserer* Kutsche ganz zu schweigen – die verschiedenen Sehenswürdigkeiten der Gegend ganz bequem erkunden. In dieser Jahreszeit würden sie wohl kaum in ihrer Chaise kommen. Ja, wirklich, je weiter das Jahr fortschreitet, desto entschiedener werde ich ihnen raten, in ihrem Landauer zu kommen; er eignet sich viel besser für unsere Zwecke. Wenn Leute in eine schöne Gegend wie diese kommen, dann möchte man doch selbstverständlich, daß sie so viel wie möglich zu sehen kriegen, Miss Woodhouse; und Mr. Suckling geht für sein Leben gern auf Entdeckungsfahrt. Zweimal haben wir so im letzten Sommer einen Ausflug nach King's Weston gemacht, ganz, ganz herrlich, gleich nachdem sie sich den Landauer zugelegt hatten. Ich nehme an, Sie veranstalten hier jeden Sommer viele solcher Landpartien, Miss Woodhouse?«

»Nein, nicht in unmittelbarer Nähe. Wir liegen etwas ab von den besonders eindrucksvollen Sehenswürdigkeiten, die jene Touristen anziehen, von denen Sie sprechen, und wir sind hier ein sehr ruhiger Menschenschlag, glaube ich, bleiben lieber zu Hause, als Lustpartien zu planen.«

»Ach! Will man sich richtig wohl fühlen, so gibt es nichts Besseres, als zu Hause zu bleiben. Es gibt keinen häuslicheren Menschen als mich. In Maple Grove war ich dafür schon sprichwörtlich. Wie oft sagte nicht Selina, wenn sie nach Bristol fahren wollte: ›Ich kriege das Mädchen einfach nicht aus dem Haus. Ich muß ganz bestimmt wieder ohne sie fahren, obwohl ich es hasse, allein in die Barouche gesteckt zu werden ohne Begleitung; aber ich glaube, Augusta würde sich freiwillig nie weiter als bis zur Parkumzäunung bewegen.‹

Wie oft hat sie das gesagt! Und dennoch bin ich keine Verfechterin eines einsiedlerischen Daseins. Im Gegenteil, es ist meiner Meinung nach von Übel, wenn sich Leute gänzlich von der Gesellschaft abschotten, und es ist viel ratsamer, in Maßen am gesellschaftlichen Leben teilzunehmen, sich nicht zu oft, aber auch nicht zu selten unter Leute zu begeben. Allerdings verstehe ich Ihre Lage bestens, Miss Woodhouse (dabei warf sie einen Blick auf Mr. Woodhouse). Der gesundheitliche Zustand Ihres Vaters ist zweifellos ein großes Hindernis. Warum versucht er es nicht einmal mit Bath? Das sollte er wirklich. Bath kann ich Ihnen nur wärmstens empfehlen. Ich bin felsenfest davon überzeugt, daß es Mr. Woodhouse guttun würde.«

»Mein Vater hat es mehr als einmal dort versucht, in früheren Jahren; aber ohne jeden Erfolg; und Mr. Perry, dessen Name Ihnen wohl nicht unbekannt sein dürfte, kann sich nicht vorstellen, daß ihm ein Aufenthalt dort jetzt etwas nützen würde.«

»Ach! Das ist jammerschade, glauben Sie mir, Miss Woodhouse, wer die Heilquellen verträgt, bei dem wirken sie wahre Wunder. Während meiner Zeit in Bath habe ich so viele solcher Beispiele erlebt! Und es ist ein so heiterer Ort, der seine Wirkung auf Mr. Woodhouses Gemütsverfassung gewiß nicht verfehlen würde, die manchmal, wie ich höre, sehr niedergeschlagen ist. Und wie empfehlenswert Bath für *Sie* wäre, brauche ich wohl nicht eigens zu erläutern. Die Vorteile, die Bath jungen Leuten bietet, sind ja hinlänglich bekannt. Es wäre für Sie, die Sie ein so zurückgezogenes Leben führen, eine zauberhafte Einführung in die Gesellschaft; und ich könnte Ihnen auf der Stelle Kontakt zu einigen der besten Kreise dort verschaffen. Eine Zeile von mir, und Sie könnten sich vor neuen Bekannten nicht mehr retten; und meine besondere Freundin, Mrs. Partridge, die Dame, bei der ich immer wohnte, wenn ich in Bath war, würde sich überaus freuen, Ihnen jede Art von Aufmerksamkeit zu bezeigen, und wäre genau die richtige Person, mit der Sie ausgehen könnten.«

Mehr konnte Emma wirklich nicht ertragen, ohne unhöflich zu werden. Die Vorstellung, Mrs. Elton zu Dank verpflichtet zu sein für das, was man eine *Einführung* nennt – sich unter den Auspizien einer Freundin von Mrs. Elton in die Öffentlichkeit zu begeben, irgendeiner ordinären, aufgetakelten Witwe, die sich mit Hilfe einer Untermieterin gerade mal so durchs Leben schlug! Das Ansehen der Miss Woodhouse von Hartfield war in der Tat dahin!

Sie enthielt sich jedoch der Zurechtweisung, die ihr auf der Zunge lag, und dankte Mrs. Elton nur kühl, aber Bath komme für sie und ihren Vater nicht in Frage, und sie sei sich auch keineswegs sicher, daß ihr der Ort mehr zusage als ihrem Vater. Und um weiterer Schmach und Empörung vorzubeugen, wechselte sie sogleich das Thema:

»Ich frage gar nicht erst, ob Sie musikalisch sind, Mrs. Elton. In solchen Fällen eilt einer Dame ihr Ruf zumeist voraus; und es hat sich in Highbury schon längst herumgesprochen, daß Sie eine hervorragende Klavierspielerin sind.«

»O nein! Wirklich, dagegen muß ich entschieden protestieren. Eine hervorragende Klavierspielerin! Sehr weit davon entfernt, glauben Sie mir! Bedenken Sie, von welch parteiischer Seite Sie Ihre Information haben. Ich liebe Musik über alles – leidenschaftlich; und meine Freunde behaupten, daß es mir nicht ganz an Einfühlungsgabe fehle; aber ansonsten ist mein Spiel im höchsten Grad *mediocre*, Ehrenwort. Sie, Miss Woodhouse, das weiß ich wohl, spielen hinreißend. Ich versichere Ihnen, es war für mich die größte

Befriedigung, Wohltat und Freude zu hören, in welch eine musikalische Gesellschaft ich hier geraten bin. Ohne Musik kann ich nicht leben. Ich brauche sie wie die Luft zum Atmen, und da ich stets an eine sehr musikalische Gesellschaft gewohnt war, sowohl in Maple Grove als auch in Bath, wäre es ein sehr großes Opfer gewesen. Das habe ich Mr. E. auch ganz offen gesagt, als er von meinem zukünftigen Zuhause sprach und die Befürchtung äußerte, ein so zurückgezogenes Leben sei vielleicht nicht nach meinem Geschmack; und dann noch das nicht gerade hochherrschaftliche Haus – wußte er doch, in welch einem Rahmen ich immer gelebt habe –, da war er natürlich nicht ganz frei von Befürchtungen. Als er so davon sprach, habe ich ihm ganz offen gesagt, daß ich auf die *große Welt* durchaus verzichten könnte – auf die Einladungen, Bälle, Theaterbesuche –, denn ein zurückgezogenes Leben schrecke mich nicht. Da ich mit einem so reichen Innenleben gesegnet bin, hätte *ich* die große Welt nicht nötig. Ich käme sehr gut ohne sie aus. Bei jenen, die nicht über ein solch reiches Innenleben verfügen, sei es etwas anderes; aber das meine mache mich völlig unabhängig von der Außenwelt. Und was die Zimmer beträfe, die nicht so geräumig seien wie jene, die ich gewohnt gewesen bin, so verschwendete ich keinen Gedanken darauf. Derartige Opfer würde ich hoffentlich erbringen können. Gewiß sei ich in Maple Grove allen erdenklichen Luxus gewöhnt gewesen; aber ich versicherte ihm, daß ich keine zwei Kutschen zu meinem Glück bräuchte und auch keine Zimmerfluchten. ›Aber‹, sagte ich, ›um ganz ehrlich zu sein, ohne musikalische Gesellschaft kann ich nicht leben. Sonst stelle ich keinerlei Bedingungen; aber ohne Musik wäre das Leben öde und leer für mich.‹ «

»Mr. Elton wird dann wohl nicht gezögert haben«, sagte

Emma lächelnd, »Ihnen zu versichern, daß die Gesellschaft in Highbury *sehr* musikalisch ist; und ich hoffe, Sie müssen nicht feststellen, daß er es mit der Wahrheit nicht so genau genommen hat, jedenfalls nicht mehr, als in Anbetracht seines Motivs verzeihlich ist.«

»Nein, in dieser Hinsicht habe ich wirklich nicht den geringsten Zweifel. Ich bin entzückt, mich in einem solchen Kreis zu finden, und ich hoffe, wir werden viele reizende kleine Konzerte zusammen erleben. Ich finde, Miss Woodhouse, Sie und ich sollten einen Hausmusikverein ins Leben rufen und regelmäßige wöchentliche Zusammenkünfte in Ihrem oder in unserem Haus veranstalten. Ist das nicht eine gute Idee? Wenn *wir* beide uns ins Zeug legen, werden Gleichgesinnte bestimmt nicht lange auf sich warten lassen. *Mir* wäre etwas Derartiges besonders erwünscht, als Ansporn, um in der Übung zu bleiben; denn verheiratete Frauen, müssen Sie wissen – im allgemeinen hat es mit ihnen eine traurige Bewandtnis. Sie neigen allzu leicht dazu, das Musizieren aufzugeben.«

»Aber Sie, die Sie die Musik doch über alles lieben – bei Ihnen besteht gewiß keine Gefahr.«

»Ich will es nicht hoffen; aber im Ernst, wenn ich mich in meinem Bekanntenkreis so umsehe, schaudert's mich. Selina hat das Musizieren ganz aufgegeben – rührt das Klavier nicht mehr an –, obwohl sie reizend gespielt hat. Und dasselbe gilt für Mrs. Jeffereys – die ehemalige Clara Partridge – und für die beiden Milmans, die jetzige Mrs. Bird und Mrs. James Cooper und für mehr, als ich aufzählen kann. Auf mein Wort, es genügt, daß man es mit der Angst zu tun bekommt. Ich war immer richtig wütend auf Selina; aber jetzt begreife ich langsam, an wie viele Dinge eine verheiratete Frau den ganzen Tag über denken muß. Ich glaube, ich war heute morgen eine geschlagene halbe Stunde mit meiner Haushälterin zusammengesessen.«

»Aber alle diese Dinge«, sagte Emma, »werden sich doch bald eingespielt haben –«

»Na«, sagte Mrs. Elton lachend, »wir werden ja sehen.«

Da Emma merkte, wie entschlossen sie war, ihr Musizieren zu vernachlässigen, erübrigte sich für sie jedes weitere Wort; und nach einer kurzen Pause schnitt Mrs. Elton ein anderes Thema an.

»Wir haben einen kurzen Besuch in Randalls gemacht«, sagte sie, »und beide zu Hause angetroffen; sie scheinen sehr nette Leute zu sein. Ich finde sie äußerst sympathisch. Mr. Weston scheint ein fabelhafter Kerl zu sein – zählt hier schon zu meinen Favoriten, glauben Sie mir. Und sie scheint eine Seele von Mensch zu sein – sie hat etwas so Mütterliches und Gutmütiges, das einen auf Anhieb für sie einnimmt. Sie war Ihre Gouvernante, glaube ich?«

Emma war derart verdutzt, daß ihr fast die Sprache wegblieb; aber Mrs. Elton wartete erst gar nicht auf eine Bestätigung, ehe sie fortfuhr.

»Da ich das ja wußte, war ich ziemlich überrascht, wie elegant sie ist! Aber sie ist wirklich eine richtige Dame.«

»Mrs. Westons Umgangsformen«, sagte Emma, »waren stets hervorragend. Mit ihrem Taktgefühl, ihrer Schlichtheit und Eleganz könnte sie jeder jungen Frau getrost als Vorbild dienen.«

»Und wer, glauben Sie wohl, kam herein, als wir dort waren?«

Emma hatte nicht die geringste Ahnung. Der Tonfall ließ auf irgendeinen alten Bekannten schließen – und wie sollte sie den erraten?

»Knightley!« fuhr Mrs. Elton fort; »Knightley höchstpersönlich! War das nicht ein glücklicher Zufall? Denn da ich nicht daheim war, als er neulich vorsprach, hatte ich ihn noch nie zuvor gesehen; und weil er ein enger Freund von Mr. E. ist, war ich natürlich sehr neugierig. ›Mein Freund Knightley‹ ist so oft erwähnt worden, daß ich es wirklich gar nicht erwarten konnte, ihn kennenzulernen; und ich muß meinem *caro sposo* schon die Gerechtigkeit widerfahren lassen und zugeben, daß er sich seines Freundes nicht zu schämen braucht. Knightley ist ein Gentleman vom Scheitel bis zur Sohle. Er gefällt mir sehr. Durch und durch ein Gentleman, finde ich.«

Zum Glück rüstete man nun zum Aufbruch. Sie waren weg, und Emma konnte aufatmen.

»Unerträgliche Person!« machte sie sich sogleich Luft. »Schlimmer, als ich vermutet hatte. Absolut unerträglich! Knightley! Ich traute meinen Ohren nicht. Knightley! hat ihn noch nie im Leben gesehen und nennt ihn Knightley! Und stellt fest, daß er ein Gentleman ist! So eine vulgäre, kleine Neureiche mit ihrem Mr. E. und ihrem *caro sposo* und ihrem reichen Innenleben und ihrem unverschämt anmaßenden Getue und ihrer schlechten Kinderstube! Merkt doch tatsächlich, daß Mr. Knightley ein Gentleman ist! Ich bezweifle, ob er das Kompliment erwidert und in ihr eine Dame entdeckt. Das hätte ich nicht für möglich gehalten! Und dann noch vorzuschlagen, daß sie und ich uns zusammentun sollen, um einen Hausmusikverein ins Leben zu rufen! Man könnte fast meinen, wir seien Busenfreundinnen! Und Mrs. Weston! Wundert sich, daß die Frau, die mich aufgezogen hat, eine Dame ist! Es wird immer schlimmer. So eine Person ist mir noch nie begegnet. Das hätte ich denn doch nicht erwartet. Jeder Vergleich mit ihr wäre für Harriet eine Beleidigung. Oh! Was würde Frank Churchill wohl über sie sagen, wenn er hier wäre? Wie erbost er sein und wie er sich über sie lustig machen würde! Ah! Da denke ich doch schon gleich wieder an ihn. Immer fällt er mir als erster ein! Habe ich mich dabei ertappt! Andauernd kommt mir Frank Churchill in den Sinn!«

All das ging ihr so rasch durch den Kopf, daß sie ihrem Vater, als er sich nach der Hektik des Eltonschen Aufbruchs wieder gefangen hatte und sich unterhalten wollte, einigermaßen konzentriert zuhören konnte.

»Nun, mein Liebes«, begann er bedächtig, »wenn man bedenkt, daß wir sie noch nie zuvor gesehen haben, scheint sie doch eine recht nette junge Dame zu sein; und ich möchte behaupten, daß sie von dir sehr angetan war. Sie spricht etwas zu schnell. Ihre Stimme ist ein bißchen schrill, es tun einem richtig die Ohren weh. Aber ich bin wahrscheinlich auch empfindlich; fremde Stimmen mag ich nicht; und niemand spricht so wie du und die arme Miss Taylor. Dennoch, sie scheint eine sehr liebenswürdige, wohlerzogene junge Dame zu sein und ist ihm bestimmt eine gute Ehefrau. Obwohl ich finde, er hätte lieber nicht heiraten sollen. Ich habe mich so gut es ging entschuldigt, daß ich nicht in der Lage gewesen war, ihm und Mrs. Elton anläßlich dieses glücklichen Ereignisses meine Aufwartung zu machen; ich habe gesagt, ich hoffte es im Laufe des Sommers nachzuholen. Aber ich hätte wohl doch hingehen müssen. Einer Braut nicht seine Aufwartung zu machen, zeugt von großer Nachlässigkeit. Ach! daran merkt man, welch ein trauriger Invalide ich bin! Aber ich mag die Ecke nun einmal nicht, wo man in die Vicarage Lane einbiegt.«

»Man wird deine Entschuldigungen gewiß akzeptiert haben. Mr. Elton kennt dich ja.«

»Das schon, aber eine junge Dame – eine jungvermählte

Ehefrau – ich hätte ihr doch, wenn irgend möglich, meine Aufwartung machen müssen. Es war ein schlimmes Versäumnis.«

»Aber, mein lieber Papa, du bist doch ohnehin kein Freund von Hochzeiten; und warum solltest du also so erpicht darauf sein, ausgerechnet einer *Jungvermählten* deine Hochachtung zu bezeigen? Für *dich* dürfte das doch eigentlich kein Grund sein. Du ermunterst die Leute ja nur zum Heiraten, wenn du ein solches Aufhebens mit ihnen machst.«

»Nein, mein Liebes, ich habe noch nie jemanden zum Heiraten ermuntert, aber ich möchte doch stets einer Dame die ihr gebührende Ehre erweisen – und insbesondere eine *Jungvermählte* darf man nicht vernachlässigen. *Ihr* ist man besonderen Respekt schuldig. Einer jungverheirateten Frau, mußt du wissen, mein Liebes, gebührt immer der Vorrang, egal, wer die anderen sein mögen.«

»Also, Papa, wenn das keine Ermunterung zum Heiraten ist, dann weiß ich nicht, worin sie noch bestehen könnte. Und ich hätte nie von dir erwartet, daß du diesem Eitelkeitsköder für arme junge Damen deinen Segen geben würdest.«

»Mein Liebes, du verstehst mich nicht. Dies hier ist eine Frage mitteleuropäischer Höflichkeit und guter Kinderstube und hat nichts mit einer Ermunterung zum Heiraten zu tun.«

Emma sagte nichts mehr. Ihr Vater wurde nervös und konnte *sie* nicht verstehen. Ihre Gedanken wandten sich wieder Mrs. Eltons *Fauxpas* zu, die sie noch lange, sehr lange, beschäftigten.

DREIUNDDREISSIGSTES KAPITEL

Auch im weiteren Verlauf brauchte Emma ihre schlechte Meinung von Mrs. Elton nicht zu revidieren. Ihre Beobachtung war recht zutreffend gewesen. Der Eindruck, den sie von Mrs. Elton bei diesem zweiten Gespräch gewonnen hatte, bestätigte sich bei jeder folgenden Begegnung aufs neue: Sie war selbstgefällig, anmaßend, plump vertraulich, ungebildet und schlecht erzogen. Sie verfügte über gewisse äußere Reize und gewisse Fertigkeiten, aber über so wenig Verstand, daß sie der ländlichen Umgebung, in die sie nun kam, mit ihrer großartigen Weltläufigkeit meinte Kultur beibringen zu müssen, und sich einbildete, als Miss Hawkins eine Stellung in der Gesellschaft eingenommen zu haben, die nur eine Mrs. Elton noch übertreffen könne.

Es bestand kein Grund zur Annahme, daß Mr. Eltons Auffassungen von denen seiner Frau abwichen. Er schien nicht nur glücklich mit ihr, sondern auch stolz auf sie zu sein. Offenkundig hielt er sich viel darauf zugute, eine Frau nach Highbury gebracht zu haben, der nicht einmal Miss Woodhouse das Wasser reichen konnte. Und die meisten ihrer neuen Bekannten, die sowieso immer alles gut fanden oder nie eine eigene Meinung hatten, ließen sich von Miss Bates' Wohlwollen anstecken oder sahen es als erwiesen an, daß die jungverheiratete Frau so klug und so nett sei, wie sie selbst von sich behauptete, und waren sehr von ihr angetan, weshalb denn auch Mrs. Eltons Lob erwartungsgemäß von Mund zu Mund ging, unbehindert von Miss Woodhouse, die ihre erste Stellungnahme zu diesem Thema bereitwillig wiederholte und von ihr huldvoll als einer »recht netten und sehr elegant gekleideten« Person sprach.

In einer Hinsicht erwies sich Mrs. Elton sogar noch

schlimmer, als der erste Eindruck erwarten ließ. Sie nahm gegenüber Emma eine andere Haltung ein. Gekränkt wahrscheinlich durch den geringen Widerhall, den ihre Bemühungen um Emmas Freundschaft gefunden hatten, zog sie sich ihrerseits zurück und wurde immer kühler und reservierter; und wenn auch dieser Effekt Emma durchaus nicht ungelegen kam, so verstärkte sich doch ihre Abneigung durch die Feindseligkeit, die sich dahinter verbarg, notwendigerweise. Zudem war Mrs. Eltons Benehmen wie auch das ihres Mannes gegenüber Harriet ausgesprochen unfreundlich. Sie machten sich über sie lustig und schnitten sie. Emma hoffte, daß Harriet nun schnell kuriert sein würde, aber mit der Einstellung, die zu einem solchen Verhalten führte, verscherzten sie sich bei ihr noch den letzten Rest an Sympathie. Es stand außer Zweifel, daß die Verliebtheit der armen Harriet der ehelichen Offenheit als Opfer dargebracht worden war, und aller Wahrscheinlichkeit nach hatte er auch ihren eigenen Anteil an der Geschichte in den für sie ungünstigsten und für ihn schmeichelhaftesten Farben geschildert. Auf sie richtete sich natürlich ihre gemeinsame Abneigung. Immer wenn sie sich sonst nichts zu sagen hatten, konnten sie ohne weiteres über Miss Woodhouse herziehen; und die Feindschaft, die sie ihr selbst nicht in offener Mißachtung zu zeigen wagten, fand in der geringschätzigen Behandlung Harriets ein tauglicheres Ventil.

Mrs. Elton fand großen Gefallen an Jane Fairfax, und das gleich von Anfang an. Nicht erst, wie man annehmen könnte, als eine Art Kriegszustand mit der einen jungen Dame die andere anziehend machte, sondern vom ersten Augenblick an; und sie begnügte sich nicht etwa damit, eine ganz natürliche und verständliche Bewunderung zum Ausdruck zu bringen, sondern wollte unbedingt ihre Stütze und

Freundin sein, ohne darum ersucht oder gebeten worden zu sein oder ein besonderes Anrecht darauf zu haben. Noch bevor sich Emma ihr Vertrauen verscherzt hatte und etwa bei ihrer dritten Begegnung mußte sie sich Mrs. Eltons quichottische Tiraden zu diesem Thema anhören:

»Jane Fairfax ist absolut bezaubernd, Miss Woodhouse. Ich schwärme richtig für Jane Fairfax. – Ein reizendes, interessantes Geschöpf. So sanft und damenhaft – und so talentiert! Ich bin, das versichere ich Ihnen, felsenfest davon überzeugt, daß sie ganz außerordentlich talentiert ist. Ich scheue mich nicht zu behaupten, daß sie hervorragend spielt. Ich verstehe genug von Musik, um hierzu entschieden Stellung nehmen zu können. Oh! Sie ist absolut bezaubernd! Sie werden über meine Begeisterung lachen – aber, auf mein Wort, ich rede nur noch von Jane Fairfax. Und ihre Lage geht einem ja auch wirklich zu Herzen! Miss Woodhouse, wir müssen unbedingt versuchen, etwas für sie zu tun. Wir müssen sie fördern. Talente wie die ihren dürfen nicht im verborgenen blühen. Sie haben gewiß schon mal die bezaubernden Verse des Dichters gehört:

Wie manche Blume wird geboren, um ungeseh'n
zu blühen
Und ihren süßen Duft in öder Luft zu verschwenden.

Wir dürfen nicht zulassen, daß sie sich an der reizenden Jane Fairfax bewahrheiten.«

»Ich kann mir nicht vorstellen, daß eine solche Gefahr besteht«, lautete Emmas gelassene Antwort, »und wenn Sie Miss Fairfax' Lage erst besser kennen und wissen, welch ein Zuhause sie bei Oberst und Mrs. Campell gehabt hat, werden Sie wohl kaum mehr der Meinung sein, ihre Talente würden verkannt.«

»Oh! Aber liebe Miss Woodhouse, jetzt lebt sie doch

so abgeschieden, so im verborgenen, ja regelrecht abgeschoben. Welche Vorteile auch immer sie bei den Campbells genossen haben mag, damit ist es doch nun ganz offensichtlich vorbei! Und ich glaube, sie spürt das. Ich bin überzeugt davon. Sie ist sehr schüchtern und still. Man merkt doch, daß sie den Zuspruch schmerzlich vermißt. Ich mag sie deshalb nur um so mehr. Und ich muß gestehen, es spricht in meinen Augen für sie. Ich bin eine große Verfechterin der Schüchternheit – und ich weiß, daß man ihr heutzutage nicht oft begegnet. Aber gerade bei Menschen, die gesellschaftlich unter einem stehen, hat Schüchternheit etwas ungemein Gewinnendes. Oh! Ich versichere Ihnen, Jane Fairfax ist ein entzückendes Wesen und interessiert mich mehr, als ich in Worte fassen kann.«

»Sie scheinen sehr viel Mitgefühl mit ihr zu haben – aber ich weiß nicht, wie Sie oder irgend jemand sonst von Miss Fairfax' hiesigen Bekannten, die sie schon länger kennen als Sie, etwas anderes für sie tun könnten als –«

»Meine liebe Miss Woodhouse, wer den Mut hat zu handeln, kann eine ganze Menge tun. Ihnen und mir braucht es nicht bange zu sein. Wenn wir mit gutem Beispiel vorangehen, werden viele folgen, soweit es ihre Mittel erlauben, wenngleich natürlich nicht alle in unserer Lage sind. *Wir* haben Kutschen, um sie abzuholen und nach Hause zu bringen, und einen Lebensstil, bei dem es nicht das geringste ausmachen würde, wenn Jane Fairfax hinzukäme. Ich würde sehr ungehalten reagieren, wenn uns Wright ein Dinner hinaufschickte, bei dem es mir leid tun müßte, neben Jane Fairfax noch andere Gäste eingeladen zu haben. Das käme bei mir nicht vor. Wie sollte es auch, bedenkt man, woran ich früher gewöhnt war. Die größte Gefahr, die mir bei der Haushaltsführung droht, kommt aus der entgegengesetzten Ecke, daß ich nämlich des Guten zuviel tue und zu sorglos mit dem Geld umgehe. An Maple Grove werde ich mich wahrscheinlich mehr orientieren, als gut ist – denn wir wollen keineswegs so tun, als könnten wir uns mit meinem Schwager, Mr. Suckling, messen, was das Einkommen betrifft. Wie dem auch sei, ich bin jedenfalls fest entschlossen, mich Jane Fairfax' anzunehmen. Ich werde sie gewiß sehr oft in meinem Haus haben, sie Leuten vorstellen, wo immer ich kann, werde Musikabende arrangieren, damit ihr Talent richtig zur Geltung kommt, und mich ständig nach einer geeigneten Anstellung für sie umhören und umtun. Mein Bekanntenkreis ist so ausgedehnt, daß ich wenig Zweifel habe, in Kürze etwas für sie Geeignetes zu finden. Ich werde sie natürlich insbesondere mit meinem Schwager und meiner Schwester bekannt machen, wenn die beiden zu uns kommen. Sie sind mit Sicherheit von ihr begeistert; und wenn Jane sie etwas besser kennt, werden sich ihre Ängste bald verlieren, denn beide sind sehr umgänglich und wohlwollend. Ich werde sie auf alle Fälle oft bei mir haben, während meine Verwandten hier sind, und manchmal wird sich gewiß noch ein Plätzchen für sie im Landauer finden, wenn wir auf Entdeckungsfahrt gehen.«

»Arme Jane Fairfax!« dachte Emma. »Das hast du nicht verdient. Du magst dich gegenüber Dixon falsch verhalten haben, aber diese Strafe hier übersteigt alles, was man dir gerechterweise aufbürden könnte! Die Güte und Protektion einer Mrs. Elton! Jane Fairfax hinten, Jane Fairfax vorn. Gütiger Himmel! Hoffentlich fängt sie nicht auch noch an, Emma Woodhouse zu Markte zu tragen! Aber gegen das freche Mundwerk dieser Frau ist offenbar kein Kraut gewachsen.«

Solche Tiraden brauchte sich Emma kein weiteres Mal

anzuhören, jedenfalls keine, die so ausschließlich an sie gerichtet und so widerwärtig mit einem »liebe Miss Woodhouse« verbrämt waren. Schon bald darauf machte sich bei Mrs. Elton jener Gesinnungswandel bemerkbar, und Emma wurde in Ruhe gelassen – wurde weder gedrängt, Mrs. Eltons Busenfreundin, noch unter Mrs. Eltons Leitung die rührige Wohltäterin von Jane Fairfax zu spielen, und wie die anderen wußte sie nur vom Hörensagen, was im Pfarrhaus gedacht, geplant und getan wurde.

Leicht amüsiert sah sie dem ganzen Treiben zu. Miss Bates' Dankbarkeit für Mrs. Eltons Aufmerksamkeiten gegenüber Jane speiste sich aus argloser Einfalt und Herzlichkeit. Für sie war sie eine bedeutende Persönlichkeit – die liebenswürdigste, umgänglichste, entzückendste Frau –, genauso gebildet und leutselig, wie Mrs. Elton sich selbst sah. Emma wunderte sich lediglich, daß Jane Fairfax sich diese Aufmerksamkeiten gefallen ließ und Mrs. Elton anscheinend ertragen konnte. Sie hörte, daß sie mit den Eltons spazierenging, bei den Eltons saß, einen ganzen Tag mit den Eltons verbrachte. Dies war erstaunlich! Sie hätte nicht für möglich gehalten, daß eine Miss Fairfax mit ihrem Taktgefühl und Stolz einen Umgang und eine Freundschaft ertragen konnte, wie das Pfarrhaus sie zu bieten hatten.

»Sie ist mir ein Rätsel, ein echtes Rätsel!« sagte Emma zu sich. »Erst freiwillig Monat um Monat hier zu bleiben unter Entbehrungen allerlei Art! Und sich nun der demütigenden Fürsorge Mrs. Eltons und ihrem geistlosen Geschwätz auszusetzen, anstatt zu den in jeder Hinsicht überlegenen Freunden zurückzukehren, die ihr immer großmütige Zuneigung entgegengebracht haben.«

Angeblich war Jane nur für drei Monate nach Highbury gekommen; die Campbells waren für drei Monate nach Irland gefahren; aber nun hatten sie ihrer Tochter versprochen, mindestens bis Mitte des Sommers zu bleiben, und wieder waren Einladungen eingetroffen, in denen Jane aufgefordert wurde, nachzukommen. Laut Miss Bates – alle Informationen kamen ja von ihr – hatte auch Mrs. Dixon sie in ihren Briefen inständig darum gebeten. Wenn Jane nur fahren wollte, hieß es da, so fänden sich schon die Mittel dazu, Diener würden geschickt, Freunde aufgetrieben – etwaige Reiseschwierigkeiten aus dem Weg geräumt; aber dennoch hatte sie abgelehnt!

»Es muß für sie einen schwerwiegenderen Grund geben, die Einladung abzulehnen, als man vermutet«, lautete Emmas Schlußfolgerung. »Sie unterzieht sich bestimmt irgendeiner Buße, die ihr entweder die Campbells auferlegt haben oder die sie sich selbst verordnet hat. Irgendwie ist dabei viel Angst, Vorsicht und Entschlossenheit im Spiel. Sie soll *nicht* mit den *Dixons* zusammenkommen. Irgend jemand hat das verboten. Aber warum muß sie sich dann ausgerechnet mit den Eltons abgeben? Das ist noch einmal ein Rätsel für sich.«

Als sie ihre Verwunderung über diesen Punkt einmal vor den wenigen, die ihre Meinung über Mrs. Elton kannten, laut werden ließ, schwang sich Mrs. Weston zur Verteidigung Janes auf:

»Wir können nicht annehmen, daß sie sich im Pfarrhaus besonders wohl fühlt und amüsiert, meine liebe Emma – aber es ist besser, als ständig zu Hause herumzusitzen. Ihre Tante ist zwar eine Seele von Mensch, aber als dauernder Umgang sicher sehr langweilig. Ehe wir monieren, wohin sich Miss Fairfax flüchtet, müssen wir doch bedenken, wovor sie flüchtet.«

»Sie haben recht, Mrs. Weston«, sagte Mr. Knightley angelegentlich, »Miss Fairfax ist wie jeder von uns in der Lage, sich ein gerechtes Urteil über Mrs. Elton zu bilden. Hätte sie sich aussuchen können, mit wem sie Umgang pflegt, wäre ihre Wahl wohl nicht auf diese Frau gefallen. Aber (und dabei lächelte er Emma etwas vorwurfsvoll an) sie empfängt von Mrs. Elton eben Aufmerksamkeiten, die ihr sonst niemand erweist.«

Emma spürte, daß Mrs. Weston ihr einen kurzen Blick zuwarf; und auch sie war von seinem leidenschaftlichen Plädoyer überrascht. Leicht errötend erwiderte sie sogleich:

»Ich hätte gedacht, daß Miss Fairfax Aufmerksamkeiten wie die von Mrs. Elton eher abstoßend als schmeichelhaft finden würde. Mrs. Eltons Einladungen wären mir jedenfalls alles andere als einladend erschienen.«

»Es würde mich nicht wundern«, sagte Mrs. Weston, »wenn Miss Fairfax sich durch den Eifer, mit dem ihre Tante Mrs. Eltons Aufmerksamkeiten für sie entgegennimmt, zu einer Vertraulichkeit hätte hinreißen lassen, die sie im Grunde gar nicht wollte. Es ist gut möglich, daß die arme Miss Bates ihrer Nichte dadurch die Hände gebunden und sie angetrieben hat, mehr Freundschaft zur Schau zu tragen, als ihr eigener gesunder Menschenverstand sie geheißen hätte, trotz des sehr verständlichen Wunsches nach ein wenig Abwechslung.«

Beide warteten gespannt, was er als nächstes sagen würde; und nach kurzem Schweigen bemerkte er:

»Noch etwas muß man dabei in Betracht ziehen. Mrs. Elton spricht *mit* Miss Fairfax gewiß nicht so wie *über* sie. Wir alle kennen doch den Unterschied zwischen den Pronomina ›er‹ und ›sie‹ und dem ›du‹, der freimütigsten Form der Anrede, über die wir verfügen; wir alle spüren in unserem persönlichen Umgang miteinander den Einfluß von etwas, das über die allgemeine Höflichkeit hinausgeht – etwas, das schon viel früher eingepflanzt wurde. Wir können einem Menschen nicht die unangenehmen Dinge ins Gesicht sagen, die uns eine Stunde vorher beschäftigt haben. Wir empfinden dann anders. Und abgesehen von diesem gewissermaßen allgemein gültigen Phänomen, Sie dürfen sicher sein, daß Miss Fairfax sowohl durch ihre geistige Überlegenheit als auch durch ihr ganzes Auftreten Mrs. Elton einschüchtert und daß Mrs. Elton sie, wenn sie ihr gegenübersitzt, mit allem ihr zustehenden Respekt behandelt. Eine Frau wie Jane Fairfax ist Mrs. Elton wahrscheinlich noch nie untergekommen – und bei all ihrer Eitelkeit wird sie nicht umhinkönnen, sich einzugestehen, daß sie es mit Jane weder im Tun noch im Denken aufnehmen kann.«

»Ich weiß, welch hohe Meinung Sie von Jane Fairfax haben«, sagte Emma. Sie mußte an den kleinen Henry denken und war hin- und hergerissen zwischen Angst und Zartgefühl, so daß sie nicht recht wußte, was sie sonst noch sagen sollte.

»Ja«, erwiderte er, »jeder darf wissen, welch hohe Meinung ich von ihr habe.«

»Und dennoch«, sprudelte Emma mit schelmischem Blick los, hielt aber gleich wieder inne – es war jedoch besser, das Schlimmste sofort zu erfahren – und fuhr dann schnell fort: »Und dennoch ist Ihnen vielleicht selbst kaum bewußt, wie hoch diese Meinung ist. Das Ausmaß Ihrer Bewunderung könnte Sie eines Tages möglicherweise selbst überraschen.«

Mr. Knightley machte sich gerade an den untersten Knöpfen seiner dicken Ledergamaschen zu schaffen, und vielleicht war es die Anstrengung, mit der er sie in die Knopflöcher zu drücken versuchte, die ihm das Blut ins Gesicht trieb, vielleicht aber auch etwas anderes, denn er antwortete mit hochrotem Kopf:

»Ah! Darauf wollen Sie also hinaus! Aber Sie befinden sich kläglich im Rückstand. Mr. Cole hat schon vor sechs Wochen eine solche Anspielung gemacht.«

Er hielt inne. Emma spürte Mrs. Westons Fuß auf dem ihren und wußte nun selbst nicht, was sie davon halten sollte. Gleich darauf fuhr er fort:

»Dazu wird es jedoch nie kommen, das versichere ich Ihnen. Miss Fairfax würde mich vermutlich auch gar nicht haben wollen, wenn ich sie fragte – und ich bin mir ganz sicher, daß ich sie nie fragen werde.«

Nachdrücklich trat nun Emma ihrer Freundin auf den Fuß und war so erfreut, daß sie ausrief:

»Eitel sind Sie ja nicht, Mr. Knightley. Das muß man Ihnen lassen.«

Er schien ihre Worte gar nicht richtig aufzunehmen, so sehr war er in Gedanken versunken – und es klang gar nicht erfreut, als er dann sagte:

»So haben Sie also beschlossen, daß ich Jane Fairfax heiraten soll.«

»Nein, wirklich nicht. Sie haben mich wegen meiner Kuppelei viel zu sehr gescholten, als daß ich mir bei Ihnen solche Freiheiten herauszunehmen wagte. Was ich eben gesagt habe, hatte nichts zu bedeuten. Man sagt manchmal solche Dinge einfach so dahin, ohne sich viel dabei zu denken. O nein, mein Wort darauf, ich habe nicht das geringste Bedürfnis, Sie mit einer Jane Fairfax oder sonst einer Jane verheiratet zu sehen. Sie würden uns ja nicht mehr besuchen und so gemütlich bei uns sitzen, wenn Sie verheiratet wären.«

Mr. Knightley versank wieder in Gedanken. Das Ergebnis seiner träumerischen Geistesabwesenheit war: »Nein, Emma, ich glaube nicht, daß mich das Ausmaß meiner Bewunderung für Jane Fairfax jemals überraschen wird. – In diesem Zusammenhang habe ich nie an sie gedacht, das können Sie mir glauben.« Und kurz darauf: »Jane Fairfax ist eine wirklich bezaubernde junge Frau – aber selbst Jane Fairfax ist nicht vollkommen. Einen Fehler hat auch sie. Sie hat nicht das offene Wesen, das ein Mann sich bei seiner Ehefrau wünscht.«

Emma konnte sich eines Glücksgefühls nicht erwehren, als sie hörte, daß Jane Fairfax einen Fehler habe. »Nun«, sagte sie, »und so haben Sie Mr. Cole vermutlich schnell zum Schweigen gebracht?«

»Ja, ganz schnell. Er machte eine leise Anspielung; ich sagte ihm, daß er sich irre, worauf er mich um Entschuldigung bat und kein Wort mehr darüber verlor. Cole will schließlich nicht klüger oder gewitzter sein als seine Nachbarn.«

»Darin unterscheidet er sich aber gehörig von Mrs. Elton, die immer klüger und gewitzter sein will als alle Welt! Ich frage mich, wie sie über die Coles redet – wie sie diese Leute nennt! Wie mag sie wohl eine Bezeichnung für sie finden, die plump-vertraulich genug ist? Sie nennt Sie ›Knightley‹ – wie wird sie dann erst Mr. Cole nennen? Und da soll ich mich nicht wundern, daß Jane Fairfax sich ihre Nettigkeiten gefallen läßt und freiwillig mit ihr Umgang pflegt? Mrs. Weston, Ihr Argument überzeugt mich noch am ehesten. Ich kann mich viel leichter hineindenken, daß sie der Versuchung erliegt, Miss Bates zu entrinnen, als zu glauben, daß Miss Fairfax' Geist über Mrs. Elton den Sieg davonträgt. Ich kann mir nicht denken, daß Mrs. Elton ihre Unterlegenheit in Gedanken, Worten und Werken einsieht oder sich irgendwelche Zurückhaltung auferlegt, die über ihre eigenen dürftigen Anstandsregeln hinausgeht. Vorstellen indes kann ich mir, daß sie ihre Besucherin andauernd durch Lobhudelei, Ermunterung und allerlei Hilfsangebote in Verlegenheit bringt und ihr ständig und in allen Einzelheiten ihre großartigen Absichten darlegt, angefangen damit, daß sie ihr eine Dauerstellung vermitteln will, bis hin zu jenen entzückenden Erkundungsausflügen, die sie mit dem Landauer unternehmen werden und bei denen auch Jane mit von der Partie sein soll.«

»Jane Fairfax ist ein empfindsamer Mensch«, sagte Mr. Knightley, »ich werfe ihr keineswegs Gefühlskälte vor. Sie verfügt, so nehme ich an, über ein ausgeprägtes Gefühlsleben – und ihr Wesen zeichnet sich durch Nachsicht, Geduld und Selbstbeherrschung aus; aber es fehlt die Offenheit. Sie ist reserviert, noch reservierter, finde ich, als sie früher war. Und ich mag nun eben mal ein offenes Wesen. Nein – bis Cole auf meine vermeintliche Verliebtheit anspielte, war mir so etwas nie in den Sinn gekommen. Stets habe ich Jane Fairfax mit Bewunderung und Vergnügen betrachtet und mich mit ihr unterhalten – aber immer ohne den geringsten Hintergedanken.«

»Also, Mrs. Weston«, sagte Emma triumphierend, als er gegangen war, »wird Mr. Knightley Jane Fairfax heiraten, was meinen Sie nun dazu?«

»Nun ja, liebe Emma, ich finde, er ist so sehr mit dem Gedanken beschäftigt, *nicht* in sie verliebt zu sein, daß es mich nicht wundern würde, wenn er sich am Ende doch noch in sie verliebte. Schlagen Sie mich nicht.«

VIERUNDDREISSIGSTES KAPITEL

Alle in und um Highbury, die Mr. Elton jemals aufgesucht hatten, wollten ihm anläßlich seiner Heirat ihre Aufmerksamkeit erweisen. Ihm und seiner Frau zu Ehren wurden Dinnerparties und Abendgesellschaften veranstaltet; und es regnete ihnen kurz aufeinander so viele Einladungen ins Haus, daß Mrs. Elton bald schon die Freude hatte, befürchten zu müssen, daß sie in Zukunft keinen freien Tag mehr haben würden.

»Ich merke schon, was auf uns zukommt«, sagte sie. »Ich sehe schon, was für ein Leben ich bei euch in Highbury führen werde. Mein Wort darauf, wir werden uns total verzetteln. Wir sind anscheinend wirklich die große Sensation. Wenn so das Leben auf dem Lande aussieht, kann ich nichts besonders Abschreckendes daran finden. Sei versichert, von nächsten Montag bis Samstag haben wir keinen einzigen freien Tag! Selbst eine Frau mit einem weniger reichen Innenleben als ich bräuchte da nicht in Verlegenheit zu kommen.«

Keine Einladung kam ihr ungelegen. Aufgrund ihrer in Bath entwickelten Lebensgewohnheiten waren Abendgesellschaften für sie etwas völlig Normales, und Maple Grove hatte ihren Geschmack an Dinnerparties geweckt. Sie war ein bißchen entsetzt, daß nicht überall zwei Salons zur Verfügung standen, die Biskuitkuchen zu wünschen übrig ließen und es bei den Kartenabenden in Highbury keine Eiscreme gab. Mrs. Bates, Mrs. Perry, Mrs. Goddard und andere waren zwar nicht auf dem laufenden, was in der guten Gesellschaft gerade als vornehm galt, aber sie würde ihnen schon zeigen, wie man es machen mußte. Sie wollte die genossenen Aufmerksamkeiten im Laufe des Frühjahrs durch eine Einladung erwidern, die alles in den Schatten stellen sollte – wobei dann jeder der Kartentische ganz stilvoll mit eigenen Kerzen und noch unbenutzten Karten versehen sein und für den Abend noch zusätzliches Personal eingestellt werden würde, damit die Erfrischungen genau zum richtigen Zeitpunkt und in der richtigen Reihenfolge herumgereicht werden konnten.

Emma fand indessen keine Ruhe, ehe sie nicht ein Dinner für die Eltons in Hartfield ausgerichtet hatte. Sie und ihr Vater durften gegenüber den anderen nicht zurückstehen, wenn sie sich nicht gehässigem Gerede ausgesetzt und kleinlicher Ressentiments verdächtigt sehen wollte. Ein Dinner mußte sein. Nachdem sie zehn Minuten lang auf ihn eingeredet hatte, war Mr. Woodhouse durchaus nicht abgeneigt und machte nur wie üblich zur Bedingung, nicht selbst am Kopfende der Tafel sitzen zu müssen, woraus sich wie stets die schwierige Frage ergab, wer es statt seiner tun sollte.

Die Gästeliste bereitete hingegen wenig Kopfzerbrechen. Neben den Eltons mußten natürlich die Westons und Mr. Knightley kommen; soweit war alles klar und selbstverständlich – und fast ebenso unumgänglich erschien es, die arme kleine Harriet zu bitten, als achte mit von der Partie zu sein. Aber diese Einladung sprach Emma nicht mit der gleichen Genugtuung aus und war deshalb aus vielerlei Gründen besonders froh, als Harriet sie bat, ablehnen zu dürfen. Sie wolle lieber nicht öfter als unbedingt nötig in *seiner* Gesellschaft sein, sagte Harriet. Sie sei noch nicht ganz so weit, ihn neben seiner bezaubernden, glücklichen Frau sehen zu können, ohne sich unbehaglich zu fühlen. Wenn Miss Woodhouse nicht unangenehm berührt sei, würde sie lieber zu Hause bleiben. Genau das hätte sich Emma gewünscht, wenn ihr ein solcher Wunsch nicht unmöglich erschienen wäre. Sie war entzückt von der Seelenstärke ihrer kleinen Freundin – denn sie wußte, daß es bei ihr von Seelenstärke zeugte, auf einen Abend in Gesellschaft zu verzichten und zu Hause zu bleiben; und sie konnte nun genau die Person einladen, die sie eigentlich als achte haben wollte: Jane Fairfax. Seit ihrem letzten Gespräch mit Mrs. Weston und Mr. Knightley hatte sie gegenüber Jane Fairfax ein noch schlechteres Gewissen als vorher des öfteren. Mr. Knightleys Worte gingen ihr nicht mehr aus dem Sinn. Er hatte gesagt, Jane Fairfax erfahre von Mrs. Elton Aufmerksamkeiten, die ihr sonst niemand erweise.

»Das stimmt auch«, sagte sie zu sich, »zumindest soweit es mich betrifft, und auf mich war es ja gemünzt – und es ist sehr beschämend. Im gleichen Alter – und mit ihr schon immer bekannt – hätte ich mich mehr um ihre Freundschaft bemühen müssen. Jetzt wird sie mich wohl nicht mehr leiden können. Ich habe sie zu lange vernachlässigt. Aber ich will mich ihrer mehr annehmen als bisher.«

Keine der Einladungen wurde abgelehnt. Alle waren an diesem Abend frei, und alle freuten sich. Damit war die Aufregung im Vorfeld des Dinners indessen nicht zu Ende. Ein etwas unglückseliger Umstand trat ein. Die beiden ältesten Kinder der Knightleys sollten im Frühjahr auf ein paar Wochen zu ihrem Großvater und ihrer Tante zu Besuch kommen, und ihr Papa schlug nun vor, sie herzubringen und einen ganzen Tag in Hartfield zu bleiben – und das war ausgerechnet der Tag, an dem diese Einladung stattfinden sollte. Seine beruflichen Verpflichtungen erlaubten ihm keinen Aufschub, aber sowohl Vater als auch Tochter kam der Besuch reichlich ungelegen. Mr. Woodhouse hielt acht Leute bei Tisch für das äußerste, was seine Nerven ertragen konnten – und jetzt wäre da noch eine neunte Person –, und Emma befürchtete, dieser neunte Gast würde sehr mißmutig darüber sein, daß er nicht einmal für vierundzwanzig Stunden nach Hartfield kommen konnte, ohne in eine Dinnerparty hineinzuplatzen.

Sie beruhigte ihren Vater besser, als sie sich selbst zu beruhigen vermochte, indem sie ihm vor Augen hielt, daß sein Schwiegersohn, obgleich freilich der neunte am Tisch, doch immer recht wenig sage und infolgedessen der Geräuschpegel nur unwesentlich ansteige. In Wirklichkeit allerdings betrachtete sie es als einen traurigen Tausch für sich selbst, statt seines Bruders nun ihn mit seiner ernsten Miene und seiner wortkargen Art zum Gegenüber zu haben.

Das Ereignis verlief für Mr. Woodhouse angenehmer als für Emma. John Knightley kam; aber Mr. Weston wurde unvorhergesehen in die Stadt beordert und konnte ausgerechnet an diesem Tag nicht dabeisein. Womöglich würde er am Abend nachkommen können, aber keinesfalls zum Dinner. Mr. Woodhouse fühlte sich rundherum wohl; und da Emma ihn so sah, nachdem die Jungen angekommen waren und ihr Schwager eine stoische Haltung eingenommen hatte, als er von seinem Schicksal erfuhr, verflog ihr Ärger weitgehend.

Der Tag war da, die Gäste stellten sich pünktlich ein, und Mr. John Knightley schien sich früh schon der Aufgabe zu widmen, nett zu sein. Anstatt seinen Bruder in eine Fensternische zu ziehen, während alle aufs Dinner warteten, unterhielt er sich mit Jane Fairfax. Mrs. Elton, so elegant, wie Spitze und Perlen sie machen konnten, betrachtete er nur schweigend – nur so lange, bis er Isabellas Informationsbedürfnis befriedigen konnte –, aber Miss Fairfax war eine alte Bekannte und ein stilles Mädchen, und mit ihr konnte er sich unterhalten. Er hatte sie am Morgen vor dem Frühstück getroffen, als er mit seinen beiden kleinen Jungen von einem Spaziergang zurückkehrte und es gerade zu regnen anfing. Es war nur zu natürlich, daß er hieran mit ein paar höflichen Worten anknüpfte und die Zuversicht äußerte:

»Ich hoffe, Sie haben sich heute morgen nicht zu weit gewagt, Miss Fairfax, sonst sind Sie bestimmt naß geworden. Wir jedenfalls haben das Haus gerade noch rechtzeitig erreicht, ehe es losging. Ich hoffe, Sie sind gleich umgekehrt.«

»Ich bin nur zum Postamt gegangen«, sagte sie, »und schon wieder zu Hause gewesen, als es richtig anfing. Es ist mein täglicher Gang. Ich hole immer die Briefe ab, wenn ich in Highbury bin. Das erspart Scherereien, und auf diese Weise komme ich aus dem Haus. Ein Spaziergang vor dem Frühstück tut mir gut.«

»Aber ein Spaziergang im Regen wohl kaum.«

»Nein, aber es hat kein Tröpfchen geregnet, als ich losging.«

Mr. John Knightley lächelte und erwiderte:

»Das heißt, Sie wollten auf Ihren Spaziergang nicht verzichten, denn Sie waren keine sechs Meter von Ihrer Haustür entfernt, als ich das Vergnügen hatte, Ihnen zu begegnen; und da hatten Henry und John schon längst mehr Regentropfen gesehen, als sie zählen konnten. In einem bestimmten Lebensabschnitt hat das Postamt für uns eine große Anziehungskraft. Wenn Sie erst einmal so alt sind wie ich, werden Sie merken, daß kein Brief es wert ist, dafür durch den Regen zu laufen.«

Sie errötete leicht und antwortete dann:

»Ich darf nicht hoffen, jemals in Ihre Lage zu kommen und von all meinen Liebsten umgeben zu sein, und daher kann ich nicht davon ausgehen, durch bloßes Älterwerden Briefen gegenüber gleichgültig zu werden.«

»Gleichgültig! O nein! Ich meinte nicht, daß Sie gegenüber Briefen gleichgültig werden könnten; Briefe sind keine gleichgültige Angelegenheit, sie sind zumeist ein regelrechter Fluch.«

»Sie sprechen von Geschäftsbriefen; meine sind Freundschaftsbriefe.«

»Die habe ich oft für die schlimmeren von beiden gehalten«, erwiderte er trocken. »Geschäft, wissen Sie, bringt immerhin Geld ein, Freundschaft wohl kaum.«

»Ach! Das meinen Sie nicht im Ernst. Dafür kenne ich Mr. John Knightley zu gut – ich bin fest davon überzeugt, daß er wie jedermann weiß, was Freundschaft wert ist. Ich glaube durchaus, daß Ihnen Briefe wenig bedeuten, viel weniger als mir, aber das liegt nicht daran, daß Sie zehn Jahre älter sind als ich; nicht das Alter macht den Unterschied, sondern Ihre Lebensumstände. Sie haben alle, die Ihnen lieb und teuer sind, stets um sich, ich wahrscheinlich nie wieder; und bis ich alle meine Liebsten überlebt habe, wird deshalb ein Postamt, denke ich, immer genug Anziehungskraft haben, um mich aus dem Haus zu locken, selbst bei schlechterem Wetter als heute morgen.«

»Als ich davon sprach, daß Sie sich mit der Zeit, im Lauf der Jahre, verändern werden«, sagte John Knightley, »meinte ich damit durchaus auch die Veränderung der Lebensumstände, die die Zeit gewöhnlich mit sich bringt. Das eine schließt für mich das andere mit ein. Im allgemeinen schwächt die Zeit das Interesse an freundschaftlichen Bindungen außerhalb des täglichen Kreises ab – aber das ist nicht die Veränderung, die ich bei Ihnen im Auge gehabt hatte. Als einem alten Freund werden Sie mir erlauben, Miss

Fairfax, meiner Hoffnung Ausdruck zu verleihen, daß Sie in zehn Jahren ebenso viele Menschen, die Ihnen nahestehen, um sich haben wie ich.«

Es war freundlich gesagt und keineswegs als Kränkung gemeint. Mit einem fröhlichen »Danke schön« und einem Lachen schien sie darüber weggehen zu wollen, aber die sanfte Röte, ihre bebenden Lippen und Tränen in ihren Augen verrieten, daß es ihr eigentlich gar nicht zum Lachen zumute war. Ihre Aufmerksamkeit wurde nun von Mr. Woodhouse in Anspruch genommen, der gerade, wie er es bei solchen Anlässen zu tun pflegte, die Runde unter seinen Gästen machte und besonders den Damen seine Referenz erwies und zum Schluß zu ihr kam und mit sanftester Liebenswürdigkeit sagte:

»Mit Bedauern habe ich vernommen, Miss Fairfax, daß Sie heute morgen im Regen draußen waren. Junge Damen sollten sich in acht nehmen. Junge Damen sind wie zarte Pflänzchen. Sie sollten auf ihre Gesundheit und ihren Teint achten. Meine Liebe, haben Sie denn wenigstens Ihre Strümpfe gewechselt?«

»Ja, Sir, gewiß; und ich danke Ihnen sehr für Ihre gütige Besorgnis um mich.«

»Meine liebe Miss Fairfax, um junge Damen sorgt man sich doch gern. Ich hoffe, Ihrer guten Großmutter und Ihrer Tante geht es gut. Sie gehören zu meinen ganz alten Freunden. Ich wünschte, meine Gesundheit erlaubte es mir, ein besserer Nachbar zu sein. Sie erweisen uns heute sehr große Ehre. Meine Tochter und ich sind uns Ihrer Güte höchlich bewußt, und empfinden die größte Genugtuung, Sie in Hartfield zu sehen.«

Hierauf durfte der gutmütige, höfliche alte Mann Platz nehmen in dem Bewußtsein, seine Pflicht getan und jede hübsche Dame willkommen geheißen und etwaige Verlegenheiten zerstreut zu haben.

Inzwischen war der Spaziergang im Regen bis an Mrs. Eltons Ohr gedrungen, und nun brachen ihre Vorhaltungen über Jane herein:

»Meine liebe Jane, was muß ich da hören? Im Regen zum Postamt laufen! Aber das dürfen Sie doch nicht. Sie schlimmes Mädchen, wie konnten Sie nur so etwas tun? Da sieht man, was passiert, wenn ich nicht bei Ihnen bin, um auf Sie aufzupassen.«

Jane versicherte ihr sehr geduldig, daß sie sich keine Erkältung geholt habe.

»Oh! *Mir* können Sie das nicht weismachen. Sie sind wirklich ein schlimmes Mädchen und können nicht auf sich aufpassen. Allen Ernstes zum Postamt! Mrs. Weston, haben Sie schon einmal so etwas gehört? Sie und ich müssen entschieden unsere Autorität geltend machen.«

»Ich fühle mich versucht«, sagte Mrs. Weston freundlich und überzeugend, »Ihnen einen Rat zu geben. Miss Fairfax, Sie dürfen sich nicht solchen Gefahren aussetzen. So anfällig, wie Sie gegenüber schweren Erkältungen sind, sollten Sie wirklich ausgesprochen vorsichtig sein, vor allem in dieser Jahreszeit. Im Frühjahr muß man sich, so finde ich, besonders in acht nehmen. Warten Sie lieber ein paar Stunden oder gar einen halben Tag auf Ihre Briefe, als das Risiko einzugehen, daß Sie wieder zu husten anfangen. Merken Sie denn nicht, wie leichtsinnig Sie gewesen sind? Ja, gewiß, Sie sind viel zu vernünftig. Sie schauen drein, als wollten Sie so etwas nicht wieder tun.«

»Oh! Und sie *wird* so etwas auch nicht wieder tun«, fiel Mrs. Elton eifernd ein. »Wir werden einfach nicht zulassen, daß sie so etwas noch einmal tut«, und mit bedeutungsvollem Kopfnicken, »da muß eine andere Regelung getroffen werden, ja, das muß wirklich geschehen. Ich werde mit Mr. E. sprechen. Der Mann, der jeden Morgen unsere Briefe abholt (einer unserer Bediensteten, ich habe seinen Namen vergessen), soll auch nach den Ihren fragen und sie Ihnen bringen. Das wird alle Schwierigkeiten aus dem Weg räumen, wissen Sie; und ich denke doch, meine liebe Jane, daß Sie keine Skrupel haben, von *uns* eine solche Gefälligkeit anzunehmen.«

»Sie sind überaus freundlich«, sagte Jane; »aber ich kann meinen Morgenspaziergang nicht aufgeben. Mir wurde geraten, so oft ich kann an der frischen Luft zu sein, ich muß irgendwohin gehen, und das Postamt ist immerhin ein Ziel, und glauben Sie mir, bisher hatte ich morgens kaum je schlechtes Wetter.«

»Meine liebe Jane, kein Wort mehr davon. Die Sache ist abgemacht, das heißt (und sie lachte affektiert), soweit ich mir anmaßen darf, irgend etwas ohne die Zustimmung meines Herrn und Meisters zu entscheiden. Sie wissen ja, Mrs. Weston, Sie und ich müssen in der Wahl unserer Worte vorsichtig sein. Aber ich schmeichle mir, meine liebe Jane, daß mein Einfluß noch nicht ganz geschwunden ist. Wenn ich daher auf keine unüberwindlichen Schwierigkeiten treffe, können Sie den Punkt als erledigt betrachten.«

»Verzeihen Sie«, sagte Jane ernst, »ich kann einer solchen Regelung, die Ihrem Diener unnötig viel Mühe bereitet, keinesfalls zustimmen. Wäre der Gang für mich kein Vergnügen, so könnte ihn das Mädchen meiner Großmama erledigen, wie es immer geschieht, wenn ich nicht hier bin.«

»Ach, meine Liebe, aber Patty hat doch ohnehin so viel zu tun! Und Sie machen uns sogar eine Freude, wenn Sie unseren Leuten Beschäftigung verschaffen.«

Jane sah nicht aus, als wollte sie sich geschlagen geben; aber anstatt zu antworten, richtete sie das Wort erneut an Mr. John Knightley.

»Das Postamt ist eine wunderbare Einrichtung!« sagte sie. »Wie zuverlässig und schnell alles befördert wird! Wenn man bedenkt, wieviel zu tun ist und wie gewissenhaft es erledigt wird, muß man wirklich staunen!«

»Es ist zweifellos recht gut organisiert.«

»Wie selten kommt eine Nachlässigkeit oder ein Versehen vor! Wie selten wird einer von den Tausenden von Briefen, die im Königreich unterwegs sind, falsch zugestellt – auf eine Million geht kaum einer, vermute ich, tatsächlich verloren! Und wenn man all die verschiedenen Handschriften bedenkt, und noch dazu schlechte Handschriften, die erst mühsam entziffert werden müssen, dann staunt man noch mehr!«

»Die Gewohnheit macht aus den Beamten kleine Kalligraphen. Sie müssen gute Augen und flinke Hände mitbringen, und die Übung macht dann den Meister. Und falls Sie noch eine Erklärung haben wollen«, fuhr er lächelnd fort, »sie werden dafür bezahlt. Das ist der Schlüssel für so manch eine Fähigkeit. Die Öffentlichkeit zahlt und muß daher gut bedient werden.«

Man unterhielt sich noch eine Weile über die Verschiedenheit von Handschriften und stellte die üblichen Betrachtungen an.

»Ich habe behaupten hören«, sagte Mr. John Knightley, »daß in einer Familie oftmals eine bestimmte Handschrift vorherrscht; und wo derselbe Lehrer unterrichtet, ist das ja auch erklärlich. Aber aus diesem Grund, so würde ich meinen, müßte sich die Ähnlichkeit hauptsächlich auf die weiblichen Familienmitglieder beschränken, denn Knaben erhalten ja ab einem gewissen Alter sehr wenig Unterweisung im Schreiben und kritzeln dann eben so drauflos. Isabella und Emma, finde ich, schreiben sehr ähnlich. Ihre Handschriften habe ich oft nicht unterscheiden können.«

»Ja«, sagte sein Bruder zögerlich, »es besteht eine gewisse Ähnlichkeit. Ich weiß, was du meinst – aber Emmas Handschrift ist markanter.«

»Isabella und Emma schreiben beide wunderschön«, sagte Mr. Woodhouse, »das war immer schon so. Und auch die arme Mrs. Weston«, und dabei wandte er sich ihr halb lächelnd, halb seufzend zu.

»Noch nie habe ich eine Männerhandschrift gesehen, die«, begann Emma und sah ebenfalls Mrs. Weston an, hielt aber inne, als sie merkte, daß Mrs. Weston einem anderen zuhörte, – und die dadurch entstehende Pause verschaffte ihr Zeit zum Nachdenken: »Wie soll ich jetzt die Rede auf ihn bringen? Wage ich denn nicht einmal, seinen Namen hier und jetzt vor all diesen Leuten auszusprechen? Muß ich erst lange um den heißen Brei herumreden? Ihr Freund in Yorkshire – Ihr Briefpartner in Yorkshire; so müßte ich vermutlich vorgehen, wenn ich sehr schlimm dran wäre. Nein, ich kann seinen Namen ohne die geringste Beklemmung aussprechen. Es geht mit mir bergauf. Jetzt also los.«

Mrs. Weston konnte sich ihr nun widmen, und Emma begann von neuem: »Mr. Frank Churchill hat eine der besten Handschriften, die ich bei einem Mann je gesehen habe.«

»Ich finde sie nicht umwerfend«, sagte Mr. Knightley. »Sie ist zu klein – es fehlt ihr an Kraft. Sie ist wie die Handschrift einer Frau.«

Das ließ keine der Damen gelten. Sie nahmen ihn gegen die schnöde Schmähung in Schutz. Nein, es fehle ihr keineswegs an Kraft – die Handschrift sei zwar klein, aber sehr klar und ohne Zweifel kraftvoll. Ob nicht Mrs. Weston einen Brief bei sich habe, den sie herzeigen könne? Nein, sie hatte zwar erst vor kurzem von ihm gehört, aber den Brief weggelegt, nachdem sie ihn beantwortet hatte.

»Wenn wir im anderen Zimmer wären«, sagte Emma, »wenn ich meinen Schreibtisch hätte, könnte ich gewiß eine Probe vorlegen. Ich habe eine kurze Nachricht von ihm. Erinnern Sie sich nicht, Mrs. Weston, daß Sie ihn einmal für sich schreiben ließen?«

»Er zog es vor zu behaupten, er schreibe für mich –«

»Schön, schön, ich habe das Briefchen noch und kann es Ihnen nach dem Essen zeigen, um Mr. Knightley zu überzeugen.«

»Ach! Wenn ein galanter junger Mann wie Mr. Frank Churchill«, sagte Mr. Knightley trocken, »einer hübschen jungen Dame wie Miss Woodhouse schreibt, dann legt er sich natürlich mächtig ins Zeug.«

Das Essen war aufgetragen. Noch ehe sie aufgefordert werden konnte, stand Mrs. Elton schon bereit; und noch ehe Mr. Woodhouse mit der Bitte zu ihr getreten war, sie ins Eßzimmer führen zu dürfen, sagte sie:

»Muß ich wirklich den Anfang machen? Ich schäme mich richtig, immer voranzugehen.«

Janes Beflissenheit, ihre eigenen Briefe selbst abzuholen, war Emma nicht entgangen. Sie hatte alles gehört und gesehen, und hätte nur allzugern gewußt, ob sich der nasse Spaziergang heute morgen gelohnt hatte. Sie vermutete es, und daß sie nicht so entschlossen dem Wetter getrotzt hätte, wenn sie nicht von der begründeten Hoffnung erfüllt gewesen wäre, den Brief eines sehr lieben Menschen zu empfangen, und daß diese Hoffnung sie nicht getrogen hatte. Auf ihrem Gesicht schien Emma ein glücklicherer Ausdruck zu liegen als sonst – ein Strahlen, das von innen kam und ihren Teint mit einer sanften Röte überzog.

Sie hätte einige Fragen stellen können, nach der Beförderung und dem Briefporto der Post aus Irland – sie lagen ihr schon auf der Zunge –, aber sie verzichtete darauf. Sie war fest entschlossen, kein Wort zu äußern, das Jane Fairfax' Gefühle hätte verletzen können; und als die anderen Damen das Zimmer verließen, folgten sie ihnen Arm in Arm und machten den Eindruck, sich bestens zu verstehen, wodurch die Schönheit und Anmut der beiden noch vorteilhafter zur Geltung kam.

FÜNFUNDDREISSIGSTES KAPITEL

Als sich die Damen nach dem Essen wieder in den Salon begaben, stellte Emma fest, daß eine Aufspaltung in zwei Gruppen kaum zu verhindern war – derart eigensinnig und geschmacklos belegte Mrs. Elton Jane Fairfax mit Beschlag und ließ sie selbst links liegen. Sie und Mrs. Weston sahen sich gezwungen, fast die ganze Zeit miteinander zu reden oder zu schweigen. Mrs. Elton ließ ihnen keine andere Wahl. Wenn Jane sie ein Weilchen zum Schweigen gebracht hatte, fing sie gleich darauf von neuem an; und obwohl vieles zwischen ihnen fast im Flüsterton gesprochen wurde, insbesondere von Mrs. Elton, ließ es sich nicht vermeiden, daß das Gespräch zum großen Teil von den anderen mitgehört wurde: Das Postamt – sich eine Erkältung zuziehen – Briefe abholen – Freundschaft – das alles wurde des langen und breiten erörtert. Dann folgte ein Thema, das für Jane mindestens ebenso unerfreulich sein mußte: Sie wurde gefragt, ob sie schon von einer geeigneten Stelle gehört habe, und Mrs.

Elton versicherte ihr, daß sie sich dauernd den Kopf zerbreche und ihre Fühler ausstrecke.

»Jetzt haben wir bereits April!« sagte sie. »Ich mache mir schon richtig Sorgen wegen Ihnen. Bald wird der Juni da sein.«

»Aber ich habe mich nie auf den Juni oder einen anderen Monat festgelegt – nur ganz allgemein den Sommer ins Auge gefaßt.«

»Aber haben Sie denn wirklich noch nichts gehört?«

»Ich habe ja noch nicht einmal Erkundigungen angestellt; ich will es auch noch nicht tun.«

»Oh, meine Liebe, wir können gar nicht früh genug damit anfangen; Sie sind sich offenbar nicht im klaren, wie schwierig es ist, genau das zu finden, was man sich erträumt.«

»Ich mir nicht im klaren!« sagte Jane und schüttelte den Kopf. »Liebe Mrs. Elton, wer könnte sich wohl mehr Gedanken darüber gemacht haben als ich?«

»Aber Sie haben noch nicht soviel von der Welt gesehen wie ich. Sie wissen nicht, wie viele Bewerberinnen es immer bei den *erstklassigen* Stellen gibt. In der Nachbarschaft von Maple Grove habe ich in dieser Hinsicht einiges mitbekommen. Eine Cousine von Mr. Suckling, Mrs. Bragge, wurde mit Bewerbungen geradezu überschüttet; jeder war erpicht darauf, in ihre Familie zu kommen, denn sie bewegt sich in den besten Kreisen. Wachskerzen im Schulzimmer! Sie können sich vorstellen, wie begehrt eine solche Stelle ist! Von allen Häusern im Königreich ist das von Mrs. Bragge dasjenige, in dem ich Sie am liebsten untergebracht sähe.«

»Oberst Campbell und seine Frau werden bis Mitte des Sommers wieder in London sein«, sagte Jane. »Ich muß eine gewisse Zeit bei ihnen verbringen; ich bin sicher, daß das ihr Wunsch ist; danach bin ich dann wahrscheinlich gern bereit, über mich zu verfügen. Aber im Augenblick möchte ich nicht, daß Sie sich die Mühe machen, Erkundigungen einzuziehen.«

»Mühe! Ja, ja, ich kenne Ihre Bedenken. Sie haben Angst, mir Mühe zu bereiten; aber seien Sie versichert, meine liebe Jane, die Campbells können schwerlich mehr Anteil an Ihnen nehmen als ich. In ein, zwei Tagen werde ich Mrs. Partridge schreiben und ihr den strikten Auftrag erteilen, sich nach etwas Passendem für Sie umzusehen.«

»Danke, aber es wäre mir lieber, wenn Sie ihr gegenüber das Thema nicht erwähnten; bis der Zeitpunkt näher rückt, möchte ich niemandem Mühe bereiten.«

»Aber mein liebes Kind, der Zeitpunkt rückt doch näher;
jetzt haben wir April, und der Juni, oder sagen wir sogar Juli, steht vor der Tür, und wieviel haben wir noch zu tun! Ihre Unerfahrenheit amüsiert mich wirklich! Eine Stelle, wie Sie sie verdienen und Ihre Freunde für Sie gern hätten, bekommt man nicht alle Tage, kriegt man nicht auf eine plötzliche Anfrage hin; weiß Gott, wir müssen sofort mit der Suche beginnen.«

»Verzeihen Sie, Madam, aber ich möchte das nicht. Ich stelle ja selbst noch keine Erkundigungen an, und es wäre mir nicht recht, wenn meine Freunde welche anstellten. Wenn ich mir über den Zeitpunkt im klaren bin, habe ich überhaupt keine Angst, lange arbeitslos zu sein. Es gibt in London Stellen, Behörden, wo man auf Nachfrage schnell vermittelt würde. Ämter für den Verkauf von, wenn nicht gerade Menschenfleisch, so doch von menschlicher Intelligenz.«

»Oh, meine Liebe, Menschenfleisch! Sie versetzen mir einen richtigen Schock; wenn das ein Seitenhieb auf den

Sklavenhandel sein soll, so versichere ich Ihnen, daß Mr. Suckling immer für die Abschaffung desselben war.«

»Ich meinte nicht, ich dachte nicht an den Sklavenhandel«, erwiderte Jane, »Gouvernanten-Handel, das versichere ich Ihnen, war alles, was ich im Auge hatte; ein großer Unterschied freilich, was die Schuld derer betrifft, die ihn betreiben; aber was das größere Elend der Opfer betrifft, so weiß ich nicht, wo es zu finden ist. Doch ich will damit nur sagen, es gibt Vermittlungsstellen, und wenn ich mich dorthin wende, finde ich bestimmt schnell etwas Geeignetes.«

»Etwas Geeignetes!« wiederholte Mrs. Elton. »Ja, ja, das paßt zu Ihrem mangelnden Selbstwertgefühl; ich weiß, was für ein bescheidenes Geschöpf Sie sind; aber Ihre Freunde werden sich nicht damit zufriedengeben, wenn Sie die erstbeste Stelle annehmen, die man Ihnen anbietet. Irgendeine untergeordnete, alltägliche Stelle in einer Familie, die nicht in gewissen Kreisen verkehrt oder sich keinen eleganten Lebensstil leisten kann.«

»Sie sind sehr liebenswürdig; aber das alles ist mir gleichgültig. Ich lege keinen Wert darauf, bei reichen Leuten unterzukommen; es wäre dort noch demütigender für mich, ich würde unter dem Vergleich mehr leiden. Die Familie eines Gentleman ist das einzige, was ich zur Bedingung mache.«

»Ich kenne Sie, ich kenne Sie; Sie würden sich mit allem abfinden; aber ich werde ein bißchen wählerischer sein, und ich bin sicher, die guten Campbells habe ich dabei ganz auf meiner Seite; bei Ihren überragenden Talenten haben Sie ein Anrecht darauf, sich in den ersten Kreisen zu bewegen. Allein schon Ihre musikalischen Kenntnisse würden Sie dazu berechtigen, Ihre eigenen Bedingungen zu stellen, so viele Zimmer zu bekommen, wie Sie möchten, und Familienanschluß nach Ihrer Wahl – das heißt – ich weiß nicht, wenn Sie Harfe spielen würden, könnten Sie das gewiß alles verlangen; aber Sie singen ja genauso gut, wie Sie Klavier spielen; ja, bestimmt, ich glaube, auch ohne Harfe könnten Sie fordern, was Sie wollen; und ehe Sie nicht ganz entzükkend, ehrenvoll und bequem untergebracht sind, werden die Campbells oder ich keine Ruhe geben.«

»Sie dürfen die Freude, die Ehre und die Bequemlichkeit, durch die sich eine solche Stelle auszeichnet, gern in einem Atemzug nennen«, sagte Jane, »sie entsprechen einander gewiß, doch es ist wirklich mein ernsthafter Wunsch, daß derzeit nichts für mich unternommen werde. Ich bin Ihnen überaus verbunden, Mrs. Elton, ich bin allen Menschen verbunden, die Mitgefühl mit mir empfinden, aber es ist mir ganz ernst mit dem Wunsch, daß vor dem Sommer nichts unternommen wird. Noch zwei oder drei Monate lang werde ich bleiben, wo ich bin und wie ich bin.«

»Auch mir ist es ganz ernst, glauben Sie mir«, entgegnete Mrs. Elton fröhlich, »mit meinem Entschluß, stets auf der Lauer zu liegen und meine Freundinnen einzuspannen, ebenso wachsam zu sein, damit uns nichts Außergewöhnliches entgeht.«

In diesem Stil redete sie fast pausenlos weiter, bis Mr. Woodhouse ins Zimmer kam; ihre Eitelkeit richtete sich nun auf ein anderes Ziel, und Emma hörte, wie sie im selben Flüsterton wie vorher zu Jane sagte:

»Hier kommt mein lieber alter Beau, na, ich muß schon sagen! Denken Sie nur, wie galant von ihm, daß er sich von den anderen Männern losgemacht hat und schon jetzt erscheint! Was ist er doch für ein lieber Kerl! Ich kann ihn wahnsinnig gut leiden, glauben Sie mir. Diese umständliche, altmodische Höflichkeit bezaubert mich geradezu; sie ist viel mehr nach meinem Geschmack als die neumodische Zwanglosigkeit; diese moderne Zwanglosigkeit stößt mich oft ab. Aber der gute alte Mr. Woodhouse! Sie hätten bloß hören sollen, wie er beim Essen mit mir charmiert hat. Oh! Ich versichere Ihnen, ich dachte schon, mein *caro sposo* würde gleich platzen vor Eifersucht. Wie mir scheint, bin ich eine seiner Favoritinnen. Sogar mein Kleid ist ihm aufgefallen. Wie finden denn Sie es? Selina hat es ausgesucht – hübsch, nicht wahr? Aber ich weiß nicht, ob es nicht ein wenig überladen ist; die Vorstellung, aufgedonnert zu sein, ist mir zutiefst zuwider – ich habe geradezu einen Abscheu vor zuviel Putz. Jetzt muß ich freilich etwas Schmuck anlegen, weil es von mir erwartet wird. Eine Jungvermählte muß eben wie eine Jungvermählte aussehen, aber normalerweise neige ich zu Schlichtheit; ein schlicht gehaltenes Kleid ist allem Flitterkram unendlich vorzuziehen. Aber damit befinde ich mich wohl total in der Minderheit; wenige Leute nur scheinen schlichte Kleidung zu schätzen; – Pomp und Putz heißt die Devise. Ich möchte eventuell einen Besatz wie diesen hier an mein weiß-silbernes Popelinekleid nähen lassen. Meinen Sie, das würde gut aussehen?«

Die ganze Gesellschaft hatte sich gerade wieder im Salon versammelt, als Mr. Weston auftauchte. Er war erst nach Hause gefahren, um noch ein spätes Dinner einzunehmen, und danach sofort nach Hartfield gegangen. Damit hatten diejenigen unter den Gästen, die ihn am besten kannten, durchaus gerechnet, weshalb sich die Überraschung in Grenzen hielt, nicht aber die Freude über sein Kommen. Mr. Woodhouse freute sich fast so sehr, ihn jetzt zu sehen, wie er es bedauert hätte, wenn er früher gekommen wäre. Nur John Knightley war sprachlos vor Verwunderung. Daß ein Mann, der nach einem arbeitsreichen Tag in London seinen

Abend ruhig zu Hause hätte verbringen können, wieder aufbrach und eine halbe Meile zum Haus eines anderen Mannes lief, nur um die Stunden bis zum Schlafengehen in Damengesellschaft zu verbringen und seinen Tag mit anstrengenden Höflichkeiten und inmitten des Stimmengewirrs vieler Leute zu beschließen, das beeindruckte ihn tief. Ein Mann, der seit acht Uhr morgens auf den Beinen war und jetzt seine Ruhe haben könnte, der lange Gespräche geführt hatte und nun hätte schweigen können, der andauernd unter vielen Menschen gewesen war und nun hätte allein sein können! Was für ein Mann, der auf die Stille und Unabhängigkeit in den eigenen vier Wänden verzichtet und sich am Abend eines kalten, mit Graupelschauern durchsetzten Apriltages noch einmal ins gesellschaftliche Leben stürzte! Hätte er seine Frau bloß mit dem Finger zu berühren brauchen, um sie sogleich nach Hause zu bringen, sein Kommen wäre verständlich gewesen, aber so, wie die Dinge lagen, würde sich die Party durch ihn wohl eher in die Länge ziehen, als vorzeitig auflösen. John Knightley sah ihn voll Verblüffung an, zuckte mit den Achseln und sagte: »Das hätte ich nicht einmal *ihm* zugetraut.«

Mr. Weston, der nicht die geringste Ahnung hatte, welche Verwunderung er auslöste, froh und munter wie stets und mit all dem Recht, nun das Wort zu führen, das ein außer Haus verbrachter Tag verleiht, zeigte sich währenddessen bei den übrigen Anwesenden von seiner angenehmsten Seite; und nachdem er die Fragen seiner Frau nach dem Abendessen zufriedenstellend beantwortet und ihr versichert hatte, daß keine ihrer fürsorglichen Anweisungen von den Dienern vergessen worden sei, und hierauf die neuesten Nachrichten aus Gesellschaft und Politik verbreitet hatte, ging er zu Mitteilungen familiärer Art über, die zwar hauptsächlich an Mrs. Weston gerichtet waren, seiner Meinung nach aber auch für alle anderen Anwesenden hochinteressant sein mußten. Er reichte ihr einen Brief; er war von Frank, und zwar an sie; er hatte ihn unterwegs abgefangen und sich die Freiheit genommen, ihn zu öffnen.

»Lies ihn, lies ihn«, sagte er, »du wirst dich darüber freuen; nur ein paar Zeilen – wird nicht lange dauern; lies ihn Emma vor.«

Die beiden Damen überflogen ihn gemeinsam; und er saß die ganze Zeit über lächelnd dabei und redete mit leicht gesenkter, aber für jedermann gut hörbarer Stimme auf sie ein.

»Na, da seht ihr's, er kommt; gute Nachricht, denke ich. Nun, was sagst du jetzt dazu? – Ich habe dir ja immer gesagt, daß er bald wieder hier sein wird, oder etwa nicht? – Anne, meine Liebe, habe ich dir das nicht immer gesagt, und du wolltest mir einfach nicht glauben. – Nächste Woche in London, siehst du – spätestens, wage ich zu behaupten; denn wenn *sie* sich etwas in den Kopf gesetzt hat, ist sie dahinter her wie der Teufel hinter der armen Seele; höchstwahrscheinlich sind sie schon morgen oder am Samstag dort. Und ihre Krankheit? Natürlich alles blinder Alarm. Aber es ist herrlich, Frank wieder bei uns zu haben, von London ist es ja nicht weit. Wenn sie erst einmal angereist sind, bleiben sie eine ganze Weile, und er wird die halbe Zeit hier bei uns sein. Genau das habe ich mir gewünscht. Also sehr gute Neuigkeiten, nicht wahr? Bist du damit fertig? Hat Emma alles gelesen? Steck ihn ein, steck ihn ein; ein andermal wollen wir uns ausführlich darüber unterhalten, aber jetzt paßt es nicht. Den anderen gegenüber werde ich die Sache nur ganz allgemein erwähnen.«

Mrs. Weston war darüber aufs herzlichste erfreut. Jeder

ihrer Blicke, jedes ihrer Worte machte das ganz unverhohlen deutlich. Sie war glücklich, sie wußte, daß sie glücklich war, wußte, daß sie glücklich sein durfte. Ihr Glückwünsche kamen aus tiefstem Herzen, und sie sprach sie offen aus; aber Emma gingen die Worte nicht so leicht von den Lippen. *Sie* war gerade dabei, ihre eigenen Gefühle auszuloten und sich über das Ausmaß ihrer Erregung klarzuwerden, die ihr nicht unbeträchtlich zu sein schien.

Mr. Weston jedoch, zu aufgedreht, um viel zu beobachten, zu mitteilsam, um andere reden zu lassen, war vollauf zufrieden mit dem, was Emma schließlich doch sagte, und ging bald darauf weg, um seine übrigen Freunde durch eine Kurzfassung dessen zu beglücken, was das ganze Zimmer ohnehin schon mitgehört haben mußte.

Es war gut, daß Mr. Weston jedermanns Freude als selbstverständlich voraussetzte, sonst hätte er merken müssen, daß weder Mr. Woodhouse noch Mr. Knightley besonders begeistert waren. Gleich nach Mrs. Weston und Emma hatten sie als erste ein Anrecht, mit der Nachricht beglückt zu werden; von ihnen wäre er dann zu Miss Fairfax gegangen, aber sie war mit John Knightley so sehr ins Gespräch vertieft, daß es eine gar zu plumpe Unterbrechung gewesen wäre; und da er sich in unmittelbarer Nähe von Mrs. Elton befand und deren Aufmerksamkeit gerade von niemandem in Anspruch genommen wurde, begann er notgedrungen, ihr davon zu erzählen.

»Ich hoffe, ich habe nun bald das Vergnügen, Ihnen meinen Sohn vorstellen zu können«, sagte Mr. Weston.

Mrs. Elton, die hinter dieser Hoffnung gleich ein besonderes Kompliment witterte, lächelte überaus huldvoll.

»Sie haben vermutlich schon von Frank Churchill gehört«, fuhr er fort, »und wissen, daß er mein Sohn ist, wenn er auch nicht meinen Namen trägt.«

»O ja, und ich freue mich, seine Bekanntschaft zu machen. Mr. Elton wird sicherlich keine Zeit verlieren, ihm einen Besuch abzustatten; und wir werden beide das große Vergnügen haben, ihn bei uns im Pfarrhaus zu sehen.«

»Sie sind sehr liebenswürdig. Frank wird bestimmt hocherfreut sein. Nächste Woche kommt er nach London, wenn nicht sogar schon früher. Heute haben wir es durch einen Brief erfahren. Ich habe ihn mir heute morgen unterwegs vom Postboten geben lassen, und da ich die Handschrift meines Sohnes erkannte, habe ich mir die Freiheit herausgenommen, ihn zu öffnen – obwohl er nicht an mich gerichtet war, sondern an Mrs. Weston. Sie ist nämlich seine eigentliche Briefpartnerin. Ich kriege kaum je einen Brief.«

»Und so haben Sie also tatsächlich einen Brief geöffnet, der an sie gerichtet war! Oho, Mr. Weston (und dabei lachte sie affektiert), dagegen muß ich aber Einspruch erheben. Wahrlich ein höchst gefährlicher Präzedenzfall! – Lassen Sie nur ja nicht zu, daß Ihr Beispiel bei Ihren Nachbarn Schule macht. Wenn mich das in der Ehe erwartet, müssen wir verheirateten Frauen auf die Barrikaden gehen! Also Mr. Weston, das hätte ich nicht von Ihnen gedacht!«

»Ja, wir Männer sind schlimme Burschen. Sie müssen sich in acht nehmen, Mrs. Elton. – Dieser Brief teilt uns mit – es ist ein kurzer Brief – in Eile geschrieben, lediglich um uns kurz zu informieren – er teilt uns mit, daß sie allesamt umgehend nach London kommen, Mrs. Churchills wegen – den ganzen Winter über ist es ihr gesundheitlich gar nicht gutgegangen, und sie meint, in Enscombe sei es zu kalt für sie – somit wollen sich alle unverzüglich nach Süden begeben.«

»Tatsächlich! Aus Yorkshire, glaube ich. Enscombe liegt doch in Yorkshire, nicht?«

»Ja, es ist etwa hundertneunzig Meilen von London entfernt. Eine stattliche Reise.«

»Ja, das will ich meinen, sehr stattlich. Fünfundsechzig Meilen weiter als von Maple Grove nach London. Aber, Mr. Weston, was sind schon Entfernungen für Leute mit großem Vermögen? – Sie würden staunen, wenn Sie hörten, wie mein Schwager, Mr. Suckling, zuweilen durch die Gegend schwirrt. Sie werden es kaum glauben – aber innerhalb einer einzigen Woche sind er und Mr. Bragge zweimal nach London und wieder zurückgefahren, und das mit einem Vierspänner.«

»Das Mißliche an der Entfernung von Enscombe ist«, sagte Mr. Weston, »daß sich Mrs. Churchill, *wie wir hörten*, eine ganze Woche lang nicht vom Sofa erheben konnte. In seinem letzten Brief schrieb Frank, sie klage über eine derartige Schwäche, daß sie nicht in ihren Wintergarten gelange, ohne sich auf Franks Arm und den seines Onkels zu stützen! Das spricht ja wohl für einen hohen Grad an Schwäche – aber nun hat sie es so eilig, in der Stadt zu sein, daß sie unterwegs nur zweimal übernachten will. – So schreibt Frank. Freilich, zarte Damen haben anscheinend eine außerordentliche Konstitution, Mrs. Elton. Das müssen Sie zugeben.«

»Nein, keineswegs, ich gebe überhaupt nichts zu. Ich ergreife immer für mein eigenes Geschlecht Partei. Im Ernst. Lassen Sie sich das gesagt sein. – Sie werden in mir in diesem Punkt eine ernstzunehmende Gegnerin finden. Ich trete immer für die Frauen ein – und ich versichere Ihnen, wüßten Sie, wie es Selina zumute ist, wenn sie in einem Gasthaus übernachten muß, so würden Sie sich nicht darüber wundern, daß Mrs. Churchill so unglaubliche Anstrengungen auf sich nimmt, um das zu vermeiden. Selina sagt, es sei für sie ein richtiger Alptraum – und ich glaube, ich habe ein bißchen von ihrer Überempfindlichkeit aufgeschnappt. Sie reist stets mit ihrer eigenen Bettwäsche; eine ausgezeichnete Vorsichtsmaßnahme. Tut Mrs. Churchill das auch?«

»Sie können sich darauf verlassen, daß Mrs. Churchill alles tut, was andere feine Damen tun. Mrs. Churchill will keiner Dame im Land nachstehen, denn –«

Mrs. Elton fiel ihm eifrig ins Wort:

»Oh! Mr. Weston, mißverstehen Sie mich nicht. Selina ist keine feine Dame, glauben Sie mir. Setzen Sie sich das nicht in den Kopf.«

»Nicht? Dann ist sie für Mrs. Churchill kein Maßstab, die geradezu der Inbegriff einer feinen Dame ist.«

Mrs. Elton merkte nun, daß sie einen Fehler begangen hatte, das so heftig in Abrede zu stellen. Sie wollte keineswegs den Anschein erwecken, ihre Schwester sei *keine* vornehme Dame; vielleicht hatte sie nicht den richtigen Ton getroffen; und sie überlegte noch, wie sie sich am geschicktesten aus der Affäre ziehen könne, als Mr. Weston schon weiterredete.

»Ich bin nicht gerade ein großer Verehrer von Mrs. Churchill, wie Sie wohl merken – aber das bleibt ganz unter uns. Sie hat Frank sehr gern, und deshalb würde ich nie schlecht von ihr reden. Außerdem steht es derzeit mit ihrer Gesundheit nicht zum besten; aber das war ja ihrer Aussage zufolge noch nie der Fall. Ich würde dies nicht zu jedermann sagen, Mrs. Elton, aber ich glaube nicht so recht, daß sie ernstlich krank ist.«

»Wenn sie wirklich krank ist, warum geht sie dann nicht nach Bath, Mr. Weston? Nach Bath oder Clifton?«

»Sie hat es sich in den Kopf gesetzt, daß Enscombe zu kalt für sie sei. Tatsache ist, so nehme ich an, daß sie sich in Enscombe langweilt. Sie hält sich nun schon länger ohne Unterbrechung dort auf als jemals zuvor, und sie beginnt sich nach Abwechslung zu sehnen. Der Ort ist abgelegen. Ein schönes Anwesen, aber sehr abgelegen.«

»Ach ja – wie Maple Grove, würde ich meinen. Nichts kann so weit ab von der Straße sein wie Maple Grove. Und drumherum ein riesiger Park! Man meint von der Welt völlig abgeschnitten zu sein – in tiefster Abgeschiedenheit. Und Mrs. Churchill ist wahrscheinlich nicht so gesund und munter wie Selina, um eine solche Einsiedelei genießen zu können. Oder vielleicht hat sie ja auch nicht das reiche Innenleben, das man braucht, um auf dem Lande zu leben. Ich sage immer, eine Frau kann gar kein zu reiches Innenleben haben – und ich bin froh und dankbar, mit einem solchen gesegnet zu sein, so daß ich von der Gesellschaft ganz unabhängig bin.«

»Frank war im Februar für zwei Wochen hier.«

»Ich erinnere mich, das gehört zu haben. Wenn er wiederkommt, wird er feststellen, daß die Gesellschaft von Highbury eine Bereicherung erfahren hat, das heißt, wenn ich mir anmaßen darf, mich als eine Bereicherung zu bezeichnen. Aber vielleicht hat er ja noch gar nicht gehört, daß es ein Geschöpf wie mich hier überhaupt gibt.«

Das schrie so sehr nach einem Kompliment, daß es nicht

übergangen werden konnte, und Mr. Weston rief unverzüglich und sehr charmant aus:

»Meine liebe gnädige Frau! Niemand außer Ihnen selbst käme auf einen solchen Gedanken. Nicht von Ihnen gehört! Ich glaube, Mrs. Westons Briefe haben sich der letzten Zeit um kaum etwas anderes als um Mrs. Elton gedreht.«

Er hatte seine Pflicht getan und konnte wieder auf seinen Sohn zurückkommen.

»Als Frank von uns Abschied nahm«, fuhr er fort, »war es völlig ungewiß, wann wir ihn wiedersehen würden, weshalb uns die heutige Nachricht doppelt willkommen ist. Sie kam völlig unerwartet. Das heißt, ich habe stets die feste Überzeugung vertreten, daß er bald wieder hier sein würde, ich war mir ganz sicher, daß ein günstiger Zwischenfall eintreten würde – aber niemand hat mir geglaubt. Er und Mrs. Weston waren beide fürchterlich verzagt. Wie sollte er es nur anstellen, wiederkommen zu dürfen? Und wie könne man davon ausgehen, daß sein Onkel und seine Tante erneut auf ihn verzichten würden? und so fort – Ich hatte immer das Gefühl, daß etwas zu unseren Gunsten eintreten würde; und so war es ja dann auch. Im Laufe meines Lebens, Mrs. Elton, habe ich die Beobachtung gemacht: wenn im einen Monat alles danebengeht, wird im nächsten wieder alles gut.«

»Sehr richtig, Mr. Weston, völlig richtig. Genau das pflegte ich zu einem gewissen hier anwesenden Herrn in den Tagen unseres Brautstandes immer zu sagen, wenn er, weil die Dinge nicht so richtig vorankommen, nicht so schnell vonstatten gehen wollten, wie es seinen Gefühlen entsprach, leicht in Verzweiflung geriet und ausrief, er sei überzeugt, unter diesen Umständen werde es gewiß *Mai*, ehe Hymen sein safrangelbes Gewand für uns anlege. Oh! Was habe ich nicht alles getan, um ihm diese düsteren Gedanken auszutreiben und ihm Zuversicht einzuflößen! Die Kutsche – wir erlebten einige Enttäuschungen wegen der Kutsche; – eines Morgens, ich erinnere mich genau, kam er ganz verzweifelt zu mir …«

Sie wurde durch einen leichten Hustenanfall unterbrochen, und Mr. Weston ergriff sogleich die Gelegenheit fortzufahren:

»Sie haben eben vom Mai gesprochen. Eben diesen Monat Mai will Mrs. Churchill auf Anraten des Arztes – oder weil sie es sich selbst verordnet hat – in wärmeren Regionen als Enscombe verbringen, kurzum in London. Und so haben wir die angenehme Aussicht, daß uns Frank das ganze Frühjahr hindurch häufig besucht – genau die Jahreszeit, die man sich selbst dafür ausgesucht hätte: Die Tage sind dann fast am längsten, das Wetter ist warm und freundlich und lockt einen ständig nach draußen, ohne jemals zu heiß für Spaziergänge und Ausritte zu sein. Als er das letzte Mal hier war, haben wir zwar das Beste daraus gemacht, aber wir hatten sehr oft naßkaltes, regnerisches, trostloses Wetter, wie es im Februar halt so ist, und konnten nicht halb so viel unternehmen, wie wir eigentlich wollten. Jetzt ist die richtige Jahreszeit. Diesmal wird es das reinste Vergnügen sein, und ich weiß nicht, Mrs. Elton, ob die Ungewißheit seines Kommens, diese ständige Erwartung, da er heute oder morgen, ja, im Grunde jederzeit plötzlich in der Tür stehen könnte, nicht sogar beglückender für uns ist, als ihn tatsächlich im Haus zu haben. Ich glaube, es ist so. Man fühlt sich so beschwingt in diesem herrlichen Zustand der Vorfreude. Ich hoffe, mein Sohn wird Ihnen gefallen; aber Sie dürfen kein Wunderkind erwarten. Er gilt gemeinhin als ein prächtiger junger Mann, aber erwarten Sie ja kein Wunderkind. Mrs.

Weston ist sehr für ihn eingenommen, was ich natürlich höchst erfreulich finde, wie Sie sich denken können. In ihren Augen reicht keiner an ihn heran.«

»Und seien Sie versichert, Mr. Weston, ich hege kaum einen Zweifel, daß meine Meinung entschieden zu seinen Gunsten ausfallen wird. Ich habe so viel Gutes über Mr. Frank Churchill gehört. – Ehrlicherweise muß ich jedoch hinzufügen, daß ich zu den Leuten gehöre, die sich immer selbst ein Urteil bilden möchten und sich nicht ohne weiteres von anderen leiten lassen. Ich mache Sie also schon jetzt darauf aufmerksam, daß ich Ihnen über Ihren Sohn ganz offen meine Meinung sagen werde. Ich bin keine Schmeichlerin.«

Mr. Weston blickte versonnen drein.

»Hoffentlich«, sagte er dann, »bin ich jetzt mit der armen Mrs. Churchill nicht zu streng verfahren. Falls sie wirklich krank ist, täte es mir leid, sie ungerecht beurteilt zu haben, aber gewisse Züge ihres Charakters machen es mir nicht eben leicht, so nachsichtig von ihr zu sprechen, wie ich es mir wünschte. Sie wissen vermutlich, in welcher Verbindung ich zu der Familie stehe, Mrs. Elton, und wie ich von ihr behandelt wurde; und, unter uns gesagt, sie allein trifft die ganze Verantwortung dafür. Sie war die treibende Kraft. Ohne sie wäre Franks Mutter nicht so geschnitten worden. Mr. Churchill hat zwar auch seinen Stolz, aber verglichen mit dem seiner Frau fällt sein Stolz nicht ins Gewicht. Es ist der unaufdringliche, indolente Stolz eines Gentleman, der niemandem weh tut und nur ihn selbst ein wenig hilflos und langweilig wirken läßt; aber ihr Stolz ist arrogant und anmaßend! Und noch unerträglicher wird er dadurch, daß sie weder aus ihrer Familie noch ihrer Herkunft großartige Ansprüche ableiten kann. Sie war ein Niemand, als er sie heiratete, gerade mal eben die Tochter eines Gentleman; aber seit sie eine Churchill geworden ist, stellt sie mit ihrem Dünkel alle Churchills regelrecht in den Schatten; im Grunde jedoch ist sie nur ein Emporkömmling, das versichere ich Ihnen.«

»Stellen Sie sich mal vor! Nun, das muß einen ja unendlich erbittern! Mir sind Emporkömmlinge ein Greuel. Maple Grove hat mir einen regelrechten Abscheu vor Leuten dieser Art eingeflößt; denn dort gibt es in der Nachbarschaft eine Familie, die wegen ihres vornehmen Getues meinem Schwager und meiner Schwester ein wahres Ärgernis ist! Als Sie mir Mrs. Churchill schilderten, mußte ich gleich an diese Familie denken. Leute mit Namen Tupman, die erst in jüngster Zeit in die Gegend gezogen sind und eine Menge ganz gewöhnlicher Verwandten am Hals haben, aber ungeheuer vornehm tun und mit den alteingesessenen Familien auf gleichem Fuß verkehren wollen. Sie können allerhöchstens anderthalb Jahre in West Hall leben; und wie sie zu ihrem Vermögen gekommen sind, weiß kein Mensch. Sie stammen aus Birmingham, was ja nicht gerade für sie spricht, Mr. Weston. Von Birmingham kann man nicht viel Gutes erwarten. Ich sage immer, allein schon das Wort klingt irgendwie gräßlich: aber sonst ist über die Tupmans nichts Genaues bekannt, obwohl man freilich allerlei vermutet; und doch dünken sie sich, so wie sie auftreten, selbst meinem Schwager, Mr. Suckling, ebenbürtig, der zufällig einer ihrer nächsten Nachbarn ist. Es ist wirklich ausgesprochen ärgerlich. Mr. Suckling, der seit elf Jahren in Maple Grove wohnt, und dessen Vater den Besitz vor ihm hatte – so glaube ich zumindest, ja, ich bin mir fast sicher, daß der alte Suckling den Kauf noch vor seinem Tode abgeschlossen hat.«

Sie wurden unterbrochen. Man reichte nun den Tee

herum, und Mr. Weston, der alles gesagt hatte, was er hatte loswerden wollen, nahm schnell die Gelegenheit wahr, sich davonzumachen.

Nach dem Tee setzten sich Mr. und Mrs. Weston, Mr. Elton sowie Mr. Woodhouse an den Kartentisch. Die übrigen fünf blieben sich selbst überlassen, und Emma hatte so ihre Zweifel, ob das gutgehe, denn Mr. Knightley schien wenig zum Reden aufgelegt, Mrs. Elton wollte beachtet und unterhalten werden, wozu niemand Lust hatte, und sie selbst befand sich in einem Zustand innerer Unruhe, so daß sie am liebsten geschwiegen hätte.

Mr. John Knightley erwies sich als gesprächiger denn sein Bruder. Er wollte am nächsten Morgen frühzeitig von Hartfield aufbrechen, und er begann kurz darauf mit den Worten:

»Nun, Emma, ich glaube nicht, daß ich Ihnen noch etwas wegen der Jungen sagen muß; aber Sie haben ja den Brief Ihrer Schwester, und da steht bestimmt alles ausführlich drin. Meine Anweisung würde viel knapper ausfallen als ihre und wahrscheinlich auch einen anderen Tenor haben. Alles, was ich Ihnen ans Herz legen möchte, läßt sich auf den kurzen Nenner bringen: Verwöhnen Sie sie nicht und verzärteln Sie sie nicht.«

»Ich hoffe, ich kann Sie beide zufriedenstellen«, sagte Emma, »denn ich werde alles tun, was in meinen Kräften steht, daß sie sich hier wohl fühlen, womit Isabella wohl zufrieden sein wird; und wenn sie sich wohl fühlen, brauchen sie auch keine falsche Nachsicht und ärztliche Behandlung.«

»Und falls sie Ihnen auf die Nerven gehen, schicken Sie sie einfach wieder nach Hause.«

»Das glauben Sie doch selbst nicht?«

»Ich kann mir durchaus vorstellen, daß sie zu laut für Ihren Vater sein könnten – oder sogar Ihnen zur Last fallen, wenn Ihre gesellschaftlichen Verpflichtungen weiter so zunehmen wie in der letzten Zeit.«

»Zunehmen!«

»Gewiß, Sie müssen doch merken, daß sich Ihr Leben im letzten halben Jahr sehr verändert hat.«

»Verändert! Nein, das habe ich wahrlich nicht bemerkt.«

»Es steht doch außer Zweifel, daß Sie nun viel mehr gesellschaftlichen Umgang pflegen als früher. Nehmen Sie allein diesen Abend heute. Da komme ich nun für einen Tag aus London, und Sie geben eine Dinnerparty! Wann ist so etwas oder ähnliches früher schon vorgekommen? Ihr Bekanntenkreis wird größer, und Sie begeben sich mehr unter Leute. Seit einiger Zeit berichtet jeder Brief an Isabella von neuen Lustbarkeiten; von einem Dinner bei Mr. Cole oder Bällen in der ›Krone‹. Die Veränderung, die Randalls, allein schon Randalls, hier bei euch bewirkt hat, ist ganz beträchtlich.«

»Ja«, sagte sein Bruder schnell, »das kommt alles von Randalls.«

»Nun gut – und da Randalls vermutlich nicht weniger Reiz ausüben wird als bisher, erscheint es mir durchaus möglich, Emma, daß Henry und John Ihnen manchmal vielleicht im Wege sind. Und wenn das der Fall ist, so bitte ich Sie, schicken Sie sie nach Hause.«

»Nein«, rief Mr. Knightley, »das braucht nicht die Konsequenz zu sein. Laß sie doch dann nach Donwell bringen. Ich werde gewiß Zeit für sie haben.«

»Auf mein Wort«, rief Emma aus, »Sie amüsieren mich! Ich wüßte zu gern, wie viele von all meinen zahlreichen Verpflichtungen stattfinden, ohne daß Sie mit von der Partie sind; und warum man mir unterstellt, nicht genug Zeit zu haben, um mich den Kleinen zu widmen. Diese meine erstaunlichen Verpflichtungen – worin bestanden sie denn? Einmal bei den Coles zum Essen – und ein Ball, von dem zwar gesprochen wurde, der aber nie stattfand. Ich kann Sie ja verstehen (und dabei nickte sie Mr. John Knightley zu) – Ihr Glück, so vielen Ihrer Freunde hier auf einen Schlag zu begegnen, versetzt Sie in solche Begeisterung, daß Sie gar nicht darüber hinwegkommen. Aber Sie (dabei wandte sie sich an Mr. Knightley), der Sie wissen, wie überaus selten ich mal zwei Stunden von Hartfield weg bin, warum *Sie* eine solche Vielzahl von Zerstreuungen für mich voraussehen, das begreife ich nicht. Und was meine süßen kleinen Jungen betrifft, so muß ich doch sagen, wenn Tante Emma keine Zeit für sie hat, werden sie wohl bei Onkel Knightley kaum besser aufgehoben sein, der fünf Stunden außer Haus ist, wenn sie gerade mal eine Stunde ausgeht – und der, wenn er denn daheim ist, entweder liest oder seine Rechnungen durchsieht.«

Es hatte den Anschein, als versuche Mr. Knightley, ein Lächeln zu unterdrücken, was ihm mühelos gelang, da nun Mrs. Elton auf ihn einzureden begann.

SIEBENUNDDREISSIGSTES KAPITEL

Bereits nach kurzem, ruhigem Nachdenken wurde sich Emma erleichtert bewußt, weshalb die Nachricht über Frank Churchill sie in Aufregung versetzt hatte. Schnell gelangte sie zu der Überzeugung, daß sie nicht ihretwegen besorgt oder bestürzt war, sondern seinetwegen. Ihre eigene Verliebtheit hatte sich inzwischen wirklich in Nichts aufgelöst, es lohnte nicht, einen weiteren Gedanken daran zu verschwenden; aber wenn er, der zweifellos von Anfang an der weitaus Verliebtere von beiden gewesen war, im Zustand jener innigen Zuneigung zurückkehren sollte, in dem er Abschied genommen hatte, würde die Sache sehr schmerzlich werden. Wenn eine Trennung von zwei Monaten ihn nicht abgekühlt hatte, standen ihr einige Gefahren und Unannehmlichkeiten bevor: Dann war sowohl für ihn als auch für sie Vorsicht geboten. Sie wollte sich nicht abermals gefühlsmäßig auf etwas einlassen, und ihre Aufgabe würde es nun sein, ihn durch nichts mehr zu ermuntern.

Ach, wenn sie ihn doch nur von einer eindeutigen Liebeserklärung abhalten könnte! Diese würde ihrer gegenwärtigen Bekanntschaft ein so peinliches Ende bereiten! Und dennoch konnte sie sich der bangen Vorahnung nicht erwehren, daß eine Art Entscheidungssituation auf sie zukomme. Ihr war, als werde das Frühjahr nicht vorübergehen, ohne einen Wendepunkt herbeigeführt zu haben, ein Ereignis, irgend etwas, das ihren gegenwärtigen Zustand innerer Gelassenheit und Ruhe verändern würde.

Es dauerte nicht lange, wenn auch länger, als Mr. Weston vorhergesehen hatte, bis Emma sich über Frank Churchills Gefühle einigermaßen klarwerden konnte. Die Familie aus Enscombe kam nicht ganz so schnell in die Stadt, wie man es sich vorgestellt hatte, aber er tauchte schon kurz darauf in Highbury auf. Für ein paar Stunden kam er herübergeritten, vorerst konnte er noch nicht mehr tun, aber da er sich von Randalls aus sofort nach Hartfield begab, hatte sie Gelegenheit, ihre scharfe Beobachtungsgabe walten zu lassen und rasch zu entscheiden, wie es um ihn stand und wie sie sich verhalten mußte. Sie begegneten einander mit größter

Freundschaftlichkeit. Es war unverkennbar, daß er sich sehr freute, sie zu sehen. Aber fast von Anfang an beschlich sie ein gewisser Zweifel, ob er sich noch immer so viel aus ihr mache wie vor seiner Abreise, ob er noch dieselbe Zärtlichkeit für sie empfinde. Sie beobachtete ihn genau. Unverkennbar war er weniger verliebt als damals. Die Abwesenheit zusammen mit der Überzeugung, daß er ihr wahrscheinlich gleichgültig sei, hatte ihre ganz natürliche und sehr willkommene Wirkung.

Er war fabelhaft gelaunt, redete und lachte so munter drauflos wie immer und schien ganz begeistert, von seinem früheren Besuch sprechen und auf alte Geschichten zurückkommen zu können. Und dennoch merkte man ihm eine gewisse innere Unruhe an. Nicht Gelassenheit war es, aus der sie seine relative Gleichgültigkeit las. Er war nicht gelassen; ein Aufruhr tobte in seinem Innern, kurzum, er wirkte ausgesprochen ruhelos. Zwar war er auch sonst immer sehr lebhaft gewesen, doch diese Lebhaftigkeit schien ihm selbst nicht zu behagen; aber was für sie den Ausschlag gab, war der Umstand, daß er nur eine Viertelstunde blieb und davoneilte, um noch andere Besuche in Highbury zu machen. Er habe eine Gruppe alter Bekannten auf der Straße gesehen, als er vorbeigeritten sei – er habe nicht angehalten, jedenfalls nur auf ein Wort angehalten –, aber er sei so eitel, sich einzubilden, daß sie enttäuscht wären, wenn er nicht bei ihnen vorbeischaute, und so gern er auch noch länger in Hartfield bliebe, er müsse nun los.

Für Emma stand jetzt fest, daß er nicht mehr besonders verliebt war – aber weder seine innere Aufgewühltheit noch sein Davonstürmen sahen nach einer grundlegenden Heilung aus; und sie neigte daher eher zu der Auffassung, es verberge sich dahinter große Angst, wieder in ihren Bann zu geraten, und der heimliche Entschluß, sich diesem nicht lange auszusetzen.

Dies war der einzige Besuch Frank Churchills innerhalb von zehn Tagen. Er hegte zwar oft die Hoffnung, die Absicht, zu kommen – wurde aber stets daran gehindert. Seine Tante konnte nicht auf ihn verzichten. So stellte er es jedenfalls in Randalls dar. Wenn er es ernst meinte, wenn er wirklich kommen wollte, so mußte man daraus den Schluß ziehen, daß Mrs. Churchills Übersiedelung nach London dem, was an ihrer Krankheit eingebildet oder nervös war, keinerlei Besserung gebracht hatte. Daß sie tatsächlich krank war, konnte als nahezu sicher gelten. In Randalls hatte Frank Churchill erklärt, er sei überzeugt davon. Wenn auch vieles Einbildung sein möge, so gebe es für ihn doch keinen Zweifel, daß sich ihr Gesundheitszustand im letzten halben Jahr verschlechtert habe. Er glaube zwar nicht, daß ihr Leiden auf eine Ursache zurückgehe, die man nicht durch entsprechende Pflege und Medizin beheben könne, oder zumindest, daß sie nicht noch viele Lebensjahre vor sich habe; aber er teile dennoch nicht ganz den Verdacht seines Vaters, daß es sich bei ihrer Krankheit bloß um Einbildung handle und sie so robust wie eh und je sei.

Bald stellte sich heraus, daß London nicht der geeignete Ort für sie war. Sie konnte den Lärm dort nicht ertragen. Ihre Nerven litten darunter und waren ständig gereizt; und nach jenen zehn Tagen schrieb ihr Neffe nach Randalls, daß sie ihre Pläne geändert hätten. Sie würden sofort nach Richmond umziehen. Mrs. Churchill sei dort ein außerordentlich tüchtiger Arzt mit großem Renommee empfohlen worden, und sie hege sowieso eine Vorliebe für diesen Ort. Man habe ein möbliertes Haus in günstiger Lage gemietet und erwarte sich viel Gutes von der Ortsveränderung.

Wie Emma erfuhr, schrieb Frank ganz begeistert von dieser Regelung und wußte anscheinend das Glück, zwei Monate lang vielen lieben Freunden so nahe sein zu dürfen, vollauf zu schätzen – denn das Haus war für Mai und Juni gemietet. Man sagte ihr, daß er nun sehr zuversichtlich sei, oft bei ihnen sein zu können, fast so oft, wie er es sich wünsche.

Emma merkte, wie Mr. Weston diese frohen Aussichten deutete. Er betrachtete sie, Emma, als die Quelle all des damit verbundenen Glücks. Sie hoffte, daß er sich irrte. Nach diesen beiden Monaten würde sie immerhin Gewißheit haben.

Daß Mr. Weston glücklich war, unterlag keinem Zweifel. Er war hellauf begeistert. Genau so hatte er es sich gewünscht. Nun würden sie Frank wirklich in der Nachbarschaft haben. Was waren schon neun Meilen für einen jungen Mann? Ein Ritt von einer Stunde. Er würde ständig herüberkommen. In dieser Hinsicht war der Unterschied zwischen London und Richmond gleichbedeutend mit der Alternative, ihn andauernd oder ihn nie zu sehen. Sechzehn Meilen – nein, achtzehn – es mußten volle achtzehn Meilen bis in die Manchester Street sein – stellten ein ernstes Hindernis dar. Könnte er sich jemals losmachen, verginge der Tag mit Hin- und Herreiten. Es war kein Trost, ihn in London zu wissen, da hätte er ebensogut in Enscombe bleiben können; aber Richmond war genau die richtige Entfernung, um mühelos miteinander Umgang zu pflegen, besser sogar, als wenn er in noch größerer Nähe wohnte!

Etwas Erfreuliches wurde durch diesen Umzug zur Gewißheit: der Ball in der ›Krone‹. Man hatte diesen Plan zwar auch vorher nicht vergessen, aber bald erkannt, daß es müßig sei, einen Tag dafür festzulegen. Nun jedoch sollte der Ball unbedingt stattfinden; sämtliche Vorbereitungen wurden wieder aufgenommen, und kurz nachdem die Churchills nach Richmond umgezogen waren, teilte Frank in wenigen Zeilen mit, daß seine Tante sich durch den Ortswechsel schon viel besser fühle und er keinen Zweifel habe, jederzeit für vierundzwanzig Stunden zu ihnen kommen zu können, woraufhin der nächstmögliche Termin festgesetzt wurde.

Mr. Westons Ball sollte nun also wirklich stattfinden. Nur noch wenige Tage trennten die jungen Leute in Highbury von dem glückverheißenden Ereignis.

Mr. Woodhouse ergab sich in sein Schicksal. Die Jahreszeit versöhnte ihn etwas mit dem Übel. Für jede Art von Unternehmung eignete sich der Mai besser als der Februar. Mrs. Bates wurde gebeten, den Abend in Hartfield zu verbringen, James war rechtzeitig ins Bild gesetzt worden, und er selbst hoffte zuversichtlich, daß weder dem lieben kleinen Henry noch dem lieben kleinen John etwas zustieße, solange die liebe Emma außer Haus war.

ACHTUNDDREISSIGSTES KAPITEL

Diesmal kam kein Mißgeschick dazwischen, das den Ball vereitelt hätte. Der Tag rückte näher, der Tag brach an; und nachdem man am Morgen noch etwas bang Ausschau gehalten hatte, traf Frank, wie er leibte und lebte vor dem Dinner in Randalls ein, und alles war gerettet.

Eine zweite Begegnung hatte zwischen ihm und Emma bisher noch nicht stattgefunden. Der Ballsaal der ›Krone‹ sollte den Rahmen dafür abgeben, aber immerhin würde sie nicht inmitten des Ballgetümmels erfolgen. Mr. Weston hatte Emma so inständig gebeten, schon frühzeitig zu kommen, so bald wie möglich nach ihnen einzutreffen, damit er ihre Meinung bezüglich der Schicklichkeit und des Komforts der Räumlichkeiten erführe, bevor die anderen eintrudelten, daß sie es ihm nicht abschlagen konnte und daher einige ruhige Minuten in der Gesellschaft des jungen Mannes verbringen mußte. Sie sollte Harriet in der Kutsche mitnehmen, und beide fuhren so zeitig zur ›Krone‹, daß sie nur wenig später als die drei aus Randalls eintrafen.

Frank Churchill schien nach ihnen Ausschau gehalten zu haben, und wenn er auch nicht viel sagte, so verrieten seine Augen doch, daß er den Abend zu genießen gedachte. Gemeinsam gingen sie mit den Westons durch die Räume, um sich zu vergewissern, ob alles so war, wie es sein sollte; und schon nach wenigen Minuten gesellten sich die Insassen eines anderen Wagens zu ihnen, dessen Geräusch Emma zunächst einigermaßen überrascht hatte. »So unsinnig früh!« wollte sie gerade ausrufen, erkannte aber sogleich, daß es sich um eine Familie alter Freunde handelte, die ebenso wie sie selbst auf Mr. Westons ausdrücklichen Wunsch hin kamen, um mit ihm den Ballsaal in Augenschein zu nehmen; und kurz darauf folgte eine weitere Kutsche mit Verwandten, die er ebenso eindringlich und aus demselben Grund gebeten hatte, frühzeitig dazusein, so daß es so aussah, als würde bald die Hälfte der Gäste versammelt sein, um noch schnell vor Beginn des Balls eine letzte Inspektion vorzunehmen.

Emma wurde nun klar, daß ihr Geschmack nicht der einzige war, auf den es Mr. Weston ankam, und sie fand, daß es auf der Stufenleiter der Eitelkeit nicht allzuviel zähle, die beste Freundin und Vertraute eines Mannes zu sein, der so viele beste Freunde und Vertraute hatte. Sie mochte seine offene

Art, aber ein bißchen weniger Offenherzigkeit hätte ihm charakterlich durchaus nicht geschadet, im Gegenteil. Wohlwollen gegenüber jedermann, aber nicht Freundschaft mit jedermann, machte einen Mann zu dem, was er sein sollte. – Sie konnte sich einen solchen Mann sehr wohl vorstellen.

Alle liefen umher und schauten und lobten erneut, und dann, als es nichts mehr zu besichtigen gab, bildeten sie eine Art Halbkreis um den Kamin, und bis andere Themen angeschnitten wurden, bemerkte jeder auf seine Art, daß auch im Mai ein abendliches Kaminfeuer immer noch recht angenehm sei.

Wie Emma feststellen mußte, lag es nicht an Mr. Weston, daß die Zahl der Geheimen Räte nicht noch größer war. Sie und Harriet hatten vor Mrs. Bates Tür angehalten, um Miss Bates ihre Kutsche anzubieten, aber Tante und Nichte sollten von den Eltons mitgenommen werden.

Frank stand neben ihr, ging aber zwischendurch immer wieder weg; er hatte etwas Ruheloses an sich, was darauf hindeutete, daß er sich nicht recht wohl fühlte. Er schaute umher, er ging zur Tür, er horchte gespannt, wenn eine weitere Kutsche vorfuhr – sei es, weil er voll Ungeduld auf die Eröffnung des Balls wartete, sei es, weil es ihm in ihrer Nähe auf die Dauer nicht geheuer war.

Man sprach von Mrs. Elton. »Ich denke, sie muß bald hier sein«, sagte er. »Ich bin sehr gespannt auf Mrs. Elton, ich habe so viel von ihr gehört. Es wird wohl nicht mehr lange dauern, bis sie kommt.«

Man hörte eine Kutsche vorfahren. Er setzte sich sofort in Bewegung, kam aber zurück und sagte:

»Ich hätte fast vergessen, daß ich sie ja gar nicht kenne. Ich habe weder Mr. noch Mrs. Elton je gesehen. Es steht mir nicht zu, mich vorzudrängen.«

Mr. und Mrs. Elton erschienen; und alles lächelte und tauschte Artigkeiten aus.

»Aber Miss Bates und Miss Fairfax!« sagte Mr. Weston und sah um sich. »Wir dachten, Sie würden sie mitbringen.«

Es handelte sich um ein kleines Mißverständnis. Die Kutsche wurde nun zu ihnen geschickt. Emma hätte schrecklich gern gewußt, wie Franks erster Eindruck von Mrs. Elton war; wie die gesuchte Eleganz ihres Kleides und ihr huldvolles Lächeln auf ihn wirkten. Er versetzte sich sogleich selbst in die Lage, sich ein Urteil über sie zu bilden, indem er ihr nach der Vorstellung seine Aufmerksamkeit schenkte.

Nach wenigen Minuten kam die Kutsche zurück. Irgend jemand sprach von Regen. »Ich will für Regenschirme sorgen, Sir«, sagte Frank zu seinem Vater, »wir dürfen Miss Bates nicht links liegenlassen«, und weg war er. Mr. Weston wollte ihm folgen, aber Mrs. Elton hielt ihn zurück, um ihn mit ihrem Urteil über seinen Sohn zu beglücken; und sie sprudelte so munter los, daß der junge Mann selbst, obwohl er sich keineswegs langsam bewegte, kaum außer Hörweite gelangt sein konnte.

»Wirklich ein prachtvoller junger Mann, Mr. Weston. Ich sagte Ihnen ja bereits ganz offen, daß ich mir meine eigene Meinung bilden würde; und ich bin hocherfreut, sagen zu können, daß er mir sehr gefällt. Sie dürfen mir glauben. Ich mache niemals Komplimente. Ich halte ihn für einen sehr gutaussehenden jungen Mann, und seine Umgangsformen sind ganz nach meinem Geschmack – ein richtiger Gentleman ohne eine Spur von Dünkel oder Geckenhaftigkeit. Sie müssen nämlich wissen, daß ich Gecken überhaupt nicht ausstehen kann, ja einen wahren Abscheu vor ihnen habe. In Maple Grove wurden sie nie geduldet. Sowohl Mr. Suckling als auch ich ließen ihnen gegenüber nicht die geringste Nachsicht walten; und mitunter pflegten wir sehr bissige Bemerkungen über sie zu machen! Selina, die von einer schon fast an Gleichgültigkeit grenzenden Sanftmut ist, hatte viel mehr Geduld mit ihnen.«

Solange sie von seinem Sohn sprach, war Mr. Weston ganz Ohr, aber als sie wieder mit Maple Grove anfing, fiel ihm plötzlich ein, daß ja eben Damen angekommen waren, um die er sich kümmern müsse, und eilte glücklich lächelnd davon.

Mrs. Elton wandte sich Mrs. Weston zu. »Das ist bestimmt unsere Kutsche mit Miss Bates und Jane. Unser Kutscher und unsere Pferde sind ungeheuer flink! Ich glaube, wir fahren schneller als alle anderen. Welch eine Freude ist es doch, einer Freundin die eigene Kutsche zu schicken! Wie ich hörte, hatten Sie die Güte, ihnen die Ihre anzubieten, aber beim nächsten Mal wird das ganz unnötig sein. Sie können sich darauf verlassen, für *sie* werde ich immer sorgen.«

Miss Bates und Miss Fairfax, geleitet von den beiden Herren, betraten den Saal; und Mrs. Elton schien es für ihre Pflicht zu halten, sie genauso wie Mrs. Weston zu empfangen. Ihre Gebärden und Bewegungen konnte wohl jeder deuten, der, wie Emma, zusah, aber ihre Worte, und auch die aller anderen, gingen schnell in dem nicht mehr versiegenden Redeschwall von Miss Bates unter, die munter plaudernd hereinkam und erst, nachdem sie in den Kreis beim Kamin aufgenommen worden war und auch dort noch ein Weilchen das Wort geführt hatte, endlich verstummte. Schon als die Tür aufging, hörte man sie:

»So überaus liebenswürdig von Ihnen! Kein Tropfen Regen. Nicht der Rede wert. Mir macht es nichts aus. Sehr festes Schuhwerk. Und Jane erklärt – Ach! (als sie durch die Tür trat) Ach! Das ist ja wirklich phantastisch! Das ist ja traumhaft! Hervorragend gelungen, auf mein Wort. Es fehlt an nichts. Hätte ich nicht für möglich gehalten. So hell erleuchtet. Jane, Jane, schau doch – hast du schon jemals so etwas gesehen? Oh! Mr. Weston, Sie müssen wirklich Aladins Wunderlampe gehabt haben. Die gute Mrs. Stokes würde ihren eigenen Saal nicht mehr wiedererkennen. Ich habe sie gesehen, als ich hereinkam, sie stand im Eingang. ›Oh, Mrs. Stokes‹, sagte ich – aber zu mehr blieb keine Zeit.« Nun wurde sie von Mrs. Weston begrüßt. »Sehr gut, danke schön, Madam. Ich hoffe, Sie sind wohlauf. Sehr erfreut, das zu hören. Fürchtete schon, Sie hätten womöglich Kopfschmerzen! Sah Sie so oft vorbeigehen und weiß ja, wieviel Scherereien Sie gehabt haben. Entzückt, das zu hören! Ah! liebe Mrs. Elton, bin Ihnen so verbunden wegen der Kutsche! – zum richtigen Zeitpunkt – Jane und ich schon fertig. Die Pferde mußten keinen Augenblick warten. Sehr bequeme Kutsche. – Oh, Mrs. Weston, unser Dank gilt natürlich auch Ihnen. Mrs. Elton hatte Jane freundlicherweise ein Briefchen geschickt, sonst hätten wir Ihre Kutsche in Anspruch genommen. – Aber gleich zwei solche Angebote an einem Tag! – Noch nie hat es so aufmerksame Nachbarn gegeben. Ich habe zu meiner Mutter gesagt: ›Auf mein Wort, Mutter‹ – Danke, meiner Mutter geht es ausgesprochen gut. Sie ist bei Mr. Woodhouse. Ich habe dafür gesorgt, daß sie ihr Umschlagtuch mitnahm – denn die Abende sind noch keineswegs warm – ihr großes neues Umschlagtuch – Mrs. Dixons Hochzeitsgeschenk – So lieb von ihr, an meine Mutter zu denken! In Weymouth gekauft, wissen Sie. – Mr. Dixon hat es ausgesucht. Es gab noch drei andere, sagte Jane, weswegen sie eine Weile zögerten. Oberst Campbell hätte lieber ein olivgrünes genommen. Meine liebe Jane, hast du dir auch bestimmt keine nassen Füße geholt? – Es waren zwar nur ein paar Tropfen, aber ich habe immer solche Angst – doch Mr. Frank Churchill war so ungeheuer – und da lag auch eine Matte zum Drauftreten – nie werde ich vergessen, wie zuvorkommend er war. – Oh! Mr. Frank Churchill, ich muß Ihnen sagen, die Brille meiner Mutter funktioniert seitdem tadellos; die Niete ist nie mehr rausgefallen. Meine Mutter spricht oft davon, wie liebenswürdig Sie sind. Nicht wahr, Jane? – Sprechen wir nicht oft von Mr. Frank Churchill? – Ah! Hier ist ja Miss Woodhouse. – Liebe Miss Woodhouse, wie geht es Ihnen? – Sehr gut, danke, sehr gut. Man fühlt sich hier wie im Märchenland! – Welche Veränderung! – Darf Ihnen keine Komplimente machen, ich weiß (wobei sie Emma sehr wohlgefällig beäugte) – das wäre plump – aber ganz ehrlich, Miss Woodhouse, Sie sehen wirklich – wie finden Sie Janes Haar? – Wer könnte es besser beurteilen als Sie? – Sie hat es ganz allein frisiert. Ganz wundervoll, wie sie ihr Haar frisiert! – Ich glaube, kein Londoner Friseur brächte es so hin. – Ah! Dr. Hughes, nanu – und Mrs. Hughes. Muß mal schnell zu Dr. und Mrs. Hughes und ein paar Worte wechseln. – Wie geht es Ihnen? Wie geht es Ihnen? – Sehr gut, danke. Ist es hier nicht entzückend? – Wo ist denn der liebe Mr. Richard? – Oh! Da ist er ja. Wie geht es Ihnen, Mr. Richard? – Ich habe Sie neulich gesehen, als sie durch den Ort ritten. – Und da ist ja Mrs. Otway! – Und der gute Mr. Otway und Miss Otway und Miss Caroline. – So viele Freunde! – und Mr. George und Mr. Arthur! – Wie geht es Ihnen? Wie geht es Ihnen allen? – Ausgezeichnet, danke der Nachfrage. Besser denn je. – Höre ich da nicht schon wieder eine Kutsche? – Wer mag es wohl diesmal sein? – Höchstwahrscheinlich die guten Coles. – Ach, es ist ja so herrlich, mitten unter so lieben Freunden zu sein! Und so ein stattliches Feuer! – Ich bin schon richtig geröstet. Keinen Kaffee für mich, danke – trinke nie Kaffee. – Etwas Tee, wenn ich bitten darf, bei Gelegenheit, Sir – nur keine Eile – Oh! hier ist er ja schon. Alles so gut!«

Frank Churchill nahm seinen Platz neben Emma wieder ein; und kaum hatte Miss Bates aufgehört zu reden, da wurde Emma notgedrungen Zeugin eines Gesprächs zwischen Mrs. Elton und Miss Fairfax, die ein paar Schritte hinter ihr standen. Frank Churchill war in Gedanken versunken. Ob er das Gespräch auch mithörte, konnte sie nicht beurteilen. Nachdem sie Jane wegen ihres Kleids und Aussehens allerlei Komplimente gemacht hatte, die sehr gelassen und artig entgegengenommen wurden, wollte Mrs. Elton offenkundig selbst Komplimente hören – und das ging so: »Wie gefällt Ihnen denn mein Kleid? – Wie finden Sie die Rüschen daran? – Wie hat Wright mich frisiert?« und noch etliche ähnliche Fragen, die alle mit geduldiger Höflichkeit beantwortet wurden. Dann sagte Mrs. Elton:

»Es gibt wohl niemanden, der sich im allgemeinen weniger aus Äußerlichkeiten macht als ich – aber bei einem Anlaß wie diesem, wo aller Augen auf mir ruhen, und den Westons zu Gefallen – die zweifellos diesen Ball hauptsächlich mir zu Ehren geben – möchte ich doch hinter den anderen nicht zurückstehen. Und ich sehe im Saal ganz wenige Perlen außer den meinen. – Wie ich höre, ist Frank Churchill ein großartiger Tänzer. – Wir werden ja sehen, ob wir zusammen harmonieren. – Ein vornehmer junger Mann ist Frank Churchill allemal. Ich kann ihn sehr gut leiden.«

An dieser Stelle ergriff Frank so energisch das Wort, daß Emma davon ausgehen mußte, er habe die Lobeshymnen auf sich vernommen und wolle nicht noch mehr hören; und die Unterhaltung der beiden Damen ging eine Zeitlang im allgemeinen Stimmengewirr unter, bis durch eine neuerliche Unterbrechung Mrs. Eltons Organ wieder deutlich zur Geltung kam. Mr. Elton hatte sich eben zu ihnen gesellt, und seine Frau rief aus:

»O! hast du uns also doch noch in unserem stillen Winkel gefunden? Gerade in diesem Augenblick habe ich zu Jane gesagt, du würdest wohl langsam ungeduldig werden, weil du nichts von uns hörst.«

»Jane!« wiederholte Frank Churchill mit einem Blick voll Überraschung und Mißfallen. »Das nenne ich ungezwungen! – Aber Miss Fairfax hat anscheinend nichts dagegen.«

»Wie gefällt Ihnen Mrs. Elton?« fragte Emma flüsternd.

»Überhaupt nicht.«

»Sie sind undankbar.«

»Undankbar? Was meinen Sie damit?« Dann wandelte sich sein finsterer Blick in ein Lächeln: »Nein, sagen Sie es mir nicht – ich will gar nicht wissen, was Sie damit meinen. – Wo ist mein Vater? – Wann fangen wir endlich mit dem Tanzen an?«

Emma verstand nicht ganz, was er sagte, er schien sich in einer sonderbaren Stimmung zu befinden. Er ging weg, um seinen Vater zu suchen, war aber schnell wieder da und brachte sowohl Mr. als auch Mrs. Weston mit. Er hatte sie in einer kleinen Verlegenheit angetroffen, die nun Emma unterbreitet werden mußte. Es war Mrs. Weston eben eingefallen, daß man Mrs. Elton bitten müsse, den Ball zu eröffnen; daß sie es erwarten würde, was freilich ihren eigenen Plan durchkreuzte, Emma diese Auszeichnung zuteil werden zu lassen. – Emma vernahm die traurige Wahrheit mit Fassung.

»Und wo sollen wir nun einen geeigneten Partner für sie hernehmen?« sagte Mr. Weston. »Sie erwartet bestimmt, daß Frank sie auffordert.«

Frank wandte sich sofort an Emma, um ihr früher gegebenes Versprechen einzufordern, und brüstete sich damit, schon vergeben zu sein, und sein Vater gab größtes Wohlwollen zu erkennen – und dann stellte sich heraus, daß Mrs. Weston wollte, er solle selbst mit Mrs. Elton tanzen, und die beiden müßten ihn auch dazu überreden, was sehr schnell geschehen war. – Mr. Weston und Mrs. Elton führten den Reigen an, Mr. Frank Churchill und Miss Woodhouse folgten als zweites Paar. Emma mußte sich also damit abfinden, Mrs. Elton den Vortritt zu lassen, obwohl sie immer geglaubt hatte, der Ball gelte vor allem ihr. Fast schon war sie daraufhin geneigt, ans Heiraten zu denken.

Diesmal durfte sich zweifellos Mrs. Elton des Vorteils völlig befriedigter Eitelkeit erfreuen; zwar hatte sie den ersten Tanz mit Frank Churchill tanzen wollen, doch konnte sie durch den Tausch keinesfalls verlieren. Mr. Weston war womöglich sogar ein besserer Tänzer als sein Sohn. – Trotz dieses kleinen Wermutstropfens lächelte Emma vor Freude, als sie sah, welch stattliche Reihe von Paaren sich hinter ihr formierte, und sie sich bewußt wurde, wie viele festliche Stunden nun vor ihr lagen. – Mehr als alles andere störte sie, daß Mr. Knightley nicht tanzte. – Dort stand er unter den Zuschauern, wo er eigentlich nicht hingehörte; er hätte tanzen sollen, sich nicht auf eine Stufe mit den Ehemännern und Vätern und Whistspielern stellen dürfen, die nur so lange Interesse am Tanz heuchelten, bis sie sich zu ihrem Kartenspiel begeben konnten. So jugendlich, wie er aussah! Nirgendwo hätte er wohl besser zur Geltung kommen können als dort, wo er nun stand. Seine hochgewachsene, schlanke, aufrechte Gestalt zwischen den beleibten Figuren und gebeugten Rücken der älteren Männer mußte nach Emmas Meinung alle Blicke auf sich ziehen; und ihren eigenen Partner ausgenommen, gab es in der ganzen Reihe junger Männer keinen einzigen, der sich mit ihm messen konnte. – Er trat ein paar Schritte näher, und schon diese wenigen Schritte lieferten den Beweis dafür, wie sicher und gewandt und mit welch natürlicher Anmut er getanzt hätte, wenn er sich nur die Mühe machen wollte. – Wann immer sich ihre Blicke trafen, zwang sie ihm ein Lächeln ab, aber meistens schaute er ernst drein. Ach, wenn er doch für Ballsäle mehr übrig gehabt und Frank Churchill sympathischer gefunden hätte! – Oft fühlte sie sich von ihm beobachtet. Sie brauchte sich nicht einzubilden, daß es ihm dabei um ihre Tanzkünste ging, sollte er jedoch ihr Verhalten kritisch in Augenschein nehmen wollen, so hatte sie nichts zu befürchten. Zwischen ihr und ihrem Partner spielte sich nichts ab, was nach einem Flirt ausgesehen hätte. Sie wirkten eher wie fröhliche, unbefangene Freunde als wie Verliebte. Daß sich Frank Churchill nicht mehr so viel aus ihr machte wie früher, war unzweifelhaft.

Der Ball nahm einen erfreulichen Verlauf. Mrs. Westons ängstliche Sorgfalt und unablässige Umsicht waren nicht umsonst gewesen. Alle schienen glücklich; und das Lob, daß es ein zauberhafter Ball sei, das zumeist erst am Ende eines solchen Ereignisses gespendet wird, wurde bei diesem schon gleich zu Beginn mehrfach laut. Dabei war er an herausragenden, memorablen Begebenheiten keineswegs reicher als andere Bälle auch. Ein Vorfall indessen erschien Emma durchaus denkwürdig. – Die letzten beiden Tänze vor dem Nachtessen hatten begonnen, und Harriet war nicht aufgefordert worden; als einzige junge Dame saß sie noch da.

Bisher hatte sich die Zahl der Tänzer und Tänzerinnen immer entsprochen, weshalb es verwunderlich war, wie nun eine übrigbleiben konnte. Aber Emmas Verwunderung legte sich wenig später, als sie Mr. Elton betont lässig herumschlendern sah. Er würde Harriet bestimmt nicht auffordern, wenn es sich irgendwie vermeiden ließ, davon war sie überzeugt und rechnete jeden Augenblick damit, daß er ins Kartenzimmer flüchten würde.

Flucht jedoch lag nicht in seiner Absicht. Er begab sich nach der Seite des Saals, wo diejenigen zusammensaßen, die nicht tanzten, sprach mit einigen und stolzierte vor ihnen herum, als wollte er seine Freiheit zur Schau tragen und demonstrieren, daß er sie nicht aufzugeben gedenke. Dabei versäumte er auch nicht, zuweilen unmittelbar vor Miss Smith stehenzubleiben oder sich mit Leuten neben ihr zu unterhalten. Emma sah es. Sie tanzte noch nicht, sie bahnte sich ihren Weg vom unteren Ende des Saals und hatte deshalb Muße, sich umzusehen, sie brauchte nur den Kopf ein wenig zu drehen, und schon hatte sie alles im Blick. Als sie etwa bis zur Mitte aufgerückt war, hatte sie alle anderen Paare hinter sich und wollte nun ihre Blicke nicht länger schweifen lassen; aber Mr. Elton stand so nahe, daß sie jedes Wort eines Gesprächs aufschnappte, das er gerade mit Mrs. Weston führte, und sie bemerkte, wie seine Frau, die direkt vor ihr stand, nicht nur ebenfalls zuhörte, sondern ihn auch noch mit vielsagenden Blicken ermunterte. – Die herzensgute, sanftmütige Mrs. Weston hatte sich von ihrem Platz erhoben, war zu ihm getreten und sagte: »Tanzen Sie denn nicht, Mr. Elton?«, worauf seine prompte Antwort lautete: »Sehr gern, Mrs. Weston, wenn Sie mit mir tanzen wollen.«

»Ich – o nein – ich möchte Ihnen eine bessere Partnerin verschaffen, als ich es bin. Ich tanze nicht.«

»Wenn Mrs. Gilbert tanzen möchte«, sagte er, »wird es mir ein Vergnügen sein – zwar komme ich mir langsam schon wie ein alter Ehemann vor, und die Zeiten, in denen ich das Tanzbein geschwungen habe, sind längst vorbei, aber mit einer alten Freundin wie Mrs. Gilbert würde ich liebend gern ein Tänzchen wagen.«

»Mrs. Gilbert möchte nicht tanzen, aber eine junge Dame ist noch nicht aufgefordert, die ich gern tanzen sähe – Miss Smith.« »Miss Smith! o! – Das hatte ich gar nicht bemerkt. – Sie sind zu liebenswürdig – und wenn ich nicht so ein alter Ehemann wäre. – Aber die Zeiten, in denen ich das Tanzbein geschwungen habe, sind längst vorbei, Mrs. Weston. Sie werden mich entschuldigen. Sonst würde ich mit Freuden alles für Sie tun – aber mit der Tanzerei habe ich abgeschlossen.«

Mrs. Weston sagte nichts mehr; und Emma konnte sich vorstellen, wie erstaunt und geknickt sie zu ihrem Platz zurückging. Das war eben Mr. Elton! Der liebenswürdige, zuvorkommende, freundliche Mr. Elton! – Sie drehte sich kurz um; er hatte sich zu Mr. Knightley gesellt, der in einiger Entfernung von den Tanzenden stand, und schickte sich gerade an, eine ernsthafte Unterhaltung mit diesem zu führen, wobei er mit seiner Frau Blicke voller Schadenfreude tauschte.

Emma mochte nicht mehr hinsehen. Ihr Herz glühte vor Zorn, und sie fürchtete, ihr Gesicht nicht weniger.

Gleich darauf bot sich ihr jedoch ein erfreulicheres Bild: Mr. Knightley führte Harriet zur Tanzfläche! Nie zuvor war sie so überrascht, selten so entzückt gewesen wie in diesem Augenblick. Freude und Dankbarkeit erfüllten sie, sowohl Harriets als auch ihrer selbst wegen, und sie hätte ihm am liebsten sofort dafür gedankt. Zwar war er zu weit weg, als daß sie sich mit Worten hätte verständlich machen können, aber als sie seinen Blick wieder auffing, konnte er ihrem Gesichtsausdruck so mancherlei entnehmen.

Es zeigte sich, daß er genauso tanzte, wie sie vermutet hatte, nämlich hervorragend; und fast hätte es scheinen können, als habe sie so viel Glück gar nicht verdient, wäre nicht jene häßliche Szene vorausgegangen und hätte Harriet nicht freudestrahlend zu erkennen gegeben, wie sehr sie sich dieser Auszeichnung bewußt war. Ihr gebührte sie durchaus, und sie hüpfte höher denn je, schwebte weiter in die Mitte der Tanzfläche hinein und lächelte in einem fort.

Mr. Elton hatte sich ins Kartenzimmer zurückgezogen und machte (davon war Emma überzeugt) ein recht dummes Gesicht. Sie hielt ihn nicht für ganz so abgebrüht wie seine Frau, wenngleich er ihr immer ähnlicher wurde; *sie* freilich sprach aus, was sie dachte, indem sie deutlich hörbar zu ihrem Tanzpartner bemerkte:

»Knightley hat sich der armen kleinen Miss Smith erbarmt! Sehr nobel, ich muß schon sagen.«

Das Nachtmahl wurde angekündigt. Alles setzte sich nun in Bewegung; und von diesem Augenblick an war Miss Bates ununterbrochen zu hören, bis sie am Tisch Platz genommen und ihren Löffel ergriffen hatte.

»Jane, Jane, meine liebe Jane, wo bist du? – Hier ist deine Pelerine. Mrs. Weston bittet dich, deine Pelerine umzulegen. Sie sagt, sie fürchte, es könne im Gang ziehen, obwohl man alles getan habe – die eine Tür zugenagelt – unzählige Matten angebracht – Meine liebe Jane, wirklich, das mußt du. Mr. Churchill, oh! Sie sind zu liebenswürdig! Wie schön Sie sie ihr umlegen! Bin Ihnen ja so dankbar! Wirklich hervorragende Tänzer! – Ja, meine Liebe, ich bin schnell heimgelaufen, wie ich dir gesagt hatte, um Großmama ins Bett zu bringen, und war gleich wieder zurück, und niemand hat mich vermißt. – Ich bin losgerannt, ohne ein Sterbenswörtchen verlauten zu lassen, genau wie ich dir gesagt hatte. Großmama war recht guter Dinge, hat einen bezaubernden Abend bei Mr. Woodhouse verbracht, viel geplaudert und Backgammon gespielt. – Ehe sie aufbrach, wurde noch Tee gereicht, und es gab Biskuits und Bratäpfel und Wein. Beim Würfeln hatte sie teilweise großes Glück, und sie hat sich ausführlich nach dir erkundigt, ob du dich auch gut amüsierst und mit wem du bisher getanzt hast. ›Oh!‹ sagte ich, ›ich werde Jane nicht vorgreifen; ich ging, als sie gerade mit Mr. George Otway tanzte; sie wird dir bestimmt morgen alles selbst erzählen wollen: Ihr erster Partner war Mr. Elton, ich weiß nicht, wer sie als nächster auffordern wird, vielleicht Mr. William Cox.‹ Lieber Mr. Churchill, Sie sind zu liebenswürdig! Ist denn niemand da, den Sie lieber – ich bin nicht hilflos. Zu freundlich von Ihnen, mein Herr. Ach du meine Güte, Jane am einen Arm und mich am anderen! – Halt, halt, wir wollen etwas zurücktreten, jetzt kommt Mrs. Elton; die liebe Mrs. Elton, wie elegant sie aussieht! – Wunderschöne Spitze! – Jetzt folgen wir ihren Spuren. Die Königin des Abends, fürwahr! – So, hier sind wir nun im Korridor. Zwei Stufen, Jane, gib acht auf die beiden Stufen. Ach nein, es ist ja nur eine. Also, ich war fest davon überzeugt, daß es zwei sind, und jetzt ist da nur eine. Solchen Luxus, so etwas Geschmackvolles habe ich noch nie erlebt – überall Kerzen. – Ich wollte dir gerade von deiner Großmama erzählen, Jane. – Es hat eine kleine Enttäuschung gegeben. – Die Bratäpfel und Biskuits sind ja auf ihre Art auch etwas Köstliches, wie du weißt; aber zuerst wurde ein leckeres Kalbsbrieshaschee mit Spargel aufgetragen, und der gute Mr. Woodhouse, der meinte, der Spargel sei nicht richtig weich, ließ alles wieder abtragen. Dabei ist Bries mit Spargel doch das Leib- und Magengericht deiner Großmama – somit war sie ziemlich enttäuscht, aber wir haben vereinbart, niemandem etwas davon zu erzählen, aus Angst, es könnte der lieben Miss Woodhouse zu Ohren kommen, die sehr betrübt wäre! – Ach, das ist ja phantastisch! Ich bin völlig perplex! Hätte das nicht für möglich gehalten! – Eine solche Eleganz und solcher Überfluß! – So etwas habe ich nicht mehr erlebt seit – Nun, wo sollen wir Platz nehmen? Wo sollen wir Platz nehmen? Egal, nur Jane darf nicht im Zug sitzen. Wo ich sitze, ist unwichtig. Oh! Sie schlagen diese Seite vor? – Aber gewiß, Mr. Churchill – nur scheint mir dieser Platz zu gut – aber ganz wie Sie möchten. Was Sie in diesen Räumlichkeiten bestimmen, kann nicht verkehrt sein. Meine liebe Jane, wie sollen wir uns auch nur die Hälfte dieser Gerichte für Großmama merken? Und auch noch Suppe! Du meine Güte! Ich muß doch nicht als eine der ersten bedient werden, aber sie duftet ganz wundervoll; na, dann fange ich eben an.«

Während des Essens ergab sich für Emma keine Gelegenheit, mit Mr. Knightley zu sprechen; aber als sie wieder im Ballsaal waren, forderten ihn ihre Blicke unwiderstehlich auf, zu ihr zu kommen und ihren Dank entgegenzunehmen. Seine Kritik an Mr. Eltons Benehmen fiel heftig aus, es sei unverzeihlich grob gewesen, und auch Mrs. Eltons Blicke wurden entsprechend getadelt.

»Sie wollten nicht nur Harriet verletzen«, sagte er. »Emma, warum sind Ihnen die beiden nur so feindlich gesinnt?«

Er sah sie mit durchdringendem Lächeln an und fügte, als er keine Antwort erhielt, hinzu: »*Sie* bräuchte Ihnen doch wohl nicht böse zu sein, was immer auch *er* gegen Sie haben mag. – Zu dieser Vermutung sagen Sie natürlich nichts; aber geben Sie zu, Emma, Sie wollten, daß er Harriet heiratet.«

»Stimmt«, entgegnete Emma, »und das werden Sie mir niemals verzeihen.«

Er schüttelte den Kopf; aber zugleich lächelte er nachsichtig und sagte bloß:

»Ich werde Sie nicht tadeln. Ich überlasse Sie Ihren eigenen Gedanken.«

»Können Sie mich solchen Schmeichlern anvertrauen? Hat mich denn meine Eitelkeit schon je vor falschen Schlüssen bewahrt?«

»Ihre Eitelkeit nicht, aber Ihr Gewissen. – Wenn jene Sie in die Irre führt, macht dieses Sie bestimmt darauf aufmerksam.«

»Ich gebe ja zu, daß ich mich in Mr. Elton vollkommen getäuscht habe. Es haftet ihm etwas Kleinliches an, was Sie längst erkannt haben, ich jedoch nicht: und ich war felsenfest davon überzeugt, daß er in Harriet verliebt ist. Eine Verkettung merkwürdiger Mißverständnisse!«

»Und als Belohnung für Ihr freimütiges Eingeständnis will ich Ihnen Gerechtigkeit widerfahren lassen und behaupten, daß Sie eine bessere Wahl für ihn getroffen hätten, als er für sich selbst getroffen hat. – Harriet Smith verfügt über ein paar vortreffliche Eigenschaften, die Mrs. Elton vollständig abgehen. Ein anspruchsloses, geradliniges, natürliches Mädchen – das jeder Mann mit gesundem Menschenverstand und Geschmack einer Frau wie Mrs. Elton unendlich vorziehen muß. Ich fand in Harriet eine viel angenehmere Gesprächspartnerin, als ich erwartet hatte.«

Emma war hocherfreut und dankbar. – Sie wurden unterbrochen, weil Mr. Weston in seiner üblichen Geschäftigkeit wieder zum Tanz rief.

»Kommen Sie, Miss Woodhouse, Miss Otway, Miss Fairfax, was ist denn los? – Kommen Sie, Emma, gehen Sie den anderen mit gutem Beispiel voran. Alle sind so träge! Sie schlafen ja fast schon ein!«

»Ich stehe zur Verfügung«, sagte Emma, »wenn man mich auffordert.«

»Mit wem tanzen Sie denn jetzt?« fragte Mr. Knightley.

Sie zögerte einen Augenblick und erwiderte dann: »Mit Ihnen, wenn Sie mich auffordern.«

»Wollen Sie?« fragte er und reichte ihr seine Hand.

»Natürlich will ich. Sie haben ja bereits bewiesen, daß Sie tanzen können, und so sehr Bruder und Schwester sind wir nun auch wieder nicht, daß es unschicklich wirken würde.«

»Bruder und Schwester? Nein, weiß Gott nicht.«

NEUNUNDDREISSIGSTES KAPITEL

Diese kurze Aussprache mit Mr. Knightley bereitete Emma viel Freude. Sie gehörte zu den angenehmen Erinnerungen an den Ball, die sie am nächsten Morgen während ihres Spaziergangs im Garten lustvoll Revue passieren ließ. – Sie war überaus froh, daß sie sich über die Eltons so einig gewesen waren und sich ihre Ansichten über ihn und sie so weitgehend deckten, und daß Mr. Knightley sich so lobend über Harriet ausgesprochen und ihr selbst damit ein Zugeständnis gemacht hatte, empfand sie als besonders erfreulich. Die Unverschämtheit der Eltons, die ein paar Minuten lang den restlichen Abend zu verderben gedroht hatte, war der Anlaß für einige seiner befriedigendsten Momente gewesen; und als eine weitere glückliche Folge der häßlichen Szene erwartete sie, daß Harriet nun endlich von ihrer Verblendung geheilt sein würde. Aus der Art und Weise, wie Harriet sich über den Vorfall geäußert hatte, ehe sie den Ballsaal verließen, schöpfte sie große Hoffnungen. Es schien, als sei es ihr plötzlich wie Schuppen von den Augen gefallen und als habe sie eingesehen, daß Mr. Elton nicht jenes erhabene Wesen ist, für das sie ihn immer gehalten hatte. Das Fieber war überwunden, und Emma brauchte kaum mehr zu befürchten, daß irgendwelche herablassenden Höflichkeiten Harriets Puls wieder beschleunigen würden. Sie vertraute darauf, daß die Gehässigkeiten der Eltons schon für die zu weiterer Ernüchterung erforderlichen Spitzen und Affronts sorgen würden. – Harriet zur Vernunft gekommen, Frank Churchill etwas abgekühlt und Mr. Knightley nicht zum Streiten aufgelegt, welch ein glückverheißender Sommer lag nun vor ihr!

An diesem Vormittag sollte sie Frank Churchill nicht mehr zu Gesicht bekommen. Er hatte ihr gesagt, daß er sich nicht das Vergnügen gönnen könne, in Hartfield anzuhalten, da er bis gegen Mittag zu Hause sein müsse. Es löste bei ihr kein Bedauern aus.

Nachdem sie all diese Dinge in Gedanken geordnet, gesichtet und zurechtgerückt hatte, wollte sie gerade zum Haus zurückkehren, um sich, erquickt und beflügelt, der beiden kleinen Jungen und deren Großvater anzunehmen, als das große, schmiedeeiserne Flügeltor aufging und zwei Personen eintraten, mit denen sie nie weniger gerechnet hatte als in diesem Augenblick: Frank Churchill und Harriet, die sich auf seinen Arm stützte – ja, tatsächlich Harriet! Sofort war Emma überzeugt, daß etwas ganz Ungewöhnliches vorgefallen sein mußte. Harriet sah sehr blaß und verängstigt aus, und er versuchte, sie aufzumuntern. Das eiserne Tor und die Haustür lagen keine zwanzig Meter voneinander, und so waren alle drei im Nu in der Halle, wo Harriet sofort in einen Sessel sank und in Ohnmacht fiel.

Eine junge Dame, die in Ohnmacht fällt, muß wieder zu sich gebracht werden; Fragen sind zu beantworten und überraschende Begebenheiten zu erklären. Vorkommnisse dieser Art erregen immer großes Interesse, aber die Spannung kann nie lange anhalten. Nach ein paar Minuten war Emma über alles im Bilde.

Miss Smith und Miss Bickerton, eine andere privilegierte Schülerin von Mrs. Goddard, die ebenfalls auf dem Ball gewesen war, hatten zusammen einen Spaziergang gemacht und die Straße nach Richmond eingeschlagen, auf der sie in eine brenzlige Lage gerieten, obwohl diese Straße eigentlich normalerweise belebt genug war, um als sicher zu gelten. – Etwa eine halbe Meile hinter Highbury machte sie eine scharfe Kurve und war, zumal noch von schattigen Ulmen gesäumt, über eine beträchtliche Strecke hinweg sehr einsam; und als die jungen Damen ein Stück davon zurückgelegt hatten, bemerkten sie plötzlich in geringer Entfernung vor sich auf einem breiteren Grasstreifen am Straßenrand eine Gruppe von Zigeunern. Ein Kind, das Ausschau gehalten hatte, trat auf sie zu, um zu betteln. Miss Bickerton bekam es furchtbar mit der Angst zu tun, stieß einen lauten Schrei aus, rief Harriet zu, ihr zu folgen, rannte eine steile Böschung hinauf, sprang oben über eine niedrige Hecke und lief, so schnell sie laufen konnte, auf dem kürzesten Weg nach Highbury zurück. Die arme Harriet vermochte ihr nicht zu folgen. Nach dem Ball hatte sie unter schlimmen Wadenkrämpfen gelitten, und bei ihrem ersten Versuch, die Böschung zu erklimmen, traten diese Krämpfe wieder auf, und zwar so stark, daß ihr die Kräfte versagten – und in diesem Zustand, zudem noch außer sich vor Angst, sah sie sich genötigt, zu bleiben, wo sie war.

Wie sich die Landstreicher verhalten hätten, wenn die jungen Damen etwas beherzter gewesen wären, muß dahingestellt bleiben; aber einer solchen Herausforderung konnten sie nicht widerstehen, und Harriet sah sich alsbald von einem halben Dutzend Kindern bestürmt, die von einer beleibten Frau und einem Halbwüchsigen angeführt wurden; alle schrien durcheinander, sahen ihr frech ins Gesicht, ohne jedoch mit Worten ausfällig zu werden. – Vor lauter Angst versprach sie ihnen sogleich Geld, zog ihre Börse heraus, gab ihnen einen Schilling und bat sie, nicht noch mehr zu verlangen und ihr nichts zuleide zu tun. – Inzwischen konnte sie wieder normal, wenn auch nur langsam, gehen, und sie setzte sich in Bewegung – aber ihre Angst und ihre Börse waren allzu verführerisch, und so folgte ihr die ganze Bande oder, besser gesagt: umringte sie und wollte noch mehr haben.

In dieser Lage hatte Frank Churchill sie vorgefunden: sie zitternd und verhandelnd, die anderen laut und unverschämt. Durch einen ausgesprochen glücklichen Zufall hatte sich sein Aufbruch von Highbury derart verzögert, daß er ihr in diesem kritischen Moment zu Hilfe eilen konnte. Der heitere Morgen hatte ihn bewogen, zu Fuß loszugehen und seine Pferde an einer anderen Straße ein paar Meilen hinter Highbury warten zu lassen – und da er sich zufällig am Vorabend von Miss Bates eine Schere ausgeliehen und vergessen hatte, sie zurückzugeben, mußte er nolens volens vor ihrer Tür haltmachen und auf ein paar Minuten eintreten: Er war daher später dran, als er beabsichtigt hatte, und da er zu Fuß ging, wurde er von den Zigeunern erst bemerkt, als er schon fast vor ihnen stand.

Den Schrecken, in den die Frau und der junge Bursche Harriet versetzt hatten, mußten sie nun am eigenen Leibe erfahren. Völlig verängstigt hatte er sie stehenlassen, und Harriet, die sich wie eine Ertrinkende an ihn klammerte und kaum ein Wort herausbrachte, vermochte sich gerade noch mit letzter Kraft nach Hartfield zu schleppen, ehe ihr die Sinne schwanden. Es war seine Idee gewesen, sie nach Hartfield zu bringen, an einen anderen Ort hatte er gar nicht erst gedacht.

Dies war die ganze Geschichte – seiner Darstellung und der Harriets zufolge, sobald diese Bewußtsein und Sprache wiedererlangt hatte. – Er wagte nur so lange zu bleiben, bis er sich vergewissert hatte, daß es ihr wieder gutging; nach all diesen Verzögerungen durfte er keine Minute mehr verlieren; und als Emma sich verpflichtet hatte, Mrs. Goddard von Harriets Rettung zu benachrichtigen und Mr. Knightley zu verständigen, daß sich solche Leute in der Gegend herumtrieben, brach er auf, begleitet von allen nur erdenklichen Dankesworten und Segenswünschen, die ihm Emma auch im Namen ihrer Freundin mit auf den Weg gab.

Bei einem Abenteuer wie diesem – ein vornehmer junger Mann und eine liebreizende junge Frau auf solch abenteuerliche Weise einander zugeführt – mußte selbst das kälteste Herz und der nüchternste Verstand auf gewisse Ideen kommen. So dachte zumindest Emma. Hätte ein Sprachforscher, ein Grammatiker, ja sogar ein Mathematiker, Zeuge dessen werden können, was sie eben gesehen hatte, hätte er miterleben können, wie die beiden zusammen auftauchten und ihre Geschichte erzählten, ohne auf den Gedanken zu verfallen, daß hier Umstände am Werk gewesen waren, die sie einander besonders anziehend machten? – Wieviel mehr mußte da erst ein Mensch, der so sehr in seiner Phantasiewelt lebte wie sie, vor lauter Spekulationen und Visionen Feuer und Flamme sein – zumal sie im Geiste bereits das Fundament für solche Vorahnungen gelegt hatte!

Es war schon etwas ganz Ungewöhnliches! Soweit sie sich erinnern konnte, hatte noch nie eine junge Dame aus Highbury so etwas erlebt, keine Begegnung, keine beunruhigende Situation dieser Art; – und nun war es gerade dieser Person und ausgerechnet zu der Stunde widerfahren, als gerade die andere Person zufällig vorbeikam, um sie zu retten! – Es war schon wirklich sehr abenteuerlich! – Und da sie ja wußte, in welch günstiger Gemütsverfassung sich die beiden gegenwärtig befanden, beeindruckte sie dieser Zufall um so mehr. Er wollte seine Verliebtheit zu ihr überwinden, sie erholte sich gerade von ihrer Schwärmerei für Mr. Elton. Es schien, als komme alles zusammen, um die interessantesten Konsequenzen zu versprechen. Daß dieser Vorfall spurlos an ihnen vorüberging, war einfach undenkbar.

In dem kurzen Gespräch, das sie mit ihm geführt hatte, während Harriet noch nicht wieder ganz bei sich gewesen war, hatte er amüsiert und entzückt und sehr einfühlsam von ihrer schrecklichen Angst, ihrer *naïveté* gesprochen und geschildert, wie eifrig sie seinen Arm ergriffen und sich daran geklammert habe; und ganz zum Schluß, nachdem das Ganze von Harriet selbst noch einmal dargestellt worden war, hatte er seiner Empörung über die verabscheuungswürdige Dummheit Miss Bickertons in heftigsten Worten Luft gemacht. Alles sollte jedoch seinen natürlichen Lauf nehmen, nichts erzwungen oder unterstützt werden. Sie würde keinen Finger rühren, keinerlei Anspielungen machen. Nein, sie hatte genug davon, sich in anderer Leute Angelegenheiten einzumischen. Ein Plan, der nur in ihrem Kopf existierte, konnte keinen Schaden anrichten. Es war nichts weiter als ein Wunsch. Darüber hinaus würde sie auf gar keinen Fall gehen.

Ursprünglich lautete Emmas Entschluß, ihrem Vater von dem Vorfall kein Wort zu erzählen, wußte sie doch, welche Angst und Aufregung dieser bei ihm auslösen würde: Aber bald wurde ihr klar, daß man ihm die Sache nicht verheimlichen konnte. Innerhalb einer halben Stunde wußte ganz Highbury darüber Bescheid. Es handelte sich hier um ein Ereignis, das die Phantasie jener beschäftigt, die am meisten reden, die jungen Leute und das einfache Volk; und die gesamte Jugend und Dienerschaft im Ort labte sich bald an der schaurigen Neuigkeit. Der Ball vom Vorabend schien über den Zigeunern schon ganz in Vergessenheit geraten zu sein. Der arme Mr. Woodhouse zitterte richtig in seinem Sessel und gab sich, wie Emma geahnt hatte, erst halbwegs zufrieden, als sie ihm versprach, in Zukunft höchstens bis zu den Sträuchern zu gehen. Es war ihm ein gewisser Trost, daß sich im Lauf des Tages viele nach seinem, Miss Woodhouses sowie auch nach Miss Smiths Befinden erkundigten (denn seine Nachbarn wußten, daß er es sehr gern hatte, wenn man sich nach ihm erkundigte); und mit Freuden konnte er darauf antworten, es gehe ihnen nicht besonders gut – wogegen Emma nichts einwenden wollte, obwohl es nicht ganz der Wahrheit entsprach, denn ihr ging es blendend und Harriet nicht viel anders. Für das Kind eines solchen Mannes verfügte sie über eine geradezu bedauerlich gute Gesundheit, denn sie wußte kaum, was es heißt, krank zu sein; und wenn er keine Krankheiten für sie erfand, konnte sie in seinen Briefen keine besonders rühmliche Figur abgeben.

Die Zigeuner warteten nicht, bis die Justiz einschritt; im Nu hatten sie sich davongemacht. Die jungen Damen von Highbury hätten wieder so unbehelligt spazierengehen können wie vor dem schrecklichen Ereignis, und die ganze Geschichte verlor bald an Interesse, außer für Emma und ihre Neffen: In deren Phantasie behauptete sie das Feld, und Henry und John wollten weiterhin Tag für Tag die Geschichte von Harriet und den Zigeunern hören und korrigierten ihre Tante noch immer hartnäckig, wenn sie auch nur in der kleinsten Einzelheit von der Originalversion abwich.

VIERZIGSTES KAPITEL

Erst wenige Tage nur waren seit diesem Abenteuer vergangen, als Harriet eines Morgens mit einem kleinen Päckchen in der Hand zu Emma kam. Nachdem sie Platz genommen und ein wenig gezögert hatte, begann sie wie folgt:

»Miss Woodhouse – wenn Sie ein wenig Zeit haben – es gibt da etwas, das ich Ihnen gerne erzählen möchte – eine Art Beichte sozusagen – dann habe ich es nämlich hinter mir.«

Emma war ziemlich überrascht, bat sie aber zu sprechen. In Harriets Gebaren wie auch in ihren Worten lag ein solcher Ernst, daß sie sich auf etwas nicht Alltägliches gefaßt machte.

»Es ist meine Pflicht und auch mein ehrlicher Wunsch«, fuhr Harriet fort, »in dieser Sache ganz offen zu Ihnen zu sein. Da ich in *einer Beziehung* nun glücklicherweise ein völlig anderer Mensch geworden bin, sollten Sie auch die Genugtuung haben, es zu erfahren. Ich möchte nicht mehr sagen, als nötig ist – ich schäme mich viel zu sehr, daß ich mich so habe gehenlassen, und ich denke, Sie verstehen mich.«

»Ja«, sagte Emma, »ich hoffe es.«

»Wie konnte ich mir nur so lange etwas vormachen!« rief

Harriet ungehalten. »Es kommt mir nun wie eine Art von Wahnsinn vor! Ich kann jetzt überhaupt nichts mehr Besonderes an ihm finden. – Es ist mir gleichgültig, ob ich ihm begegne oder nicht – nur daß ich ihn am liebsten gar nicht mehr sehen würde – kein Umweg wäre mir zu weit, um ihm nicht mehr begegnen zu müssen – aber ich beneide seine Frau nicht im geringsten; weder bewundere noch beneide ich sie, wie ich es einmal getan habe. Gewiß, sie ist sehr charmant und all das, doch ich halte sie für mürrisch und unangenehm. – Nie werde ich ihren Blick von neulich abend vergessen! – Dennoch versichere ich Ihnen, Miss Woodhouse, ich wünsche ihr nichts Böses. – Nein, mögen sie so glücklich sein zusammen, wie sie wollen, es wird mir keinen Stich mehr versetzen; und um Ihnen zu beweisen, daß ich die Wahrheit sage, werde ich nun vernichten – was ich schon längst hätte vernichten sollen – was ich niemals hätte aufbewahren sollen – ich weiß es sehr gut (und bei diesen Worten errötete sie). – Jetzt allerdings will ich das alles vernichten – und mir liegt besonders daran, es in Ihrer Gegenwart zu tun, damit Sie sehen, wie vernünftig ich geworden bin. Können Sie sich denken, was dieses Päckchen hier enthält?« fragte sie mit betretener Miene.

»Ich habe nicht die geringste Ahnung. – Hat er dir denn je etwas geschenkt?«

»Nein – Geschenke kann ich das nicht nennen; aber es sind Dinge, die ich immer in Ehren gehalten habe.«

Sie reichte ihr das Päckchen, und Emma las die oben darauf geschriebenen Worte *Kostbarste Schätze*. Ihre Neugier war jetzt vollends geweckt. Harriet wickelte das Päckchen auf, und Emma sah gespannt zu. Eingehüllt in Unmengen von Silberpapier lag da ein hübsches, kleines, mit Intarsien versehenes Holzkästchen, das Harriet nun öffnete: es war mit Watte ausgekleidet; aber außer der Watte erblickte Emma nur ein Stückchen Heftpflaster.

»Jetzt«, sagte Harriet, »erinnern Sie sich aber bestimmt.«

»Nein, wirklich nicht.«

»Du meine Güte! Ich hätte es nicht für möglich gehalten, daß Sie vergessen könnten, was hier in diesem Zimmer mit dem Heftpflaster geschehen ist bei einem der letzten Male, als wir uns hier trafen! – Es war nur ein paar Tage, ehe ich meine Halsentzündung bekam – unmittelbar bevor Mr. und Mrs. John Knightley eintrafen – ich glaube, noch am selben Abend. Wissen Sie denn nicht mehr, wie er sich mit Ihrem neuen Federmesser in den Finger schnitt und Sie ihm Heftpflaster empfahlen? – Aber da Sie keines bei sich hatten und wußten, daß ich welches bei mir trug, baten Sie mich, ihm welches zu geben; und so zog ich meines aus der Tasche und schnitt ihm ein Stück davon ab; doch es war viel zu groß, und er schnitt es kleiner und spielte eine Weile mit dem, was übrigblieb, ehe er es mir zurückgab. Und in meiner Verrücktheit konnte ich dann nicht anders: Ich machte einen Schatz daraus – so legte ich es beiseite, damit es niemals benutzt würde, und schaute es ab und zu an, als wenn es etwas ganz Wertvolles gewesen wäre.«

»Meine liebste Harriet!« rief Emma, schlug die Hände überm Kopf zusammen und sprang auf, »du erfüllst mich mit größerer Scham, als ich ertragen kann. Erinnern? Ja, jetzt erinnere ich mich an alles, nur nicht mehr, daß du diesen Rest aufbewahrtest – davon habe ich bis zu diesem Augenblick nichts gewußt – aber daß er sich in den Finger schnitt und ich ihm Heftpflaster empfahl und sagte, ich hätte keines bei mir! – Oh! meine Sünden, meine Sünden! – Und dabei hatte ich doch reichlich davon in der Tasche! – Einer meiner unsinnigen Tricks! – Ich habe es verdient, den Rest meines Lebens mit Schamesröte auf dem Gesicht herumzulaufen. – Nun (sie setzte sich wieder hin) – sprich weiter – was gibt es noch?«

»Und Sie hatten wirklich welches bei sich? – Darauf wäre ich wahrlich nicht gekommen, es ging Ihnen so natürlich über die Lippen.«

»Und so hast du also tatsächlich dieses Stück Heftpflaster seinetwegen aufgespart!« sagte Emma, die sich von ihrer Beschämung erholte und zwischen ungläubigem Staunen und amüsierter Belustigung hin- und hergerissen war. Und im stillen fügte sie noch hinzu: »Du lieber Himmel! Wann wäre ich je auf die Idee gekommen, ein Stück Heftpflaster, mit dem Frank Churchill gespielt hat, in Watte zu legen! – Zu so etwas war ich nie imstande.«

»Hier«, fuhr Harriet fort, indem sie sich wieder ihrem Kästchen zuwandte, »hier ist etwas noch Kostbareres, ich meine, es *war* kostbarer, weil dies ihm wirklich einmal gehört hat, was bei dem Heftpflaster ja nie der Fall war.«

Emma war nun richtig gespannt auf diesen noch größeren Schatz. Es war der Rest eines alten Bleistifts – der Teil ohne Blei.

»Der hat ihm wirklich gehört«, sagte Harriet. »Erinnern Sie sich an einen bestimmten Vormittag? Nein, sicher nicht. Aber eines Morgens – den genauen Tag habe ich vergessen – aber vielleicht war es der Dienstag oder Mittwoch vor *jenem Abend*, er wollte sich einen Vermerk in seinem Notizbuch machen; es ging um Sprossenbier. Mr. Knightley hatte ihm etwas über das Brauen von Sprossenbier erzählt, und er wollte es sich aufschreiben; aber als er seinen Bleistift herauszog, war da nur noch so wenig Blei drin, daß er schnell alles abgespitzt hatte und nichts mehr damit anfangen konnte. So liehen Sie ihm einen von Ihren, und dieser blieb auf dem Tisch liegen, zu nichts mehr nütze. Aber ich ließ ihn nicht mehr aus den Augen, und sobald ich es wagen konnte, nahm ich ihn an mich und habe mich seitdem nie mehr von ihm getrennt.«

»Ich erinnere mich«, rief Emma, »ich erinnere mich genau. Wir sprachen von Sprossenbier. – O ja – Mr. Knightley und ich sagten, daß wir es gern tränken, und Mr. Elton schien entschlossen, ebenfalls Geschmack daran zu finden. Ich erinnere mich genau. Halt, Mr. Knigthley stand hier an dieser Stelle, nicht wahr? Ich bilde mir ein, daß er genau hier gestanden hat.«

»Oh! Ich weiß es nicht. Das habe ich vergessen. Es ist sehr merkwürdig, aber ich weiß es nicht mehr. Mr. Elton saß hier, daran erinnere ich mich, ungefähr hier, wo ich jetzt sitze.«

»Na schön, fahr fort.«

»Oh! Das ist alles. Mehr habe ich Ihnen nicht zu zeigen oder zu sagen – außer, daß ich jetzt beides ins Feuer werfen werde, und ich möchte, daß Sie mir dabei zusehen.«

»Meine arme liebe Harriet! Und es hat dich tatsächlich glücklich gemacht, diese Dinge wie einen Schatz zu hüten?«

»Ja, dumme Gans, die ich war! Aber nun schäme ich mich dafür in Grund und Boden und wäre froh, wenn ich das alles so schnell vergessen könnte, wie ich diese Dinge hier verbrenne. Es war nämlich sehr falsch von mir, Andenken von ihm aufzubewahren, nachdem er geheiratet hatte. Ich wußte es, brachte es aber nicht übers Herz, mich von ihnen zu trennen.«

»Aber Harriet, ist es denn unbedingt nötig, das Heftpflaster zu verbrennen? Von dem alten Bleistiftrest will ich ja nicht reden, aber das Heftpflaster könnte vielleicht noch mal von Nutzen sein.«

»Mir wird wohler sein, wenn ich es verbrenne«, erwiderte Harriet. »Es ist mir ein widerwärtiger Anblick. Ich muß alles loswerden. Da geht es hin, und damit ist die Sache mit Mr. Elton Gott sei Dank zu Ende!«

»Und wann«, dachte Emma, »wird die Sache mit Mr. Churchill ihren Anfang nehmen?«

Wenig später hatte sie Grund zur Annahme, daß der Anfang bereits gemacht sei, und sie konnte nur hoffen, daß die Zigeunerin sich als gutes Omen für Harriets Schicksal erweisen möge, obwohl sie ihr dieses nicht aus der Hand gelesen hatte. – Etwa zwei Wochen nach jenem fürchterlichen Überfall kam es zwischen ihnen zu einer durchaus befriedigenden Aussprache, und zwar ganz unbeabsichtigt. Emma dachte momentan gar nicht daran, was die Information, die sie erhielt, um so wertvoller machte. Im Verlauf eines belanglosen Geplauders sagte sie lediglich: »Na, Harriet, wann immer du heiratest, so rate ich dir dies und das« und dachte nicht mehr daran, bis sie nach kurzem Schweigen Harriet todernst erwidern hörte: »Ich werde niemals heiraten.«

Emma blickte auf und erkannte sogleich, was los war; und nachdem sie kurz überlegt hatte, ob sie nicht einfach darüber hinweggehen sollte, entgegnete sie:

»Niemals heiraten? Das ist ja ein ganz neuer Entschluß.«

»Jedoch einer, den ich nie mehr ändern werde.«

Nach kurzem Zögern: »Ich hoffe, das kommt nicht von – ich hoffe, das ist nicht als Kompliment an Mr. Elton zu verstehen?«

»Mr. Elton, ausgerechnet der!« rief Harriet ganz entrüstet. »O nein!«, und Emma konnte gerade noch die Worte »Mr. Elton so unendlich überlegen« aufschnappen.

Hierauf nahm sie sich etwas mehr Zeit zum Nachdenken. Sollte sie nicht doch nachhaken? Oder sollte sie Harriets dahingemurmelte Worte übergehen und so tun, als ahne sie nichts? Vielleicht würde sie dann für gefühllos oder verärgert gehalten werden. Oder womöglich würde sich Harriet durch ihr Schweigen nur veranlaßt sehen, ihr mehr zu offenbaren, als sie wissen wollte, und dabei hatte sie sich doch fest vorgenommen, daß es die frühere Vertraulichkeit, diese häufigen und so offen geführten Gespräche über diverse Hoffnungen und Möglichkeiten nicht mehr geben solle.

Sie hielt es für klüger, auf der Stelle alles loszuwerden und zu erfahren, was sie loswerden und erfahren wollte. Mit offenen Karten zu spielen, war immer das Beste. Sie hatte schon im voraus entschieden, wie weit sie in einer solchen Situation gehen würde; und es wäre für beide unverfänglicher, wenn sie umgehend die Spielregeln vorgab, die sie sich ausgedacht hatte. Sie war entschlossen und sagte daher: »Harriet, ich will nicht so tun, als wüßte ich nicht, was du damit meinst. Dein Entschluß oder vielmehr: deine Erwartung, niemals zu heiraten, entspringt der Vorstellung, daß die Person, die du lieben könntest, in der gesellschaftlichen Rangordnung zu hoch über dir steht, um dich eines Gedankens zu würdigen. Ist es nicht so?«

»Oh! Miss Woodhouse, glauben Sie mir, ich bin nicht so vermessen anzunehmen – Wirklich, so verrückt bin ich nicht. – Aber es erfüllt mich mit Freude, ihn aus der Ferne zu bewundern und mit all der ihm gerade von meiner Seite gebührenden Dankbarkeit, Verwunderung und Verehrung daran zu denken, wie unendlich er allen anderen Männern auf dieser Welt überlegen ist.«

»Das überrascht mich von dir keineswegs, Harriet. Bei der Gefälligkeit, die er dir erwiesen hat, dürfte es dir durchaus warm ums Herz geworden sein.«

»Gefälligkeit? Oh, es war viel mehr als das, ich bin ihm zutiefst zu Dank verpflichtet. Die bloße Erinnerung daran und an all das, was ich in jenem Augenblick empfand – als ich ihn kommen sah – der edle Ausdruck seines Gesichts – die erbärmliche Lage, in der ich mich zuvor befand. Welch ein Umschwung! Von einer Minute zur anderen, ein solcher Umschwung! Aus tiefstem Elend ins vollkommene Glück.«

»Das ist ganz natürlich. Es ist normal, und es ehrt dich. – Ja, es ehrt dich, finde ich, daß du eine so gute Wahl getroffen hast, die zudem noch für deine Dankbarkeit spricht. – Aber ob sie sich als glücklich erweisen wird, kann ich freilich nicht versprechen. Ich rate dir nicht, deinen Gefühlen nachzugeben, Harriet. Ich kann keineswegs dafür garantieren, daß sie erwidert werden. Überleg dir gut, was du tust. Vielleicht wäre es am klügsten, wenn du deine Gefühle zügeltest, solange du noch kannst: Laß dich jedenfalls nicht allzusehr von ihnen mitreißen, ehe du nicht überzeugt davon bist, daß er dich mag. Schau ihn dir genau an. Laß dich in deinen Empfindungen von seinem Verhalten leiten. Ich rate dir jetzt zur Vorsicht, weil ich mit dir nie wieder über dieses Thema sprechen werde. Ich bin fest entschlossen, mich nie wieder in anderer Leute Herzensangelegenheiten einzumischen. Hinfort will ich nichts von der Sache wissen. Kein Name soll uns über die Lippen kommen. Wir haben damals einen großen Fehler begangen, diesmal wollen wir vorsichtig sein. – Er ist dir zweifellos überlegen, und es scheint Einwände und Hindernisse sehr ernster Natur zu geben; aber dennoch, Harriet, sind schon erstaunlichere Dinge geschehen und

Ehen zwischen noch ungleicheren Partnern zustande gekommen. Aber sei vorsichtig. Ich möchte nicht, daß du allzu zuversichtlich bist; doch wie immer es auch ausgehen mag, du darfst versichert sein, deine Hinwendung zu ihm ist ein Zeichen von gutem Geschmack, den ich immer zu schätzen wissen werde.«

Harriet küßte ihr die Hand in stummer, hingebungsvoller Dankbarkeit. Emma war entschieden der Meinung, daß eine Zuneigung wie diese ihrer Freundin keineswegs schaden könne. Ihr Geist würde erhoben und veredelt werden – und sie bliebe dadurch mit Sicherheit vor der Gefahr bewahrt, ihre Perlen vor die Säue zu werfen.

EINUNDVIERZIGSTES KAPITEL

Soweit waren diese Pläne, Hoffnungen und stillschweigenden Vereinbarungen gediehen, als der Juni in Hartfield seinen Einzug hielt. Für die Einwohner des Ortes brachte er keine wesentlichen Veränderungen. Die Eltons redeten noch immer von einem baldigen Besuch der Sucklings und deren Landauer, dessen man sich dann häufig bedienen würde; und Jane Fairfax war noch immer bei ihrer Großmutter, und da die Campbells ihre Rückkehr aus Irland erneut verschoben und nun den August anstatt Ende Juni dafür ins Auge gefaßt hatten, stand zu erwarten, daß sie noch zwei volle Monate länger bleiben würde, vorausgesetzt freilich, sie vermochte sich gegen Mrs. Eltons übereifrige Bemühungen zur Wehr zu setzen und sich davor zu bewahren, gegen ihren Willen übereilt in eine entzückende Stellung gedrängt zu werden.

Mr. Knightley, der aus irgendeinem Grund, den nur er

allein kannte, schon von Anfang an eine gewisse Abneigung gegen Frank Churchill gefaßt hatte, konnte ihn mit der Zeit immer weniger leiden. Es keimte in ihm der Verdacht auf, er treibe mit Emma ein doppeltes Spiel. Daß er es auf sie abgesehen hatte, schien unbestreitbar. Alles deutete darauf hin: seine eigenen Gefälligkeiten, die Andeutungen seines Vaters, das vorsichtige Schweigen seiner Stiefmutter – alle diese Hinweise standen miteinander im Einklang; Worte, Benehmen, Diskretion und Indiskretion sprachen die gleiche Sprache. Aber während so viele ihn schon mit Emma verbunden sahen, und Emma selbst ihn an Harriet abzutreten gedachte, hatte Mr. Knightley ihn im Verdacht, einem Flirt mit Jane Fairfax durchaus nicht abgeneigt zu sein. Verstehen konnte er das zwar nicht, aber es gab Anzeichen eines Einverständnisses zwischen ihnen – so kam es ihm zumindest vor –, Anzeichen dafür, daß Frank Churchill von Jane Fairfax sehr angetan war, und nachdem er diese Anzeichen erst einmal wahrgenommen hatte, konnte er nicht umhin, ihnen eine gewisse Bedeutung beizumessen, wie sehr er sich auch vornehmen mochte, Fehlurteile einer blühenden Phantasie, wie sie für Emma typisch waren, zu vermeiden. *Sie* war nicht dabeigewesen, als sich zum ersten Mal dieser Verdacht in ihm regte. Er war mit der Familie aus Randalls und Jane Fairfax bei den Eltons zum Dinner eingeladen, und da hatte er einen Blick – mehr als nur einen – zu Miss Fairfax aufgefangen, der ihm für einen Verehrer von Miss Woodhouse ziemlich unangebracht erschien. Als er abermals mit ihnen zusammentraf, fiel ihm wieder ein, was er gesehen hatte, und er konnte nicht umhin, wiederum gewisse Beobachtungen zu machen, die ihn – es sei denn, es ging ihm wie Cowper bei seinem Kaminfeuer im Zwielicht, der bekennen mußte – Mir selbst erschuf ich, was ich sah – in seiner Vermutung nur noch bestärkten, daß zwischen Frank Churchill und Jane Fairfax eine geheime Sympathie, wenn nicht sogar ein geheimes Einverständnis bestehe.

Wie so oft war er eines Tages nach dem Dinner nach Hartfield gegangen, um dort den Abend zu verbringen. Emma und Harriet wollten gerade zu einem Spaziergang aufbrechen, und so schloß er sich ihnen an. Auf dem Rückweg stießen sie dann auf eine etwas größere Gruppe von Leuten, die es wie sie selbst für klüger gehalten hatten, ihren Spaziergang frühzeitig zu machen, da der Himmel nach Regen aussah: Mr. und Mrs. Weston und ihr Sohn sowie Miss Bates und ihre Nichte, die sich zufällig getroffen hatten. Sie gingen nun gemeinsam weiter, und als sie beim Tor von Hartfield angelangt waren, bestürmte Emma sie, einzutreten und mit ihrem Vater Tee zu trinken, wußte sie doch, daß er sich über einen solchen Besuch sehr freuen würde. Die drei aus Randalls willigten sofort ein, und nachdem Miss Bates eine recht lange Rede von sich gegeben hatte, der kaum jemand zuhörte, fand auch sie es möglich, die überaus liebenswürdige Einladung der lieben Miss Woodhouse anzunehmen.

Als sie in den Park einbogen, kam gerade Mr. Perry vorbeigeritten. Die Herren sprachen von seinem Pferd.

»Übrigens«, fragte Frank Churchill kurz darauf Mrs. Weston, »was ist denn aus Mr. Perrys Plan geworden, sich eine Kutsche anzuschaffen?«

Mrs. Weston machte ein erstauntes Gesicht und sagte: »Ich habe gar nicht gewußt, daß er das vorhat.«

»Nanu, aber ich habe es doch von Ihnen erfahren. Sie haben mir doch vor drei Monaten davon geschrieben.«

»Ich? Unmöglich!«

»Aber bestimmt. Ich erinnere mich ganz genau. Sie erwähnten diesen Plan als etwas, das in Kürze Gestalt annehmen sollte. Mrs. Perry hatte es jemandem erzählt und war überglücklich. *Sie* hatte ihn nämlich dazu überreden können, weil sie meinte, daß ihm das viele Draußensein bei schlechtem Wetter schade. Jetzt fällt es Ihnen doch bestimmt wieder ein?«

»Auf mein Wort, bis zu diesem Augenblick habe ich nie davon gehört.«

»Nie? Wirklich nie? – Verflixt! Wie kann das sein? – Dann muß ich es geträumt haben – aber ich war felsenfest überzeugt – Miss Smith, Sie gehen daher, als seien Sie müde. Sie werden sicher froh sein, wenn Sie zu Hause sind.«

»Was höre ich da? Was höre ich da?« rief Mr. Weston. »Von Perry und einer Kutsche? Will sich Perry etwa eine eigene Kutsche anschaffen, Frank? Es freut mich, daß er sich das leisten kann. Du hast es von ihm selbst erfahren, nicht wahr?«

»Nein, Sir«, erwiderte sein Sohn lachend, »anscheinend habe ich es von niemandem erfahren. – Sehr merkwürdig! – Ich war mir wirklich ganz sicher, daß Mrs. Weston in einem ihrer Briefe nach Enscombe davon geschrieben hat, vor vielen Wochen, mit all diesen Einzelheiten – aber da sie erklärt, nie zuvor ein Wort davon gehört zu haben, habe ich es wohl geträumt. Ich bin ein großer Träumer. Sobald ich weg bin, träume ich von allen möglichen Leuten in Highbury – und wenn ich meine besonderen Freunde durchhabe, dann träume ich von Mr. und Mrs. Perry.«

»Es ist schon sonderbar«, bemerkte sein Vater, »daß du einen in sich so stimmigen Traum von Leuten gehabt hast, an die du höchstwahrscheinlich in Enscombe keinen Gedanken verschwendest. Perry schafft sich eine eigene Kutsche an, und seine Frau überredet ihn dazu, aus Sorge um seine

Gesundheit – genau das, was bestimmt eines Tages geschehen wird; nur etwas verfrüht. Wie realistisch es doch zuweilen in Träumen zugeht! Und dann wieder träumt man solchen Unsinn. Na ja, Frank, dein Traum zeigt immerhin, daß dir Highbury nicht aus dem Kopf geht, wenn du weg bist. Emma, Sie sind auch eine große Träumerin, wenn ich mich nicht irre, oder?«

Emma befand sich außer Hörweite. Sie war vorausgeeilt, um ihren Vater auf die nun gleich erscheinenden Gäste vorzubereiten, und schon zu weit weg, um Mr. Westons Anspielung mitzubekommen.

»Also, um die Wahrheit zu sagen«, rief Miss Bates, die in den letzten Minuten vergebens versucht hatte, sich Gehör zu verschaffen, »wenn ich auf dieses Thema angesprochen werde, so ist nicht zu leugnen, daß Mr. Frank Churchill möglicherweise – ich will damit nicht sagen, daß er es nicht geträumt hat – ich selbst habe wahrhaftig manchmal die verrücktesten Träume – aber wenn ich schon danach gefragt werde, muß ich zugeben, daß in diesem Frühjahr eine solche Idee aufkam, denn Mrs. Perry selbst äußerte sie gegenüber meiner Mutter, und auch die Coles wußten davon – aber es war eigentlich ein Geheimnis, von dem sonst niemand eine Ahnung hatte, und nach drei Tagen wurde der Gedanke schon wieder fallengelassen. Mrs. Perry wollte unbedingt, daß er eine Kutsche anschaffe, und kam eines Morgens in bester Laune zu meiner Mutter, weil sie meinte, endlich ihren Willen durchgesetzt zu haben. Jane, erinnerst du dich nicht mehr, wie es uns Großmama erzählte, als wir nach Hause kamen? – Ich habe vergessen, wohin wir gegangen waren – höchstwahrscheinlich nach Randalls; ja, ich glaube, wir gingen nach Randalls. Mrs. Perry hegte ja schon immer eine besondere Zuneigung für meine Mutter – wer freilich täte das nicht? –, und sie hatte es ihr ganz im Vertrauen mitgeteilt; sie hatte natürlich nichts dagegen, daß wir eingeweiht würden, aber außer uns sollte die Neuigkeit niemand erfahren; und bis zum heutigen Tag habe ich meines Wissens keiner Menschenseele etwas davon erzählt. Allerdings möchte ich nicht beschwören, daß ich nicht vielleicht doch einmal eine Andeutung gemacht habe, weil mir zuweilen ein Wort herausrutscht, ehe ich es merke. Sie wissen ja, ich rede gern und viel; und ab und zu rutscht mir etwas heraus, das ich lieber für mich behalten sollte. Ich bin eben nicht wie Jane; ich wollte, ich wäre wie sie. Sie hat noch nie ein Sterbenswörtchen verraten, dafür garantiere ich. Wo ist sie eigentlich? – Oh, direkt hinter uns. Ich erinnere mich ganz genau an Mrs. Perrys Besuch. Merkwürdiger Traum, ich muß schon sagen!«

Sie traten nun in die Halle. Ehe Miss Bates sich nach ihrer Nichte umsah, hatte Mr. Knightley sie bereits kurz ins Visier genommen. Von Frank Churchills Gesicht, in dem er eine mühsam unterdrückte oder durch Lachen überspielte Verlegenheit zu entdecken meinte, waren seine Blicke unwillkürlich zu Jane gewandert; aber sie lief tatsächlich ein ziemliches Stück hinter ihnen her und machte sich eifrig an ihrem Umschlagtuch zu schaffen. Mr. Weston war ins Haus getreten. Die beiden anderen Herren warteten an der Tür, um sie vorbeizulassen. Mr. Knightley hatte Frank Churchill in Verdacht, unbedingt ihren Blick auf sich lenken zu wollen – er schien sie aufmerksam zu beobachten – vergebens allerdings, wenn es so war – Jane ging zwischen ihnen hindurch in die Halle, ohne einen der beiden anzusehen.

Für weitere Bemerkungen oder Erklärungen blieb keine Zeit mehr. Der Traum mußte hingenommen werden und Mr. Knightley mit den anderen an dem großen, modernen runden Tisch Platz nehmen, den Emma in Hartfield eingeführt hatte und den niemand außer Emma dort hätte hinstellen dürfen und ihren Vater dazu hätte überreden können, ihn statt des Pembroke-Tischchens zu benutzen, auf dem vierzig Jahre lang zwei seiner täglichen Mahlzeiten nur mit Mühe Platz gefunden hatten. Die Teestunde verlief in angenehmer Atmosphäre, und niemand schien es mit dem Aufbruch eilig zu haben.

»Miss Woodhouse«, sagte Frank Churchill, nachdem er den Tisch hinter sich gemustert hatte, den er im Sitzen erreichen konnte, »haben Ihre Neffen denn ihre Alphabete – die Schachtel mit den Buchstaben mitgenommen? Sie stand doch immer hier. Wo ist sie? Heute ist es schon so düster draußen, daß wir uns lieber auf einen Winterabend als auf einen Sommerabend einrichten sollten. Irgendwann an einem Vormittage hatten wir mal großen Spaß mit diesen Buchstaben. Ich würde Ihnen gern wieder etwas Kopfzerbrechen bereiten.«

Emma war von dem Einfall begeistert, holte die Schachtel, und im Nu war der Tisch mit Buchstaben übersät. Außer den beiden hatte anscheinend niemand besondere Lust, sich damit zu beschäftigen. Im Handumdrehen bildeten sie Wörter füreinander oder für einen der anderen, der sich auch den Kopf zerbrechen wollte. Weil es bei diesem Spiel so ruhig zuging, eignete es sich besonders für Mr. Woodhouse, der von den lebhafteren Spielen, die Mr. Weston gelegentlich vorgeschlagen hatte, oft gepeinigt worden war und nun genüßlich und mit leicht melancholischer Stimme über die Abreise der »armen kleinen Jungen« lamentierte oder ab und an einen zufällig in seiner Nähe liegengebliebenen Buchstaben in die Hand nahm und in zärtlichem Tonfall darauf hinwies, wie schön Emma ihn geschrieben habe.

Frank Churchill legte Miss Fairfax einige Buchstaben hin. Schnell ließ sie den Blick um den Tisch schweifen und konzentrierte sich dann darauf, sie richtig zusammenzufügen. Frank saß neben Emma, Jane ihnen gegenüber – und Mr. Knightley saß so, daß er alle im Blick hatte; er wollte so viel wie möglich mitkriegen, ohne den Eindruck zu erwecken, sie zu beobachten. Die Buchstaben bildeten nun das gesuchte Wort und wurden mit einem kaum merklichen Lächeln beiseite geschoben. Wenn Jane Fairfax die Absicht gehabt hatte, sie sofort zwischen den anderen Buchstaben verschwinden zu lassen und das Wort somit den Blicken der Anwesenden zu entziehen, hätte sie lieber auf den Tisch anstatt über ihn hinweg schauen sollen, denn es wurde nicht unter die anderen gemischt; und Harriet, die auf jedes neue Wort gespannt war und keines herausbekam, nahm die Buchstaben auf und machte sich an die Arbeit. Sie saß neben Mr. Knightley und bat ihn um Hilfe. Das gesuchte Wort lautete *Schnitzer*, und als Harriet es triumphierend verkündete, huschte eine leichte Röte über Janes Wangen, was dem Wort eine Bedeutung verlieh, die sonst nicht in ihm vermutet worden wäre. Mr. Knightley brachte es in Verbindung mit dem Traum, aber er konnte sich dennoch keinen Reim darauf machen. Wo war das Zartgefühl, der Takt seines Lieblings geblieben? Er hatte die Befürchtung, daß hier eine eindeutige Beziehung bestand. Wie es schien, stieß er bei jeder Gelegenheit auf Hinterhältigkeit und doppeltes Spiel. Diese Buchstaben waren nur das Vehikel für Tändelei und Täuschung. Frank Churchill hatte ein Spiel für Kinder gewählt, um damit eines von tieferer Bedeutung zu kaschieren.

Voller Empörung ließ Mr. Knightley ihn nicht mehr aus den Augen; bestürzt und mißtrauisch beobachtete er auch seine beiden verblendeten Mitspielerinnen. Er sah, wie Frank Churchill ein kurzes Wort für Emma zusammensetzte und es ihr mit hinterhältig-verstohlenem Blick hinschob. Er sah, daß Emma es sogleich erriet und sehr witzig fand, obwohl es offenbar etwas war, das sie nach außen hin tadeln zu müssen meinte, denn sie rief: »Unsinn! Schämen Sie sich!« Als nächstes hörte er, wie Frank Churchill mit einem kurzen Blick auf Jane sagte: »Ich möchte es ihr geben – soll ich?«, und er hörte, wie Emma mit erregtem Lachen heftig Einspruch dagegen erhob: »Nein, nein, nicht doch, das dürfen Sie nicht, wirklich!«

Es war jedoch schon geschehen. Dieser junge Kavalier, der anscheinend liebte, ohne dabei etwas zu empfinden, und keiner Manieren bedurfte, um sich beliebt zu machen, schob Miss Fairfax die besagten Buchstaben hin und bat sie mit ausgesuchter Höflichkeit, sie sich genau anzusehen. Vor lauter Neugier, herauszubekommen, um welches Wort es sich handelte, ließ Mr. Knightley keine Sekunde verstreichen, ohne einen Blick hinüberzuwerfen, und es dauerte nicht lange, bis er herausfand, daß die Buchstaben den Namen *Dixon* ergaben. Jane Fairfax schien es im selben Augenblick erraten zu haben wie er; ihr erschloß sich die Botschaft, die tiefere Bedeutung der solcherart zusammengefügten fünf Buchstaben natürlich sofort. Offenkundig war sie verärgert. Als sie den Blick hob und merkte, daß sie beobachtet wurde, errötete sie heftiger, als er es je an ihr wahrgenommen hatte, und sagte nur: »Ich habe nicht gewußt, daß Eigennamen zulässig sind«, dann stieß sie die Buchstaben fast zornig von sich, und man sah ihr an, daß sie sich bestimmt auf kein weiteres Wort mehr einlassen würde. Sie würdigte die beiden, die den Angriff ausgeführt hatten, keines Blicks und wandte sich ihrer Tante zu.

»Ja, du hast recht, meine Liebe«, rief diese, obwohl Jane kein Wort gesagt hatte, »ich wollte gerade dasselbe vorschlagen. Es ist höchste Zeit, daß wir gehen. Es wird bereits dunkel, und Großmama hält gewiß schon nach uns Ausschau. Mein lieber Mr. Woodhouse, Sie sind zu liebenswürdig. Wir müssen Ihnen nun wirklich gute Nacht sagen.«

Jane war sofort bereit, wodurch sich die Vermutung ihrer Tante als richtig erwies. Augenblicklich hatte sie sich erhoben und wollte den Tisch verlassen; aber so viele andere befanden sich gleichzeitig im Aufbruch, daß sie nicht wegkam, und Mr. Knightley meinte zu sehen, wie ihr noch schnell eine andere Buchstabenverbindung hingelegt und diese von ihr entschlossen und unbesehen beseite geschoben wurde. Dann suchte sie ihr Umschlagtuch – Frank Churchill suchte ebenfalls danach – die Dämmerung setzte ein, und im Zimmer herrschte allgemeines Durcheinander, so daß Mr. Knightley nicht sagen konnte, wie die beiden sich voneinander verabschiedeten.

Nachdem alle anderen weg waren, blieb er noch ein Weilchen in Hartfield. Seine Gedanken kreisten unentwegt um das, was er soeben miterlebt hatte, so daß er, als die Kerzen gebracht wurden, die zumindest das äußere Dunkel vertrieben, sich genötigt sah – ja, als Freund mußte er das tun, als ein besorgter Freund –, Emma einen Hinweis zu geben, ihr ein paar Fragen zu stellen. Er konnte nicht zusehen, wie sie in ihr Unglück rannte, ohne zu versuchen, sie davor zu bewahren. Es war seine Pflicht.

»Bitte, Emma«, sagte er, »darf ich fragen, was an dem letzten Wort, das Ihnen und Miss Fairfax vorgelegt wurde, so furchtbar lustig und so verletzend war? Ich habe das Wort gesehen, und ich wüßte nur zu gern, warum es die eine so erheitert und die andere so betroffen gemacht hat?«

Emma war völlig durcheinander. Den wahren Grund konnte sie ihm unmöglich nennen, denn wenn auch ihr Verdacht keineswegs ausgeräumt war, so schämte sie sich doch nun wirklich, ihn jemals geäußert zu haben.

»Oh!« rief sie sichtlich verlegen, »es hatte überhaupt nichts zu bedeuten; bloß ein kleiner Spaß unter uns.«

»Der Spaß«, erwiderte er ernst, »schien sich auf Sie und Mr. Churchill zu beschränken.«

Er hatte gehofft, daß sie darauf etwas erwidern würde, aber sie schwieg. Alles hätte sie in diesem Augenblick lieber getan, als sich dazu zu äußern. Eine Weile saß er unschlüssig da und überlegte. Mancherlei unangenehme Dinge gingen ihm durch den Kopf. Ob er sich einmischen sollte? Würde das nicht nutzlos sein? Emmas Verwirrung und die eingestandene Vertraulichkeit zwischen ihr und Frank Churchill ließen vermuten, daß sie sich zu ihm hingezogen fühlte. Dennoch würde er sprechen. Er war es ihr schuldig, lieber alles zu riskieren, was eine unerbetene Einmischung zur Folge haben konnte, als ihr Wohlergehen aufs Spiel zu setzen; lieber alles in Kauf zu nehmen, als sich später Vorwürfe machen zu müssen, etwas versäumt zu haben.

»Meine liebe Emma«, sagte er schließlich mit freundlicher, aber ernster Stimme, »glauben Sie denn, daß Sie den Grad der Vertrautheit zwischen dem Herrn und der Dame, von denen wir eben gesprochen haben, durchschauen?«

»Zwischen Mr. Frank Churchill und Miss Jane Fairfax? O ja, vollkommen. – Warum zweifeln Sie daran?«

»Haben Sie denn zu keinem Zeitpunkt Grund gehabt anzunehmen, daß er in sie oder sie in ihn verliebt sein könnte?«

»Niemals, niemals!« rief sie aus unverkennbar tiefster Überzeugung. »Nie auch nur für den Bruchteil einer Sekunde ist mir ein solcher Gedanke gekommen. Und wie konnten Sie auf eine so absurde Idee verfallen?«

»Seit einiger Zeit meine ich, Anzeichen einer innigen Zuneigung zwischen beiden zu entdecken – gewisse, vielsagende Blicke, die, wie ich glaube, sicher nicht für die Öffentlichkeit bestimmt waren.«

»Oh! Sie amüsieren mich ungeheuer. Ich stelle mit Entzücken fest, daß Sie Ihrer Phantasie mal freien Lauf lassen – doch es kommt nichts dabei heraus – tut mir furchtbar leid, Sie bei Ihrem ersten Versuch in die Schranken weisen zu müssen – aber es ist zwecklos. Ich versichere Ihnen, zwischen den beiden spielt sich nichts ab, und der Schein, der Sie getrogen hat, läßt sich auf einige besondere Umstände zurückführen – Gefühle ganz anderer Art – ich kann Ihnen das nicht genau erklären – allerlei Unsinn ist dabei im Spiel – aber das, was man darüber ernsthaft sagen kann, ist, daß sie von irgendwelcher Verliebtheit oder Bewunderung füreinander so weit entfernt sind, wie es zwei Menschen nur sein können. Das heißt, ich *vermute*, daß es bei ihr so ist, aber daß es bei ihm der Fall ist, dafür kann ich mich *verbürgen*. Ich lege die Hand dafür ins Feuer, daß dieser Herr nichts mit ihr im Sinn hat.«

Sie sprach mit einer inneren Überzeugung, die Mr. Knightley ins Wanken, und einer Genugtuung, die ihn zum Schweigen brachte. Sie war bestens gelaunt und hätte das Gespräch wohl noch länger fortgesetzt, denn sie wollte, daß er ihr seinen Verdacht in allen Einzelheiten darlegte, jeden Blick, der zwischen ihnen gewechselt worden war, genau beschrieb und ihr alle Umstände – das Wie und Wo und Wann – eines Sachverhalts schilderte, der sie außerordentlich amüsierte; aber seine Fröhlichkeit entsprach der ihren keineswegs. Er merkte, daß er nichts ausrichten konnte, und er war innerlich zu sehr erzürnt, als daß er sich auf eine Unterhaltung hätte einlassen können. Und damit er durch das Kaminfeuer, dessen Mr. Woodhouse aufgrund seiner verweichlichten Lebensart fast das ganze Jahr hindurch allabendlich bedurfte, nicht noch gänzlich in einen fiebrigen Zustand gerate, nahm er kurz darauf überstürzt Abschied und begab sich nach Hause in die Kühle und Einsamkeit von Donwell Abbey.

ZWEIUNDVIERZIGSTES KAPITEL

Nachdem man den Leuten in Highbury so lange Zeit Hoffnung auf einen baldigen Besuch von Mr. und Mrs. Suckling gemacht hatte, mußten sie nun die kränkende Mitteilung hinnehmen, daß sie frühestens im Herbst kommen könnten. Von dieser Seite würde also ihr geistiger Horizont vorerst keine Erweiterung erfahren. Im täglichen Austausch von Neuigkeiten mußten sie wieder mit den anderen Themen vorliebnehmen, zu denen für eine Weile auch die bevorstehende Ankunft der Sucklings gehört hatte: so zum Beispiel mit dem neuesten Bericht über Mrs. Churchill, deren Befinden von Tag zu Tag ein unterschiedliches Bulletin zu liefern schien, und mit dem Zustand Mrs. Westons, deren Glück, so stand zu hoffen, durch die Geburt eines Kindes ebenso gesteigert würde wie das ihrer Nachbarn schon jetzt durch die Aussicht auf das freudige Ereignis.

Mrs. Elton war sehr enttäuscht, denn das hieß, daß die erhofften Vergnügungen und die prächtigen Auftritte und Ausfahrten auf einen ungewissen Zeitpunkt verschoben würden. Sie mußte mit ihren Vorstellungen und Empfehlungen warten, und von all ihren geplanten Landpartien konnte auch weiterhin nur geredet werden. So dachte sie zunächst, aber nach kurzem Nachdenken gelangte sie zu der Überzeugung, daß ja beileibe nicht alles aufgeschoben zu werden brauchte. Warum sollten sie nicht selbst den Box Hill erkunden, auch wenn die Sucklings nicht kämen? Im Herbst könnten sie mit ihnen ja noch einmal hinfahren. Es wurde beschlossen, daß sie einen Ausflug zum Box Hill machen würden. Daß ein solcher Ausflug stattfinden sollte, hatte sich längst in Highbury herumgesprochen und sogar einen zweiten angeregt. Emma war noch nie auf dem Box Hill gewesen, sie wollte endlich auch einmal sehen, was alle Welt so sehenswert daran fand, und sie und Mr. Weston waren übereingekommen, eines schönen Morgens hinzufahren. Nur zwei oder drei der Auserwählten würden miteinbezogen werden, und das Ganze sollte ruhig, unauffällig und geschmackvoll vonstatten gehen und damit den geschäftigen, lärmenden Vorbereitungen, den pünktlichen Mahlzeiten und dem ganzen Picknick-Getue der Eltons und Sucklings unendlich überlegen sein.

Darauf hatte man sich so unmißverständlich geeinigt, daß Emma einigermaßen erstaunt und ein bißchen verstimmt war, als ihr Mr. Weston mitteilte, er habe Mrs. Elton den Vorschlag gemacht, sich ihnen anzuschließen, wo doch nun ihr Schwager und ihre Schwester sie im Stich gelassen hätten; und da Mrs. Elton den Vorschlag bereitwilligst aufgegriffen habe, würde man sich also zusammentun und gemeinsam zum Box Hill fahren, wenn es ihr, Emma, recht sei. Da ihr einziger Einwand in ihrer tiefen Abneigung gegen Mrs. Elton bestand, die Mr. Weston hinlänglich bekannt sein mußte, lohnte es nicht, dieses Argument wieder vorzubringen, zumal dies einem Vorwurf an seine Adresse gleichgekommen wäre, was seiner Frau Kummer bereitet hätte.

Sie sah sich daher gezwungen, einer Abmachung zuzustimmen, die sie ansonsten unter allen Umständen vermieden hätte; eine Abmachung, die sie noch dazu der Demütigung aussetzte, für eine Teilnehmerin von Mrs. Eltons Ausflug gehalten zu werden! Alle ihre Gefühle waren verletzt, und die Nachsicht, mit der sie sich nach außen hin in das Unvermeidliche schickte, hinterließ einen bitteren Nachgeschmack heimlicher Kritik, als sie über Mr. Westons unerbittliche Gutmütigkeit nachdachte.

»Ich bin froh, daß Sie mit dem, was ich vereinbart habe, einverstanden sind«, sagte er sehr aufgeräumt. »Aber ich hatte eigentlich damit gerechnet. Solche Unternehmungen sind nichts, wenn nicht genügend Leute zusammenkommen. Die Gruppe kann gar nicht groß genug sein. In einer großen Gruppe ergibt sich der Spaß von allein. Und im Grunde ist sie doch eine gutmütige Frau. Man konnte sie nicht gut ausschließen.«

Emma widersprach ihm zwar nicht, stimmte ihm aber in keinem Punkt zu.

Es war nun Mitte Juni und schönes Wetter, und Mrs. Elton wurde schon ganz ungeduldig, den Tag festzusetzen und sich mit Mr. Weston endlich über die Taubenpastete und den kalten Lammbraten zu einigen, da rückte ein lahmendes Kutschpferd das ganze Unternehmen in traurige Ungewißheit. Es konnte Wochen, vielleicht aber auch nur ein paar Tage dauern, bis das Pferd wieder zu gebrauchen war, doch man konnte keine weiteren Vorbereitungen wagen, und alles befand sich in einem betrüblichen Stillstand. Selbst Mrs. Eltons reiches Innenleben war solchen Angriffen nicht gewachsen.

»Ist das nicht furchtbar ärgerlich, Knightley?« rief sie. »Noch dazu bei einem Wetter, das für Ausflüge wie geschaffen scheint! Diese dauernden Aufschübe und Enttäuschungen sind geradezu widerwärtig. Was sollen wir bloß machen? Das Jahr wird schnell dahin sein, und nichts geschieht. Letztes Jahr hatten wir um diese Zeit schon eine herrliche Erkundungsfahrt von Maple Grove nach King's Weston hinter uns, das versichere ich Ihnen.«

»Sie sollten lieber Donwell erkunden«, entgegnete Mr. Knightley. »Das geht auch ohne Pferde. Kommen Sie doch herüber und tun Sie sich an meinen Erdbeeren gütlich. Sie sind schon fast reif.«

Wenn es auch Mr. Knightley anfangs nicht ganz ernst damit war, so sah er sich doch bald genötigt, Ernst daraus zu machen, denn sein Vorschlag wurde mit wahrer Begeisterung angenommen und das »O! das wäre mir am allerliebsten« mit nicht weniger eindeutigen Gebärden unterstrichen. Donwell war berühmt für seine Erdbeerbeete, die einen Vorwand für die Einladung bieten konnten; aber eines Vorwandes bedurfte es gar nicht: Auch Kohläcker hätten die Dame gereizt, die einfach nur von zu Hause wegwollte, egal, wohin. Immer wieder versprach sie ihm zu kommen – viel öfter, als er einen Zweifel daran äußerte – und war überaus geschmeichelt von einem solchen Beweis inniger Freundschaft, von dem ausgesuchten Kompliment, das sie in der Einladung zu sehen geruhte.

»Sie können sich darauf verlassen«, sagte sie, »ich komme bestimmt. Nennen Sie mir den Tag, und ich komme. Sie haben doch sicher nichts dagegen, wenn ich Jane Fairfax mitbringe?«

»Ich kann Ihnen keinen Tag nennen«, sagte er, »ehe ich nicht mit einigen anderen Leuten gesprochen habe, die ich ebenfalls einladen möchte.«

»Oh! Überlassen Sie das ruhig mir. Geben Sie mir nur

freie Hand. Ich bin ja gewissermaßen die Schirmherrin. Es ist meine Party. Ich werde auch noch Freunde mitbringen.«

»Ich hoffe, Sie bringen Elton mit«, sagte er, »aber mit anderen Einladungen möchte ich Sie nicht behelligen.«

»Oh! Wie hinterhältig Sie dreinschauen! Aber bedenken Sie doch: Sie brauchen keine Angst zu haben, *mir* die Vollmacht zu übertragen. Ich bin ja keine Anfängerin. Verheiratete Frauen kann man getrost mit einer solchen Vollmacht ausstatten. Es ist meine Party. Überlassen Sie ruhig alles mir. Ich werde Ihre Gäste schon einladen.«

»Nein«, erwiderte er seelenruhig, »es gibt nur eine verheiratete Frau auf der Welt, der ich jemals erlauben könnte, nach eigenem Gutdünken Gäste nach Donwell einzuladen, und diese eine ist –«

»Mrs. Weston, nehme ich an«, fiel ihm Mrs. Elton ziemlich gekränkt ins Wort.

»Nein – Mrs. Knightley; und solange es eine solche nicht gibt, erledige ich derartige Angelegenheiten schon selbst.«

»Ach! Sie sind mir ein komischer Kauz!« rief sie, befriedigt, daß ihr niemand vorgezogen wurde. »Sie sind ein Spaßvogel und haben Narrenfreiheit. Ein richtiger Spaßvogel. Nun, ich werde Jane mitbringen – Jane und ihre Tante. Alles andere überlasse ich Ihnen. Ich habe überhaupt nichts dagegen, mit der Familie aus Hartfield zusammenzutreffen. Sie brauchen keine Bedenken zu haben. Ich weiß ja, daß Sie an diesen Leuten hängen.«

»Die werden Sie mit Sicherheit hier treffen, wenn ich sie dazu bewegen kann. Und auf dem Nachhauseweg werde ich bei Mrs. Bates vorbeischauen.«

»Das ist ganz und gar unnötig, ich sehe doch Jane jeden Tag; aber wie Sie wollen. Der Ausflug soll ja an einem Vormittag stattfinden, Knightley, etwas ganz Einfaches also. Ich werde eine große Haube aufsetzen und mir eines meiner Körbchen über den Arm hängen. Hier, wahrscheinlich dieses mit dem rosa Band. Etwas Schlichteres kann es nicht geben. Und Jane wird auch so eines tragen. Es soll ja nichts Förmliches oder Großartiges werden – eine Art Zigeunerfest. Wir werden in Ihren Gärten lustwandeln und selbst Erdbeeren pflücken und unter Bäumen sitzen; und alles, was Sie sonst noch bereitstellen möchten, muß sich im Freien abspielen – ein Tisch im Schatten gedeckt, Sie wissen schon. Alles so natürlich und schlicht wie nur möglich. Ist das nicht auch Ihre Vorstellung?«

»Nicht ganz. Schlicht und natürlich heißt für mich, den Tisch im Eßzimmer decken zu lassen. Der Natürlichkeit und Schlichtheit von Herren und Damen, die immer Dienstboten und Möbel um sich haben, entspricht es meiner Ansicht nach mehr, die Mahlzeiten im Hause einzunehmen. Wenn Sie der Erdbeeren im Garten überdrüssig sind, wird es im Haus kalten Braten geben.«

»Schön – wie Sie wünschen, nur machen Sie nichts Pompöses. Und übrigens, können nicht ich oder meine Haushälterin Ihnen mit Rat und Tat zur Seite stehen? Bitte, sagen Sie es ganz offen, Knightley. Wenn Sie möchten, daß ich mit Mrs. Hodges spreche oder etwas begutachten soll –«

»Nicht im geringsten, danke schön.«

»Schön – aber falls irgendwelche Schwierigkeiten auftreten sollten – meine Haushälterin ist äußerst tüchtig.«

»Ich verbürge mich dafür, daß sich die meine für ebenso tüchtig hält und sich jede Hilfe von außen verbitten würde.«

»Ich wollte, wir hätten einen Esel. Es wäre doch toll, wenn wir alle auf Eseln geritten kämen: Jane, Miss Bates und ich –

und mein *caro sposo* zu Fuß nebenher. Ich muß wirklich einmal mit ihm über den Kauf eines Esels reden. Wenn man auf dem Lande lebt, gehört das einfach dazu, denn mag auch eine Frau ein noch so reiches Innenleben haben, sie kann nicht immer zu Hause herumsitzen; und sehr ausgedehnte Spaziergänge, na, Sie wissen schon, im Sommer ist alles so staubig und im Winter überall dieser Matsch.«

»Zwischen Donwell und Highbury werden Sie weder Staub noch Matsch finden. Der Weg nach Donwell ist nie staubig, und jetzt ist er vollkommen trocken. Aber kommen Sie ruhig auf einem Esel, wenn Sie das vorziehen. Sie können sich ja den von Mrs. Cole ausleihen. Ich möchte, daß alles so weit wie möglich nach Ihrem Geschmack ist.«

»Davon bin ich überzeugt. Ich weiß ja, wie Sie es meinen, lieber Freund. Unter dieser merkwürdig rauhen, spröden Schale haben Sie nämlich das weichste Herz. Wie ich immer zu Mr. E. sage, Sie sind eben durch und durch ein Spaßvogel. Ja, glauben Sie mir, Knightley, ich weiß durchaus, daß Sie mit dieser Einladung mir eine Aufmerksamkeit erweisen möchten. Sie haben damit genau meinen Geschmack getroffen.«

Es gab noch einen anderen Grund, weshalb Mr. Knightley von einem Tisch im Schatten nichts wissen wollte. Er beabsichtigte, nicht nur Emma, sondern auch Mr. Woodhouse zur Teilnahme an dem Ausflug zu überreden; und er wußte, daß er bei dem Gedanken, jemand müsse im Freien essen, bestimmt krank würde. Mr. Woodhouse durfte nicht unter dem trügerischen Vorwand, eine morgendliche Ausfahrt nach Donwell zu unternehmen und dort ein paar Stunden zu verbringen, ins Verderben gelockt werden.

Er wurde in guter Absicht eingeladen. Keine lauernden Schrecken sollten ihn für seine Gutgläubigkeit bestrafen. Er willigte tatsächlich ein. Zwei Jahre schon war er nicht mehr in Donwell gewesen. An einem wunderschönen Morgen könnten er und Emma und Harriet durchaus hinfahren, er werde still bei Mrs. Weston sitzen bleiben, während die Mädchen in den Gärten herumspazierten. Er nehme nicht an, daß es jetzt, im Juni, um die Mittagszeit feucht sein werde. Er habe große Lust, das alte Haus wieder einmal zu sehen, und freue sich sehr, Mr. und Mrs. Weston zu treffen und andere Leute aus seiner Nachbarschaft. Er könne nicht erkennen, was dagegen spräche, daß er und Emma und Harriet an einem wunderschönen Morgen hinführen. Er finde, Mr. Knightley habe sehr gut daran getan, sie einzuladen – sehr freundlich und vernünftig –, viel klüger, als außer Haus das Dinner einnehmen zu müssen. Er sei kein Freund von Dinnereinladungen.

Mr. Knightley hatte Glück, da alle sich sehr gern bereit erklärten zu kommen. Die Einladung wurde überall so gut aufgenommen, daß es den Anschein hatte, als fasse jeder einzelne, ganz wie Mrs. Elton, das Vorhaben als ein persönliches Kompliment auf. Emma und Harriet bekundeten große Vorfreude, und ohne darum gebeten worden zu sein, versprach Mr. Weston, wenn irgend möglich, Frank zu einer Teilnahme zu überreden – ein Beweis seiner Zustimmung und Dankbarkeit, auf den man im Grunde hätte verzichten können. Hierauf sah sich Mr. Knightley genötigt zu behaupten, er würde sich freuen, ihn zu sehen, und Mr. Weston versprach, ihm unverzüglich zu schreiben und nicht mit Argumenten zu sparen, um ihn zum Kommen zu bewegen.

In der Zwischenzeit erholte sich das lahmende Pferd so schnell, daß der Ausflug zum Box Hill wieder voll Zuversicht erwogen wurde. Und schließlich wurde das gesellige Beisammensein in Donwell für den einen Tag und Box Hill für den nächsten festgesetzt, da das Wetter nun gerade richtig schien.

Bei strahlendem Sonnenschein wurde Mr. Woodhouse um die Mittagszeit an einem Tag kurz vor Johanni in seiner Kutsche, deren eines Fenster offenstand, sicher nach Donwell gebracht, um an dieser *al fresco*-Geselligkeit teilzunehmen; und in einem der gemütlichsten Zimmer der einstigen Abtei, das eigens für ihn schon den ganzen Vormittag beheizt worden war, machte man es ihm behaglich, so daß er sich ungefragt und mit Vergnügen darüber verbreiten konnte, was er und andere heute bewerkstelligt hätten, und jedem den Rat gab, sich zu ihm zu setzen und sich nicht zu erhitzen. Mrs. Weston, die, wie es schien, zu Fuß gekommen war, um müde zu werden und die ganze Zeit bei ihm zu sitzen, blieb ihm als geduldige und einfühlsame Zuhörerin erhalten, als alle anderen nach draußen gebeten oder gelockt wurden.

Emma war schon so lange nicht mehr in Donwell Abbey gewesen, daß sie ihren Vater, sobald sie sich über dessen Wohlbefinden vergewissert hatte, gerne zurückließ, um sich überall umzusehen, wollte sie doch ihre Erinnerungen auffrischen und korrigieren, indem sie ein Anwesen genauer in Augenschein nahm, das für sie und ihre Familie immer von Interesse sein mußte.

Mit aufrichtigem Stolz und tiefer Befriedigung, wozu sie die Verwandtschaft mit dem gegenwärtigen und zukünftigen Besitzer durchaus berechtigten, ließ Emma ihre Blicke schweifen über das eindrucksvolle, stattliche Gebäude, seinen Baustil, seine anmutige, in die Landschaft hervorragend eingepaßte, geschützte und charakteristische Lage, seine weitläufigen Parkanlagen, die sich bis zu den von einem Fluß umspülten Wiesen im Tal erstreckten – der von der

Abbey aus leider kaum zu sehen war, da man in früheren Zeiten keinen großen Wert auf schöne Aussichten gelegt hatte –, und den reichen Baumbestand an Wegen und Alleen. Das Haus war größer als Hartfield und völlig anders gebaut, es bedeckte eine große Grundfläche, war verschachtelt, asymmetrisch und hatte viele gemütliche und einige wirklich schöne Räume. Es entsprach den Erwartungen, die sich an den Herrensitz von Donwell knüpften, und man sah ihm seine Bedeutung an – und Emma merkte, wie ihr Respekt vor diesem Wohnsitz einer alten, vornehmen Familie wuchs, an deren Herkunft und Denkungsart kein Makel haftete. – John Knightley hatte zwar ein nicht ganz unproblematisches Naturell, aber Isabella war dennoch eine untadelige Verbindung eingegangen. Sie hatte durch ihre Heirat Männer, einen Namen und Besitzungen in die Familie Woodhouse gebracht, derer man sich in keiner Weise zu schämen brauchte. Dies waren erfreuliche Gedanken, und sie ging umher und hing ihnen nach, bis es höchste Zeit wurde, dem Beispiel der anderen zu folgen und sich bei den Erdbeerbeeten einzufinden. Alle hatten sich bereits dort versammelt mit Ausnahme von Frank Churchill, der jeden Augenblick aus Richmond erwartet wurde; und Mrs. Elton, angetan mit allem, was sie zu ihrem Glück brauchte, ihrer großen Haube und ihrem Korb, stand schon bereit, die Führung beim Pflücken, Einsammeln oder Reden zu übernehmen – alles drehte sich von nun an nur noch um Erdbeeren. »Die beste Frucht Englands – jedermanns Lieblingsfrucht – stets bekömmlich – dies hier die schönsten Beete und besten Sorten. Herrlich, wenn man sie eigenhändig pflücken dürfe – nur so könne man sie wirklich genießen – Vormittag sei entschieden die beste Zeit dafür – nie esse man sich daran über – jede Sorte so lecker – Hautboy ganz klar die beste –

kein Vergleich – die anderen kaum genießbar – Hautboy zwar sehr selten – Chili vorzuziehen – White Wood haben den allerbesten Geschmack – Erdbeerpreise in London – bei Bristol in Massen – Maple Grove – Anbau – wann Beete erneuert werden müssen – Gärtner verschiedener Meinung – keine feststehende Regel – Gärtner nie von ihnen wegzukriegen – köstliche Frucht – nur zu reichhaltig, um viel davon zu essen – nicht so gut wie Kirschen – Johannisbeeren erfrischender – das einzige, was gegen Erdbeeren spreche, sei das Bücken – gleißende Sonne – todmüde – könne nicht mehr – müsse sich in den Schatten setzen.«

So plätscherte die Unterhaltung eine halbe Stunde dahin, nur einmal unterbrochen von Mrs. Weston, die in Sorge um ihren Stiefsohn herauskam, um zu fragen, ob er schon da sei – denn sie war etwas beunruhigt. Sie hatte Befürchtungen wegen seines Pferdes.

Sitzplätze, die einigermaßen im Schatten standen, wurden ausfindig gemacht, und nun mußte Emma wohl oder übel mitanhören, worüber sich Mrs. Elton und Jane Fairfax unterhielten. Es ging um eine Stelle, eine ganz ausgezeichnete Stelle. Am Morgen hatte Mrs. Elton davon erfahren und war hingerissen. Es handelte sich zwar nicht um eine Stelle bei Mrs. Suckling und auch nicht bei Mrs. Bragge, aber an Glück und Glanz stand sie einer solchen kaum nach: sie bot sich bei einer Cousine von Mrs. Bragge, einer Bekannten von Mrs. Suckling, einer Dame, die man in Maple Grove gut kannte. Entzückend, bezaubernd, erlesen, beste Kreise, höhere Sphäre, vornehmste Abstammung, Rang, einfach alles – und Mrs. Elton war ganz wild darauf, daß Jane das Angebot sogleich annehme. Sie sprühte vor Eifer, Tatendrang und Triumph und weigerte sich regelrecht, die Ablehnung ihrer Freundin zu akzeptieren, obwohl ihr Miss

Fairfax nach wie vor versicherte, daß sie sich vorerst auf nichts einlassen wolle, und dieselben Gründe, die Emma schon einmal gehört hatte, wiederholte.

Dennoch bestand Mrs. Elton darauf, ermächtigt zu werden, mit der morgigen Post eine Zusage zurückzuschicken. Emma wunderte sich, wie Jane das alles ertragen konnte. Sie wirkte verärgert und gab etwas bissige Antworten – und schließlich schlug sie mit einer an ihr ganz ungewohnten Entschiedenheit vor, eine kleine Standortveränderung vorzunehmen. Ob sie nicht ein wenig spazierengehen sollten? Ob Mr. Knightley ihnen nicht den Park zeigen könnte, den gesamten Park? Sie würde sich so gern einmal das ganze Areal ansehen. Anscheinend ertrug sie die Hartnäckigkeit ihrer Freundin nicht mehr.

Es war heiß, und nachdem sie eine Weile etwas ziellos und jede für sich, kaum je zu dritt, durch den Park gestreift waren, folgten sie einander unwillkürlich in den köstlichen Schatten einer kurzen, breiten Lindenallee, die sich hinter den Gärten parallel zum Fluß hinzog und den Abschluß des Parks zu bilden schien. Sie führte nirgendwo hin; lediglich an ihrem Ende bot sich ein Ausblick über einen niedrigen Steinwall mit hohen Säulen, der einst offenbar nur zu dem Zweck errichtet worden war, eine Auffahrt zu einem Haus vorzutäuschen, das dort nie gestanden hatte. Wie fragwürdig diese Begrenzung unter ästhetischem Aspekt auch sein mochte, sie bildete einen bezaubernden Weg zum Spazierengehen, und die Aussicht, die man an dessen Ende hatte, war ausgesprochen hübsch. Der weite Abhang, an dessen Fuß gewissermaßen die Abbey stand, fiel hinter dem Park immer jäher ab, und etwa in einer Entfernung von einer halben Meile erblickte man einen steil ansteigenden, dicht bewaldeten Hügel und unterhalb desselben, hübsch und geschützt gelegen, die Abbey Mill Farm inmitten von Wiesen an der stattlichen Biegung des Flusses.

Es war ein reizender Anblick – wohltuend für Auge und Gemüt. Englisches Grün, englische Kulturlandschaft, englische Behaglichkeit im strahlenden und doch milden Sonnenlicht!

In dieser Allee fanden Emma und Mr. Weston alle Gäste versammelt, und sogleich bemerkte sie, wie Mr. Knightley und Harriet, in einigem Abstand von den anderen gemächlich jenem Aussichtspunkt zustrebten. Mr. Knightley und Harriet! Es war ein sonderbares Tête-à-tête; aber sie sah es mit Freude. Es hatte eine Zeit gegeben, wo er sie als Gesprächspartnerin verschmäht und ihr ohne viel Umstände den Rücken zugekehrt hätte. Jetzt indes schienen sie sich angenehm zu unterhalten. Auch hatte es eine Zeit gegeben, wo Emma Harriet recht ungern an einer Stelle gesehen hätte, von der aus sich ein so vorteilhafter Blick auf die Abbey Mill Farm bot; aber nun schreckte sie das nicht mehr. Harriet mochte getrost das Anwesen in all seiner Pracht und Schönheit, mit seinen üppigen Weideflächen und den darauf verstreuten Herden, mit seinem blühenden Obstgarten und der dünnen Rauchsäule, die vom Schornstein aufstieg, betrachten. An dem Steinwall trat sie zu ihnen und stellte fest, daß sie mehr ins Gespräch als in den Anblick vertieft waren. Er gab Harriet gerade Auskunft über landwirtschaftliche Verfahren etc., und Emma empfing ein Lächeln, das zu sagen schien: »Es geht um meine eigenen Belange. Ich habe doch wohl das Recht, über solche Dinge zu sprechen, ohne in Verdacht zu geraten, ich wolle Mr. Martin wieder ins Gespräch bringen?!« Sie hatte ihn nicht in Verdacht. Die Geschichte war schon viel zu lange her. Robert Martin dachte wahrscheinlich schon gar nicht mehr an Harriet. Gemeinsam gingen sie noch ein paarmal die Allee auf und ab. – Der Schatten war angenehm erfrischend, und Emma empfand diesen Spaziergang als den schönsten Teil des Tages.

Anschließend begaben sie sich wieder ins Haus, wo sie zum Essen erwartet wurden, und alle saßen nun da und langten tüchtig zu, und noch immer war Frank Churchill nicht gekommen. Mrs. Weston hielt mehrmals vergebens nach ihm Ausschau. Sein Vater wollte sich nicht anmerken lassen, daß auch er beunruhigt war, und lachte über ihre Befürchtungen; aber er konnte ihr den Wunsch, Frank möge sich endlich von seiner schwarzen Stute trennen, nicht ausreden. Er habe doch sein Kommen mit größerer Gewißheit als sonst in Aussicht gestellt. Seiner Tante gehe es mittlerweile wieder so gut, daß er ganz bestimmt kommen könne. Mrs. Churchills Gesundheitszustand neige jedoch, wie viele der Anwesenden ihr sogleich ins Gedächtnis riefen, derart zu plötzlichen Veränderungen, daß sich ihr Neffe selbst in der vermeintlich berechtigtsten Zuversicht enttäuscht sehen könnte – und Mrs. Weston war schließlich soweit, daß sie glaubte, oder zumindest behauptete, es zu glauben, er sei gewiß durch einen Anfall Mrs. Churchills abgehalten worden. – Während diese Betrachtungen angestellt wurden, heftete Emma den Blick auf Harriet; sie benahm sich tadellos und ließ keinerlei Gefühlsregung erkennen.

Die kalte Mahlzeit war beendet, und die Gäste wollten sich wieder nach draußen begeben, um das zu besichtigen, was sie noch nicht gesehen hatten, nämlich die alten Fischteiche der Abtei, danach würden sie vielleicht bis zum Kleefeld gehen, wo am nächsten Morgen mit dem Mähen begonnen werden sollte, auf jeden Fall aber das Vergnügen haben, sich zu erhitzen und hinterher wieder abzukühlen. Mr. Woodhouse, der seinen kleinen Rundgang im höchstgelegenen Teil des Parks, wo selbst er keine feuchten Dämpfe vom Fluß herauf befürchtete, schon hinter sich hatte, rührte sich nicht mehr von der Stelle, und seine Tochter beschloß, bei ihm zu bleiben, damit Mrs. Weston von ihrem Mann überredet werden konnte, sich die Bewegung und Ablenkung zu verschaffen, die sie jetzt bitter nötig zu haben schien.

Mr. Knightley hatte alles in seiner Macht Stehende getan, damit sich Mr. Woodhouse nicht langweile. Bücher mit Kupferstichen, Schubladen mit Münzen, Kameen, Muscheln und allerlei andere Sammlungen aus dem Familienbesitz waren aus den Schränken geholt und für seinen alten Freund bereitgelegt worden, um ihm die Zeit zu verkürzen; und diese zuvorkommende Geste hatte ihren Zweck vollauf erfüllt, Mr. Woodhouse sich bestens unterhalten. Mrs. Weston hatte ihm alles gezeigt, und nun wollte er Emma alles zeigen; glücklicherweise glich er einem Kinde nur darin, daß er sich ohne jedes tiefere Verständnis alles besah, was man ihm vorsetzte, denn er ging langsam, bedächtig und methodisch vor. Bevor man jedoch mit der zweiten Durchsicht der Kuriositäten begann, begab sich Emma in die Halle, um ein paar Minuten lang ungestört den Eingangsbereich und das Grundstück zu betrachten – und sie war kaum dort, als Jane Fairfax auftauchte, die schnell aus dem Garten gelaufen kam und den Eindruck machte, auf der Flucht zu sein. Da sie nicht damit gerechnet hatte, Miss Woodhouse schon hier zu treffen, erschrak sie zunächst etwas; aber Miss Woodhouse war ja diejenige, die sie sprechen wollte.

»Würden Sie so freundlich sein«, sagte sie, »und ausrichten, daß ich nach Hause gegangen bin, wenn man mich vermißt? Ich gehe nämlich jetzt. Meine Tante merkt gar nicht, wie spät es ist und wie lange wir schon weg sind, aber ich bin sicher, wir werden zu Hause gebraucht, und ich will auf der Stelle gehen. Ich habe niemandem etwas davon gesagt. Ich würde nur Unmut und Bedauern auslösen. Einige sind zu den Teichen gegangen, die anderen zur Lindenallee. Bis alle wieder hier sind, wird man mich nicht vermissen; und wenn sie zurückkommen, hätten Sie dann die Güte, ihnen auszurichten, daß ich gegangen bin?«

»Gewiß, wenn Sie es wünschen, aber Sie wollen doch wohl nicht allein zu Fuß nach Highbury gehen?«

»Doch, was soll mir denn schon passieren? Ich laufe schnell. In zwanzig Minuten bin ich zu Hause.«

»Aber es ist wirklich zu weit, um ganz allein zu gehen. Lassen Sie sich doch vom Diener meines Vaters begleiten. Lassen Sie mich die Kutsche bestellen. In fünf Minuten kann sie hier sein.«

»Danke, danke, auf gar keinen Fall. Ich möchte lieber zu Fuß gehen. Ausgerechnet *ich* sollte Angst haben, allein zu gehen! Ich, die ich vielleicht schon bald auf andere aufpassen muß!«

Sie sprach sehr aufgeregt, und Emma erwiderte voll Mitgefühl: »Das darf kein Grund für Sie sein, sich jetzt irgendwelchen Gefahren auszusetzen. Ich muß die Kutsche kommen lassen. Selbst die Hitze wäre gefährlich. Sie sind ja schon jetzt müde.«

»Das bin ich«, antwortete sie, »ich bin müde; aber es ist nicht jene Müdigkeit – vom Laufen werde ich wieder munter. Miss Woodhouse, jeder von uns hat doch schon zuweilen Zustände seelischer Erschöpfung erlebt. Ich muß gestehen, ich bin mit den Nerven ziemlich am Ende. Sie können mir keine größere Freundlichkeit erweisen, als mir jetzt meinen Willen zu lassen und nur, wenn nötig, den anderen zu sagen, daß ich gegangen bin.«

Emma machte nun keinen Einwand mehr geltend. Sie merkte, was los war, und da sie sich recht gut in Jane einfühlen konnte, drängte sie sie geradezu aus dem Haus und sah ihr mit der Fürsorglichkeit einer Freundin nach, bis sie unbehelligt verschwunden war. Aus Janes Blick beim Abschied sprach Dankbarkeit, und ihre Worte: »Oh! Miss Woodhouse, welch eine Wohltat, manchmal allein zu sein!« klangen, als strömten sie aus einem bedrückten Herzen, und sie ließen etwas von der Geduld und Selbstverleugnung ahnen, die sie andauernd aufbringen mußte, selbst denen gegenüber, deren ganze Liebe ihr galt.

»Bei dem Zuhause! Bei einer solchen Tante!« sagte Emma, als sie wieder in die Halle zurückging. »Du tust mir leid. Und je mehr du dir anmerken läßt, wie schrecklich du dich dort fühlst, desto lieber wirst du mir.«

Jane war kaum eine Viertelstunde weg, und sie hatten erst ein paar Ansichten vom Markusplatz in Venedig betrachtet, als Frank Churchill ins Zimmer trat. Emma hatte schon gar nicht mehr an ihn gedacht, hatte regelrecht vergessen, an ihn zu denken – aber sie freute sich, ihn zu sehen. Mrs. Weston würde ein Stein vom Herzen fallen. Die schwarze Stute traf keine Schuld, *diejenigen*, die Mrs. Churchill dafür verantwortlich gemacht hatten, sollten recht behalten. Er war durch eine vorübergehende Verschlechterung ihres Gesundheitszustandes aufgehalten worden, ein nervöser Anfall von einigen Stunden – und er hatte die Hoffnung, kommen zu können, beinahe schon aufgegeben, bis ganz zuletzt. Und hätte er gewußt, was für ein heißer Ritt ihm bevorstünde und wie spät er trotz des Tempos, das er vorlegte, eintreffen würde, dann wäre er wohl, so sagte er, überhaupt nicht erst gekommen. Die Hitze sei mörderisch, etwas Derartiges habe er noch nie durchgemacht – fast wünschte er sich, zu

Hause geblieben zu sein – nichts setze ihm so zu wie Hitze – die schlimmste Kälte ertrage er fabelhaft etc., aber Hitze ertrage er nun einmal nicht – und er ließ sich in einen Sessel fallen, so weit wie möglich entfernt von den kläglichen Überresten von Mr. Woodhouses Kaminfeuer, und sah erbarmungswürdig aus.

»Es wird Ihnen schnell kühler werden, wenn Sie ruhig sitzen bleiben«, sagte Emma.

»Sobald ich mich etwas abgekühlt habe, reite ich wieder zurück. Ich war sowieso kaum abkömmlich – aber man hat ja solchen Wert darauf gelegt, daß ich komme! Sie werden wohl alle ohnehin bald gehen; die ganze Gesellschaft bricht bestimmt in Kürze auf. *Eine* davon habe ich schon auf dem Weg hierher getroffen – Wahnsinn bei diesen Temperaturen! – Heller Wahnsinn.«

Emma hörte ihm zu, sah ihn an und merkte bald, daß Franks Zustand sich am besten als ausgesprochen schlechte Laune beschreiben ließ. Einige Leute wurden immer mürrisch, wenn sie erhitzt waren. Vielleicht lag es an seiner körperlichen Verfassung; und da sie wußte, daß Essen und Trinken oft solche gelegentlichen Beschwerden zu kurieren vermögen, riet sie ihm, ein paar Erfrischungen zu sich zu nehmen; im Eßzimmer werde er alles in Hülle und Fülle finden – und mitfühlend deutete sie auf die entsprechende Tür.

Nein – er wolle nichts essen. Er sei nicht hungrig. Davon würde ihm nur noch heißer werden. Nach zwei Minuten besann er sich allerdings zum eigenen Vorteil eines Besseren, murmelte etwas von Sprossenbier und ging weg. Emma wandte ihre Aufmerksamkeit wieder ganz ihrem Vater zu und sagte sich:

»Wie gut, daß ich nicht mehr in ihn verliebt bin. Ich

möchte keinen Mann, der sich durch einen heißen Vormittag derart aus der Fassung bringen läßt. Harriet mit ihrem sanften, unbefangenen Gemüt wird das nichts ausmachen.«

Er war lang genug weg, um sich in aller Ruhe am kalten Buffet gütlich getan zu haben, und kehrte um so besser gelaunt zurück – er war nun abgekühlt und aufgeräumt und zuvorkommend wie immer und in der Lage, einen Stuhl zu ihnen heranzuziehen, sich für ihre Beschäftigung zu interessieren und auf vernünftige Weise sein Bedauern zum Ausdruck zu bringen, zu spät gekommen zu sein. Er war zwar nicht gerade in Hochstimmung, schien sich aber darum zu bemühen, und schließlich redete er sogar wieder recht unterhaltsamen Blödsinn daher. Sie blätterten gerade Ansichten von der Schweiz durch.

»Sobald meine Tante gesund ist, fahre ich ins Ausland«, sagte er. »Ich werde nicht eher ruhen, bis ich einige dieser Orte gesehen habe. Eines Tages können Sie sich dann meine Skizzen betrachten – oder meinen Reisebericht lesen oder mein Gedicht. Irgend etwas werde ich schon machen, um mich bloßzustellen.«

»Das mag ja sein – aber nicht mit Skizzen aus der Schweiz. In die Schweiz kommen Sie niemals. Ihr Onkel und Ihre Tante werden Ihnen nie erlauben, England zu verlassen.«

»Vielleicht lassen sie sich dazu bewegen mitzukommen. Man verordnet ihr womöglich ein warmes Klima. Es ist nicht nur so eine vage Hoffnung von mir, daß wir alle eine Auslandsreise unternehmen. Glauben Sie mir. Heute morgen hatte ich ganz stark das Gefühl, daß ich schon bald im Ausland sein werde. Ich muß einfach weg. Ich bin das Nichtstun leid. Ich brauche eine Ortsveränderung. Es ist mein voller Ernst, Miss Woodhouse, was immer Ihr durchdringender Blick auch dahinter entdecken mag – ich habe England satt – gleich morgen schon würde ich aufbrechen, wenn ich könnte.«

»Sie haben Reichtum und Überfluß satt. Können Sie sich nicht ein paar Herausforderungen ausdenken und zufrieden sein hierzubleiben?«

»*Ich* Reichtum und Überfluß satt haben? Da irren Sie sich aber gewaltig. Ich halte mich wirklich nicht für besonders reich oder verwöhnt. Bei allem, was mir etwas bedeutet, legt man mir Steine in den Weg. Ich halte mich keineswegs für einen Glückspilz.«

»Immerhin sind Sie nicht in einer ganz so jämmerlichen Verfassung wie bei Ihrer Ankunft. Gehen Sie doch noch einmal ins Eßzimmer und essen und trinken Sie noch ein bißchen, dann werden Sie sich wieder richtig wohl fühlen. Noch eine Scheibe kalten Bratens, noch ein Schluck Madeira mit Wasser, und es geht Ihnen fast genauso gut wie uns allen hier.«

»Nein, ich rühre mich nicht von der Stelle. Ich bleibe hier bei Ihnen sitzen, Sie sind für mich die beste Medizin.«

»Morgen fahren wir zum Box Hill. Da kommen Sie mit. Es ist zwar nicht die Schweiz, aber für einen jungen Mann, den es nach einer Ortsveränderung verlangt, auch nicht übel. Sie bleiben doch und fahren mit uns?«

»Nein, bestimmt nicht. In der Abendkühle reite ich zurück.«

»Aber Sie können doch in der Morgenkühle wieder herreiten.«

»Nein – es lohnt sich nicht. Wenn ich komme, bin ich schlecht gelaunt.«

»Dann bleiben Sie lieber in Richmond.«

»Aber wenn ich dort bleibe, bin ich noch schlechter gelaunt. Ich ertrage es einfach nicht, wenn ich mir vorstelle, daß Sie hier ohne mich sind.«

»Mit diesen Schwierigkeiten müssen Sie schon selbst klarkommen. Von mir aus können Sie so schlecht gelaunt sein, wie Sie wollen. Ich werde Sie nicht weiter drängen.«

Nun kehrten die übrigen Gäste ins Haus zurück, und bald waren alle versammelt. Einige freuten sich sehr, Frank Churchill zu sehen, andere nahmen es mit Gelassenheit zur Kenntnis, aber alle waren betroffen und beunruhigt, als sie von Miss Fairfax' Verschwinden erfuhren. Da es für jedermann Zeit war, zu gehen, fand die Diskussion schnell ein Ende. Und nach einer kurzen letzten Absprache wegen des morgigen Ausflugs löste sich die Gesellschaft auf. Frank Churchills Unlust, dem Unternehmen fernzubleiben, hatte inzwischen solche Ausmaße angenommen, daß er zum Schluß zu Emma sagte:

»Also gut, wenn *Sie* möchten, daß ich bleibe und mit von der Partie bin, dann bleibe ich eben.«

Sie lächelte huldvoll, und es war klar, daß höchstens ein Befehl aus Richmond ihn veranlassen würde, vor dem nächsten Abend zurückzureiten.

DREIUNDVIERZIGSTES KAPITEL

Sie hatten sehr schönes Wetter für ihren Ausflug zum Box Hill, und alle anderen äußeren Umstände wie Planung, bequeme Unterbringung und Pünktlichkeit verhießen eine fröhliche Landpartie. Mr. Weston leitete das Ganze, indem er zwischen Hartfield und dem Pfarrhaus sicher seines Amtes waltete, und alle waren rechtzeitig zur Stelle. Emma und Harriet fuhren zusammen, Miss Bates und ihre Nichte mit den Eltons, die Herren begleiteten sie hoch zu Roß. Mrs. Weston blieb bei Mr. Woodhouse. Als sie am Ziel ankamen, bedurfte es nur noch guter Laune. Sieben Meilen wurden in freudiger Erwartung zurückgelegt, und alle brachen in Bewunderung aus, als sie auf dem Box Hill anlangten, und dennoch ließ der ganze Tag irgendwie zu wünschen übrig. Es herrschte eine Trägheit, eine Lustlosigkeit, ein Mangel an Gemeinsamkeit, die einfach nicht zu überwinden waren. Die Gesellschaft zerfiel zu sehr in einzelne Grüppchen. Die Eltons machten einen Spaziergang, Mr. Knightley nahm sich Miss Bates' und Janes an, und Emma und Harriet hielten sich an Frank Churchill. Mr. Weston bemühte sich vergebens um mehr Harmonie. Anfangs sah es so aus, als habe sich diese Grüppchenbildung ganz zufällig ergeben, aber auch im weiteren Verlauf änderte sich daran nichts Wesentliches. Mr. und Mrs. Elton schienen zwar nicht abgeneigt, sich unter die anderen zu mischen und sich so liebenswürdig wie möglich zu geben, aber während der ganzen zwei Stunden, die man auf dem Hügel verbrachte, erwies sich die Tendenz zur Spaltung als so stark, daß keine schöne Aussicht, kein kalter Imbiß und kein munterer Mr. Weston sie zu beseitigen vermochten.

Anfangs langweilte sich Emma regelrecht. Sie hatte Frank Churchill noch nie so schweigsam und stumpfsinnig erlebt. Er sagte nichts, was sich anzuhören lohnte, schaute umher, ohne etwas wahrzunehmen, erging sich in Bewunderung, ohne zu wissen, worüber, lauschte ihr, ohne zu wissen, was sie sagte. Da er so teilnahmslos war, erstaunte es nicht weiter, daß Harriet es ebenfalls war, und Emma empfand beide als eine Zumutung.

Nachdem sich alle niedergelassen hatten, wurde es etwas besser, nach ihrem Geschmack sogar bedeutend besser, denn Frank Churchill wurde nun gesprächig und ausgelassen, wobei er sie zu seinem eigentlichen Gegenüber erkor. Jede nur denkbare Aufmerksamkeit, die er zu erweisen hatte, galt ihr. All sein Sinnen und Trachten schien darauf gerichtet, sie zu unterhalten und ihr zu imponieren, und Emma, die froh war um jede Anregung und Schmeicheleien keineswegs ungern hörte, war ebenfalls fröhlich und ungezwungen und ließ ihm all jene freundschaftliche Ermunterung und Erlaubnis, ihr den Hof zu machen, zuteil werden, die sie ihm in der ersten und aufregendsten Phase ihrer Bekanntschaft gewährt hatte, was zwar nun in ihren Augen nichts mehr bedeutete, aber auf die meisten, die ihnen zuschauten, einen Eindruck machen mußte, für den es im Englischen kein treffenderes Wort gibt als »Flirt«. »Mr. Frank Churchill und Miss Woodhouse haben auf Teufel komm raus miteinander geflirtet.« Die beiden forderten diesen Kommentar geradezu heraus und taten alles, damit er von der einen Dame nach Maple Grove und der anderen brieflich nach Irland übermittelt werden würde. Nicht daß Emma aus echtem Glücksgefühl so heiter und unbekümmert gewesen wäre; es lag eher daran, daß sie weniger glücklich war, als sie erwartet hatte. Sie lachte, weil sie enttäuscht war, und obwohl sie ihn seiner galanten Worte wegen mochte und sie allesamt, ob nun aus Freundschaft, Bewunderung oder Ausgelassenheit geäußert, ausgesprochen geistreich fand, so vermochten sie doch nicht, ihm ihr Herz zurückzugewinnen. Nach wie vor gedachte sie ihn ihrer Freundin zu.

»Wie dankbar ich Ihnen bin«, sagte er, »daß Sie mich aufgefordert haben, heute mitzukommen! Wenn Sie nicht gewesen wären, hätte ich mich gewiß um das Vergnügen dieses Ausflugs gebracht. Ich war fest entschlossen, wieder nach Hause zu reiten.«

»Ja, Sie waren sehr schlecht gelaunt, und ich weiß immer noch nicht, weshalb, sieht man einmal davon ab, daß Sie die besten Erdbeeren verpaßt hatten. Ich war Ihnen eine mitfühlendere Freundin, als Sie eigentlich verdienten. Aber Sie waren so demütig. Sie haben ja geradezu darum gebettelt, daß ich Ihnen befehle mitzukommen.«

»Sagen Sie nicht, daß ich schlecht gelaunt war. Ich war einfach müde. Die Hitze hatte mich fertiggemacht.«

»Heute ist es noch heißer.«

»Für mein Gefühl nicht. Heute fühle ich mich pudelwohl.«

»Sie fühlen sich so wohl, weil Sie kontrolliert sind.«

»Von Ihnen? Ja.«

»Vielleicht habe ich Ihnen das in den Mund gelegt, aber ich meinte damit eigentlich: Selbstkontrolle. Gestern haben Sie irgendwie die Fassung verloren, Sie waren nicht mehr Herr Ihrer selbst, aber heute haben Sie sich wieder unter Kontrolle – und da ich nicht immer bei Ihnen sein kann, ist es besser, wenn Sie sich selbst unter Kontrolle haben als ich Sie.«

»Das läuft auf dasselbe hinaus. Zur Selbstkontrolle brauche ich einen Grund. Sie bestimmen über mich, auch wenn Sie kein Wort sagen. Und Sie können ja immer bei mir sein. Sie sind immer bei mir.«

»Seit gestern nachmittag drei Uhr. Früher kann mein dauernder Einfluß nicht wirksam geworden sein, sonst wären Sie nicht so schlecht gelaunt gewesen.«

»Gestern nachmittag drei Uhr! Das ist Ihr Datum. Ich dachte immer, ich hätte Sie im Februar zum erstenmal gesehen?«

»Galanterie kann man Ihnen wirklich nicht absprechen. Aber (dabei senkte sie die Stimme) – außer uns spricht hier niemand, und es geht doch etwas zu weit, daß wir Unsinn reden, um sieben schweigsame Leute zu unterhalten.«

»Ich habe kein Wort gesagt, für das ich mich schämen müßte«, erwiderte er mit lebhafter Unverfrorenheit. »Im Februar habe ich Sie zum erstenmal gesehen. Das darf jeder hier auf dem Hügel hören, der hören kann. Meine Worte mögen bis nach Mickleham auf der einen und nach Dorking auf der anderen erschallen. Ich habe Sie im Februar zum erstenmal gesehen.« Und dann flüsternd: »Unsere Begleiter sind von einer unüberbietbaren Stumpfsinnigkeit. Was sollen wir nur tun, um sie etwas aufzurütteln? Jeder Unsinn ist dazu gut genug. Sie sollen endlich den Mund auftun! Meine Damen und Herren, von Miss Woodhouse (die ja stets den Vorsitz führt) habe ich den Auftrag erhalten, Ihnen mitzuteilen, daß sie wissen möchte, woran Sie gerade denken?«

Einige lachten und antworteten gutgelaunt. Miss Bates sagte eine ganze Menge; Mrs. Elton platzte fast vor Wut bei der Vorstellung, daß Miss Woodhouse den Vorsitz innehabe; Mr. Knightleys Antwort fiel am deutlichsten aus:

»Ist Miss Woodhouse sicher, daß sie hören möchte, woran wir alle gerade denken?«

»O nein, nein«, rief Emma und lachte so unbekümmert wie möglich, »nicht um alles in der Welt! Es ist das letzte, was ich jetzt ertragen könnte. Alles andere lieber, als mir anhören zu müssen, was alle hier denken! Nein, nicht alle. Eine oder zwei gibt es vielleicht (und dabei schaute sie schnell zu Mr. Weston und Harriet hin), vor deren Gedanken mir nicht bange wäre.«

»Das nun«, rief Mrs. Elton ganz entschieden, »hätte *ich* mich nicht zu fragen getraut. Obgleich ich als Anstandsdame dieser Gesellschaft vielleicht – *ich* war noch nie in einem solchen Kreis – bei Ausflügen – junge Damen – verheiratete Frauen – «

Ihr Gemurmel richtete sich hauptsächlich an ihren Mann, und er murmelte zurück:

»Sehr richtig, mein Liebling, sehr richtig. Genauso ist es – ganz unerhört – aber manche Damen nehmen überhaupt kein Blatt vor den Mund. Fassen wir es lieber als einen Scherz auf. Jedermann weiß doch, was *dir* gebührt.«

»Es nützt nichts«, flüsterte Frank Emma zu, »die meisten sind jetzt verschnupft. Ich will sie nun etwas weniger plump attackieren. Meine Damen und Herren, ich bin von Miss Woodhouse beauftragt, Ihnen mitzuteilen, daß sie auf ihr Recht zu erfahren, was Sie alle denken, verzichtet und nur möchte, daß jeder von Ihnen etwas recht Unterhaltsames zum besten gibt. Außer mir (der ich schon, wie sie zu sagen geruht, sehr unterhaltsam bin), sind wir sieben, und sie erwartet nun von jedem von Ihnen entweder etwas sehr Geistreiches, egal, ob in Prosa oder gereimt, selbst ausgedacht oder zitiert – oder zwei einigermaßen geistreiche Geschichten – oder drei todlangweilige, und sie verpflichtet sich hiermit, über alles herzlich zu lachen.«

»O! sehr gut«, rief Miss Bates aus, »dann kann ich ja unbesorgt sein. ›Drei todlangweilige Geschichten‹. Das ist doch genau das richtige für mich, nicht wahr? Ich brauche ja nur den Mund aufzumachen, da sage ich bestimmt drei langweilige Dinge, oder etwa nicht?«, und Zustimmung heischend schaute sie treuherzig in die Runde. »Sind Sie nicht alle auch dieser Meinung?«

Emma konnte nicht widerstehen:

»Nun ja, Madam, eine Schwierigkeit könnte sich vielleicht doch ergeben. Verzeihen Sie – aber Sie müssen sich an eine bestimmte Zahl halten – nur drei auf einmal.«

Irregemacht durch die gespielte Förmlichkeit von Emmas Gebaren, begriff Miss Bates nicht sogleich, wie es gemeint war, aber als es ihr aufging, konnte sie sich nicht darüber ärgern, wenn auch ein leichtes Erröten verriet, daß ihr die Bemerkung wehgetan hatte.

»Ach so! – gut – natürlich. Ja, ich verstehe, was sie damit sagen will (sie wandte sich zu Mr. Knightley), und ich werde versuchen, den Mund zu halten. Ich muß mich wohl sehr unbeliebt machen, sonst hätte sie das zu einer alten Freundin nicht gesagt.«

»Ihr Vorschlag gefällt mir«, rief Mr. Weston. »Angenommen, angenommen. Ich werde mein möglichstes tun. Ich stelle Ihnen eine Rätselfrage. Wie wird ein Rätsel bewertet?«

»Nicht sehr hoch, fürchte ich, nicht sehr hoch«, antwortete sein Sohn, »aber wir werden nachsichtig sein, besonders bei dem, der den Anfang macht.«

»Nein, nein«, sagte Emma, »es wird durchaus nicht niedrig bewertet. Eine Rätselfrage von Mr. Weston soll ihn und seine Nachbarin von weiteren Bemühungen befreien. Kommen Sie, Sir, lassen Sie hören.«

»Ich bezweifle ja selbst, daß sie sehr geistreich ist«, sagte Mr. Weston. »Das, worum es da geht, liegt zu sehr auf der Hand, aber hier ist sie. Welche beiden Buchstaben des Alphabets stehen für Vollkommenheit?«

»Welche beiden Buchstaben? Für Vollkommenheit? Ich habe wirklich keine Ahnung.«

»Ah! Sie werden es nie erraten. Sie (zu Emma) werden es nie erraten. – Ich will es Ihnen sagen – M. und A. – Emma.

– Haben Sie es verstanden?«

Aha-Erlebnis und Dankbarkeit fielen in eins. Es mochte

zwar ein reichlich platter Witz sein, aber Emma fand ihn ungeheuer lustig und hatte ihre Freude daran – und ebenso Frank und Harriet. – Die übrigen schien er nicht so zu beeindrucken, einige guckten recht einfältig drein, und Mr. Knightley sagte ernst:

»Daraus wird deutlich, welche Art von geistreichen Dingen man von uns hören will, und Mr. Weston hat seine Sache sehr gut gemacht, aber damit natürlich alle anderen aus dem Felde geschlagen. *Vollkommenheit* hätte nicht ganz so schnell kommen dürfen.«

»Oh! Was mich betrifft, ich bitte, mich zu entschuldigen«, sagte Mrs. Elton; »*ich* mag es erst gar nicht versuchen – ich halte überhaupt nichts von derlei Dingen. Einmal habe ich ein Akrostichon auf meinen Namen zugeschickt bekommen, das mir ganz und gar nicht gefallen hat. Ich wußte, von wem es kam. Einem abscheulichen Gecken! Du weißt schon, wen ich meine (dabei nickte sie ihrem Mann zu). Derlei ist ja ganz nett an Weihnachten, wenn man um den Kamin herumsitzt, aber meiner Meinung nach völlig fehl am Platz, wenn man im Sommer einen Ausflug aufs Land macht. Miss Woodhouse muß mich entschuldigen. Ich gehöre nicht zu denen, die für jedermann jederzeit etwas Witziges parat haben. Ich behaupte auch gar nicht, ein geistreicher Mensch zu sein. Auf meine Art verfüge ich zwar über große geistige Beweglichkeit, aber man muß es schon mir selbst überlassen, wann ich rede und wann ich den Mund halte. Erlassen Sie es mir bitte, Mr. Churchill. Erlassen Sie es Mr. E., Knightley, Jane und mir. Wir haben nichts Geistreiches zu sagen – keiner von uns.«

»Ja, ja, *mir* erlassen Sie es bitte«, ergänzte ihr Mann höhnisch und herablassend, »ich habe nichts zu sagen, was Miss Woodhouse oder eine der anderen jungen Damen amüsieren könnte. Ein alter Ehemann – zu nichts zu gebrauchen. Wollen wir einen Spaziergang machen, Augusta?«

»Von Herzen gern. Ich bin es wirklich leid, so lange an einer Stelle herumzusitzen. Kommen Sie, Jane, nehmen Sie meinen anderen Arm.«

Jane lehnte das jedoch ab, und die Eheleute gingen davon. »Ein glückliches Paar!« sagte Frank Churchill, sobald sie außer Hörweite waren. »Wie gut sie zueinander passen! Haben Glück gehabt – wo sie doch auf eine Bekanntschaft hin geheiratet haben, die an einem Vergnügungsort geschlossen wurde! Ich glaube, sie hatten sich erst ein paar Wochen vorher in Bath kennengelernt! Ausgesprochenes Glück! Denn echtes gegenseitiges Kennenlernen ist doch an einem Ort wie Bath unmöglich; von Kennenlernen kann da keine Rede sein. Erst wenn man eine Frau in ihrem eigenen Zuhause, inmitten ihrer nächsten Angehörigen und Freundinnen erlebt, in ihrer gewohnten Umgebung also, erst dann kann man sich ein richtiges Urteil bilden. Ohne das ist alles nur Rätselraten und reine Glückssache – und erweist sich später zumeist als Unglück. Wie viele Männer haben sich schon auf eine kurze Bekanntschaft hin gebunden und es dann ihr Lebtag lang bereut!«

Miss Fairfax, die zuvor kaum etwas gesagt hatte außer zu ihren eigenen Leuten, meldete sich nun zu Wort:

»Das kommt zweifellos vor«, ein Hustenanfall zwang sie, eine Pause einzulegen. Frank Churchill wandte sich ihr interessiert zu:

»Sie wollten etwas äußern«, sagte er ernst.

»Ich wollte nur bemerken, daß solche unglücklichen Umstände zwar zuweilen eintreten und sowohl Männer als auch Frauen betreffen, ich mir aber nicht vorstellen kann, daß sie sehr häufig sind. Eine übereilte und unbesonnene

Zuneigung mag wohl aufkeimen – aber im allgemeinen ist danach noch Zeit genug, um darüber hinwegzukommen. Ich möchte damit sagen, daß nur schwache, unentschlossene Charaktere (deren Glück stets dem Zufall überlassen bleiben muß) es zulassen, daß ihnen eine unglückselige Bekanntschaft zu einer dauernden Qual und Belastung wird.«

Er gab keine Antwort, sondern sah sie nur an und verneigte sich zustimmend und sagte gleich darauf in lebhaftem Tonfall: »Nun, ich habe so wenig Vertrauen in mein eigenes Urteil, daß hoffentlich ein anderer die Frau für mich aussucht, wenn ich einmal heiraten sollte. Wollen Sie (zu Emma gewandt)? Wollen Sie für mich eine Frau aussuchen? Ich bin sicher, es würde mir jede gefallen, auf die Ihre Wahl fällt. Sie nehmen damit der Familie eine Sorge ab (mit einem Lächeln zu seinem Vater hin). Finden Sie eine für mich. Ich habe es nicht eilig. Nehmen Sie sie unter Ihre Obhut, erziehen Sie sie.«

»Und ich forme sie nach meinem Bilde?«

»Unbedingt, wenn Sie können.«

»Na schön, ich nehme den Auftrag an. Sie sollen eine bezaubernde Frau bekommen.«

»Sie muß sehr lebhaft sein und haselnußbraune Augen haben. Ansonsten ist mir alles egal. Ich werde für ein paar Jahre ins Ausland gehen – und wenn ich wiederkomme, hole ich mir bei Ihnen meine Frau ab. Also nicht vergessen!«

Es bestand natürlich keine Gefahr, daß Emma das vergessen würde. Der Auftrag war einer ganz nach ihrem Herzen. Wäre denn nicht Harriet genau das Geschöpf, das er beschrieb? Die haselnußbraunen Augen ausgenommen, könnte sie in zwei Jahren ganz seinen Wünschen entsprechen. Wer weiß, womöglich hatte er in diesem Moment sogar Harriet im Sinn? Daß er ihr die Erziehung übertrug, schien ganz darauf hinzudeuten.

»Nun, Tante«, sagte Jane zu Miss Bates, »wollen wir uns Mrs. Elton anschließen?«

»Wenn es dir recht ist, meine Liebe, sehr gern. Ich bin bereit. Von mir aus hätten wir schon vorhin mit ihr gehen können, aber so ist es auch gut. Wir werden sie bald eingeholt haben. Da ist sie ja – nein, es ist jemand anders. Das ist eine der Damen aus der irischen Gruppe, sieht ihr auch gar nicht ähnlich. Also, ich muß schon sagen –«

Sie entfernten sich, und eine halbe Minute später folgte ihnen Mr. Knightley. Es blieben nur noch Mr. Weston, sein Sohn, Emma und Harriet zurück, und die Ausgelassenheit des jungen Mannes erreichte nun einen Grad, der fast unangenehm war. Selbst Emma gingen schließlich seine Schmeicheleien und Schäkereien auf die Nerven, und sie wäre viel lieber mit einem von den andern ruhig spazierengegangen oder hätte noch lieber allein und ungestört irgendwo gesessen und sich still der Betrachtung der schönen Aussichten im Tal hingegeben. Das Erscheinen der Diener, die nach ihnen Ausschau hielten, um Bescheid zu sagen, daß die Kutschen bereitstünden, war ein erfreulicher Anblick, und selbst das geschäftige Durcheinander, das beim Einsammeln des Geschirrs und der Vorbereitung der Abfahrt entstand, und die Beflissenheit Mrs. Eltons, als erste zu *ihrer* Kutsche zu kommen, nahm sie gerne hin in der Aussicht auf die friedliche Heimfahrt, die die sehr fragwürdigen Freuden dieser Lustpartie beschließen sollte. Zu einem ähnlichen Unternehmen mit so vielen schlecht zusammenpassenden Leuten würde sie sich hoffentlich nie wieder verleiten lassen.

Während sie auf die Kutsche wartete, stand Mr. Knightley plötzlich neben ihr. Er schaute sich zuerst um, als wollte er sich vergewissern, daß niemand in der Nähe war, und sagte dann:

»Emma, ich muß noch einmal so mit Ihnen sprechen, wie ich es immer getan habe: ein Vorrecht, das Sie mir vielleicht eher widerwillig zugestehen, von dem ich aber dennoch Gebrauch machen muß. Ich kann nicht mit ansehen, wie Sie sich so unmöglich benehmen, ohne Ihnen Vorhaltungen zu machen. Wie konnten Sie nur zu Miss Bates so herzlos sein? Wie konnten Sie sich nur so unverschämt lustig machen über eine Frau ihres Charakters, Alters und ihrer Lage? Das hätte ich nicht für möglich gehalten, Emma.«

Emma fiel alles wieder ein, sie wurde rot, bedauerte es, versuchte aber, mit einem Lachen darüber hinwegzugehen.

»Na, wie hätte ich mir denn das verkneifen können? Jedem wäre es genauso ergangen. So schlimm war es ja nun auch wieder nicht. Sie hat es wohl gar nicht so richtig verstanden.«

»Ich kann Ihnen versichern, sie hat es verstanden. Sie hat ganz genau verstanden, was Sie damit sagen wollten. Seitdem spricht sie von nichts anderem mehr. Ich wünschte, Sie hätten hören können, wie sie darüber sprach – wie offen und hochherzig. Ich wünschte, Sie hätten hören können, mit welch rühmenden Worten sie Ihre geduldige Nachsicht hervorhob, die Sie in die Lage versetzt habe, ihr die vielen Aufmerksamkeiten zu erweisen, die sie stets von Ihnen und Ihrem Vater empfing, obwohl sie doch den Leuten so auf die Nerven gehe.«

»Oh«, rief Emma, »ich weiß, es gibt kein gutmütigeres Geschöpf auf der Welt; aber Sie müssen doch zugeben, daß das Gute und das Lächerliche bei ihr unglückseligerweise ineinander übergehen.«

»Das ist wahr«, sagte er, »ich gebe es zu, und lebte sie

im Wohlstand, dann würde es mir überhaupt nichts ausmachen, daß bei ihr das Lächerliche das Gute gelegentlich überwiegt. Wenn sie eine reiche Frau wäre, könnte sie meinetwegen jeden harmlosen Unsinn daherreden, dann dürften Sie sich alle Freiheiten herausnehmen, ich würde mich mit Ihnen deshalb nicht anlegen. Wenn sie Ihnen gleichgestellt wäre – aber Emma, bedenken Sie doch, wie wenig davon die Rede sein kann. Sie ist arm, von dem Wohlstand, in den sie hineingeboren wurde, ist nicht mehr viel übriggeblieben, und falls sie ein hohes Alter erreichen sollte, wird er wahrscheinlich gänzlich dahin sein. Ihre Lage müßte Sie eigentlich mit Mitleid erfüllen. Es war wirklich eine schlimme Entgleisung! Sie, die Sie schon kannte, als Sie ein kleines Kind waren, die Sie hat aufwachsen sehen zu einer Zeit, wo es noch als Ehre galt, von ihr beachtet zu werden – sie muß sich nun von Ihnen in einem Anfall von Gedankenlosigkeit und purem Übermut auslachen und demütigen lassen – und noch dazu vor den Augen ihrer Nichte – und anderer, von denen viele (auf jeden Fall aber *einige*) sich *Ihr* Verhalten gegen sie zum Vorbild nehmen. Das hören Sie gewiß nicht gern, Emma – und ich wollte, diese Worte wären mir erspart geblieben; aber ich muß, ich will –, ich will Ihnen die Wahrheit sagen, solange ich noch kann; und ich bin schon zufrieden, wenn ich mich durch einen ehrlichen Rat als Ihr Freund erweisen und darauf hoffen kann, daß Sie meine Freundschaft eines Tages mehr zu würdigen wissen als jetzt.«

Während dieses Gesprächs waren sie langsam auf die Kutsche zugegangen; sie stand bereit, und ehe Emma noch darauf antworten konnte, hatte er ihr schon hineingeholfen. Die Gründe, weshalb sie ihn nicht ansah und den Mund nicht aufbekam, hatte er falsch gedeutet. Vor lauter Wut gegen sich selbst, Scham und tiefer Betroffenheit hatte sie kein

Wort herausgebracht, und als sie in der Kutsche saß, sank sie einen Moment lang völlig vernichtet in ihren Sitz zurück – und machte sich dann Vorwürfe, daß sie ihm nicht Adieu gesagt, keine Einsicht gezeigt und den Eindruck erweckt hatte, schmollend Abschied genommen zu haben, und sie lehnte sich aus dem Fenster und versuchte, ihm mit Worten und Gebärden zu zeigen, wie es wirklich in ihr aussah; doch es war bereits zu spät. Er hatte ihr den Rücken zugekehrt, und die Pferde zogen an. Sie schaute immer noch zurück, aber vergebens; und bald schon waren sie mit halsbrecherischer Geschwindigkeit, wie ihr schien, den halben Berg hinuntergerattert, und alles lag weit zurück. Sie grämte und ärgerte sich unsäglich – so sehr, daß sie es kaum zu verbergen vermochte. Noch nie in ihrem Leben hatte etwas sie derartig aufgewühlt, beschämt, geschmerzt. Sie war bis ins Innerste getroffen. An der Richtigkeit seiner Vorhaltungen gab es nichts zu deuteln. Sie spürte es in ihrem Herzen. Wie hatte sie nur so unmenschlich, so grausam zu Miss Bates sein können! Wie hatte sie sich nur vor allen, die sie schätzten, derart bloßstellen und unmöglich machen können! Und wie konnte sie ihn gehen lassen, ohne ein Wort der Dankbarkeit, der Zustimmung, ja, ohne auch nur ein nettes Wort zu ihm gesagt zu haben!

Auch allmählich konnte sie sich nicht beruhigen. Je mehr sie darüber nachdachte, desto tiefer ging ihr diese ganze Geschichte. Noch nie war sie so niedergeschlagen gewesen. Zum Glück brauchte sie nicht zu reden. Außer ihr saß ja nur Harriet im Wagen, die selbst nicht besonders gut aufgelegt zu sein schien, sondern erschöpft und sehr einsilbig. Und fast während der ganzen Heimfahrt fühlte Emma, wie ihr die Tränen über die Wangen liefen, und sie ließ ihnen einfach freien Lauf, so ungewöhnlich das auch bei ihr war.

Der so erbärmlich verlaufene Ausflug zum Box Hill ging Emma den ganzen Abend lang durch den Kopf. Wie die übrigen Teilnehmer darüber dachten, wußte sie nicht. Womöglich saß jeder für sich zu Hause und dachte auf seine Weise mit Vergnügen daran zurück; in ihren Augen jedoch war es ein total vertaner Vormittag, so durch und durch unbefriedigend und mit so gräßlichen Erinnerungen behaftet, wie sie noch nie einen erlebt hatte. Verglichen damit war ein Abend, den sie mit ihrem Vater beim Backgammon verbrachte, die reinste Freude. *Darin* lag in der Tat echtes Vergnügen, denn sie opferte die liebsten Stunden des Tages seinem Wohlbehagen in dem Gefühl, sich nichts vorwerfen zu müssen, obzwar sie vielleicht seine zärtliche Zuwendung und vertrauensvolle Achtung nicht ganz verdiente. Als Tochter zumindest, so hoffte sie, war sie nicht herzlos. Niemand dürfte wohl zu ihr sagen: »Wie konnten Sie nur so herzlos gegen Ihren Vater sein! Ich muß, ich will Ihnen bittere Wahrheiten sagen, solange ich noch kann.« Miss Bates sollte nie wieder – nein, niemals! Wenn sie in der Zukunft durch Nettigkeit das Vergangene ungeschehen machen könnte, dann durfte sie vielleicht auf Vergebung hoffen. Sie hatte oft gefehlt, das sagte ihr das eigene Gewissen, vielleicht weniger in Taten als in Gedanken, war hämisch, gnadenlos sarkastisch gewesen. Aber das sollte nie wieder vorkommen. In tiefster Zerknirschung würde sie ihr gleich morgen früh einen Besuch abstatten, der von ihrer Seite der Anfang eines regelmäßigen, auf Gleichheit beruhenden freundschaftlichen Verhältnisses sein sollte.

Als der Morgen anbrach, war sie noch genauso fest entschlossen und machte sich frühzeitig auf den Weg, damit ihr ja nichts dazwischenkomme. Möglicherweise würde sie Mr. Knightley unterwegs treffen, oder vielleicht schaute er während ihres Besuchs zufällig bei den Bates vorbei. Sie hatte nichts dagegen. Sie würde sich nicht schämen, wenn er ihr ihre berechtigte und aufrichtige Reue anmerkte. Auf dem Weg dorthin richtete sie den Blick gen Donwell, aber sie sah ihn nicht.

»Die Damen sind alle zu Hause.« Nie zuvor hatte sie sich über diesen Bescheid so gefreut, nie zuvor war sie in den Hausgang getreten und die Treppe hochgestiegen mit dem Wunsch, ihnen eine Freude zu bereiten, es sei denn eine Wohltat, die die Empfänger zu Dank verpflichtete und ihr selbst kein anderes Vergnügen bescherte als die Möglichkeit, sich hinterher über sie lustig zu machen.

Als sie sich der Wohnungstür näherte, war dahinter ein geschäftiges Hin- und Herlaufen und ein aufgeregtes Flüstern zu vernehmen. Sie hörte Miss Bates Stimme heraus, irgend etwas sollte schnell geschehen. Das Mädchen machte ein verängstigtes, betretenes Gesicht, äußerte die Hoffnung, Miss Woodhouse sei bestimmt so nett, sich einen Augenblick zu gedulden, und führte sie dann doch zu früh hinein. Tante und Nichte schienen beide gerade ins Nebenzimmer zu flüchten. Jane, auf die sie noch schnell einen Blick werfen konnte, sah sehr elend aus, und ehe sich die Tür hinter den beiden geschlossen hatte, hörte sie Miss Bates sagen: »Gut, meine Liebe, ich werde *ausrichten*, daß du dich zu Bett gelegt hast, krank bist du weiß Gott genug.« Die arme alte Mrs. Bates, höflich und bescheiden wie immer, sah aus, als verstehe sie nicht recht, was um sie herum vorging.

»Ich fürchte, Jane fühlt sich nicht wohl«, bemerkte sie, »aber ich weiß es nicht; sie *sagen* mir, es gehe ihr gut. Meine Tochter wird wohl gleich hier sein, Miss Woodhouse. Ich hoffe, Sie finden einen Stuhl. Wäre doch Hetty nicht schon wieder hinausgegangen! Ich kann ja so wenig machen. Haben Sie einen Stuhl, Madam? Sitzen Sie dort, wo Sie gern sitzen? Sie wird bestimmt gleich hier sein.«

Emma hoffte es inständig. Einen Augenblick lang hegte sie die Befürchtung, Miss Bates halte sich bewußt von ihr fern. Doch Miss Bates kam kurz darauf »sehr erfreut und verbunden« – aber vor lauter schlechtem Gewissen meinte Emma zu bemerken, daß sie nicht so fröhlich und redselig war wie früher – Blick und Gebaren wirkten nicht so unbefangen wie sonst. Eine sehr freundliche Nachfrage nach Miss Fairfax würde vielleicht, so hoffte Emma, den Weg zur früheren Offenheit ebnen, und die Wirkung stellte sich in der Tat sofort ein.

»Ach, Miss Woodhouse, wie gütig von Ihnen! Vermutlich haben Sie es schon gehört – und sind gekommen, um uns zu beglückwünschen. Das hier sieht ja nicht gerade nach Glück aus (wobei sie ein paar Tränen wegblinzelte) – aber es wird uns ja auch sehr schwerfallen, sie gehen zu lassen, nachdem wir sie so lange bei uns hatten. Und ausgerechnet jetzt hat sie so fürchterliche Kopfschmerzen, da sie den ganzen Morgen geschrieben hat – so lange Briefe, wissen Sie, mußten an Oberst Campbell und Mrs. Dixon geschrieben werden. ›Meine Liebe‹, sagte ich, ›du wirst dir noch die Augen verderben‹, denn andauernd hatte sie Tränen in den Augen. Das ist ja auch kein Wunder, wirklich kein Wunder. Es bedeutet eine große Veränderung, und obwohl sie unerhörtes Glück hat – eine Stelle, wie sie wohl noch keine junge Frau auf Anhieb gefunden hat – halten Sie uns nicht für undankbar, Miss Woodhouse, angesichts dieses überraschenden Glücksfalls (und abermals kämpfte sie mit den Tränen) – aber, die liebe arme Seele! Wenn Sie sehen könnten, wie ihr diese Kopfschmerzen zusetzen! Sie wissen ja, wenn man große Schmerzen hat, kann man sich seines Glücks gar nicht so richtig erfreuen. Sie fühlt sich hundeelend. Bei ihrem Anblick würde niemand glauben, wie froh und glücklich sie ist, eine solche Stelle bekommen zu haben. Sie werden entschuldigen, daß sie nicht zu Ihnen kommt – sie kann einfach nicht – sie hat sich in ihr Zimmer begeben – ich wollte, daß sie sich aufs Bett legt. ›Meine Liebe‹, sagte ich, ›ich werde ausrichten, daß du dich aufs Bett gelegt hast.‹ Indes, sie legt sich nicht hin, sie geht im Zimmer auf und ab. Aber jetzt, wo sie ihre Briefe geschrieben hat, sagt sie, werde sie bald wieder wohlauf sein. Es wird ihr außerordentlich leid tun, Sie nicht gesehen zu haben, Miss Woodhouse, aber Sie werden gewiß die Güte haben, ihr zu verzeihen. Wir haben Sie vor der Tür warten lassen – ich muß mich richtig schämen – aber irgendwie war ein kleines Durcheinander entstanden – denn durch einen Zufall hatten wir das Klopfen nicht gehört, und erst als Sie schon auf der Treppe waren, haben wir gemerkt, daß jemand kommt. ›Es ist nur Mrs. Cole‹, sagte ich, ›verlaß dich darauf. Niemand sonst würde so früh kommen.‹ ›Nun gut‹, sagte Jane, ›irgendwann muß es doch sein, und so kann es auch gleich sein.‹ Aber dann kam Patty herein und sagte, daß Sie es wären. ›Oh!‹ sagte ich, ›es ist Miss Woodhouse: die wirst du doch bestimmt gern sehen wollen.‹ ›Ich kann jetzt niemanden sehen‹, sagte sie, und schon stand sie auf und wollte weglaufen; und deshalb haben wir Sie warten lassen – es hat uns ausgesprochen leid getan, und wir haben uns geschämt. ›Wenn du unbedingt gehen willst, meine Liebe‹, sagte ich, ›dann geh, und ich sage dann, du hast dich aufs Bett gelegt.‹

Emma nahm aufrichtig Anteil. Schon seit längerer Zeit hatte sich ihr Herz gegenüber Jane geöffnet, und die Vorstellung ihrer gegenwärtigen Leiden kurierte sie von jedem gehässigen Verdacht, den sie einst gehegt hatte, und ließ nichts als Mitleid in ihr zurück; und als sie sich die wenig gerechten und wenig noblen Empfindungen ins Gedächtnis rief, mußte sie zugeben, daß es sehr verständlich war, wenn Jane Mrs. Cole oder eine andere treue Freundin sehen wollte, eine Begegnung mit ihr aber als unerträglich empfand. Sie sprach so, wie sie fühlte, und mit aufrichtigem Bedauern und voller Sorge äußerte sie den ehrlichen Wunsch, daß sich die beruflichen Umstände, die, wie sie Miss Bates Worten entnahm, nun tatsächlich entschieden waren, sich für Miss Fairfax so vorteilhaft und angenehm wie möglich erweisen möchten. Es müsse gewiß alle hart ankommen. Sie selbst habe gehört, daß die Entscheidung bis zu Oberst Campbells Rückkehr verschoben werden solle.

»Wie gütig von Ihnen!« erwiderte Miss Bates. »Aber gütig sind Sie ja immer.«

Dieses »immer« war nicht zu ertragen, und um die fürchterliche Mauer der Dankbarkeit zu durchbrechen, die Miss Bates um sich errichtet hatte, fragte Emma ganz direkt:

»Wohin – wenn ich fragen darf – wird Miss Fairfax denn gehen?«

»Zu einer Mrs. Smallridge – bezaubernde Frau – sehr feine Leute – um die Betreuung der drei kleinen Mädchen zu übernehmen – entzückende Kinder. Keine andere Stellung könnte mehr Annehmlichkeiten bieten, wenn wir vielleicht einmal Mrs. Sucklings eigene Familie und die von Mrs. Bragges ausnehmen, aber Mrs. Smallridge ist mit beiden eng befreundet, und wohnt noch dazu in der Nachbarschaft, nur vier Meilen von Maple Grove entfernt. Jane wird nur vier Meilen von Maple Grove entfernt sein.«

»Mrs. Elton ist vermutlich diejenige, der es Jane Fairfax zu verdanken hat …«

»Ja, unsere gute Mrs. Elton. Die unermüdlichste, treue Freundin! Sie wollte von keiner Ablehnung wissen. Sie wollte nicht, daß Jane ›nein‹ sagte, denn als Jane davon erfuhr (das war vorgestern, just an dem Vormittag, als wir in Donwell waren), nun ja, als Jane zum ersten Mal davon hörte, war sie fest entschlossen, das Angebot abzulehnen, und zwar aus den von Ihnen genannten Gründen; genau wie Sie sagen, hatte sie sich vorgenommen, vor der Rückkehr Oberst Campbells keinerlei Entscheidungen zu treffen, und nichts sollte sie verleiten, sich derzeit irgendwie festzulegen – und das sagte sie Mrs. Elton immer wieder – und ich hatte wirklich nicht damit gerechnet, daß sie sich anders besinnen würde! Aber die gute Mrs. Elton, die ihr Scharfblick nie im Stich läßt, sah weiter als ich. Nicht jeder hätte so viel Geduld aufgebracht wie sie und sich geweigert, Janes Antwort zu akzeptieren, aber *sie* hat gestern rundheraus erklärt, sie werde keinen abschlägigen Bescheid schreiben, wie Jane es von ihr verlangte, sie würde warten – und gestern abend war dann alles abgemacht, daß Jane zu den Smallridges geht. Eine Riesenüberraschung für mich! Ich hatte ja nicht die leiseste Ahnung! Jane nahm Mrs. Elton beiseite und sagte ihr sogleich, sie habe über die Vorteile der Stelle nachgedacht, die ihr Mrs. Suckling besorgen wolle, und sei zu dem Entschluß gekommen, sie anzunehmen. Ich habe kein Wort davon erfahren, bis alles abgemacht war.«

»Sie haben den Abend bei Mrs. Elton verbracht?«

»Ja, wir alle; Mrs. Elton wollte, daß wir kommen. Wir hatten es bereits oben auf dem Hügel verabredet, als wir mit Mr. Knightley spazierengingen. ›Sie *alle müssen* den heutigen Abend bei uns verbringen‹, sagte sie. ›Ich bestehe darauf, daß Sie *alle* kommen.‹ «

»Dann war also Mr. Knightley auch dort?«

»Nein, Mr. Knightley nicht, er hatte von Anfang an abgelehnt; zuerst dachte ich zwar noch, er käme, weil Mrs. Elton erklärte, sie werde nicht locker lassen, doch er ist nicht gekommen. Aber meine Mutter und Jane und ich, wir waren alle da, und wir hatten einen sehr angenehmen Abend. So gütige Freunde, Miss Woodhouse, die muß man einfach mögen, wissen Sie, wenn auch jeder nach dem morgendlichen Ausflug ziemlich erschöpft war. Selbst vom Vergnügen wird man ja müde, nicht wahr – und ich weiß auch nicht, ob es allen so richtig gefallen hat. Ich allerdings werde den Ausflug stets als ein sehr schönes Erlebnis in Erinnerung behalten und den guten Freunden, die mich mitgenommen haben, immer dankbar sein.«

»Miss Fairfax wird wohl den ganzen Tag mit der Entscheidung gerungen haben, auch wenn Sie es nicht gemerkt haben.«

»Das hat sie wohl.«

»Wann immer der Zeitpunkt kommt, er dürfte für sie und ihre Freunde immer zu früh kommen – aber ich hoffe, ihre Stelle wird ihr und ihnen den Abschied so gut es geht erleichtern – ich meine, was den Charakter und die Lebensart der Familie betrifft.«

»Danke, liebe Miss Woodhouse. Ja, in der Tat, die Stelle bietet alles, was Jane glücklich machen kann. Außer bei den Sucklings und den Bragges gibt es in Mrs. Eltons gesamtem Bekanntenkreis kein solches Kinderzimmer, so großzügig und elegant. Mrs. Smallridge, eine ganz reizende Frau! Ein Lebensstil fast wie in Maple Grove – und was die Kinder angeht, so gibt es mit Ausnahme der kleinen Sucklings und der kleinen Bragges nirgendwo so feine, süße Kinder. Jane wird mit solcher Achtung und Freundlichkeit behandelt werden! Es wird die reinste Freude für sie werden, ein Leben, herrlich und in Freuden! Und ihr Gehalt! Ich wage gar nicht, Ihnen die Höhe zu nennen, Miss Woodhouse. Selbst Sie, die Sie doch an große Summen gewöhnt sind, würden kaum glauben, daß man einer jungen Person wie Jane so viel bezahlt.«

»Ach, Madam«, rief Emma aus, »wenn andere Kinder auch nur annähernd so sind, wie ich meiner Erinnerung nach einmal als Kind gewesen bin, dann würde ich selbst das Fünffache der Summe, die, wie ich höre, in solchen Fällen gezahlt wird, noch für wirklich sauer verdientes Geld halten.«

»Sie haben eine so noble Einstellung!«

»Und wann wird Miss Fairfax Sie verlassen?«

»Sehr bald, wirklich, sehr bald schon, das ist das Schlimmste daran. Innerhalb von vierzehn Tagen. Mrs. Smallridge hat es sehr eilig. Meine arme Mutter weiß noch gar nicht, wie sie damit fertig werden soll. Also versuche ich, sie auf andere Gedanken zu bringen, und sage, ›Komm Mutter, wir wollen nicht mehr daran denken‹.«

»Ihren Freunden wird es bestimmt sehr leid tun, sie zu verlieren; und werden es nicht auch Oberst Campbell und seine Frau bedauern, wenn sie erfahren, daß sie eine Stelle angetreten hat, ohne ihre Rückkehr abzuwarten?«

»Ja, Jane sagt, sie sei überzeugt davon, aber dennoch ist das eine Stelle, die sie meinte nicht ablehnen zu dürfen. Ich war so erstaunt, als sie mir zum ersten Mal erzählte, was sie zu Mrs. Elton gesagt hatte, und als Mrs. Elton im selben Augenblick zu mir kam und mir gratulierte! Es war vor dem Tee – warten Sie – nein, vor dem Tee kann es nicht gewesen sein, weil wir eben mit dem Kartenspielen beginnen wollten – und doch war es vor dem Tee, denn ich weiß noch, wie ich gedacht habe – O nein, nun erinnere ich mich, jetzt hab ich's: Irgend etwas geschah vor dem Tee, aber das war es nicht. Mr. Elton wurde vor dem Tee aus dem Zimmer gerufen, der Sohn des alten John Abdy wollte ihn sprechen. Der arme alte John, ich schätze ihn sehr, er war siebenundzwanzig Jahre lang Küster bei meinem armen Vater; und nun ist er bettlägerig, der arme alte Mann, und sehr elend dran mit seinem Gelenkrheumatismus – ich muß ihn heute einmal besuchen, und Jane wird mich gewiß begleiten, wenn sie überhaupt aus dem Haus geht. Und der Sohn des armen John kam also, um mit Mr. Elton über eine Gemeindeunterstützung zu sprechen; ihm selbst geht es zwar finanziell recht gut, da er bei der ›Krone‹ Hausdiener, Stallknecht und was sonst noch alles ist, aber dennoch kann er seinen Vater ohne einen gewissen Zuschuß nicht unterhalten; und als daher Mr. Elton zurückkam, erzählte er uns, was John, der Stallknecht, ihm erzählt hatte, und da kam die Sache mit der Kutsche heraus, die nach Randalls geschickt worden war, um Mr. Frank Churchill nach Richmond zu bringen. Das alles geschah vor dem Tee. Es war nach dem Tee, als Jane mit Mrs. Elton sprach.«

Miss Bates ließ Emma kaum genug Zeit zu sagen, wie gänzlich neu ihr dies sei, was aber keine Rolle spielte, denn Miss Bates konnte sich zwar nicht vorstellen, daß Emma nicht in allen Einzelheiten über Mr. Frank Churchills Abreise informiert sei, setzte aber trotzdem zu einer ausführlichen Schilderung des Hergangs an.

Was Mr. Elton von dem Stallknecht über die Sache erfahren hatte, eine Mischung aus dem, was der Stallknecht selbst wußte und was das Personal in Randalls wußte, war, daß kurz nach der Rückkehr der Ausflügler vom Box Hill ein Bote aus Richmond herübergeritten kam – ein Bote, den man jedoch im Grunde schon erwartet hatte, und daß Mr.

Churchill seinem Neffen ein paar Zeilen überbringen ließ, die einen insgesamt durchaus leidlichen Bericht über Mrs. Churchills Zustand enthielten sowie den Wunsch, seine Rückkehr nicht länger als bis zum nächsten Morgengrauen hinauszuschieben, daß aber Mr. Frank Churchill beschlossen hatte, auf der Stelle heimzukehren, ohne noch länger zu warten, und da sein Pferd sich eine Erkältung zugezogen zu haben schien, war Tom sofort zur ›Krone‹ geschickt worden, um die Kutsche zu ordern, und der Stallknecht hatte vor dem Haus gestanden und sie vorbeifahren sehen, und zwar in recht zügigem Tempo.

An all dem war nichts, was bei Emma Erstaunen oder Interesse hätte erwecken können, und es erregte ihre Aufmerksamkeit lediglich deshalb, weil es sich mit dem, was ihr dauernd durch den Kopf ging, verband. Der Kontrast, der zwischen der Bedeutung einer Mrs. Churchill und der einer Jane Fairfax bestand, wurde ihr schlagartig bewußt; die eine war alles, die andere nichts – und sie saß da und sann über die Verschiedenheit weiblicher Schicksale nach und wußte gar nicht, worauf sich ihr Blick richtete, bis Miss Bates sie mit folgenden Äußerungen aus ihren Gedanken riß:

»Ach, ich weiß schon, woran Sie jetzt denken: das Klavier. Was soll aus dem werden? Stimmt. Die arme liebe Jane hat eben vorhin davon gesprochen. ›Du mußt fort von hier‹, sagte sie. ›Du und ich, wir müssen uns trennen. Du hast hier nichts mehr zu suchen. Laß es indessen hier stehen‹, sagte sie zu mir, ›gib ihm Gastrecht, bis Oberst Campbell zurückkommt. Ich werde mit ihm darüber sprechen, er wird diese Sache für mich erledigen und mir aus all meinen Schwierigkeiten heraushelfen.‹ Und bis zum heutigen Tag weiß sie, glaube ich, immer noch nicht, ob es sein Geschenk oder das seiner Tochter ist.«

Nun mußte Emma wirklich an das Klavier denken, und die Erinnerung an all ihre früheren abenteuerlichen und unfairen Vermutungen war so wenig schmeichelhaft, daß sie bald der Überzeugung nachgab, ihr Besuch habe nun lange genug gedauert, und indem sie noch einmal alle guten Wünsche aussprach, die sie zu äußern wagte und die auch wirklich von Herzen kamen, verabschiedete sie sich.

FÜNFUNDVIERZIGSTES KAPITEL

Auf dem Heimweg konnte Emma ungestört ihren tiefsinnigen Betrachtungen nachhängen, aber als sie den Salon betrat, saßen dort zwei Leute, bei deren Anblick sie sogleich wieder hellwach wurde. Während ihrer Abwesenheit waren Mr. Knightley und Harriet gekommen und saßen nun einträchtig bei ihrem Vater. Mr. Knightley erhob sich sofort und sagte, viel ernster als sonst: »Ich wollte nicht gehen, ohne Sie gesehen zu haben, aber nun drängt die Zeit, und ich muß deshalb unverzüglich aufbrechen. Ich reite nach London, um ein paar Tage bei John und Isabella zu verbringen. Haben Sie mir irgend etwas mitzugeben oder aufzutragen, außer liebe Grüße, die sich ja von selbst verstehen?«

»Nein, nichts. Aber ist das nicht ein ziemlich plötzlicher Einfall?«

»Ja – ziemlich – ich habe mich ziemlich kurzfristig entschlossen.«

Emma war sicher, daß er ihr nicht verziehen hatte; er wirkte ganz anders als sonst. Mit der Zeit, dachte sie, würde er jedoch einsehen, daß sie wieder Freunde werden sollten. Während er noch dastand, als wolle er gehen, aber nicht ging, begann ihr Vater mit seinen Fragen.

»Nun, mein Liebes, bist du denn sicher hingekommen? Und wie hast du meine werte alte Freundin und ihre Tochter angetroffen? Sie waren dir bestimmt sehr dankbar für deinen Besuch. Wie ich Ihnen schon sagte, Mr. Knightley, hat die liebe Emma Mrs. und Miss Bates einen Besuch abgestattet. Sie ist ja immer so aufmerksam zu den beiden!«

Bei diesem unverdienten Lob errötete Emma, und sie sah Mr. Knightley mit einem Lächeln und einem Kopfschütteln an, das Bände sprach. Ihr schien, als sei sie sogleich wieder etwas in seiner Achtung gestiegen, als läsen seine Augen die Wahrheit aus den ihren und als erfasse und ehre er die Läuterung, die sich in ihr vollzog. Zuneigung leuchtete in seinem Blick auf. Freude und Dankbarkeit durchströmten sie – ein Gefühl, das sich im nächsten Moment noch verstärkte durch eine kleine Geste seinerseits, aus der mehr sprach als seine sonstige Freundlichkeit. Er ergriff ihre Hand. Sie wußte nicht, ob sie sie ihm selbst unwillkürlich hingestreckt hatte, jedenfalls nahm er ihre Hand, drückte sie und wollte sie fast schon an seine Lippen führen, als er sie dann doch, aus irgendeiner inneren Eingebung heraus, plötzlich wieder losließ. Warum ihm auf einmal Bedenken kamen, warum er sich anders besann, als es fast schon geschehen war, konnte sie nicht begreifen. Es wäre ihr lieber gewesen, wenn er nicht auf halbem Wege innegehalten hätte. Die Absicht jedoch war unverkennbar, und ob es nun daran lag, daß er in seinen Umgangsformen im allgemeinen wenig zu Galanterie neigte, oder was es auch sein mochte, sie fand jedenfalls, daß ihm diese Geste hervorragend stand. Bei ihm hatte sie etwas so Natürliches und dennoch Würdevolles. Immer wenn sie daran dachte, erfüllte sie dieser Versuch eines Handkusses mit großer innerer Befriedigung. Er zeugte von tiefer Freundschaft. Gleich darauf verließ er sie – im nächsten Moment war er weg. Stets bewegte er sich mit der geistigen Wachheit eines Menschen, dem jede Art von Unentschiedenheit oder Zögern fremd ist, aber diesmal war er, so schien es ihr, noch schneller verschwunden als sonst.

Emma bereute nicht, zu Miss Bates gegangen zu sein, doch wünschte sie sich, zehn Minuten früher Abschied genommen zu haben; sie hätte sich so gern mit Mr. Knightley über Jane Fairfax' berufliche Situation unterhalten. Auch daß er zum Brunswick Square fuhr, bedauerte sie keineswegs, denn sie wußte, wie sehr man sich dort über seinen Besuch freuen würde – aber er hätte einen geeigneteren Zeitpunkt dafür wählen können –, und es wäre angenehmer gewesen, wenn sie früher davon erfahren hätte. Sie schieden indessen als echte Freunde, sein Gesichtsausdruck und seine nicht ganz zu Ende geführte galante Geste konnten nicht trügen, mit all dem wollte er ihr zu verstehen geben, daß sie sich seine gute Meinung wieder voll und ganz zurückerobert hatte. Wie sie nun erfuhr, hatte er eine halbe Stunde bei ihrem Vater gesessen. Ach, wie schade, daß sie nicht etwas früher zurückgekommen war!

In der Hoffnung, ihren Vater von der für ihn unangenehmen Tatsache ablenken zu können, daß Mr. Knightley nach London ging und noch dazu so plötzlich und zu Pferd, was ihn, wie sie wußte, besonders beunruhigen mußte, erzählte ihm Emma die Neuigkeit von Jane Fairfax, was denn auch die erwünschte Wirkung tat. Sein Kummer wurde gedämpft, denn die Nachricht interessierte ihn, ohne ihn aufzuregen. Er hatte sich schon längst darauf eingestellt, daß Jane Fairfax irgendwo als Gouvernante unterrichten würde, und konnte heiter und aufgeräumt darüber sprechen, aber daß Mr. Knightley nach London ging, war ein unerwarteter Schlag.

»Ich freue mich wirklich zu hören, mein Liebes, daß sie es so gut getroffen hat. Mrs. Elton ist eine gutmütige und nette Person, und ihre Bekannten sind es bestimmt auch. Ich hoffe, das Haus befindet sich in trockener Lage und man achtet dort auf ihre Gesundheit. Das sollte ein besonderes Anliegen sein, so wie mir die Gesundheit Miss Taylors ja auch immer am Herzen gelegen hatte. Du weißt, mein Liebes, sie wird für diese neue Dame das sein, was Miss Taylor für uns war. Und in einer Hinsicht trifft sie es hoffentlich besser und läßt sich nicht so leicht weglocken, nachdem dort so lange ihr Zuhause war.«

Der folgende Tag brachte eine Nachricht aus Richmond, die alles andere in den Hintergrund drängte. In Randalls traf ein Kurier ein, der Mrs. Churchills Tod mitteilte! Obwohl ihr Neffe keinen besonderen Grund gehabt hatte, ihretwegen so überstürzt nach Hause zu fahren, war sie nur sechsunddreißig Stunden nach seiner Rückkehr verstorben. Ein plötzlicher Anfall ganz anderer Art, als nach ihrem Allgemeinzustand zu befürchten gewesen war, hatte sie nach kurzem Todeskampf dahingerafft. Die große Mrs. Churchill war nicht mehr.

Die Nachricht wurde aufgenommen, wie solche Nachrichten immer aufgenommen werden. Jeder war irgendwie ernst und traurig gestimmt, milde gegenüber der Verstorbenen, mitfühlend gegenüber den trauernden Hinterbliebenen, und nach einer schicklichen Frist auch neugierig, wo sie wohl beerdigt werden würde. Goldsmith sagt, wenn sich eine schöne Frau zu Dummheiten hergibt, braucht sie nur zu sterben, und wenn sie unausstehlich zu werden beginnt, ist dies ebenfalls die empfehlenswerteste Methode, um sie vor schlechter Nachrede zu bewahren. Von Mrs. Churchill, die mindestens fünfundzwanzig Jahre lang allenthalben Abneigung ausgelöst hatte, sprach man nach ihrem Tod mit Mitgefühl und Nachsicht. In einem Punkt wurde ihr volle Rehabilitation zuteil. Nie hatte man ihr geglaubt, daß sie ernsthaft krank sei. Das traurige Ereignis sprach sie nun von dem Vorwurf eingebildeter Krankheit mit all den damit verbundenen Launen und egoistischen Anwandlungen frei.

Die arme Mrs. Churchill! hieß es nun, sie habe sicher sehr gelitten, mehr als irgend jemand ahnte – und ständiger Schmerz drücke natürlich aufs Gemüt. Es sei ein trauriges Ereignis – ein großer Schock – bei all ihren Fehlern, was würde nun wohl Mr. Churchill ohne sie anfangen? Für Mr. Churchill sei es wahrlich ein furchtbarer Verlust. Er werde nie darüber hinwegkommen. Selbst Mr. Weston schüttelte den Kopf, trug eine feierliche Miene zur Schau und sagte: »Ach, die arme Frau, wer hätte das gedacht!« und beschloß, Trauer zu tragen, und seine Frau saß seufzend über ihrer Hohlsaumstickerei und stellte, unbeirrbar und aufrichtig, erfüllt von echtem Mitgefühl und mit dem ihr eigenen gesunden Menschenverstand moralische Betrachtungen an. Einer ihrer ersten Gedanken galt natürlich der Frage, wie Frank es wohl aufnehmen würde. Auch Emma fragte sich das sogleich. Mrs. Churchills Charakter, der Gram ihres Mannes – voll Ehrfurcht und Mitleid streifte sie diese Aspekte und verweilte dann erleichtert bei der Überlegung, wie das Ereignis auf Frank wirken, wie er davon profitieren, sich befreit fühlen würde. Schlagartig traten ihr alle möglichen Vorteile vor Augen. Einer Verbindung mit Harriet stünde nun nichts mehr im Wege. Ohne seine Frau machte Mr. Churchill niemandem Angst. Er war ein verträglicher, lenkbarer Mensch, der sich von seinem Neffen zu allem überreden lassen würde. Nun blieb nur noch zu wünschen, daß der Neffe die zarten Bande knüpfte, denn bei allem guten Willen in dieser Sache war sich Emma keineswegs sicher, ob er das bereits getan hatte.

Harriet benahm sich ausgezeichnet und bewies große Selbstbeherrschung. Welch glänzendere Hoffnungen sie vielleicht jetzt auch hegen mochte, sie verriet nichts davon. Mit Genugtuung und Freude vermerkte Emma, wie sich Harriets Charakter gefestigt hatte, und enthielt sich jedweder Anspielung, die diese positive Entwicklung hätte gefährden können. Daher sprachen sie über Mrs. Churchills Tod mit gegenseitiger Zurückhaltung.

In Randalls gingen kurze Briefe von Frank ein, die über die seelische Verfassung von Onkel und Neffen sowie ihre nächsten Pläne alles mitteilten, was derzeit notwendig war. Mr. Churchill trug den Verlust besser, als man erwartet hatte, und auf dem Weg zur Beerdigung in Yorkshire wollten sie als erstes bei einem alten Freund in Windsor Station machen, dem Mr. Churchill schon seit zehn Jahren versprochen hatte, ihn einmal zu besuchen. Gegenwärtig konnte also Emma nichts für Harriet tun, außer ihr insgeheim für die Zukunft alles Gute zu wünschen.

Dringlicher erschien es im Augenblick, sich um Jane Fairfax zu kümmern, deren Zukunftsaussichten sich verdüsterten, während sich Harriets aufhellten, und deren berufliche Verpflichtungen all denen in Highbury, die den Wunsch hatten, ihr etwas Gutes zu tun, nicht mehr viel Zeit ließen – und dieser Wunsch war Emma zu einem Herzensanliegen geworden. Kaum etwas bereute sie so sehr wie ihre frühere Kälte; und die Person, der sie so viele Monate lang die kalte Schulter gezeigt hatte, ausgerechnet die hätte sie nun am liebsten mit allen möglichen ehrenden Beweisen ihrer Hochachtung und Sympathie überhäuft. Sie wollte sich ihr nützlich machen, wollte ihr zu erkennen geben, wie sehr sie ihre Gesellschaft schätze, und ihr Respekt und Anerkennung zollen. Sie beschloß, sie zu überreden, einen Tag in Hartfield zu verbringen. Sie schrieb ein paar Zeilen, in denen sie sie dringend darum bat. Die Einladung wurde abgelehnt und zwar mündlich. Miss Fairfax sei zu krank, um zu schreiben, und als Mr. Perry am selben Vormittag in Hartfield vorbeischaute, erzählte er, es gehe ihr so schlecht, daß er sie, obzwar gegen ihren Willen, besucht habe. Sie leide, sagte er, unter starken Kopfschmerzen und einem derart heftigen Nervenfieber, daß er bezweifle, ob sie sich zum vereinbarten Zeitpunkt bei Mrs. Smallridge werde einfinden können. Sie scheine momentan gesundheitlich völlig aus dem Gleichgewicht zu sein – habe keinen Appetit mehr – zwar gebe es keine eindeutig alarmierenden Anzeichen, nichts, was auf ein Lungenleiden hindeute, dem die ständigen Befürchtungen der Familie gälten, aber er, Mr. Perry, finde ihren Zustand dennoch beunruhigend. Er meine, sie habe sich zuviel zugemutet und spüre das auch, obgleich sie es nicht zugeben wolle. Anscheinend sei sie mit den Nerven am Ende. Ihr gegenwärtiges Zuhause, er müsse sich die Bemerkung einfach erlauben, sei bei Nervenstörungen nicht gerade der richtige Ort: dauernd auf ein einziges Zimmer beschränkt – er wünschte, es wäre anders –, und ihre gute Tante sei zwar eine ganz alte Freundin von ihm, aber, wie er zugeben müsse, nicht eben der geeignete Umgang für einen kranken Menschen dieser Art. Ihre Fürsorglichkeit und hingebungsvolle Pflege stünden außer Zweifel, sie tue eher des Guten zuviel als zuwenig. Er fürchte sehr, daß dies Miss Fairfax mehr schade als nütze. Emma hörte ihm mit herzlichster Anteilnahme zu, grämte sie sich mehr denn je um Jane und dachte angestrengt nach, wie sie ihr helfen könnte. Es täte ihr vielleicht gut, wenn sie sie – und sei es auch nur für ein paar Stunden – von ihrer Tante wegbrächte, damit sie andere Luft atme und andere Eindrücke bekomme und sich einmal vernünftig unterhalten könne, und am nächsten Morgen schrieb sie ihr erneut, um ihr mit den einfühlsamsten Worten, die ihr zu Gebote standen, mitzuteilen, sie würde sie gern mit der Kutsche abholen, wann immer es ihr, Jane Fairfax, recht sei, und sie erwähnte nebenbei, daß Mr. Perry gesagt habe, er könne seiner Patientin eine Spazierfahrt nur wärmstens empfehlen. Die Antwort bestand nur aus diesem kurzen Bescheid:

»Miss Fairfax dankt ergebenst, ist aber nicht imstande, das Haus zu verlassen.«

Emma fand zwar, daß ihre Zeilen eine bessere Antwort verdient hätten, aber sie konnte sich schließlich nicht über Worte ärgern, deren zittrige, unregelmäßige Schriftzüge so deutlich zeigten, wie schlecht es der Schreiberin ging, sie überlegte nur, wie dieser Widerwillen, besucht oder unterstützt zu werden, am besten zu überwinden sei. Trotz der besagten Antwort ließ sie daher die Kutsche kommen und fuhr zu Mrs. Bates, in der Hoffnung, Jane werde sich doch zu einer Spazierfahrt überreden lassen – aber auch das half nicht. Miss Bates trat an den Wagenschlag, strömte über vor Dankbarkeit und pflichtete ihr nachdrücklichst bei, daß eine kleine Ausfahrt zum Luftschnappen Jane sehr guttun würde – und alles wurde versucht, was man mit Worten ausrichten kann – aber alles war umsonst. Miss Bates mußte unverrichteter Dinge zurückkehren: Jane ließe sich einfach nicht überreden, allein schon der Vorschlag, aus dem Haus zu gehen, scheine ihren Zustand zu verschlimmern. Emma hätte sie gern selbst gesehen und ihre eigene Überredungskunst angewandt, aber noch ehe sie dies andeutete, ließ

Miss Bates erkennen, daß sie ihrer Nichte habe versprechen müssen, Miss Woodhouse unter keinen Umständen hereinzulassen. So sei es nun einmal, die arme liebe Jane wolle einfach niemanden sehen – keinen Menschen – Mrs. Elton könne man freilich nicht abweisen – und Mrs. Cole habe so darauf bestanden – und Mrs. Perry habe so sehr auf sie eingeredet – aber außer dicsen Damen wolle Jane wirklich niemanden sehen.

Mit einer Mrs. Elton, einer Mrs. Perry und einer Mrs. Cole, die sich immer und überall aufdrängten, wollte Emma sich nun wirklich nicht auf eine Stufe stellen lassen, und sie fühlte sich auch nicht berechtigt, eine Vorzugsbehandlung zu erwarten – sie gab also auf und fragte Miss Bates lediglich noch, wie es um den Appetit ihrer Nichte bestellt sei und was sie essen dürfe, da sie ihr gern etwas schicken würde. Hierüber zeigte sich Miss Bates sehr bekümmert und sehr mitteilsam: Jane wolle fast überhaupt nichts essen. Mr. Perry empfehle nahrhafte Kost, aber alles, was sie ihr anbieten könnten (und noch nie habe jemand so herzensgute Nachbarn gehabt), sei ihr zuwider.

Zu Hause angekommen, rief Emma sofort die Haushälterin zu sich, damit diese ihre Vorräte durchsehe, und kurz darauf wurde Miss Bates eine Portion Pfeilwurz-Stärke bester Qualität nebst einem überaus freundlichen Briefchen zugestellt. Binnen einer halben Stunde war die Pfeilwurz-Stärke wieder da, mit ein paar Zeilen von Miss Bates, die sich tausendmal bedankte, aber schrieb, die liebe Jane gebe keine Ruhe, ehe die Stärke nicht zurückgeschickt sei; sie könne sie nicht annehmen, und wiederhole noch einmal, daß sie nichts brauche.

Als Emma hinterher erfuhr, man habe Jane Fairfax in einiger Entfernung von Highbury durch die Wiesen streifen sehen und zwar just am Nachmittag jenes Tages, an dem sie es unter dem Vorwand, keinerlei körperlicher Anstrengung gewachsen zu sein, so kategorisch abgelehnt hatte, mit ihr auszufahren, da stand für sie – eins zum andern genommen – fest, daß Jane entschlossen war, von *ihr* keine Gefälligkeit anzunehmen. Es tat ihr leid, unendlich leid. Von Herzen beklagte sie Janes Zustand, der durch diese Reizbarkeit, widersprüchliche Verhaltensweise und Instabilität nur um so bemitleidenswerter erschien, und es kränkte sie, daß man ihr so wenig echtes Mitgefühl zutraute und sie als Freundin so wenig galt. Aber sie fand Trost in der Gewißheit, daß sie die besten Absichten hatte und diesmal selbst Mr. Knightley nichts zu beanstanden fände, wenn er von all ihren Versuchen, Jane Fairfax zu helfen, wüßte und ihr ins Herz sehen könnte.

SECHSUNDVIERZIGSTES KAPITEL

An einem Vormittag, etwa zehn Tage nach Mrs. Churchills Ableben, wurde Emma nach unten gerufen, da Mr. Weston, wie es hieß, sie unbedingt sprechen müsse und keine fünf Minuten bleiben könne. Er kam ihr an der Tür zum Salon entgegen, fragte sie mit normaler Stimme gerade noch schnell, wie es ihr gehe, und senkte die Stimme dann sogleich, um, unhörbar für ihren Vater, zu sagen:

»Können Sie im Lauf des Vormittags mal nach Randalls kommen? Bitte kommen Sie, wenn es möglich ist. Mrs. Weston möchte Sie sprechen. Sie muß mit Ihnen reden.«

»Geht es ihr nicht gut?«

»Doch, doch, ausgezeichnet – nur ein bißchen aufgeregt. Sie hätte schon die Kutsche kommen lassen und wäre zu

Ihnen gefahren, aber sie muß Sie unbedingt allein sprechen, und das ist ja – (dabei nickte er mit dem Kopf in Richtung ihres Vaters) – Hm! Können Sie kommen?«

»Natürlich. Auf der Stelle, wenn es Ihnen recht ist. Ich kann Ihnen doch nicht abschlagen, worum Sie mich so bitten. Aber was ist denn los? Geht es ihr wirklich gut?«

»Sie können sich darauf verlassen, ja – aber stellen Sie mir jetzt keine Fragen mehr. Sie werden es noch rechtzeitig erfahren. Eine ganz merkwürdige Geschichte! Aber pst, pst!«

Selbst Emma konnte sich nicht vorstellen, was das alles zu bedeuten haben mochte. Seine Blicke schienen auf etwas wirklich Wichtiges hinzudeuten; aber da es ihrer Freundin gutging, versuchte sie, ruhig zu bleiben, und nachdem sie mit ihrem Vater abgesprochen hatte, daß sie nun ihren Spaziergang machen würde, waren Mr. Weston und sie im Nu aus dem Haus und schlugen schnellen Schritts den Weg nach Randalls ein.

»Also«, sagte Emma, als sie das Gartentor ein gutes Stück hinter sich gelassen hatten, »also, Mr. Weston, nun erzählen Sie mir doch endlich, was passiert ist!«

»Nein, nein«, erwiderte er ernst. »Fragen Sie mich nicht. Ich habe meiner Frau versprochen, ihr das zu überlassen. Sie wird Ihnen alles beibringen, schonender als ich es kann. Seien Sie nicht ungeduldig, Emma, Sie erfahren es noch früh genug.«

»Es mir beibringen?« rief Emma und blieb vor lauter Schreck stehen. »Großer Gott! Mr. Weston, sagen Sie es mir jetzt gleich. Es ist etwas in Brunswick Place passiert. Ich weiß es. Sagen Sie es mir, ich verlange, daß Sie mir hier auf der Stelle sagen, was los ist.«

»Nein, Sie irren sich, wirklich.«

»Mr. Weston, treiben Sie keinen Scherz mit mir. Bedenken Sie doch, wie viele meiner liebsten Freunde nun in Brunswick Square sind. Wer von ihnen ist es? Bei allem, was Ihnen heilig ist, flehe ich Sie an: versuchen Sie mir nichts vorzumachen!«

»Auf mein Wort, Emma …«

»Ihr Wort! Warum nicht Ihre Ehre? Warum sagen Sie nicht, bei Ihrer Ehre, daß es nichts mit ihnen zu tun hat? Du lieber Himmel! Was kann man mir beibringen müssen, das nicht mit einem Mitglied der Familie dort zu tun hat?«

»Bei meiner Ehre«, sagte er sehr ernst, »es hat nichts mit ihnen zu tun. Es hat keinerlei Bezug zu irgendeinem Menschen, der den Namen Knightley trägt.«

Emma schöpfte wieder Zuversicht und lief weiter.

»Es war falsch von mir«, fuhr er fort, »zu sagen, daß es Ihnen beigebracht wird. Diesen Ausdruck hätte ich nicht gebrauchen dürfen. Es betrifft Sie ja im Grunde gar nicht – es betrifft nur mich selbst – das heißt, wir hoffen es. Hm! Kurzum, Emma, es besteht kein Grund zu solcher Aufregung. Ich sage nicht, daß es keine unangenehme Angelegenheit ist – aber es könnte alles noch schlimmer sein. – Wenn wir uns sputen, sind wird ja bald in Randalls.«

Emma sah ein, daß sie sich in Geduld fassen mußte; und nun fiel ihr das auch nicht mehr schwer. Sie stellte daher keine weiteren Fragen, sondern überließ sich ihrer Phantasie, und die führte ihr bald vor Augen, daß es sich wahrscheinlich um finanzielle Probleme handelte – etwas, das soeben ans Licht gekommen und von unangenehmer Natur im Zusammenhang mit der Familie war – etwas, das das jüngste Ereignis in Richmond zutage gefördert hatte. Ihre Phantasie arbeitete fieberhaft. Ein halbes Dutzend uneheliche Kinder vielleicht – und der arme Frank ging leer aus! –

Dies, wenn auch sehr unerwünscht, würde ihr keine Seelenqualen bereiten. Es erregte kaum mehr als belebende Neugier.

»Wer ist denn der Herr dort zu Pferd?« fragte sie im Weiterlaufen, eigentlich eher, um Mr. Weston zu helfen, sein Geheimnis zu bewahren, als aus wirklichem Interesse.

»Ich weiß es nicht. Einer von den Otways vielleicht. Auf keinen Fall Frank, das versichere ich Ihnen. Ihn werden Sie nicht antreffen. Er ist mittlerweile schon fast in Windsor.«

»Dann war Ihr Sohn also bei Ihnen?«

»Oh! Ja, wußten Sie das nicht? Na schön, macht nichts.«

Er schwieg einen Augenblick und fügte dann vorsichtiger und zögernder hinzu:

»Ja, Frank ist heute morgen herübergekommen, nur um zu fragen, wie es uns geht.«

Sie eilten weiter und waren rasch in Randalls. »Hier, meine Liebe«, sagte er, als sie das Zimmer betraten, »ich habe sie gleich mitgebracht, und nun geht es dir hoffentlich bald wieder besser. Ich lasse euch jetzt allein. Es hat keinen Sinn, die Sache auf die lange Bank zu schieben. Ich bin ja nicht weit weg, falls du mich brauchst.« Und Emma hörte deutlich, wie er ihr noch schnell zuflüsterte, ehe er das Zimmer verließ: »Ich habe mein Wort gehalten. Sie hat nicht die leiseste Ahnung.«

Mrs. Weston sah so elend aus und wirkte so verstört, daß Emmas Unruhe wieder wuchs, und sobald sie allein waren, fragte sie ganz ungeduldig:

»Worum geht es denn, liebste Freundin? Es ist offenbar etwas sehr Unerfreuliches passiert; sagen Sie mir unumwunden, worum es sich handelt. Ich habe den Weg hierher in schlimmster Ungewißheit zurückgelegt. Wir beide hassen doch Ungewißheit. Spannen Sie mich nicht länger auf die Folter. Es wird Ihnen guttun, wenn Sie sich Ihren Kummer von der Seele reden, egal, was es ist.«

»Sie haben wirklich keine Ahnung?« sagte Mrs. Weston mit zitternder Stimme. »Liebe Emma, können Sie sich – können Sie sich denn gar nicht denken, was Sie gleich zu hören bekommen?«

»Ich kann mir nur denken, daß es mit Mr. Frank Churchill zu tun hat.«

»Sie haben recht. Es hat mit ihm zu tun, und ich will es Ihnen nun ohne weitere Umschweife erzählen«, sie nahm ihre Handarbeit wieder auf und schien entschlossen, nicht mehr davon aufzublicken. »Er ist heute morgen hier gewesen mit einem höchst ungewöhnlichen Anliegen. Ich kann unsere Überraschung nicht in Worte fassen. Er ist gekommen, um mit seinem Vater über etwas zu sprechen – ihm eine Liebesbeziehung zu gestehen –«

Sie hielt inne, um Luft zu holen. Emma dachte zuerst an sich selbst und dann an Harriet.

»Ja, eigentlich mehr als eine Liebesbeziehung«, fuhr Mrs. Weston fort, »eine Verlobung – eine regelrechte Verlobung. Was werden Sie nun sagen, Emma – was werden alle anderen sagen, wenn bekannt wird, daß Frank Churchill und Miss Fairfax verlobt sind; – ja sogar schon seit langem verlobt sind!«

Emma sprang auf vor Überraschung und rief ganz entgeistert:

»Jane Fairfax? Großer Gott! Das ist doch nicht Ihr Ernst? Das meinen Sie doch nicht im Ernst?«

»Sie haben allen Grund, verblüfft zu sein«, entgegnete Mrs. Weston, die die Augen noch immer gesenkt hielt und eifrig weiterredete, damit Emma Zeit habe, sich von dem Schreck zu erholen, »Sie haben allen Grund, zu staunen. Aber es ist nun einmal so. Seit Oktober besteht zwischen ihnen ein feierliches Verlöbnis – eingegangen in Weymouth und vor aller Welt geheimgehalten. Kein Mensch hat davon gewußt außer den beiden – weder die Campbells, noch ihre Familie, noch die seine. Es ist so unerhört, daß ich es noch immer nicht so ganz glauben kann, obwohl ich weiß, daß es so ist. Ich kann es kaum glauben. Ich meinte doch, ihn zu kennen.«

Emma hörte kaum noch, was sie sagte. Ihre Gedanken kreisten immer nur um zwei Dinge – ihre eigenen früheren Gespräche mit ihm über Miss Fairfax einerseits und die arme, arme Harriet andererseits, und eine Zeitlang konnte sie ihrer Verwunderung nur durch Ausrufe Luft machen und um Bestätigung bitten, immer wieder nach Bestätigung verlangen.

»Nun«, sagte sie schließlich, um Fassung ringend, »das ist ein Sachverhalt, über den ich mindestens einen halben Tag nachdenken muß, ehe ich alles begreifen kann. Was? den ganzen Winter hindurch mit ihr verlobt – noch ehe einer von beiden nach Highbury kam?«

»Seit Oktober verlobt – heimlich verlobt. Es hat mich verletzt, Emma, sehr verletzt. Es hat auch seinen Vater verletzt. Etwas an seinem Verhalten können wir ihm nicht verzeihen.«

Emma überlegte einen Moment und erwiderte dann: »Ich will nicht so tun, als wüßte ich nicht, worauf Sie hinauswollen, und um Ihnen die Sache, soweit ich es kann, zu erleichtern, versichere ich Ihnen, daß seine Aufmerksamkeiten mir gegenüber nicht die Wirkung hatten, die Sie befürchten.«

Mrs. Weston hob den Blick, wagte es nicht zu glauben,

aber Emmas Gesichtsausdruck war so gelassen wie ihre Worte.

»Damit Sie mir meine vermeintlich völlige Gleichgültigkeit leichter abnehmen können«, fuhr sie fort, »will ich Ihnen des weiteren sagen, daß es am Anfang unserer Bekanntschaft durchaus eine Zeit gegeben hat, wo ich ihn sehr mochte, wo ich mich beinah in ihn verliebt hätte – nein, verliebt war – und daß es dann vorbeiging, ist vielleicht das eigentlich Erstaunliche. Glücklicherweise ist es jedoch vorbeigegangen. Seit einiger Zeit, seit mindestens drei Monaten mache ich mir wirklich nichts mehr aus ihm. Sie können mir glauben, Mrs. Weston. Es ist die reine Wahrheit.«

Mrs. Weston küßte sie unter Freudentränen, und als sie wieder Worte fand, versicherte sie ihr, daß es für sie keine größere Wohltat geben könne als diese Beteuerung.

»Mr. Weston wird fast ebenso erleichtert sein wie ich«, sagte sie. »Darüber haben wir uns so gegrämt. Es war doch unser sehnlichster Wunsch, daß ihr euch ineinander verliebt – und wir glaubten fest, daß dem so ist – Stellen Sie sich nur vor, wie uns Ihretwegen zumute war!«

»Ich bin mit heiler Haut davongekommen; und daß ich der Gefahr entronnen bin, mag für Sie und mich ein Anlaß zu dankbarem Staunen sein. Aber das spricht *ihn* nicht frei, Mrs. Weston; und ich muß sagen, er hat in meinen Augen große Schuld auf sich geladen. Was für ein Recht hatte er denn, hierher zu kommen, Herz und Hand bereits vergeben, und sich zu gebärden, als sei er völlig ungebunden? Was hatte er für ein Recht, sich beliebt zu machen, wie er es ja auch wirklich getan hat – und um die Gunst einer jungen Frau zu buhlen, wie er es getan hat – während sein Herz in Wirklichkeit längst einer anderen gehörte? Wie konnte er wissen, ob er damit nicht Unheil anrichten würde? Wie konnte er denn wissen, daß ich mich nicht doch in ihn verlieben würde? Sehr tadelnswert, sehr tadelnswert, fürwahr.«

»Aus einigen seiner Äußerungen, meine liebe Emma, entnehme ich eher ...«

»Und wie konnte *sie* ein solches Benehmen ertragen? Mit der Gelassenheit einer unbeteiligten Zeugin! Zuzuschauen, während er vor ihren Augen einer anderen Frau wiederholt den Hof machte, und es ihm nicht übelzunehmen! Das ist ein Grad von Gelassenheit, für den ich weder Verständnis noch Respekt aufzubringen vermag.«

»Es hat zwischen ihnen eine Reihe von Mißverständnissen gegeben, Emma, das hat er ausdrücklich gesagt. Er hatte keine Zeit, sich auf eine ausführliche Erklärung einzulassen. Er war nur eine Viertelstunde hier und dabei derart aufgelöst, daß er nicht einmal das bißchen Zeit voll nutzen konnte – aber daß es Mißverständnisse gegeben hat, das sagte er ganz deutlich. Die gegenwärtige Krise ist anscheinend dadurch ausgelöst worden, und die Mißverständnisse selbst können sehr wohl durch sein ungehöriges Benehmen verschuldet worden sein.«

»Ungehörig! Oh! Mrs. Weston – das ist aber sehr milde ausgedrückt. Viel, viel schlimmer als ungehörig! Er ist dadurch in meiner Achtung gesunken, ich kann Ihnen gar nicht sagen, wie tief. So anders, als ein Mann sein sollte! Nichts von jener Geradlinigkeit und moralischen Integrität, jener strikten Wahrheitsliebe und Grundsatztreue, nichts von jenem Abscheu vor Trickserei und kleinlichen Machenschaften, die ein Mann in allem, was er tut, an den Tag legen sollte.«

»Nein, liebe Emma, nun muß ich aber einmal Partei für ihn ergreifen, denn wenn er sich auch in diesem Fall falsch verhalten hat, so kenne ich ihn doch lange genug, um dafür bürgen zu können, daß er viele, sehr viele gute Eigenschaften hat, und ...«

»Großer Gott!« rief Emma, ohne ihr richtig zuzuhören. »Und dann noch Mrs. Smallridge! Jane war doch tatsächlich drauf und dran, sich als Gouvernante zu verdingen! Was hat er wohl mit dieser abscheulichen Taktlosigkeit bezweckt? Es zuzulassen, daß sie eine Stelle annimmt – es zuzulassen, daß sie einen solchen Schritt auch nur erwogen hat!«

»Er hat davon nichts gewußt, Emma. In diesem Punkt kann ich ihn vollkommen freisprechen. Sie hat diese Entscheidung heimlich getroffen, ihm nichts davon gesagt – oder zumindest nicht so, daß er wirklich daran geglaubt hätte. Bis gestern tappte er völlig im dunkeln, was ihre Pläne betraf, ich weiß es, weil er es mir gesagt hat. Ganz plötzlich erfuhr er davon, ich weiß nicht, wie, durch einen Brief oder sonst eine Nachricht – und eben diese Entdeckung ihres Vorhabens, ihrer beruflichen Pläne hat ihn dann bewogen, sofort mit der Wahrheit herauszurücken, seinem Onkel alles zu gestehen, sich seiner Güte anzuvertrauen, kurzum, dem erbärmlichen Versteckspiel, das er so lange betrieben hatte, ein Ende zu setzen.«

Emma hörte ihr nun aufmerksamer zu.

»Ich soll bald von ihm hören«, fuhr Mrs. Weston fort. »Er hat mir beim Abschied versichert, daß er bald schreiben wolle, und dem Ton, in dem er das sagte, habe ich entnommen, daß ich dann viele Einzelheiten erfahren werde, die jetzt dem Zeitdruck zum Opfer fallen mußten. Lassen Sie uns deshalb seinen Brief abwarten. Er mag uns vieles in einem milderen Licht erscheinen lassen. Vielleicht können wir dann so manches besser begreifen und verzeihlicher finden, was uns gegenwärtig unverständlich ist. Wir wollen nicht allzu streng mit ihm sein, ihn nicht vorschnell verurteilen! Fassen wir uns in Geduld. Ich habe ihn einfach lieb, und jetzt, wo ich über einen Punkt beruhigt bin, über den einen, entscheidenden Punkt, wünsche ich mir von ganzem Herzen, daß alles sich zum Guten wendet, und bin zuversichtlich, das es so sein wird. Sie müssen ja beide sehr gelitten haben unter dieser andauernden Heimlichtuerei und Verstellung.«

»*Seine* Leiden«, entgegnete Emma trocken, »scheinen ihm ja nicht übermäßig weh getan zu haben. Na schön, und wie hat es Mr. Churchill aufgenommen?«

»Ausgesprochen günstig für seinen Neffen – er gab seine Zustimmung fast ohne irgendwelche Schwierigkeiten. Wenn man bedenkt, was diese beiden Ereignisse innerhalb einer Woche in der Familie verändert haben! Solange die arme Mrs. Churchill lebte, hätte vermutlich keine Hoffnung, keine Aussicht, keine Möglichkeit bestanden; aber kaum sind ihre sterblichen Überreste in der Familiengruft zur letzten Ruhe gebettet, da ist ihr Ehemann bereit, genau das Gegenteil von dem zu tun, was sie von ihm verlangt hätte. Welch ein Segen ist es doch, daß ein solch unseliger Einfluß nicht über das Grab hinaus fortbesteht! Mr. Churchill hat seine Zustimmung gegeben, ohne lange überredet werden zu müssen.«

»Ach«, dachte Emma, »das hätte er wohl auch bei Harriet getan.«

»Dies wurde gestern abend unter Dach und Fach gebracht, und Frank hat sich heute in aller Herrgottsfrühe auf den Weg gemacht. Vermutlich war er zuerst eine Zeitlang in Highbury bei den Bates – und kam dann zu uns, hatte es aber so eilig, schnell wieder bei seinem Onkel zu sein, der ihn jetzt noch nötiger braucht als vorher, daß er nur eine Viertelstunde bleiben konnte, wie ich Ihnen ja schon sagte. Er war sehr durcheinander – wirklich sehr aufgewühlt, so sehr, daß er mir auf einmal wie ein ganz anderer Mensch vorkam. Zu allem übrigen kam dann auch noch der Schock, sie in so miserabler gesundheitlicher Verfassung vorzufinden, wovon er ja keine Ahnung gehabt hatte – man hat ihm deutlich angesehen, wie sehr ihm das zu Herzen gegangen ist.«

»Und glauben Sie wirklich, daß die Affaire so gänzlich geheim geblieben ist? Die Campbells, die Dixons, hat denn tatsächlich niemand von der Verlobung gewußt?«

Den Namen Dixon konnte Emma nicht aussprechen, ohne dabei etwas rot zu werden.

»Niemand, keine Menschenseele. Er hat ausdrücklich gesagt, daß außer ihnen beiden kein Mensch davon gewußt hatte.«

»Nun ja«, sagte Emma, »wir werden uns wohl nach und nach an den Gedanken gewöhnen, und ich wünsche ihnen, daß sie sehr glücklich werden. Aber es wird für mich immer ein abscheuliches Verhalten sein. Was war es denn anderes als ein Netz aus Heuchelei und Täuschung – Ausspionieren und Verrat? Mischen sich hier unter uns und heucheln Offenheit und Geradlinigkeit, und sind dabei heimlich verschworen, um über uns alle zu Gericht zu sitzen! Den ganzen Winter und Frühling hindurch sind wir hinters Licht geführt worden und haben uns eingebildet, ein Vertrauensverhältnis mit zwei Leuten in unserer Mitte zu unterhalten, die womöglich Gefühlsäußerungen und Worte, die nie für sie bestimmt waren, weitergetragen, verglichen und bekrittelt haben. Sie müssen es sich selbst zuschreiben, wenn sie Dinge zu Ohren bekommen haben, die nicht sehr schmeichelhaft für sie sind.«

»In dieser Hinsicht ist mir überhaupt nicht bange«, erwiderte Mrs. Weston. »Ich habe bestimmt nie etwas zum einen über den anderen gesagt, was nicht beide hätten hören können.«

»Da können Sie von Glück sagen. Ihr einziger Irrtum ist lediglich mir zu Ohren gekommen, als Sie sich eingebildet haben, ein gewisser Freund von uns sei in die Dame verliebt.«

»Stimmt. Aber da ich immer eine durch und durch gute Meinung von Miss Fairfax hatte, hätte ich niemals, selbst nicht bei allen Irrtümern, denen ich aufgesessen bin, schlecht von ihr reden können, und daß ich ihm etwas Schlechtes nachsagen würde, nun, dazu bestand ja ohnehin keine Gefahr.«

In diesem Augenblick tauchte Mr. Weston vor dem Fenster auf, offensichtlich, um Ausschau zu halten. Seine Frau gab ihm durch einen Blick zu verstehen, daß er nun hereinkommen könne; und während er ums Haus ging, fügte sie hinzu: »Also, meine liebste Emma, ich bitte Sie inständig, äußern und geben Sie sich so, daß er beruhigt ist und sich mit der Verbindung anfreundet. Wir wollen das Beste daraus machen – und man kann ja auch eigentlich nur Gutes von ihr sagen. Es ist zwar keine Verbindung, über die man jubeln könnte; aber wenn es Mr. Churchill nichts ausmacht, warum sollte es dann uns stören? Und für ihn, ich meine für Frank, ist es vielleicht ein sehr glücklicher Umstand, daß er sich an ein Mädchen von solcher Charakterfestigkeit und vernünftiger Denkweise gebunden hat, Eigenschaften, die ich ihr immer hoch angerechnet habe – und ich tue das noch immer, auch wenn sie dieses eine Mal so sehr vom rechten Wege abgewichen ist. Und angesichts ihrer Lage kann man ihr doch selbst diesen Fehler nachsehen!«

»Vieles, in der Tat«, rief Emma mitfühlend. »Wenn je eine Frau Nachsicht verdient, weil sie nur an sich selbst gedacht hat, dann eine in Jane Fairfax' Lage! Von solchen Frauen könnte man beinah sagen: ›die Welt ist nicht auf ihrer Seite, noch der Welt Gesetz‹.«

Mit lächelnder Miene ging sie Mr. Weston entgegen, als er eintrat, und rief:

»Da haben Sie mir ja einen schönen Streich gespielt, weiß der Himmel! Damit wollten Sie sich wohl über meine Neugier lustig machen und mein Ratetalent auf die Probe stellen. Aber Sie haben mir wirklich einen Schrecken eingejagt. Ich dachte schon, Sie hätten mindestens Ihr halbes Vermögen verloren. Und nun stellt sich heraus, daß es etwas ist, wozu man Ihnen nicht kondolieren, sondern gratulieren muß. Ich beglückwünsche Sie von ganzem Herzen, Mr. Weston, zu der Aussicht, eine der schönsten und gebildetsten jungen Frauen Englands zur Schwiegertochter zu bekommen.«

Ein kurzer Blickkontakt mit seiner Frau überzeugte ihn davon, daß diese Worte wirklich so gemeint waren; und das wirkte sich sogleich positiv auf seine Stimmung aus. Seine Miene und Stimme gewannen ihre gewohnte Munterkeit zurück. Dankbar und herzlich schüttelte er ihr die Hand und ging dann in einer Art und Weise auf das Thema ein, die bewies, daß er jetzt nur noch etwas Zeit und Zuspruch brauchte, um die Verlobung für gar nicht so übel zu halten. Seine beiden Gesprächspartnerinnen brachten nur Dinge zur Sprache, die die Unvernunft zu bemänteln oder Bedenken abzumildern vermochten; und nachdem er die Sache erst ausführlich mit den beiden und dann noch mit Emma auf dem Rückweg nach Hartfield erörtert hatte, war er innerlich völlig damit ausgesöhnt und meinte nun schon beinahe, Frank hätte gar nichts Vernünftigeres tun können.

SIEBENUNDVIERZIGSTES KAPITEL

»O Harriet, arme Harriet!« In diesem Seufzer lag alles, was Emma so gnadenlos umtrieb und für sie das eigentliche Trauerspiel war. Frank Churchill hatte ihr selbst zwar übel mitgespielt – in vielerlei Hinsicht übel mitgespielt –, aber es war nicht so sehr *sein* Benehmen, sondern ihr eigenes, was sie so gegen ihn aufbrachte. Daß er sie Harriets wegen in diese peinliche Lage gebracht hatte, machte die von ihm erfahrene Kränkung so bitter. Die arme Harriet! Zum zweiten Mal war sie nun schon auf die Fehleinschätzungen und Schmeicheleien ihrer Freundin hereingefallen. Mr. Knightley hatte seherische Gaben bewiesen, als er einmal sagte: »Emma, Sie sind Harriet keine wirkliche Freundin gewesen.« Sie hatte ihr, so fürchtete Emma, nur Bärendienste erwiesen. Im Unterschied zum ersten Mal brauchte sie sich zwar in diesem Fall nicht vorzuwerfen, die alleinige Urheberin des Unheils gewesen zu sein und ihr Gefühle eingeredet zu haben, auf die Harriet vielleicht sonst nie gekommen wäre, denn Harriet hatte ihre Schwärmerei und Schwäche für Frank Churchill eingestanden, noch ehe von ihr selbst eine Anspielung darauf gemacht worden war, aber sie fühlte sich nicht weniger schuldig, weil sie ihr zu etwas zugeredet hatte, das sie ihr vielleicht noch hätte ausreden können. Sie hätte verhindern können, daß Harriet ihren Gefühlen freien Lauf ließ und gewisse Hoffnungen nährte. Ihr Einfluß wäre durchaus groß genug gewesen. Und nun kam ihr voll zu Bewußtsein, daß sie diese Entwicklung hätte verhindern müssen. Sie wußte, daß sie das Glück ihrer Freundin aufgrund von höchst dürftigen Mutmaßungen aufs Spiel gesetzt hatte. Der gesunde Menschenverstand hätte ihr gebieten müssen, Harriet zu sagen, sie solle sich diesen Gedanken aus dem Kopf schlagen, denn die Chancen, daß Frank Churchill sich etwas aus ihr mache, stünden fünfhundert zu eins. »Aber gesunder Menschenverstand«, fügte sie hinzu, »ist leider nie meine Stärke gewesen.«

Sie war ungeheuer wütend auf sich. Wenn sie nicht auch auf Frank Churchill hätte wütend sein können, wäre es nicht auszuhalten gewesen. Zumindest Jane Fairfax bereitete ihr derzeit keine schlaflosen Nächte mehr. Dafür würde ihr Harriet genug Kummer machen. Um Jane brauchte sie sich nicht mehr zu grämen, denn da deren Sorgen und körperliche Leiden ein und dieselbe Ursache hatten, würde sie wohl bald beide los sein. Für sie hatten Schattendasein und Leidenszeit nun ein Ende. Bald würde sie gesund, glücklich und wohlhabend sein. Emma konnte sich jetzt vorstellen, warum sie ihre Gefälligkeiten verschmäht hatte. Diese Entdeckung brachte noch manch anderes, weniger Wichtiges ans Licht. Zweifellos hatte Eifersucht dahintergesteckt. In Janes Augen war sie eine Nebenbuhlerin gewesen; und es konnte gut sein, daß sie alles, was Emma ihr an Hilfe oder Fürsorge angedeihen lassen wollte, aus diesem Grunde ablehnte. Eine Ausfahrt in der Kutsche von Hartfield wäre eine Tortur und der Pfeilwurz aus der Vorratskammer von Hartfield das reinste Gift für sie gewesen. Nun wurde ihr alles klar, und soweit sie sich innerlich von den ungerechten und egoistischen Empfindungen freimachen konnte, die gemeinhin mit Zorn und Ärger einhergehen, sagte sie sich, daß Jane Fairfax ihren gesellschaftlichen Aufstieg und ihr Glück vollauf verdiente.

Aber die arme Harriet lag ihr wie eine Zentnerlast auf dem Herzen! Da blieb wenig Mitgefühl für andere übrig. Emma hegte die schlimme Befürchtung, daß Harriet diese zweite Enttäuschung härter treffen werde als die erste. Es mußte so sein, wenn man bedachte, wie sehr der nunmehr Auserkorene seinem Vorgänger überlegen war, und es Harriet, wie man aus ihrer Zurückhaltung und Selbstbeherrschung ersah, diesmal tiefer zu gehen schien. Sie mußte ihr jedoch die schmerzliche Wahrheit beibringen, und zwar so bald wie möglich. Beim Abschied hatte Mr. Weston Emma ausdrücklich um Stillschweigen gebeten: Vorerst solle die ganze Sache geheim bleiben. Mr. Churchill habe darauf bestanden, aus Respekt vor seiner Frau, die er ja erst vor kurzem verloren hatte, und jedermann betrachte das nur als recht und billig. Emma hatte es versprochen, aber dennoch mußte sie bei Harriet eine Ausnahme machen. Diese Pflicht ging schließlich vor.

Trotz ihrer Verärgerung fand sie es doch irgendwie komisch, nun gegenüber Harriet dieselbe unangenehme und heikle Aufgabe erfüllen zu müssen, derer sich Mrs. Weston gerade ihr selbst gegenüber entledigt hatte. Die Neuigkeit, die ihr so bang und beklommen eröffnet worden war, würde sie nun ebenso bang und beklommen einer anderen eröffnen. Das Herz schlug ihr bis zum Hals, als sie Harriets Schritt und Stimme vernahm – so mußte es Mrs. Weston zumute gewesen sein, als Emma sich Randalls näherte. Ach, wenn doch das Ganze ein ähnliches Ende nehmen könnte! Aber leider bestand dazu wenig Aussicht.

»Also, Miss Woodhouse!« rief Harriet, die nun zielstrebig ins Zimmer trat. »Ist das nicht die merkwürdigste Neuigkeit, die man je gehört hat?«

»Was für eine Neuigkeit meinst du?« erwiderte Emma,

die weder aus Harriets Blick noch aus ihrer Stimme zu erraten vermochte, ob sie tatsächlich schon irgendeinen Hinweis erhalten hatte.

»Das mit Jane Fairfax. Haben Sie je etwas so Merkwürdiges gehört? Oh! Sie brauchen keine Angst zu haben, es zuzugeben, denn Mr. Weston hat es mir selbst erzählt. Ich habe ihn soeben getroffen. Er sagte, es sei ein großes Geheimnis, und deshalb solle ich ja mit niemandem darüber sprechen, aber er meinte, Sie wüßten es bereits.«

»Was hat dir denn Mr. Weston erzählt?« fragte Emma, immer noch ganz perplex.

»Oh! Er hat mir alles erzählt, daß Jane Fairfax und Mr. Frank Churchill heiraten werden, und daß sie schon die ganze Zeit heimlich verlobt sind. Wie sonderbar!«

Sonderbar war es in der Tat; Harriets Benehmen war derart sonderbar, daß sich Emma keinen Reim darauf zu machen wußte.

Sie schien keinerlei Erregung oder Enttäuschung oder besondere Betroffenheit über die Enthüllung zeigen zu wollen. Sprachlos starrte Emma sie an.

»Hatten Sie denn eine Ahnung«, rief Harriet, »daß er in sie verliebt ist? Sie hätten es vielleicht ahnen können. Sie (und dabei errötete sie), die Sie doch allen Menschen ins Herz sehen können; aber sonst konnte niemand ...«

»Ehrlich gesagt«, erwiderte Emma, »mir kommen allmählich Zweifel, ob ich eine solche Gabe besitze. Kannst du mich ernsthaft fragen, Harriet, ob ich ahnte, daß er an eine andere Frau gebunden ist, während ich dich – stillschweigend, wenn auch nicht offen – in deinen Gefühlen bestärkt habe? Bis vor einer Stunde hatte ich nicht den leisesten Verdacht, daß Mr. Frank Churchill sich auch nur das geringste aus Jane Fairfax macht. Du kannst sicher sein, daß ich dir zur Vorsicht geraten hätte, wenn mir ein solcher Verdacht gekommen wäre.«

»Mir?« rief Harriet, errötend und verblüfft. »Warum hätten Sie mir zur Vorsicht raten sollen? Sie meinen doch wohl nicht im Ernst, daß ich mir etwas aus Frank Churchill mache?«

»Ich freue mich, daß du über diese Sache so tapfer sprechen kannst«, erwiderte Emma lächelnd, »aber du wirst doch nicht leugnen wollen, daß es eine Zeit gab – eine noch gar nicht weit zurückliegende Zeit –, wo du mir zu verstehen gabst, daß du dir durchaus etwas aus ihm machst?«

»Aus ihm? Nie, niemals. Liebe Miss Woodhouse, wie konnten Sie mich nur so mißverstehen?« Und sie wandte sich bekümmert ab.

»Harriet!« rief Emma nach kurzem Schweigen. »Was willst du damit sagen? Gütiger Himmel! Was meinst du damit? Dich mißverstanden! Soll ich also dann annehmen, daß ...«

Sie brachte kein Wort mehr heraus. Ihr versagte die Stimme, und sie setzte sich hin und harrte Harriets Antwort in banger Erwartung.

Harriet, die in einiger Entfernung von ihr stand und das Gesicht abgewandt hielt, äußerte sich nicht sofort. Und als sie dann sprach, klang ihre Stimme fast so erregt wie Emmas.

»Ich hätte es nicht für möglich gehalten«, fing sie an, »daß Sie mich so mißverstehen könnten! Ich weiß, wir hatten vereinbart, seinen Namen nicht zu nennen – aber bedenkt man, wie hoch erhaben er über jeden anderen ist, hätte ich es nicht für möglich gehalten, daß Sie meinen könnten, ich dächte an eine andere Person. Mr. Frank Churchill, ich bitte Sie! Wer würde ihn wohl in der Gegenwart des anderen auch nur ansehen?! Ich habe hoffentlich einen besseren Geschmack, als daß ich einen Gedanken an Mr. Frank Churchill verschwendete, der neben ihm ein Niemand ist. Und daß ausgerechnet Sie sich so geirrt haben, erstaunt mich wirklich! Wenn ich nicht überzeugt gewesen wäre, daß Sie meine Liebe voll und ganz guthießen und mir Mut machen wollten, dann wäre es mir anfangs bestimmt allzu anmaßend erschienen, daß ich an ihn zu denken wagte. Wenn Sie mir nicht gleich am Anfang gesagt hätten, daß schon noch unglaublichere Dinge geschehen seien, daß schon Ehen geschlossen wurden, wo der Standesunterschied zwischen den Partnern noch größer gewesen sei (das waren Ihre Worte), dann hätte ich nicht gewagt, meinen Gefühlen – dann hätte ich es für unmöglich gehalten – Aber wenn *Sie*, die Sie ihn doch schon so lange kennen ...«

»Harriet!« rief Emma, indem sie sich einen Ruck gab. »Damit wir uns jetzt richtig verstehen und die Gefahr weiterer Mißverständnisse für immer ausräumen, sprichst du etwa von – Mr. Knightley?«

»Aber natürlich. Ein anderer wäre mir nie in den Sinn gekommen, und deshalb dachte ich, Sie wüßten es. Als wir von ihm sprachen, war es doch sonnenklar.«

»Nicht ganz«, erwiderte Emma mit erzwungener Gelassenheit, »denn alles, was du damals sagtest, schien sich in meinen Augen auf eine ganz andere Person zu beziehen. Ich könnte fast schwören, daß du Mr. Frank Churchill *namentlich* erwähnt hast. Wir haben doch von dem Dienst gesprochen, den Mr. Frank Churchill dir erwies, als er dich vor den Zigeunern beschützte.«

»Oh! Miss Woodhouse, was haben Sie für ein schlechtes Gedächtnis!«

»Meine liebe Harriet, ich kann mich genau daran erinnern, was ich dir damals sinngemäß gesagt habe, nämlich, daß ich mich über deine Zuneigung nicht wundere, daß sie in Anbetracht des Dienstes, den er dir erwiesen hat, nur natürlich sei. Und du hast mir beigepflichtet und ganz überschwenglich betont, wie dankbar du dafür seist, und sogar erwähnt, was du empfunden hattest, als er auf dich zutrat, um dich zu retten. Diesen Eindruck habe ich noch lebhaft im Gedächtnis.«

»Ach, du liebe Güte«, rief Harriet, »jetzt weiß ich, was Sie meinen, aber ich dachte damals an etwas ganz anderes. Es waren nicht die Zigeuner – es war nicht Mr. Frank Churchill, den ich meinte. Nein (und sie erhob ein wenig die Stimme), ich dachte an einen viel kostbareren Moment – daran, wie Mr. Knightley kam und mich aufforderte, als Mr. Elton nicht mit mir tanzen wollte, und es für mich keinen anderen Tanzpartner im Saal gab. Das war die gute Tat, das war der Edelmut und die Ritterlichkeit, das war der Dienst, bei dem mir plötzlich aufging, wie hoch er über allen anderen Menschen auf dieser Welt steht.«

»Großer Gott!« rief Emma, »welch ein unglückseliges – welch ein bedauerliches Mißverständnis! Was machen wir jetzt?«

»Sie hätten mir also nicht zugeredet, wenn Sie mich richtig verstanden hätten. Zumindest bin ich nicht schlimmer dran, als wenn es der andere gewesen wäre; und nun – es *ist* ja immer noch möglich ...«

Sie hielt kurz inne. Emma hatte es die Sprache verschlagen.

»Es wundert mich nicht, Miss Woodhouse«, fuhr Harriet dann fort, »daß Ihnen ein himmelweiter Unterschied zwischen den beiden zu bestehen scheint, ob es nun um mich oder eine andere geht. Bestimmt finden Sie, daß mir Mr.

Knightley fünfhundertmillionenmal mehr überlegen ist als Mr. Frank Churchill. Aber ich hoffe, Miss Woodhouse, daß, gesetzt den Fall – daß wenn – so merkwürdig es auch klingen mag ... Aber Sie wissen doch, es waren Ihre eigenen Worte, daß schon unglaublichere Dinge geschehen sind, schon Ehen geschlossen worden sind, wo der Standesunterschied zwischen den Partnern *noch* größer war als zwischen Mr. Frank Churchill und mir, und daher hat es wohl selbst etwas wie dies hier schon einmal gegeben – und wenn ich das Glück, das unaussprechliche Glück hätte, daß – wenn mich Mr. Knightley wirklich – wenn *ihm* der Standesunterschied nichts ausmacht, dann haben doch auch hoffentlich Sie, liebe Miss Woodhouse, nichts dagegen und versuchen nicht, mir einen Stein in den Weg zu legen. Aber dazu sind Sie viel zu gut, das weiß ich.«

Harriet stand an einem der Fenster, konsterniert wandte sich Emma zu ihr um und sagte hastig:

»Hast du denn eine Ahnung, ob Mr. Knightley deine Zuneigung erwidert?«

»Ja«, erwiderte Harriet bescheiden, aber nicht ängstlich, »ich muß sagen, die habe ich.«

Sogleich wandte Emma den Blick von ihr ab; ein paar Minuten lang saß sie schweigend und in Gedanken versunken da, wie erstarrt. Es bedurfte nur weniger Minuten, da wußte sie, wie es um ihr eigenes Herz stand, denn wenn ein intelligenter Mensch wie sie erst einmal Verdacht geschöpft hat, gibt es kein Halten mehr. Sie ahnte die Wahrheit – erfaßte die ganze Wahrheit und gestand sie sich unumwunden ein. Warum war es so viel schlimmer, daß Harriet sich in Mr. Knightley verliebt hatte anstatt in Frank Churchill? Warum wurde das Unheil noch dadurch so fürchterlich verschlimmert, daß Harriet gewisse Hoffnungen hegte, ihre Zuneigung werde erwidert? Wie ein Pfeil durchzuckte es sie, daß Mr. Knightley keine andere heiraten durfte als sie, Emma, allein!

Nicht nur über ihre wahren Empfindungen wurde sie sich in diesen wenigen Minuten klar, auch ihr eigenes Verhalten trat ihr nun vor Augen. Sie sah alles mit einer Klarheit, die ihr vorher noch nie zuteil geworden war. Wie schändlich hatte sie an Harriet gehandelt! Wie unbedacht, wie roh, wie unvernünftig, wie gefühllos war sie gewesen, mit welcher Blindheit geschlagen, von welchem Wahn getrieben! Dies alles traf sie mit fürchterlicher Wucht, und sie hätte ihr Verhalten am liebsten verflucht. Doch trotz all ihrer Verfehlungen regte sich in ihr noch ein Rest von Selbstachtung – das Bedürfnis, vor Harriet Haltung zu bewahren, und ein starkes Gerechtigkeitsgefühl ihr gegenüber (*Mitleid* würde das Mädchen, das sich von Mr. Knightley geliebt glaubte, nicht nötig haben, aber die schiere Gerechtigkeit verlangte, daß sie Harriet jetzt nicht durch plötzliche Kälte das Herz schwer machte). Daraus schöpfte Emma die Willenskraft, ruhig sitzen zu bleiben und alles Weitere ruhig, ja sogar scheinbar freundlich über sich ergehen zu lassen. In ihrem ureigensten Interesse schien es angezeigt, Harriets Hoffnungen eingehend zu ergründen; und Harriet hatte ja nichts getan, wodurch sie sich die Sympathie und Anteilnahme verscherzt hätte, die sie selbst ihr immer aus freien Stücken entgegengebracht und bis jetzt bewahrt hatte, und sie hatte es auch nicht verdient, von ausgerechnet der Person geschnitten zu werden, deren Ratschläge ihr nie hilfreich gewesen waren. Emma riß sich daher aus ihren Grübeleien, unterdrückte ihre Gefühlsbewegung und wandte sich Harriet zu, um das Gespräch in freundlicherem Ton wieder aufzunehmen, denn der eigentliche Auslöser dazu, die erstaunliche Geschichte von Jane Fairfax, war nun völlig untergegangen und vergessen. Keine der beiden dachte nun noch an etwas anderes als an Mr. Knightley und sich selbst.

Harriet, die, keineswegs unglücklichen Träumereien hingegeben, am Fenster gestanden hatte, war dennoch sehr froh, durch die jetzt aufmunternd klingende Stimme einer so klugen Frau und Freundin wie Miss Woodhouse aus ihren Gedanken gerissen zu werden, und wartete nur auf eine Aufforderung, um zitternd, aber mit großer Begeisterung die Geschichte ihrer Hoffnungen zu erzählen. Beim Zuhören und Fragen vermochte Emma zwar ihre innere Aufgewühltheit besser zu verbergen als Harriet die ihre, aber sie zitterte auch. Ihre Stimme bebte nicht, aber in ihrem Innern herrschte ein heilloses Durcheinander, wie es eine solch unvermittelte Selbsterkenntnis, ein solch plötzlicher Ansturm drohenden Unheils, ein solch verstörender Gefühlswirrwarr zwangsläufig anrichten. Unter großen Seelenqualen, aber nach außen hin gelassen und geduldig, lauschte sie Harriets ausführlicher Schilderung. Natürlich war nicht zu erwarten, daß diese überlegt, geordnet oder besonders flüssig vorgetragen wurde, aber sie enthielt, wenn man einmal von den mannigfachen erzählerischen Schwächen und Tautologien absah, eine Kernaussage, bei der Emma der Mut sank, zumal sie aus eigener Erinnerung bestätigen konnte, wie sehr Harriet in Mr. Knightleys Achtung gestiegen war.

Seit jenen beiden schicksalsträchtigen Tänzen hatte Harriet eine Wandlung in seinem Benehmen ihr gegenüber wahrgenommen. Emma wußte, daß sie, wie er bekannte, damals seine Erwartungen deutlich übertroffen hatte. Nach jenem Abend oder zumindest nach der Unterredung mit Miss Woodhouse, wo diese sie ermuntert hatte, an ihn zu denken, war Harriet allmählich aufgegangen, daß er sich viel öfter mit ihr unterhielt als bisher und sich ihr gegenüber ganz anders gab als sonst, besonders freundlich und herzlich. In der letzten Zeit sei ihr das immer stärker aufgefallen, sagte sie. Wenn sie alle gemeinsam spazierengegangen waren, sei er so oft an ihre Seite getreten und habe so entzükkend mit ihr geplaudert! Sie habe den Eindruck gehabt, als wolle er sie näher kennenlernen. Emma wußte, daß dies zutraf. Auch ihr war mehrmals diese Veränderung in seinem Verhalten aufgefallen, fast ebenso deutlich wie ihrer Freundin. Harriet wiederholte die beifälligen und lobenden Worte, mit denen er sie bedacht hatte, und Emma stellte fest, daß diese Äußerungen genau mit denen übereinstimmten, die sie aus seinem Munde über Harriet gehört hatte. Er rühmte an ihr, daß sie so natürlich und unaffektiert sei, so schlicht, ehrlich und großzügig in ihren Empfindungen. Sie wußte, daß er all diese guten Eigenschaften in Harriet sah, mehr als einmal hatte er sich darüber verbreitet. Vieles von dem, was in Harriets Erinnerung lebte, viele kleine Aufmerksamkeiten, die sie von ihm erfahren hatte – ein Blick, eine Äußerung, ein unausgesprochenes Kompliment, eine Geste, mit der er sie bevorzugen wollte, ein Stuhl, den er zu ihr gerückt hatte –, war Emma nicht aufgefallen, weil sie überhaupt keinen Verdacht in diese Richtung gehegt hatte. Umstände, die man sehr wohl zu einem halbstündigen Bericht aufblähen konnte und die für die Person, die sie erlebt hatte, vielfältige Beweise enthielten, waren derjenigen, die nun zum erstenmal davon hörte, völlig entgangen; aber die beiden Begebenheiten, die Harriet zuletzt erwähnte und aus denen sie die meiste Zuversicht schöpfte, hatte Emma zum Teil selbst miterlebt. Die erste war, als er mit Harriet, abgesondert von den anderen, in der Linden-Allee in Donwell dahinschlenderte, wo er schon eine Weile mit ihr spazierengegangen war, ehe Emma hinzukam, und er sich Mühe gegeben hatte (davon war Harriet überzeugt), sie von den anderen fernzuhalten, damit er mit ihr allein sein könne – und anfangs, sagte sie, habe er einen vertraulicheren Ton angeschlagen als jemals zuvor, wirklich sehr vertraulich! (Harriet konnte nicht daran denken, ohne rot zu werden.) Es sei ihr fast vorgekommen, als wolle er sie fragen, ob ihr Herz schon vergeben sei. – Aber als dann sie (Miss Woodhouse) Anstalten machte, sich ihnen anzuschließen, habe er rasch das Thema gewechselt und von der Landwirtschaft gesprochen. Das zweite Mal war, als er sich fast eine halbe Stunde mit ihr unterhalten hatte, ehe Emma von ihrem Besuch zurückkehrte, an seinem letzten Morgen in Hartfield – obwohl er anfangs gesagt habe, er könne keine fünf Minuten bleiben –, und im Lauf des Gesprächs habe er ihr dann erzählt, er müsse zwar nach London fahren, habe aber eigentlich gar keine Lust zu verreisen, was viel mehr war (stellte Emma insgeheim fest), als er *ihr* gegenüber zugegeben hatte. Daß er Harriet, wie dieses Beispiel zeigte, mehr Vertrauen entgegenbrachte, tat ihr bitter weh.

Zum ersten der beiden Vorfälle wagte sie nach kurzer Überlegung die Frage: »Könnte es nicht sein – ist es nicht vielleicht möglich, daß er auf Mr. Martin anspielen wollte – daß er Mr. Martins Interessen im Auge hatte – als er dich, wie du meintest, nach deinen Herzensangelegenheiten fragte?« – Aber Harriet wies den Verdacht ungestüm von sich:

»Mr. Martin! Nein, ich bitte Sie! Von ihm war überhaupt nicht die Rede. Ich bin hoffentlich nicht mehr so dumm, daß ich mir etwas aus Mr. Martin mache oder in den Verdacht geriete, mir etwas aus ihm zu machen.«

Als Harriet ihre Beweisführung abgeschlossen hatte, bat

sie ihre liebe Miss Woodhouse, sie möge ihr doch sagen, ob sie nicht allen Grund habe, sich Hoffnungen zu machen.

»Anfangs hätte ich an so etwas überhaupt nicht zu denken gewagt«, sagte sie, »wenn Sie nicht gewesen wären. Sie rieten mir, ihn aufmerksam zu beobachten und mich von seinem Verhalten leiten zu lassen – und das habe ich getan. Aber inzwischen finde ich fast, daß ich ihn verdiene, und daß es gar nicht so verwunderlich wäre, wenn er mich zur Frau nähme.«

Die bitteren Empfindungen, die vielen bitteren Empfindungen, die diese Worte in Emma auslösten, nötigten ihr die größte Selbstbeherrschung ab, ehe sie darauf erwidern konnte:

»Hierzu wage ich nur soviel zu sagen: Mr. Knightley ist gewiß der allerletzte, der eine Frau absichtlich über seine wahren Gefühle im unklaren ließe.«

Harriet schien ihrer Freundin für eine so befriedigende Auskunft regelrecht zu Füßen fallen zu wollen; und der Freudentaumel und die Schwärmerei, die in diesem Moment eine fürchterliche Strafe für Emma gewesen wären, blieben ihr erspart, weil draußen die Schritte ihres Vaters zu hören waren. Er kam durch die Halle. Harriet war viel zu erregt, um ihm gegenüberzutreten. Sie könne sich nicht so schnell wieder beruhigen – Mr. Woodhouse würde erschrecken – sie gehe wohl besser. Von ihrer Freundin bereitwilligst in dieser Absicht bestärkt, verließ sie daher das Zimmer durch eine andere Tür, und kaum war sie weg, da brach es aus Emma heraus: »O Gott! Wenn ich ihr doch nie begegnet wäre!«

Der Rest des Tages und die folgende Nacht reichten für sie zum Nachdenken kaum aus. Verstört versuchte sie sich in dem Chaos zurechtzufinden, das die Ereignisse, die in den letzten Stunden auf sie eingestürmt waren, angerichtet hatten. Jeder Augenblick hatte eine neue Überraschung gebracht, und jede Überraschung eine neue Demütigung für sie. Wie sollte sie das alles verarbeiten? Wie die Selbsttäuschungen begreifen, in die sie sich verrannt und mit denen sie gelebt hatte? Die himmelschreienden Fehlurteile, die Verblendung von Herz und Verstand! Sie saß still da, sie ging umher, sie versuchte es in ihrem Zimmer, sie versuchte es im Park – überall und bei allem, was sie tat, wurde ihr aufs neue bewußt, wie schmählich sie versagt hatte, wie beschämend sie von anderen hereingelegt worden und auf welch noch beschämendere Weise sie ihren eigenen Selbsttäuschungen erlegen war; sie fühlte sich hundeelend und würde wahrscheinlich bald erkennen müssen, daß dieser Tag nur der Anfang ihres Elends war.

Sich über ihre Gefühle klarzuwerden, völlig klarzuwerden, dem galt ihre erste Bemühung. Darauf verwandte sie jeden freien Augenblick, in dem ihr Vater sie nicht mit Beschlag belegte, und jeden Augenblick unwillkürlicher Geistesabwesenheit.

Seit wann eigentlich war ihr Mr. Knightley schon so lieb geworden, wie sie nun aus jedem ihrer Gefühle spürte? Seit wann übte er diesen Einfluß, diesen überwältigenden Einfluß auf sie aus? Wann hatte er diesen Platz in ihrem Herzen erobert, den einst Frank Churchill für kurze Zeit innegehabt hatte? Sie blickte zurück, sie verglich die beiden – verglich sie im Hinblick auf die Wertschätzung, die sie beiden entgegengebracht hatte, von der Zeit an, da der letztere in ihrem Bekanntenkreis aufgetaucht war – ein Vergleich, den sie schon viel früher hätte anstellen müssen, wenn sie – ach, wenn sie doch nur durch einen gesegneten Glücksfall auf diese Idee gekommen wäre! Sie erkannte, daß es keinen Zeitpunkt gegeben hatte, zu dem ihr Mr. Knightley nicht als der unendlich wertvollere Mensch erschienen oder ihr seine Sympathie nicht unendlich viel wichtiger gewesen wäre. Sie erkannte, daß sie einer totalen Täuschung erlegen und in völliger Unkenntnis ihres eigenen Herzens befangen gewesen war, als sie sich das Gegenteil eingeredet und eingebildet und danach gehandelt hatte – kurzum, daß sie sich im Grunde nie wirklich etwas aus Frank Churchill gemacht hatte.

Zu diesem Ergebnis gelangte sie nach ihren ersten Überlegungen. Dies war die Selbsterkenntnis, zu der sie nach der ersten Frage kam, die es zu beantworten galt, und sie hatte nicht lange dazu gebraucht. Sie war bekümmert, entrüstet, schämte sich jeder ihrer Empfindungen bis auf die eine, die ihr erst jetzt offenbar geworden war: ihre Zuneigung zu Mr. Knightley. Alles andere, was sonst noch in ihrem Kopf herumging, bereitete ihr Übelkeit.

In ihrer unerträglichen Eitelkeit hatte sie sich eingebildet, die geheimsten Gefühle ihrer Mitmenschen zu kennen, und mit unverzeihlicher Überheblichkeit sich angemaßt, die Geschicke der anderen zu lenken. Nun stellte sich heraus, daß sie rundherum versagt hatte, wobei sie keineswegs untätig gewesen war – denn sie hatte eine Menge Unheil angerichtet. Sie hatte Harriet, sich selbst, und wie sie nur allzusehr fürchtete, auch Mr. Knightley ins Unglück gestürzt. Sollte diese schlimmste aller Mesalliancen zustande kommen, so würde an ihr der Vorwurf hängenbleiben, die Sache eingefädelt zu haben, denn sie mußte davon ausgehen, daß er Harriet nur liebgewonnen hatte, weil er um ihre Zuneigung zu ihm wußte, und selbst wenn dem nicht so wäre, hätte er Harriet ohne ihre eigene Torheit ja gar nicht erst kennengelernt.

Mr. Knightley und Harriet Smith! Das war eine Verbindung, die alle Absonderlichkeiten dieser Art in den Schatten stellte. – Verglichen damit wurde die Liebesbeziehung zwischen Frank Churchill und Jane Fairfax zu einer geradezu alltäglichen, abgedroschenen und banalen Angelegenheit, die keinerlei Überraschung auslöste und deren Standesunterschied nicht der Rede, nicht eines Gedankens wert war. Hingegen Mr. Knightley und Harriet Smith! Welch ein gesellschaftlicher Aufstieg für sie, welch ein Abstieg für ihn! Schaudernd stellte sich Emma vor, wie sein Ansehen in der öffentlichen Meinung sinken, wieviel Hohn und Spott und mitleidiges Grinsen er dafür ernten würde, die Demütigung und Verachtung seines Bruders, die tausend Unannehmlichkeiten, die er selbst zu gewärtigen hätte. War es möglich? Nein, es war undenkbar. Und dennoch war es alles andere als undenkbar. Wäre er denn der erste Mann mit hervorragenden Fähigkeiten, der in die Fänge einer Frau gerät, die ihm deutlich unterlegen ist? Wäre er denn der erste, der, vielleicht zu beschäftigt, um selbst zu suchen, zur Beute eines Mädchens wird, das es auf ihn abgesehen hat? War es das erste Mal, daß auf dieser Welt Leute zusammenfanden, die einander nicht ebenbürtig, vom Wesen her unvereinbar waren, die nicht zueinander paßten – oder daß der Zufall und die Umstände (als zweitrangige Ursachen) das menschliche Geschick bestimmten?

Ach, hätte sie Harriet doch nie gefördert! Hätte sie sie doch nur dort gelassen, wo sie hingehörte und seiner Meinung nach ihr Platz in der Gesellschaft war! Hätte sie doch nicht in ihrer unaussprechlichen Torheit verhindert, daß Harriet den unbescholtenen jungen Mann heiratete, der sie in dem ihrer Herkunft gemäßen Ambiente zu einer glücklichen und angesehenen Ehefrau gemacht hätte – dann wäre jetzt alles in Ordnung und diese schreckliche Kettenreaktion ausgeblieben.

Wie kam Harriet überhaupt auf die anmaßende Idee, ihre Gedanken zu Mr. Knightley zu erheben! Wie konnte sie es wagen, sich die Auserkorene eines solchen Mannes zu dünken, bevor sie nicht tatsächlich Gewißheit darüber hatte! Aber Harriet war nicht mehr so demütig, nicht mehr so voller Skrupel wie früher. Sie schien ihre Unterlegenheit, sowohl in geistiger als auch gesellschaftlicher Hinsicht, wenig zu empfinden. Daß Mr. Elton sich herablassen müsse, um sie zu heiraten, hatte sie anscheinend deutlicher empfunden als den sozialen Abstieg, den ein solches Vorhaben für Mr. Knightley bedeutete. Aber ach! War nicht auch das ihr, Emmas, Werk? Wer hatte sich denn so eifrig bemüht, Harriet Selbstbewußtsein beizubringen, wenn nicht sie? Wer, außer ihr, hatte ihr denn den Floh ins Ohr gesetzt, sich soweit wie möglich über ihresgleichen zu erheben, und ihr eingeredet, daß sie durchaus Anspruch auf eine gesicherte Zukunft in höheren Kreisen habe? Sollte die einstmals so bescheidene Harriet nun solche Flausen im Kopf haben, dann konnte Emma auch das als ihr Werk betrachten.

ACHTUNDVIERZIGSTES KAPITEL

Erst jetzt, da sie dieses Privileg zu verlieren drohte, wurde Emma bewußt, wie sehr ihr Glück davon abhing, von Mr. Knightley mehr als jede andere geschätzt und gemocht zu werden. Befriedigt, daß es so war, und überzeugt, diese Vorzugsstellung auch vollauf zu verdienen, hatte sie sie genossen, ohne sich groß Gedanken darüber zu machen, und erst als die Angst in ihr aufkeimte, aus seinem Herzen verdrängt zu werden, erkannte sie, wie unaussprechlich wichtig diese Position für sie gewesen war. Ihr wurde bewußt, daß sie lange, sehr lange für ihn die Wichtigste gewesen war, denn da er selbst keine weiblichen Verwandten hatte, ließen sich nur Isabellas Anrechte mit den ihren vergleichen, und sie war immer genau im Bilde gewesen, wie weit seine Liebe und Hochschätzung gegenüber Isabella gingen. Seit vielen Jahren spielte sie bei ihm die erste Geige. Sie hatte es im Grunde nicht verdient, war oft gleichgültig oder trotzköpfig gewesen, hatte seinen Rat in den Wind geschlagen oder ihm sogar absichtlich widersprochen; viele seiner Vorzüge hatte sie überhaupt nicht wahrgenommen und sich mit ihm gestritten, weil er ihre irrige und anmaßende Selbsteinschätzung nicht teilen wollte – aber aus Familiensinn und Gewohnheit und menschlicher Größe hatte er sie dennoch liebgehabt und war seit ihren Kindertagen immer bestrebt gewesen, ihre geistige und moralische Bildung zu fördern, ein Bemühen, an dem sich sonst niemand beteiligt hatte. Sie wußte, daß sie ihm trotz all ihrer Fehler und Schwächen teuer war, ja, durfte sie nicht sogar sagen: sehr teuer war? Als nach diesen Überlegungen unwillkürlich gewisse Hoffnungen in ihr aufkeimten, wagte sie sich ihnen jedoch nicht hinzugeben. Harriet Smith mochte sich der besonderen, ausschließlichen, leidenschaftlichen Liebe Mr. Knightleys durchaus für würdig halten. *Sie* indessen konnte das nicht. Der Vorstellung, daß er in seiner Zuneigung zu *ihr* mit Blindheit geschlagen sei, durfte sie sich wahrlich nicht schmeicheln. Erst vor kurzem hatte sie einen Beweis für seine Unvoreingenommenheit im Verhältnis zu ihr erhalten. Wie entrüstet war er über ihr Benehmen gegen Miss Bates gewesen! Wie unzweideutig, wie heftig hatte er sich da geäußert! Nicht zu heftig zwar angesichts ihrer Entgleisung – aber doch so heftig und entschieden, daß man dahinter keine zärtlicheren Empfindungen als unbeugsamen Gerechtigkeitssinn und unvoreingenommenes Wohlwollen vermuten konnte. Sie machte sich keinerlei Hoffnungen, nichts, was den Namen Hoffnung verdiente, daß er für sie jene Zuneigung empfand, um die es jetzt ging; aber eine andere Hoffnung regte sich in ihr (manchmal kaum merklich, manchmal stärker), nämlich die, daß Harriet sich womöglich getäuscht und seine Sympathie für *sie* überschätzt haben könnte. Wünschen mußte Emma sich das, schon um seinetwillen – selbst wenn sich für sie selbst nichts anderes daraus ergäbe, als daß er sein Leben lang ledig blieb. Doch sie wäre schon vollkommen zufrieden gewesen, hätte sie die Gewißheit gehabt, daß er niemals heiraten werde. Ach, wenn er nur für sie und ihren Vater und alle anderen der alte Mr. Knightley bliebe, wenn nur das kostbare Freundschafts- und Vertrauensverhältnis zwischen Donwell und Hartfield keinen Schaden nähme, ihr Seelenfrieden wäre voll und ganz gesichert. Der Ehestand war ja ohnehin nichts für sie. Er wäre ebenso unvereinbar mit den Pflichten, die sie ihrem Vater schuldete, wie mit der Zuneigung, die sie für ihn empfand. Nichts sollte sie von ihrem Vater trennen. Sie würde nicht heiraten, nicht einmal dann, wenn Mr. Knightley um ihre Hand anhielte.

Es mußte ihr innigster Wunsch sein, daß Harriet eine Enttäuschung erführe, und sie hoffte, sich wenigstens beim nächsten Zusammentreffen der beiden vergewissern zu können, wie die Chancen dafür standen. Sie würde sie hinfort aufs schärfste beobachten, und so erbärmlich sie auch bisher selbst gegenüber denen mit Blindheit geschlagen gewesen war, die sie beobachtet hatte, diesmal würde sie sich bestimmt nicht irremachen lassen. Täglich wurde mit seiner Rückkehr gerechnet. Bald schon würde sich somit eine Gelegenheit ergeben, die beiden zu beobachten – erschreckend bald, wie ihr schien, wenn ihre Gedanken eine bestimmte Richtung einschlugen. Sie beschloß, Harriet in der Zwischenzeit nicht zu sehen. Es würde keiner von ihnen guttun, und es wäre auch der Sache selbst nicht förderlich, wenn sie weiter darüber sprächen. Solange sie noch gewisse Zweifel hegen konnte, wollte sie nicht daran glauben, und dennoch hatte sie nichts in Händen, was sie gegen Harriets Zuversicht ins Feld hätte führen können. Reden würde nur Verdruß bedeuten. Sie schrieb ihr daher freundlich, aber bestimmt, und bat sie, vorläufig nicht nach Hartfield zu kommen; dabei verhehlte sie nicht, daß alle weiteren vertraulichen Gespräche über das *eine* Thema ihrer festen Überzeugung nach besser vermieden werden sollten, und äußerte die Hoffnung, sie könnten vielleicht so tun, als hätten sie die gestrige Unterredung vergessen, wenn man erst einmal ein paar Tage verstreichen lasse, ehe man sich wiedersehe, es sei denn natürlich im Beisein anderer – sie habe nur etwas gegen ein Gespräch unter vier Augen. Harriet fügte sich, stimmte dem Vorschlag zu und war dankbar.

Dies nun war soeben erledigt, als eine Besucherin eintrat, die Emmas Gedanken ein wenig von dem einen Thema ablenken sollte, das sie in den letzten vierundzwanzig Stunden Tag und Nacht beschäftigt hatte: Mrs. Weston, die ihrer zukünftigen Schwiegertochter einen Besuch abgestattet und den Nachhauseweg über Hartfield genommen hatte, nicht nur aus einem Gefühl der Verpflichtung gegenüber Emma heraus, sondern fast ebenso zu ihrem eigenen Vergnügen, um ihr eine so interessante Begegnung in allen Einzelheiten zu schildern.

Mr. Weston hatte sie zu Mrs. Bates begleitet und seinen eigenen Anteil an dieser wichtigen Gefälligkeitsgeste aufs nobelste hinter sich gebracht; aber da sie Miss Fairfax danach zu einer kleinen Spazierfahrt hatte überreden können, kehrte sie nun mit viel mehr Gesprächsstoff und noch dazu ergiebigerem Gesprächsstoff zurück, als eine unter hemmender Verlegenheit verbrachte Viertelstunde in Mrs. Bates Wohnzimmer hätte bieten können.

Ein wenig neugierig war Emma schon, und sie kostete diese angenehme Spannung nach Kräften aus, während ihre Freundin erzählte. Im Zustand innerer Erregung war Mrs. Weston zum Haus von Mrs. Bates aufgebrochen. Ursprünglich hatte sie vorerst gar nicht hingehen, sondern statt dessen Miss Fairfax lediglich schreiben und diesen offiziellen Besuch so lange aufschieben wollen, bis etwas Zeit verstrichen und Mr. Churchill mit dem Gedanken ausgesöhnt sein würde, daß man die Verlobung bekanntgab, da sie nach eingehender Überlegung zu der Auffassung gelangt war, ein solcher Besuch werde unweigerlich Gerüchte in die Welt setzen. Aber Mr. Weston hatte das ganz anders gesehen; er war äußerst bedacht darauf, Miss Fairfax und ihren Angehörigen sogleich seine Zustimmung zu bekunden, und wollte nicht einsehen, wieso eine solche Geste irgendeinen Verdacht erregen sollte, und selbst wenn, was eigentlich dabei sei, denn »solche Dinge«, bemerkte er, »sprechen sich doch immer herum«. Emma lächelte und fand, daß Mr. Weston allen Grund zu dieser Äußerung hatte. Kurz und gut, erzählte Mrs. Weston, sie seien doch hingegangen – und die Dame sei offenkundig sehr bekümmert und verlegen gewesen. Sie habe kaum ein Wort herausgebracht, und aus jedem Blick und jeder Geste sei deutlich geworden, wie sehr sie unter Gewissensbissen litt. Die stille, von Herzen kommende Freude der alten Dame und die wortlose Begeisterung ihrer Tochter – der es vor lauter Entzücken sogar die Sprache verschlagen zu haben schien – seien ein erfreulicher, ja, fast schon rührender Anblick gewesen. Beide seien so wahrhaft selbstlos in ihrem Glück, so uneigennützig in jeder Gefühlsregung, hätten eine so hohe Meinung von Jane und von allen anderen Menschen und eine so geringe von sich selbst, daß man sie einfach mögen müsse.

Die Krankheit, von der Miss Fairfax erst vor kurzem genesen war, hatte Mrs. Weston einen trefflichen Vorwand geboten, sie zu einer kleinen Spazierfahrt einzuladen; zuerst war Jane davor zurückgeschreckt und hatte abgelehnt, dann aber auf weiteres Drängen hin nachgegeben, und während der Fahrt konnte Mrs. Weston durch sanfte Ermunterung Janes Befangenheit so weit überwinden, daß diese schließlich bereit war, mit ihr über das eigentliche Thema zu sprechen. Entschuldigungen wegen ihres scheinbar unfreundlichen Schweigens bei der Begrüßung und wärmste Worte der Dankbarkeit, die sie ihr und Mr. Weston gegenüber stets empfunden habe, lenkten die Unterhaltung notwendigerweise darauf, aber als diese überschwenglichen Äußerungen verklungen waren, hatten sie eine ganze Weile darüber gesprochen, wie es gegenwärtig um die Verlobung stand und wie sich die Zukunft der beiden gestalten würde. Mrs. Weston war überzeugt davon, daß ihre Begleiterin ein solches Gespräch wie eine große Erlösung empfunden haben mußte, nachdem sich dies so lange in ihr aufgestaut hatte, und sie war sehr angetan von allem, was Jane dazu gesagt hatte.

»Nachdrücklich betonte sie, welche Qualen sie während der monatelangen Heimlichtuerei durchlitten hat«, fuhr Mrs. Weston fort. »Unter anderem sagte sie wörtlich: ›Ich will nicht behaupten, daß ich nicht auch einige glückliche Augenblicke erlebt habe, seit ich in die Verlobung einwilligte, aber ich kann behaupten, daß mir das Glück einer unbeschwerten Stunde seither nicht mehr vergönnt gewesen ist.‹ Und die bebenden Lippen, Emma, über die diese Worte kamen, waren eine Bestätigung, die mir zu Herzen ging.«

»Das arme Mädchen!« sagte Emma. »Dann meint sie also, Unrecht getan zu haben, als sie in eine heimliche Verlobung einwilligte?«

»Unrecht? Niemand, glaube ich, kann ihr schlimmere Vorwürfe machen als sie sich selbst. Die Folge davon, sagte sie, ›ist für mich ein Zustand endloser Leiden gewesen, und das war auch ganz in Ordnung so. Aber trotz all der Strafe, die unrechtes Verhalten nach sich ziehen kann, wird das Unrecht dadurch nicht geringer. Seelenqual ist keine Sühne. Diese Schuld wird mir immer anhaften. Ich habe gegen mein eigenes Rechtsempfinden verstoßen, und mein Gewissen sagt mir, daß ich die glückliche Wendung, die alles genommen hat, und die Freundlichkeit, die ich nun erfahre, eigentlich nicht verdient habe. Glauben Sie ja nicht, Madam‹, fuhr sie fort, ›daß man mir falsche Moralvorstellungen beigebracht hat. Auf die Grundsätze oder die Sorgfalt meiner Freunde, die mich erzogen haben, darf nicht der Schatten eines Zweifels fallen. Für diesen Fehltritt bin einzig und allein ich selbst verantwortlich, und ich versichere Ihnen, daß ich trotz aller mildernden Umstände, die mir die gegenwärtige Lage zu gewähren scheint, Angst davor habe, Oberst Campbell die Geschichte zu offenbaren.‹ «

»Armes Mädchen!« sagte Emma erneut. »Dann muß sie ihn vermutlich über alle Maßen lieben. Nur aus Liebe kann sie die Verlobung eingegangen sein. Ihre Gefühle müssen stärker gewesen sein als ihr Verstand.«

»Ja, es besteht für mich kein Zweifel daran, daß sie ihn sehr liebt.«

»Ich fürchte«, entgegnete Emma mit einem Seufzer, »ich

habe wohl oft dazu beigetragen, sie unglücklich zu machen.«

»Bei Ihnen, meine Liebe, steckte ja keine böse Absicht dahinter. Aber sie hatte wahrscheinlich so etwas im Sinn, als sie auf die Mißverständnisse anspielte, die er uns gegenüber schon angedeutet hat. Eine notwendige Folge der elenden Lage, in die sie sich gebracht hatte, bestand darin, daß sie allmählich an sich irre wurde. Das Bewußtsein, Unrecht getan zu haben, hatte sie tausenderlei Ängsten ausgesetzt und sie derart dünnhäutig und reizbar gemacht, daß es für ihn schwer zu ertragen gewesen sein muß – gewesen war. ›Ich habe sein Temperament und seine unbändige Lebenslust nicht ausreichend berücksichtigt‹, sagte sie, ›seine herrlich ungestüme Lebenslust und diese Fröhlichkeit und Ausgelassenheit, die mich unter anderen Umständen gewiß immer so bezaubert hätten wie am Anfang unserer Bekanntschaft.‹ Dann sprach sie von Ihnen und von der großen Freundlichkeit, die Sie ihr während ihrer Krankheit erwiesen haben; und mit einem leichten Erröten, das mir verriet, wie alles zusammenhing, bat sie mich, wann immer sich die Gelegenheit dazu böte, Ihnen zu danken – ich könnte Ihnen gar nicht genug danken – für jeden Wunsch und jede Bemühung, ihr etwas Gutes zu tun. Sie war sich durchaus bewußt, daß Sie von ihr dafür nie die rechte Anerkennung erfahren hatten.«

»Wüßte ich nicht, daß sie nun glücklich ist«, sagte Emma ernst, »was sie trotz all der kleinen Hindernisse, die ihr ihr skrupulöses Gewissen in den Weg legt, doch sein *muß*, so könnte ich diesen Dank nicht ertragen, denn, ach, Mrs. Weston, wenn man das Böse und das Gute, das ich Miss Fairfax angetan habe, gegeneinander aufrechnete! – Nun (sie besann sich und versuchte, einen heiteren Ton anzuschlagen), all das soll jetzt vergessen sein. Es ist so nett von

Ihnen, daß Sie mir diese interessanten Einzelheiten erzählen. Sie lassen sie in einem sehr vorteilhaften Licht erscheinen. Ich bin überzeugt davon, daß sie ein guter Mensch ist – ich hoffe, sie wird glücklich werden. Es trifft sich gut, daß er das Vermögen mit in die Ehe bringt, denn ich denke, die menschlichen Qualitäten bringt ausschließlich sie mit.«

Einen solchen Schlußsatz konnte Mrs. Weston nicht widerspruchslos hinnehmen. Sie hatte fast in jeder Hinsicht eine hohe Meinung von Frank, und was noch mehr war, sie liebte ihn von ganzem Herzen, und deshalb verteidigte sie ihn aus tiefster Überzeugung. Sie sprach mit viel Einsicht und mindestens ebensoviel Zuneigung – aber sie führte zu viele Argumente ins Feld, als daß sie die Aufmerksamkeit ihrer Zuhörerin lange hätte fesseln können. Emma war in Gedanken schon wieder am Brunswick Square oder in Donwell und vergaß darüber ganz das Zuhören; und als Mrs. Weston mit den Worten schloß: »Noch haben wir ja nicht den Brief bekommen, den wir mit solcher Spannung erwarten, aber ich hoffe, er wird bald eintreffen«, konnte sie nicht sofort darauf antworten und mußte schließlich irgend etwas aufs Geratewohl erwidern, ehe ihr wieder einfiel, auf welchen Brief sie mit solcher Spannung warteten.

»Fühlen Sie sich nicht wohl, Emma?« fragte Mrs. Weston sie beim Abschied.

»Doch, doch! Bestens. Mir geht es immer gut, wie Sie ja wissen. Vergessen Sie nicht, mir Bescheid zu geben, wenn der Brief da ist.«

Mrs. Westons Mitteilungen gaben Emma neue Nahrung für unerquickliche Betrachtungen, da sie jetzt noch mehr Hochachtung und Mitgefühl für Miss Fairfax empfand und ihr noch deutlicher bewußt geworden war, wie sehr sie ihr Unrecht getan hatte. Bitter bereute sie nun, keine engere Bekanntschaft mit ihr gesucht zu haben, und schämte sich der Neidgefühle, die zweifellos einer der Gründe dafür gewesen waren. Hätte sie Mr. Knightleys erklärten Wunsch befolgt, Miss Fairfax die Aufmerksamkeit zu erweisen, die ihr in jeder Hinsicht zustand, hätte sie versucht, sie besser kennenzulernen, hätte sie ihren Teil zu inniger Freundschaft beigetragen, hätte sie sich bemüht, in ihr statt in Harriet Smith eine Freundin zu finden, dann wäre ihr aller Wahrscheinlichkeit nach der ganze Kummer erspart geblieben, der sie jetzt bedrängte. Aufgrund ihrer Herkunft, Fähigkeiten und Erziehung wäre die eine die geradezu ideale Gefährtin gewesen, für die sie froh und dankbar hätte sein müssen, und die andere – was war sie denn schon? Selbst wenn ihre Freundschaft mit Jane Fairfax nie zu völliger Vertrautheit geführt und diese sie nie in ihre Herzensangelegenheiten eingeweiht hätte – was zu vermuten stand –, so wäre sie doch bei einem wünschenswerten und durchaus möglichen guten Verhältnis zu ihr vor dem abscheulichen Verdacht bewahrt geblieben, sie unterhalte ein unschickliches Verhältnis zu Mr. Dixon, einem Verdacht, den sie nicht nur törichterweise ersonnen und gehegt, sondern auch noch auf so unverzeihliche Weise weitererzählt hatte und der, wie Emma fürchtete, durch Frank Churchills Leichtsinn und unbekümmerten Mitteilungsdrang entscheidend zum Kummer der feinfühligen Jane beigetragen hatte. Von all den Quälgeistern, die Jane seit ihrer Ankunft in Highbury umgaben, war sie bestimmt einer der schlimmsten gewesen. Sie mußte sie als Erzfeindin empfunden haben. In der Tat waren sie nie zu dritt zusammengewesen, ohne daß sie Jane Fairfax durch allerlei Sticheleien um ihren Seelenfrieden gebracht hatte; und auf dem Box Hill war sie vielleicht wirklich mit ihren Kräften am Ende gewesen.

Der Abend dieses Tages zog sich in Hartfied endlos und trübselig hin. Das unfreundliche Wetter tat noch ein übriges. Ein kalter stürmischer Regen setzte ein, und daß es Juli war, merkte man nur an den Bäumen und Sträuchern, die der Wind zerzauste, und an der langen Helligkeit, die diesen grausamen Anblick nur noch länger dem Auge darbot.

Das Wetter legte sich Mr. Woodhouse aufs Gemüt, und nur durch die nahezu pausenlose Zuwendung seiner Tochter, der diese Bemühungen mehr zu schaffen machten als sonst, konnte er einigermaßen bei Laune gehalten werden. All das erinnerte sie an jenen Abend, den sie am Tag von Mrs. Westons Hochzeit erstmals in trostloser Zweisamkeit verbringen mußten, aber damals war dann Mr. Knightley nach dem Tee gekommen und hatte alle trübsinnigen Gedanken verscheucht. Ach! Mit derartigen Besuchen, die die Anziehungskraft Hartfields so wohltuend unter Beweis stellten, war es vielleicht bald schon vorbei. Das Bild, das sie damals von den Entbehrungen des nahenden Winters entworfen hatte, sollte sich dann zwar als falsch erweisen, denn keiner ihrer Freunde hatte sie im Stich gelassen und keine der winterlichen Vergnügungen war ihnen entgangen. Aber ihre gegenwärtigen Vorahnungen, so fürchtete sie, würden wohl nicht auf ähnliche Weise widerlegt werden. Ihre derzeitigen Aussichten waren derart düster und bedrohlich, daß sie für die nächste Zukunft nicht mit Sonnenschein oder auch nur mit ein paar hellen Strahlen rechnen konnte. Wenn all das eintrat, was in ihrem Freundeskreis eintreten konnte, würde es ziemlich einsam werden in Hartfield und ihr bliebe dann nichts anderes übrig, als ihren Vater mit Erinnerungen an glücklichere Tage aufzuheitern.

Zu dem Kind, das in Randalls demnächst zur Welt kommen sollte, würden sich die Westons natürlich viel stärker hingezogen fühlen als zu ihr, und Mrs. Westons Herz und Zeit würden von ihm völlig in Anspruch genommen werden. In Hartfield würden sie fortan auf sie verzichten müssen und wahrscheinlich auch weitgehend auf ihren Mann. Frank Churchill würde sich bei ihnen wohl nicht mehr blicken lassen, und Miss Fairfax würde es dann vermutlich auch nicht mehr lange in Highbury halten. Sie würden heiraten und sich entweder in oder bei Enscombe niederlassen. Alle lieben Menschen wären auf einmal weg, und wenn zu diesen Verlusten auch noch der Verlust von Donwell käme, was bliebe ihnen dann noch an fröhlicher und anregender Gesellschaft in nächster Nähe? Wenn Mr. Knightley nicht mehr auf einen gemütlichen Abend zu ihnen käme? Wenn er nicht mehr zu jeder Tageszeit bei ihnen auftauchte, so, als wolle er sein Zuhause gegen das ihre vertauschen? Wie sollte sie das ertragen? Und wenn er ihnen gar wegen Harriet verlorenginge? Wenn man sich später sagen müßte, er finde in Harriets Gesellschaft alles, was er brauchte, wenn Harriet die Auserwählte wäre, die Favoritin, die Liebste, die Freundin, die Ehefrau, von der er sich alles Glück des Lebens erhoffte, was konnte dann Emmas Elend noch vergrößern als der Gedanke, der ihr kaum je aus dem Kopf ging, daß sie das alles sich selbst zu verdanken hatte?

Jedesmal, wenn sie an einem solchen Tiefpunkt angelangt war, zuckte sie unwillkürlich zusammen oder seufzte oder ging gar ein paar Minuten lang im Zimmer auf und ab – und die einzige Quelle, aus der sie so etwas wie Trost oder Fassung zu beziehen vermochte, war der Entschluß, sich zu bessern, und die Hoffnung, daß der nächste und alle kommenden Winter, wie sehr sie auch den zurückliegenden an Schwung und Fröhlichkeit nachstehen mochten, sie als eine vernünftigere Person antreffen sollten, als eine, die sich besser kennt und nicht soviel zu bereuen hat, wenn die kalte Jahreszeit vorbei ist.

NEUNUNDVIERZIGSTES KAPITEL

Auch am nächsten Morgen dauerte das unfreundliche Wetter an, und in Hartfield schien immer noch die gleiche Verlassenheit und Trübsal zu herrschen – aber am Nachmittag klarte es auf; der Wind drehte und flaute ab, die Wolken verzogen sich, und die Sonne kam heraus, es war wieder Sommer. Mit all dem Ungestüm, das ein solcher Witterungsumschwung auslöst, beschloß Emma, so schnell wie möglich ins Freie zu gehen. Nie zuvor hatten der herrliche Anblick, der Duft, die Stimmung der Natur, so still, warm und strahlend nach dem Sturm, einen größeren Reiz auf sie ausgeübt. Sie sehnte sich nach der heiteren Gelassenheit, die alles dort draußen ausstrahlte und vielleicht allmählich auch sie überkommen würde, und als Mr. Perry kurz nach dem Dinner hereinschaute, um ihrem Vater eine freie Stunde zu widmen, verlor sie keine Zeit mehr und eilte in den Park. Nachdem sie dort, innerlich erquickt und etwas erleichtert, ein paarmal die Runde gemacht hatte, sah sie auf einmal Mr. Knightley durchs Gartentor treten und auf sie zukommen. Sie hatte keine Ahnung gehabt, daß er schon wieder aus London zurück war. Eben erst hatte sie an ihn gedacht, ihn jedoch sechzehn Meilen von hier gewähnt. Es blieb ihr kaum Zeit, ihre Gedanken halbwegs zu ordnen. Sie mußte gefaßt und gelassen wirken. Eine halbe Minute später standen sie einander gegenüber. Die Begrüßungsfloskel »Wie geht es Ihnen?« fiel auf beiden Seiten recht verhalten und gezwungen aus. Sie erkundigte sich nach ihren gemeinsamen Verwandten; allen ging es gut. Wann er von ihnen Abschied genommen habe? Erst heute morgen. Bei seinem Ritt hierher sei er gewiß in den Regen gekommen? Ja. Sie spürte, daß er mit ihr spazierengehen wollte. Er habe gerade einen Blick ins Eßzimmer geworfen, und, da er dort nicht gebraucht wurde, es vorgezogen, nach draußen zu gehen. Sie fand, daß er weder fröhlich aussah noch klang; und der erste denkbare Grund, den ihr ihre Befürchtungen eingaben, war, daß er seinem Bruder vielleicht seine Heiratsabsichten unterbreitet habe und von dessen Reaktion schmerzlich berührt worden sei.

Sie gingen nebeneinander her. Er schwieg. Ihr war, als schaue er sie des öfteren von der Seite her an und wolle mehr von ihrem Gesicht sehen, als ihr lieb war. Und bei dieser Vermutung stieg neue Angst in ihr hoch. Vielleicht wollte er mit ihr über seine Liebe zu Harriet sprechen; möglicherweise wartete er nur auf ein Zeichen der Ermunterung, um damit anzufangen. Sie fühlte sich außerstande, ein solches Thema anzuschneiden. Das mußte er schon selbst tun. Dennoch empfand sie dieses Schweigen als unerträglich. An ihm war es ganz und gar ungewöhnlich. Sie überlegte – faßte einen Entschluß – und begann schließlich mit dem Versuch eines Lächelns:

»Jetzt, wo Sie wieder hier sind, werden Sie einige Neuigkeiten erfahren müssen, die Sie ziemlich überraschen dürften.«

»Wirklich?« sagte er ruhig und sah sie an: »Welcher Art denn?«

»Oh! von der denkbar besten Art – einer Hochzeit.«

Nachdem er einen Augenblick gewartet hatte, als wolle er ganz sichergehen, daß sie sonst nichts mehr zu sagen habe, erwiderte er:

»Wenn Sie Miss Fairfax und Frank Churchill meinen, davon weiß ich bereits.«

»Wie ist das möglich?« rief Emma und wandte ihm ihr glühendes Gesicht zu; denn noch während sie sprach, war ihr der Gedanke gekommen, daß er auf seinem Weg hierher bei Mrs. Goddard vorbeigeschaut haben könnte.

»Heute morgen habe ich von Mr. Weston ein paar Zeilen in Gemeindeangelegenheiten bekommen, und am Schluß des Briefes teilte er mir kurz mit, was geschehen ist.«

Emma war richtig erleichtert und konnte gleich darauf etwas gefaßter fortfahren:

»*Sie* waren wahrscheinlich weniger überrascht als einer von uns hier, denn Sie hatten ja schon Verdacht geschöpft. Ich habe nicht vergessen, wie Sie mich einmal zu warnen versuchten. Ich wünschte, ich hätte damals darauf gehört – aber (mit versagender Stimme und schwerem Seufzer) anscheinend war ich mit Blindheit geschlagen.«

Ein paar Minuten lang fiel kein Wort, und sie kam gar nicht auf die Idee, daß sie bei ihm irgendein besonderes Interesse geweckt haben könnte, bis sie merkte, wie ihr Arm durch den seinen gezogen und gegen sein Herz gedrückt wurde, und sie Mr. Knightley leiser und sehr einfühlsam sagen hörte:

»Die Zeit, meine liebste Emma, die Zeit wird auch diese Wunde heilen. Ihr reger Geist – Ihre hingebungsvolle Fürsorge für Ihren Vater – ich weiß, Sie werden sich nicht …« Wieder drückte er ihren Arm an sein Herz, als er stockend und kaum noch hörbar hinzufügte: »Empfindungen innigster Freundschaft – empörend – abscheulicher Schuft!« Und mit lauterer und festerer Stimme schloß er: »Er ist ja bald weg. Bald werden die beiden in Yorkshire sein. Um *sie* tut es mir leid. Sie hat ein besseres Los verdient.«

Emma war klar, was er damit meinte; und sobald sie sich von der freudigen Erregung erholt hatte, die eine solch zärtliche Besorgnis auslösen mußte, erwiderte sie:

»Das ist sehr lieb von Ihnen – aber Sie irren sich –, und ich muß Sie berichtigen. Diese Art von Mitleid brauche ich nicht. In meiner Blindheit für das, was da vor sich ging, habe ich mich ihnen gegenüber in einer Weise benommen, für die ich mich ewig schämen muß, und aus lauter Torheit ließ ich mich dazu hinreißen, so manches zu sagen und zu tun, das mich womöglich recht unliebsamen Mutmaßungen aussetzt, aber sonst gibt es für mich keinen Grund zu bedauern, daß ich nicht schon früher hinter das Geheimnis gekommen bin.«

»Emma!« rief er und sah sie sehnsüchtig fragend an, »ist das wirklich wahr?« Aber dann faßte er sich wieder. »Nein, nein, ich verstehe Sie – verzeihen Sie mir – Ich bin ja schon froh, daß Sie so darüber sprechen können. Ihm brauchen Sie wahrhaftig nicht nachzutrauern! Und es wird hoffentlich nicht lange dauern, ehe Ihnen das nicht nur Ihr Verstand sagt. Ein Glück, daß Ihre Zuneigung nicht tiefer ging! Ich muß gestehen, daß ich aus Ihrem Benehmen nie schlau geworden bin, wieviel Sie für ihn empfanden – sicher war ich mir nur, daß Sie eine gewisse Vorliebe für ihn hegten – eine Vorliebe, die er in meinen Augen nicht verdiente. – Er ist eine Schande für das männliche Geschlecht. – Und jetzt soll er dafür auch noch mit dieser reizenden jungen Frau belohnt werden? Jane, Jane, dir wird kein Glück beschieden sein.«

»Mr. Knightley«, sagte Emma, wobei sie versuchte, munter zu wirken, tatsächlich aber recht bestürzt war, »ich befinde mich hier in einer ganz merkwürdigen Lage. Ich kann Sie nicht in Ihrem Irrtum belassen; und doch, wenn ich bekenne, daß ich in die Person, von der wir eben sprechen, niemals auch nur im geringsten verliebt war, mein Benehmen aber einen ganz anderen Eindruck erweckt hat, so habe ich vielleicht nicht weniger Grund, mich zu schämen, als eine Frau, die das genaue Gegenteil bekennen müßte.«

Er hörte sich alles schweigend an. Ach, wie sehr wünschte sie doch, er würde etwas sagen! Aber er wollte einfach nicht. Vermutlich mußte sie noch mehr von sich preisgeben, ehe sie auf seine Nachsicht hoffen durfte; aber es kam sie hart an, sich noch mehr vor ihm zu demütigen. Dennoch fuhr sie fort:

»Ich kann nicht viel zu meiner Verteidigung anführen. Er hat mich mit seinen Nettigkeiten für sich eingenommen, und ich habe daraus kein Hehl gemacht. Eine alte Geschichte wahrscheinlich – etwas ganz Alltägliches – etwas, das schon Hunderten von Frauen vor mir widerfuhr; und dennoch ist es bei einer, die sich, wie ich, auf ihren Scharfsinn so viel zugute hält, wohl keineswegs mehr zu entschuldigen. Viele äußere Umstände waren der Verlockung günstig. Er ist Mr. Westons Sohn – er war ständig hier – ich fand ihn immer sehr nett – kurzum, denn (mit einem Seufzer) ich mag die Gründe dafür noch so geschickt aufplustern, sie gehen doch letztlich auf diesen einen zurück – es hat meiner Eitelkeit geschmeichelt, und ich ließ mir seine Artigkeiten gern gefallen. In letzter Zeit freilich – eigentlich schon seit einer ganzen Weile – ist mir klargeworden, daß im Grunde nichts dahintersteckt. Ich hielt sie für eine Gewohnheit, ein leichtfertiges Spiel, etwas, das ich nicht besonders ernst zu nehmen brauchte. Er hat mich hinters Licht geführt, aber er hat mich nicht verletzt. Ich habe ihn nie geliebt. Und nun kann ich mir sein Benehmen einigermaßen erklären. Er wollte mich nie in sich verliebt machen, sondern täuschte das lediglich vor, um sein wahres Verhältnis zu einer anderen zu verschleiern. Mich hat er auserkoren, um allen anderen Sand in die Augen zu streuen, und nichts konnte seinem Ziel förderlicher sein, als mich zu täuschen – nur daß ich mich *nicht* täuschen ließ – daß ich großes Glück hatte – daß ich aus irgendwelchen Gründen nicht auf ihn hereingefallen bin.«

Hier nun hatte sie auf eine Antwort gehofft – auf ein paar Worte, die zu erkennen gegeben hätten, daß er ihr Verhalten zumindest nachvollziehen könne; aber er schwieg beharrlich und war, soweit sie beurteilen konnte, in Gedanken versunken. Endlich sagte er fast in seinem gewohnten Tonfall:

»Ich habe noch nie eine hohe Meinung von Frank Churchill gehabt. Vermutlich allerdings habe ich ihn unterschätzt. Meine Bekanntschaft mit ihm ist ja nur oberflächlicher Natur gewesen. Und selbst wenn ich ihn bisher nicht unterschätzt habe, mag er sich doch durchaus noch zum Guten hin entwickeln. Bei einer solchen Frau hat er die Möglichkeit dazu. Ich habe keinen Grund, ihm etwas Schlechtes zu wünschen – und um ihretwillen, deren Glück davon abhängen wird, ob er sich als ein anständiger Charakter erweist und sich wie ein Ehrenmann verhält, wünsche ich ihm wahrlich alles Gute.«

»Ich habe keinen Zweifel daran, daß sie zusammen glücklich werden«, sagte Emma; »ich glaube, beide sind einander aufrichtig zugetan.«

»Er ist ein ausgesprochener Glückspilz!« versetzte Mr. Knightley mit Nachdruck. »In so jungen Jahren – mit dreiundzwanzig – einem Alter, in dem ein Mann zumeist die falsche Wahl trifft, wenn er sich eine Frau aussucht. Mit dreiundzwanzig das große Los gezogen zu haben! Wie viele glückliche Jahre der Mann nach menschlichem Ermessen noch vor sich hat! Der Liebe einer solchen Frau sicher sein zu können – der uneigennützigen Liebe, denn Jane Fairfax' Charakter bürgt für ihre Selbstlosigkeit; alles fügt sich zu seinen Gunsten – sie ist ihm ebenbürtig – ich meine, soweit es den gesellschaftlichen Hintergrund betrifft und all die Verhaltensweisen und Umgangsformen, die wichtig sind; Ebenbürtigkeit in allem bis auf eines – und da die Reinheit ihres Herzens keinem Zweifel unterliegt, trägt dieses eine sogar noch zu seinem Glück bei, denn an ihm wird es sein, sie mit dem einzigen auszustatten, was ihr an Vorzügen fehlt. Jeder Mann hat den Wunsch, seiner Frau ein besseres Zuhause zu bieten als das, aus dem er sie holt; und wenn einer das kann und es an ihrer Liebe keinen Zweifel gibt, muß er doch, denke ich, der glücklichste Mensch auf Erden sein. Frank Churchill ist in der Tat Fortunas Liebling. Alles schlägt ihm zum Guten aus. Er begegnet einer jungen Frau in einem Seebad, gewinnt ihre Zuneigung, kann sie selbst durch grobe Vernachlässigung nicht vergrämen – und hätten er und seine gesamte Familie den ganzen Erdball nach der idealen Frau für ihn abgesucht, eine bessere hätten sie nicht finden können. Seine Tante steht ihm im Wege. Seine Tante stirbt. Er braucht nur ein Wort zu sagen, und seine Freunde überschlagen sich geradezu, ihm zu seinem Glück zu verhelfen. Er hat allen übel mitgespielt – und sie sind ganz begeistert, ihm verzeihen zu dürfen. Er ist wahrhaftig ein Glückspilz!«

»Sie reden, als ob Sie ihn beneideten.«

»Und ich beneide ihn auch, Emma. In einer Hinsicht ganz bestimmt.«

Emma brachte kein Wort mehr heraus. Nur noch ein halber Satz schien sie jetzt von Harriet zu trennen, und ihre spontane Regung war, das Thema nach Möglichkeit abzuwenden. Sie legte sich ihren Plan zurecht: sie würde das Gespräch auf ein völlig anderes Thema lenken – die Kinder am Brunswick Square; und holte nur noch Luft, um davon anzufangen, da ließ Mr. Knightley sie zusammenzucken, als er sagte:

»Sie werden mich wohl nicht fragen, worum ich ihn beneide. Ich sehe schon, Sie sind fest entschlossen, Ihre Neugier zu unterdrücken. Ein weiser Entschluß von Ihnen – aber *ich* kann ihn mir nicht zu eigen machen. Emma, ich muß loswerden, was Sie mich nicht fragen werden, auch wenn ich vielleicht im nächsten Augenblick wünschte, es nicht gesagt zu haben.«

»Ach! Dann lassen Sie es doch, sagen Sie es lieber nicht!« rief sie hektisch. »Nehmen Sie sich Zeit, überdenken Sie es noch einmal, kompromittieren Sie sich nicht.«

»Danke«, sagte er tief gekränkt, und kein Wort kam mehr über seine Lippen.

Emma war die Vorstellung unerträglich, ihm weh getan zu haben. Er wollte sie offenbar ins Vertrauen ziehen – vielleicht um Rat fragen; koste es, was es wolle, sie würde ihn anhören. Sie könnte ihm eventuell bei seiner Entscheidung behilflich sein oder ihn mit einem bereits gefaßten Entschluß aussöhnen. Sie könnte sich lobend über Harriet äußern oder ihm seine eigene Unabhängigkeit vor Augen führen und ihn dadurch aus diesem Zustand der Unentschlossenheit erlösen, der für einen Menschen wie ihn unerträglicher sein mußte als jedes Entweder-Oder. Inzwischen waren sie beim Haus angelangt.

»Sie möchten vermutlich hineingehen«, sagte er.

»Nein«, erwiderte Emma, und der bedrückte Tonfall, in dem er immer noch sprach, bestärkte sie in ihrem Verdacht, »ich würde gern noch einen Rundgang machen. Mr. Perry ist ja noch nicht weg.« Und nachdem sie ein paar Schritte gegangen waren, fügte sie hinzu: »Ich habe Sie vorhin recht unfreundlich unterbrochen, Mr. Knightley, und Ihnen, fürchte ich, weh getan. Aber wenn Sie den Wunsch haben sollten, mit mir als einer Freundin ganz offen zu sprechen oder mich um meine Meinung zu fragen über ein Problem, das Ihnen im Kopf herumgeht – als Freundin stehe ich Ihnen selbstverständlich zur Verfügung. Ich höre mir gern alles an, egal, was es ist. Danach werde ich Ihnen auch genau sagen, was ich davon halte.«

»Als Freundin!« wiederholte Mr. Knightley. – »Emma, ich fürchte, das ist ein Wort – Nein, ich habe nicht den Wunsch – Warten Sie, ja, warum sollte ich noch zögern? – Ich bin schon zu weit gegangen, um es zu verheimlichen. – Emma, ich nehme Ihr Angebot an – So absonderlich es auch erscheinen mag, ich nehme es an, und wende mich an Sie als an eine Freundin. – Sagen Sie mir also, habe ich denn gar keine Aussicht, jemals erhört zu werden?«

Um die Ernsthaftigkeit seiner Frage durch seinen Blick zu bekräftigen, blieb er stehen und sah sie an, und der Ausdruck in seinen Augen überwältigte sie vollends.

»Meine liebste Emma«, sagte er, »denn das werden Sie immer für mich sein, egal, wie dieses Gespräch hier ausgeht, meine liebste, über alles geliebte Emma: sagen Sie es mir auf der Stelle. Sagen Sie ›nein‹, wenn es denn sein muß.« Sie war aber wirklich im wahrsten Sinne des Wortes sprachlos. »Sie schweigen«, rief er sehr bewegt, »schweigen einfach! Mehr will ich vorläufig gar nicht wissen.«

Emma war nahe daran, unter der Erregung dieses Augenblicks hinzusinken. Dabei war die entsetzliche Angst, aus dem glücklichsten aller Träume gerissen zu werden, vielleicht das vorherrschende Gefühl.

»Ich bin kein großer Redner, Emma«, fuhr er gleich darauf fort, und in dem Tonfall so aufrichtiger, inniger, deutlich spürbarer Zärtlichkeit klang das einigermaßen überzeugend. »Wenn ich Sie weniger liebte, könnte ich vielleicht leichter darüber sprechen. Aber Sie kennen mich ja. Sie hören von mir stets nur die Wahrheit. Ich habe Sie getadelt und Ihnen Standpauken gehalten, und Sie haben es ertragen, wie keine andere Frau in England es ertragen hätte. Ertragen Sie nun auch die Wahrheit, die ich Ihnen jetzt sagen möchte, liebste Emma, genauso wie sie die anderen Wahrheiten ertragen haben. Meine Art ist vielleicht nicht gerade dazu angetan, sie Ihnen schmackhaft zu machen. Ich bin weiß Gott ein recht gleichgültiger Liebhaber gewesen. Aber Sie verstehen mich. Ja, Sie verstehen meine Gefühle – und werden sie erwidern, wenn Sie können. Im Augenblick möchte ich nur noch einmal Ihre Stimme hören.«

Während er sprach, dachte Emma fieberhaft nach und war mit erstaunlicher Schnelligkeit in der Lage – und ohne daß ihr ein einziges Wort entgangen wäre –, die ganze Wahrheit zu erfassen und zu begreifen und zu erkennen, daß Harriets Hoffnungen jeglicher Grundlage entbehrten, auf einem Irrtum, einer Selbsttäuschung beruhten, einer Selbsttäuschung, so umfassend wie ihrer eigenen – daß Harriet ihm überhaupt nichts bedeutete, daß sie selbst ihm alles war, daß von ihm jedes Wort, das sie im Hinblick auf Harriet gesagt hatte, als Sprache ihrer eigenen Gefühle aufgefaßt worden war, und daß er ihre Erregung, ihre Zweifel, ihr Widerstreben, ihre entmutigende Antwort auf sich bezogen hatte. Und sie fand nicht nur Zeit, in dem Glücksgefühl zu schwelgen, das diese Erkenntnisse in ihr auslösten, es blieb ihr auch noch Zeit, sich zu freuen, daß sie Harriets Geheimnis nicht preisgegeben hatte, und zu der Überzeugung zu gelangen, daß sie dazu weder verpflichtet noch autorisiert war. Mehr konnte sie jetzt für ihre arme Freundin ohnehin nicht tun, denn Emma verfügte nicht über jenen Heroismus, der sie womöglich dazu getrieben hätte, ihn zu bitten, seine Liebe von ihr auf Harriet zu übertragen, als der unendlich würdigeren von ihnen beiden – und auch nicht über die schlichtere Seelengröße, ihn endgültig und ohne Begründung abzuweisen, weil er ja schließlich nicht beide zugleich heiraten konnte. Sie empfand Schmerz und Zerknirschung gegenüber Harriet, aber ein moralischer Höhenflug aus überspanntem Edelmut wider alle Vernunft und Wahrscheinlichkeit kam ihr nicht in den Sinn. Sie hatte ihre Freundin irregeleitet, und sie würde sich das immer zum Vorwurf machen; aber ihr Verstand war so stark wie ihre Gefühle und mißbilligte so entschieden wie zuvor eine Verbindung, die unter seinem Stand und schlechterdings entwürdigend für ihn wäre. Ihr Weg war klar, wenn auch nicht ganz eben. Und nachdem er sie so inständig gebeten hatte, sagte sie dann etwas. Was sagte sie? Natürlich genau das, was sich gehörte. Das tut eine Dame stets. Sie sagte genug, um erkennen zu lassen, daß er nicht zu verzweifeln brauchte – und ihn zum Weiterreden zu animieren. Eine Zeitlang war er tatsächlich der Verzweiflung nahe gewesen; sie hatte ihm so strikt Vorsicht und Schweigen geboten, daß ihm momentan jede Hoffnung zerschlagen zu sein schien; es hatte ja schon damit begonnen, daß sie sich weigerte, ihn anzuhören. Der Umschwung war dann vielleicht etwas plötzlich eingetreten; daß sie auf einmal vorschlug, noch einen Rundgang zu machen, und das Gespräch wiederaufnahm, dem sie eben erst ein Ende gesetzt hatte, mochte ein bißchen ungewöhnlich sein! Sie merkte selbst, wie sprunghaft sie sich verhalten hatte; aber Mr. Knightley war so liebenswürdig, darüber hinwegzugehen und keine weitere Erklärung zu verlangen.

Selten, sehr selten kommt bei menschlichen Offenbarungen die volle Wahrheit ans Licht; in den allermeisten Fällen wird doch das eine oder andere ein wenig verschleiert oder mißverstanden; aber wo, wie in diesem Fall, zwar das Verhalten, nicht aber die Gefühle Anlaß zu Mißverständnissen bieten, mag es ohne große Bedeutung sein. Mr. Knightley hätte Emma jedenfalls kein reuigeres oder dem seinen zugeneigteres Herz verordnen können, als sie ohnehin hatte.

Von seiner Macht über sie hatte er wirklich keine Ahnung gehabt. Ohne jede diesbezügliche Absicht war er ihr in den Staudengarten gefolgt. Weil er sich Sorgen gemacht hatte, wie sie wohl Frank Churchills Verlobung aufgenommen habe, war er gekommen, ohne selbstsüchtige Absichten, ohne irgendwelche besonderen Absichten, außer der einen, sie, falls sie ihm eine Aussprache gewährte, nach Möglichkeit zu trösten oder ihr einen Rat zu geben. Alles übrige war das Werk des Augenblicks gewesen, eine unmittelbare Reaktion seiner Gefühle auf das, was er von ihr erfuhr. Die wunderbare Versicherung, daß ihr Frank Churchill völlig gleichgültig sei, daß ihr Herz in keiner Weise an ihm hänge, hatte in ihm die Hoffnung geweckt, er könne vielleicht mit der Zeit ihre Liebe gewinnen, aber diese Hoffnung hatte sich nicht auf die Gegenwart bezogen – in dem momentanen Sieg des Ungestüms über seinen Verstand hatte er sich nur vergewissern wollen, ob sie sich sein Liebeswerben nicht verbitte. Die darüber hinausgehenden Hoffnungen, die sich nach und nach eröffneten, waren dann um so bezaubernder gewesen. Die Zuneigung, die wecken zu dürfen er nur gebeten hatte, galt ihm bereits! Innerhalb einer halben Stunde war er aus tiefster Niedergeschlagenheit in einen Zustand versetzt worden, der dem vollkommenen Glück so nahe kam, daß er keine andere Bezeichnung verdiente.

Ihre Verwandlung stand der seinen in nichts nach. Diese eine halbe Stunde hatte beiden dieselbe unschätzbare Gewißheit gegeben, geliebt zu werden, hatte beiden Ungewißheit, Eifersucht oder Mißtrauen ausgetrieben.

Seine Eifersucht bestand schon seit der Ankunft Frank Churchills, ja sogar schon seit dem Zeitpunkt, da er allseits erwartet worden war. Seit etwa der gleichen Zeit war er bewußt in Emma verliebt und auf Frank Churchill eifersüchtig, und wahrscheinlich hatte ihm das eine Gefühl das andere erst richtig klargemacht. Aus Eifersucht auf Frank Churchill war er nach London gereist. Während des Ausflugs zum Box Hill hatte er den Entschluß gefaßt. Er wollte es sich ersparen, noch länger diese wohlgefällig geduldeten, ja sogar provozierten Artigkeiten mitansehen zu müssen. Er war abgereist, um sich in Gleichgültigkeit zu üben. Aber er hatte das falsche Ziel gewählt. Im Haus seines Bruders wurde ihm zuviel häusliches Glück geboten, die Frau spielte darin eine allzu liebenswerte Rolle; Isabella erinnerte ihn zu sehr an Emma – unterschied sich von ihr nur in jenen auffallenden Schwächen, die ihm die andere nur noch strahlender vor Augen führten, so daß ihm das ganze Unternehmen nicht viel genützt hätte, selbst wenn er länger hätte bleiben können. Dennoch hatte er tapfer Tag um Tag ausgeharrt – bis er heute morgen aus der Post von Jane Fairfax' Geschichte erfuhr. Dann mischte sich in die Freude, die man einfach empfinden mußte, nein, die er ohne jeden Skrupel empfand, da er Frank Churchill nie für würdig gehalten hatte, Emma zu bekommen, so viel zärtliche Besorgnis, so viel echte Angst um sie, daß er nicht länger bleiben konnte. Er war durch den Regen nach Hause geritten und nach dem

Dinner sogleich nach Hartfield herübergelaufen, um zu sehen, wie dieses reizendste und beste aller Geschöpfe, vollkommen trotz all ihrer Schwächen, die Enthüllung aufgenommen habe.

Er hatte sie in erregter und gedrückter Gemütsverfassung angetroffen. Frank Churchill war ein Schuft. Er vernahm von ihr, daß sie ihn nie geliebt habe: Frank Churchills Charakter schien doch nicht so ganz hoffnungslos. Als sie ins Haus zurückkehrten, hatte er Hand und Wort *seiner* Emma, und wenn ihm jetzt Frank Churchill zufällig in den Sinn gekommen wäre, hätte er ihn womöglich sogar für einen ganz anständigen Kerl gehalten.

FÜNFZIGSTES KAPITEL

Wie unterschieden sich doch die Gefühle, mit denen Emma wieder ins Haus ging, von jenen, die sie in den Garten geführt hatten! Auf mehr als eine Atempause in ihrem Gram hatte sie da nicht zu hoffen gewagt, nun durchlebte sie einen einzigen Wonneschauer, und dieses Glücksgefühl würde bestimmt, so glaubte sie, noch größer werden, wenn sich die Aufregung erst gelegt hatte.

Sie setzten sich zum Tee – dieselben drei Personen um denselben Tisch – wie oft schon waren sie hier beisammengesessen! – und wie oft schon war Emmas Blick auf dieselben Sträucher im Rasen gefallen, wie oft hatte sie das Farbenspiel der Abendsonne beobachtet! Aber noch nie in einer solchen Gemütsverfassung, nie in einer auch nur ähnlichen Hochstimmung, und nur mit Mühe nahm sie sich soweit zusammen, daß sie die aufmerksame Gastgeberin oder auch nur die aufmerksame Tochter spielen konnte.

Der arme Mr. Woodhouse ahnte wohl kaum, welche Pläne da gegen ihn geschmiedet wurden in der Brust jenes Mannes, den er so herzlich willkommen hieß und der sich, wie er ängstlich besorgt fragte, auf seinem Ritt doch hoffentlich keine Erkältung geholt hatte. Hätte er ihm ins Herz sehen können, wären ihm seine Lungen gewiß ziemlich gleichgültig gewesen; aber ohne auch nur im entferntesten das drohende Unheil zu ahnen, ohne irgend etwas Auffälliges in den Blicken und Gesten der beiden zu bemerken, wiederholte er ihnen mit großem Behagen alle Neuigkeiten, die er von Mr. Perry erfahren hatte, und plauderte in völliger Arglosigkeit gegenüber dem, was sie ihm ihrerseits vielleicht hätten erzählen können, unermüdlich und selbstzufrieden dahin.

Solange Mr. Knightley bei ihnen blieb, hielt Emmas fieberhafte Erregung an; aber als er gegangen war, wurde sie allmählich etwas ruhiger und gelassener – und im Laufe der schlaflosen Nacht, die der Tribut für einen solchen Abend war, gingen ihr ein paar ernstliche Fragen durch den Kopf, die sie zu der Überzeugung brachten, daß auch ihr kein ungetrübtes Glück beschieden sei. Ihr Vater – und Harriet. Sobald sie allein war, spürte sie das ganze Gewicht der Verantwortung, die sie diesen beiden Menschen gegenüber hatte, auf sich lasten; und die Frage lautete, wie das Wohlergehen der beiden weitestgehend bewahrt werden könne. Im Hinblick auf ihren Vater war die Antwort schnell gefunden. Sie wußte zwar noch nicht so recht, was Mr. Knightley genau vorschwebte; aber eine blitzartige Zwiesprache mit ihrem eigenen Herzen hatte den feierlichen Entschluß zur Folge, daß sie ihren Vater niemals verlassen werde. Bei der bloßen Vorstellung traten ihr Tränen in die Augen, so als habe sie in Gedanken eine Sünde begangen. Solange er lebte, mußte es bei einer Verlobung bleiben, aber sie wiegte sich in der Hoffnung, daß eine Verlobung, die dem Vater die Tochter nicht zu entreißen droht, vielleicht noch ein übriges zu seinem Wohlbehagen beitragen könne. Schwieriger zu entscheiden war freilich, wie sie Harriet am besten helfen konnte. Wie sollte sie sich verhalten, um ihr unnötigen Schmerz zu ersparen, um möglichst viel an ihr wiedergutzumachen, damit sie in ihr keine Feindin sah? Bei diesen Fragen geriet sie in peinliche Verlegenheit und Bedrängnis – und immer wieder mußte sie im Geiste alle damit verbundenen bitteren Selbstvorwürfe und kummervollen Gedanken des Bedauerns durchleiden. Die einzige Entscheidung, zu der sie sich schließlich durchzuringen vermochte, bestand darin, daß sie einer Begegnung mit ihr auch weiterhin aus dem Wege gehen und ihr alles, was gesagt werden mußte, brieflich mitteilen würde. Am liebsten wäre es ihr gewesen, wenn Harriet gerade jetzt für eine Weile Highbury den Rükken gekehrt hätte, und – indem sie noch einmal ein Komplott ausheckte – sie erwog, ob es nicht hilfreich wäre, ihr eine Einladung zum Brunswick Square zu verschaffen. Isabella war von Harriet angetan gewesen; ein paar Wochen in London würden sie bestimmt auf andere Gedanken bringen. Sie konnte sich nicht vorstellen, daß Harriet diese neuen und vielfältigen Eindrücke, das Flanieren durch die Straßen und Läden und der Umgang mit den Kindern nicht guttun würden. Auf jeden Fall wäre es ein Beweis der Aufmerksamkeit und Freundlichkeit von einer, die ihr so viel schuldig war; es würde außerdem bedeuten, daß sie sich vorläufig nicht zu sehen brauchten und daß der schlimme Tag hinausgeschoben werden konnte, an dem sie sich alle wieder gegenübertreten mußten.

Sie stand früh auf und schrieb den Brief an Harriet, was

sie so ernst, ja fast traurig stimmte, daß Mr. Knightley, der sich zum Frühstück in Hartfield einfand, keine Minute zu früh erschien; und die halbe Stunde, die sie hinterher ergatterten, um im wörtlichen wie auch im übertragenen Sinn noch einmal dasselbe Gefilde zu durchschreiten, benötigte sie dringend, um wieder des Glücks vom Vorabend teilhaftig zu werden.

Er war noch nicht lange weg, keineswegs lange genug, um in ihr die geringste Lust aufkeimen zu lassen, an jemand anderen zu denken, da wurde ihr von Randalls ein Brief gebracht – ein sehr dicker Brief; sie ahnte, was er enthielt und verwünschte es, ihn lesen zu müssen. Sie war inzwischen mit Frank Churchill völlig ausgesöhnt; sie wollte keine Erklärungen lesen, sondern ungestört ihren Gedanken nachhängen – und sie war überzeugt, sie würde ohnehin nichts von alledem verstehen, was er da schrieb. Es mußte jedoch durchgestanden werden. Sie öffnete das Päckchen, und so war es auch: ein Kärtchen von Mrs. Weston selbst lag dem Brief von Frank an Mrs. Weston bei.

Ich habe das große Vergnügen, meine liebe Emma, Ihnen den beiliegenden Brief zuschicken zu können. Ich weiß, daß er bei Ihnen in besten Händen ist, und habe keinen Zweifel, daß er einen erfreulichen Eindruck auf Sie machen wird. Ich glaube, wir werden über seinen Verfasser nie mehr grundsätzlich verschiedener Meinung sein; aber ich will Sie nicht mit einer langen Einleitung aufhalten. Uns geht es recht gut. Dieser Brief hat mich von der kleinen Nervenschwäche geheilt, unter der ich in letzter Zeit gelitten habe. Ihr Aussehen am Dienstag hat mir nicht so recht gefallen, aber das Wetter an jenem Morgen war ja auch wirklich unfreundlich; Sie werden zwar nicht zugeben, daß Ihnen das Wetter etwas anhaben kann, aber ich denke doch, daß dieser Nordostwind jedermann durch Mark und Bein geht. Bei dem Sturm am Dienstag nachmittag und gestern morgen hat mir Ihr lieber Vater richtig leid getan, tröstlicherweise aber habe ich gestern abend von Mr. Perry erfahren, daß er ihm nicht geschadet hat.

Immer die Ihrige

A. W.

[An Mrs. Weston]

Windsor, im Juli

Liebe gnädige Frau,

falls ich mich gestern verständlich machen konnte, so werden Sie diesen Brief gewiß erwartet haben; aber erwartet oder nicht, ich weiß, er wird mit Unvoreingenommenheit und Nachsicht gelesen werden. Sie sind die Güte selbst, und ich glaube, Sie werden auch all Ihre Güte benötigen, um manches an meinem früheren Verhalten zu billigen. Aber von einer Person, die noch mehr Grund hatte, mir böse zu sein, ist mir schon verziehen worden. Und während ich dies hier schreibe, fasse ich wieder Mut. Dem Glücklichen fällt es nicht leicht, sich in Demut zu üben. Zweimal habe ich bereits so erfolgreich um Verzeihung gebeten, daß ich womöglich Gefahr laufe, mir allzu sicher zu sein, auch die Ihre sowie die Ihrer Freunde zu erlangen, die ja allen Grund hatten, verletzt zu sein. – Sie alle müssen versuchen, sich gedanklich in meine damalige Lage zu versetzen, als ich zum erstenmal nach Randalls kam. Sie müssen bedenken, daß ich ein Geheimnis mit mir trug, das unter allen Umständen gewahrt werden mußte. So standen die Dinge. Ob ich das Recht hatte, mich in eine Lage zu bringen, die ein derartiges Versteckspiel erforderlich machte, ist eine andere Frage. Ich werde sie hier nicht erörtern. Um zu verstehen, weshalb ich in Versuchung geriet, es für rechtens zu halten, verweise ich jeden Haarspalter auf ein bestimmtes Backsteinhaus in Highbury mit Schiebefenstern unten und Flügelfenstern im ersten Stock. Ich durfte es nicht wagen, ganz offen mit ihr zu verkehren; meine Schwierigkeiten unter den damaligen Verhältnissen in Enscombe sind wohl zu gut bekannt, als daß sie hier genauer dargelegt werden müßten; und ehe wir uns in Weymouth trennten, war mir das Glück beschieden, das aufrechteste weibliche Gemüt auf Gottes Erdboden zu bewegen, sich aus lauter Barmherzigkeit zu einer heimlichen Verlobung herabzulassen. Hätte sie es abgelehnt, wäre ich verrückt geworden. Aber Sie werden nun gewiß fragen: Was haben Sie sich denn davon erhofft? Was versprachen Sie sich von der Zukunft? Alles und nichts – Zeit, Zufall, glückliche Umstände, langsame Fortschritte, plötzliche Umschwünge, Beharrlichkeit und Abstumpfung, Gesundheit und Krankheit. Alle Möglichkeiten für einen guten Ausgang des Ganzen lagen vor mir, und des größten Glücks war ich ja schon teilhaftig geworden, als sie mir versprach, treu zu sein und zu schreiben. Falls Sie noch weiterer Erklärungen bedürfen, so habe ich die Ehre, liebe gnädige Frau, der Sohn Ihres Mannes zu sein und den Vorteil, eine optimistische Grundhaltung geerbt zu haben, einen Vorteil, den keine Erbschaft von Häusern oder Ländereien aufzuwiegen vermag. Sehen Sie mich also unter diesen Umständen zu meinem ersten Besuch in Randalls eintreffen; und hier bin ich mir meines Unrechts bewußt, denn dieser Besuch hätte wohl früher erfolgen können. Sie werden jetzt zurückblicken und feststellen, daß ich erst kam, als Miss Fairfax bereits in Highbury war; und da *Sie* es waren, die ich brüskierte, werden Sie mir augenblicklich verzeihen; aber das Mitgefühl meines Vaters muß ich mir noch erwirken, indem ich ihn daran erinnere, daß mir durch mein langes Fernbleiben ja auch die Wonne versagt blieb, Sie kennenzulernen. Mein Benehmen während der ersten vierzehn Tage, die ich bei Ihnen verbrachte, setzte mich, so hoffe ich, keiner Kritik aus, ausgenommen in einem Punkt. Und nun komme ich zu dem wesentlichen, dem einzig wichtigen Teil meines Verhaltens während meines Aufenthalts bei Ihnen, der mir selbst im nachhinein außerordentlich peinlich ist und sehr sorgfältiger Erklärung bedarf. Mit größtem Respekt und herzlichster Freundschaft erwähne ich hier Miss Woodhouse, mein Vater wird vielleicht finden, ich sollte hinzufügen: mit tiefster Zerknirschung. Aus ein paar Worten, die er gestern fallenließ, entnahm ich, was er darüber denkt, und ich gebe zu, daß ich in einiger Hinsicht Tadel verdient habe. Mein Benehmen gegenüber Miss Woodhouse deutete wohl mehr an, als es sollte. Um ein für mich so überaus wichtiges Versteckspiel zu unterstützen, ließ ich mich dazu hinreißen, von der Vertrautheit, zu der wir sofort gelangt waren, über Gebühr Gebrauch zu machen. Ich kann nicht leugnen, daß ich es nach außen hin auf Miss Woodhouse abgesehen hatte – aber ich bin sicher, Sie werden mir glauben, wenn ich hiermit feierlich erkläre, daß ich mich von keiner egoistischen Absicht hätte leiten lassen, wäre ich von ihrer Gleichgültigkeit nicht überzeugt gewesen. So liebenswürdig und entzückend Miss Woodhouse auch ist, sie machte auf mich nie den Eindruck einer jungen Frau, die sich so ohne weiteres verliebt; und daß sie nicht die geringste Neigung hatte, sich in mich zu verlieben, war meine Überzeugung nicht weniger als mein Wunsch. Sie nahm meine Artigkeiten mit einer ungezwungenen, freundlichen, launigen Fröhlichkeit entgegen, die mir sehr zupaß kam. Wir schienen einander zu verstehen. Diese Aufmerksamkeiten waren aufgrund unseres Bekanntschaftsverhältnisses ganz normal und wurden auch so empfunden. Ob Miss Woodhouse mich wirklich zu durchschauen begann, ehe diese vierzehn Tage um waren, weiß ich nicht; als ich sie aufsuchte, um mich von ihr zu verabschieden, war ich meiner Erinnerung nach ganz nahe dran, ihr die Wahrheit zu gestehen, und da bildete ich mir ein, sie ahne etwas; aber ich hege keinen Zweifel, daß sie mir hinterher auf die Schliche gekommen ist, zumindest in einem gewissen Maße. Sie hat vielleicht nicht die ganze Geschichte erahnt, aber bei ihrem Scharfsinn muß sie zumindest teilweise dahintergekommen sein. Das steht für mich außer Frage. Wenn man einmal ganz unbefangen über das Thema reden kann, werden Sie merken, daß die Sache für sie nicht ganz so überraschend kam. Sie machte mir gegenüber oft Andeutungen. Ich erinnere mich, wie sie bei dem Ball zu mir sagte, ich schulde Mrs. Elton Dank, weil sie sich so rührend um Miss Fairfax kümmert. Ich hoffe, diese Darstellung meines Verhaltens gegenüber Miss Woodhouse ist dazu angetan, Sie und meinen Vater deutlich milder zu stimmen hinsichtlich dessen, was Sie mir vorwarfen. Solange Sie meinten, ich hätte mich an ihr versündigt, durfte ich weder auf Ihre noch auf seine Nachsicht rechnen. Sprechen Sie mich in diesem Punkt frei und verschaffen Sie mir, sobald es angeht, den Freispruch und die guten Wünsche dieser besagten Emma Woodhouse, für die ich so viel brüderliche Zuneigung empfinde, daß ich ihr von ganzem Herzen wünsche, selbst einmal so innig und glücklich verliebt zu sein, wie ich es bin. Was immer ich auch an Merkwürdigem während jener vierzehn Tage gesagt oder getan habe, Sie haben nun den Schlüssel dazu. Mein Herz war in Highbury, und ich mußte zusehen, daß ich auch selbst so oft wie möglich dort sein konnte, ohne dabei Verdacht zu erregen. Falls Ihnen in diesem Zusammenhang irgendwelche Absonderlichkeiten einfallen, setzen Sie sie alle auf dieselbe Rechnung. Zu dem so vielbesprochenen Klavier brauche ich wohl nur anzumerken, daß Miss F. von der Bestellung keinerlei Ahnung hatte; sie hätte mir nie erlaubt, es ihr schicken zu lassen, wenn die Entscheidung in ihrer Macht gelegen hätte. Ihrem Zartgefühl während der ganzen Verlobungszeit, liebe gnädige Frau, werde ich nie die Gerechtigkeit widerfahren lassen können, die es verdient. Ich hoffe inständig, Sie werden sie bald selbst von Grund auf kennenlernen. Jeder Versuch, sie zu beschreiben, ist zum Scheitern verurteilt. Sie muß Ihnen selbst sagen, wie sie ist – doch nicht mit Worten, denn nie hat es ein Wesen gegeben, das sein Licht so bewußt unter den Scheffel stellt. Nachdem ich diesen Brief angefangen hatte, der länger wird, als ich voraussah, habe ich eine Nachricht von ihr bekommen. Sie schreibt, es gehe ihr gut, aber da sie nie klagt, mag ich mich nicht darauf verlassen. Ich wüßte gern, wie Sie ihr Aussehen beurteilen. Ich weiß, daß Sie sie bald besuchen werden; sie lebt in ständiger Angst vor diesem Besuch. Vielleicht hat er ja bereits stattgefunden. Lassen Sie unverzüglich von sich hören, ich brenne darauf, tausend Einzelheiten zu erfahren. Vergessen Sie nicht, daß ich ja nur ein paar Minuten in Randalls bleiben konnte und dabei fast von Sinnen war. Und auch jetzt geht es mir noch nicht viel besser; ich bin immer noch ganz krank vor Glück, dann wieder vor Kummer. Wenn ich an die Güte und das Wohlwollen denke, die ich erfahren habe, an ihre Seelenstärke und Geduld und an die Großmut meines Onkels, dann bin ich außer mir vor Freude; aber wenn ich mir die schreckliche Unruhe vergegenwärtige, in die ich sie versetzt habe, und mir klarmache, wie wenig ich ihre Vergebung verdiene, gerate ich außer mich vor Wut. Ach, könnte ich sie doch nur wiedersehen! Aber noch darf ich das nicht vorschlagen. Mein Onkel ist so gütig zu mir gewesen, daß ich seine Güte nicht mißbrauchen möchte. – Ich muß diesem ohnehin langen Brief noch etwas hinzufügen. Sie haben noch nicht alles erfahren, was Sie wissen sollten. Ich konnte Ihnen gestern keine zusammenhängende Darstellung geben; und doch bedarf es einer Erklärung, warum die Geschichte so plötzlich und zu einem in gewisser Hinsicht recht ungünstigen Zeitpunkt aufgeflogen ist; denn auch wenn mir das Ereignis vom 26. letzten Monats, wie Sie sich denken können, auf einmal die erfreulichsten Zukunftsaussichten eröffnete, hätte ich mir doch nicht erlaubt, so kurz darauf gewisse Maßnahmen zu ergreifen, wären nicht jene besonderen Umstände eingetreten, angesichts derer ich keine Stunde verlieren durfte. Ich selbst wäre vor solch überstürzten Schritten zurückgeschreckt, und sie hätte jeden meiner Skrupel noch viel, viel stärker und feinfühliger empfunden. Aber mir blieb keine andere Wahl. Die übereilte Vereinbarung, die sie mit jener Frau getroffen hatte – An dieser Stelle, liebe gnädige Frau, mußte ich unvermittelt abbrechen, um mich wieder zu sammeln und zu beruhigen. Ich bin durch die Gegend gelaufen und jetzt hoffentlich wieder so weit zur Vernunft gekommen, daß ich meinen Brief anständig zu Ende bringen kann. Es ist in der Tat ein überaus demütigender Rückblick für mich. Ich habe mich schändlich benommen. Und hier gebe ich gern zu, daß mein Benehmen gegenüber Miss W., wodurch ich noch dazu Miss F. verletzte, in hohem Maße tadelnswert war. *Sie* mißbilligte es, was mir eigentlich schon genug hätte zu denken geben müssen. Meine Ausrede, damit doch nur die Wahrheit verschleiern zu wollen, überzeugte sie nicht. Sie war verstimmt, unsinnigerweise, wie ich fand.

Bei tausenderlei Gelegenheiten erschien sie mir unnötig skrupulös und vorsichtig, ich hielt sie sogar für kalt. Aber sie hatte immer recht. Wäre ich ihrem Urteil gefolgt und hätte meinen Übermut auf das von ihr für schicklich empfundene Maß gedämpft, wäre mir das größte Elend erspart geblieben, das ich in meinem Leben je kennengelernt habe. – Wir entzweiten uns. Erinnern Sie sich an den Vormittag, den wir in Donwell verbrachten? *Dort* führten all die kleinen Unstimmigkeiten, die sich zwischen uns eingeschlichen hatten, zu einer regelrechten Krise. Ich hatte mich verspätet. Ich traf sie, als sie allein nach Hause ging, und wollte sie begleiten, aber sie ließ es nicht zu. Sie lehnte meine Begleitung rundheraus ab, was mir damals höchst unsinnig vorkam. Nun allerdings erblicke ich darin nichts anderes als ein ganz natürliches und logisches Maß an Besonnenheit. Während ich, um alle Welt über unsere Verlobung zu täuschen, in der einen Stunde auf anstößige Weise einer anderen Frau schöne Augen machte, sollte sie da in der nächsten einem Vorschlag zustimmen, der alle vorherige Vorsicht überflüssig erscheinen lassen mußte? Wenn uns jemand auf dem Weg zwischen Donwell und Highbury begegnet wäre, hätte er bestimmt Verdacht geschöpft. Ich war jedoch so verblendet, daß ich es ihr übelnahm. Ich zog ihre Zuneigung in Zweifel. Noch mehr dann am nächsten Tag auf dem Box Hill, als sie, provoziert durch mein Verhalten, diese schmähliche, unverschämte Vernachlässigung ihrer Person und meine unübersehbare Verehrung für Miss W., die keine Frau von Verstand ertragen hätte, ihre Verstimmung in unmißverständliche Worte faßte. Kurz und gut, liebe gnädige Frau, es handelte sich um einen Streit, an dem sie keine Schuld trug, in dem ich mich indessen abscheulich benommen habe; und obwohl ich bis zum nächsten Morgen bei Ihnen hätte bleiben können, kehrte ich noch am selben Abend nach Richmond zurück, bloß um ihr möglichst deutlich zu verstehen zu geben, wie wütend ich auf sie war. Selbst damals war ich freilich kein solcher Narr, daß ich mich nicht mit der Zeit wieder hätte versöhnlich stimmen lassen, aber ich hielt mich für den Gekränkten, gekränkt von ihrer Kälte, und ich reiste mit dem festen Vorsatz ab, sie den ersten Schritt tun zu lassen. – Ich werde mich immer beglückwünschen, daß Sie nicht an dem Ausflug nach Box Hill teilnahmen. Hätten Sie damals miterlebt, wie ich mich benahm, so könnte ich wohl kaum davon ausgehen, daß sie jemals wieder eine gute Meinung von mir gewinnen. Wie sie mein Verhalten aufnahm, machte mir der Entschluß deutlich, den sie daraufhin sofort faßte: Sobald sie erfuhr, daß ich Randalls wirklich verlassen hatte, nahm sie das Angebot dieser aufdringlichen Mrs. Elton an, deren ganze Art, mit ihr umzugehen, mich übrigens seit jeher mit Empörung und Haß erfüllt hat. Ich darf nicht hadern mit einer Duldsamkeit, die mir selbst in so reichem Maße zuteil wurde; ansonsten aber würde ich laut protestieren gegen die nachsichtige Behandlung, die diese Frau erfahren hat. ›Jane.‹ Es ist nicht zu fassen! Sie werden bemerken, daß selbst ich mir noch nicht herausgenommen habe, sie bei diesem Namen zu nennen, nicht einmal Ihnen gegenüber. Stellen Sie sich also vor, was ich durchgemacht habe, als ich mitanhören mußte, wie er zwischen den Eltons hin- und herflog, wie sie ihn in ihrer unverschämten Anmaßung und Gewöhnlichkeit unnötigerweise dauernd wiederholten. Haben Sie Geduld mit mir, ich bin gleich fertig. – Sie nahm also dieses Angebot an, da sie beschlossen hatte, gänzlich mit mir zu brechen, und schrieb mir am nächsten Tag, wir sollten uns niemals wiedersehen. *Sie habe das Gefühl, daß aus der Verlobung für beide nur Reue und Qual ent-*

springe, sie löse sie deshalb. Dieser Brief erreichte mich ausgerechnet an jenem Morgen, als meine arme Tante starb. Binnen einer Stunde antwortete ich darauf, aber aufgrund meines inneren Durcheinanders und der vielfältigen Aufgaben, die mir nun auf einmal zufielen, schloß ich mein Antwortschreiben in meinen Schreibtisch ein, anstatt es mit all den vielen anderen Briefen an dem Tag abzuschicken; und da ich ihr genug – wenn es auch nur ein paar Zeilen waren – geschrieben zu haben glaubte, um sie zu beruhigen, machte ich mir keine weiteren Gedanken. Ich war zwar etwas enttäuscht, als ich daraufhin nichts von ihr hörte, aber ich legte mir Entschuldigungen für sie zurecht und war zu sehr beschäftigt und – darf ich das hinzufügen? – zu hoffnungsfroh ob meiner Zukunftsaussichten, um mich groß darüber aufzuregen. Wir fuhren nach Windsor, und zwei Tage später erhielt ich von ihr ein Päckchen, in dem sie mir alle meine Briefe zurückschickte, und gleichzeitig ein paar Zeilen mit der Post, in denen sie ihr tiefes Befremden äußerte, auf ihr letztes Schreiben keinerlei Antwort bekommen zu haben, und hinzufügte, daß sie mir nun, da ein Schweigen in einer solchen Angelegenheit nicht mißverstanden werden könne und es für beide Teile wünschenswert sein müsse, alle Nebensächlichkeiten so schnell wie möglich zu regeln, auf sicherem Wege alle meine Briefe zurückschicke und mich bitte, ihr die ihren, falls ich sie nicht zur Hand hätte, um sie innerhalb einer Woche nach Highbury zu schicken, nach … zu senden – kurzum, die volle Anschrift von Mr. Smallridge bei Bristol starrte mir da entgegen. Über den Namen, den Ort, über alles wußte ich Bescheid und begriff augenblicklich, was sie getan hatte. Das entsprach voll und ganz der inneren Entschlossenheit, die ich an ihr kannte, und die Geheimhaltung, die sie in ihrem vorherigen Brief über diese

Absicht bewahrt hatte, war für ihr ausgeprägtes Feingefühl nicht weniger bezeichnend. Um nichts auf der Welt wollte sie den Eindruck erwecken, mir zu drohen. Stellen Sie sich meinen Schock vor! Stellen Sie sich vor, wie ich über die Schluderei der Post wütete, ehe ich endlich dahinterkam, welchen Bock ich da selbst geschossen hatte. Was war nun zu tun? Nur eines. Ich mußte mit meinem Onkel sprechen. Ohne seine Zustimmung konnte ich nicht hoffen, noch einmal angehört zu werden. Ich sprach also mit ihm; die Umstände waren mir günstig; das jüngste Ereignis hatte sein stolzes Herz erweicht, und schneller, als ich mir hätte träumen lassen, freundete er sich mit dem Gedanken an und willigte ein, und tief seufzend fügte er schließlich sogar noch hinzu, der arme Mann!, er wünsche mir in der Ehe genausoviel Glück, wie er in der seinen erfahren habe. Ich sagte mir freilich, daß das meine von anderer Art sein würde. Können Sie mir nachfühlen, was ich gelitten habe, als ich ihm die ganze Geschichte eröffnete, in welcher unerträglichen Spannung ich mich befand, solange noch alles auf dem Spiel stand? Nein, warten Sie mit Ihrem Mitleid, bis ich in Highbury anlangte und sah, wie krank ich sie gemacht hatte. Bedauern Sie mich nicht, ehe ich ihre bleichen, kränklich wirkenden Züge erblickte. Ich erreichte Highbury zu einer Tageszeit, wo ich einigermaßen sicher sein durfte, sie allein anzutreffen, da ich wußte, daß sie immer spät frühstücken. Ich wurde nicht enttäuscht; und am Ende wurde ich auch nicht im Zweck meiner Reise enttäuscht. Zuerst mußte ich ihr ihren nicht unbeträchtlichen, sehr verständlichen und berechtigten Unwillen ausreden. Aber es ist geschafft; wir sind wieder versöhnt, lieben uns mehr denn je, und keinen Augenblick lang wird es hinfort zwischen uns auch nur das geringste Mißverständnis geben. Nun, meine liebe gnädige Frau, will ich Sie

erlösen; aber vorher konnte ich nicht schließen. Tausend und abertausendmal Dank für all die Güte, die Sie mir bezeigt haben, und zehntausendmal Dank für die Aufmerksamkeiten, die Ihnen Ihr Herz ihr gegenüber eingeben wird. Wenn Sie finden, ich sei nun auf dem Wege, glücklicher zu werden, als ich verdiene, so bin ich ganz Ihrer Meinung. – Miss W. nennt mich ein Glückskind. Hoffentlich hat sie recht damit. In einer Hinsicht ist mein Glück über jeden Zweifel erhaben, daß ich nämlich unterschreiben darf als
Ihr dankbarer und liebender Sohn

F.C. Weston Churchill

EINUNDFÜNFZIGSTES KAPITEL

Dieser Brief mußte seinen Weg zu Emmas Herzen finden. Trotz ihrer anfänglichen Entschlossenheit, sich nicht davon beeindrucken zu lassen, sah sie sich nun genötigt, ihm Gerechtigkeit widerfahren zu lassen, wie es Mrs. Weston vorausgesagt hatte. Sobald sie auf ihren eigenen Namen stieß, war der Bann gebrochen; jede Zeile, die sich auf sie bezog, interessierte sie, und fast jede Zeile empfand sie als angenehm; und als dieser Reiz nachließ, fesselte sie der Inhalt des Briefes dennoch, weil sich bei der Lektüre ihre frühere Sympathie für den Schreiber ganz spontan wieder einstellte und jede Liebesgeschichte auf sie momentan ohnehin eine starke Anziehungskraft ausüben mußte. Sie las den Brief in einem Zuge durch. Einen gewissen Tadel konnte man zwar Frank Churchill nach wie vor nicht ersparen, aber sein Unrecht war offenbar geringer gewesen, als sie angenommen hatte – und er hatte gelitten und zeigte große Reue –, und er war Mrs. Weston so dankbar und so verliebt in Miss Fairfax, und das Glück meinte es mit ihr selbst so gut, daß von Strenge keine Rede sein konnte; und wenn er in diesem Augenblick hereingekommen wäre, hätte sie ihm bestimmt genauso herzlich wie immer die Hand geschüttelt.

Der Brief hinterließ einen so guten Eindruck in ihr, daß sie Mr. Knightley, als er wiederkam, bat, ihn zu lesen. Sie war überzeugt, daß es in Mrs. Westons Sinne sei, ihn weiterzureichen, zumal an einen, der, wie Mr. Knightley, an Frank Churchills Verhalten so viel zu beanstanden gehabt hatte.

»Ich werde ihn mir gern durchsehen«, sagte er, »aber er scheint ziemlich lang zu sein. Ich nehme ihn heute abend mit nach Hause.«

Das ging aber nicht. Mr. Weston wollte am Abend zu Besuch kommen, und sie mußte ihm dann den Brief wieder mitgeben.

»Ich würde mich lieber mit Ihnen unterhalten«, erwiderte er, »aber da es sich hier anscheinend um eine Sache der Gerechtigkeit handelt, werde ich ihn lesen.«

Er begann – hob aber gleich wieder den Kopf und sagte: »Wäre mir vor ein paar Monaten angeboten worden, einen Blick in einen Brief dieses Herrn an seine Stiefmutter zu werfen, Emma, so hätte ich das Angebot nicht mit solcher Gleichgültigkeit angenommen.«

Still für sich las er ein Stückchen weiter und bemerkte dann lächelnd: »Hm – eine recht einschmeichelnde Einleitung. Aber das ist eben seine Art. Den eigenen Stil sollte man nicht zum allgemeinen Maßstab erheben. Wir wollen nicht zu streng sein.«

»Beim Lesen«, fügte er kurz danach hinzu, »sage ich gern laut meine Meinung. Auf diese Weise habe ich das Gefühl, Ihnen nahe zu sein. Dann ist das hier keine so große Zeitverschwendung; aber wenn es Ihnen mißfällt –«

»Keineswegs. Das ist mir sogar sehr lieb.«

Mr. Knightley nahm nun seine Lektüre mit größerem Eifer wieder auf.

»Das mit der Versuchung«, sagte er, »macht er sich etwas zu leicht. Er weiß, daß er im Unrecht ist und nichts Vernünftiges ins Feld führen kann. – Schlimm. – Er hätte die Verlobung nicht eingehen dürfen. ›Veranlagung seines Vaters‹ – da tut er seinem Vater aber unrecht. Mr. Westons optimistische Grundhaltung war ihm ein Segen bei all seinen rechtschaffenen und ehrenhaften Bemühungen; aber Mr. Weston hat sich den gegenwärtigen Wohlstand redlich verdient, ehe er ihn zu erlangen trachtete. – Genau so: er ist erst gekommen, als Miss Fairfax bereits hier war.«

»Und ich habe nicht vergessen«, sagte Emma, »wie überzeugt Sie davon waren, daß er schon früher hätte kommen können, wenn er nur gewollt hätte. Sie gehen jetzt sehr nobel darüber hinweg – aber Sie hatten vollkommen recht damit.«

»Ich war ja in meinem Urteil nicht ganz unvoreingenommen, Emma, aber trotzdem glaube ich – selbst wenn *Sie* nicht im Spiel gewesen wären –, ich hätte ihm dennoch nicht getraut.«

Als er zu dem Abschnitt kam, in dem es um Miss Woodhouse ging, konnte er es sich nicht verkneifen, diesen in ganzer Länge – alles, was sich auf sie bezog – vorzulesen mit einem Lächeln, einem schnellen Seitenblick auf sie, mit einem Kopfschütteln oder mit zustimmendem oder mißbilligendem Kommentar, je nachdem, was er gerade las; nach kurzem Überlegen beschloß er sein Vorlesen jedoch durchaus ernsthaft:

»Schlimm, schlimm – obwohl es noch schlimmer hätte kommen können. Spielte ein höchst gefährliches Spiel. Verdankt dem glücklichen Ausgang zu viel, als daß er Freispruch verdiente. Kann sein Benehmen Ihnen gegenüber nicht richtig einschätzen. Läßt sich im Grunde immer von seinen eigenen Wünschen irreführen und achtet fast nur auf seine eigene Annehmlichkeit. Bildet sich ein, Sie hätten ihn durchschaut. Nur zu natürlich! Hat den Kopf voller Hintergedanken und schließt von sich auf andere. Geheimnistuerei, Spitzfindigkeit – wie das zwischenmenschliche Verstehen darunter leidet! Meine liebe Emma, wird daraus nicht immer deutlicher, wie schön es ist, daß zwischen uns immer Wahrheit und Aufrichtigkeit herrschte?«

Emma pflichtete ihm bei, und ihr schlechtes Gewissen wegen Harriet trieb ihr die Röte ins Gesicht, weil sie über diese Geschichte nicht offen mit ihm reden konnte.

»Sie sollten lieber weiterlesen«, sagte sie.

Das tat er, hielt aber schon kurz darauf wieder inne, um auszurufen: »Das Klavier! Ach ja! Das war das Werk eines sehr, sehr jungen Mannes, zu jung, um sich zu überlegen, ob er damit nicht vielleicht weitaus mehr Ungelegenheiten als Freude bereitet. Ein kindischer Plan, fürwahr! Es ist mir unbegreiflich, wie ein Mann auf die Idee kommen kann, einer Frau einen Beweis seiner Zuneigung zu geben, auf den sie, wie er weiß, lieber verzichten würde; und er wußte genau, daß sie die Lieferung des Instruments verhindert hätte, wenn sie dazu in der Lage gewesen wäre.«

Hierauf las er ein ganzes Stück weiter, ohne eine Pause einzulegen. Erst Frank Churchills Bekenntnis, sich schändlich benommen zu haben, entlockte ihm wieder einen längeren Kommentar.

»Da stimme ich Ihnen völlig zu, mein Herr«, bemerkte er dazu. »Sie haben sich sehr schändlich benommen. Ein wahrerer Satz ist Ihnen noch nie aus der Feder geflossen.«

Und nachdem er durchgelesen hatte, was unmittelbar darauf folgte: die Ausführungen über den Grund ihres Zerwürfnisses und Frank Churchills Festhalten an einem Verhalten, das Jane Fairfax' Gefühl für Recht und Anstand zutiefst widerstrebte, legte er eine längere Pause ein und sagte: »Das ist ganz schlimm. Er hatte sie dazu verleitet, sich um seinetwillen in eine äußert prekäre und peinliche Lage zu bringen, und sein Bestreben hätte es doch vor allem sein müssen, ihr unnötigen Kummer zu ersparen. Sie hatte zweifellos mit viel mehr Schwierigkeiten zu kämpfen, um den Briefwechsel aufrechtzuerhalten, als er. Er hätte selbst auf unsinnige Bedenken Rücksicht nehmen müssen, wenn es denn solche gegeben hat; aber die ihren waren allesamt durchaus vernünftig. Damit uns die Strafe, die sie sich zugezogen hat, nicht gar zu unerträglich erscheint, müssen wir uns ihren einzigen Irrtum vor Augen halten und daran denken, daß es ein schwerer Fehler von ihr war, in die Verlobung einzuwilligen.«

Emma wußte, daß er nun gleich beim Ausflug zum Box Hill sein würde, und ihr wurde unbehaglich zumute. Ihr Benehmen damals war so ungehörig gewesen! Sie schämte sich in Grund und Boden und empfand eine gewisse Bangigkeit vor seinem nächsten Blick. Er las jedoch unbeirrt, aufmerksam und schweigend weiter; und mit Ausnahme eines flüchtigen Blicks, den er aus Angst, ihr weh zu tun, sofort wieder zurücknahm, deutete nichts darauf hin, daß er sich an den Box Hill erinnerte.

»Zum Taktgefühl unserer lieben Freunde, der Eltons, gibt es nicht viel zu sagen«, lautete seine nächste Bemerkung. »Daß er darauf so empfindlich reagiert, ist ganz normal. – Was! beschließt tatsächlich, mit ihm gänzlich zu brechen! Sie empfand die Verlobung als eine Quelle von Reue und Qual für beide – sie löste sie. Wenn das kein deutliches Licht auf ihre Einstellung zu seinem Benehmen wirft! Nun, er muß schon ein ganz ungewöhnlich –«

»Nein, nein, lesen Sie weiter. Sie werden gleich erfahren, wie sehr er leidet.«

»Das hoffe ich auch«, erwiderte Mr. Knightley kühl, wobei er den Brief wieder aufnahm. »Smallridge! – Was hat das zu bedeuten? Was ist damit?«

»Sie hatte sich verpflichtet, als Gouvernante für Mrs. Smallridges Kinder zu arbeiten – eine gute Freundin von Mrs. Elton – eine Nachbarin von Maple Grove; und nebenbei bemerkt, ich wüßte nur zu gern, wie Mrs. Elton diese Enttäuschung trägt.«

»Sagen Sie nichts, meine liebe Emma, während Sie mir diese Lektüre hier abverlangen – nicht einmal etwas über Mrs. Elton. Nur noch eine Seite. Ich bin gleich fertig. Was der Mann für Briefe schreibt!«

»Wenn Sie den Brief doch nur mit einer freundlicheren Gesinnung für den Schreiber läsen!«

»Nun, hier spürt man wirklich, daß es ihm nahegeht. Er scheint tatsächlich gelitten zu haben, als er sie bei so schlechter Gesundheit antraf. Gewiß, ich bezweifle nicht, daß er sehr an ihr hängt. ›Lieber, viel lieber denn je‹. Hoffentlich weiß er noch recht lange zu schätzen, was er an dieser Versöhnung hat. Mit seinem Dank geht er ja sehr großzügig um, seinen tausend- und zehntausendmal Dankeschön. ›Glücklicher, als ich verdiene‹. Na, hier beweist er mal Selbsterkenntnis. ›Miss Woodhouse nennt mich ein Glückskind.‹ Hat Miss Woodhouse das gesagt? Und ein eleganter Schluß – da haben Sie den Brief. Das Glückskind! So nannten Sie ihn doch, nicht wahr?«

»Sie scheinen mit seinem Brief nicht so zufrieden zu sein

wie ich; aber trotzdem müssen Sie, ich hoffe es zumindest, nach dem Brief eine bessere Meinung von ihm haben. Ich hoffe, er hat ihm bei Ihnen ein paar Pluspunkte eingetragen.«

»Ja, gewiß. Er hat schwere Fehler begangen, Fehler aus Rücksichtslosigkeit und Leichtsinn; und ich stimme ihm voll und ganz zu, daß er wahrscheinlich glücklicher ist, als er verdient; aber da er Miss Fairfax ohne jeden Zweifel liebt und bald, so steht zu hoffen, den Vorzug ihrer ständigen Gegenwart genießen wird, will ich gern annehmen, daß er sich charakterlich bessert und sich etwas von ihrer Prinzipientreue und ihrem Feingefühl zu eigen macht, woran es ihm jetzt noch mangelt. Und nun möchte ich mit Ihnen über etwas anderes sprechen. Gegenwärtig liegt mir das Wohl einer anderen Person so sehr am Herzen, daß ich nicht länger über Frank Churchill nachdenken kann. Seit ich Sie heute morgen verlassen habe, Emma, geht mir ein bestimmtes Problem nicht mehr aus dem Kopf.«

Dann unterbreitete er es ihr: in schlichtem, ungekünsteltem, gepflegtem Englisch, das Mr. Knightley auch gegenüber der Frau verwendete, in die er verliebt war, fragte er sie, wie er um ihre Hand anhalten könne, ohne das Glück ihres Vaters zu gefährden. Schon beim ersten Wort lag Emma die Antwort auf der Zunge. Solange ihr lieber Vater lebe, sei an eine Veränderung ihrer Lebensumstände nicht zu denken. Sie könne ihn nie im Stich lassen. Er ließ diese Antwort jedoch nur teilweise gelten. Daß sie ihren Vater unmöglich verlassen könne, empfand Mr. Knightley genauso lebhaft wie sie selbst; aber warum sich sonst nichts ändern durfte, vermochte er nicht einzusehen. Er habe sehr gründlich, sehr eingehend über alles nachgedacht und sich anfänglich sogar der Hoffnung hingegeben, Mr. Woodhouse dazu bewegen zu können, mit ihr nach Donwell überzusiedeln; er habe sich einreden wollen, daß es machbar sei, aber da er Mr. Woodhouse ja gut kenne, konnte er sich nicht lang dieser Selbsttäuschung hingeben; und er sei zu der Überzeugung gelangt, daß eine solche Verpflanzung das Wohlergehen ihres Vaters, wenn nicht gar sein Leben gefährden würde, was nicht riskiert werden dürfe. Ein Mr. Woodhouse fern von Hartfield! Nein, das sollte seiner Meinung nach erst gar nicht versucht werden. Aber gegen den Plan, dem er den alten geopfert habe, werde seine liebste Emma bestimmt keinen Einwand erheben können, nämlich daß er in Hartfield Aufnahme fände: Solange es das Glück ihres Vaters – mit anderen Worten sein Leben – erforderlich mache, daß sie in Hartfield wohnen bleibe, solle es auch sein Zuhause sein.

Auch Emma war schon ein paarmal der Gedanke durch den Kopf gegangen, daß sie ja alle gemeinsam nach Donwell übersiedeln könnten. Wie Mr. Knightley hatte sie den Plan erwogen und dann verworfen; aber auf eine solche Alternative war sie nicht gekommen. Sie spürte, wieviel Liebe daraus sprach. Sie wußte, daß er damit seine Unabhängigkeit und die Möglichkeit, frei über seine Zeit zu verfügen, teilweise opferte; daß ein dauerndes Zusammenleben mit ihrem Vater und noch dazu in einem Haus, das nicht ihm gehörte, ihm viel, sehr viel Rücksichtnahme abverlange. Sie versprach, sich die Sache durch den Kopf gehen zu lassen, und riet ihm, es sich noch einmal gründlich zu überlegen; aber er war völlig überzeugt, daß auch weiteres Nachdenken seine Wünsche oder seine Meinung diesbezüglich nicht würde ändern können. Er habe, das könne er ihr versichern, sehr lange und in aller Ruhe darüber nachgedacht; er sei William Larkins den ganzen Vormittag aus dem Weg gegangen, um mit seinen Gedanken allein zu sein.

»Ah! Da ist eine Schwierigkeit, an die wir gar nicht gedacht haben«, rief Emma, »ich bin sicher, William Larkins wird der Plan nicht gefallen. Sie müssen zuerst seine Zustimmung einholen, ehe Sie die meine erbeten.«

Sie versprach jedoch, darüber nachzudenken; und fast schon hätte sie ihm sogar noch versprochen, sich bei ihren Überlegungen von der Absicht leiten zu lassen, den Plan sehr gut zu finden.

Es ist bemerkenswert, daß Emma bei den unzähligen Überlegungen, die sie nun zu Donwell anstellte, niemals von dem Gefühl erfaßt wurde, ihrem Neffen Henry Schaden zuzufügen, dessen Rechte als zukünftigem Erben sie früher so hartnäckig verteidigt hatte. Gewiß kam ihr der Gedanke, daß sich dadurch für den armen kleinen Jungen einiges ändern würde; und doch nötigte ihr das nur ein verschmitztes, schuldbewußtes Lächeln ab, und sie amüsierte sich, als ihr der wahre Grund klar wurde, weshalb sie so entschieden gegen eine Ehe Mr. Knightleys mit Jane Fairfax oder einer anderen Frau gewesen war, was sie damals ausschließlich auf die zärtliche Besorgnis der Schwägerin und Tante zurückgeführt hatte.

Sein Vorschlag, dieser Plan, zu heiraten und weiter in Hartfield zu leben – je länger sie darüber nachdachte, desto mehr Gefallen fand sie daran. Die Mißlichkeiten für ihn kamen ihr immer unwesentlicher vor, ihre eigenen Vorteile wurden ihr immer deutlicher, und das, was sie beide dadurch gewinnen würden, schien alle Nachteile aufzuwiegen. Einen solchen Gefährten in den kummervollen und freudlosen Jahren, die vor ihr lagen, zur Seite zu haben! Einen Partner als Beistand in all den Pflichten und Sorgen, die mit der Zeit gewiß noch trübsinniger werden würden!

Überglücklich hätte sie sein können, wenn da nicht die

arme Harriet gewesen wäre, aber jede Glückseligkeit ihrerseits schien für ihre Freundin neue Qualen mit sich zu bringen und die alten zu vermehren, und jetzt sollte sie sogar aus Highbury verbannt werden. Von der Familienidylle, die Emma sich nun schuf, mußte die arme Harriet aus purer Barmherzigkeit und Vorsicht ferngehalten werden. Sie würde in jeder Hinsicht die Verliererin sein. Ihre künftige Abwesenheit konnte Emma nicht als eine Beeinträchtigung ihres eigenen Vergnügens beklagen. In einer solchen Gemeinschaft würde Harriet vor allem Ballast sein; aber dem armen Mädchen gegenüber erschien es als eine besonders grausame Notwendigkeit, ausgerechnet sie in einen solchen Zustand unverdienter Strafe zu versetzen.

Mit der Zeit freilich würde Mr. Knightley vergessen sein, das heißt: ersetzt werden; aber man konnte nicht erwarten, daß dies sehr bald eintreten würde. Anders als Mr. Elton würde Mr. Knightley gewiß nichts zu der Heilung beitragen. Mr. Knightley, immer so freundlich, so mitfühlend, so rücksichtsvoll gegenüber jedermann, würde es nie verdienen, weniger verehrt zu werden als jetzt; und selbst von Harriet war es etwas zuviel verlangt, sich innerhalb eines Jahres in mehr als *drei* Männer zu verlieben.

ZWEIUNDFÜNFZIGSTES KAPITEL

Emma fiel ein Stein vom Herzen, als sie merkte, daß Harriet genauso wie ihr daran lag, eine Begegnung zu vermeiden. Der briefliche Umgang war schon quälend genug. Wieviel schlimmer erst, wenn sie sich auch noch hätten gegenübertreten müssen!

Wie nicht anders zu erwarten gewesen war, enthielt Harriets Brief keinerlei Vorwürfe oder Hinweise darauf, daß sie sich schlecht behandelt fühlte; und doch meinte Emma, aus der Art, wie der Brief geschrieben war, eine gewisse Verstimmung, einen leisen Groll herauszulesen, was eine vorläufige Trennung um so wünschenswerter erscheinen ließ. Vielleicht sprach daraus ja bloß ihr eigenes schlechtes Gewissen, aber andererseits konnte wirklich nur ein Engel einen solchen Schlag ohne Groll hinnehmen.

Es bereitete ihr keine Schwierigkeiten, Harriet eine Einladung von Isabella zu verschaffen, und sie befand sich zudem in der glücklichen Lage, einen triftigen Grund für ihre Bitte angeben zu können, ohne zu irgendwelchen Erfindungen Zuflucht nehmen zu müssen. Harriet litt an Zahnschmerzen und wollte schon seit einiger Zeit einen Zahnarzt aufsuchen. Mrs. John Knightley war entzückt, sich nützlich machen zu können; jeder, der etwas mit Krankheiten zu tun hatte, war bei ihr in besten Händen – und wenn sie sich auch zu Zahnärzten nicht so hingezogen fühlte wie zu einem Mr. Wingfield, so konnte sie es dennoch kaum erwarten, Harriet unter ihre Fittiche zu nehmen. Als von seiten ihrer Schwester nichts mehr im Wege stand, unterbreitete Emma ihrer Freundin den Vorschlag und fand diese durchaus nicht abgeneigt. Harriet würde also fahren, sie war für mindestens vierzehn Tage eingeladen worden; sie sollte in Mr. Woodhouses Kutsche hingebracht werden. Alles war geregelt, alles war erledigt und Harriet wohlbehalten am Brunswick Square.

Jetzt erst konnte Emma Mr. Knightleys Besuche so richtig genießen; jetzt erst konnte sie sich unbeschwert mit ihm unterhalten, seinen Worten lauschen, unbehelligt von jenem Unrechtsbewußtsein, jenen Schuldgefühlen, jenen schmerzlichen Selbstvorwürfen, die sie jedesmal gequält hatten, wenn ihr wieder einfiel, wie enttäuscht ein Herz in ihrer Nähe war, wie sehr es womöglich in diesem Augenblick und gar nicht weit weg unter den von ihr selbst irregeleiteten Empfindungen litt.

Vielleicht maß Emma dem Unterschied, ob Harriet nun bei Mrs. Goddard oder in London war, eine zu große Bedeutung bei, aber wenn sie sich Harriet in London vorstellte, traten ihr unwillkürlich die vielen Dinge vor Augen, die sie dort beschäftigen und ihre Neugier reizen und ihre Gedanken von den Kümmernissen der Vergangenheit ablenken würden.

Sie wollte nun nicht gleich eine neue Sorge an die Stelle treten lassen, die bisher Harriet in ihrem Denken eingenommen hatte. Eine Aussprache stand ihr noch bevor, die ihr niemand abnehmen konnte: sie mußte ihrem Vater eröffnen, daß sie sich verlobt hatte, aber vorläufig wollte sie sich nicht damit befassen. Sie war entschlossen, diese Offenbarung aufzuschieben, bis Mrs. Weston alles gut überstanden haben würde. Gegenwärtig sollten jene, die sie liebte, nicht durch eine zusätzliche Aufregung belastet werden – und auch sie selbst mochte sich nicht im voraus das Herz davon schwermachen lassen. Zumindest zwei Wochen Muße und Seelenfrieden wollte sie sich gönnen als krönenden Abschluß jener innigeren, aber auch aufwühlenderen Freuden.

Aus Pflichtgefühl wie auch aus einem inneren Bedürfnis heraus beschloß sie kurz darauf, eine halbe Stunde dieser Ferientage des Herzens für einen Besuch bei Miss Fairfax zu verwenden. Sie mußte ohnehin zu ihr – und sie sehnte sich danach, sie wiederzusehen, wobei die anderen freundlichen Motive noch durch den Umstand bestärkt wurden, daß sie und Jane sich gegenwärtig in einer ähnlichen Lage befanden. Emma würde zwar ihre Genugtuung für sich behalten müssen, aber in dem Bewußtsein, daß sich beider Zukunftsaussichten ähnelten, würde sie gewiß mit noch größerem Interesse allem lauschen, was Jane ihr erzählen mochte.

Sie machte sich auf den Weg – einmal war sie vergebens vorgefahren, aber das Haus hatte sie nicht mehr betreten seit jenem Morgen nach dem Ausflug zum Box Hill, als die arme Jane in einer so elenden Verfassung gewesen war, daß ihr ganzes Mitgefühl wach wurde, obgleich sie von ihrem eigentlichen Kummer keine Ahnung gehabt hatte. Emma wußte zwar, daß die Damen zu Hause waren, aber aus Angst, immer noch unwillkommen zu sein, wartete sie im Hausflur. Sie hörte, wie Patty ihren Namen nannte; doch diesmal folgte darauf nicht jene hektische Betriebsamkeit, durch die sich Miss Bates damals so munter bemerkbar gemacht hatte. Nein, sie vernahm lediglich die sofortige Erwiderung: »Bitte sie, heraufzukommen«, und im nächsten Moment kam ihr Jane sogar ganz beflissen auf der Treppe entgegen, als hielte sie dieser Besucherin gegenüber keinen anderen Empfang für angemessen. So gutaussehend, so liebreizend, so gewinnend hatte Emma sie noch nie erlebt. Sie strahlte nun Selbstbewußtsein, Leben und Wärme aus, all das, was man an ihrem Gesichtsausdruck oder Gebaren früher immer vermißt hatte. Sie streckte ihr die Hand hin und sagte mit leiser, aber sehr bewegter Stimme:

»Das ist wirklich sehr freundlich von Ihnen! Miss Woodhouse, wie soll ich meine – ich hoffe, Sie glauben mir – Verzeihen Sie, daß ich einfach keine Worte finde.«

Emma war angenehm berührt und hätte wohl umgehend bewiesen, daß es *ihr* nicht an Worten fehlte, wäre ihr nicht Mrs. Eltons Stimme aus dem Wohnzimmer ans Ohr gedrungen, woraufhin sie es für besser hielt, alle ihre freundschaftlichen Empfindungen und Glückwünsche in einen sehr, sehr ernsthaften Händedruck zu legen.

Mrs. Bates und Mrs. Elton saßen beieinander. Miss Bates war außer Haus, was die Stille zuvor erklärte. Emma hätte Mrs. Elton am liebsten sonstwohin gewünscht, aber sie war in einer Stimmung, in der sie mit jedermann Nachsicht übte; und da Mrs. Elton sie ungewöhnlich huldvoll begrüßte, hoffte sie, die Begegnung unbeschadet zu überstehen.

Bald schon glaubte sie, Mrs. Eltons Gedanken durchschaut zu haben und zu wissen, warum sie ebensogut gelaunt war wie sie selbst. Sie sah sich als Miss Fairfax' Vertraute und bildete sich ein, etwas erfahren zu haben, was für andere noch immer ein Geheimnis war. Emma las das sogleich aus ihrem Gesichtsausdruck, und während sie Mrs. Bates begrüßte und sich die Erwiderungen der guten alten Dame anhörte, sah sie, wie Mrs. Elton mit betont geheimnistuerischer Miene einen Brief zusammenfaltete, den sie offenbar soeben Miss Fairfax vorgelesen hatte, ihn in den rotgoldenen Ridikül an ihrer Seite steckte und mit bedeutungsvollem Kopfnicken sagte:

»Wir können ihn ja ein andermal zu Ende lesen. Uns beiden wird es gewiß nicht an Gelegenheiten dazu mangeln. Und eigentlich haben Sie auch schon das Wesentliche gehört. Ich wollte Ihnen nur beweisen, daß Mrs. S. unsere Entschuldigung gelten läßt und nicht beleidigt ist. Sie sehen, wie entzückend sie schreibt. Oh, sie ist ein reizendes Geschöpf! Sie hätten sich regelrecht in sie verliebt, wenn Sie hingegangen wären. Aber kein Wort mehr davon. Wir wollen diskret sein – ganz so, wie es sich gehört. Pst! Sie erinnern sich bestimmt an diese Verse – ich habe im Augenblick vergessen, aus welchem Gedicht sie stammen:

Wenn eine Dame ist im Spiel
Ist alles andere zuviel.

Nun und jetzt, meine Liebe, denken Sie sich in unserem Fall, anstatt Dame – Hm! Ein kluges Kind errät's geschwind. – Ich bin recht geistreich heute, nicht wahr? Aber ich möchte Sie nur beruhigen wegen Mrs. S. – Meine Schilderung hat sie, wie Sie sehen, vollkommen besänftigt.«

Und als Emma bloß den Kopf wandte, um einen Blick auf Mrs. Bates Strickzeug zu werfen, fügte sie gleich wieder halb flüsternd hinzu:

»Sie sehen, ich habe keine *Namen* genannt. Vorsichtig wie ein Staatsminister! Ich habe alles fabelhaft hingekriegt.«

Für Emma bestand kein Zweifel. Bei jeder nur denkbaren Gelegenheit wurde dieses allzu durchsichtige Getue wiederholt. Nachdem sich alle eine Zeitlang einträchtig übers Wetter und Mrs. Weston unterhalten hatten, sah sie sich unvermittelt angesprochen:

»Finden Sie nicht auch, Miss Woodhouse, daß sich unsere kesse kleine Freundin hier fabelhaft erholt hat? Finden Sie nicht auch, daß ihre Heilung Perry alle Ehre macht! (Hier erfolgte ein sehr bedeutungsvoller Seitenblick auf Jane.) Auf mein Wort, Perry hat sie in erstaunlich kurzer Zeit wieder hingekriegt! Oh! Wenn Sie sie wie ich gesehen hätten, als sie ganz schlimm dran war!« Und als Mrs. Bates etwas zu Emma sagte, flüsternd zu Jane: »Wir sagen kein Wort von der Unterstützung, die Perry vielleicht gehabt hat, kein Wort von einem gewissen jungen Arzt aus Windsor. Oh! Nein, Perrys Verdienst soll nicht geschmälert werden.«

»Ich habe ja kaum das Vergnügen gehabt, Sie zu sehen, Miss Woodhouse«, begann sie gleich darauf wieder, »seit dem Ausflug nach Box Hill. Sehr netter Ausflug. Aber dennoch finde ich, hat irgend etwas gefehlt. Die Dinge schienen nicht – das heißt, die Stimmung von einigen schien ein bißchen getrübt. Zumindest ist es mir so vorgekommen, aber ich kann mich ja irren. Allerdings fand ich es insoweit gelungen, daß man richtig Lust hat, wieder hinzufahren. Was meinen Sie dazu, wenn wir dieselben Leute nochmals zusammenbrächten für einen zweiten Ausflug zum Box Hill, solange das schöne Wetter anhält? Es müssen freilich dieselben Leute sein, ganz genau dieselben, ohne Ausnahme.«

Kurz darauf trat Miss Bates ins Zimmer, und Emma konnte sich eines heimlichen Schmunzelns nicht erwehren, als diese sich bei ihrer ersten Antwort in Widersprüche verhedderte, was vermutlich daher kam, daß sie nicht recht wußte, was sie sagen durfte, zugleich aber am liebsten alles erzählt hätte.

»Danke schön, liebe Miss Woodhouse, Sie sind die Güte selbst. Ich weiß gar nicht, was ich sagen soll – Ja, in der Tat, ich verstehe durchaus – die Zukunftsaussichten unserer geliebten Jane – das heißt, ich will damit nicht sagen – Aber sie hat sich so fabelhaft erholt. – Wie geht es Mr. Woodhouse? – Das freut mich aber. – Kann es einfach nicht fassen – Sie finden uns hier so glücklich in unserem kleinen Kreis. – Ja, wirklich. – Bezaubernder junger Mann! das heißt – so überaus freundlich; ich meine den guten Mr. Perry! – so aufmerksam gegenüber Jane!« Und aus ihrer ganz überschwenglichen Dankbarkeit und Freude über Mrs. Eltons Besuch schloß Emma, daß man Jane von seiten des Pfarrhauses eine gewisse Verstimmung hatte spüren lassen, die nun huldvollerweise beigelegt wurde. – Nach einem kurzen Geflüster, das auch noch den letzten Zweifel zerstreute, hob Mrs. Elton wieder die Stimme und sagte:

»Ja, hier bin ich, meine liebe Freundin, und zwar schon so

lange, daß ich mich anderswo wohl dafür entschuldigen müßte: aber die Wahrheit ist, daß ich auf meinen Herrn und Meister warte. Er hat versprochen, mich hier abzuholen und Ihnen seine Aufwartung zu machen.«

»Was! Wir werden somit das Vergnügen haben, daß uns Mr. Elton einen Besuch abstattet? Das ist wirklich eine große Ehre! Denn ich weiß ja, daß die Herren der Schöpfung vormittags ungern Besuche machen, und dabei hat Mr. Elton doch rund um die Uhr zu tun.«

»Und ob, Miss Bates. – Er ist wirklich von morgens bis abends beschäftigt. Andauernd kommen Leute unter irgendwelchen Vorwänden zu ihm. – Die Friedensrichter und die Aufseher und die Kirchenältesten, alle suchen sie ständig seinen Rat. Sie sind anscheinend nicht in der Lage, irgend etwas ohne ihn zu entscheiden. ›Auf mein Wort, Mr. E.‹, sage ich oft, ›lieber du als ich. Ich weiß nicht, was aus meinen Zeichenstiften und meinem Klavier würde, wenn ich nur halb so viele Bittsteller hätte.‹ Es ist ohnehin schon schlimm genug, denn ich vernachlässige beides in unverzeihlichem Maße. – Ich glaube, ich habe in den letzten vierzehn Tagen keine einzige Note gespielt. Ich versichere Ihnen jedoch, er wird kommen; ja, wirklich, allein schon um Ihnen allen seine Aufwartung zu machen.« Und indem sie ihre Hand an den Mund legte, damit Emma ihre Worte nicht hören konnte: »Ein Gratulationsbesuch, wissen Sie. O ja, ganz unerläßlich.«

Miss Bates sah beglückt in die Runde.

»Er hat mir versprochen zu kommen, sobald er sich von Knightley losmachen kann; aber er und Knightley haben sich zu einer eingehenden Beratung zusammengefunden. Mr. E. ist nämlich Knightleys rechte Hand.«

Nicht um alles in der Welt hätte sich Emma zu einem Lächeln hinreißen lassen, sie sagte lediglich: »Ist Mr. Elton zu Fuß nach Donwell gegangen? Dann wird er ganz schön ins Schwitzen kommen.«

»O nein, es handelt sich hier um eine Zusammenkunft in der ›Krone‹, eines ihrer regelmäßigen Treffen. Weston und Cole werden sicher auch dort sein; aber man spricht ja immer nur von denen, die den Ton angeben. Ich könnte mir denken, daß alle nach Mr. E.s und Knightleys Pfeife tanzen.«

»Haben Sie sich da nicht im Tag geirrt?« meinte Emma. »Ich bin mir so gut wie sicher, daß das Treffen in der ›Krone‹ erst morgen stattfindet. Mr. Knightley war gestern in Hartfield und sprach von einem Termin am Samstag.«

»O nein! das Treffen findet ganz sicher heute statt«, lautete die unvermittelte Antwort, die zu verstehen gab, daß sich Mrs. Elton unmöglich irren könne. »Ich glaube wirklich«, fuhr sie fort, »das ist die lästigste Kirchengemeinde, die es je gab. So etwas hat es in Maple Grove nie gegeben.«

»Ihre Kirchengemeinde dort war klein«, sagte Jane.

»Ehrlich gesagt, meine Liebe, ich weiß es nicht, weil von diesem Thema nie die Rede war.«

»Aber das beweist doch die kleine Schule, die, wie ich von Ihnen weiß, unter dem Patronat Ihrer Schwester und Mrs. Bragges steht; die einzige Schule vor Ort mit nicht mehr als fünfundzwanzig Kindern.«

»O ja, Sie gescheites Mädchen, das ist richtig. Was für ein kluges Köpfchen Sie doch haben! Gemeinsam wären wir ein ideales Gespann, meinen Sie nicht auch, Jane? Mein lebhaftes Temperament und Ihre Zuverlässigkeit ergäben eine prachtvolle Mischung, ein geradezu vollkommenes Geschöpf. Womit ich freilich nicht andeuten möchte, daß *man-*

che Leute Sie schon jetzt für vollkommen halten. – Aber pst! Kein Wort mehr davon, wenn ich bitten darf!«

Diese Warnung schien überflüssig; Jane hatte ihre Worte eigentlich nicht an Mrs. Elton, sondern an Miss Woodhouse richten wollen, wie letztere deutlich merkte. Der Wunsch, sie bevorzugt zu behandeln, soweit es die Höflichkeit erlaubte, war ganz offensichtlich, obwohl er sich zumeist nur durch Blicke kundtun konnte.

Mr. Elton trat ein. Seine Frau begrüßte ihn überschwenglich.

»Reizend von Ihnen, Sir, ich muß schon sagen, mich hierherzuschicken, damit ich meinen Freundinnen zur Last falle, bis du endlich zu kommen geruhst! Aber du wußtest ja, mit welch einem pflichtbewußten Geschöpf du es zu tun hast. Du wußtest genau, daß ich mich nicht von der Stelle rühren würde, bis mein Herr und Meister erscheint. Da sitze ich nun seit einer Stunde und gebe diesen jungen Damen ein Beispiel wahren ehelichen Gehorsams – denn wer weiß, ob Sie ihn nicht bald selbst brauchen?«

Mr. Elton war so erhitzt und müde, daß er überhaupt nicht auf diese launige Bemerkung reagierte. Den anderen Damen mußte er zwar seine Aufwartung machen, aber danach führte er nur noch Klage über die Hitze, die ihm so zusetze, und den Weg, den er ganz umsonst gemacht habe.

»Als ich nach Donwell kam«, sagte er, »war Knightley nirgends zu finden. Sehr merkwürdig! Völlig unerklärlich! Nach dem kurzen Schreiben, das ich ihm heute morgen geschickt habe und seiner Antwort darauf, in der stand, daß er mit Sicherheit bis ein Uhr zu Hause sei.«

»Donwell!« rief seine Frau – »Mein lieber Mr. E., du bist doch nicht etwa in Donwell gewesen? Du meinst bestimmt die ›Krone‹, du kommst doch von dem Treffen in der ›Krone‹.«

»Nein, nein, das ist erst morgen; und aus eben diesem Grund wollte ich Knightley unbedingt heute sprechen. Eine fürchterliche Hitze heute morgen! Und ich bin noch dazu über die Felder gegangen (und seinem Tonfall hörte man an, wie schlecht er sich behandelt fühlte), was alles noch viel schlimmer machte. Und dann treffe ich ihn nicht einmal zu Hause an! Ich versichere Ihnen, das finde ich gar nicht lustig. Und keine Entschuldigung, keine Nachricht für mich hinterlegt! Die Haushälterin erklärte, sie wisse nichts davon, daß ich erwartet werde. – Sehr merkwürdig! – Und niemand wußte, wohin er gegangen war. Vielleicht nach Hartfield, vielleicht zur Abbey Mill, vielleicht in seine Wälder. – Miss Woodhouse, das sieht unserem Freund Knightley gar nicht ähnlich. – Können Sie es sich erklären?«

Emma amüsierte sich insgeheim, als sie versicherte, es sei in der Tat sehr merkwürdig und sie habe nichts zu seiner Entlastung vorzubringen.

»Ich kann mir nicht vorstellen«, rief Mrs. Elton, über die schimpfliche Behandlung so empört, wie man es von einer Ehefrau erwartet, »ich kann mir nicht vorstellen, wie er dir so etwas antun konnte, ausgerechnet dir! Der allerletzte, von dem man erwarten sollte, daß er vergessen wird! Mein lieber Mr. E., er muß doch eine Botschaft für dich hinterlegt haben, ich bin überzeugt davon. Nicht einmal Knightley könnte sich so danebenbenehmen; seine Dienstboten haben sie einfach vergessen. Verlaß dich darauf, so war es, bei der Dienerschaft von Donwell wäre das auch kein Wunder. Alle seine Leute sind, wie ich oft bemerkt habe, ausgesprochen ungeschickt und faul. Ich jedenfalls möchte eine solche Kreatur wie seinen Harry unter keinen Umständen an unserem Büfett stehen haben. Und was Mrs. Hodges betrifft, na, von der hält Wright gar nichts. Sie hat Wright einmal ein Rezept versprochen und es nie geschickt.«

»William Larkins lief mir über den Weg«, fuhr Mr. Elton fort, »als ich zum Haus kam, und er sagte, ich würde seinen Herrn nicht zu Hause antreffen, aber ich habe es ihm nicht geglaubt. – William schien ziemlich schlecht gelaunt. Er wisse nicht, was in der letzten Zeit mit seinem Herren los sei, sagte er, aber er kriege ihn kaum noch zu Gesicht. Williams Bedürfnisse gehen mich nichts an, aber *ich* muß Knightley heute unbedingt noch sprechen; und daher empfinde ich es als ungeheuer ärgerlich, daß ich diesen Gang in der Hitze völlig umsonst gemacht habe.«

Emma hatte den Eindruck, daß sie nichts Besseres tun könne, als sofort nach Hause zu gehen. Höchstwahrscheinlich wartete man dort schon auf sie; und Mr. Knightley konnte vielleicht davor bewahrt werden, sich in seiner Aggression gegenüber Mr. Elton, wenn auch nicht gegenüber William Larkins, noch zu größeren Unhöflichkeiten hinreißen zu lassen. Sie war erfreut, als sie beim Abschied merkte, daß Miss Fairfax sie unbedingt aus dem Zimmer begleiten, ja sogar mit ihr die Treppe hinuntergehen wollte, wodurch sich eine Gelegenheit ergab, die sie unverzüglich nutzte, indem sie sagte:

»Es ist vielleicht ganz gut, daß ich nicht zum Reden gekommen bin. Wären Sie nicht von anderen Freunden umgeben gewesen, hätte ich womöglich der Versuchung nachgegeben, ein Thema anzuschneiden, Fragen zu stellen und offener zu sprechen, als strenggenommen korrekt gewesen wäre. Ich hätte mich bestimmt ungebührlich benommen.«

»Oh!« rief Jane leicht errötend und zögernd, was ihr in Emmas Augen unendlich viel besser zu Gesicht stand als die vornehme Gelassenheit, die sie sonst immer zur Schau getragen hatte – »diese Gefahr hätte nicht bestanden, wohl aber die, daß ich Ihnen auf die Nerven gegangen wäre. Mit nichts hätten Sie mir eine größere Freude machen können als mit Ihrer Anteilnahme – Wirklich, Miss Woodhouse (und hier sprach sie wieder gefaßter), da ich mir bewußt bin, welch einen Fehltritt, welch einen großen Fehltritt ich begangen habe, ist es besonders tröstlich für mich zu wissen, daß diejenigen meiner Freunde, an deren guter Meinung mir am meisten liegt, nicht so sehr abgestoßen sind, daß – ich habe keine Zeit, auch nur die Hälfte dessen zu sagen, was ich Ihnen eigentlich sagen möchte. Wie gern würde ich mich entschuldigen, um Verzeihung bitten, mein Verhalten rechtfertigen. Ich weiß, daß ich Ihnen das schuldig bin. Aber unglücklicherweise – kurzum, wenn Ihr Mitgefühl meinen Freund nicht einschließt – «

»Oh! Sie machen sich wirklich zu viele Gedanken«, rief Emma herzlich und ergriff ihre Hand. »Sie sind mir keine Rechtfertigungen schuldig; und alle, die vielleicht welche von Ihnen erwarten könnten, sind restlos zufrieden, ja sogar so begeistert – «

»Sie sind sehr freundlich, aber ich weiß, wie ich mich Ihnen gegenüber benommen habe. – So kalt und unnatürlich! Ich mußte ja immer Theater spielen. – Es war ein Leben voller Heuchelei! Ich weiß, Sie müssen einen regelrechten Abscheu gegen mich empfunden haben.«

»Bitte, verlieren Sie kein Wort mehr darüber. Ich habe das Gefühl, daß ich mich zuallererst entschuldigen müßte. Lassen Sie uns einander hier und jetzt verzeihen. Wir sollten keine Zeit verlieren, und ich glaube, unsere Gefühle sind dazu bereit. Ich hoffe, Sie haben erfreuliche Nachrichten aus Windsor?«

»Sehr erfreuliche.«

»Und die nächste Neuigkeit wird vermutlich sein, daß wir Sie verlieren werden – gerade jetzt, wo ich anfange, Sie näher kennenzulernen.«

»Oh! was das angeht, daran ist natürlich noch lange nicht zu denken. Ich bleibe solange hier, bis Oberst und Mrs. Campbell mich nach London beordern.«

»Vielleicht kann ja noch nichts endgültig entschieden werden«, erwiderte Emma lächelnd, »aber, verzeihen Sie mir, man muß doch darüber nachdenken.«

Jane erwiderte das Lächeln, als sie antwortete:

»Sie haben völlig recht; es wurde darüber nachgedacht. Und ich will Ihnen offen gestehen (ich weiß, daß es bei Ihnen sicher ist), es ist entschieden, daß wir bei Mr. Churchill in Enscombe leben werden. Freilich muß erst eine Trauerzeit von mindestens drei Monaten um sein; aber wenn die vorüber ist, gibt es, glaube ich, nichts mehr, worauf wir noch warten müßten.«

»Danke, danke. Das ist genau das, worüber ich mich vergewissern wollte. Oh! Wenn Sie wüßten, wie sehr ich mich nach Klarheit und Offenheit sehne! Adieu, adieu.«

DREIUNDFÜNFZIGSTES KAPITEL

Mit freudiger Erleichterung vernahmen Mrs. Westons Freunde, daß sie die Entbindung gut überstanden hatte, und wenn etwas Emmas Freude über das Wohlbefinden ihrer Freundin noch zu steigern vermochte, so war es die Kunde, daß diese Mutter eines kleinen Mädchens geworden sei. Ausdrücklich hatte sie sich eine Miss Weston gewünscht. Sie wollte sich zwar nicht eingestehen, daß ihr für die Kleine

eine spätere Verbindung mit einem von Isabellas Sprößlingen vorschwebte, aber sie war überzeugt, daß Vater wie Mutter von einer Tochter mehr hätten als von einem Sohn. Für Mr. Weston würde es auf seine alten Tagen – und selbst ein Mr. Weston mochte in zehn Jahren allmählich das Alter spüren – ein großer Trost sein, wenn sein Zuhause von den Spielen und Neckereien, den lustigen Einfällen und Verrücktheiten eines Kindes belebt würde, von dem er sich niemals trennen müßte, und Mrs. Weston – niemand konnte daran zweifeln, daß eine Tochter ihr ein und alles sein würde; und es wäre wirklich ein Jammer gewesen, wenn eine so gute Lehrerin ihre Talente nicht mehr zum Einsatz hätte bringen können.

»Sie hat ja den Vorteil gehabt, an mir üben zu können«, fuhr sie fort, »wie die Baronesse d'Almane an der Comtesse d'Ostalis in Madame de Genlis' *Adelaide und Theodore*, und wir werden nun erleben, wie sie ihre eigene kleine Adelaide noch vorbildlicher erzieht.«

»Das heißt«, entgegnete Mr. Knightley, »sie wird ihr noch mehr nachsehen als Ihnen und sich dabei in dem Glauben wiegen, sie keineswegs zu verziehen. Darin wird wohl der einzige Unterschied liegen.«

»Das arme Kind!« rief Emma. »Was soll da aus ihr werden?«

»Nichts Schlimmes. Sie wird das Schicksal Tausender teilen, als Kind unleidlich sein und mit den Jahren Vernunft annehmen. Allmählich kommt mir meine Strenge gegenüber verwöhnten Kindern abhanden, liebste Emma. Wäre es von mir, der ich doch mein ganzes Glück Ihnen verdanke, nicht entsetzlich undankbar, wenn ich zu streng mit ihnen verführe?«

Emma lachte und erwiderte dann: »Mir freilich ist es

zugute gekommen, daß Sie sich immer bemühten, der Nachsicht der anderen entgegenzuwirken. Ich habe meine Zweifel, ob ich aus eigener Kraft zur Vernunft gekommen wäre.«

»Wirklich? Ich nicht. Die Natur hat Ihnen einen klaren Verstand und Miss Taylor hat Ihnen Grundsätze mit auf den Weg gegeben. Sie mußten eine gute Entwicklung nehmen. Mein Einschreiten hätte Ihnen ebensogut schaden wie nützen können. Es war durchaus natürlich, daß Sie sich fragten, was hat der für ein Recht, mich zu maßregeln? Und es war, fürchte ich, nicht minder natürlich, daß Sie die Art, in der das geschah, nicht besonders nett fanden. Ich glaube nicht, daß ich Ihnen von großem Nutzen gewesen bin. Den Nutzen hatte ich selbst dabei, indem Sie für mich dadurch zum Gegenstand zärtlichster Liebe wurden. Ich hätte mir doch nicht so viele Gedanken um Sie gemacht, wenn ich nicht derartig vernarrt in Sie gewesen wäre, trotz all Ihrer Fehler und Schwächen; und aufgrund der vielen Mängel, die ich an Ihnen zu entdecken glaubte, habe ich mich bereits in Sie verliebt, als Sie höchstens dreizehn waren.«

»Ich bin sicher, daß ich von Ihnen viel profitiert habe«, rief Emma. »Ihr Einfluß hat mich vor manchem Unsinn bewahrt – öfter als ich damals wahrhaben wollte. Ich bin überzeugt, daß Sie mir gutgetan haben. Und sollte die arme kleine Anna Weston verzogen werden, können Sie ihr keinen besseren Dienst erweisen, als das an ihr zu tun, was Sie an mir getan haben, außer freilich sich in sie zu verlieben, wenn sie dreizehn ist.«

»Als Sie ein kleines Mädchen waren, wie oft haben Sie da mit einem Ihrer schelmischen Blicke zu mir gesagt: ›Mr. Knightley, ich mache jetzt das und das, Papa hat zugestimmt‹, oder ›Miss Taylor hat es mir erlaubt‹ – etwas, das, wie Sie wußten, ich nicht gebilligt hätte. In solchen Fällen hat Ihnen mein Einspruch noch zusätzliche Schuldgefühle beschert.«

»Was war ich doch für ein liebenswertes Geschöpf! Kein Wunder, daß Sie meine Aussprüche in so liebevoller Erinnerung behalten haben.«

»Mr. Knightley. Sie haben mich immer so genannt: Mr. Knightley; und weil ich mich schon daran gewöhnt habe, klingt es für mich nicht mehr gar zu förmlich. Und dennoch ist es förmlich. Ich möchte, daß Sie mich anders nennen, aber ich weiß nicht, wie.«

»Ich erinnere mich noch, wie ich Sie einmal vor ungefähr zehn Jahren in einer meiner leutseligen Anwandlungen ›George‹ genannt habe. Und zwar weil ich dachte, Sie würden sich darüber ärgern; aber da Sie nichts dagegen hatten, habe ich es nie wieder getan.«

»Und könnten Sie mich denn nicht vielleicht jetzt ›George‹ nennen?«

»Unmöglich! Ich kann Sie nie anders als Mr. Knightley nennen. Ich mag nicht einmal versprechen, ob ich es je mit Mrs. Eltons Weltläufigkeit aufnehmen und Sie kurz und bündig Mr. K. nennen werde. Aber ich verspreche Ihnen«, fügte sie lachend hinzu und wurde rot dabei, »ich verspreche Ihnen, Sie einmal zumindest bei Ihrem Vornamen zu nennen. Ich sage nicht, wann, aber vielleicht erraten Sie, wo das sein wird – in dem Gebäude nämlich, wo N. dem M. das Ja-Wort gibt, um Freud und Leid mit ihm zu teilen.«

Es bekümmerte Emma, daß sie nicht offener einen wichtigen Dienst anerkennen konnte, den er ihr mit seiner größeren Einsicht hätte erweisen können, einen Rat, der sie vor der schlimmsten aller weiblichen Torheiten hätte bewahren können – ihrer verbohrten Freundschaft zu Harriet

Smith, aber dies war ein zu heikles Thema. Sie wagte nicht, es anzuschneiden. Harriet tauchte sehr selten in ihren Gesprächen auf. Was ihn betraf, so mochte es daher rühren, daß er nicht an sie dachte, aber Emma neigte eher dazu, es seinem Feingefühl zuzuschreiben; offenbar hegte er aufgrund gewisser Anzeichen den Verdacht, daß die Freundschaft mit Harriet ihrem Ende zugehe. Auch sie selbst war sich dessen bewußt, denn wenn sie unter anderen Umständen voneinander geschieden wären, hätten sie sich gewiß häufiger geschrieben, und sie wäre nicht wie jetzt fast ausschließlich auf Isabellas Briefe angewiesen gewesen, um etwas über sie zu erfahren. Er merkte das vielleicht. Und so stand der Schmerz, ihm etwas verheimlichen zu müssen, dem quälenden Bewußtsein, Harriet unglücklich gemacht zu haben, kaum nach.

Isabella berichtete von ihrem Gast so gut, wie zu erwarten gewesen war. Bei ihrer Ankunft sei ihr Harriet etwas bedrückt vorgekommen, was allzu natürlich schien, da sie ja einen Zahnarzt aufsuchen mußte. Aber seit sie diese unangenehme Sache hinter sich gebracht hatte, wirkte Harriet auf sie offenbar so wie immer. Freilich war Isabella keine sehr scharfe Beobachterin, doch es wäre ihr bestimmt nicht entgangen, wenn Harriet sich außerstande gefühlt hätte, mit den Kindern zu spielen. Emma durfte sich weiterhin ihres unbeschwert hoffnungsvollen Daseins erfreuen, da Harriet länger als erwartet in London bleiben sollte: aus den ursprünglich vereinbarten zwei Wochen würde wahrscheinlich mindestens ein Monat werden. Mr. und Mrs. John Knightley wollten im August nach Hartfield kommen und hatten Harriet eingeladen, so lange zu bleiben, bis sie sie persönlich zurückbringen konnten.

»John erwähnt Ihre Freundin mit keinem Wort«, sagte

Mr. Knightley. »Hier ist seine Antwort, falls Sie sie lesen möchten.«

Es war die Antwort auf den Brief, in dem Mr. Knightley ihm mitgeteilt hatte, daß er zu heiraten gedenke. Gierig griff Emma danach, brannte sie doch vor Ungeduld zu erfahren, was er dazu sagte. Der Hinweis, er habe ihre Freundin nicht erwähnt, konnte sie nicht abschrecken.

»John nimmt zwar brüderlich Anteil an meinem Glück«, fuhr Mr. Knightley fort, »aber er ist kein Schmeichler; und obwohl ich weiß, daß er Sie wie ein Bruder liebt, liegen ihm große Worte so fern, daß jede andere junge Frau sein Lob vermutlich als ziemlich kühl empfinden würde. Aber ich habe keine Angst, Sie lesen zu lassen, was er schreibt.«

»Er schreibt wie ein Mann mit Sinn und Verstand«, erwiderte Emma, nachdem sie den Brief gelesen hatte. »Ich ehre ihn für seine Aufrichtigkeit. Ganz unmißverständlich bin ich in seinen Augen diejenige, die von dieser Verlobung profitiert, aber er gibt durchaus die Hoffnung nicht auf, daß ich mich mit der Zeit Ihrer Liebe so würdig erweise, wie ich es Ihrer Meinung nach schon bin. Wäre dieser Brief anders ausgefallen, so hätte ich seinen Worten nicht geglaubt.«

»Emma, er meint es nicht so. Er meint nur –«

»Er würde feststellen, daß wir in unserer Einschätzung der beiden Betroffenen gar nicht so weit auseinanderliegen«, unterbrach sie ihn mit einem matten Lächeln, »viel weniger weit vielleicht, als er ahnt, wenn wir uns einmal ohne Förmlichkeit und Vorbehalte über das Thema unterhalten könnten.«

»Emma, mein liebe Emma –«

»Oh!« rief sie wieder fröhlicher, »wenn Sie meinen, Ihr Bruder tue mir Unrecht, dann warten Sie erst einmal ab, bis mein lieber Vater in das Geheimnis eingeweiht ist, und hören Sie sich seine Meinung an. Verlassen Sie sich darauf, er wird *Ihnen* viel weniger Gerechtigkeit widerfahren lassen. Er wird Sie allein für den Glücklichen halten, für den, der das große Los gezogen hat; und das Verdienst ist in seinen Augen gewiß ganz auf meiner Seite. Hoffentlich sinke ich bei ihm nicht gleich zur ›armen Emma‹ herab. Deutlicher kann er sein zärtliches Mitleid mit der bedrängten Tugend nicht ausdrücken.«

»Ach!« rief er, »ich wünschte, Ihr Vater wäre nur halb so leicht zu überzeugen wie John, daß wir einander voll und ganz würdig und deshalb berechtigt sind, zusammen glücklich zu werden. Eine Stelle in Johns Brief hat mich amüsiert – ist sie Ihnen nicht aufgefallen? –, wo er schreibt, daß er von meiner Nachricht nicht gänzlich überrascht worden sei, daß er eigentlich mit so etwas schon gerechnet habe.«

»Wenn ich Ihren Bruder recht verstehe, meint er damit lediglich, daß Sie sich ganz allgemein mit Heiratsgedanken trugen. Von mir hatte er keine Ahnung. Er scheint darauf überhaupt nicht vorbereitet gewesen zu sein.«

»Ja, ja – aber es amüsiert mich, daß er meine Gefühle doch so weit durchschaut hat. Wie kann er darauf gekommen sein? Ich wüßte nicht, daß ich ihn durch meine Stimmung oder meine Worte irgendwie auf den Gedanken gebracht haben könnte, ich trüge mich derzeit ernstlicher mit Heiratsabsichten als sonst. Aber vermutlich war es doch so. Während meines Aufenthalts neulich bei ihnen muß ich mich wohl etwas anders benommen haben als gewöhnlich. Ich glaube, ich habe nicht so oft mit den Kindern gespielt wie sonst. Ich erinnere mich, wie die armen Jungen eines Abends sagten: ›Der Onkel ist jetzt immer so müde.‹ «

Es wurde nun Zeit, einen größeren Kreis von Leuten einzuweihen, um zu sehen, wie die Nachricht aufgenommen würde. Sobald sich Mrs. Weston wieder so weit erholt hatte, daß sie Mr. Woodhouses Besuche empfangen konnte, beschloß Emma, die sich ihre sanften Überredungskünste zunutze machen wollte, zuerst zu Hause und dann in Randalls das Geheimnis zu lüften. Aber wie sollte sie es bloß ihrem Vater beibringen! Sie hatte sich vorgenommen, es ihm zu sagen, wenn Mr. Knightley einmal für eine Stunde weg wäre, sonst würde sie im entscheidenden Augenblick womöglich der Mut verlassen, und sie müßte es aufschieben; aber Mr. Knightley sollte dann hinzukommen und dort weitermachen, wo sie begonnen hatte. Sie mußte also den Anfang machen und zwar mit fröhlicher Stimme. Sie durfte auf keinen Fall einen melancholischen Ton anschlagen, da es ihn sonst nur noch betrübter stimmen würde. Sie durfte nicht den Eindruck erwecken, daß sie es selbst für ein Unglück halte. So unbeschwert und heiter, wie sie nur konnte, bereitete sie ihn also zunächst auf etwas Ungewöhnliches vor und sagte dann mit wenigen Worten, wenn er seine Zustimmung und Einwilligung gebe – die sie bestimmt mühelos erhalten werde, da es um einen Plan gehe, bei dem alle nur noch glücklicher werden könnten –, wollten sie und Mr. Knightley heiraten, wodurch Hartfield jenen Mann als Dauergast gewönne, dessen Gesellschaft, wie sie wisse, ihm nach der seiner Tochter und der Mrs. Westons am liebsten sei.

Der arme Mann! Anfangs war es ein schwerer Schock für ihn, und er versuchte ernsthaft, es ihr auszureden. Mehr als einmal erinnerte er sie daran, daß sie immer behauptet habe, nie heiraten zu wollen, und er versicherte ihr, daß es viel besser für sie sei, ledig zu bleiben, und er sprach von der armen Isabella und der armen Miss Taylor. Aber es half alles nichts. Emma ging ihm liebevoll um den Bart und lächelte und sagte, es müsse sein und er dürfe sie nicht mit Isabella und Mrs. Weston vergleichen, deren Eheschließungen wegen des damit verbundenen Abschieds von Hartfield in der Tat eine traurige Veränderung herbeigeführt hatten: aber sie gehe ja nicht fort, sie bleibe immer hier, und es werde sich durch ihre Ehe nichts an der Behaglichkeit und Zusammensetzung des häuslichen Kreises ändern, es sei denn zum Besseren. Sie sei überzeugt, wenn er sich erst einmal an die Vorstellung gewöhnt habe, werde er nur um so glücklicher sein, Mr. Knightley immer in seiner Nähe zu wissen. Habe er Mr. Knightley nicht von Herzen gern? Wessen Rat suche er denn stets in geschäftlichen Dingen, wenn nicht den Mr. Knightleys? Wer sei ihm so nützlich, wer schreibe so bereitwillig Briefe für ihn, wer helfe ihm so gern? Wer sei denn so fröhlich, so aufmerksam, ihm so zugetan? Würde er sich nicht freuen, ihn immer um sich zu haben? Ja. Das sei wohl wahr. Mr. Knightley könne gar nicht oft genug hier sein; er würde sich freuen, ihn täglich zu sehen, aber sie sähen ihn ja ohnehin schon täglich. Warum könne nicht alles so bleiben wie bisher?

Es dauerte zwar eine Weile, bis sich Mr. Woodhouse damit abfinden konnte, aber das Schlimmste war überstanden, er wußte nun Bescheid; die Zeit und immer neues Zureden mußten das übrige tun. Auf Emmas eindringliche Bitten und Versicherungen folgten die Mr. Knightleys, dessen verliebte Lobeshymnen auf sie ihrem Vater das Thema etwas schmackhafter machten; und bald gewöhnte er sich daran, daß beide bei jeder passenden Gelegenheit auf ihn einredeten. Unterstützung erfuhren sie auch von seiten Isabellas, die in ihren Briefen nach Kräften ihre Zustimmung bekundete; und Mrs. Weston war schon bei der ersten Begegnung bereit, die Verbindung im vorteilhaftesten Licht zu betrachten: zum einen als eine beschlossene, zum anderen als eine gute Sache –

da sie sehr gut wußte, daß für Mr. Woodhouse beide Empfehlungen nahezu gleich wichtig waren. Es mußte also wohl so sein, und jeder, von dessen Rat er sich immer hatte leiten lassen, versicherte ihm, daß es zu seinem eigenen Besten sei; und da auch er selbst im Grunde seines Herzens nicht ganz abgeneigt war, fand er schließlich, es könne nicht gar so schlimm sein, wenn die Hochzeit irgendwann einmal – in ein oder zwei Jahren vielleicht – tatsächlich stattfinde.

Mrs. Weston brauchte nichts vorzutäuschen oder aus ihrem Herzen eine Mördergrube zu machen, als sie sich bei ihm für die Sache verwandte. Noch nie zwar, wirklich nie in ihrem Leben war sie so überrascht gewesen wie in dem Augenblick, da Emma ihr die Verlobung offenbarte, doch es bestand für sie kein Zweifel daran, daß das Glück aller durch diese Verbindung nur gemehrt werden könne, und so hatte sie keine Bedenken, ihm eine Einwilligung wärmstens zu empfehlen. Sie empfand für Mr. Knightley eine solche Sympathie und Hochschätzung, daß sie ihm sogar ihre liebste Emma gönnte; und es war eine in jeder Hinsicht so zweckmäßige, angemessene und vortreffliche Verbindung und in *einer* Hinsicht, einer Frage von größter Bedeutung, so ausnehmend wünschenswert, ein so einzigartiger Glücksfall, daß ihr nun schien, Emma hätte sich in keinen anderen so unbedenklich verlieben können, und sie selbst sei von unüberbietbarer Einfalt gewesen, weil sie nicht schon längst daran gedacht und es sich gewünscht hatte. Wie wenige von jenen Männern, die es sich aufgrund ihrer gesellschaftlichen Position erlauben durften, um Emmas Hand anzuhalten, hätten wohl auf ihr eigenes Zuhause zugunsten Hartfields verzichtet! Und wer außer Mr. Knightley kannte und ertrug Mr. Woodhouses Gewohnheiten schon so gut, daß eine solche Lösung erwogen werden konnte! Als sie und ihr Mann weiland über eine mögliche Ehe zwischen Frank und Emma miteinander zu Rate gegangen waren, hatte sich stets das Problem gestellt, was mit dem armen Mr. Woodhouse geschehen solle. Wie man die Ansprüche von Enscombe und Hartfield unter einen Hut bekäme, diese ungeklärte Frage war für sie damals ein unüberwindliches Hindernis gewesen – Mr. Weston hatte das zwar nicht so wahrhaben wollen wie sie, aber selbst ihm fiel am Ende solcher Gespräche nie etwas Besseres ein als: »Diese Probleme lösen sich von selbst; die jungen Leute werden schon einen Weg finden.« Aber hier brauchte man keine wilden Spekulationen auf eine ungewisse Zukunft zu bemühen. Es war alles in bester Ordnung, alles überschaubar, der Weg geebnet, von keiner Seite ein nennenswertes Opfer zu erbringen. Es war eine Verbindung, die schon als solche Glück verhieß, und es gab keine einzige wirklich ernstzunehmende Schwierigkeit, die einen Einwand oder Aufschub nahegelegt hätte.

Mrs. Weston, ihr Baby auf den Knien und solchen Gedanken nachhängend, war eine der glücklichsten Frauen auf der Welt. Wenn irgend etwas ihr Entzücken noch zu steigern vermocht hätte, so war es die Feststellung, daß ihr Baby bald aus seinen ersten Häubchen herausgewachsen sein würde.

Die Neuigkeit löste überall, wohin sie gelangte, Überraschung aus; und fünf Minuten lang leistete ihr auch Mr. Weston Tribut; aber fünf Minuten reichten ihm bei seinem schnellen Auffassungsvermögen aus, sich an den Gedanken zu gewöhnen. Die Vorteile dieser Partie leuchteten ihm sofort ein, und er freute sich darüber genauso nachhaltig wie seine Frau; aber die Verwunderung war sehr schnell verflogen, und binnen einer Stunde meinte er fast, es immer schon geahnt zu haben.

»Es soll noch ein Geheimnis bleiben, vermute ich«, sagte

er. »Diese Dinge sind immer ein Geheimnis, bis man feststellt, daß alle schon im Bilde sind. Sag mir nur, wann ich davon sprechen darf. Ich wüßte gar zu gern, ob Jane etwas davon ahnt.«

Am nächsten Morgen ging er nach Highbury und verschaffte sich über diesen Punkt Gewißheit. Er erzählte ihr die Neuigkeit. War sie nicht schließlich wie eine Tochter für ihn, seine älteste Tochter? Er mußte es ihr sagen; und da Miss Bates zugegen war, kam die Neuigkeit natürlich gleich hinterher auch Mrs. Cole, Mrs. Perry und Mrs. Elton zu Ohren. Darauf waren die beiden Hauptpersonen allerdings schon vorbereitet gewesen; nachdem es in Randalls bekannt geworden war, konnten sie sich ja ausrechnen, wie lange es dauern würde, bis ganz Highbury davon wußte, und mit großem Scharfsinn erkannten sie, daß sie manchem Familienkreis die Überraschung des Abends bescherten.

Im allgemeinen fand die Verbindung großen Beifall. Einige hielten ihn, andere sie für den eigentlichen Glückspilz. Die einen empfahlen, daß alle drei nach Donwell übersiedeln und Hartfield John Knightley und seiner Familie überlassen sollten; und andere sagten Streitigkeiten zwischen dem beiderseitigen Personal voraus; aber dennoch erhob sich nirgendwo ein ernsthafter Einwand, ausgenommen in einem Haus – dem Pfarrhaus. Dort wurde die Überraschung durch keinerlei Freude gemildert. Im Gegensatz zu seiner Frau ließ es Mr. Elton ziemlich kalt; er hoffe nur, so meinte er, der Stolz der jungen Dame sei nun befriedigt, und er gab der Vermutung Ausdruck, daß sie es schon immer auf Knightley abgesehen habe, und was das Zusammenleben in Hartfield anging, darüber ließ er sich zu dem kühnen Ausruf hinreißen: »Lieber er als ich!« – Aber Mrs. Elton war wirklich ganz außer sich. »Der arme Knightley! Der arme Kerl! –

schlimm für ihn.« Sie mache sich große Sorgen, denn wenn er auch sehr exzentrisch sei, so habe er doch tausenderlei gute Eigenschaften. Wie konnte er sich nur so hereinlegen lassen? In ihren Augen sei er überhaupt nicht verliebt – nicht die Spur. Armer Knightley! – Der angenehme Umgang mit ihm habe nun ein Ende. Wie gern war er doch stets zum Dinner gekommen, wann immer sie ihn eingeladen hatten! Aber damit sei nun Schluß. Armer Kerl! Für sie selbst werde es keine Ausflüge nach Donwell mehr geben. Oh, nein, da residiere ja nun eine Mrs. Knightley, die einem alles vergällen würde. Äußerst widerwärtig! Aber sie bedauere es keineswegs, neulich seine Haushälterin beschimpft zu haben. – Haarsträubender Plan, mit dem Vater zusammenzuleben! Das werde niemals gutgehen. Sie kenne eine Familie in der Nähe von Maple Grove, die es versucht hatte und sich schon nach einem Vierteljahr wieder trennen mußte.

VIERUNDFÜNFZIGSTES KAPITEL

Wie die Zeit verging! Noch wenige Tage nur, und die Verwandtschaft aus London würde ankommen. Eine beunruhigende Veränderung stand bevor; und als Emma eines Morgens darüber nachsann, wieviel Aufregung und Kummer ihr dadurch beschert würde, trat Mr. Knightley ins Zimmer und riß sie aus ihren düsteren Gedanken. Nach dem fröhlichen Geplauder am Anfang verfiel er in Schweigen und sagte dann in einem ernsteren Ton:

»Ich muß Ihnen etwas erzählen, Emma; eine Neuigkeit.«

»Eine gute oder eine schlechte?« fragte sie und sah ihn dabei voll an.

»Ich weiß nicht so recht, kommt darauf an.«

»Oh! Bestimmt eine gute – ich sehe es Ihnen an. Sie können sich ja kaum ein Lächeln verkneifen.«

»Ich fürchte«, sagte er, eine ernste Miene aufsetzend, »ich fürchte sehr, meine liebe Emma, es wird Ihnen nicht zum Lächeln zumute sein, wenn Sie sie hören.«

»So? Aber warum denn? Ich kann mir kaum vorstellen, daß etwas, das Sie erfreut oder amüsiert, nicht auch mich erfreuen oder amüsieren sollte.«

»Es gibt ein Thema«, erwiderte er, »ich hoffe nur ein einziges, bei dem wir unterschiedlicher Auffassung sind.«

Er hielt einen Moment lang inne, wobei er erneut lächelte und die Augen nicht von ihrem Gesicht wandte. »Fällt Ihnen nichts ein? Erinnern Sie sich nicht? – Harriet Smith.«

Bei diesem Namen überzogen sich ihre Wangen mit einer tiefen Röte, und sie bekam plötzlich Angst, obwohl sie nicht wußte, wovor.

»Haben Sie denn heute morgen nicht schon selbst etwas von ihr gehört?« rief er. »Bestimmt haben Sie von ihr gehört und wissen bereits alles.«

»Nein, ich weiß überhaupt nichts, bitten sagen Sie es mir doch.«

»Ich sehe schon, Sie sind auf das Schlimmste gefaßt – und schlimm ist es in der Tat. Harriet Smith heiratet Robert Martin.«

Emma fuhr vom Stuhl auf, was nicht nach Gefaßtsein aussah – und ihre Augen, die ihn ungeduldig ansahen, sagten: »Nein, das ist unmöglich!«, aber ihre Lippen blieben fest geschlossen.

»Es ist tatsächlich so«, fuhr Mr. Knightley fort; »ich habe es von Robert Martin selbst. Vor einer knappen halben Stunde hat er mein Haus verlassen.«

Noch immer sprach aus ihrem Blick die äußerste Verblüffung.

»Sie sind so wenig davon begeistert, wie ich befürchtet hatte. – Ich wünschte, wir wären gleicher Auffassung. Aber das kommt schon mit der Zeit. Mit der Zeit wird der eine von uns seine Meinung ändern, und bis dorthin brauchen wir nicht mehr über das Thema zu reden.«

»Sie irren sich in mir, Sie irren sich in mir«, entgegnete sie eifrig. »Inzwischen bin ich darüber keineswegs unglücklich, aber ich kann es nicht glauben. Es scheint mir unmöglich! Sie wollen doch damit nicht etwa sagen, daß Harriet Smith Robert Martin erhört hat! Sie wollen doch nicht behaupten, daß er ihr bereits wieder einen Heiratsantrag gemacht hat. Sie meinen nur, daß er es vorhat.«

»Ich will damit sagen, daß er um ihre Hand angehalten hat«, antwortete Mr. Knightley lächelnd, aber mit großer Entschiedenheit, »und erhört worden ist.«

»Großer Gott!« rief sie. »Na so was.« Sogleich machte sie sich beflissen an ihrem Handarbeitskörbchen zu schaffen, um einen Vorwand zu haben, ihn nicht ansehen zu müssen und den Ausdruck freudigen Entzückens und köstlicher Belustigung verbergen zu können, der nun bestimmt auf ihrem Gesicht lag, und dann fügte sie hinzu: »Also, erzählen Sie mir jetzt alles, machen Sie es mir begreiflich. Wie, wo, wann? Ich möchte alles wissen. Ich war noch nie so überrascht – aber betrübt bin ich darüber keineswegs, das versichere ich Ihnen. Wie – wie ist das möglich gewesen?«

»Die Geschichte ist ganz einfach. Vor drei Tagen mußte er aus geschäftlichen Gründen nach London und erklärte sich bereit, einige Schriftstücke mitzunehmen, die ich John zuschicken wollte. Er händigte meinem Bruder diese Unterlagen in der Kanzlei aus und wurde eingeladen, ihn und seine

Familie am Abend zu Astley zu begleiten. Sie wollten mit den beiden ältesten Jungen in den Zirkus gehen. Die Gesellschaft sollte aus meinem Bruder, Ihrer Schwester, Henry, John und Miss Smith bestehen. Mein Freund Robert konnte nicht widerstehen. Sie holten ihn unterwegs ab; alle amüsierten sich prächtig, und mein Bruder lud ihn ein, am nächsten Tag zum Essen zu kommen – was er auch tat –, und im Laufe dieses Besuchs fand er (wenn ich recht verstanden habe) eine Gelegenheit, mit Harriet zu sprechen; und offenbar nicht vergebens. Sie hat ihn durch ihre Einwilligung so glücklich gemacht, wie er es verdient. Er ist mit der gestrigen Postkutsche zurückgekommen und war heute morgen gleich nach dem Frühstück bei mir, um mir zuerst über sein Vorgehen in meiner Angelegenheit und dann in seiner eigenen Bericht zu erstatten. Das ist alles, was ich Ihnen über das Wie, Wo und Wann erzählen kann. Ihre Freundin Harriet wird es Ihnen viel ausführlicher schildern, wenn Sie sie sehen. Sie wird Ihnen die Geschichte in all den Einzelheiten berichten, die nur Frauen interessant darzustellen wissen. Wir Männer konzentrieren uns in unseren Berichten immer aufs Große und Ganze. Allerdings muß ich sagen, daß mir Robert Martin für seine Verhältnisse geradezu überströmend vor Glück erschien. Außerdem hat er etwas erwähnt, das strenggenommen nicht mehr zur Sache gehört, nämlich daß beim Verlassen ihrer Loge im Astley mein Bruder sich Mrs. John Knightleys und des kleinen Johns angenommen habe und er mit Miss Smith und Henry gefolgt sei, und auf einmal seien sie in ein derartiges Gedränge geraten, daß es Miss Smith ziemlich unbehaglich zumute wurde.«

Er sagte nichts mehr. – Emma wagte nicht, sofort darauf zu antworten. Mit jedem Wort verriete sie ihm sonst, wie unsinnig sie sich über diese Nachricht freute. Sie mußte einen Augenblick warten, damit er sie nicht für übergeschnappt hielt. Ihr Schweigen beunruhigte ihn jedoch; und nachdem er sie eine Weile betrachtet hatte, setzte er hinzu:

»Emma, mein Liebes, Sie sagten, Sie wären jetzt keineswegs mehr betrübt über dieses Ereignis, aber ich fürchte, es trifft sie doch schmerzlicher, als Sie erwartet hatten. Seine gesellschaftliche Stellung gibt natürlich keinen Anlaß zum Jubeln – aber Sie müssen sich vor Augen halten, daß Ihre Freundin vollkommen damit zufrieden ist; und ich garantiere Ihnen, daß Sie ihn schätzen lernen werden, wenn Sie ihn erst näher kennengelernt haben. Sein gesunder Menschenverstand und seine lautere Gesinnung werden Sie begeistern. Was den Mann selbst angeht, so können Sie sich Ihre Freundin gar nicht in besseren Händen wünschen. Seine gesellschaftliche Stellung würde ich gern ändern, wenn ich könnte, was allerhand heißen will, das versichere ich Ihnen, Emma. – Sie lachen mich wegen William Larkins aus; aber Robert Martin könnte ich ebensowenig entbehren.«

Er wollte, daß sie ihn anschaute und lächelte; und da sie sich inzwischen wieder soweit beherrschen konnte, um ein allzu breites Grinsen zu vermeiden – tat sie es und gab fröhlich zur Antwort:

»Sie brauchen sich gar nicht erst die Mühe zu machen, mich mit dieser Partie auszusöhnen. Ich finde, Harriet hat es fabelhaft getroffen. *Ihre* Verwandtschaft ist womöglich schlimmer als die *seine*. Dem untadeligen Charakter nach steht es sogar außer Frage. Ich habe nur geschwiegen, weil ich so überrascht war, so ungeheuer überrascht. Sie können sich nicht vorstellen, wie plötzlich das alles über mich kam, wie wenig ich darauf gefaßt war! Denn ich hatte Grund anzunehmen, daß sie in der letzten Zeit eine entschieden ablehnendere Haltung gegen ihn eingenommen habe als je zuvor.«

»Sie müssen zwar Ihre Freundin besser kennen als ich«, erwiderte Mr. Knightley; »aber ich würde sagen, sie ist ein gutmütiges, weichherziges Mädchen, das wohl gegen keinen jungen Mann, der ihr seine Liebe erklärt, eine sehr entschieden ablehnende Haltung einnehmen dürfte.«

Emma mußte lachen, als sie erwiderte: »Weiß Gott, ich glaube, Sie kennen sie genausogut wie ich. Aber, Mr. Knightley, sind Sie vollkommen sicher, daß sie ihn rückhaltlos und eindeutig erhört hat? Ich könnte mir vorstellen, daß sie ihn vielleicht in einiger Zeit erhört – aber jetzt schon? Haben Sie ihn wirklich nicht mißverstanden? Sie haben ja noch über andere Dinge gesprochen, über geschäftliche Angelegenheiten, Rinderausstellungen oder neue Drillsaaten – und Sie könnten ihn doch bei dem ganzen Durcheinander mißverstanden haben, oder? Es war vielleicht gar nicht Harriets Hand, derer er sich versichert hatte, sondern das Körpergewicht und die Maße irgendeines preisgekrönten Ochsen.«

Der Kontrast zwischen Mr. Knightleys und Robert Martins Gesichtsausdruck und Haltung stand Emma in diesem Moment so klar vor Augen, und so lebhaft war die Erinnerung an all das, was erst kürzlich in Harriet vorgegangen war, so deutlich klangen ihr jene Worte in den Ohren, die sie mit solchem Nachdruck ausgesprochen hatte: »Nein, ich hoffe, ich weiß Besseres zu tun, als an Robert Martin zu denken«, daß sie wirklich damit rechnete, die Nachricht werde sich zumindest teilweise als voreilig erweisen. Es konnte gar nicht anders sein.

»Das wagen Sie zu behaupten?« rief Mr. Knightley. »Halten Sie mich wirklich für einen solchen Trottel, der nicht weiß, wovon jemand spricht? Was verdienen Sie dafür?«

»Oh! Ich verdiene immer die beste Behandlung, weil ich

mit einer anderen nie zufrieden bin; und daher müssen Sie mir jetzt klar und unverblümt antworten. Sind Sie sich ganz sicher, daß Sie verstanden haben, in welchem Verhältnis Mr. Martin und Harriet nun zueinander stehen?«

»Ich bin mir ganz sicher«, erwiderte er, sehr deutlich sprechend, »daß er mir erzählt hat, sie habe ihn erhört, und an seinen Worten war nichts Unklares, nichts Zweifelhaftes. Und ich denke, ich kann Ihnen einen Beweis dafür liefern, daß es so sein muß. Er wollte von mir wissen, was er tun solle. Außer Mrs. Goddard kenne er niemanden, an den er sich wenden könne, um Auskunft über ihre Freunde und Verwandten einzuholen. Ob ich ihm einen besseren Rat geben könne, als zu Mrs. Goddard zu gehen. Ich versicherte ihm, mir fiele auch nichts Besseres ein. Dann, sagte er, wolle er versuchen, sie noch heute im Lauf des Tages aufzusuchen.«

»Jetzt bin ich voll und ganz zufrieden«, entgegnete Emma mit ihrem strahlendsten Lächeln, »und wünsche ihnen von Herzen, daß sie zusammen glücklich werden.«

»Da haben Sie Ihre Meinung aber grundlegend geändert, seit wir früher einmal über dieses Thema sprachen.«

»Ich hoffe es – denn damals war ich eine dumme Gans.«

»Und ich habe meine Meinung auch geändert; denn ich bin nun gern bereit, Ihnen hinsichtlich Harriets guter Eigenschaften recht zu geben. Ich habe mir Ihretwegen und auch Robert Martins wegen (von dem ich stets annehmen mußte, daß er sie nach wie vor liebt) einige Mühe gegeben, sie näher kennenzulernen, und des öfteren mit ihr längere Gespräche geführt. Das müssen Sie doch bemerkt haben. Ja, manchmal meinte ich fast, Sie hätten mich in Verdacht, daß ich mich für den armen Martin verwende, was jedoch nie der Fall war; aber aufgrund all meiner Beobachtungen bin ich überzeugt, daß sie ein natürliches, liebenswertes Mädchen mit sehr vernünftigen Vorstellungen und untadeligen Grundsätzen ist, das ihr Glück in der Geborgenheit einer Familie und der häuslichen Tätigkeit sucht. Vieles davon hat Sie zweifellos Ihnen zu verdanken.«

»Mir?« rief Emma und schüttelte den Kopf. »Ach! Arme Harriet!?«

Sie besann sich jedoch eines Besseren und ließ schweigend etwas mehr Lob über sich ergehen, als sie verdiente.

Bald darauf mußten sie dieses Gespräch beenden, weil ihr Vater ins Zimmer trat. Das tat ihr gar nicht leid. Sie wollte im Grunde allein sein. Ihr war so taumelig und wirr im Kopf, daß sie ihre Gedanken nicht zusammennehmen konnte. Sie hätte tanzen, singen, jauchzen mögen vor lauter Übermut; und ehe sie sich nicht ein bißchen Bewegung verschafft und Selbstgespräche geführt und gelacht und nachgedacht hatte, war sie zu nichts Vernünftigem zu gebrauchen.

Ihr Vater wollte lediglich darauf hinweisen, daß James hinausgegangen sei, um für ihre nun täglich unternommene Fahrt nach Randalls die Pferde anzuspannen; und sie hatte daher eine Entschuldigung, sofort zu verschwinden.

Ihre Freude, Dankbarkeit, Begeisterung kann man sich wohl vorstellen. Da nun der einzige Kummer, der sie noch bedrückt und einen Schatten auf ihr Glück geworfen hatte, durch die Aussicht auf Harriets künftiges Wohlergehen beseitigt war, wähnte sie sich wirklich in Gefahr, vor lauter Glückseligkeit den Boden unter den Füßen zu verlieren. Was blieb ihr noch zu wünschen übrig? Nichts, als dem Mann würdiger zu werden, der immer bessere Absichten verfolgt und zutreffendere Urteile gefällt hatte als sie. Nichts, als daß sie aus ihren vergangenen Torheiten die Lehre ziehen möge, sich künftig in Demut und Besonnenheit zu üben.

Es war ihr ernst mit ihrer Dankbarkeit und ihren guten Vorsätzen, sehr ernst, und doch konnte sie sich zuweilen mittendrin eines Lachens nicht erwehren. Sie mußte darüber lachen, wie alles ausgegangen war. Daß die schmerzliche Enttäuschung vor fünf Wochen ein solches Ende fand! Welch ein Herz – welch eine Harriet!

Nun konnte sie Harriets Rückkehr freudig entgegensehen. – Alles würde eitel Freude sein. Sie freute sich sogar ungemein, Robert Martin kennenzulernen.

Ein ganz besonders tiefes und inniges Glücksgefühl empfand sie bei dem Gedanken, daß sie nun bald schon Mr. Knightley nichts mehr zu verheimlichen brauchte. Verstellung, Zweideutigkeiten, Geheimniskrämerei, die ihr so verhaßt waren, konnten nun bald für immer der Vergangenheit angehören. Sie durfte sich jetzt darauf freuen, ihm endlich all jenes umfassende und rückhaltlose Vertrauen zu schenken, was sie von ihrem offenen Wesen her bereitwillig als Pflicht ansah.

Frohgemut und überglücklich fuhr sie mit ihrem Vater los, hörte ihm zwar nicht immer zu, gab ihm aber in allem recht und bestärkte ihn bald mit Worten, bald schweigend in dem angenehmen Glauben, täglich nach Randalls fahren zu müssen, um die arme Mrs. Weston nicht zu enttäuschen.

Sie kamen in Randalls an. – Mrs. Weston saß allein im Salon, aber kaum hatte sie ihnen vom Baby erzählt und Mr. Woodhouse, wie von ihm erwartet, für sein Kommen gedankt, da fiel ihr Blick durch die Jalousie auf zwei Gestalten, die unterm Fenster vorbeigingen.

»Es sind Frank und Miss Fairfax«, sagte Mrs. Weston. »Ich wollte Ihnen eben erzählen, wie angenehm überrascht wir waren, als er heute früh hier auftauchte. Er bleibt bis morgen, und wir konnten Miss Fairfax überreden, den

Tag bei uns zu verbringen. Sie kommen gleich herein, hoffe ich.«

Unmittelbar darauf standen sie schon im Zimmer. Emma freute sich sehr, ihn wiederzusehen – aber alle waren etwas verlegen –, auf beiden Seiten wurden peinliche Erinnerungen wach. Lächelnd und ohne zu zögern, traten sie aufeinander zu, aber eine gewisse Befangenheit ließ zunächst kein rechtes Gespräch aufkommen; und nachdem alle wieder Platz genommen hatten, entstand für eine Weile ein derart bedrückendes Schweigen, daß Emma sich zu fragen begann, ob sie sich von dem Wiedersehen mit Frank Churchill, und zwar in Begleitung von Jane, das sie sich seit langem gewünscht hatte, nicht vielleicht doch zuviel Vergnügen versprochen habe. Als sich jedoch Mr. Weston hinzugesellte und das Baby geholt wurde, fehlte es nicht länger mehr an Gesprächsstoff und Anregung – und Frank Churchill nicht an Mut und Gelegenheit, seinen Stuhl neben den ihren zu rücken und zu sagen: »Miss Woodhouse, ich muß Ihnen für Ihre überaus freundlichen Worte der Vergebung danken, die mir Mrs. Weston in einem ihrer Briefe bestellt hat. Ich hoffe, Sie haben es inzwischen nicht wieder bereut. Ich hoffe, Sie nehmen Ihre Äußerungen nicht zurück.«

»Nein, wahrhaftig nicht«, rief Emma, froh, daß das Eis gebrochen war, »nicht im geringsten. Ich freue mich sehr, Sie hier zu sehen und Ihnen die Hand schütteln zu können – und Sie persönlich beglückwünschen zu dürfen.«

Er dankte ihr von ganzem Herzen und schilderte noch eine Weile ernsthaft und bewegt, wie dankbar und glücklich er sei.

»Sieht sie nicht gut aus?« sagte er und heftete den Blick auf Jane. »Besser denn je, finden Sie nicht? Sie merken ja, wie vernarrt mein Vater und Mrs. Weston in sie sind.«

Aber sein Übermut regte sich bald wieder, und als die Rede auf die in Aussicht stehende Rückkehr der Campbells kam, ließ er mit einem schalkhaften Blick den Namen Dixon fallen. Emma errötete und verbot ihm, den Namen noch einmal in ihrer Gegenwart auszusprechen.

»Ich kann nicht daran denken«, rief sie, »ohne mich in Grund und Boden zu schämen.«

»Ich bin es«, antwortete er, »der sich schämen muß, jedenfalls schämen müßte. Aber haben Sie denn wirklich keinen Verdacht geschöpft? Ich meine, in letzter Zeit. Anfangs waren Sie völlig arglos, das weiß ich.«

»Nie auch nur den geringsten, glauben Sie mir.«

»Das kommt mir sehr seltsam vor. Einmal war ich nahe dran – und ich wünschte, ich hätte es gewagt –, es wäre besser gewesen. Ich habe zwar immer das Verkehrte getan, aber in diesem Fall war es überdies noch dumm und hat mir im Grunde selbst geschadet – ich hätte lieber eine andere Missetat begehen, nämlich das Siegel der Verschwiegenheit brechen und Ihnen alles erzählen sollen.«

»Jetzt kommt die Reue zu spät«, sagte Emma.

»Ich habe eine gewisse Hoffnung«, nahm er den Gesprächsfaden wieder auf, »meinen Onkel überreden zu können, Randalls einen Besuch abzustatten; er möchte Sie kennenlernen. Wenn die Campbells zurück sind, werden wir sie in London treffen und dort bleiben, bis wir Jane hoffentlich nach Norden mitnehmen dürfen. Aber nun bin ich so weit weg von ihr – ist das nicht hart, Miss Woodhouse? – Bis heute morgen haben wir uns kein einziges Mal wiedergesehen seit dem Tag unserer Versöhnung. Bemitleiden Sie mich nicht ein bißchen?«

Emma gab ihr Mitleid so freundlich kund, daß er plötzlich einen lustigen Einfall hatte und rief:

»Ah! Übrigens« – dann senkte er die Stimme und setzte eine ernste Miene auf, »ich hoffe, Mr. Knightley geht es gut?« Er machte eine Pause. Sie wurde rot und lachte. »Ich weiß, daß Sie meinen Brief gelesen haben, und Sie werden sich vermutlich erinnern, was ich Ihnen dort gewünscht habe. Lassen Sie mich nun Ihnen gratulieren. Glauben Sie mir, ich habe die Neuigkeit mit innigster Anteilnahme und Befriedigung vernommen. Er ist ein Mann, den zu loben ich mir nicht anmaßen darf.«

Emma war entzückt und wollte nichts weiter, als daß er in diesem Stil fortführe; aber im nächsten Augenblick war er in Gedanken schon wieder bei seinen eigenen Angelegenheiten und seiner geliebten Jane und sagte:

»Haben Sie schon einmal eine solche Haut gesehen? So ebenmäßig, so zart! Und doch nicht eigentlich blaß. Man kann sie nicht als blaß bezeichnen. Bei ihren dunklen Wimpern und Haaren ein ganz ungewöhnlicher Teint – ein auffallend kleidsamer Teint! So ausnehmend damenhaft. – Gerade genug Farbe, um schön zu sein.«

»Ich habe ihren Teint immer bewundert«, erwiderte Emma schelmisch lächelnd; »aber hat es da nicht einmal eine Zeit gegeben, wo Sie an ihrer Blässe allerlei auszusetzen hatten? Als wir zum ersten Mal über sie sprachen. Haben Sie das ganz vergessen?«

»O nein! Was für ein frecher Kerl ich doch war! Wie konnte ich es wagen –«

Aber er lachte so herzhaft bei dieser Erinnerung, daß Emma sich nicht verkneifen konnte zu sagen:

»Ich habe den Verdacht, daß Sie bei all Ihren Schwierigkeiten damals einen Heidenspaß hatten, uns alle an der Nase herumzuführen. Ich bin mir da ganz sicher. Es war für Sie bestimmt ein gewisser Trost.«

»Oh! Nein, nein, nein – wie können Sie mir so etwas zutrauen? Ich war doch der allerelendste Tropf.«

»So elend nun auch wieder nicht, daß Sie für Späße keinen Sinn gehabt hätten. Ich bin überzeugt, Sie haben sich köstlich dabei amüsiert, uns alle hinters Licht führen zu können. Vielleicht kommt mir dieser Verdacht deshalb so leicht, weil ich mich, um die Wahrheit zu sagen, in derselben Situation wahrscheinlich ebenso amüsiert hätte. Ich glaube, wir sind uns gar nicht so unähnlich.«

Er verneigte sich.

»Wenn auch nicht in unseren Charakteren«, fügte sie sogleich hinzu, und in ihrem Blick lag ein tiefempfundener Ernst, »so doch in unserem Schicksal; einem Schicksal, das so gnädig war, uns mit zwei Menschen zu verbinden, die uns derart überlegen sind.«

»Stimmt, stimmt«, entgegnete er lebhaft. »Nein, bei Ihnen stimmt es nicht. Ihnen kann niemand überlegen sein, aber auf mich trifft es uneingeschränkt zu. Sie ist ein wahrer Engel. Schauen Sie sie nur an. Ist sie nicht in jeder Geste ein Engel? Achten Sie einmal auf ihren Schwanenhals, ihre Augen, wie sie jetzt zu meinem Vater hochblickt! Es wird Sie freuen zu hören (er neigte den Kopf zu ihr und flüsterte bedeutsam), daß mein Onkel vorhat, ihr sämtliche Juwelen meiner Tante zu schenken. Sie sollen neu gefaßt werden. Ein paar davon möchte ich unbedingt in ein Diadem einarbeiten lassen. Wird es nicht wunderschön aussehen in ihrem dunklen Haar?«

»Ganz wunderschön, bestimmt«, erwiderte Emma, und sie sagte das so freundlich, daß er vor überströmender Dankbarkeit ausrief:

»Wie ich mich freue, daß ich Sie hier getroffen habe! Und daß Sie so fabelhaft aussehen! Ich möchte diese Begegnung um nichts auf der Welt missen. Ich hätte bestimmt in Hartfield vorbeigeschaut, wenn Sie verhindert gewesen wären, hierher zu kommen.«

Die anderen hatten sich in der Zwischenzeit über das Baby unterhalten, da Mrs. Weston von einer Schrecksekunde berichtete, die sie am Vorabend gehabt habe, weil das Kind etwas zu kränkeln schien. Im nachhinein hielt sie ihr Verhalten für töricht, aber sie sei so beunruhigt und ganz nahe daran gewesen, Mr. Perry holen zu lassen. Vielleicht sollte sie sich schämen, aber Mr. Weston sei fast genauso beunruhigt gewesen wie sie. – Nach zehn Minuten jedoch habe das Kind keinerlei Anzeichen von Unwohlsein mehr gezeigt. Mit diesem Bericht erregte sie Mr. Woodhouses ganzes Interesse. Er lobte sie, weil sie gleich daran gedacht hatte, Perry holen zu lassen, und bedauerte lediglich, daß sie es nicht getan hatte. Sie solle Perry immer sofort holen lassen, wenn das Kind auch nur die geringsten Anzeichen von Unwohlsein zu erkennen gebe, und sei es auch nur für einen Augenblick. Sie könne gar nicht früh genug beunruhigt sein und auch nicht oft genug nach Perry schicken. Es sei schade, daß er gestern abend nicht gekommen sei, denn auch wenn es dem Kind jetzt anscheinend gutgehe, so ginge es ihm doch, genau betrachtet, wahrscheinlich noch besser, wenn Perry es sich angesehen hätte.

Frank Churchill schnappte den Namen Perry auf.

»Perry?« sagte er zu Emma und versuchte gleichzeitig Miss Fairfax' Blick aufzufangen. »Mein Freund Mr. Perry! Was sagen die da von Mr. Perry? Ist er heute morgen hier gewesen? Und wie bewegt er sich jetzt fort? Hat er sich eine Kutsche angeschafft?«

Emma entsann sich sofort und wußte, worauf er hinauswollte; und während sie in das Lachen einstimmte, sah man

Janes Miene deutlich an, daß auch sie seine Äußerungen mitbekommen hatte, obwohl sie sich taub stellte.

»Welch merkwürdiger Traum von mir«, rief er. »Ich muß immer lachen, wenn ich daran denke. Sie hört uns, sie hört uns bestimmt, Miss Woodhouse. Ich sehe es an ihren Wangen, ihrem Lächeln, ihrem vergeblichen Versuch, finster dreinzublicken. Schauen Sie sie an. Merken Sie nicht, wie ihr in diesem Moment jener Abschnitt ihres Briefes vor Augen steht, der mich davon in Kenntnis gesetzt hatte – wie ihr dieser grobe Schnitzer wieder präsent wird – wie sie sich auf nichts anderes mehr konzentrieren kann, obgleich sie so tut, als höre sie den anderen zu?«

Nun konnte auch Jane ein Lächeln nicht mehr unterdrükken; und das Lächeln spielte noch immer um ihre Mundwinkel, als sie sich ihm zuwandte und mit schuldbewußter, gesenkter und dennoch fester Stimme sagte:

»Wie Sie diese Erinnerungen ertragen können, ist mir schleierhaft! Natürlich drängen sie sich einem manchmal auf – aber daß Sie sie auch noch heraufbeschwören müssen?«

Darauf hatte er viel Launiges zu erwidern; aber in dieser kleinen Meinungsverschiedenheit galten Emmas Sympathien eher Jane; und als sie während der Heimfahrt ganz automatisch einen Vergleich zwischen den beiden Männern anstellte, wurde ihr, bei aller Freude über das Wiedersehen mit Frank Churchill und bei aller Freundschaft, die sie ihm entgegenbrachte, klarer denn je bewußt, wie haushoch Mr. Knightley ihm charakterlich überlegen war. Und die innige Vergegenwärtigung seines menschlichen Wertes, die jener Vergleich zur Folge hatte, machte das Glück dieses ohnehin schon glücklichen Tages perfekt.

FÜNFUNDFÜNFZIGSTES KAPITEL

Wenn Emma ab und zu immer noch ein banges Gefühl wegen Harriet beschlich und manchmal Zweifel in ihr aufstiegen, ob sie auch wirklich von ihrer Verliebtheit in Mr. Knightley geheilt sei und aus freien Stücken einen anderen Mann erhören könne, so brauchte sie nicht mehr lange unter dieser in Abständen wiederkehrenden Ungewißheit zu leiden. Schon nach wenigen Tagen traf die Verwandtschaft aus London ein, und kaum hatte Emma Gelegenheit gefunden, eine Stunde mit Harriet allein zu verbringen, da war sie vollkommen überzeugt, daß Robert Martin – so unerklärlich es auch sein mochte! – Mr. Knightley in Harriets Herzen gänzlich verdrängt hatte und nun für sie den Inbegriff allen Glücks darstellte.

Harriet war ein wenig bekümmert – guckte anfangs etwas einfältig drein, aber nachdem sie erst einmal zugegeben hatte, anmaßend und dumm gewesen und einer Selbsttäuschung erlegen zu sein, schien ihre Bedrückung und Verlegenheit mit jedem Wort zu schwinden, bis die Vergangenheit sie nicht mehr bekümmerte und sich ihre Gedanken in überschwenglicher Freude auf die Gegenwart und Zukunft richteten; denn was die Angst vor einer möglichen Mißbilligung von seiten Emmas betraf, so hatte diese sie ihr von vornherein genommen, indem sie ihr mit den uneingeschränktesten Glückwünschen entgegenging. – Harriet war überglücklich, ihr jenen Abend im Astley und das Essen am Tag darauf in allen Einzelheiten erzählen zu dürfen, und verweilte ganz hingerissen bei jedem kleinsten Detail. Aber was wurde aus diesen Einzelheiten deutlich? Tatsache war, daß Harriet, wie Emma nun einsah, Robert Martin immer gemocht hatte und seiner unverbrüchlichen Liebe nicht hatte widerstehen können. Darüber hinaus mußte Emma die ganze Geschichte ewig unbegreiflich bleiben.

Das Ereignis selbst empfand sie als höchst erfreulich, und jeder neue Tag bestärkte sie in dieser Auffassung. Harriets Herkunft wurde nun bekannt. Es stellte sich heraus, daß sie die Tochter eines Kaufmanns war, reich genug, um ihr das bisherige bequeme Auskommen auch weiterhin gewähren zu können, und anständig genug, um immer auf Geheimhaltung bestanden zu haben. Das also war das blaue Blut, für das sich Emma früher so bereitwillig verbürgt hatte! Es war womöglich ebenso rein wie das Blut so manches Gentleman: aber an welch einer Verbindung für Mr. Knightley – oder die Churchills – oder sogar Mr. Elton hatte sie da gebastelt! Der Makel der unehelichen Geburt, ungemildert durch Adel oder Reichtum, hätte ihr eben doch angehaftet.

Von seiten des Vaters erhob sich kein Einwand; der junge Mann wurde großzügig bedacht; es war alles, wie es sein sollte, und als Emma mit Robert Martin Bekanntschaft schloß, der nun in Hartfield eingeführt wurde, gestand sie unumwunden ein, daß er allem Anschein nach über einen Verstand und menschliche Qualitäten verfüge, die zu den schönsten Hoffnungen für ihre kleine Freundin Anlaß gaben. Sie zweifelte zwar nicht daran, daß Harriet mit jedem gutmütigen Mann glücklich geworden wäre, aber er und das Zuhause, das er ihr bot, verhießen noch mehr: Sicherheit, Beständigkeit und gesellschaftlichen Aufstieg. Sie würde umgeben sein von Menschen, die sie liebten und die verständiger waren als sie; zurückgezogen genug, um sich geborgen zu fühlen, und beschäftigt genug, um nicht auf trübsinnige Gedanken zu kommen. Sie würde nie in Versuchung geraten und auch keiner ausgesetzt sein. Sie würde geachtet und rundherum zufrieden sein; und daß sie in einem solchen Mann eine so unwandelbare und dauerhafte Zuneigung wecken hatte können, machte sie in Emmas Augen zum glücklichsten Wesen auf der Welt – oder, wenn nicht ganz zum glücklichsten, dann nur, weil sie dieses Prädikat für sich selbst beanspruchen zu dürfen glaubte.

Harriet, die durch ihre Verpflichtungen bei den Martins notwendigerweise anderes zu tun hatte, kam nun immer seltener nach Hartfield, was Emma nicht bedauerte. Die Vertrautheit zwischen ihr und Harriet mußte abnehmen, ihre Freundschaft sich in ein Verhältnis gelasseneren Wohlwollens wandeln, und zum Glück schien sich das, was sein sollte und mußte, allmählich und ganz natürlich wie von selbst zu ergeben.

Noch ehe der September zu Ende ging, begleitete Emma Harriet zur Kirche und sah mit so ungeteilter Freude, wie sie Robert Martin die Hand fürs Leben reichte, daß keine Erinnerungen, selbst solche nicht, die mit dem vor dem Brautpaar stehenden Mr. Elton zu tun hatten, ihre Befriedigung zu beeinträchtigen vermochten. Vielleicht nahm sie Mr. Elton dabei nur als den Mann wahr, dessen Segen vor dem Altar demnächst auch ihr zuteil werden würde. Robert Martin und Harriet Smith, die sich von den drei Paaren als letzte verlobt hatten, waren die ersten, die getraut wurden.

Jane Fairfax hatte Highbury bereits verlassen und durfte wieder die Annehmlichkeiten ihres geliebten Zuhauses bei den Campbells genießen. Der junge und der alte Mr. Churchill befanden sich ebenfalls in London und warteten nur auf den November.

Der dazwischenliegende Monat war von Emma und Mr. Knightley ins Auge gefaßt worden, soweit sie das überhaupt wagten. Sie hatten beschlossen, sich trauen zu lassen, solange John und Isabella noch in Hartfield weilten, damit sie, wie geplant, zwei Wochen am Meer verbringen konnten. John und Isabella und alle anderen Freunde erklärten sich dazu bereit. Aber Mr. Woodhouse – wie sollte man Mr. Woodhouse zu einer Einwilligung bringen? Er, der von ihrer Hochzeit immer nur als von einem in ferner Zukunft liegenden Ereignis gesprochen hatte.

Als ihm die Sache erstmals zu Ohren kam, war er so unglücklich, daß sie beinahe alle Hoffnung fahren ließen. Eine zweite Anspielung auf den Plan verursachte ihm schon weniger Qualen. Er begann sich mit dem Gedanken vertraut zu machen, daß es sein müsse und er es nicht verhindern könne – ein vielversprechender Schritt auf dem Weg zur Resignation. Glücklich war er indes noch immer nicht darüber. Nein, er machte einen so gegenteiligen Eindruck, daß seiner Tochter der Mut zu sinken begann. Sie konnte ihn nicht leiden sehen, nicht ertragen, wenn er sich vernachlässigt glaubte, und obwohl sie sich vom Verstand her fast fügte in die Versicherung der Gebrüder Knightley, daß sich der Kummer legen werde, wenn erst einmal die Hochzeit vorüber sei, zögerte sie – sie konnte keine weiteren Schritte unternehmen.

In dieser angespannten Lage wurde ihnen auf einmal Hilfe zuteil, nicht durch eine plötzliche Erleuchtung Mr. Woodhouses oder irgendeine wunderbare Wandlung seines Nervensystems, sondern durch etwas, das dieses Nervensystem auf andere Weise erschütterte. Aus Mrs. Westons Hühnerstall wurden eines Nachts sämtliche Truthähne gestohlen – offensichtlich das Werk eines findigen Kopfes. Andere Hühnerställe in der Nachbarschaft wurden ebenfalls heimgesucht. Diebstahl war für Mr. Woodhouses ängstliches Gemüt gleichbedeutend mit *Einbruch*. Er war sehr beunruhigt; und wenn er sich nicht des Schutzes durch seinen

Schwiegersohn sicher gewesen wäre, hätte er vor lauter Angst keine Nacht mehr ein Auge zugetan. Von der Stärke, Entschlossenheit und Geistesgegenwart der beiden Knightleys fühlte er sich nun vollkommen abhängig. Solange einer der beiden ihn und sein Eigentum beschützte, war Hartfield sicher. – Aber Mr. John Knightley mußte spätestens am Ende der ersten Novemberwoche wieder in London sein.

Die Folge dieses betrüblichen Zwischenfalls war, daß seine Tochter mit einer viel freiwilligeren, heitereren Zustimmung, als sie je gehofft hatte zu erhalten, den Tag ihrer Hochzeit festlegen konnte – und Mr. Elton wurde kaum einen Monat nach der Eheschließung von Mr. und Mrs. Robert Martin gerufen, die Hände von Mr. Knightley und Miss Woodhouse ineinanderzulegen.

Die Hochzeit verlief fast genauso wie andere Hochzeiten, bei denen die Beteiligten keinen Wert auf großen Aufwand und Pomp legen; und Mrs. Elton fand sie aufgrund der ihr von ihrem Mann berichteten Einzelheiten äußerst schäbig und nicht mit ihrer eigenen zu vergleichen: kaum weißer Satin, kaum Spitzenschleier; eine überaus erbärmliche Angelegenheit! Selina würde Augen machen, wenn sie davon hörte. – Aber trotz all dieser Mängel sahen sich die wenigen Freunde, die der Zeremonie beiwohnten, in ihren Wünschen, Hoffnungen und Prophezeiungen durch das vollkommene Glück dieser Ehe bestätigt.

Zu dieser Ausgabe

insel taschenbuch 2953: Jane Austen, *Emma*. Originaltitel: *Emma*. Geschrieben zwischen 1814 und März 1815. Erstveröffentlichung: Richard Bentley, London 1815. Die vorliegende Ausgabe folgt der im Insel Verlag Frankfurt am Main und Leipzig 1997 publizierten, von Angelika Beck neu übersetzten Fassung.

Englische und amerikanische Literatur im insel taschenbuch
Eine Auswahl

Elizabeth von Arnim

- Alle meine Hunde. Roman. Übersetzt von Karin von Schab. it 1502. 177 Seiten
- April, May und June. Übersetzt von Angelika Beck. it 1722. 88 Seiten
- Christine. Roman. Übersetzt von Angelika Beck. it 2211. 223 Seiten
- Einsamer Sommer. Roman. Übersetzt von Leonore Schwartz. Großdruck. it 2375. 186 Seiten
- Elizabeth und ihr Garten. Roman. Übersetzt von Adelheid Dormagen. Großdruck. it 2338. 216 Seiten
- In ein fernes Land. Roman. Übersetzt von Angelika Beck. it 2292. 402 Seiten
- Der Garten der Kindheit. Übersetzt von Leonore Schwartz. Großdruck. it 2361. 80 Seiten
- Jasminhof. Roman. Übersetzt von Helga Herborth. Großdruck. it 2363. 506 Seiten
- Liebe. Roman. Übersetzt von Angelika Beck. it 1591. 436 Seiten
- Sallys Glück. Roman. Übersetzt von Schamma Schahadat. it 1764. 352 Seiten
- Vera. Roman. Übersetzt von Angelika Beck. it 1808. 335 Seiten
- Verzauberter April. Roman. Übersetzt von Adelheid Dormagen. it 2346. 370 Seiten

Jane Austen

- Die Abtei von Northanger. Übersetzt von Margarete Rauchenberger. Mit Illustrationen von Hugh Thomson. it 931. 254 Seiten

NF 23/1/6.00

- Anne Elliot. Übersetzt von Margarete Rauchenberger. Mit Illustrationen von Hugh Thomson. it 511. 549 Seiten
- Lady Susan. Ein Roman in Briefen. Übersetzt von Angelika Beck. it 1192. 253 Seiten
- Mansfield Park. Übersetzt von Angelika Beck. Mit Illustrationen von Hugh Thomson. it 1503. 579 Seiten
- Stolz und Vorurteil. Übersetzt von Margarete Rauchenberger. Mit Illustrationen von Hugh Thomson und mit einem Essay von Norbert Kohl. it 787. 439 Seiten
- Verstand und Gefühl. Übersetzt von Angelika Beck. Mit Illustrationen von Hugh Thomson. it 1615. 449 Seiten

Charlotte Brontë
- Jane Eyre. Eine Autobiographie. Überetzt von Helmut Kossodo. Mit einem Essay und einer Bibliographie herausgegeben von Norbert Kohl. it 813. 645 Seiten
- Der Professor. Übersetzt von Gottfried Röckelein. it 1354. 373 Seiten
- Shirley. Übersetzt von Johannes Reiher und Horst Wolf. it 1145 Seiten. 715 Seiten
- Über die Liebe. Herausgegeben von Elsemarie Maletzke. Übertragen von Eva Groepler und Hans J. Schütz. it 1249. 80 Seiten
- Villette. Übersetzt von Christiane Agricola.it 1447. 777 Seiten

Emily Brontë
- Die Sturmhöhe. Übersetzt von Grete Rambach. Großdruck. it 2348. 598 Seiten

Lewis Carroll
- Alice hinter den Spiegeln. Übersetzt von Christian Enzensberger. Mit Illustrationen von John Tenniel. it 97. 145 Seiten
- Alice im Wunderland. Übersetzt von Christian Enzensberger. Mit Illustrationen von John Tenniel. it 42. 138 Seiten

Kate Chopin
- Das Erwachen. Roman. Übersetzt von Ingrid Rein. it 2149. 222 Seiten

Daniel Defoe
- Glück und Unglück der berühmten Moll Flanders. Übersetzt von Martha Erler. Mit Illustrationen von William Hogarth und einem Essay von Norbert Kohl. it 707. 440 Seiten
- Robinson Crusoe. Übersetzt von Hannelore Novak. Mit Illustrationen von Ludwig Richter. it 41. 404 Seiten

Charles Dickens
- Bleak House. Übersetzt von Richard Zoozmann. Mit Illustrationen von Phiz. it 1110. 1031 Seiten
- David Copperfield. Mit Illustrationen von Phiz. it 468. 1245 Seiten
- Eine Geschichte aus zwei Städten. Mit Illustrationen von Phiz. it 1033. 506 Seiten
- Nikolaus Nickleby. Mit Illustrationen von Phiz. it 1304. 1022 Seiten
- Oliver Twist. Übersetzt von Reinhard Kilbel. Mit einem Nachwort von Rudolf Marx und Illustrationen von George Cruikshank. it 242. 607 Seiten
- Die Pickwickier. Mit Illustrationen von Robert Seymour, William Buss und Phiz. it 896. 1006 Seiten

D. H. Lawrence
- Liebesgeschichten. Übersetzt von Heide Steiner. it 1678. 308 Seiten

Katherine Mansfield
- Eine indiskrete Reise. Erzählungen. Ausgewählt von Franz-Friedrich Hackel. Übersetzt von Heide Steiner. Großdruck. it 2364. 214 Seiten

NF 23/3/6.00

- Das Gartenfest und andere Erzählungen. Übersetzt von Heide Steiner. it 1724. 232 Seiten
- Reise in den Sommer. Erzählungen und Briefe. Großdruck. it 2388. 120 Seiten
- Über die Liebe. it 1703. 110 Seiten

Herman Melville

- Moby Dick. Übersetzt von Alice und Hans Seifert. Mit einem Nachwort von Rudolf Sühnel. it 233. 781 Seiten

Edgar Allan Poe

- Sämtliche Erzählungen. Herausgegeben von Günter Gentsch. Vier Bände in Kassette. it 1528-1531. 1568 Seiten
- Grube und Pendel. Schaurige Erzählungen. Übersetzt von Erika Gröger und Heide Steiner. it 2351. 188 Seiten
- Der Untergang des Hauses Usher. Meistererzählungen. Übersetzt von Babara Cramer-Nauhaus, Erika Gröger und Heide Steiner. it 1373. 182 Seiten

William Shakespeare

- Hamlet. Prinz von Dänemark. Übersetzt von August Wilhelm Schlegel. Mit Illustrationen von Eugène Delacroix. Herausgegeben und mit einem Essay versehen von Norbert Kohl. it 364. 270 Seiten
- Romeo und Julia. Übersetzt von Thomas Brasch. it 1383. 151 Seiten
- Die Sonette des William Shakespeare. Englisch und deutsch. Übersetzt von Wolfgang Kaußen. Mit einem Nachwort von Friedrich Apel. it 2228. 335 Seiten
- Die Tragödie des Macbeth. Übersetzt von Thomas Brasch. it 1440. 112 Seiten
- Was ihr wollt. Übersetzt von Thomas Brasch. it 1205. 132 Seiten
- Wie es euch gefällt. Übersetzt und bearbeitet von Thomas Brasch. it 1509. 121 Seiten

NF 23/4/6.00

Mary Shelley

- Frankenstein oder Der moderne Prometheus. Übersetzt von Karl Bruno Leder und Gerd Leetz. Mit einem Essay und einer Bibliographie von Norbert Kohl. it 1030. 373 Seiten

Mark Twain

- Mark Twains Abenteuer. Herausgegeben von Norbert Kohl. Fünf Bände in Kassette. it 1891-1895. 2496 Seiten
- Huckleberry Finns Abenteuer. Übersetzt von Barbara Cramer-Nauhaus. Mit Illustrationen der Erstausgabe von Edward W. Kembe. it 1892. 413 Seiten
- Reisen um das Mittelmeer. Vergnügliche Geschichten. it 1799. 215 Seiten

NF 23/5/6.00

GROSSE KLASSIKER
IM INSEL TASCHENBUCH

Die großen Romane der Weltliteratur
in edlem Gewand, mit Prägung und in klassischer,
lesefreundlicher Typographie, auf der Grundlage
sorgfältiger Editionen und ausgewählter
Übersetzungen

JANE AUSTEN
VERSTAND UND GEFÜHL

Übersetzt von Angelika Beck
it 2812. 480 Seiten

JANE AUSTEN
EMMA

Übersetzt von Angelika Beck
it 2953. 640 Seiten

EMILY BRONTË
DIE STURMHÖHE

Übersetzt von Grete Rambach
it 2773. 464 Seiten

DANTE
DIE GÖTTLICHE KOMÖDIE

Übersetzt von
Friedrich Freiherrn von Falkenhausen
it 2863. 800 Seiten

NF 67/1/6.01

FJODOR M. DOSTOJEWSKI
DER SPIELER

Übersetzt von Hermann Röhl
it 2774. 240 Seiten

GUSTAVE FLAUBERT
LEHRJAHRE DES GEFÜHLS

Übersetzt von Maria Dessauer
it 2776. 640 Seiten

GUSTAVE FLAUBERT
MADAME BOVARY

Übersetzt von Maria Dessauer
it 2861. 464 Seiten

THEODOR FONTANE
EFFI BRIEST

it 2811. 368 Seiten

THEODOR FONTANE
FRAU JENNY TREIBEL

it 2952. 240 Seiten

JOHANN WOLFGANG GOETHE
DIE LEIDEN DES JUNGEN WERTHER

it 2775. 176 Seiten

NF 67/2/6.01

JOHANN WOLFGANG GOETHE
DIE WAHLVERWANDTSCHAFTEN

it 2950. 320 Seiten

VICTOR HUGO
DER GLÖCKNER VON NOTRE-DAME

Übersetzt von Else von Schorn
it 2810. 672 Seiten

HEINRICH VON KLEIST
SÄMTLICHE ERZÄHLUNGEN

it 2862. 336 Seiten

ALESSANDRO MANZONI
DIE VERLOBTEN

it 2951. 880 Seiten

OSCAR WILDE
DAS BILDNIS DES DORIAN GRAY

Übersetzt von Hedwig Lachmann und
Gustav Landauer
Revidiert von Norbert Kohl
it 2860. 304 Seiten

EMILE ZOLA
DAS GELD

Übersetzt von Leopold Rosenzweig
it 2813. 592 Seiten

Die Reihe wird fortgesetzt.

NF 67/3/6.01